Bibliothèque publique de la Municipalité de la Nation
Succursale ST ISIDORE Branch
Nation Municipality Public Library

Les tuques bleues

1. Le charivari de la liberté

De la même auteure

Romans
Le pays insoumis : Les chevaliers de la croix (tome 1) et *Rue du Sang* (tome 2), Montréal, vlb éditeur, 2011 et 2012
Les accoucheuses : La fierté (tome 1), *La révolte* (tome 2) et *La déroute* (tome 3), Montréal, vlb éditeur, 2006 à 2008
Le lutin dans la pomme, Laval, Éditions Trois, 2004
Les amours fragiles, Montréal, Éditions Libre Expression, 2003

Biographies
Gratien Gélinas : La ferveur et le doute, Montréal, vlb éditeur, 2009 (réédition)
Marie Gérin-Lajoie : conquérante de la liberté, Montréal, Éditions du Remue-Ménage, 2005

Études historiques
Gratien Gélinas en images : Un p'tit comique à la stature de géant, Montréal, vlb éditeur, 2009
Les années pieuses, 1860-1970, Québec, Les Publications du Québec, collection Aux limites de la mémoire, 2007
Femmes de lumière : Les religieuses québécoises avant la Révolution tranquille, Montréal, Fides, 2007
Quartiers ouvriers d'autrefois, 1850-1950, Québec, Les Publications du Québec, collection Aux limites de la mémoire, 2004
De la vapeur au vélo : Le guide du canal de Lachine, Association les Mil Lieues et Parcs Canada, 1986

Récits biographiques
Justine Lacoste-Beaubien : Au secours des enfants malades, Montréal, collection Les Grandes Figures, XYZ éditeur, 2002
Gratien Gélinas : Du naïf Fridolin à l'ombrageux Tit-Coq, Montréal, collection Les Grandes Figures, XYZ éditeur, 2001

Nouvelle
Circonstances particulières (en collaboration), Québec, L'Instant même éditeur, 1998

Anne-Marie Sicotte

Les tuques bleues

1. Le charivari de la liberté

roman

FIDES

Mise en pages : Claude Bergeron
En couverture : James Duncan, *Le vieux marché à Montréal (1831-1834)*, The Ducan Sketchbook, aquarelle, gouache et mine, Musée royal de l'Ontario. Avec l'autorisation du Royal Ontario Museum © ROM

Catalogage avant publication de Bibliothèque et Archives nationales du Québec et Bibliothèque et Archives Canada

Sicotte, Anne-Marie, 1962-

Pays rebelle

(Collection Grands romans historiques)

Sommaire : t. 1. Le charivari de la liberté.

ISBN 978-2-7621-3765-1 (vol. 1) [édition imprimée]
ISBN 978-2-7621-3766-8 (vol. 1) [édition numérique PDF]
ISBN 978-2-7621-3767-5 (vol. 1) [édition numérique ePub]

1. Québec (Province) - Histoire - 1791-1841 - Romans, nouvelles, etc. I. Sicotte, Anne-Marie, 1962- . Charivari de la liberté. II. Titre. III. Titre : Le charivari de la liberté.

PS8587.I238P39 2014   C843'.6   C2014-940494-8
PS9587.I238P39 2014

Dépôt légal : 2ᵉ trimestre 2014
Bibliothèque et Archives nationales du Québec
© Groupe Fides, 2014

Groupe Fides reconnaît l'aide financière du gouvernement du Canada par l'entremise du Fonds du livre du Canada pour ses activités d'édition et remercie de leur soutien financier le Conseil des Arts du Canada et la Société de développement des entreprises culturelles du Québec (SODEC). Groupe Fides bénéficie en outre du Programme de crédit d'impôt pour l'édition de livres du Gouvernement du Québec, géré par la SODEC.

IMPRIMÉ AU CANADA EN AVRIL 2014

Bas-Canada, district de Montréal

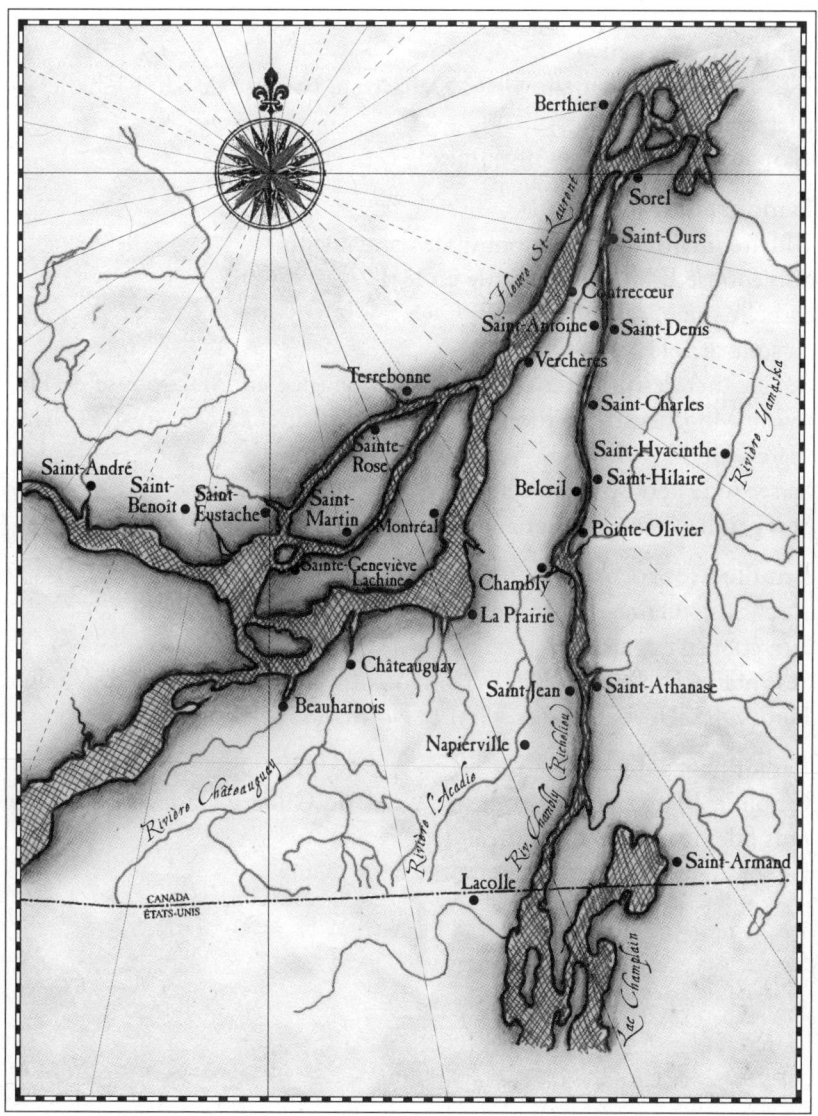

La série romanesque *Les tuques bleues* est ancrée dans la réalité historique du Bas-Canada pendant la première moitié du 19e siècle. Néanmoins, pour mieux servir la fiction, l'auteur a inventé une galerie de personnages dont voici les principaux :

Famille Cosseneuve
Jean-Juste, marchand au village Debartzch, paroisse de Saint-Charles
Mélanie, son épouse
Gaspard et Vincent, ses fils jumeaux (nés en 1814)

Famille Dudevoir
Uldaire, maître-potier au bourg de Saint-Denis
Son épouse Bibianne, disparue en 1832
Sa belle-mère Valentine Royer
Sa sœur Ériole Saint-Omer
Ses enfants Perrine (née en 1810), Vitaline (née en 1812, épouse de Florentin Montplaisir), Gilbert (né en 1815, instituteur à Montréal) et Rémy (né en 1817)
Sa seconde épouse Domitille
Son gendre et associé Aubain Morache, marié à Perrine

Famille Montplaisir
Paschat, capitaine de barque à voile au bourg de Saint-Denis
Son épouse Eugénie
Ses enfants Fontaine (né en 1803), Florentin (né en 1807, mari de Vitaline Dudevoir), Norbert (né en 1813) et Normande (née en 1815).

Personnages divers
Caroline Maréchepleau, amie de cœur de Gilbert Dudevoir, ébraillée puis fille d'auberge à Montréal
Estère Besse, institutrice, bourg de Saint-Denis

I

Assis devant le minuscule secrétaire qui garnit un recoin du salon, Gilbert Dudevoir écrit, et seul le bruit de la plume sur le parchemin rompt le silence. Si le jeune homme de 18 ans s'applique à sa calligraphie comme s'il se trouvait encore à l'école, c'est surtout pour se distraire de son sentiment d'égarement. Jamais il n'aurait cru en arriver, en ce mois de septembre 1833, à devoir composer une offre d'appointement à être publiée dans une gazette. À défaut d'un poste d'instituteur, il doit se rabattre sur autre chose. Précepteur privé, écrivailleur dans une firme, n'importe quoi!

Ce pis-aller lui crève le cœur, car il avait trouvé sa voie. Plus jeune, il croyait qu'il n'y avait rien de plus élevé que de défendre sa patrie en se faisant journaliste, en dénonçant l'injustice et l'iniquité dans les pages des gazettes patriotes, mais il a compris que son destin serait moins flamboyant, mais tout autant nécessaire: l'accompagnement de jeunes âmes vers le savoir, la plus grande des puissances. Il est vital de former des citoyens qui sauront défendre leurs droits et libertés!

Mais il ne peut plus tergiverser. Par amour pour une jeune fille nommée Caroline, Gilbert a joué à quitte ou double en quittant son école du chemin du Bord-de-l'eau, à proximité de son village natal de Saint-Denis. Pour toute garantie, il avait un énoncé d'intention: advenant qu'une classe ouvre dans un faubourg de Montréal, comme il était prévu, il en serait le titulaire. Il a débagagé chez sa tante Ériole, convaincu que les ultimes arrangements allaient être finalisés cet été. Sauf que les vacances approchent de leur terme et la décision finale n'est pas encore prise par le comité de régie de l'école.

Gilbert suspend son geste, la plume en l'air. Il n'y prêtait guère attention jusque-là, mais un son caractéristique a fini par troubler sa concentration. Celui de bottes martelant les pavés... Il saute sur ses pieds et passe dans le corridor qu'il emprunte jusqu'à l'entrée, donnant rue Notre-Dame. Il ouvre la porte juste à temps pour voir passer une quinzaine d'habits rouges placés en une colonne, arme au côté et bâton à la main gauche. Ceux qui la composent vociférèrent, en langue anglaise, qu'ils sont les maîtres et qu'ils auront vengeance d'avoir été désarmés !

Les passants, incapables d'en croire leurs yeux, se sont tassés précipitamment pour leur laisser le champ libre, et restent figés sur place, les yeux agrandis par l'effroi causé par cette apparente résurgence de la terreur militaire. Tout soudain, Gilbert a les entrailles nouées par la peur. Sa vue s'obscurcit et il imagine les soldats faisant halte avec leurs mousquets à l'épaule, baïonnettes au bout du canon, puis pressant sur la gâchette... Mais la phalange d'habits rouges s'éloigne, le martèlement finit par s'estomper et un pesant silence tombe sur les environs.

Gilbert dégringole du porche pour se mêler à ses concitoyens. Malgré l'effervescence qui l'environne, il tâche de rester stoïque devant ce qui pourrait n'être qu'un racontar : ces soldats se rendent aux traditionnelles courses de chevaux à la rivière Saint-Pierre dans le but de réparer un affront commis le jour d'avant. Alors, plusieurs dizaines de soldats de la garnison ont tenté, au moyen de bravades, de menaces et même de charges à la baïonnette, d'y susciter une échauffourée avec la population d'ascendance française. Ils auraient été réduits à l'impuissance. À matin, ces belliqueux veulent réparer l'insulte subie...

De l'avis général, c'est de la frime. La soldatesque ne peut risquer une collision avec la population locale, car les quelques centaines de *regulars* du 32e régiment d'infanterie, de même que l'autre centaine d'hommes de la Royal Artillery cantonnés dans l'isle Sainte-Hélène, ne font pas le poids. À vrai dire, ces *regulars* tirés du fin fond des isles britanniques se bornent habituellement à prêter main-forte pour combattre les incendies, par exemple, ou pour réparer les dégâts d'une catastrophe naturelle. Ce n'est pas demain la veille que le joug du despotisme militaire pèsera de tout son poids sur les habitants du Bas-Canada !

— M'sieur Dudevoir ?

Il se retourne. Un adolescent dépenaillé se tient tout proche, et brandit une missive cachetée en sa direction. De nouveau, le cœur de Gilbert fait une embardée non point causée par l'appréhension, mais par une espérance démesurée qu'il tente de rabattre sur-le-champ, dans la crainte d'être amèrement déçu. Il déniche quelques piécettes pour remercier le messager, et dès qu'il se trouve à l'intérieur, il se jette sur l'envoi qu'il ouvre avec fébrilité, au risque de le déchirer. Les arrangements sont terminés et l'ouverture de la nouvelle école du faubourg Québec est prévue pour le début du mois prochain !

Gilbert pousse un tel rugissement de victoire que les carreaux des fenêtres en vibrent, puis il se laisse emporter par une gigue, comme s'il était le tapeux de pieds le plus endiablé de la colonie. Enfin, il tombe en arrêt pour lire et relire les quelques phrases. Il a envie de placer le feuillet dans un cadre avec dorures, de l'accrocher au mur et de s'agenouiller devant, dans un paroxysme d'extase ! Lorsqu'il a franchi le pic de son allégresse, il se garroche pour se préparer à sortir. Pas question de poireauter entre quatre murs, par cette grandiose journée de septembre ! Il se rend visiter son local sur-le-champ.

Quelques minutes plus tard, son chapeau à larges bords bien enfoncé sur la tête, Gilbert quitte la maison par la porte qui donne sur la cour arrière. Après avoir dévalé les trois marches, il revient vers la rue Notre-Dame en passant sous la porte cochère. Il arpente la chaussée à longues enjambées jusqu'à l'entrée du faubourg Québec, tout juste à l'extérieur du périmètre de l'ancienne cité du temps de la Nouvelle-France. Il doit s'avouer appâté par l'animation qui règne dans ce voisinage placé hors des fortifications depuis disparues, de part et d'autre du chemin qui, suivant la rive nord du Saint-Laurent, déroule son ruban jusqu'à la capitale de la colonie.

Aussi baptisé Sainte-Marie, à l'image de la principale rue commerçante qui le traverse, le faubourg dégage un parfum décidément canadien qui l'enchante. En comparaison avec l'atmosphère *british* et quelque peu pincée du noyau historique de la ville, où il habite, c'est une bouffée d'un air frais et totalement dépourvu des relents d'animosité et de sectarisme qu'il a coutume de respirer ! C'est un baume à sa fierté trop souvent malmenée d'enfant du sol. Ici, sauf exception, c'est la parlure française qui résonne. De surcroît, pour accommoder leur clientèle, les marchands n'ont d'autre choix que de s'annoncer dans cette langue. Rue Saint-Paul ou rue McGill, il n'en va pas de même...

Sa classe occupe l'étage supérieur d'une quincaillerie et Gilbert s'astreint à suivre le propriétaire qui grimpe les marches de l'escalier intérieur avec une lenteur désespérante. Ses longues jambes frétillent d'avaler les marches quatre à quatre pour faire irruption dans sa future classe, qu'il se meurt de hâte de mirer tout son content! Tous deux débouchent dans la pièce du haut. La moiteur étant étouffante, le vieil homme trotte jusqu'à une fenêtre et se bat avec le fermoir jusqu'à ce qu'une bouffée d'air frais pénètre dans la pièce en même temps que les bruits de la rue Sainte-Marie.

Avec un sourire de victoire, le vieil homme se tourne vers Gilbert, qui lui lance :

— Merci bien, m'sieur. Vous pouvez me laisser seul. Faudrait pas que votre clientèle vire de bord.

— Je te laisse la clef de la porte d'en bas. Pratique-toi, mon gars, comme t'as vu, la serrure est un brin coriace.

— Je peux la garder?

— La clef? Pour le sûr. C'est ton domaine astheure.

— Je suis ravi de collaborer avec vous, m'sieur.

— Moi itou. À la revoyure.

Une fois seul, Gilbert contemple les lieux comme s'il se trouvait en possession d'un royaume chargé de promesses, malgré les traîneries à jeter par-dessus bord et la couche de poussière à traquer. Ce moment l'émeut au point où, lentement, il se met à genoux sur le sol, puis il se laisse retomber assis sur ses mollets tout en laissant glisser ses doigts sur le plancher de bois marqué d'entailles et de taches. Enfin, dirigeant son regard vers le carré de ciel bleu qu'il voit à travers la croisée ouverte, il aspire une grande bouffée d'air comme pour combattre l'asphyxie qui le menaçait.

Organiser sa classe lui occasionnera un ouvrage de tâcheron, mais il tarde à Gilbert de s'y mettre. Il commence à l'imaginer remplie d'élèves grouillants de vie, ce qui lui tire un grand sourire. Il s'ennuyait d'eux au point d'en avoir des papillons dans l'estomac! Il n'a de cesse de voir les pupitres alignés, les murs décorés de cartes géographiques, les visages ingénus se lever vers lui... Oui, même le tannant de 15 ans qui garnira immanquablement sa classe, il lui ferait l'accolade s'il se trouvait devant lui à l'instant même.

Après un soupir qui manque de le faire tousser à cause de la poussière que la brise fait voleter, le jeune homme se remet debout. Il descend l'escalier qui débouche directement sur la rue, et après avoir fermé à double tour sans trop de misère, il repart vers la cité, se frayant un chemin sur la chaussée débordante d'attelages et de promeneurs. Il finit par diriger son œil vers le mont Royal, dont la silhouette ressemble à un chien fidèle couché aux pieds de son maître, et cette vue lui donne envie d'une interminable balade.

Le soleil couchant rase les toits lorsque, fourbu mais content, il rentre chez lui. À mi-chemin de l'escalier qui mène à la cuisine installée dans la cave, il fronce les sourcils : la pièce est une grotte humide et noire, sauf quelques braises éparses, et quasiment éteintes, dans l'âtre... Dès qu'il met les pieds sur le plancher de bois, il tâtonne contre le mur pour trouver la lampe qui y est accrochée. Un miaulement résonne, et une masse chaude vient se frotter contre ses jambes. Leur matou Fripon, dont il voit les yeux luisants, montait la garde.

Bientôt, la flamme tremblotante d'une bougie éclaire la cuisine. Gilbert dépose la lampe sur la table en poussant un soupir de contrariété. Non seulement sa tante, maîtresse d'un atelier de fabrication de matelas, n'est pas encore revenue de son ouvrage, mais leur dame de compagnie a décanillé comme une voleuse ! Une demi-heure plus tard, lorsqu'Ériole fait irruption, Gilbert a réanimé la flambe et fait un inventaire sommaire de leurs possessions. À première vue, rien ne manque. Leur gouvernante, comme disent les bourgeois, n'était pas une mauvaise personne, et Gilbert l'aurait supportée encore malgré ses bondieuseries et sa fade conversation.

Ériole n'a pas besoin d'explications. Les lieux dégagent un prouvable air d'abandon... Après un soupir, elle émet avec découragement :

— Cet été, j'ai dit à ta grand-mère que notre porte lui était grande ouverte. Elle a eu l'air plutôt intéressé. Dans ma dernière lettre, je l'ai mentionné encore. Tu crois qu'elle va finir par se laisser séduire ?

— Je vais tâcher de l'appâter moi itou.

— On s'y mettra en chœur. Après toutte, on sera à Saint-Denis dans moins de trois jours, c'est-y pas ?

— Je renonce au voyage. Savez où je suis allé, tout à l'heure ? Dans ma classe ! Un messager est survenu avec une lettre !

Ériole fait une mine scandalisée :

— Renoncer au voyage ? Fais pas le niaiseux. Tu peux pas manquer le mariage de ta sœur ?

Gilbert rétorque à regret :

— L'organisation de l'école va manger tout mon temps. J'ai à peine 15 jours ! Pis j'ai pas une cenne pour engager des manœuvres, sauf pour charrier les meubles. Pas le choix. Vous me représenterez. Pis vous embrasserez Vitaline de ma part.

— Je t'absous pour cette fois-ci. Elle est mieux de reluire de propreté, ta classe !

Ériole se délivre de son mantelet, révélant une sobre tenue, jupe foncée et corsage de même teinte. Tout soudain, le jeune homme est pénétré d'une gratitude infinie pour sa tante. En sa compagnie, il se sent comme avec sa propre mère, ou du moins, avec une mère comme il en espérait une dans son for intérieur. Une mère qui s'inquiète de lui, qui pense à lui lorsqu'il est absent, et qui prévoit même quelques-uns de ses désirs… Une mère normale, somme toute, dont il a été cruellement privé pendant sa jeunesse.

Encore une fois, il admire sa transformation physique. Plutôt grasse au moment de sa rencontre avec un gentil notaire devenu son amoureux, elle est devenue d'une plaisante sveltesse. Même son visage semble avoir subi une cure de rajeunissement : ses yeux brun clair reluisent singulièrement et ses lèvres charnues sourient à profusion, faisant rondir ses pommettes. C'est lorsqu'elle se départit de sa capine et qu'elle défait son chignon que son âge saute aux yeux, car une cascade de cheveux argentés, à peine assombrie de quelques brins épars, tombe sur ses épaules.

D'un air absent, elle y passe les doigts pour les démêler sommairement, tandis que Fripon miaule en tournoyant autour d'elle. Le rituel est immuable : Ériole se laisse tomber dans la berçante qui est placée tout près de l'âtre et le chat saute sur ses genoux. Il s'étale avec bonheur, laissant sa maîtresse gratouiller sa fourrure fauve. Lorsque Gilbert a convaincu sa tante de se procurer un redoutable chasseur de rongeurs, il ignorait que l'accord entre eux serait si ostensible !

Ériole interpelle son neveu avec une componction affectée :

— Alors, m'sieur l'instituteur ? Serez pas trop mal en point, dans votre grenier ? Je vois que vous vous êtes déjà adonné au ménage... Les genoux gris de poussière ! Pas trop fourbu, je l'escompte ?

— Pour l'heure, j'ai l'estomac qui gargouille. Z'avez prévu quoi au menu ?

— La même chose que pour ce Fripon bienheureux : un mulot bien dodu.

— En brochette ? *Yes, my corporal.* On se met en chasse pis que ça saute !

La préparation d'un fricot tout à fait orthodoxe, puis le nettoyage sommaire de la cuisine, prennent tant de temps en l'absence d'une aide qu'Ériole se déclare parée à prendre le risque d'engager la première venue, si la grand-mère de Gilbert se fait encore tirer l'oreille ! Ensuite, le jeune instituteur s'attelle à planifier son ouvrage pour les prochains jours, alignant mentalement coups de torchon et de balai. De son côté, Ériole se prépare pour le voyage en barque à vapeur vers Saint-Denis ; demain avant l'aube, Gilbert la conduira au quai.

La brunante est tombée depuis un bon moment lorsqu'une nouvelle rassurante, que Gilbert guettait, leur parvient grâce à une de leurs bavardes voisines. Tout à l'heure au champ de courses, les soldats éméchés se sont précipités, baïonnettes et bouteilles vides à la main, sur une foule modeste, composée en grande partie de femmes et d'enfants. Ils s'égosillaient : « *Damned Canadians, where are they now ? If we can see some of them we shall terminate their existence !* » Ils ont fait place nette, puis ils ont célébré leur victoire en chantant et en dansant. Astheure, le calme est revenu. Infiniment soulagé par cette conclusion, même si déshonorante pour l'honneur national, Gilbert brouscaille gentiment sa tante pour qu'elle se mette au lit.

Au matin, son optimisme n'a pas diminué. Encore un brin de patience, et une ère de liberté se lèvera pour les habitants du Canada ! Le jeune instituteur accompagne sa parente jusqu'au port. Il combat un vif regret de ne pas embarquer avec elle. Sans conteste, il aurait joui de mirer la contrée au sud du fleuve et qu'il magnifie en pensée, plaine fertile parsemée de monts dont la teinte verdoyante vire au roux en cette fin d'été. Il aurait aimé voir sa sœur Vitaline remonter l'allée centrale de l'église au bras de son Florentin. Il aurait aimé jaser avec son frère Rémy, se faire étriver par Perrine, l'aînée de la famille, et boire un coup avec son père et avec son beau-frère Aubain, débarrassés de leur froc de maîtres-potiers.

Le *steamboat* dans lequel Ériole prend place pour aller à Saint-Denis n'a pas encore quitté le quai que son neveu bat en retraite, après un dernier signe de la main. Sa journée sera affairée en diable! Tout un changement après l'oisiveté des récents mois. Gilbert embauche un porte-faix pour charrier son barda de nettoyage jusque dans le faubourg Québec, puis il s'absorbe dans un ouvrage qui comprend, en l'absence d'Ériole, la surveillance épisodique de l'atelier de matelas dont elle est la propriétaire et la gérante.

En fin de compte, deux interminables journées de récurage et de mise en ordre sont nécessaires pour que sa classe, d'une propreté acceptable, soit sommairement installée. Au terme de ce travail harassant, Gilbert a sacrément besoin de repos. Il est vermoulu et tous ses muscles crient grâce! Il retourne vers la cité comme un automate, ne portant aucune attention au décor qui l'environne et aux groupes qu'il croise, jusqu'au moment où il décèle dans leurs parlures une agitation surprenante.

Il fait halte à quelques maisons de la sienne, là où le domestique d'un voisin fortuné vitupère, pour le bénéfice de son auditoire, contre la permission donnée aux soldats de se greyer de leurs baïonnettes où qu'ils aillent. Une note d'hystérie dans la voix, il raconte qu'il y a encore eu du bredas cette après-dînée, aux courses à chevaux de la rivière Saint-Pierre, entre les *regulars* et les spectateurs. Se souvenant que les épreuves se concluaient ce jourd'hui même, vendredi 6 septembre, Gilbert écoute avidement le récit emporté du vieil homme.

— Les habits rouges, sont malins comme sept fois le diable. Y ont eu recours à un stratagème pour démarrer la bataille!

Espérant qu'une bataille s'ensuivrait, les soldats n'ont cessé de provoquer la foule. Un fier-à-bras notoire, appuyé par quelques compères tapageurs, a fait frime de relever le défi, puis il a retraité sans qu'un seul coup soit échangé. Comme obéissant à ce signal, les habits rouges sont devenus fous furieux. La baïonnette brandie, ils ont parcouru le vaste champ de courses au son du cor, avec un acharnement indescriptible. La chasse à l'homme a fait souffler un vent de terreur. Un jeune homme a été transpercé d'un coup de baïonnette, qui l'a projeté au sol. Il paraît que, tout à sa joie, l'assaillant sanguinaire lui a ensuite asséné plusieurs coups sur la tête ; d'autres l'ont foulé aux pieds.

Un vif échange s'ensuit entre plusieurs membres du groupe.

— L'alcool pis les armes à feu, c'est un mélange détonnant.

— On l'a vu avec les boulés de l'élection de Montréal-Ouest. Y leur fallait leur ration, même à huit heures du matin, si on voulait qu'y fassent du grabuge !

Brandissant sa pipe allumée vers le ciel, un troisième ponctue :

— C'est ça que ça prend à un faquin pour perdre sa... ses...

Gilbert vient à son secours.

— Ses inhibitions ?

— Tu parles drette, mon gars. Pour se lâcher lousse.

Le vieux domestique reprend le crachoir :

— Z'en avez pas plein le cul, vous autres, de la soldatesque ? Je veux dire, c'est correct que le commandant de la garnison soit souple sur le couvre-feu, pis sur leur consommation de boisson. Après toutte, faut laisser les hommes se distraire, autrement y virent fous. Mais là, on leur permet de charrier leur maudit mousquet jusque dans le litte des ébraillées, comme si leur sûreté en dépendait !

Dans le silence qui s'ensuit, l'écho de propos en langue anglaise, délivrés dans le paroli caractéristique des Isles britanniques, leur parvient très clairement. Quelques habits rouges en maraude... Gilbert est inondé d'une sueur froide. Peut-être qu'ils sont sur le point de fondre sur lui... Il prend ses jambes à son cou et, dès qu'il a refermé la porte de sa maison derrière lui, il barre à double tour et s'accote sur l'huis, haletant, guettant les sons d'une rue Notre-Dame astheure désertée. Un calme surnaturel règne, causé par la peur des habitants.

Se redressant, Gilbert éponge ses tempes baignées de sueur avec sa manche. Sans conteste, c'est un spectacle encore neuf pour lui que de voir les soldats autrement qu'en factionnaires confinés aux divers corps de garde et aux guérites des bâtiments officiels. Il lui faudra un temps pour s'habituer... La terrifiante épidémie de choléra morbus de l'an passé, de même que la crainte agissante d'une résurgence de l'épidémie pendant la belle saison, a forcé les autorités militaires à tenir les corps d'armée hors des cités. Par miracle, le miasme a épargné le continent américain, et en conséquence, les baraquements de la métropole reprennent vie...

Les rues et ruelles de Montréal étant devenues périlleuses pour tout Montréaliste d'ascendance française, Gilbert s'encabane. N'empêche qu'il doit sortir dans la cour pour aller aux latrines ou puiser de l'eau au puits, ce qui lui permet d'en apprendre davantage puisque la cour est commune à plusieurs habitations. Le blessé, victime innocente d'un « amusement » terrifiant, est un manœuvre au nom de Salomon Barbeau. Frappé dans le dos, il agonise à l'Hôtel-Dieu, car nul ne réchappe d'une paralysie du bas du corps, couplée à des blessures sérieuses à la tête. Son épouse, mère d'un très jeune enfant, se ronge les sangs...

L'attaque vicieuse a été le point d'orgue de violences préméditées qui se sont étalées sur les trois journées des courses de chevaux. Il ne peut donc s'agir que d'une provocation. Occasionner une émeute, pour ensuite tomber à bras raccourcis sur ceux qui se défendent... Mais pourquoi asteure? Les furibonds de la métropole auraient-ils choisi ce moyen pour réussir ce qu'ils ont échoué en mai 1832, soit transformer les pacifiques Canadiens en rebelles et en traîtres à leur mère patrie?

Serrant les dents, Gilbert chasse l'image qui l'envahit, celle de Casimir se vidant de son sang. Seize mois auparavant, le 21 mai 1832, un groupe de puissants Montréalistes employait tous les moyens en son pouvoir, y compris faire venir une compagnie d'habits rouges, pour empêcher un candidat patriote d'être élu à la Chambre d'Assemblée du Bas-Canada. Parmi les innocentes victimes de la fusillade se trouvait un camarade de collège, mort sous ses yeux...

Gilbert envoie une pensée chaleureuse à Casimir qu'il espère auréolé de béatitude éternelle, puis il bannit de sa pensée ces quelques minutes d'horreur, habituellement rangées au plus creux de sa mémoire. La tentative de coup d'État, c'est-à-dire l'immixtion de la soldatesque dans l'élection du quartier ouest, ne peut se reproduire. La première phase de la Grande Enquête a permis à la tragédie de s'étaler dans toute son horreur, pendant la session législative 1832-1833, devant l'entièreté de la Chambre d'Assemblée. Déjà, cette dernière avait reçu plusieurs pétitions, dont la plus impressionnante prenait la forme d'un acte d'accusation parfaitement documenté. Le pouvoir abusif d'une coterie d'hommes à place, membres de l'élite britannique de la colonie, sera combattu bec et ongles par les élus.

Le jeune instituteur s'absorbe dans ses préparatifs académiques, et à l'aube du dimanche, nul incident n'est venu en ajouter à la tragédie du vendredi soir. Il met le nez hors de la croisée pour prendre le pouls d'une cité dont il commence à connaître les moindres sursauts d'humeur. Des parlures résonnent, puis les églises sonnent l'heure de la grand-messe. La rue Notre-Dame se garnit de piétons et d'attelages... Conforté par ces apparences d'un retour à la normalité, Gilbert range sommairement la maison en vue du retour de sa tante, en soirée, puis il se prépare pour l'immuable rituel de ce jour chômé : emmener Caroline se balader sur les contreforts de la montagne, après être allé la cueillir faubourg Saint-Laurent.

Il se sent minuscule dans ses souliers dès qu'il pose un orteil sur la chaussée. À la seule idée de se trouver face à un habit rouge, il ne peut s'empêcher de trembler comme une feuille ! Une couardise qu'il endure tout en la haïssant... Puis, une accorte silhouette capture son regard et il en oublie tout le reste, tandis qu'une appétence prend de l'ampleur au plus creux de ses entrailles. Même attifée comme une habitante, Caroline lui semble diablement appétissante, et il la dévore des yeux. Luxuriante chevelure foncée cachée sous un foulard lâchement noué, décolleté couvert d'un châle quasi diaphane, jupe bariolée lui battant les mollets...

Fier comme un paon, il se présente à Caroline comme le nouvel instituteur du faubourg Québec. Pour le féliciter, elle lui saute dans les bras, le gratifiant de vigoureux baisers en pincettes. Elle ne peut se retenir, comme mue par une affection filiale empreinte d'abandonnement, de le toucher à tout propos ! Il veut la presser contre lui, mais elle se désengage en un tournemain. L'expression concentrée, elle n'a qu'une seule envie : l'entretenir des violences aux courses.

— L'armée de furieux paraissait commandée par les caporaux pis d'autres sous-officiers. Des attelages à proximité ont été attaqués, pis les montures de cavaliers itou. Faire des sévices aux bêtes, c'est cruel !

De ses lèvres nettement ourlées s'échappe un flot de paroles indignées, ce qui rosit ses joues encore pleines. Les narines de son nez bien typé palpitent et ses épais sourcils se froncent, mais Gilbert ne l'écoute guère, car il a envie de plonger dans le lac noir de ses iris dilatés sous l'assaut de la colère, deux perles dans l'écrin de ses yeux en amande.

— Pis t'as ouï? Un blessé au sol a dû son salut au mensonge d'un bon samaritain. Ce protecteur a prétendu aux soldats qu'y était un Allemand. Un autre a été obligé de se précipiter dans le fleuve pour échapper à ses poursuivants!

Son amie est intarissable. D'après elle, certains haut-gradés entretiennent sciemment un climat d'intolérance, exhortant leurs hommes à ne sortir qu'en groupe et à n'endurer aucune offense ni insulte de la part des habitants. Quelques mauvais sujets parmi la soldatesque les ont pris au mot! Les *regulars* sont même encouragés à refuser de payer pour leurs consommations à l'auberge et même à frapper les propriétaires trop insistants. Ceux parmi ces derniers qui sont venus aux casernes pour se plaindre ont vu le factionnaire leur barrer l'entrée!

Gilbert en tombe des nues. Il ignorait que son amie avait un savoir palpable de toutes ces choses. Pour le sûr, une ébraillée rencontre un tas de gens... Caroline en vibre de la tête aux pieds. Désormais, le pavé appartient aux habits rouges, dont certains n'aiment rien tant que d'y faire régner leur loi. Le régime de terreur retombe sur eux comme une chape de plomb!

— Des fois, j'ai comme... comme des bouffées de rage. Je voudrais en étriper une couple parmi ceux qui nous ont traités en gueusaille. Pourtant, on les a pris la main dans le sac!

La jeune ébraillée désespère d'être vengée du terrible affront de la Rue du Sang. Qui ne ressent pas la même rancœur fébrile? Depuis la tragédie, Caroline a développé un réel intérêt pour les affaires publiques. Sidérée par la brutalité des événements, elle s'escrime à donner un sens à l'escalade de la violence, et Gilbert déploie une patience d'ange pour répondre à ses innombrables questions. Récemment, elle lui a fait valoir qu'il est le seul à la prendre au sérieux. Ses clients préfèrent la traiter en tête de linotte, tout juste bonne à hocher la tête en écoutant leurs sempiternels soliloques!

Lorsqu'elle reprend son respir, Gilbert saute sur l'occasion pour entraîner sa compagne dans la nature sauvage. Les infortunes sont abandonnées à l'orée de la forêt... Caroline a imposé au jeune homme un rapport de franche camaraderie. Il est devenu ce qu'elle souhaitait, soit un compagnon de promenade lui permettant d'oublier, pour quelques heures, sa vie parfois pesante d'ébraillée. Gilbert s'y est astreint sans trop pâtir, car voyant sa bonne amie retrouver le bonheur enfantin de jouer et de s'émerveiller, il s'est laissé aisément gagner par cette spontanéité qu'elle manifeste à chacun de leurs rendez-vous.

Mais son devoir de réserve commence à lui peser d'autant plus que les bicheries de Caroline se teintent d'une langueur sensuelle à laquelle, tout d'abord, il a refusé de croire. Depuis quelques semaines, elle se comporte comme sa blonde, inclinant sa tête contre son épaule, déposant un baiser chatouilleux dans son cou... À mesure que s'égrène l'après-dînée, Gilbert voit son appétence se déployer. Il avait réussi à la faire tenir dans une minuscule boîte fermée à double tour, mais c'est peine perdue ; désormais, il est obligé de la laisser prendre possession de son être tout entier.

Dès leurs premières rencontres, Caroline s'est mise à narrer sa vie d'ébraillée dans ses moindres recoins. Un tourment bien pire, pour Gilbert, que la chasteté imposée ! Il a eu beau vitupérer, elle était décidée à ne lui épargner aucun détail scabreux et elle a décrit ses clients dans les ultimes retranchements de leur vénalité. Bien entendu, Gilbert n'a pas été long à comprendre le but de la manœuvre : le dépouiller du moindre oripeau de ses illusions. Tester son sentiment amoureux jusqu'à sa plus extrême limite !

À quelques reprises, révolté de voir à quoi sa dulcinée devait s'astreindre, il a dû la quitter abruptement. Il a même cru devenir de moins en moins énamouré ; il a cru, ce qui aurait été logique, que la souillure de son métier allait la dépouiller du moindre de ses charmes, car cette lumière crue sur son obscène métier allait la transformer en être répugnant. Sauf que... Il a tenté de déceler sur elle les traces d'autres doigts et les marques d'autres baisers, il a noirci son âme en se la dépeignant comme dépravée, mais à ses yeux, elle reste la jeune ouvrière originaire de Saint-Denis, trop fière pour se contenter d'une vie d'ouvrière. Et c'est ainsi qu'il la mire, face à lui, pure comme au jour de sa naissance.

Mais Caroline l'affectionne comme un frère. La dernière chose qu'elle veut, c'est d'un énième amant. C'est donc sans espoir. Gilbert doit se contenter de ces promenades enfantines, jusqu'à ce qu'il soit suffisamment en moyens pour devenir son client régulier. Ce qui peut prendre encore des siècles... Il est distrait de sa désolation, ce soir-là, par sa tante Ériole qui partage sa bonne humeur avec lui. Tout d'abord, Vitaline rayonnait d'aise au bras de son Florentin. Il fallait un homme d'une équarriture certaine pour égaler sa nièce, affirme-t-elle, pas uniquement parce qu'elle est solidement charpentée, mais parce qu'elle a besoin d'une ancre pour contrebouter son tempérament d'artiste parfois excessif!

Florentin brasse suffisamment d'air pour ne pas faire trop pâle figure à ses côtés. Sa personnalité mystérieuse et taciturne fera contrepoids à celle de Vitaline, qui devrait parfois brider ses élans... Gilbert reste coi, mais n'en pense pas moins. Celui qui est devenu son beau-frère est un bègue qui préfère se cantonner dans le silence. Pourvu, cependant, qu'il ne fasse pas ruer son épouse dans les brancards de l'exaspération... Ériole, qui a commencé à décrire les savoureuses agapes qui ont suivi la cérémonie, s'empresse de partager avec lui une autre raison de se réjouir. Sa grand-mère viendra se réfugier auprès d'eux dès que le père de Gilbert aura convolé en secondes noces, ce qui ne saurait tarder!

2

Les doigts gourds, Vitaline laisse tomber le cordage usé dans le panier à ses pieds, puis elle se lève du tabouret où elle prend place depuis que le soleil levant jette un éclairage suffisant sur son ouvrage. Les reins endoloris, elle fait des mouvements pour se délier, tout en jetant un coup d'œil à travers les carreaux sales de la petite fenêtre de la salle commune. Le temps est calme et une buée moelleuse semble nimber le paysage... Ragaillardie, elle franchit les quelques verges qui la séparent de la porte d'entrée, qu'elle ouvre toute grande.

L'été des Sauvages la frappe de plein fouet. L'astre solaire qui grimpe sur l'horizon est d'une teinte rougeâtre, et ses rayons sont voilés par une brume légère. Le redoux tant apprécié magnifie le paysage de champs labourés, ponctué de fermettes et de bâtiments, et qui devient un ailleurs immense. Vitaline descend les deux marches du perron, puis elle prend une large goulée d'air tiède rempli de senteurs végétales: les champs retournés dont la terre se réchauffe après une première gelée... les feuilles des arbres qui se dessèchent lentement...

Fermant les yeux, Vitaline a l'impression d'être caressée par l'atmosphère, pourtant d'une immobilité parfaite. Ses pieds nus s'imbibent de la fraîcheur de la nuit qui remonte du sol, tandis qu'elle offre son visage aux tièdes rayons du soleil levant. Elle se sent transportée dans un monde enchanté. Pour le sûr, le paradis est un éternel été des Sauvages, car l'embellie n'est pas qu'un ultime sursaut de la saison chaude. Non, elle est une saison en soi, la plus délicieuse d'entre toutes puisqu'elle fait la nique à la fureur des éléments, puisque la race humaine tout entière semble faire une pause sur le chemin chaotique de sa destinée.

— Hé, Vitaline! T'as laissé ton ouvrage en plein milieu de la pièce. J'ai manqué de me retrouver les quatre fers en l'air!

Vitaline pivote promptement vers sa belle-mère qui se tient dans le chambranle, les mains sur les hanches. Dame Eugénie Montplaisir en remplit tout l'espace, car même si elle s'active consciencieusement de l'aube au brun, l'âge la caparaçonne de chair. Devant son air sévère, Vitaline se crispe. Elle doit s'accoutumer à un ouvrage radicalement différent de celui qui garnissait sa vie de fille: tournasser, décorer, façonner... Le capitaine Paschat Montplaisir et son fils comptent nécessairement sur le travail acharné d'une équipe de soutien formée de l'épouse, de la fille et maintenant de la bru, et qui cousent, ravaudent, rafistolent, graissent, taillent...

La jeune mariée ne rechigne jamais; elle met toute son industrie à accomplir ce qui lui est demandé, et nul ne peut prétendre qu'elle est dure de comprenure ou récalcitrante à l'ouvrage. Elle a exposé la situation à dame Eugénie et à sa fille, mais ces dernières profitent de la moindre maladresse pour marquer leur désapprobation. À la longue, c'est étrivant...

— Mille excuses, dame Eugénie. Z'avez vu?

Du bras, la jeune femme fait un large mouvement circulaire pour indiquer la ligne d'horizon et les nuages qui s'y tiennent déjà, comme des pics immobiles et grandioses. Elle s'extasie:

— Pour mirer la grandeur de la nature, guère besoin de débarquer en Suisse ou dans l'Ha... dans l'Himalaya. Avec ces Alpes aériennes, on n'a rien à leur envier...

Dame Montplaisir fait un bruit réprobateur avec sa bouche, avant d'ânonner:

— L'Himalaya? T'es toujours après nous épater avec ta science de mamoiselle ben induquée. Ça mange quoi en hiver, c't'affaire-là?

Vitaline se permet un ultime regard vers l'astre solaire, maintenant rendu derrière les plus hautes branches des érables matures qui bordent la modeste propriété. Ces ramures sont dénudées, sauf à leur faîte, où s'accrochent encore, en touffes, des feuilles orangées. Le spectacle de cette superposition est mirifique... Enfin, retraitant vers la maison, Vitaline se met en frais d'expliquer à la mère de son mari qu'elle a déjà vu des images reproduisant des panoramas d'outre-mer pouvant s'apparenter à celui qui se déploie sous leurs yeux.

Dame Eugénie promène ses iris mordorés sur les montagnes vaporeuses, et peu à peu, le pli de méfiance sur son front disparaît, sa bouche pincée se relâche et les narines de son nez, autrefois, fin et droit, frémissent comme celles d'un animal flairant le vent. La maîtresse de maison concède :

— Ma foi, pour le sûr, c'est plaisant à souhait... Pour vrai, y a des gens qui mirent une affaire de même, tous les jours que le bon Dieu amène ?

— Sauf que des fois, c'est fièrement moins joli. Des fois, y mirent des tempêtes redoutables. Ou bien rien pantoutte à cause d'une purée de pois.

— Ah ça... la purée de pois, on connaît en masse, c'est-y pas ? T'es trop jeune pour en avoir souvenance, mais moi, je me rappelle comme si c'était hier de la brume de l'automne... Voyons, c'était quelle année déjà ? Y a eu des fièvres pis une trâlée d'enfants qui sont montés au paradis...

Vitaline laisse sa belle-mère discourir avec un sourire en coin. Dorénavant, trois semaines après son mariage avec Florentin, elle sait comment l'amadouer : toujours amener la discussion vers quelque chose de familier, afin qu'elle en reprenne les rênes. Son amour-propre en ressort grandi... Vitaline a dû s'y astreindre pour éviter certains heurts. Dame Eugénie se bardait contre des arguments à la logique éprouvée ou, encore pire, contre des faits avérés ! Dès l'abord, la jeune femme en est restée désarçonnée. Est-ce qu'elle était supposée s'arrêter de parler, et même de penser, parce que son savoir livresque dépassait amplement celui de sa belle-famille ?

Vitaline n'a pu s'empêcher de contrebouter la maîtresse de maison... ce qui a eu pour effet d'empirer la situation. À l'usage, elle a vu la faille dans sa tactique, et il a fallu qu'elle se fasse violence pour cesser de discutailler lorsque dame Eugénie se cantonnait sur ses positions et, surtout, pour prendre des chemins détournés afin de faire valoir son point. Pour parler drette, Vitaline cultive son humilité depuis qu'elle a débagagé dans cette maisonnée, ce qui est beaucoup plus ardu qu'elle ne l'avait anticipé. À tout bout de champ, ses interlocuteurs refusant de la suivre sur la voie qui lui semble pourtant la seule valable, la jeune mariée doit ravaler ses reparties et panser sa fierté blessée.

Après avoir badiné quelques instants avec dame Eugénie, Vitaline débagage son barda à l'extérieur. Elle s'acharne à réduire de vieux cordages en étoupe de chanvre qui servira aux marins Montplaisir, cet hiver, lorsqu'ils vérifieront le calfatage de leur barque à voile, comme ils doivent le faire après quatre ou cinq ans de navigation intensive. La jeune femme commence à former des brins acceptables. Dès qu'elle a mis le pied dans la maison, dame Eugénie l'a entreprise en ce sens, comme si elle l'avait attendue pour se débarrasser d'une tâche astreignante!

Heureusement, la quantité d'étoupe à produire est modérée et Vitaline aura bientôt terminé. Elle peut donc se permettre, périodiquement, d'admirer les nuées. Les montagnes célestes ont maintenant des contours roses, avec des éclats argentés. Elle s'imagine les gravir pour toucher enfin au firmament... D'après les hommes éclairés, ce firmament ne serait qu'un vide au-delà de l'atmosphère, ce qu'elle répugne à concevoir. Vitaline préfère évoquer un azur infini, à peine voilé par un filet nébuleux dont les mailles seraient en fils d'or et d'argent...

Lorsque par une aube blafarde de septembre, la jeune femme a marché vers l'autel pour faire bénir son union avec Florentin, elle avait la démarche assurée et l'âme d'une aventurière. Elle croyait débagager en territoire connu. Elle avait pris soin de passer un bon nombre d'après-dînées, et encore davantage de veillées, au sein de sa future famille. S'étant mise à l'affût des commérages au sujet de cette maisonnée, elle n'avait rien appris de suffisamment grave pour la désenchanter. Ni dévotieux ni mécréants, ni ivrognes ni vicieux, les Montplaisir bénéficiaient, pour couronner le tout, d'une réelle indépendance pécuniaire, même s'ils vivaient très modestement.

Au début, Vitaline a joui intensément d'avoir quitté le domaine de son enfance, cette parcelle au cœur de Saint-Denis où le maître-potier Uldaire Dudevoir et sa famille ont élu domicile. Elle s'amusait à se dépeindre comme une aventurière occupée à déchiffrer les coutumes d'un peuple amical, mais insolite. Un peuple dont elle comprenait le langage, mais non point les codes particuliers, mimiques et silences, gestes et retenues... Mais en vérité, elle doit apprendre à faire corps avec un équipage dont elle ignorait quasiment tout, et astheure, elle se sent harassée par les difficultés de l'entreprise.

À la journée longue, elle bute sur dame Eugénie et sur sa cadette de 17 ans, Normande, qui sentent le besoin de la mettre au pas. Comme une ennemie potentielle, Vitaline se sent constamment surveillée du coin de l'œil, examinée sous toutes les coutures, et les mines qu'elle surprend à son sujet sont infiniment plus réprobatrices qu'amicales. Elle est obligée de se tenir sur son quant-à-soi. De se tourner sept fois la langue dans la bouche avant de parler...

Quant à son époux, Vitaline n'a pu le fréquenter qu'à la sauvette, car les marchands pressurent les équipages de navires pour les transports de blé et autres grains qui rempliront les cales des ultimes transocéaniques à traverser l'Atlantique avant la prise des glaces. Florentin et elle étaient parvenus, ensemble, à une aisance palpable. À preuve: son promis se déliait la langue en sa compagnie, ce dont il s'épatait lui-même. Il conversait presque aisément, sans crainte d'être repris, jugé, réprimandé...

Sauf que depuis leur mariage, les tête-à-tête ont été trop rares pour s'accoutumer l'un à l'autre. Même chose pour leurs brèves étreintes conjugales, surtout marquées au sceau de la maladresse. Vitaline est envahie d'un puissant malaise lorsqu'elle songe à sa nuit de noces, laquelle a eu lieu plusieurs jours après la cérémonie. Elle se sentait assez guillerette, anticipant une plaisante accolade, mais Florentin a été étrangement pataud. Il ne croisait son regard qu'à la dérobée, et plutôt que de laisser les gestes s'enchaîner naturellement, il l'a brouscaillée pour qu'elle s'allonge.

L'acte charnel est devenu une contrainte pour la jeune mariée. C'est à toute vitesse, comme un voleur, que son légitime s'est cru autorisé à la déflorer; il a cru devoir prendre possession, sans ménagement, de ce qu'elle lui avait déjà offert en toute confiance. Peu avant leurs épousailles, elle lui avait signifié sa disponibilité. Pourquoi se restreindre encore, puisqu'ils allaient s'unir? Bien des couples agissaient de même... Mais Florentin avait refusé avec véhémence. Risquer de l'engrosser, alors qu'un funeste coup du sort pouvait encore empêcher leur mariage?

Pendant une dizaine de jours, le mari de Vitaline a été obligé d'attendre la guérison de la déchirure à son entrejambe. Il en a été alarmé, mais lorsque Vitaline a voulu aborder le sujet, Florentin a prestement fait dévier la conversation. Depuis, ils n'ont eu que quelques rapports contraints et laborieux, dans un silence religieux, et Vitaline s'effraie de la perspective que ce soit son lot pour le restant de son existence.

À mesure que s'égrène la mirifique journée de l'été des Sauvages, Vitaline s'épate. Quelque chose traîne dans l'air, un abandonnement bienvenu... Au soir, elle comprend que les dames avec lesquelles elle passe l'essentiel de son existence ne l'ont guère brouscaillée. C'est là un baume sur sa sensibilité malmenée! Le climat de bonne entente se confirme et Vitaline comprend qu'elle a réussi une épreuve dont elle ne soupçonnait même pas l'existence.

Tous les griefs qu'elle ruminait, en particulier celui d'être une servante à gages, se retrouvent désuets du jour au lendemain. Malgré les inévitables heurts dus aux différences de personnalités, un lien de respect se tisse d'heure en heure... Enhardie, Vitaline se met en frais de faire comprendre à sa belle-mère qu'elle refuse de laisser l'ouvrage s'accumuler sur ses épaules. La maîtresse de maison réagit de bonne grâce à cette rébellion. Un rééquilibrage subtil se produit dans la répartition des tâches et Vitaline est délestée de celles qu'elle maîtrisait encore mal. Désormais, elle fait partie intégrante de la famille Montplaisir.

Un midi, Vitaline s'adonne à du reprisage en compagnie de sa bavarde belle-sœur Normande, lorsque cette dernière interrompt abruptement son babillage. Frustrée, elle lui jette une œillade. Vitaline ne l'écoute guère, car elle a compris que la cadette de la famille cherchait surtout à rompre un silence qu'elle trouve pesant, mais elle apprécie généralement la musique de ce ronron qui l'aide à accomplir les ouvrages les plus astreignants. Sa belle-sœur a parlé trop vite, sans réfléchir, comme si la moindre de ses pensées méritait d'être partagée.

En l'absence de Florentin, Normande ose comparer le tempérament moinillon de ce dernier au réjouissant sans-gêne de Norbert, son autre frère, qui s'est approprié à la naissance un capital de faconde qui aurait dû être plus équitablement partagé. La jeune fille s'est même permis une remarque ironique: que l'aîné de ses frères se dote d'une épouse, c'était une nouveauté qui ne manquait pas de l'épater! À l'entendre, son handicap était un prétexte pour masquer une timidité maladive. Pour peu, elle aurait affirmé que Florentin faisait exprès d'ânonner...

Vitaline est passée proche de riposter, car le commentaire était désobligeant pour elle. Comme si elle était la seule cruche que Florentin avait réussi à séduire! Comme si, plutôt que d'être en reste, elle avait opté pour la politique du moins pire... Le commentaire sarcastique lui a quand même permis de prendre conscience du fait qu'avant elle, Florentin n'avait eu comme seules compagnes que sa mère et sa sœur. Pendant leurs fréquentations, son mari a pris garde d'y faire allusion, plaçant leurs rencontres sous le signe de la légèreté, mais à l'évidence, il émerge d'une pesante solitude amoureuse imposée par sa condition de bègue.

S'étant redressée, Normande écoute attentivement les sons du dehors. Que peut-elle ouïr? Une risée soutenue balaie la contrée depuis quelques heures... Sans crier gare, la jeune fille se lève, ce qui relève de l'exploit car elle est plutôt rondelette, sans doute comme sa mère au même âge. Tout un contraste avec les mâles Montplaisir, souples et sinueux comme des arbrisseaux, hormis Norbert qui fait, en quelque sorte, le pont entre les deux gabarits. Doté d'une très petite taille pour un homme, même si râblé et vigoureux, Norbert compense cette faible hauteur par une superbe qui le grandit!

Normande jette:

— Pour moi, de la visite s'en vient.

— Dommage pour ta mère, qui est justement en visite chez Clariste.

— Sa mère va rappliquer. C'est pas de la visite ordinaire!

— Sa Grandeur l'évêque?

— Des grandeurs un brin moins longuettes, réplique Normande dans un rire, pis qui le sont juste pour nous autres!

Vitaline comprend soudain, tandis qu'une onde de chaleur la parcourt. Normande a entendu l'arrivée de la barque à voile avec laquelle Florentin et son père font leur cabotage entre Saint-Denis et Québec. Toutes deux sortent dehors, et trottent sur le sentier qui mène au chemin du Bord-de-l'eau. Triomphante, Normande lui désigne la voile à moitié affalée qu'elle pourrait reconnaître entre toutes, tant elle a travaillé pour la coudre et la rapiéceter. À cet endroit, les terres sont beaucoup plus basses qu'au bourg, et Vitaline aperçoit déjà les marins après décharger, l'un sur le pont et l'autre sur la grève.

Après les avoir hélés joyeusement, Normande se met à l'ouvrage de charrier les bagages et les ballots jusqu'à la maison. Trop gênée pour faire écho à la salutation spontanée de sa belle-sœur, Vitaline se contente de faire un signe à son beau-père, puis d'attendre que Florentin, qui lui fait dos, se tourne à moitié vers elle, un sourire hésitant aux lèvres. Il agrandit légèrement les yeux, comme à son accoutumance, et Vitaline se sent attirée vers le lac noir de ses pupilles. Elle a envie d'y plonger, car malgré leur teinte sombre, elle est persuadée que l'eau y serait tiède, et douce... Vitaline ne peut retenir un sourire charmé auquel son mari répond par un clin d'œil complice, avant de se concentrer de nouveau sur sa tâche.

Ce n'est qu'à la brunante qu'il se tire enfin une chaise afin de prendre place aux côtés de Vitaline, pour leur tout premier moment d'intimité depuis son retour. Elle s'empresse de l'interroger :

— Ton voyage s'est bien passé, pour de vrai ? J'étais inquiète, l'eau est tant haute...

À cause des pluies de l'été, le niveau de la rivière Chambly, habituellement à son plus bas de l'année, atteint des sommets. Florentin réagit par un rictus dédaigneux :

— Pff! J'ai vu b... ben pire. C'est quand un grain te fais courber la tête sur le plancher des vaches qu... que tu dois réciter une prière pour ton... ton pauvre mari sur sa coque de noix !

Il ajoute qu'il n'escomptait guère une telle chaleur, après l'été pourri que le Bas-Canada a subi. Si les récoltes sont sauves dans le sud de la province, il n'en va pas de même au nord. Elles ont été si mauvaises dans le district de Québec qu'on craint déjà un hiver de famine. Avec une grimace, Florentin conclut :

— Dire que c'est le mo... mo... morbus qui hantait notre repos...

— Comme quoi faut jurer de rien. Le morbus a couru se cacher au fond de la forêt, mais dame Nature, elle, nous rappelle qu'on est juste un jouet entre ses mains. On peut escompter que Milord va délier les cordons de sa bourse pour soulager la plus criante détresse. Sauf que c'est un pis-aller. C'est pour des affaires de même itou que la Chambre d'Assemblée est la gardienne des deniers publics. Pour voter des crédits, beurrée de sirop !

Portant ses mains en avant comme pour repousser un adversaire, Florentin s'exclame :

— Ma vlimeuse, tu vas pas me c... casser les oreilles avec la question des subsides ?

— Y a vraiment rien de compliqué dans toute cette saudite affaire. Faut faire fi des débats, pis des criailleries, parce que ceux qui gueulent veulent juste nous faire oublier l'essentiel. L'essentiel, tu le sais comme moi : ceux qui remplissent le bas de laine du pays, ce sont eux autres qui devraient voir à la dépense. Sauf qu'en Canada, nos représentants voient les deniers glisser dans la poche des favoris sans pouvoir les retenir. On engraisse ceux qui nous traitent comme des moins que rien.

Son mari la considère avec un sourire mi-amusé, mi-exaspéré.

— Pour le sûr, t'es p... pareille à comme je t'ai laissée. Sac... sacrément vindicative !

Vitaline reste déconcertée. Ce n'est pas la première fois qu'elle encaisse ce reproche de sa part, comme si son mari trouvait qu'elle met trop de chaleur et de force de persuasion dans ses propos. Pourtant, pendant leurs accordailles, tous deux ont eu de mémorables discussions ! Brusquement, Florentin se penche pour effleurer sa joue de ses lèvres, et elle frémit sous cette caresse inusitée.

— Ventrebleu ! T'es pas gêné, son frère, de te laisser aller à de tels débordements devant toutte nous autres ?

Norbert se tient sur le pas de la porte de la salle commune, dont l'huis est grand ouvert sur l'ultime sursaut de l'été des Sauvages. Le jeune homme de 20 ans est revenu de son ouvrage au bourg, à la distillerie Nelson. Le sourire fendu jusqu'aux oreilles, il traverse la pièce à larges enjambées. Florentin se lève et se voit gratifier d'une accolade emportée, au terme de laquelle il profère sobrement, s'accompagnant d'un geste pour désigner l'extérieur :

— Le vent tombe.

— Pour de vrai ? ironise Norbert. Faut un devin comme toi pour le prétendre. Parce que je marchais pis j'étais poussé par le suroît. Quasiment à voler...

— Une b... bonne flambe à soir ?

— Ce sera pas de refus.

Dès que le poêle de la maison s'est remis à ronronner, aux premières froidures, les frères ont repris le rituel des flambées nocturnes d'hiver. Même au plus creux de la morte saison, moult tâches seront accomplies au grand air, et de fabuleuses attisées éclaireront la noirceur. Les frères ont l'habitude d'ériger un abri pour y dormir comme au fin fond des bois. Vitaline a hâte de mirer l'installation !

— Je te niaise, ajoute Norbert, mais je suis paré à te suivre les yeux fermés, tu le sais sur un temps riche. En matière de vent, t'es une sommité. Un oracle.

Vitaline interpelle le survenant :

— Quelque chose de neuf ?

Se tournant vers son mari, elle explique :

— Je lui ai demandé de rester aux aguets. De rentrer direct icitte pour nous renseigner. Pas question de niaiser à l'auberge Mâsse ! Le morbus avait obligé les clubistes à lâcher du lousse, mais là, y se reprennent...

Vitaline est obnubilée par le sort funeste de Salomon Barbeau, celui qui s'est fait transpercer le dos d'un coup de baïonnette au champ de courses, à Montréal, par un sergent dont le nom est inconnu. Le jeune manœuvre s'accroche à la vie, mais son trépas est inévitable. Or, la jeune femme s'accroche à l'espoir de voir son assaillant expier son crime grâce à une éventuelle enquête du coroner. Elle refuse de croire que lui et ses complices, dont le fier-à-bras qui a inité la rixe, s'en tireront indemnes.

Pourtant, Vitaline sait que ceux qui permettent aux habits rouges de porter une baïonnette à leurs flancs, et qui les ont assurés de l'impunité s'ils brouscaillaient les enfants du sol, feront tout pour les couvrir. Elle ne le sait que trop bien, car ces hommes gratifiés d'une fonction importante, celle de juges de paix du district de Montréal, sont les mêmes que ceux qui, en 1832, ont ordonné à la soldatesque de tirer sur des innocents. Des hommes bardés de préjugés envers leurs concitoyens d'ascendance française. Et même, pour les plus intolérants d'entre eux, animés d'une haine viscérale... Voilà ce qui explique, près d'une année et demie plus tard, l'indécente désinvolture des autorités en place envers le meurtre d'un Canadien.

Norbert n'ayant rien à rajouter sur l'évolution de l'affaire, Florentin quémande à Vitaline un résumé de la situation, qu'il a perdu de vue sur l'onde. Son épouse s'exécute volontiers. Depuis l'assaut sur le jeune Barbeau, les magistrats de Montréal rivalisent d'indolence. Ils auraient dû, en toute célérité, lancer une enquête au terme de laquelle ils auraient dénoncé les présumés coupables aux officiers de la Couronne ou au gouverneur. Pourtant, ils sont restés impassibles pendant dix jours, ce qui a été amplement suffisant à l'assaillant pour prendre le large. Finalement, pour ne pas se faire accuser d'une violation gravissime de leur devoir, ils ont institué une enquête à huis clos... qui s'est terminée en queue de poisson devant la trop flagrante culpabilité du sous-officier britannique.

Avec son hésitation coutumière, Florentin fait remarquer :

— L'affaire est c... c... claire comme de l'eau de roche, c'est-y pas ? La preuve sera... je veux dire, elle sera...

— Impossible à pervertir ? Croise tes doigts, pis croise-les solide. Les comploteurs trouvent toujours le tour de brouiller les cartes !

Parodiant Vitaline, Norbert se met à chantonner ce poème qui, enjolivé par une mélodie connue, est devenu l'hymne de la Rue du Sang :

— *Ô vingt-et-un ! Jour mémorable, sois prisé dans tous les cœurs. Les enfants du sol s'assemblent pour se choisir un candidat...* J'oublie la suite. Envoye, Vitalette, toi, tu chantes comme un rêve...

Fermant à moitié les yeux, Vitaline laisse la musique monter en elle, puis les strophes naïves, au rythme maladroit, se répandre hors d'elle.

— *Les Bureaucrates se rassemblent et sur nous commettent l'attentat. Leurs mains impures, souillées de crimes, de Dieu attire le courroux. La justice aura son cours. Le sang de ces pauvres victimes... qui crie vengeance...*

Est-ce le chambardement récent dans son existence ? Vitaline est obligée de s'interrompre, la gorge outrageusement serrée par une affliction que le temps ne réussit pas à atténuer. Un sort funeste s'acharne sur son bien-aimé pays à cause des malversations d'une coterie de pourris. Cette certitude, elle lui sert désormais d'étalon de mesure.

DEUX HEURES PLUS TARD, le coup de vent n'est plus qu'un souvenir, comme l'a prédit Florentin. Même si cette chaleur est totalement superflue après plusieurs jours de regain estival, un ample feu ouvert crépite, ses étincelles montant dans la touffeur du soir, vers la voûte céleste aux pâles étoiles clignotantes. Le jeune marin s'est installé de biais avec Vitaline, et à l'écart, comme de coutume, afin de pouvoir sacrer son camp si un péril le guette, celui de parler en public. Ce qui est, pour lui, une torture, comme l'a prouvé l'échange de vœux devant le curé. Ce dernier a dû se contenter d'un grognement en guise d'acceptation...

Soudain, Normande pousse un cri aigu, et Vitaline la considère avec un mélange d'amusement et d'agacement. D'un ton précipité, avec forces gestes, la demoiselle explique qu'elle vient de mirer le vol d'une *souris-chaude*, laquelle a interrompu sa plongée à une verge de la tête de Vitaline. Norbert fait mine de s'effaroucher, mais celle-ci rétorque, prenant soin d'énoncer clairement le vrai nom du volatile :

— Faut pas avoir peur des *chauves-souris*. L'affaire de se prendre dans les cheveux, c'est un conte pour impressionner les enfants.

Norbert l'asticote :

— T'es positive ? Comme le grichou pis le bonhomme sept heures ?

— Je parierais ma chemise.

— Fais jamais ça.

La remarque de Florentin a été autant brève qu'incisive. Norbert donne une bourrade à son aîné.

— Sauf en tête-à-tête avec toi, son légitime, ça se pourrais-tu ?

— Ben moi, intervient soudain Normande, les histoires de grichou, ça me renvoyait ben vite sous mes couvertes, pis j'ai pour mon dire que des faquins effrayants de même, ça existe quelque part.

Son visage, rond et joufflu comme une pomme, arbore un air buté.

— Le grichou habite le royaume infernal, p't-être ? T'en penses quoi, Vitaline ?

Cette dernière reste interdite devant l'interpellation de Norbert. Au début, elle se flattait de ses questions ingénues : il semblait le seul, dans cette famille, qui considérait son savoir non comme une menace, mais comme une source d'édification, et elle répondait avec sérieux. Ce qui ne l'empêchait pas de noter le mutisme renfrogné de Florentin... Ce dernier a fini, en privé, par chialer contre son fendant de frère, trop content d'étaler sa supériorité à tout propos.

Dès son arrivée dans cette maisonnée, Vitaline a été frappée par les sentiments ambivalents qu'elle a cru deviner chez son mari à l'égard de son jeune frère. L'admiration sans bornes de Florentin pour Norbert est parfois contrecarrée par un ressentiment que le mari de Vitaline a bien de la misère à dissimuler. Une jalousie que tous font mine de ne pas voir... La jeune femme a été témoin de quelques moments de tension, brefs mais intenses. Florentin supporte à grand peine le brouscaillage par mots interposés pendant lequel Norbert pousse son avantage.

Narquoise, Vitaline répond enfin aux questions de son beau-frère :

— En matière de religion, je suis guère une référence. Tu devrais le savoir : y a juste m'sieur le curé qui, de par son état, possède la science infuse.

— C'est pas la science infuse que je sonde, mais ta sensibilité féminine. J'ai pas manqué d'occasions, moi, pour développer un certain savoir.

Normande glousse à profusion. Désinvolte et de tempérament jouisseur, sachant très bien tourner un compliment, Norbert fait souffler chez les demoiselles du bourg une risée d'excitation à son approche. Il reprend :

— Les jeunes filles ont une vision des choses... qu'on a tort de négliger. Comme si leur sexe leur donnait une vision particulière sur le monde.

Sa sœur l'asticote encore :

— T'as remarqué ? T'es *smart* en masse !

Sentant un regard sur elle, Vitaline tourne légèrement la tête et croise celui de Florentin. Jusque-là, il avait le dos courbé et les yeux au loin, mais il semble s'être réveillé. Il semble, en fait, intensément attentif à elle...

— Envoye, Vitaline, fais-toi pas prier.

Amusé par sa propre repartie, Norbert éclate de rire.

— Oui, prier, c'est le cas de le dire ! Le royaume infernal pis toute la bastringue, tu crois vraiment que ça existe ?

— Non. C'est juste pour nous tenir en laisse.

Normande inspire brusquement, la mine effrayée.

— Tu blasphèmes ! Notre Dieu à nous autres, Canadiens, y est autant bon qu'un autre. Les cieux pis l'enfer, c'est... c'est...

— Prouvable ? Non point. Je serais prête à avaler l'enseignement des prêtres si... s'y dégoulinaient de bonté pis de charité. S'y avaient juste notre bonheur en vue. Mais comme c'est là, leur intérêt passe avant tout. L'intérêt de leur caste, je veux dire. Y en a qui sont fins pis désintéressés, mais au-dessus d'eux, y'a les exigences du pouvoir. Pis le pouvoir, ça corrompt.

— Y a pas à dire, grommelle Norbert, ta science est p't-être pas infuse, mais vaste pareil !

Florentin bondit sur ses pieds, et tend la main à Vitaline pour l'inviter à la promenade. Cette dernière se lève en tâchant de paraître dégagée. Plaçant d'autorité son bras sous le sien, Florentin l'attire hors du cercle de lumière créé par le feu. Vitaline frissonne sous la subite fraîcheur du soir, et il murmure :

— Fais p... pourtant pas si frette ?

— Non. C'est le contraste...

Vitaline constate que son mari s'est langui d'elle, et une onde d'agréable nervosité la réveille des pieds à la tête, pour ne plus la lâcher. Elle a une telle soif du contact de son corps ! Elle veut voir son homme rire. Rire à gorge déployée comme Florentin n'a encore jamais fait en sa compagnie. Il s'esclaffe, il se permet même de ricaner, mais se boyauter jusqu'à en perdre haleine, jusqu'à en brailler ? Vitaline vendrait son âme au diable pour mirer un tel plaisir de vivre.

Florentin pile net, afin de la prendre dans ses bras. Elle se laisse enlacer avec bonheur, posant sa joue contre la sienne. Tous deux ont la même taille et, globalement, le même gabarit. Ils s'en amusaient pendant leurs fréquentations. Selon un calcul fantaisiste, Vitaline faisait la somme de leurs parties corporelles, puis elle soustrayait les variations notables dans leurs charpentes respectives. Immanquablement, elle en arrivait à une somme identique, y compris dans les décimales, ce que contestait Florentin, persuadé qu'il la surclassait !

Il enserre ses joues de ses mains pour l'embrasser goulûment. Elle en perd le souffle : son mari semble avoir jeté sa vêture de timoré par-dessus bord. La dernière fois, il osait à peine s'y attarder... Elle se remémore leurs chastes baisers, que Florentin était toujours le premier à interrompre, comme s'il craignait de commettre l'irréparable. Peut-être qu'il n'a fréquenté qu'elle ? Son défaut d'élocution constituait un handicap trop sévère à ses propres yeux... A-t-il subi des moqueries de la part des fillettes insolentes ? A-t-il enduré des sévices de la part de ces quelques jeunes arrogants qui se croient tout permis ?

Vitaline sent une trémulation interne se répandre de par tout son corps. Un fluide délectable qui aiguise ses sens, comme s'il l'imprégnait d'une saveur suave, mais enivrante... Soudain, elle est propulsée dans le passé. L'été des Sauvages décuple son imagination ! Tandis que résonne le glas de la Toussaint, Vincent Cosseneuve s'empare de sa bouche, pour la dévorer, contre le mur de l'église. Depuis que l'image lui est venue, Vitaline se languit de cette impétuosité, car elle l'a menée à un paroxysme sensuel. Cet embrasement, elle a bien cherché à le recréer, seule sur sa couche, mais son extase goûtait le ranci, l'inachevé...

Vitaline saisit Florentin aux fesses pour le presser contre elle. Il s'arrache à elle, et souffle avec fâcherie :

— Ho ! Exagère pas !

Elle roucoule et se dandine contre lui.

— T'aimes pas ça ?

— C'est pas... Ho ! Arrête, je te dis !

Elle l'embrasse férocement, lui mordant la lèvre inférieure, et susurre ensuite :

— Viens derrière la grange. On peut s'accoter au mur. Tu verras, c'est plaisant...

Il recule subitement :

— P... p... plaisant ? Tu... tu connais ça ?

La constriction dans sa voix... Vitaline comprend qu'elle vient de commettre une erreur, et elle est balayée par un vent de panique. Que répondre, comment réparer ? Enfin, elle dit, tâchant de paraître calme :

— Des jeux d'enfant... Enfin, de jouvenceaux... Pas grand-chose, tu peux avoir doutance. Va pas te faire des accroires. T'as vu, j'étais toute neuve pour notre nuit de noces. Pis visiblement, je sais guère m'y prendre avec toi...

Elle n'a pu retenir son dépit. Florentin se radoucit :

— Pas besoin de t'y p... t'y prendre. Tu te laisses faire, pis... pis ça va marcher comme sur des roulettes.

— J'ai eu mal.

Elle a énoncé ce fait sans un soupçon de reproche, mais avec une affliction palpable. Il glisse un doigt sur sa joue pour la consoler, mais son orgueil de mâle est manifeste lorsqu'il profère :

— Mille excuses. J'ai pas pu me rapetisser.

Vitaline pouffe nerveusement de rire, tandis que Florentin l'entraîne de nouveau dans la noirceur. Ce n'est pas vers la grange qu'il les mène, ni même vers leur chambrette d'hiver, sous les combles de la maison, mais vers l'étang aux ouaouarons. À proximité, il y a une minuscule prairie parsemée de quelques arbustes rabougris. Il se dépouille de sa veste et l'étend au sol, puis il invite Vitaline à s'y allonger. Remplie d'espoir, elle lui obéit. Le temps de le dire, il se retrouve à genoux entre les jambes écartées de sa femme, et il s'insinue en elle avec un gémissement de soulagement. Vitaline s'épate : il était déjà bandé comme un taureau !

Tout de suite, il se laisse emporter par un galop furieux. Pour Vitaline, la sensation est beaucoup plus agréable que les autres fois, et elle savoure les coups de butoir. Soudain, Florentin donne quelques ruades frénétiques, il pousse un beuglement qui masque le son des batraciens dans la mare d'à côté, et il s'affaisse sur elle, haletant. Vitaline contemple une étoile au firmament, puis une autre, tout en espérant que son mari reprenne son remuement, mais en vain. Sur elle, Florentin est mou comme une loque. Il pousse un interminable soupir de satisfaction, puis murmure :

— J'en rêvais. Depuis mes 15 ans, je t'espérais...

Touchée, Vitaline pose ses mains sur son dos. Malgré la présence de la chemise, elle a l'impression de flatter sa peau nue, ce qui fait surgir en elle des images trop lascives pour être soutenables. Prétextant être incommodée par son poids, elle l'oblige à rouler sur le côté, et elle reste étalée au sol, la jupe retroussée jusqu'à la taille, comptant sur l'air frais pour éteindre le feu qui la tarabuste encore. Les choses progressent, se console-t-elle. À mesure que Florentin jouira d'elle tout son saoul, il saura se ralentir et se laissera tâter. Car Vitaline a une envie souveraine, celle de le tripoter de la tête aux pieds. Celle de le savourer sous toutes les coutures...

3

Gilbert promène un regard à la fois attendri et préoccupé sur les visages levés vers lui. Une trentaine d'élèves se sont inscrits à sa classe. La plus petite a huit ans tout frais, et le plus vieux est un homme de presque 16 ans, mais tous, ce matin, sont pareillement énervés à cause d'un incident survenu durant la nuit : un soldat ayant sa baïonnette et sa bandoulière teintées de sang a été arrêté par les hommes du guet, faubourg Saint-Laurent. Depuis les courses de septembre, les accrochages se sont succédé. Intoxiqués par l'alcool, les plus intolérants des habits rouges foncent au pas de charge même sur de simples passants !

Un jour, longtemps après l'heure du couvre-feu, les hommes du guet ont vu passer, rue Saint-Paul, cinq soldats qui, leurs baïonnettes nues à la main, tonitruaient leurs imprécations : « *God damn the Canadians !* ». À une autre occasion, un jeune charretier paisible a reçu un coup de baïonnette au front ; le soldat a pris la poudre d'escampette en laissant tomber son arme crochie à cause du coup porté. Plus tard, un boucher assis à sa porte a été frappé de manière semblable.

Les élèves de Gilbert ne peuvent s'empêcher de partager une croyance quasi universelle : tandis que le pauvre Barbeau s'accroche à la vie, c'est pour intimider que les soldats se permettent ces actes de scélératesse. Ou peut-être même pour provoquer une échauffourée générale, car la moindre provocation serait saisie comme une balle au bond ! Les Bureaucrates, avec la bénédiction de l'état-major de l'armée britannique dans la métropole, font régner un climat de peur pour empêcher un verdict d'assassinat – lequel tombe sous le sens – au terme de la cour du coroner qui s'ouvrira dès que la victime exhalera son dernier souffle.

Gilbert prend le contrôle de sa classe en rappelant que la pratique de laisser des armes aux soldats, même en dehors du service, a été ramenée sur le tapis par le Grand Jury au dernier terme criminel de la Cour du Banc du Roi du district. Certains de ses membres voulaient en faire l'objet d'une déclaration solennelle, mais tous les jurés d'origine britannique, à part un seul, s'y sont opposés. Puis, il promet de conclure la journée par une leçon d'histoire politique.

Cette dernière est écoutée avec avidité par ses pupilles. Difficile de ne pas assumer que l'attaque sur le jeune manœuvre, reconnaît Gilbert, n'est que la plus récente de cette guerre qu'une faction haineuse a choisi d'instituer contre le peuple canadien et ses représentants en Chambre d'Assemblée. Dès la Conquête de la Nouvelle-France par la Grande-Bretagne, en 1760, des aventuriers britanniques ont voulu diriger la colonie à leur guise, cherchant à en soutirer opulence et prestige. Au fil des décennies, le groupe s'est transmué en un aréopage d'individus imbus de leur supériorité aristocratique, et désireux de priver les descendants des Français de la moindre position prééminente.

En tant que conquis, les enfants du sol auraient dû s'agenouiller devant leurs conquérants. Même enchaînés, même dépouillés de leurs biens, ils auraient dû baiser les mains avides qui les spoliaient ! Mais les Canadiens ont refusé la sujétion, explique l'instituteur. Ils ont réussi à conserver leurs propriétés, leurs lois et leurs institutions, ce qui était déjà une victoire de taille ; ultimement, ils se sont fait accorder par leur nouvelle mère patrie une Constitution leur conférant le mode de gouvernement démocratique le plus avancé de la planète, celui de représentants élus, réunis en une Chambre d'Assemblée ayant le pouvoir de législater et de distribuer à bon escient les impôts récoltés.

Sauf que la législature du Bas-Canada ainsi formée comportait, en sus de la chambre basse dont les membres sont élus au suffrage, un Conseil législatif appointé à vie par le gouverneur. Cette chambre haute est devenue le siège du pouvoir des marchands britanniques chauvins, lesquels ont également pris le contrôle d'un autre aréopage nommé Conseil exécutif, dont les membres sont les principaux conseillers du gouverneur à son arrivée dans la colonie.

La « Clique du Château » fortifie ainsi sa dictature sur le gouvernement exécutif, d'une année à l'autre, tout en se couvrant du masque de la démocratie. Tous les gouverneurs qui se sont succédé dans la colonie sont devenus des pantins à la solde des membres des Conseils exécutif et législatif. Voilà pourquoi lord Matthew Aylmer a fermé les yeux quand les tout-puissants hauts fonctionnaires se sont abouchés à la phalange de comploteurs pour jeter la soldatesque dans un combat électoral.

Gilbert s'interrompt, car une main s'est levée. Il donne la parole à Léone, fillette d'une douzaine d'années, et qui fait remarquer que le gouverneur a négligé d'établir une cour martiale pour les deux officiers impliqués dans la Rue du Sang, ce qu'il aurait dû faire en tant que commandant en chef des forces armées en Amérique. Un garçon garroche à son tour :

— Même que Milord a préféré laisser au roi d'Angleterre le soin de racheter l'honneur des troupes !

Le fait outrageant a singulièrement marqué les imaginations. Même les Canadiens les moins instruits, les plus « simples » dans toute la noblesse du terme, se sont sentis saisis à la gorge. Après avoir fait émettre une mièvre consigne, ou *general order*, en forme d'éloge envers les deux officiers impliqués, le gouverneur a accordé au plus coupable d'entre eux, le lieutenant-colonel Alexander Macintosh, une permission prolongée dans la mère patrie. Là, le roi William Quatre a récompensé celui qui a donné l'ordre de fusiller un peuple pacifique, lui conférant le *Royal Hanoverian Guelphic Order* !

De même, précise Gilbert, le gouverneur Aylmer aurait dû faire passer en jugement le sergent présumé coupable de l'attentat mortel contre Salomon Barbeau. Or, instituer une cour martiale, c'est reconnaître l'imputabilité des régiments de Sa Majesté. On préfère les placer au-dessus de tout soupçon ! Gilbert en profite pour rappeler que les officiers anglais ne sont coupables que par association, comme les élus en Chambre d'Assemblée l'ont rappelé noir sur blanc en ce qui concerne la Rue du Sang.

Au printemps dernier, les députés déposaient entre les mains du gouverneur une Adresse formelle signalant une machination afin de leurrer le commandement de la garnison de Montréal, et le priant d'offrir une récompense pour la divulgation de renseignements concernant la prétendue conspiration patriote, de même que le pardon à quiconque pouvant fournir des renseignements au sujet d'un supposé meurtre. Cette Adresse, lord Aylmer l'a sciemment ignorée.

Pourtant, Macintosh l'avait déclaré sous serment : les magistrats l'avaient mis en alerte en faisant état d'un complot pour bouter le feu en différents endroits de la ville et des faubourgs, de manière à désarmer plus facilement une soldatesque éparpillée. Quelques heures avant la fusillade, les mêmes avaient prétendu que la populace était armée, qu'elle avait suscité plusieurs échauffourées sur la place d'Armes et qu'elle y massacrait un homme... dont le corps n'a jamais été retrouvé. Le rôle crucial du juge de paix William Robertson a été solidement documenté dans la Grande Enquête. C'est ce *Briton* qui, depuis le perron de son domicile, avait incité Macintosh à faire épauler ses soldats !

Non seulement le gouverneur a exonéré l'armée de tout blâme, mais il a transmué en un acte de sauvetage ce qui était, en vérité, une tentative de coup d'État contre les élus réunis en corps dans la chambre basse, porte-voix d'un peuple avide de réformes. Plutôt que d'épurer la magistrature appointée par ses soins, il l'a bénie ! Ce jour d'hui, la même coterie est en poste, détentrice du pouvoir policier et judiciaire, et lorsqu'elle se réunit en corps légalement constitué, elle peut prendre toute mesure qui s'impose afin de réprimer les désordres. Pour servir de noirs desseins, il suffit d'en inventionner de toutes pièces...

Et pourtant, explique Gilbert à ses élèves, la métropole se dotait cette année même de son tout premier conseil municipal, puis d'un embryon de fonctionnaires sous ses ordres. En toute logique, la responsabilité du maintien de la paix et de la sécurité des citoyens aurait dû être transférée à la corporation municipale et aux échevins, patriotes en écrasante majorité. Mais les élus en Chambre d'Assemblée se sont résignés à bien des atermoiements pour ne pas que la loi d'incorporation soit rejetée par l'omnipotent Conseil législatif.

L'inspecteur à l'emploi de la corporation municipale se plaint d'un manque criant de ressources financières, ainsi que d'une carence absolue d'autorité auprès des connétables salariés et du personnel du Bureau de la Paix, jusque-là sous la houlette des magistrats. La police de nuit relève du conseil de ville, mais les guetteurs ne font que garder les suspects à vue en attendant de les confier... aux juges de paix de la cité, habilités à recevoir des dépositions et à entamer des poursuites judiciaires. Quant à une cour de justice pour délits mineurs présidée par le maire, il ne fallait même pas y songer...

Sentant que sa démonstration devient trop pointue, Gilbert y met un terme. Même si l'année scolaire vient tout juste de s'amorcer, ses élèves sont fringants en diable. La moiteur de l'été des Sauvages stagne dans la pièce comme aux pires chaleurs de juillet... L'instituteur frappe dans ses mains tout en s'époumonant :

— La classe tire à sa fin. Sacrez votre camp, pis que ça saute !

Un joyeux brouhaha s'ensuit. Gilbert s'absorbe à ramasser ses papiers jusqu'à ce qu'une voix fluette l'interpelle :

— S'cusez, m'sieur... Je voulais vous montrer...

Il se retourne pour faire face à Léone, qui le mire en rosissant. Tout en répondant par un sourire amène, Gilbert reste sur son quant-à-soi. Le phénomène des jouvencelles qui s'énamourent, en l'espace d'une semaine, le déconcerte encore. Il commence à craindre que chaque classe, du moins tant qu'il exhibera encore la fraîcheur de la jeunesse, abritera au moins un spécimen de ce genre. Une élève dont il encombre manifestement les rêves, même si elle se ferait tuer plutôt que de l'avouer...

Léone lui tend un bout de papier froissé. C'est le reçu usagé d'un marchand suite à une livraison, comme Gilbert le voit par l'en-tête. La fillette a utilisé l'espace encore blanc pour griffonner quelques rimes. Sans se formaliser des fautes d'orthographe qui sautent aux yeux, il le remet à sa propriétaire, en suggérant :

— Tu m'en fais la lecture ?

Léone s'empourpre encore davantage, puis elle s'assure que la classe est quasiment vidée de ses occupants avant d'obtempérer, des trémolos dans la gorge :

— *Vous faites le bonheur de tous, cette tendre jeunesse. Sa reconnaissance pour vous fait aussi qu'elle s'empresse de vous témoigner en ce jour, son amour et son zèle.*

Gilbert sait fort bien que le poème lui est adressé, mais il fait mine de rien :

— Assez joli, je te félicite. Peut-être que t'aimerais le réciter à m'sieur Quiblier, le temps venu ?

Léone réagit en écarquillant les yeux, puis elle secoue frénétiquement la tête. Lire son poème au supérieur des Sulpiciens ? Ce serait fièrement trop lui demander ! Gilbert presse fugacement l'épaule de l'enfant.

— On verra. En attendant, j'aimerais que tu le peaufines. La première phrase, par exemple. Moi, je dirais : *Vous faites le bonheur de nous tous, tendre jeunesse.* C'est plus... plaisant, tu trouves pas ?

La jeune rimailleuse fait une mine éberluée, avant de baisser les yeux vers son œuvre. Gilbert conclut l'échange :

— À demain, Léone. Tu sais que tu peux rester pour les devoirs après la classe, uniquement aux jours prévus, c'est-à-dire le mardi et le jeudi.

— S'cusez, m'sieur Dudevoir. C'est juste que... j'avais trop hâte...

— Je comprends. Allez, décanille !

Elle obéit en toute hâte, et Gilbert se laisse tomber tout éjarré sur sa chaise. Lorsque la pièce est enfin déserte, il s'octroie généralement un tel moment d'inertie. Les minutes s'égrènent tandis qu'il laisse les pensées aller et venir. Il fait le tri, pour ne conserver en mémoire que ce qui mérite de l'être... En même temps, peu à peu, il dirige son attention vers la rumeur du faubourg. Il entend les éclats de voix qui se répercutent dans l'atmosphère pesante, le grondement de la machine à vapeur d'une barque sur le fleuve, les renâclements des chevaux...

Les jambes flageolantes, il se lève de son siège d'instituteur, puis il se distrait en accomplissant ses tâches ultimes avant de vider les lieux : ranger ses affaires, repérer les traîneries, fermer les fenêtres. Il fourre sa cravate, qui traînait sur son pupitre, dans une poche de sa redingote. Enfin, il dévale l'escalier et débouche sur la chaussée. Depuis l'ouverture de son école, il ne peut faire trois pas sans être salué depuis sa droite, ou interpellé depuis sa gauche.

Mais ce jour d'hui, comme il a vite fait de le constater, les habitants du faubourg ne sont pas d'humeur à badiner. À cause de la proximité de la garnison montréaliste, située entre le faubourg Québec et la vieille ville, ils sont aux premières loges des violences, et une inquiétude palpable les habite. Gilbert en est aussitôt contagionné. Ceux qui prédisent un renversement des libertés civiles en Canada ne sont plus des prophètes de malheur, mais des oracles. Il n'y a plus à y couper : le despotisme militaire resserre son emprise !

À l'approche du mur d'enceinte des baraquements, un petit groupe d'habits rouges à l'humeur joyeuse marche en direction de Gilbert, dissimulant des flacons d'alcool fort sous leurs tuniques au col entrouvert. Tout soudain, le jeune homme se sent saisi à bras-le-corps par une peur sans nom, et qui le propulse instantanément dans le passé. Il revoit le passage, à quelques pouces de lui, d'un détachement d'une soixantaine de soldats. Il entend le martèlement épeurant de leurs pas redoublés, comme s'il s'agissait d'une bête monstrueuse et sans âme. Dans chacun des nerfs de son corps, il sent le contrecoup d'une fusillade assourdissante. Il revit cette tragédie qui a été surnommée la Rue du Sang, et qui l'a marqué à jamais...

Gilbert n'a pu faire autrement que de tomber en arrêt pour s'accoter d'une main à la muraille en pierres. Le petit groupe de *regulars* passe à sa hauteur sans même glisser une œillade vers lui, qui songe à cette femme assaillie à une heure avancée de la nuit, alors qu'elle était reconduite à sa demeure par un homme d'équipage, puis à cette ébraillée victime d'une tentative de viol. Dans les deux cas, leurs protecteurs ont dû parer des assauts à la baïonnette !

Puis, Gilbert tente de se caparaçonner mentalement. Un piquet ratisse la cité afin de ramener les soldats déviants aux casernes, même si c'est avec une réluctance prouvable que le commandant de la garnison a consenti à resserrer la discipline. Le jeune homme finit par chasser hors de lui le gros de sa peur paralysante et, d'un pas incertain, il reprend sa marche vers son domicile. Heureusement pour lui, il n'a pas de misère à reprendre du cœur au ventre grâce à une songerie en train de devenir une idée fixe : devenir incessamment l'un des clients réguliers de Caroline. Sauf que son salaire de maître, tout généreux qu'il soit, ne peut lui permettre ce luxe...

Ce soir, Gilbert en est à ce point obnubilé qu'il ressort en toute hâte une fois son souper engouffré. Il est temps, pour lui, de faire la reconquête de son ami Gaspard Cosseneuve, fier exploitant d'un tripot de jeu dans l'arrière-salle d'une taverne. Tous deux avaient conçu le projet de s'associer pour ouvrir une salle de billard dont son camarade de collège aurait été le bailleur de fonds initial, tout en soutenant Gilbert le temps qu'il devienne un gérant accompli.

Il y a eu un nœud. Le propriétaire de la taverne où Gaspard avait choisi d'installer son lucratif commerce était un fier-à-bras nommé Étienne Benèche dit Lavictoire. Mettre son billard sous les bons soins d'un féroce mercenaire dénué de la moindre bonté d'âme ? Plutôt crever... Gilbert ne l'a pas dit à Gaspard, mais sa méfiance s'augmentait d'un épisode dont il gardait un souvenir amer. C'est ce même Étienne qui lui avait signifié brutalement qu'il était devenu un indésirable dans la maison déréglée où Caroline travaillait. Caroline, qui venait de le foutre dehors parce qu'il l'aimait trop...

Gilbert s'était donc tourné vers le propriétaire d'un autre établissement, vague connaissance de sa tante. Il ignorait que la prospérité dudit quidam avait été mise à mal par le passage du choléra et qu'il faisait office de bouée de sauvetage... Gilbert a failli couler avec lui, échappant de justesse à l'endettement. Il n'a donc plus le choix. S'il atermoie encore, il court le risque de perdre irrémédiablement celui qui fut son meilleur ami, mais qui fait mine de ne pas le reconnaître lorsqu'il le croise dans la rue. Gaspard est capable de ruminer sa rancune pendant des lustres. Susceptible à l'excès, il transmue la moindre contrariété en un affront personnel...

Sur la place d'Armes, Gilbert boit du regard la nouvelle église paroissiale qui en borde le côté sud-est, admirant les portes en ogive et les tours carrées qui, même tronquées, en font un monument admiré à travers le monde chrétien. C'est tout ce qu'il a trouvé pour contrebouter l'âpre tableau qui surgit avec force derrière ses yeux chaque fois qu'il transite par cet endroit. S'il effleure du regard le parvis et la vieille muraille qui l'encercle, il revoit un camp retranché abritant une trâlée de connétables spéciaux, le 21 mai 1832. S'il se tourne vers l'autre côté, là où se trouvait la maison de votation, il se remémore la horde de malfrats à gages lançant des pierres sur les patriotes en retraite dans la grande rue Saint-Jacques. Lavictoire figurait parmi eux...

Sauf que Gaspard avait raison : les *bullies* salariés n'ont fait qu'obéir aux exhortations des plus acharnés comploteurs, ces juges de paix fanatisés dont la cité est infestée. Comme bien d'autres, Étienne s'est retrouvé coincé dans un engrenage de violence imprévue – pris au piège par les couilles, avait dit Gaspard – et la fusillade l'avait tourneboulé autant que tous les patriotes de la métropole.

La comparution d'Étienne à la barre de la Chambre d'Assemblée, dans le cadre de la Grande Enquête sur la Rue du Sang, a décisivement amadoué Gilbert. Le fier-à-bras a livré un témoignage détaillé des manœuvres de corruption électorale dans lesquelles il avait trempé. Pour le sûr, Étienne pouvait être mû par un esprit revanchard, car on avait négligé de le payer pour services rendus. Floué, il proclamait ouvertement son intention de dénoncer le principal bailleur de fonds « dans les papiers publics » ! Néanmoins, ce bredas ne pouvait masquer la réelle démonstration de courage.

Tandis que Gilbert s'enfonce dans le faubourg Saint-Laurent par sa grande rue, plus commodément surnommée la *Main*, Gaspard se matérialise derrière ses yeux, ce qui fait monter en lui un accès de mélancolie. Ces jours-ci, Gilbert s'ennuie à périr de celui qui était l'un des plus gais compagnons qui soient. Il s'ennuie de sa faculté à dénicher les plaisirs où qu'ils se trouvent et à les consommer sans arrière-pensée. Boire, lutiner, jouir à l'envi... Tous deux avaient développé une tangible complicité, et sans Gaspard, l'existence était fade.

Rue La Gauchetière, où Gilbert vire bientôt, l'activité est intense. Les ébraillées qui font le pied de grue sont en demande et les affaires seront bonnes pour elles, mais il n'y porte qu'un brin d'attention. Mû par une farouche détermination, il pénètre dans la taverne emboucanée d'Étienne Lavictoire. Il fige sur place : entre des clients accotés au comptoir, il distingue le propriétaire en train de servir la clientèle. Gilbert l'affublait mentalement d'une corporence quasi monstrueuse, mais Étienne n'est qu'un homme solide aux traits plutôt harmonieux, malgré la vilaine balafre qui s'étire du côté de sa tête jusque sous l'œil droit, très bleu, et les discrètes cicatrices de vérole en partie dissimulées par une courte barbe.

Étienne braque ses yeux sur Gilbert. Il le reconnaît, bien entendu... Le jeune instituteur marche jusqu'au comptoir, s'insinue entre des clients et se penche, la main tendue vers lui. Étienne dépose le récipient qu'il tenait pour accepter la poignée de main. Comme Gilbert a décidé de jouer la carte de la sincérité, il lui lance, criant presque pour dépasser le niveau sonore dans la pièce :

— Bien le bonsoir, m'sieur Lavictoire. Savez si Gaspard cherche encore un associé ?

Bourru, l'interpellé répond :

— J'ai pas ouï qu'y en avait trouvé un autre. Tu ferais mieux de lui demander.

— Si vous le voyez avant moi... pouvez lui dire que je le cherche ?

Le tavernier porte le doigt à sa tempe en signe d'acquiescement. Gilbert le relance avec une gaieté forcée :

— J'suis encore supposé me rapporter à vous pour fréquenter mamoiselle Caroline ?

— T'as pas abdiqué ?

Gilbert secoue la tête, ce qui tire un mince sourire de son vis-à-vis qui rétorque :

— Mettons que le chien de garde est moins méchant astheure.

Étienne ponctue sa phrase d'un clin d'œil complice. Gilbert le remercie d'un vif sourire, met fin à l'échange et prend son départ, louvoyant entre les tables. Enfin, ayant traversé la pièce de part en part, il soulève l'épais rideau d'une arrière-salle et s'y insinue. Tous les candélabres sont allumés, et la plupart des tables – cartes, échecs, *backgammon* – sont garnies à souhait. Menée par un jeune croupier, la roulette crépite allègrement. Quelques ébraillées languissent parmi les hommes tendus vers le résultat du jeu, tandis que deux *barmaids*, une rousse Irlandaise et une blonde Canadienne, assurent le service depuis le comptoir d'Étienne.

Gaspard brille par son absence et Gilbert, paré à affronter la situation à bras-le-corps, combat sa déception. Pendant un court moment, il mire le spectacle, puis il marche jusqu'au fond de la pièce, devant l'entrée du débarras censé abriter, d'après le projet de Gaspard, de rutilants billards. Il est infiniment soulagé de voir que rien n'a changé et que l'entrée n'a pas encore été agrandie pour y faire pénétrer les monumentales tables en un seul morceau, de même que pour relier plus joliment la pièce avec la chambre de jeux. Tout n'est donc pas perdu pour lui...

Gilbert tombe sur Gaspard tout juste à l'extérieur de l'établissement, où ce dernier entrait avec la même promptitude que le premier en sortait. Pour retrouver leur équilibre, tous deux doivent se saisir mutuellement par l'épaule.

— S'cuse-moi, marmonne Gilbert. Pas de mal ?

Le choc initial passé, Gaspard recule pour se dégager. L'expression quasi enragée, il gueule :

— T'aurais pu m'envoyer au sol ! C'est quoi qui t'a pris, espèce de niaiseux ? Pis que c'est que tu fais par icitte ? T'as pas d'affaire dans le coin, me semble que j'ai été clair ?

Sans se démonter, Gilbert répond avec franchise :
— Je suis venu expressément te voir. Je regrette d'avoir boudé ton offre. Pis si tu cherches encore un associé, je suis ton homme.

Gaspard accuse le coup. Il n'a guère changé physiquement depuis leur dernière rencontre, six mois plus tôt. Ses joues autrefois pleines se sont légèrement creusées, sa peau semble plus rugueuse qu'auparavant, mais autrement, il a toujours le même visage plutôt rond, avivé d'un regard habituellement turquoise qui, dans la chiche lumière qui provient de l'intérieur de la taverne, prend une teinte quasi noire. Enfin, sa bouche expressive aux lèvres généreuses se tord en un sourire dégoulinant de morgue.

— J'ai ouï-dire de ton naufrage...

Gilbert fait appel à son stoïcisme pour rétorquer avec placidité :
— Ma tentative cochonnée d'ouvrir un billard ailleurs ? J'ai pas perdu trop de plumes. Mais j'ai eu ma leçon. C'est toi ou rien.

— Ce sera rien. J'ai pas besoin de toi astheure.

Gilbert reçoit la repartie dédaigneuse comme un coup de poing dans le ventre. Il lutte pour reprendre son souffle, puis il réussit à émettre :
— T'as... t'as quelqu'un d'autre ?

— Tu penses que je t'aurais attendu comme un soupirant après sa belle ?

Bien campé sur ses jambes, Gaspard envoie un jet de salive au sol :
— T'es vraiment pas barré, venir me relancer de même. Tu mériterais que je te dise tes quatre vérités !

Soudain, Gilbert ne peut plus endurer son arrogance.
— Retiens-toi pas. Fesse-moi dessus. Après toutte, j'en ai pas assez bavé de même... C'est facile de taper sur un homme qui est déjà à terre, mais ça, tu t'en balances, c'est-y pas ?

Il s'élance pour se fondre dans la nuit. Le cri de Gaspard le fait piler net :
— Ho ! Reste icitte, boucane de sauvage !

Gilbert reste indécis, le dos tourné, encore secoué par son accès d'orgueil. Gaspard profère avec réluctance :
— Pis... pis tes scrupules ?

Gilbert pivote lentement. Ayant mis de côté son arrogance, Gaspard le considère avec candeur. Son vis-à-vis se détend d'un seul coup, retrouvant son cher Gaspard, celui qui contreboute sa sensibilité excessive par une générosité exemplaire. Revenant sur ses pas, Gilbert dit :

— Étienne a trempé jusqu'au cou dans le complot électoral. Normal que j'ai eu... des réticences morales. Quand tu m'as parlé de ton projet, j'ai dit oui sur le coup. J'avais pas réfléchi, j'étais sonné. Je t'en ai souvent jasé...

— À m'en battre les oreilles !

— C'est vrai que je me suis déboutonné en long, en large pis en travers, concède Gilbert.

— Je te croyais retourné dans ton village.

Songeant à quel point son horizon s'est embelli, Gilbert lui offre un sourire de victoire.

— Ma patience est récompensée. Les collets montés se sont décidés ! M'sieur Quiblier faisait miroiter la position... pis ensuite y faisait la liste des difficultés qui l'accablaient... J'en avais mal au cœur de giguer de même. Parce qu'itou, Caroline me tripote comme si elle était ma blonde, pour me laisser en plan pis en feu !

Pour titiller leur ancienne complicité, Gilbert a fait exprès de lancer cette grivoiserie. Son ami ne boude pas son plaisir : il éclate de rire, avant de rétorquer :

— Je vois. Ça urge pour toi de te ramasser du blé ! T'es chanceux sur un temps riche.

Étreint par une vive émotion, Gilbert reste cloué sur place. Il réussit enfin à émettre :

— Tu veux dire... ?

— Je m'en allais ouvrir le billard tout fin seul. J'attendais juste le moment opportun.

— Tes affaires marchent bien ?

— Pas de quoi me plaindre. Tu viens ? C'est ma tournée. On va se trouver un coin tranquille pour se mettre à jour...

Gilbert ne peut réprimer un pincement d'envie lorsque Gaspard se dépouille de sa bougrine. Tout en faisant étalage de sa masculinité, son ami a toujours eu un souci extrême de sa personne. Comme un dandy, il use de son équarriture enviable, taille fuselée et épaules larges qui compensent avantageusement sa stature modeste, avec un art consommé. Tandis que lui, Gilbert, a longtemps eu l'air d'un poireau dépenaillé... Heureusement, bien de l'eau a coulé sous les ponts depuis. N'empêche qu'en matière de beauté, Gilbert se sent encore son inférieur même s'il le domine d'une bonne tête et que bien des femmes lui ont signifié qu'il n'était pas déplaisant d'allure.

De table en table, Étienne Lavictoire est en train de promener un large panneau qui lui encombre les bras. Dès qu'il voit Gaspard et Gilbert, le tavernier se précipite vers eux pour leur exhiber ce qui se révèle être une enseigne commerciale en bois, où les mots « Le Cabaretier patriote » ressortent en lettres dorées. Le second « a » du premier mot est coiffé d'une superbe tuque bleue, très stylisée et du plus bel effet. Gilbert émet un sifflement d'admiration sincère, tandis que Lavictoire souffle sur une poussière qui déparait une des lettres.

— Le futur nom de mon établissement. Pas de quartier pour les tièdes !

Une voix provient d'un recoin de la pièce :

— Hé, Benêche ! On n'a pas miré le chef-d'œuvre, nous autres !

Tout guilleret malgré le poids de son fardeau, l'interpellé s'éloigne. Gaspard déclare avec une grimace :

— J'aurais pas haï ça, en discuter avant avec lui. Je veux dire, quand y s'agit d'une décision qui pourrait mettre notre prospérité en péril...

— Y fait juste... porter sa nouvelle allégeance en étendard. Pour moi, l'affaire des permis de boisson lui est restée en travers de la gorge. J'en reviens pas, comment nos magistrats à la noix se tirent dans le pied. On dirait qu'y font exprès pour que le moindre de leurs actes s'apparente à de la persécution !

Gaspard ne peut faire autrement que d'abonder en son sens. L'enquête des juges de paix pour élucider l'attentat perpétré contre Salomon Barbeau n'a donné lieu qu'à une seule démarche punitive : l'émission de mandats d'infraction contre les aubergistes ayant vendu des liqueurs enivrantes sur le champ de courses. Étienne faisait partie du lot, car bien entendu, les *warrants* n'ont pas été distribués au hasard... Et pourtant, aucun avis interdisant le commerce de boissons n'avait été publié. Une énième preuve de la corruption des magistrats de Montréal !

Mirant les évolutions d'Étienne pour faire admirer son enseigne flambant neuve, Gilbert se dit que l'aubergiste, en rebaptisant son établissement, fait appel à la protection de ses nouveaux amis patriotes à la suite de son témoignage en Chambre d'Assemblée. Car si les profiteurs deviennent les maîtres incontestés du pays, le fier-à-bras repenti en sera quitte pour une existence de va-nu-pieds. On le dépouillera de tout... Soudain, Gilbert se retient de danser une gigue endiablée. Ce n'est plus à un batailleur à gages dépouillé de toute moralité qu'il s'associe, mais à une tuque bleue dans toute la noblesse du terme!

Gilbert s'absorbe dans un long tête-à-tête avec Gaspard, qui tient à faire étalage de sa réussite. Non seulement il gère son modeste tripot, mais il représente les intérêts de son marchand de père dans la métropole commerciale. Il commence à tirer son épingle du jeu... Ensuite, Gilbert et lui conviennent d'un plan d'affaires. Gaspard financera le prévisible déficit d'opération, le pécule de Gilbert s'avérant tout juste suffisant pour l'acquisition de la première table. Au début, son ami fera la comptabilité du billard, jusqu'à ce que Gilbert se sente assez à l'aise pour s'en charger.

Soudain, Gaspard saute du coq à l'âne:

— Y a pas à dire, mon fendant, tu tombes pile! J'ai besoin de toi après-demain. Fait que rapplique icitte au plus sacrant après ta journée de travail.

— Besoin de moi pour quoi?

— Un raffut!

— Un charivari en règle? Pas possible... Conte-moi toutte!

Le célèbre Côme-Séraphin Cherrier, l'un des plus éminents juristes patriotes de la métropole, mènera jusqu'à l'autel une veuve joyeuse qui comblait Gaspard de son affection tangible. Floué de sa maîtresse, ce dernier exigera son dû au jeune marié. Au fil de la conversation, Gilbert prend note du pli d'amertume au coin de la bouche, habituellement mobile et expressive, de son ami. Il prend note de son cœur navré à cause de sa propension à salir la réputation de celle qui fut sa maîtresse en titre. Tout soudain, il doit s'avouer tout heureux d'avoir pilé sur sa fierté pour faire la reconquête de Gaspard, et de pouvoir le soutenir dans les aléas de l'existence.

4

Jour après jour, Vitaline est obligée de se caparaçonner contre une situation qui la dépasse : elle est malmenée par celui qui a promis de la douilletter. Son voyage conjugal prend une tournure périlleuse et elle se sent épuisée comme après un long voyage en haute mer. Son espoir d'une entente avec Florentin s'enfuit goutte à goutte. Son mari est ardent au point de la lutiner dans la paille de la grange, au beau mitan du jour, puis de recommencer le soir même d'une manière guère plus convenable ! Elle s'est même arquée de douleur sous lui. Comme lors de sa nuit de noces...

Chaque rapport sexuel augmente sa confusion. Florentin, lui, soupire d'aise et bascule dans le sommeil. Lorsqu'elle doit se soumettre à lui, elle reste en proie, par après, à un sourd désespoir qui la tient éveillée des heures durant. Comment, sans le repousser brutalement de l'autre côté du lit, lui signifier qu'il la rudoie ? Va-t-elle réussir, à force d'acharnement, à l'amadouer ? Quel comportement adopter, quelles paroles délivrer pour qu'il ne se cabre pas, pour qu'il ne se sente pas outragé ? Vitaline n'arrive pas à répondre à ses propres questions, et se retrouve en proie à une paralysie dont elle désespère de se tirer un jour.

Heureusement, un dérivatif souverain s'offre à elle en ce beau dimanche de la mi-novembre. Pour la première fois depuis son débagagement chez les Montplaisir, Vitaline retourne au sein de sa famille. Cette après-dînée, son père et son beau-frère inaugurent un nouveau four à cuisson de pourcelines, et la jeune femme en est venue à trémuler d'impatience. Peut-être que son père s'est ennuyé d'elle ? Peut-être que son éloignement l'a forcé à cesser enfin de ruminer son ressentiment? Cette possibilité emplit Vitaline d'une joie contre laquelle elle se barde, certes, mais qui lui donne des ailes pour franchir le chemin jusqu'au bourg.

Les Montplaisir occupent un petit lot en bordure de la route qui mène du village de Saint-Denis à celui de Saint-Ours, vers l'embouchure de la rivière Chambly, et Vitaline attaque son périple, censé durer une bonne demi-heure, à larges foulées pressées, avec la flèche de l'église paroissiale comme phare. Tout son être se dilate de bonheur. Tout soudain, elle n'en peut plus de s'escrimer à se mouler à une famille où chacun vit l'un sur l'autre, où chacun commente ce que fait l'autre. Alors qu'au sein des Dudevoir, chacun se tenait sur un quant-à-soi qui apparaît à Vitaline, en rétrospective, démesurément attrayant!

Peu à peu, cependant, la jeune femme ralentit le pas, charmée de suivre le cours d'eau si placide que sa surface est comme un miroir. En cette année 1833, pluies estivales et température fraîche ont mis les récoltes en péril, et si le district de Montréal a échappé de justesse au désastre, ceux de Québec et de Gaspé, paraît-il, sont menacés de disette. Par contre, le niveau de la rivière est resté suffisamment haut pour ne pas faire cesser les charrois maritimes depuis le bourg, ce qui a accru la prospérité générale.

Plusieurs conducteurs d'attelages proposent à la jeune marcheuse de la faire monter, mais celle-ci refuse plaisamment. Il sera toujours temps d'accepter lorsque le temps aura viré au frette! Le chemin public s'abaisse brusquement pour franchir un ruisseau grâce à une passerelle. Tout soudain, on se croirait au plus creux de la forêt, et Vitaline jouit intensément de ce havre qui la protège de la bise. Dès qu'elle quitte le couvert des arbres, la silhouette massive de l'église paroissiale lui présente son profil, ce qui ramène à l'avant-plan de son esprit celle de l'auteur de ses jours.

Vitaline est envahie d'un fol espoir: retrouver sa familiarité d'antan avec son père. Alors, l'affection coulait de l'un à l'autre comme un ruisseau trop bien alimenté en sources fraîches pour se tarir. Mais dès que le maître-potier Uldaire Dudevoir a su que sa fille cadette s'asseyait en secret au tour à potier, il s'est mis à lui faire grise mine. Lorsque Vitaline a pris la relève pendant les quelques jours où il a joué au pilier de taverne à la suite de la disparition de son épouse, sa bouderie s'est transmuée en tangible froidure. La blessure à son honneur semblait irréparable...

L'agitation ambiante distrait bientôt Vitaline. Du côté de la rivière, les maisons se rapprochent les unes des autres. Peu avant le rang Yamaska, deux imposants bâtiments en pierres de taille témoignent de la vigueur industrielle du village : la propriété Saint-Germain d'abord, complexe formé de la chapellerie et de la vaste demeure qui contient le magasin, puis la distillerie Nelson et son imposante chaufferie. Enfin, les échoppes d'artisans se succèdent les unes aux autres. Tous les prétextes sont bons pour piquer une jasette sur le pas de la porte ou pour se décider à faire une course prétendument urgente. Des jeunes hommes reviennent d'une enivrante chevauchée, des troupes de jeunets dépenaillés courent partout en criant à pleins poumons... Bref, à Saint-Denis, une gentille folie règne.

Vitaline bifurque sur la place du Marché, où se dresse une halle en bois. Elle traverse l'espace carré, saluant les agriculteurs de la paroisse qui remballent leurs produits invendus après une intense matinée de marchandage, et elle pénètre dans son ancien quartier, celui qu'elle a habité jusqu'au jour de son mariage. Tout en répondant à une dizaine de salutations et en s'arrêtant pour quelques courtois apartés, elle remonte la ruelle où son père a installé son atelier de maître-artisan, il y a belle lurette, et où elle a vécu maints émois d'assistante-potière.

La jeune femme distingue le pignon de la maison qui se tient à une extrémité de la propriété, ce qui ramène à l'avant-plan de sa pensée le modeste bâtiment du fournil ombragé par l'érable centenaire auquel une berlancille vermoulue est suspendue, le bâtiment de ferme pour le cochon, les poules, le cheval, le foin et les voitures, et enfin, à l'autre bout du terrain de forme rectangulaire, l'atelier et l'appentis qui le jouxte. Son cœur fait une embardée, comme si elle apercevait enfin l'entrée d'un havre qu'elle cherchait avec un désespoir croissant. Elle a l'impression de réintégrer la meute après une longue période d'errance !

La cour est encombrée de monde, mais le regard de Vitaline est attiré vers la haute structure bombée, placée à la frontière du terrain voisin, celui du maître-potier Amable Maillet. Pendant un court moment d'admiration, elle en perd le souffle. Pour un four moderne, c'en est tout un ! Fascinée par l'appareillage d'une taille encore insurpassée dans le bourg, Vitaline s'en approche sans accorder une miette d'attention à la foule qu'elle fend. L'apercevant, Fond-de-Terrine, ainsi qu'est surnommé M. Maillet, réagit par un geste d'accueil très expansif.

— Hé, Vitalette! Viens icitte, que je prenne une mordée!

À ouïr la variante de son prénom que ses proches utilisent depuis son enfance, Vitaline s'épanouit. Leur voisin s'empresse de déposer un baiser gourmand sur chacune de ses joues.

— Comment que ça se passe, dans les concessions?

Aussitôt, elle se raidit. A-t-elle senti l'ombre d'un dédain dans sa voix? Changeant de sujet, le voisin commence à s'extasier, pour son bénéfice, sur les vertus de la chambre de cuisson de leur four flambant neuf. De l'autre côté de la frontière avec les États-Unis, le grès devient la pourceline de prédilection. L'engouement contagionne le Bas-Canada, et il menacera la survie des maîtres-potiers de Saint-Denis s'ils n'y prennent garde.

Avec un amusement croissant, Vitaline écoute Fond-de-Terrine pérorer. En ce grand jour, il ne se tient plus de joie, et c'est un changement plaisant que de le voir émerger de sa réserve habituelle! Les joues cramoisies, il fait à Vitaline une seconde accolade fraternelle, au moment précis où Uldaire, gras à souhait, surgit à leurs côtés. Comme un ouvrier astiquant à l'infini son chef-d'œuvre, son père pose sa main sur le crépi de la paroi du four pour le débarrasser d'une poussière imaginaire.

Le respir oppressé, Vitaline attend que l'auteur de ses jours reconnaisse sa présence. Ces temps-ci, elle doit se planter carrément devant lui pour qu'il se borne à l'évaluer du regard, le visage sans expression... Enfin, il la gratifie d'une salutation parcimonieuse et Vitaline saute dans la brèche ouverte :

— Alors, son père? Tout est paré?

Fond-de-Terrine s'éloigne sans crier gare, la démarche sautillante, et le survenant répond à l'interpellation de sa fille en prenant un air mi-figue, mi-raisin.

— De justesse, sacré tordieu de baptême! À matin encore, je réparais une craquelure.

— Pas possible? J'en reviens pas : quand je vous ai quitté pour emménager chez mon mari, l'ancien tenait encore deboutte, drette comme je vous parle. Je veux dire, encore deboutte, mais le plafond crevé. Cette fois-là, on a failli perdre une fournée, ça a passé proche! Pis là, tout soudain, on croirait qu'un flambant neuf vient de sortir de terre, comme par magie. Un *gigantissime* flambant neuf! Pour le sûr, Fond-de-Terrine pis vous, z'avez la plus belle construction de toute la rivière Chambly.

Essoufflée, Vitaline se tait abruptement. Comme toujours, son père refuse de se laisser emporter par l'enthousiasme. Même que son humeur conserve un tranchant subtil qui finit par mettre sa cadette sur des épines... Cette dernière connaît la chanson : pour ne pas s'engager dans une conversation dans laquelle il s'empêtrerait, il la laisse caracoler toute fin seule! Avec un désespoir subit, Vitaline se rend à l'évidence. Son père ne s'est pas ennuyé d'elle une miette, d'autant plus qu'il file à toute allure sur une nouvelle vie dont elle est exclue.

À l'évidence, le maître-potier s'est sanglé dans sa dignité outragée, et à voir son père la battre froid, Vitaline pourrait croire qu'il s'est immobilisé comme une statue et que les sorcières du temps qui passe n'ont aucune prise sur lui. Non seulement sa fille a entaché décisivement son honneur en prenant sa place au tour à potier, mais elle s'est abaissée à intégrer la maisonnée d'un capitaine de barque à voile. Vitaline a bien tenté d'expliciter les motifs de ses gestes, mais son père a opposé à la défense le filtre épais de sa présomption. Un filtre qui l'environne à jamais...

Une commotion attire l'attention générale : le curé Bédard, suivi de son vicaire et de deux autres prêtres, visiteurs au presbytère, fait son entrée dans la cour. Au même instant, une dame longiligne aux joues pâles surgit aux côtés d'Uldaire qui se tourne prestement vers elle, la mine radoucie au point d'en avoir l'air benêt. La survenante offre un sourire fugace à Vitaline, avant de souffler à l'oreille du maître-potier :

— Je vous réquisitionne. Bien du beau monde à accueillir dignement.

— De suite. Venez avec moi, Domitille.

Vitaline grimace intérieurement. Son père, si visiblement enamouré, emploie un tel ton empesé pour articuler le prénom de sa dulcinée! La veuve Dodelier profite de leurs accordailles pour appliquer une couche de vernis mondain sur la carcasse un brin rustre de son futur. Elle l'oblige au vouvoiement en public, alors que

Vitaline connaît très bien la familiarité de leur langage – sans parler de leur tenue – lorsqu'ils sont dans l'intimité. Elle les a aperçus en tant qu'amants fougueux... À vrai dire, Vitaline n'a rien contre la dame en particulier. Si Uldaire se porte si bien astheure, c'est en partie grâce à elle. Mais est-il obligé de réserver l'entièreté de son affection à sa promise ? Il la chérit jusqu'à l'adoration, et il ne reste même pas des miettes de tendresse pour sa fille cadette...

Soudain, la jeune femme vacille : Cyprien vient de se jeter dans ses jambes. C'est en le levant dans les airs et en le pressant contre elle que la jeune femme mesure à quel point son neveu lui manquait. Elle l'installe commodément contre sa hanche, comme elle l'a fait si souvent depuis sa naissance, et tous deux se font des moues affectueuses, accompagnées de caresses emportées.

— Cyprien, mon sacripant ! Je peux te le laisser une escousse, Vitalette ?

— Fie-toi sur moi.

Sa sœur Perrine, grosse de son deuxième enfant, est manifestement après perdre le souffle : elle tâche de ne pas perdre de vue son garçonnet d'un an et demi, tout en se promenant, bouteilles de bière sous le bras, afin de remplir les gobelets des invités. Sa mine affairée s'adoucit tandis qu'elle interpelle la cadette du regard :

— Pis ? Ta belle-famille te brouscaille pas trop ?

Vitaline émet un rire grêle.

— Empêche-toi surtout pas de dormir pour ça.

— Ton mari est avec toi ?

— Y est reparti jusqu'à ce que la glace prenne.

— Hé, ma femme ! C'est guère le temps de t'épivarder, toute la compagnie te réclame !

C'est Aubain, la couette blonde virevoltante, qui ramène sa Perrine à l'ordre. Comme une enfant prise en flagrant délit de paresse, cette dernière grimace, puis elle prend brusquement son départ. Intimidé, le jeune associé d'Uldaire se contente d'offrir à Vitaline un sourire contraint, auquel elle s'oblige à répondre. Car une pensée dérangeante a fusé dans son esprit : comme son destin aurait été différent, s'il avait daigné se laisser appâter par ses charmes !

Songeant à celle qu'elle était alors, jeunette et pâmée sur l'apprenti, Vitaline a l'impression d'évoquer une amie très chère, mais qui appartiendrait à un monde révolu. C'est à son mari qu'elle consacre dorénavant ses forces vives, même si Aubain conserve une place à part dans son cœur. Subitement, elle comprend que l'ancienne Vitaline va rester en son for intérieur comme une vêture précieuse dont elle s'est dépouillée, mais qui fait à ce point partie d'elle-même qu'elle ne peut s'en séparer. Elle en ressent un vertige. À la fin de ses jours, combien de fantômes, même amicaux, la hanteront-ils?

Aubain installe son fils à califourchon sur ses épaules. Dans la cohue, il pourrait facilement être bousculé! La plupart des notables du bourg font acte de présence, y compris le vétéran député Louis Bourdages. La vue du vénérable personnage soutire à Vitaline un sourire attendri. À peine débarqué dans le bourg, à la fin de l'industrieuse troisième session du 14ᵉ Parlement provincial du Bas-Canada, ce dernier haranguait quiconque se trouvait sur son passage: «L'Exécutif s'est déclaré notre ennemi. Le gouverneur s'escrime à brimer nos droits. Tous les jours, nos adversaires proclament qu'y vont nous maîtriser et nous donner des fers!» Une révolution légale s'imposait afin de renvoyer les pourris de l'autre bord de l'océan.

— Les pourris vont se faire bouter dehors à condition que nos députés restent fidèles à leurs principes, fait remarquer Aubain comme s'il lisait dans les pensées de Vitaline. Facile de les exalter devant les électeurs, ces principes. Ensuite, y ont le champ libre pendant des années.

Outrée par le cynisme de son beau-frère, Vitaline rétorque:

— Si on se fie à m'sieur Bourdages quand y a retonti depuis Québec, nos élus auront pas le choix que de la respecter, leur saudite promesse. Celui-là, si on l'avait pas, faudrait que les commères s'y mettent pour le tricoter!

Aubain acquiesce avec un rire généreux. Certes, le peuple a compris qu'il fallait démasquer les profiteurs, puis leur couper les vivres, et c'est aux élus en Chambre d'Assemblée qu'il a confié l'éprouvant mandat. En conséquence, cette instance législative est devenue l'ennemi à abattre. L'intimidation pour museler les élus démocrates a pris des proportions inégalées depuis l'arrivée de lord Aylmer, 18 mois plus tôt. La corruption électorale, dont la Rue du Sang n'est que le plus tragique épisode, n'était qu'un hors d'œuvre en comparaison des vexations que la Clique du Château a imposées aux représentants élus.

Astheure, ladite Clique s'attaque aux privilèges dont est censée jouir la chambre basse. Tout d'abord, lord Aylmer a refusé d'apposer son nom au bas du document coutumier, émané par le président de la Chambre d'Assemblée, pour déclencher une élection partielle dans le comté de l'isle de Montréal. Son représentant, un vire-capot qui a joint les rangs bureaucrates, venait d'être récompensé par une place au Conseil exécutif. Le siège est vacant depuis, ce qui est inacceptable. Comme l'a proclamé le député Lafontaine pendant les débats, le gouverneur pourra, à la prochaine élection générale, *retarder de quelques temps celle de sept ou huit comtés et emporter, par ce moyen, des mesures funestes!*

Mais comme Aubain le sait, la véritable pomme de discorde est la sempiternelle liste civile, c'est-à-dire les salaires des fonctionnaires. La nécessité de voter les subsides avec certaines clauses pour restreindre le patronage et le gaspillage est plus criante que jamais. L'hiver passé, les députés concoctaient une loi des subsides qui n'accordait que leur salaire le plus élevé aux plus puissants et coûteux d'entre ceux qui composent le gouvernement exécutif de la colonie. Ceux du Conseil législatif qui cumulent des sinécures – qui leur procurent un salaire même s'ils ne lèvent pas le petit doigt – ont appelé l'ensemble de leurs collègues à la rescousse afin d'anéantir cette loi.

Ceci fait, ils ont fait pression sur lord Aylmer pour qu'il déleste la bourse publique de 20 000 livres pour leur payer leurs émoluments. Complaisant, le gouverneur a puisé dans l'une ou l'autre des multiples entrées d'argent qui échappent au contrôle des élus: la caisse militaire, les revenus de la coupe du bois, de la vente des terres de la Couronne et des douanes... tous de lucratifs postes budgétaires dont la Chambre tente d'obtenir le contrôle depuis des lustres. Pourtant, l'Acte constitutionnel confère aux députés le droit de distribuer le revenu, constitué en majeure partie des taxes versées par les citoyens, au moyen d'une loi ou d'une Adresse formelle de la législature.

Heureuse de la discussion impromptue qui lui rappelle de beaux moments au sein de la famille Dudevoir, Vitaline presse son point devant Aubain qui l'écoute avec gentillesse. Cette lutte sur la cagnotte de la colonie est le nerf de la guerre depuis que, il y a près d'une vingtaine d'années, un gouverneur moins préjugé que les autres laissait la chambre basse prendre en charge les dépenses du gouvernement civil. Depuis, les représentants du peuple tentent de rendre les fonctionnaires responsables devant le peuple, et de réduire les privilèges des plus outrageusement favorisés d'entre eux.

Ayant fait tomber les espèces sonnantes et trébuchantes dans le gousset de ses favoris, Aylmer s'est escrimé à paralyser la Grande Enquête sur la Rue du Sang. Aubain prend feu comme de l'étoupe. Les espions du gouvernement exécutif en chambre basse commencent par disputer le droit, aux députés réunis en corps, de se transformer en tribunal suprême; puis le gouverneur refuse de remettre aux députés des pièces justificatives, dont une copie des ordres donnés aux troupes en garnison à Montréal, de même qu'une lettre reçue de Louis-Joseph Papineau que Milord a prétendu avoir égarée!

Abruptement, Aubain tombe en silence, car il vient de voir plusieurs marchands faire leur entrée, dont leur principale relation d'affaires, à Uldaire et à lui. Joseph Thibaudeau, la mine faussement modeste, désigne le four comme s'il en était le concepteur et non point uniquement le bailleur de fonds. Car pour une reconstruction autant ambitieuse, Uldaire et ses associés ont dû réunir une somme qu'ils ne possédaient pas. Les négociations devant notaire ont été ardues, mais enfin, l'entente a été conclue et M. Thibaudeau se remboursera avec les profits de la production.

Aubain s'empresse d'aller les rejoindre, son fils toujours juché sur ses épaules, et les autres marchands l'écoutent attentivement dès qu'il se met à pérorer. Car si sa barque prend le large, ils largueront la leur à sa suite... D'autres maîtres-artisans voudront imiter cet exemple, du moins si le mirifique four remplit sa principale promesse: celle d'atteindre la très haute température exigée pour la production du grès, une pourceline qui surpasse, et de beaucoup, la terre cuite commune.

Vitaline, elle, reste hantée par la situation politique épineuse, qu'elle a décortiquée afin de mieux l'expliquer à sa belle-famille. Ultime et magistral coup bas de la session 1832-1833, le Conseil législatif ratifiait, quelques heures avant la prorogation, une Adresse remplie de grossières et cruelles médisances. Atteints dans leur dignité, les Montplaisir se sont acharnés becs et ongles sur une calomnie qui cause toujours autant de ravages, même si elle est archi-connue:

dans une société où l'éducation a fait peu de progrès, *les personnes même bien disposées, heureuses et contentes, sont sujettes à être induites en erreur par des hommes factieux et mal intentionnés.*

Lorsque les préventions des *Britons* s'étalent dans des documents officiels adressés aux autorités de la mère patrie, il est ardu de réprimer son courroux! Car le gouverneur s'est empressé d'envoyer l'Adresse, comme s'il l'entérinait personnellement, à Sa Majesté de Grande-Bretagne. Milord accorde infiniment plus de prix à l'opinion intempestive et irréfléchie d'une poignée d'hommes de la chambre haute qu'à celle d'une chambre basse et des commettants l'ayant formée à leur image.

Les élus de la *Province of Quebec* avaient osé, un peu plus tôt dans la session législative, requérir du Parlement impérial une loi autorisant une consultation populaire, c'est-à-dire une assemblée de délégués provenant des quatre coins du Bas-Canada, et habilitée à suggérer des modifications aux règles de composition, enchassées dans la Constitution, du Conseil législatif. Apeurés par la perspective de se faire dépouiller de leurs privilèges, les membres à vie du Conseil législatif ont riposté par l'Adresse au roi, dans laquelle l'assemblée générale souhaitée par la chambre basse était assimilée à la fameuse « convention nationale » de la Révolution française.

Selon ceux qui se sont mérité l'épithète d'incubes oppressifs, une guerre civile faisait rage à cause d'une Chambre d'Assemblée contrôlée par un *parti turbulent et violent*, à cause de factieux faisant régner l'anarchie et la confusion! Les sujets d'origine britannique s'inquiétaient de *la sûreté pour leur vie et leurs propriétés,* car les autorités locales peinaient à rendre viable le gouvernement de Sa Majesté en la province. Comme les habitants du Haut-Canada *ne souffriraient pas tranquillement l'interposition d'une république française entre eux et l'océan*, une collision en résulterait, qui inonderait le pays de sang... Longtemps, les Montplaisir ont été bouleversés par l'assertion, qui trouble encore Vitaline.

Après un tressaillement, cette dernière prend conscience des psalmodies du curé Bédard et de son vicaire, au moyen desquelles ceux-ci procèdent à la rapide bénédiction du chef-d'œuvre de glaise. Le silence est loin d'être religieux, car en périphérie s'élèvent des parlures au sein du groupe qui entoure le député Louis Bourdages. Vitaline se laisse dériver vers lui, et s'amuse à réentendre le doyen de la Chambre d'Assemblée vitupérer malgré son âge avancé et son souffle raccourci. Sous l'impulsion des incubes oppressifs du Conseil législatif, Milord s'est transmué en autocrate odieux. Qui pourrait consentir, devant une attitude si provocante, à collaborer avec l'Exécutif?

Particulièrement sensible à l'injustice vu le triste sort de ses parents, victimes de la Déportation des Acadiens, le notaire ne décolère pas: les avides *Britons* tentent de mettre à genoux les représentants du peuple. La Chambre d'Assemblée du Bas-Canada, considérée par les colonies britanniques voisines comme un modèle à suivre, doit réaffirmer ses droits les plus sacrés. Sinon, elle contreviendra aux sentiments de ses constituants, en plus de tromper le gouvernement de Sa Majesté.

Bourdages doit s'interrompre, car les célébrants ont mis un terme à leur dialogue avec le Créateur et tous les maîtres-potiers présents, se poussaillant les uns les autres, se rassemblent devant la porte qui ouvre sur la chambre de feu. Une petite fosse de quelques pieds de large a été creusée, devant laquelle se campent les trois associés. Vitaline cherche sa grand-mère du regard, et la repérant, elle combat un accès de panique. Dame Valentine Royer est si courbée, si maigre! La jeune femme se la dépeignait comme une dame très vieille, certes, mais sereine comme une madone, des rides de tendresse au coin des yeux...

Vitaline se hâte dans sa direction. Comme si elle ne s'attendait pas à voir sa petite-fille ce jourd'hui, l'aïeule sursaute, puis son visage s'éclaire et elle s'écrie:

— Te voilà enfin!

Elle lui saisit les joues pour un baiser en pincettes. La farfouillant du regard, elle s'exclame avec un vif reproche:

— Si t'étais pas venue astheure, je serais allée te payer une visite, batinse! Notre porte t'est ouverte à perpétuité, tu sais ça? Si y a quelque chose qui cloche, tu peux revenir n'importe quand.

— Je sais. Vous me l'avez seriné trois fois plutôt qu'une. Vous venez? Je vous amène aux premières loges.

Vitaline lui offre son bras afin de l'entraîner vers le lieu de la cérémonie, car la présence de la vieille dame sera bientôt requise. Mais le cœur lui manque: ce n'est pas sa grand-mère qui délaisse le groupe pour s'approcher des hommes, mais Domitille, le sourire enjôleur. La plaisante veuve place une cruche au galbe magnifique, et dont la glaçure est irisée de cuivre et d'or, entre les mains de son futur mari, qui la brandit dans les airs en se tournant vers la foule. Après une salve d'applaudissements, le maître-potier Dudevoir se penche pour installer commodément la pièce dans la fosse.

Son gendre et associé Aubain fait de même avec l'assiette décorative, dont la lèvre a été creusée et décorée avec art, et que lui remet Perrine. Enfin, Mme Maillet remet à son époux une pourceline de taille plus modeste, que ce dernier prend soin de faire circuler parmi la foule. L'appréciation est unanime : cette délicate tasse à thé est d'une finesse digne des manufactures d'Angleterre. Pendant ce temps, Vitaline reprend ses esprits, tandis que des commentaires acerbes fusent autour d'elle.

La veuve Dodelier fait montre d'un orgueil démesuré. Qu'elle pousse encore son avantage et elle se verra signifier un charivari lors de ses épousailles avec Uldaire ! Si l'atelier de ce dernier a tant prospéré, c'est grâce au travail assidu de sa belle-mère qui a continué à le seconder de toutes ses forces, une fois son époux décédé. Dame Royer n'a pas ménagé sa peine pour seconder celui qui avait convolé en justes noces avec sa fille aînée. Et pourtant, elle aurait pu s'octroyer un repos bien mérité, sans que nul ne trouve à redire.

Tous les membres de l'auditoire sont supposés, ensuite, jeter une pelletée de terre dans la fosse. Les trois pièces, enterrées à jamais, serviront de porte-bonheur. Mais Vitaline sent une hésitation palpable, même parmi les maîtres-potiers, et elle se décide brusquement : après un regard impérieux décoché à sa grand-mère, dont les traits placides ne trahissent pas l'affront qui vient de lui être fait par la prééminence accordée à la veuve Dodelier, Vitaline place d'office son bras sous le sien pour la conduire, telle une reine, jusqu'à la fosse.

Uldaire tient la pelle, chargée de terre, dans ses mains ; dès qu'il les aperçoit, il reste le geste en suspens, l'air égarouillé, sa promise à quelques pas derrière lui. Par chance, la veuve Dodelier n'a pas encore trop perdu le nord. Elle rompt le pesant silence en apostrophant plaisamment son futur :

— Hardi ! Dame Royer attend après vous pour garrocher sa pelletée.

Se tirant de sa transe, Uldaire lui obéit, puis il remet l'outil à sa belle-mère tout en évitant de croiser son regard. Cyprien surgit soudain comme une balle : trépignant, il insiste pour prendre part au rituel. Rieuse, grand-mère joint ses mains aux siennes pour soulever la pelletée de terre. L'atmosphère se détend d'un coup et l'enfouissement se déroule avec célérité.

Lorsque la terre est compactée à souhait, les maîtres-potiers présents se réunissent autour des associés, les gobelets de brandy sont distribués, et tous se fendent de plusieurs santés à pleins poumons, repris par l'assistance :

— Vivent Cul-de-jatte et Fond-de-Terrine !
— À la prospérité de Saint-Denis-de-Chambly !

Vitaline reconduit sa grand-mère vers la maison.

— Je t'ai dit qu'Ériole m'a proposé d'aller habiter avec elle ?

La jeune femme pile net.

— Habiter avec elle ? Vous voulez dire, débagager du bourg ?
— Oui-da. Depuis qu'elle a perdu sa Théosodite, les dames de compagnies font long feu. Pis ça me permettrait de me rapprocher de Gilbert... J'ai pour mon dire qu'y faut le protéger du spectacle du vice. La grand'ville est un foyer de corruption.

Vitaline combat un accès d'anxiété. Voir sa grand-mère quitter le domicile familial, ce serait comme... comme si le plancher s'ouvrait béant sous ses pieds. Son interlocutrice ajoute, un sourire épanoui aux lèvres :

— Crains rien : je vais attendre de voir si la future Mme Dudevoir prend bien soin de ton père avant de paqueter mon barda.
— Dans l'éventualité que ça se fera ! Je veux dire, l'évêque est pas obligé d'accorder une dispense à son père. Même si toutte le monde fait semblant, y est pas vraiment veuf.
— Ton père se remariera. Si y'a dit oui à une Tétrault dite Ducharme qui voulait convoler avec un Gazaille même si leurs mères étaient sœurs...

C'est Mme Maillet qui vient de s'immiscer dans la conversation. Elle ajoute pour le bénéfice de Vitaline :

— La mamoiselle était vertueuse, pis le Gazaille soupirait après elle depuis une bonne escousse. Fait que ton père, compte tenu de son équarriture...

Ce n'est pas son envergure physique que la voisine évoque, mais sa position sociale. Vitaline ose s'enquérir à sa grand-mère :

— Z'avez pas l'air... Je veux dire, l'union qui s'annonce... Ça vous dérange pas une miette ?

— Jamais de la vie. C'est ben mieux pour ton père pis toutte vous autres.

Elle ne manifeste aucune aigreur envers celle qui, au bras du maître-potier Dudevoir, prendra bientôt la place de sa fille, la mère de Vitaline. À vrai dire, plus rien ne semble tarabuster la vieille dame et Vitaline ne sait trop s'il faut s'en désoler ou s'en réjouir. D'un côté, elle craint qu'il ne s'agisse chez elle d'un signe avant-coureur d'un égarement croissant. Mais de l'autre, dame Royer pourrait s'être volontairement réfugiée dans une bulle de béatitude depuis que la disparition de sa fille a pris un caractère définitif. Chose certaine, elle n'évoque jamais la folle qui hantait leur logis, mais uniquement la femme vibrante qu'elle a mise au monde et choyée pendant des années.

Vitaline n'accorde que de rares pensées à sa mère, qui a profité de l'embrouillamini causé par le choléra morbus, l'an passé, pour prendre la poudre d'escampette. Pour parler drette, elle ne la regrette pas le moins du monde, car son esprit en déroute l'avait transmuée en recluse, en morte-vivante, et elle n'avait plus d'humain que la forme. Même s'il n'en existe aucune preuve, Vitaline croit dur comme fer que Bibianne est montée au paradis, y emportant l'enfant qu'elle portait. Dans son état de totale vulnérabilité, comment pourrait-il en être autrement ?

Un brouhaha attire l'attention générale. À une autre extrémité de la cour, son frère cadet caracole, suivi par une troupe de jeunets enthousiastes. À bout de bras, Rémy hisse une perche dans les airs. Au plus haut de cette perche, une corde est amarrée, après laquelle une cruche bancale est suspendue. Chaque oscillation du récipient fait gicler de l'eau, ce qui tire des cris perçants à ceux et à celles qui se trouvent à proximité. Vitaline ne peut retenir un sourire attendri en mirant les entourloupettes de son frère qui, à l'approche de ses 17 ans, est sur le point de terminer son apprentissage de charpentier. Habile de ses mains, très agile sur les échafaudages, il sait qu'il attire dorénavant les regards féminins !

Après avoir été promenée par Rémy, la cruche remplie d'eau est fixée à une corde tendue entre des pieux préalablement enfoncés dans le sol, au mitan d'un espace circulaire dégagé au milieu de la cour. Un premier concurrent se présente. On lui bande les yeux et on le munit d'un bâton avec lequel il doit casser le récipient. Le concurrent est soigneusement minuté, un notable ayant généreusement prêté sa montre pour ce faire. S'il ne réussit pas, ce qui est prévisible, il cèdera sa place à un autre, et ainsi de suite. Chaque effort est encouragé par les vociférations de la masse des spectateurs. Les rivaux s'amusent fort à faire peur à la foule en faisant tournoyer leur bâton d'un bout à l'autre de l'arène…

Observant la joute, Vitaline voit son père, tenant sa promise par la taille, rire à gorge déployée devant les efforts d'un jeunet pour faire éclater la solide pourceline. Plus loin, Rémy gueule ses encouragements à pleins poumons. De son côté, Perrine n'a d'yeux que pour son Aubain et pour leur fils chéri. Quant à grand-mère, elle sacrera son camp dès que la veuve Dodelier se transmuera en Mme Dudevoir. La maison deviendra celle d'une étrangère. Son ancien foyer ne sera plus guère un endroit hospitalier. Et Vitaline qui croyait revenir au paradis de son enfance…

Elle se leurrait en masse : le domaine familial n'a jamais été un lieu de délices. Depuis belle lurette, elle avait une mère dérangée ; astheure, elle est également orpheline de père. L'affection de l'auteur de ses jours est un ruisselet qui change de cours dès qu'il croise le moindre obstacle… De surcroît, elle n'a jamais été proche de sa sœur ni de ses frères. Leurs vies étaient placées dans une orbite lointaine de la sienne, même si elles se déroulaient à quelques enjambées. La froide réalité, c'est que Vitaline n'a plus qu'un seul port d'attache, cet humble et rustre clan Montplaisir.

Tout soudain, Vitaline imagine son mari faisant voile vers elle. Son Florentin, dépourvu de la moindre goutte de mauvaiseté, et si touchant de maladresse… Même si leurs accordailles ont duré une année entière, la jeune femme a souvent l'impression de ne pas avoir suffisamment scruté son visage un brin dur, mais aux traits finement ciselés, et de surcroît embelli par de grands yeux sombres. Elle n'a pas mis longtemps, à partir du moment où il est devenu son promis, à être appâtée par l'ordonnancement de sa physionomie.

Comme si cet agencement particulier, sans beauté particulière mais sans laideur excessive, recelait un mystère qui lui échappe encore...

La jeune épouse imagine la frêle barque à voile, le capitaine Montplaisir à la barre, l'air dépenaillé accentué par une barbe poivre et sel, jaunie autour de la bouche par le tabac, et qui paraît d'autant plus âgé qu'il lui manque quelques dents et que plusieurs autres sont réduites à des chicots. Elle imagine cette maisonnette où dame Eugénie et sa fille tiennent feu et lieu avec un art consommé... Oui, pendant la saison froide, il fera bon au ras du poêle, dans une salle commune envahie de fumets délicieux, car la maîtresse de maison sait organiser un fricot. D'un mouvement des épaules, Vitaline se débarrasse de sa maison natale comme d'un froc rapiéceté dont elle ne saurait plus que faire.

5

Chaque dimanche, qu'il grêle ou qu'il vente, Gilbert rejoint Caroline. Heureusement, même si l'automne a dépouillé la nature de l'essentiel de ses charmes, la température reste relativement douce, ce qui permet leur habituelle randonnée champêtre. Cette fois-ci, dès qu'il aperçoit la jeune femme, Gilbert est accablé par une seule et impérieuse envie : reprendre possession de ce corps qu'il connaît par cœur. Il en a si souvent tracé les contours en imagination...

Il revoit sa peau, auréolée d'un reflet nacré, et ses formes contrastées qu'il a parcourues des mains de haut en bas. Des épaules carrées jusqu'à l'amenuisement de la taille... Des cuisses musclées jusqu'au cou-de-pied, fragile jusqu'en être émouvant... Au milieu de cette sculpturale architecture, la fascinante rotondité circulaire du ventre, des hanches et des fesses. Et juste au-dessus, les seins lourds et moelleux à souhait... Gilbert se raidit à outrance. Il est perdu, s'il ne contient pas sa pensée caracolante !

À la fois pour se distraire et pour s'épancher, il raconte à sa dulcinée que demain, au terme de ce lundi où la maîtresse de son ami Gaspard deviendra la légitime épouse de l'avocat Cherrier, la ville retentira d'un charivari comme il n'en a pas été vu depuis une bonne escousse. Mais Gilbert a beau tenter de se caparaçonner, c'est peine perdue, il pisse quasiment de trouille chaque fois qu'il y songe. Il regrette amèrement de n'avoir pas refusé de soutenir Gaspard. Il a beau chercher, il ne peut trouver un prétexte valable pour se défiler. D'autant plus qu'il soupçonne l'organisateur d'en faire un test de leur amitié : pour jouir de la confiance de son futur associé, Gilbert doit participer au branle-bas comme un brave.

Pour combattre la montée d'effroi en lui, il clame :

— Je m'en vas faire la nique aux soldats pis à leurs baïonnettes !

Devant la perplexité de Caroline, le jeune homme se lance dans une explication digne d'un maître d'école. Coutume bien ancrée en Bas-Canada, le charivari vise à souligner les unions dépareillées. De même, un homme qui maltraite son épouse ou sa fille subira une remontrance en forme de dénonciation collective, aisément perceptible sous le mode enjoué. Sauf qu'un tintamarre est utilisé itou à des fins politiques ; même certaines réjouissances publiques, telles une plantation du Mai ou un Triomphe électoral, se parent de folie lorsqu'elles ont lieu en réaction à une iniquité. Les ennemis du peuple canadien sont passés maîtres dans l'art de l'intimidation, ce qui justifie amplement la revanche d'un tapage !

Dans le cas présent, la future épouse de Côme-Séraphin Cherrier est la sœur de Jules Quesnel, juge de paix corrompu. Lors de l'élection partielle de 1832, Quesnel a permis aux connétables spéciaux et aux *bullies*, en tant que marguillier, de s'installer comme chez eux sur le parvis de la nouvelle église. Plus tard ce jour-là, parmi la phalange de Bureaucrates acharnés, il exhortait leurs partisans à l'attaque... Jules Quesnel est Chouayen endurci ; en d'autres mots, il a trahi ses concitoyens aux principes démocrates pour se ranger du côté des adeptes d'un sectarisme étroit d'esprit, dégoulinant d'intolérance raciale.

Chaque patriote de poids devenu traître à sa nation, poursuit Gilbert, enhardit les profiteurs à un point qui ne saurait se décrire. La désertion de Cherrier serait un rude coup en bas de la ceinture, car depuis le début de sa carrière dans les cours de justice, l'avocat est un dénonciateur opiniâtre des manigances des satellites de la Clique du Château.

— Je vois ! s'exclame Caroline. En mariant sa Mélanie, m'sieur Cherrier s'associe à des corrompus. Vous faites d'une pierre deux coups.

— Trois coups en fait. Un, donner sa revanche à Gaspard. Deux, avertir Cherrier de se tenir les couilles serrées. Pis trois, battre le pavé à notre goût. On se met en gang, pis on fait assavoir aux Orangistes qu'on refuse de les laisser répandre la terreur par toute la ville.

Souviens-toi du fait rapporté par *La Minerve*. Le soir où Barbeau a reçu le coup fatal, plusieurs ont été vus, pointant du doigt les personnes qu'y fallait terrasser. C'est pas endurable.

— Orangistes pis Bureaucrates, c'est de la même eau?

— En gros. Plus on est Orangiste, plus on est sectaire. C'est-à-dire qu'on voit le monde à travers des lunettes étroites. Tout ceux qui sont pas comme eux sont contre eux. Être comme eux, ça veut dire détester tous ceux qui sont pas des protestants parlant anglais. Tous ceux qui font pas partie de leur caste. Parmi les Bureaucrates, bon nombre sont d'allégeance orangiste. À leurs yeux, la vie d'un Canadien parlant français, papiste de surcroît, vaut pas un rond.

Ayant dû apprivoiser cette réalité historique, Gilbert s'empresse de partager son savoir tout frais avec sa belle amie. À la fin du 18e siècle, les protestants irlandais ont collaboré avec les catholiques dans leur lutte pour l'obtention d'un gouvernement autonome. Ils ont changé leur fusil d'épaule lorsqu'ils ont constaté que cette victoire les priverait de leur prééminence dans les affaires d'Irlande parce que les habitants allaient élire une majorité de catholiques. L'Ordre d'Orange, alors tombé dans l'oubli, a repris du poil de la bête, et depuis, une caste de tories orangistes, arrogants et audacieux, se répand dans les colonies de l'empire.

Au terme de ces parlures, les jeunes gens s'en retournent vers le cœur de la cité. Caroline pèse lourd au bras de Gilbert. Ce dernier sent la rondeur de son sein contre son bras, et tout soudain, une pensée explose dans sa cervelle. À l'instant, il n'en peut plus d'être l'ami émasculé, qui se satisfait d'une relation platonique. Il veut Caroline nue contre lui, comme l'an passé... Il s'écarte d'un seul mouvement, et jette avec une intense mauvaise humeur:

— J'ai mon sacré voyage. T'es après me faire tourner en bourrique. À cause de toi, je fais le poireau d'amour!

Secoué par une colère noire, Gilbert refuse même de la regarder. Il l'entend pouffer de rire, frappée par la tournure salace de l'expression lorsqu'elle est associée au sexe masculin. Elle a souvent associé cette plante comestible à l'aspect physique de Gilbert, doté d'une haute taille et d'une silhouette s'apparentant à celle du légume en question... De brûlantes larmes de rage lui montent aux yeux, contre lesquelles il lutte de toutes ses forces. Caroline le saisit par les bras, puis l'oblige à lui faire face. Elle l'interroge avec une incrédulité palpable :

— Le poireau d'amour... Tu me niaises ? Tu peux pas avoir encore envie de moi ? Pas après toutte ce que je t'ai confié sur ma vie... ma vie de femme qui vend son corps pis des bouttes de son âme ?

Il sent une étrange douceur gonfler en lui, et il ne peut retenir un sourire, avant de répondre enfin :

— Vendre des bouttes de ton âme ? Fais-moi rire... Ton âme, tu la protèges par une cuirasse, j'en suis sûr et certain. Y a juste à moi que tu la montres. Juste à moi.

Il ferme les yeux un court instant. Il n'y a pas à y couper : il est paré à se damner pour partager sa couche de nouveau. Pour lui, Caroline est tout bonnement une femme rayonnante de vie et de sensualité. Aussi essentiellement noble et pure, aussi splendidement nue qu'elle lui a parue, pâmée entre ses bras. Sa déesse... Il pourra s'accommoder de n'être qu'un parmi ceux qu'elle reçoit. D'ailleurs, il n'ignore quasiment rien d'eux, à part leurs noms. Ils sont devenus comme des frères d'armes qui suscitent en lui, sinon de l'affection, du moins de la bienveillance. Il balbutie :

— Je suis énamouré de toi jusqu'à te voir peupler mes rêves, une nuitte après l'autre.

— Maudit fendant !

La rebuffade de Caroline est ponctuée d'une bourrade, puis d'une autre assez percutante pour que Gilbert soit obligé de parer les coups.

— Tu me fais marcher jusqu'en Turquie. Si tu me convoites, c'est que t'es un vicieux de la pire espèce !

L'insulte frappe Gilbert de plein fouet. Au contraire, il la vénère ! Incapable de supporter la vue du rictus méprisant de Caroline, il tourne les talons et s'éloigne avec toute la dignité possible, faisant la sourde oreille à ses appels. Caroline vient de le bouter hors de sa vie pour la seconde fois. Cette fois-ci, il n'y aura peut-être pas de pardon. S'il refuse de se cantonner dans le rôle de frère et de confident, elle le jettera aux orties. C'est ainsi qu'elle le veut auprès d'elle, et non comme un énième client qui la lutine sans ménagement. Pour convoiter une créature qui vend son corps, pour l'adorer comme la plus plaisante, la plus aimable des femmes, il serait donc d'une perversité sans nom ?

Gilbert est quand même soulagé d'avoir mis à bas le masque. Il ne lui reste plus qu'à s'extirper sa dulcinée du cœur. Mais comment? Entrer dans les ordres et faire pénitence par extrême mortification corporelle? S'enfuir aux confins de la planète? Pour être délivré de cette obsession qui lui empoisonne la vie, il voudrait que Caroline n'ait jamais vu le jour. Il voudrait n'avoir jamais songé à débagager à Montréal. Il a fait une incroyable bêtise, et il en paye le prix!

Le jour suivant en fin d'après-dînée, lorsque Gilbert approche de son domicile, une silhouette féminine est assise sur le perron. Encore une mendiante! Gilbert se persuade de ne pas lui donner un sou. La mère patrie envoie des déshérités à pleines cales, pour obliger à se vider les poches en leur faveur! Un autre moyen d'appauvrir les enfants du sol... Mais la vêture de la femme n'est pas celle d'une indigente, et lorsqu'elle tourne la tête dans sa direction, Gilbert accuse le coup au point de vaciller. Caroline!

Il pile net, plongé dans la plus vive confusion, tandis que cette dernière se lève d'un bond. Gilbert finit par s'avancer à petits pas. Gauchement, Caroline désigne la place à ses côtés, puis elle se rassoit sur le perron, prenant garde de poser les yeux sur lui. Le souffle court, Gilbert obéit. Tout de suite, elle lui tend un feuillet.

— Je voulais le donner à un messager, mais j'ai pas eu le cœur.

La missive est même scellée et Gilbert la décachète soigneusement. Il se sent pâlir : de son écriture caracolante qu'il voit jusque dans ses rêves, car il a été son professeur, Caroline a tracé : « Mon mercredi est libre. Je t'offre. » Mercredi? Après-demain? Il reste pantois pendant un long moment. Caroline sait très bien qu'il est désargenté. Elle lui fait donc cadeau d'une soirée? Elle lui offre de venir partager sa couche, alors qu'elle lui a lancé une phrase dégoulinante de mépris avant de le quitter?

— Je t'offre mon apologie, dit-elle. J'ai été fièrement bête.

— Je pensais... que tu m'avais bouté hors de ta vie. Définitivement cette fois.

Après un interminable soupir, elle répond :

— Je voudrais. T'es compliqué en masse. Mais je peux pas.

— Je suis pourtant un vicieux de la pire espèce.

Elle réagit comme si une guêpe l'avait piquée, puis elle tourne vers lui un visage aux traits tourmentés.

— J'ai été bête, je te dis. Je le pensais pas vraiment.
— Non?
— Pantoutte. T'es pas vicieux, mais t'es fou raide. D'ailleurs, pour le sûr, tu te repens de tes paroles. Tu vas déchirer mon message en mille miettes.

Gilbert reporte les yeux sur les quelques mots autant mirifiques que le plus grandiose des paysages, puis il répond:
— C'est ça que t'escomptes? Ton offre est juste pour la forme? Dans le fond, tu veux pas me voir dans ta chambrette?
— Pogne pas les nerfs. Autrement, on va s'ostiner, pis on va se retrouver Gros-Jean comme devant. Pis là, avant toutte, faut que tu te déboutonnes posément. Je me suis évertuée à t'écœurer de moi pis de ma vie.
— Au point de noircir le portrait.

Elle le fusille du regard.
— Non point. J'ai pas noirci le portrait. Ma vie est telle que je te l'ai contée.

Gilbert acquiesce même s'il ne la croit pas vraiment. Elle enchaîne:
— J'ai voulu t'écœurer pour que tu perdes le goût de moi. Pour que t'ailles voir ailleurs. Pour que ton sentiment pour moi, y devienne... celui d'un frère pour sa sœur.
— S'cuse-moi, mais une sœur tripote pas son frère comme tu fais avec moi. Si elle le fait, c'est elle qui est tarée en masse.

Caroline réagit par une large grimace de contrition.
— T'as raison. Je me fourrais le doigt dans l'œil jusqu'au coude. En fait, je voulais... le bon Dieu pis son Père tout à la fois. Je voulais... une moitié de soupirant. La moitié à mon goût. Mais c'était pas de ton goût à toi.
— Pis là?

Elle souffle:
— T'as pas compris? Pour toi, c'est gratis. Pas seulement ce mercredi. Touttes les uns à la suite des autres.

Il écarquille les yeux. Il n'avait pas saisi! Le retournement de situation lui donne le vertige. Soudain, il crève de trouille à l'idée de n'être qu'un pion parmi tous les autres. À l'idée qu'elle lui ouvre les jambes en pensant à une mirlifichure! L'année d'avant, il a cru qu'il avait réussi à la transporter dans un autre monde, celui du contentement des sens. Mais peut-être s'était-elle astreinte à une mascarade par grandeur d'âme ? Après tout, il était encore puceau, et donc ignare en matière de plaisir féminin. Afin d'avoir la paix au plus tôt, les femelles sont expertes à feindre pour entraîner l'homme à se décharger, paraît-il.

Or, il ne peut supporter l'idée de lui imposer une épreuve. Il veut la retrouver belle comme l'an passé, alors qu'il l'a entraînée vers le septième ciel. Il balbutie :

— Je veux pas que tu me prennes en pitié. Pis je veux surtout pas te faire du mal. Est-ce que je te force ? Même une ébraillée, on la force un brin quand son cœur y est pas. Pis son goût itou.

Sa compagne cligne des yeux, plusieurs fois, puis ses traits se décomposent, au point que Gilbert a peur qu'elle n'éclate en sanglots sous l'assaut d'une tristesse infinie. Elle réussit cependant à émettre :

— Tu me forces pas.

— Pantoutte ?

— Pantoutte.

— La première fois que tu m'as fait monter dans ta chambre... C'était pas juste pour payer une dette envers moi ?

— Oui, c'était pour payer ma dette. Sauf que tu m'as guère tordu un bras. Pis ensuite...

— Ensuite ?

— Ensuite, y est arrivé une affaire entre nous deux... une affaire que j'ai pas vue venir...

Elle s'interrompt, puis son visage se durcit et elle se met à le brouscailler :

— T'es niaiseux sur un temps riche. Je te fais plaisir, pis tu fais la fine bouche ? C'est gros, ce que je te donne : mon amitié, ma confiance. Jamais aucun des autres n'aura toutte ça.

— Les autres *ont pas* ta confiance ?

— Pantoutte. Les autres, je m'en méfie. Suffit qu'y aient bu, ou bedon qu'y aient subi un revers, pis qu'y aient le goût de rendre le mal pour le mal...

— Y te font tant peur ?

— C'est pas si pire. Y sont fins, la plupart du temps. Y sont mieux, passeque je les sacre hors de chez moi. Tu sais que j'en suis capable !

— Pour ça... Pourquoi tu veux pas me marier, si t'as confiance en moi ?

Caroline ne s'attendait pas à la question, qui la plonge dans un vif désarroi. Après un temps, elle finit par répondre :

— Passequ'un faquin, ça peut virer sous le vent qui vente. J'en ai vu. Son père, pour commencer... Son père, qui est mielleux un jour, pis vinaigreux le lendemain.

— Y t'a brutalisée ?

— On avait le tour de se sauver. On avait plein de cachettes. Pis on savait que les voisines nous ouvriraient le banc de quêteux. Je te l'ai déjà raconté. Tu sais toutte de moi...

Gilbert a senti l'angoisse s'échapper de lui, goutte à goutte. Caroline est son amie, sans conteste. Sa meilleure amie qu'il a pu admirer dans tous ses états et sous toutes ses coutures. Elle est la plus somptueuse des créatures, et elle s'offre enfin à sa concupiscence. Il l'a tant appelée à lui, il ne va pas la jeter aux orties ? La gorge nouée par l'émotion, il dit encore :

— Je préfère te payer. Autrement, j'aurais l'impression d'abuser de toi.

Elle ouvre de grands yeux dans sa direction, et farfouille son visage du regard pendant une éternité. Jamais Gilbert n'a vécu un face à face tant éprouvant. Il a l'impression de se déchirer de haut en bas, mais reste stoïque. Il est incapable d'accepter son offre généreuse. Il se sentira libre de la mignoter à l'envi uniquement en la rétribuant. C'est le monde à l'envers, mais c'est ainsi ! Réussiront-ils à se rejoindre ? Il presse son point :

— Je préfère te rétribuer, tu vois ? Pour être sur le même pied que les autres. Pour avoir ma place garantie. Pis pour pas que Mme Lavictoire te grimpe sur le dos.

— Je me suis arrangée. Elle...

— Si ça t'incommode, tu peux donner l'argent à une autre qui a de la misère.

Caroline laisse passer un temps, puis elle demande :

— Une autre de la maison, tu veux dire ?

— Oui. Je peux pas te l'imposer, Caroline. Faire l'amour avec moi gratis, alors que c'est la dernière chose que tu souhaites. Je veux pas de ta pitié.

D'une voix cassée, elle réussit à émettre :

— T'es benêt, quand tu veux... Tu te souviens pas ? La deuxième fois qu'on s'est vus, au traverseux du village. Me semble que je te l'ai fait assavoir, que tu me plaisais ?

— Je... j'ai cru, mais...

— Pis quand tu t'es introduit de force dans ma chambre...

— Introduit de force ? Tu dérailles !

— Oui, de force ! Tu m'as... tu m'as...

En proie à une vive émotion, elle doit reprendre contenance avant de se pencher pour murmurer à son oreille :

— Tu m'as donné ma plus grande joie de ma vie de femme.

Gilbert combat une énorme boule de chagrin qui est après l'envahir à la vitesse de l'éclair, mais il ne peut retenir un sanglot convulsif. Elle n'a jamais feint l'extase, il en est enfin persuadé ! Il sent les bras de Caroline entourer ses épaules, et l'étreindre avec force pour le protéger des regards curieux des passants. Il s'en contrefiche. Il ne peut que s'abandonner à sa monumentale affliction, comme si des gallons de sentiments refoulés avaient choisi précisément ce moment crucial pour exiger une sortie, comme s'il pleurait non seulement sa relation toute croche et si compliquée avec Caroline, mais tous les branle-bas qu'il encaisse depuis longtemps sans mot dire. Y compris la disparition de sa mère, dont le visage le hante parfois, à des moments incongrus...

D'une voix cassée, Caroline murmure dans son oreille :

— Je te fais toutes mes excuses. Je me répands en excuses, mon... oui, mon trésor.

Ce mot doux, elle l'a délivré avec une gêne touchante. Elle reprend :

— Je voudrais te rendre heureux. T'es si bon... Mais tu me demandes la lune. Tu me demandes la seule chose que j'ai décidé de jamais donner. J'ai essayé de m'y faire. J'ai imaginé la scène. Moi, après remonter jusqu'à l'autel à ton bras... J'ai l'impression de mourir. De m'enfermer vivante dans un cachot. Tu comprends, Gilbert ? Ça a pas rapport avec toi. Ça a rapport avec... avec sa mère. Elle était obligée de travailler pour un homme qu'elle haïssait. Lui faire à manger. Ravauder ses bas. Endurer sa parlure ennuyante comme la pluie. Je sais, tu serais pas de même. Mais moi... moi...

Peinant à trouver ses mots, elle doit s'arrêter. Enfin, elle souffle :

— Moi, je deviendrais une chipie. Pis je perdrais toute ton estime. À jamais.

Surpris par cet univers féminin dont il ne se doutait pas une miette, Gilbert se redresse, ses larmes enfin taries. L'expression durcie, Caroline profère :

— De toute façon, la ligne est franchie. Le mariage sera jamais mon lot. Même avec toi, Gilbert. Même avec toi, même si t'as beau dire.

Le jeune homme prend le temps d'éponger son visage avec son mouchoir, avant de relever sa remarque.

— On pourrait sacrer notre camp aux États. Y a plein de territoires qui s'ouvrent à la colonisation.

— T'es pas un colon, t'es un lettré. T'as besoin de tenir ton rang. Pis un jour, ça te retontirait dans la face. Pis tu m'haïrais.

Pour la faire taire, il glisse son bras contre sa taille et l'attire contre lui, où elle se blottit. Il ne pense plus à rien d'autre qu'à sa chance inouïe de l'aimer. À dire vrai, il a renoncé à la marier. Son bonheur se trouve dans l'attachement prouvable de Caroline pour lui. En ce sens, il est comblé… Il s'épate en silence : son existence se met en place quasi miraculeusement. Il est désormais instituteur ; demain, il sera l'associé de Gaspard ; et peu après, l'amant de Caroline ! Cette dernière se redresse pour venir poser ses lèvres sur sa joue, et lorsqu'elle s'écarte, Gilbert happe sa bouche avec la sienne au passage. Caroline s'abandonne de tout son être… Puis, elle rompt le contact et s'échappe de ses bras pour se mettre debout. Après un clin d'œil complice et un geste d'adieu, elle s'éloigne, sa jupe se balançant au rythme de ses hanches généreuses.

Gilbert reste affalé sur place, son optimisme fuyant au galop. Ce n'est pas ce mercredi que Caroline lui ouvrira de nouveau l'huis de sa chambrette, mais dans quelques mois au plus tôt. Il a voulu faire le fier ? Il en paye le prix ! Sa déconfiture se double d'une frousse qui le saisit aux tripes. Gaspard l'attend pour le charivari dès qu'il aura soupé… Gilbert a songé à lui confier sa peur panique, mais il s'est souvenu que la plus banale allusion à la Rue du Sang est interdite entre eux, puisque Gaspard a rayé leur camarade de collège Casimir Chauvin, l'un des trois trépassés, de sa mémoire.

Une couple de fois, Gilbert s'est échappé, ce qui a provoqué une telle rage froide chez Gaspard qu'il en frissonne encore. Alors, comment espérer ne serait-ce qu'une miette de compassion de sa part? Mais à l'idée de croiser le chemin d'un ennemi... Se prétendre tremblant les fièvres? Gaspard flairerait le faux-fuyant et Gilbert finirait par s'en repentir. Le jeune instituteur se lève pour entrer à l'intérieur et rejoindre sa tante à la cuisine. Il termine son morne repas lorsqu'un pas fait craquer les lattes du plancher au-dessus de leurs têtes, au rez-de-chaussée de la maison. Sautant sur ce dérivatif, il lance un appel sonore vers l'escalier:

— Hé, m'sieur Jobin! J'espère que z'avez l'estomac rempli à ras bord, parce que nous autres, on a atteint le fond de la saussepanne!

Un sourire malicieux aux lèvres, le notaire André Jobin atterrit en bas des marches. Le voyant, Gilbert retient la boutade qui lui vient à l'esprit. Les rondeurs que sa tante a perdues depuis qu'elle le fréquente, c'est lui qui s'en est greyé! Non pas qu'il soit devenu gras, loin s'en faut, mais sa plaisante équarriture s'accompagnait d'une émaciation frappante. Désormais, il est comme une femme très mince ayant eu son premier enfant, subtilement enrobée, joliment attendrie...

Dans le but de protéger sa tante, Gilbert a procédé à certains interrogatoires discrets qui, heureusement, ont confirmé ses dires. André n'est pas un jolicœur qui accumule les maîtresses; Ériole serait sa première infidélité et s'il s'y est abandonné, c'est parce que son inclination était souveraine. À dire vrai, André est un parfait gentilhomme, préservant l'honneur de sa maîtresse comme si elle était sa légitime, mais sans priver cette dernière, de même que leurs enfants, de sa sollicitude. Ce partage entre deux affections et autant de maisonnées est un art délicat qu'il semble maîtriser à la perfection!

Manifestement, le notaire a quand même conscience de cheminer sur un fil étroit tel un équilibriste, car il a débagagé sa famille dans son patelin d'origine, le village de Sainte-Geneviève, tout au bout de l'isle de Montréal. Comme il passe de bonnes périodes dans la cité pour ses affaires, il a le meilleur de deux mondes... S'approchant d'Ériole assise à table, il tend le bras tout en faisant une courbette. Ériole place sa main dans la sienne et le notaire lui fait un preste baisemain dans la paume. Se redressant, il clame, grandiloquent:

— C'est pour vous, gente dame, que je risque ma vie sur les pavés.

— Dis pas de niaiseries, André. Je suis pas d'humeur ! Y fait pas bon courir les chemins.

Avec la mine d'un garçonnet pris en faute, le survenant retire sa bougrine, révélant une veste sans manches, d'un cuir très fin et brodée de perles, par-dessus sa chemise. Il vient à Gilbert pour lui offrir une franche poignée de main, accompagnée d'une tape sur l'épaule. Le jeune homme remarque qu'il laisse repousser ses longs favoris d'hiver, ce qui accentue le contraste entre le bas de son visage, garni d'un nez aquilin incontestablement mâle et d'une bouche aux lèvres minces, et le haut, avec ses yeux féminins aux cils abondants et délicatement ourlés.

— Alors, m'sieur l'instituteur, vos marmots ?

Gilbert narre quelques faits saillants de la semaine écoulée, parsemant son récit des plus récents traits d'esprit de ses élèves. Dans l'ensemble, sa classe sera plus agitée que celles qu'il a supervisées à Saint-Denis, car elle s'augmente d'une couple d'énervés. Mais Gilbert a bon espoir qu'ils s'enmieuteront avec le temps, ou sinon, que leurs parents se décourageront devant leurs piètres résultats scolaires et les retireront de l'école. Qui vivra verra !

— Pour le sûr, commente Ériole, les commères du faubourg sont pâmées sur une pièce d'homme savante de même. J'entends des affaires, dans mon atelier, à m'en faire chauffer les oreilles. Les ouvrières ont pas la langue dans leur poche... Paraît que les mamoiselles craignaient fort que le maître d'école soit un vieux grichou. Ou pis, un corbeau au froc tout noir. Mais là, avec un jeunet qui manque pas de corporence...

— Si vous commencez à m'étriver, ma tante, je file à l'anglaise !

Ériole pouffe de rire devant cette expression encore peu usitée, mais qui décrit si justement les mœurs sournoises d'une certaine classe de Britanniques dont la cité est encombrée. Luttant contre le garçonnet terrorisé qui prend de la corporence en son for intérieur, Gilbert presse son point :

— Je décanille pour vrai. Vous en serez pas fâchés, j'escompte bien. Je m'en vais à un charivari...

Ce sont des mines éberluées qui le fixent. Sa tante s'exclame :

— Un raffut ? Prend garde. Les clubistes les ont en détestation !

Le notaire Jobin objecte à son tour :

— T'es au courant, mon gars, que les charivaris sont interdits depuis... depuis au moins une douzaine d'années ?

— Faire un usage immodéré de sa baïonnette, rétorque Gilbert avec une intense ironie, ça devrait être interdit, mais ça l'est pas pantoutte. Deux poids, deux mesures.

— Tu peux pas comparer...

— Certain que je peux. Depuis quand on s'incline devant les volontés des juges de paix quand c'est rien de moins que du *despotisme* ? Y se donnent le droit de faire fusiller une foule pacifique, pis quand nous autres on veut faire comprendre à quelqu'un de surveiller ses arrières, on se ferait rembarrer secquement ? Ce serait étrivant en masse.

— On cause de situations différentes au possible, glisse Ériole d'un ton apaisant. Ce que m'sieur Cherrier subira tout à l'heure, c'est un innocent tintamarre. Si le guet sort, ce sera pour venir gueuler parmi vous autres. Ce qui est interdit, par contre, ce sont les affaires comme celles qui avaient tant frappé les imaginations... Y avait eu mort d'hommes, c'est-y pas, André ?

Talonné par Ériole, l'interpellé doit se résoudre à relater sommairement l'affaire. Dix ans auparavant, au printemps 1823, après un mariage d'une opportunité douteuse, une bande avait mené du train. Le marié s'était obstiné à considérer les charivariseurs comme des casse-pieds, refusant obstinément de leur payer la traite pour acheter la paix, ni même de défrayer l'obole coutumière. Peut-être y avait-il quelque tension sous-jacente entre lui et l'un ou l'autres des jeunes polissons, tous récents immigrés des îles britanniques... Toujours est-il qu'après une quinzaine de jours de tapage nocturne quotidien, des coups de fusil ont été tirés depuis une fenêtre du domicile du marié, tuant au moins deux hommes dont, ironiquement, un domestique de la maisonnée.

— Je me souviens, intervient Ériole, les magistrats d'alors avaient été amplement critiqués. Y avaient trop attendu pour se mettre en action. Pareil pour celui de 21, tu te souviens, André ? Celui à Mr Lunn.

Elle tourne une mine épanouie vers Gilbert.

— William Lunn, un marchand du clan bureaucrate...

— Ça me dit rien.

— Y est domicilié à Kingston, dans le Haut-Canada, mais y remonte souvent par icitte. Alors, y était homme à place obscur, pis la femme qu'y menait à l'autel avait perdu son premier mari même pas six mois avant. Elle avait du blé en masse. Ça avait bardé, je te jure. Pis ceux qui ont mis le charivari en branle, c'étaient des marchands respectables qui s'affublaient d'un masque pour mieux se lâcher lousses! Si j'ai bonne souvenance, y demandaient une somme d'envergure...

— ...à verser à la Société des dames charitables, termine André avec un sourire railleur, société dont la mariée elle-même était la présidente.

— Mais Mr Lunn avait la fierté mal placée, fait que ça a dégénéré. Y a eu un cortège dans la cité d'au moins un demi-millier de faquins, grimés en Persans, en Turcs, pis qui soufflaient dans les cornes de vaches. Le Grand Connétable pis ses hommes ont voulu s'interposer; y ont été tassés. Ensuite le guet s'y est mis. Le combat a fait rage pendant une escousse. Le guet s'est replié avec quelques prisonniers. Y avaient eu le malheur de capturer le fils du Dr Arnoldi...

Gilbert s'ébahit :

— Le même Arnoldi qui habite place d'Armes?

— Juge de paix clubiste, oui. Fait que monsieur le docteur son père...

— Ça a jamais été prouvé, fait remarquer André.

— Toute la ville était au courant. Le docteur son père a mené la charge contre la maison du guet, les guetteurs se sont enfuis et les prisonniers ont pris la poudre d'escampette.

— C'est alors que les magistrats ont interdit les charivaris. Y ont même demandé à nos plus éminents *Britons* de former un bataillon de connétables spéciaux pour réprimer un éventuel rassemblement séditieux.

— Des connétables spéciaux? s'exclame Gilbert. Y en a déjà eu en Canada avant la Rue du Sang?

— Pour l'émeute de Lachine itou, précise Ériole.

André sursaute comme si une guêpe l'avait piqué.

— Embarque-moi pas sur cette affaire-là, parce que la route va être longue comme d'icitte à demain! Ça s'est passé dans le coin... hum, dans le coin de ma belle-famille, pis par là-bas, on l'a encore en travers de la gorge.

Ne voulant s'attarder sur son autre vie par déférence pour Ériole, le notaire coupe court à sa réminiscence de la célèbre échauffourée ayant eu lieu à l'orée de la guerre contre les États-Unis, en 1812, alors que maints jeunes Canadiens répugnaient à être enrôlés pour aller combattre. La secousse populaire est tristement célèbre : dépêchée sur les lieux, l'armée a envoyé deux Canadiens à trépas, en plus de faire plusieurs blessés. Résultat : une quinzaine d'hommes écroués dans la prison de Montréal pendant près de deux années. André tient quand même à nuancer :

— L'allure des connétables spéciaux était à ce point différente qu'on barguigne à les associer à ceux de la Rue du Sang. Les dignes citoyens qu'on assermentait alors ont rien à voir avec les boulés qu'on choisit astheure.

Gilbert se résout enfin à se mettre en route pour le faubourg Saint-Laurent. À son agréable surprise, un ciel nocturne ruisselant d'étoiles l'accueille dès qu'il met un pied précautionneux dehors. En contrepartie, la soirée est glaciale, mais même une gelée à pierre fendre est cent fois mieux que la flotte ! Gilbert se met aux aguets de la plus lointaine vocifération d'un soldat pugnace, puis se morigène aussitôt : ces fendants se font entendre à une couple de milles à la ronde. Sauf exception, c'est un jeu d'enfant que de s'écarter de leur chemin. De surcroît, un soldat tricolant ne peut le battre à la course ! La poitrine de Gilbert se dilate, la peur qui battait sourdement à ses tempes diminue, et il s'élance, prenant soin de raser les murs.

6

Le coin flambant a repris son allure sage des temps froids. Les ébraillées ont déserté les chemins... À l'approche du Cabaretier patriote, Gilbert admire une nouvelle fois le panonceau flambant neuf que le propriétaire vient de faire accrocher, et dont les charnières grincent dans le vent, puis il pénètre dans l'établissement. En ce calme début de semaine, il s'étonne de trouver Étienne Lavictoire derrière son comptoir. Étienne à la couette d'un blond doré dissimulée sous une tuque bleu royal, teinte qui rejoint exactement celle de ses yeux...

Gilbert ne peut retenir une moue d'appréciation. Ainsi attifé, le tavernier doit faire son effet auprès des dames, au point de leur faire oublier instantanément la cicatrice sous l'œil gauche et les stigmates de vérole. Le survenant se débarrasse de sa vêture d'hiver, qu'il dépose sur le dossier de l'une des chaises qui fait tapisserie contre le mur, puis il rejoint Gaspard qui se trouve déjà juché sur un tabouret en face du bar. Ce dernier le gratifie d'une tape sur l'épaule, avant de clamer :

— C'est ma tournée. Que la fête commence !

La jactance de Gaspard est à la mesure de son trouble intérieur à l'idée du mariage de son ancienne maîtresse. Mélanie lui était précieuse, même s'il faisait mine de la considérer comme un amusement, tout substantiel soit-il. Deux fois plus âgée que lui, elle prenait l'allure d'une jeune poulette lorsqu'il en parlait ! De sa voix éraillée par la boucane, Étienne leur lance, goguenard :

— Pis, les jeunets ? Quoi de neuf ? Z'avez un air étrivant... Ça fait une escousse que moi, j'ai arrêté les tintamarres. On peut-y en dire autant de vous, les blancs-becs ?

Gaspard rétorque avec une indécrottable bonne humeur :

— Tu peux te moquer tant que tu veux, mais avoue que t'es pas fâché qu'on aille faire du train-train à ta place. Qu'on aille leur prouver, aux fendants qui se croient tout permis, qu'on se laisse pas marcher sur la queue sans japper pis mordre.

— Pour ça... t'as ma bénédiction !

Posant une once d'alcool fort devant eux, Étienne dit encore :

— Allez, je vous offre une rasade pour vous donner du cœur au ventre.

Gaspard rétorque :

— Pff ! Comme si j'en avais besoin... Remarque, ce sera pas de refus, y fait un frette du diable.

— Un frette du diable... D'où c'est que tu sors, des tropiques ? J'en connais un tas qui passent la journée dehors en chemise, pis les poils leur dressent même pas sur les bras !

Gilbert fait cul sec. Il s'est accoutumé au goût des boissons fortes, car il apprécie la sensation bienfaisante de détachement qui l'envahit ensuite. Mais il lui en faudrait davantage pour repousser loin de lui la voix discordante qui criaille à l'intérieur de lui...

— Un charivari précisément ce jourd'hui, poursuit Gaspard avec jubilation, ça adonne en masse. Je suis gonflé à bloc ! Comme Barbeau vient de rendre l'âme, nos ennemis ont pas eu le temps de se rameuter.

Gilbert ouvre de grands yeux.

— Rendre l'âme ?

— Tu sais pas ? Le médecin en charge à l'Hôtel-Dieu vient d'alerter le coroner.

Paniqué, Gilbert coasse :

— Je crois que c'est pas sage. C'est même risqué en masse. Me semble qu'y faudrait le remettre jusqu'à ce que la poussière retombe sur le cas Barbeau.

Gaspard le contreboute sans ménagement : le temps froid va réfréner les ardeurs des habits rouges et même les plus malveillants d'entre eux vont demeurer cantonnés aux casernes, à se chauffer aux poêles. Un son discordant, celui d'une crécelle, ponctue sa tirade. Tandis qu'Étienne éclate d'un rire gras, imité en cela par bon nombre de clients attablés, Gilbert et Gaspard se retournent pour voir avancer vers eux trois quidams masqués, leur vêture agrémentée de quelques éléments bouffons comme des tissus bariolés ou des armes de pacotille, et encombrés d'accessoires à tintamarre qu'ils font résonner vigoureusement. Ravi, Gaspard saute sur ses pieds et s'écrie, ouvrant largement les bras :

— Bienvenue, mes fendants ! J'admire vos armures dignes des plus glorieuses armées de tous les temps !

Les membres du trio mettent un terme à leur prestation, puis se débarrassent de leurs masques. Gilbert accuse le coup. Il n'en connaît qu'un seul, mais de taille : Patrick, fils d'Austin Cuvillier, l'ancien député patriote dont la trahison a permis aux plus féroces clubistes d'entreprendre des violences à main armée contre les représentants populaires en Chambre d'Assemblée, en mai 1832. D'un gabarit maigre et sec comme son père, Patrick exhibe un magnifique masque de carnaval pour le bénéfice de Gaspard, qui en caresse la physionomie grotesque avec des gestes obscènes.

Constatant la familiarité qui règne entre eux, Gilbert plonge dans un vif désarroi. Pour le sûr, tous deux font partie de la classe des commerçants et des hommes d'affaires, mais Patrick a figuré parmi les plus farouches adversaires du candidat irlandais Daniel Tracey pendant les journées initiales de l'élection du Quartier Ouest. Il a accablé de coups de pied l'un de ses plus fervents supporters, un aubergiste natif d'Irlande, alors qu'il gisait au sol. Le pauvre s'est enfui, mais il a été poursuivi, de nouveau terrassé, puis frappé à coups redoublés ! Ces violences l'ont cloué au lit pendant plusieurs jours...

Ce fait notoire, l'aubergiste l'a détaillé lors de la Grande Enquête. À l'idée de côtoyer son assaillant, Gilbert voit rouge, et se retournant vers Étienne, il l'interroge d'un ton glacial :

— Un vire-capot itou, Pat Cuvillier ?

— Je te le garantis. Le seul des fils Cuvillier qui soit pas sous la coupe de son paternel.

— Je l'ai pourtant vu fesser pis enguirlander...

— Comme une trâlée d'autres qui se repentent asteure.

Gilbert fait un rictus d'impuissance. Pour lui, la soirée prend l'allure d'un brasse-camarade au cours duquel il doit apprendre à respecter ceux qu'il honnissait pour s'être fait les instruments d'une coterie de fanatiques. Gaspard entretient des liens avec des hommes appartenant à des milieux diversifiés, même antagonistes en apparence, ce qui est dans l'ordre des choses. Gilbert se doutait que de mettre sur pied un commerce dans une taverne l'entraînerait à tremper ses orteils d'un bord comme de l'autre, mais ce soir, l'immersion lui coupe déjà le souffle!

Le jeune instituteur passe un bon moment à observer les survenants. Pour le sûr, les principaux coupables de la Rue du Sang sont les têtes dirigeantes. Mais quand même... Pour accepter de tabasser ses concitoyens en échange d'une poignée d'espèces sonnantes et trébuchantes, ne faut-il pas être dénué de tout scrupule? Avoir le cœur sec comme une pomme desséchée? Puis, Gilbert tempère son jugement. Il se souvient à quel point ils étaient excités à la violence par les *Britons* qui les menaient. De jeunes faquins dégoulinants de haine pour la race canadienne, et qui avaient alors fait des rues de la cité leur territoire quasi exclusif...

Cinq charivariseurs font leur entrée, entourant Gaspard en lui prodiguant leurs condoléances les plus senties. À leur allure, Gilbert les devine artisans, peut-être encore apprentis vu leur âge, ainsi que commis marchands. Tous n'ont d'yeux que pour les masques bouffons qui se promènent de main en main. De vulgaires saillies parviennent aux oreilles de Gilbert, puis soudain, l'un gueule:

— Chapeaux bas! Chapeaux bas!

Même les consommateurs attablés se tordent de rire. À l'ultime journée des courses de septembre, les soldats se sont permis un amusement grossier: lancer parmi la foule un cochon à la queue préalablement graissée, en proclamant qu'il appartiendrait à celui qui le chargerait sur ses épaules. Mais le Canadien vainqueur s'est fait voler la bête par quatre soldats, au son du cor qui égrenait le *Rule Britannia*. Le cochon a été paradé en trophée dans une charrette, tandis qu'un musicien, juché sur la rambarde, jouait le *God Save the King*. Les habits rouges criaient: *Hats off! Hats off!*

Gilbert entend Étienne envoyer un jet de salive dans un crachoir à proximité. Lorsque résonne leur hymne national, les *Britons* les plus sectaires déploient une ardeur teintée d'arrogance pour obliger tout un chacun à se découvrir en signe de respect envers Sa Majesté d'Angleterre. En revanche, si des maîtres de musique s'amusent à faire résonner *La Marseillaise*, *La Marche impériale* ou *La Parisienne* dans les lieux publics, ils se font proprement rembarrer! Le toryisme, doctrine politique exaltant les privilèges de l'aristocratie et de la royauté héréditaire, se colore d'une teinte « ultra » par les temps qui courent !

— Je pense que je vas me joindre à vous autres.

C'est le tavernier qui vient de grommeler cette phrase. Ébahi, Gilbert se tourne vers lui.

— Tu me niaises ?

— L'avocat Cherrier, y a besoin d'un avertissement. Faut qu'y prenne garde !

Gilbert lui glisse un regard en coin. Dur à cuire, le fier-à-bras repenti est maître dans l'art de dissimuler ses sentiments, mais son nouveau statut de patriote invétéré doit lui causer des sueurs froides... Singulièrement réconforté, Gilbert ne peut s'empêcher de le relancer :

— Tu crains pas... tu crains pas des violences ?

Étienne reste coi pendant un moment, se contentant de l'observer, et Gilbert parierait sa chemise qu'il constate que la peur sourd de chacun des pores de sa peau. Comme il a honte de sa couillonnerie ! L'outrage dont Casimir a été victime mériterait tout autre chose que ce comportement pleutre, que ce besoin irrépressible d'aller se terrer dans quelque recoin sombre, le plus loin possible de la bête à cent pattes qui arpentait la grande rue Saint-Jacques, dressant le canon des mousquets encore fumants vers l'avant. Gilbert ne peut se dépeindre la compagnie de soldats autrement que comme un monstre carnassier. L'écho assourdissant de ses pas emplit l'espace d'un vacarme terrifiant...

Il sursaute : Étienne vient de placer d'autorité entre ses mains un gobelet rempli, cette fois-ci, d'un tord-boyaux. Gilbert grimace à peine en l'ingurgitant. Étienne répond enfin à sa question :

— Tu vas voir. Tu t'ennuieras pas une seconde. Pis tu te sentiras invincible.

Invincible ? Dans ce mot, Gilbert puise un singulier réconfort. Une commotion se produit derrière lui, et il pirouette pour assister à l'arrivée d'un autre groupe composé de quelques avocats qu'il connaît de vue. L'animation est à son comble et peu à peu, Gilbert se détend. D'après les parlures, tous les charivariseurs sont d'ascendance française. La *barmaid* circule parmi eux, et Gilbert se sent contagionné par la jubilation ambiante. Son angoisse se réduit comme une peau de chagrin...

Deux autres hommes surgissent depuis l'extérieur. L'un est excessivement robuste, d'une taille supérieure à la moyenne. Il est borgne de l'œil droit, héritage d'une ancienne bagarre. Sa pâle pupille, éternellement dilatée et soulignée par une laide cicatrice à la paupière inférieure, est d'un aspect à la fois fascinant et repoussant... Emmanuel D'Aubreville, dit le Coq! Un malfrat à gages universellement connu, et qui s'est illustré par sa férocité de *bully* lors de l'élection de Montréal-Ouest. Encore pis, il est intime avec le fier-à-bras qui était de mèche avec les habits rouges, au champ de courses, pour démarrer la bataille au cours de laquelle Barbeau a été transpercé d'une baïonnette.

S'associer à un grichou de cette espèce? Complètement déboussolé, Gilbert intercepte Étienne pendant l'un de ses va-et-vient derrière le comptoir.

— Gaspard t'a consulté avant de se mettre en amitié avec le Coq D'Aubreville? L'hiver passé, y a été poursuivi en justice par une ébraillée. Pour viol. Forcer une ébraillée, faut-tu être sans-dessein? À ce que je sache, y est encore du parti ennemi. Pis y est du genre à vendre son âme au plus offrant!

— Y en a qui sont plus durs de comprenure que d'autres.

— Dis-lui de pas trop tarder. Après la fusillade, impossible de languir dans le camp des Bureaucrates de Montréal sans perdre à jamais la confiance des amis du pays.

— Pourquoi tu penses qu'y se joint à un charivari qui sert d'avertissement à l'avocat Cherrier?

Gilbert pousse un soupir d'exaspération. Il se sent revoler d'un bord à l'autre comme une crêpe dans un poêlon! Il déclare forfait. Il n'est pas obligé de se mettre en amitié avec tout ce beau monde. Son masque lui servira d'armure... Il remonte sur son visage ledit objet, qui pendait contre sa poitrine. Hier, il l'a fabriqué hâtivement, au moyen de carton fort et de peinture. Comme il n'est pas très doué, il ne saurait dire à quelle espèce appartient sa créature, ni même si elle est animale ou humaine.

Une demi-heure plus tard, c'est une troupe bruyante qui prend possession du chemin public. Mirant la présence d'Étienne parmi eux, Gaspard tombe des nues:

— Toi, parvenu à un tel rang dans la société, tu viens faire le fou?

— Espèce de fendant... T'as une objection?

— Pantoutte. Au contraire, tu me fais un tel honneur que j'en deviens toute chose.

Il tend sa paume ouverte vers lui, et Étienne fait de même. Gaspard veut lui asséner une tape retentissante, mais sa victime se dérobe au dernier moment. À l'évidence, il s'est trop souvent fait jouer ce tour pour l'endurer encore! Son vis-à-vis lance un rire vers le ciel.

— Je m'encroûtais dans les bras de Mélanie, mais je me sens reverdir! C'est la charge, mes amis!

Affublés de leurs masques, les jeunes hommes s'ébranlent en direction du logis de Côme-Séraphin Cherrier, situé à quelques arpents de là. Au début, ils se contentent de s'exclamer avec vigueur, s'encourageant mutuellement. Mais peu à peu, des sons se mettent à résonner: claquement d'un ustensile contre le cul d'une vieille chaudière, trompettes de fortune, grincements discordants de crécelles, tambours à moitié déglingués...

Esquissant quelques pas de gigue, Gilbert vocifère autant fort que les autres. L'idée d'être le maître de la nuit lui donne des ailes. Il est inondé d'une souveraine énergie; même si nulle âme qui vive n'osera se mettre en travers de leur chemin, il est paré à défendre chèrement son droit d'occuper l'espace public. Pour une fois, il ne se met pas sur le qui-vive en arpentant les rues de *sa* cité; pour une fois, il ne guette pas l'approche d'une poignée de soldats éméchés, trop contents de terroriser leur entourage!

Fortifié par cette pensée, Gilbert se met à chanter, d'une voix de stentor, une audacieuse variation de *La Marseillaise*:

— *Allons! Enfants de la patrie, le jour de gloire est arrivé. D'une trop longue tyrannie, le sceptre de fer est usé. Entendez-vous tomber les chaînes des deux braves concitoyens? Le remords brise leurs liens. Liberté! Tu nous les ramènes!*

Pour le refrain, quelques autres se joignent à lui tout en faussant:

— *Campagnards, citadins, formez vos bataillons! Partons! Marchons! Qu'un peuple entier suive nos pavillons!*

Gilbert n'est que trop content de donner une bonne frousse aux Bureaucrates qui les entendent derrière leurs volets clos. Peu à peu, le cortège s'augmente de gamins hilares, d'ouvriers curieux et même

de quelques aïeules ricaneuses. Les vivats prennent une tournure résolument patriote :
— Vive le roi, vive la Constitution !
— Un char de gloire pour nos héros !
— Les jours du Peuple sont à nos portes !

La foule fait halte devant une sobre maison en pierres. Tout d'abord, les participants au charivari s'appliquent sur leur prestation musicale, un vacarme assourdissant qui tire à Gilbert de fréquentes grimaces, même s'il n'est pas le moins empressé à faire résonner sa crécelle. Le Coq D'Aubreville impose ensuite silence pour une chanson souvent offerte au terme d'agapes bien arrosées en l'honneur de l'hôte. Gilbert doit convenir qu'il est un entraînant directeur de chœur, même s'il n'a guère l'oreille musicale !

— *Sans un peu de jalousie, l'amour s'endort. Un peu de cette folie le rend plus fort. Bacchus et l'amour font ici Charivari ! Charivari ! Charivari !*

La dernière strophe est reprise à tort et à travers. Après ce couplet de circonstance, un concert d'instruments s'élève. D'Aubreville entonne ensuite la *Marche du coucou*, traditionnellement utilisée dans ce genre de charivari. Tout le monde sait que le coucou et le cocu sont apparentés, car la femelle de ce volatile aime changer de compagnon à l'envi...

— *En passant près d'un p'tit bois où le coucou chantait, dans son joli chant disait : coucou, coucou, coucou, coucou. Et moi qui croyais qu'y disait : Coup' lui le cou, coup' lui le cou ! Et moi de m'encour, cour, cour, et moi de m'encourir.*

Encore une fois, tous les participants reprennent la fin en gueulant pendant une longue escousse. Gilbert commence à comprendre pourquoi Gaspard tenait à la présence D'Aubreville. Sans conteste, il a de l'expérience comme meneur de tintamarres ! D'Aubreville se met d'ailleurs à vociférer à l'adresse des occupants de la maison, qui se cachent encore derrière les volets clos :

— À boire, m'sieur Cherrier, à boire pis à manger, pis la charité !

La supplique, ponctuée par une prestation sonore endiablée, est réitérée à plusieurs reprises. Le silence retombe ensuite, mais le jeune marié reste bien coi, ce qui est dans l'ordre des choses. Il faut laisser aux charivariseurs le temps de s'amuser un brin ! La voix de Gaspard s'élève ensuite. Gilbert l'a rarement entendu chanter et il s'émerveille de la qualité de son timbre.

— *J'entends le coucou et moi je prends garde à tout.* Reprenez après moi !

Nul ne se fait prier, et à plusieurs reprises, Gaspard exhorte les participants à ânonner cette phrase tout en faisant résonner sur leurs instruments. Ensuite, Gilbert se joint aux gigueux, mirant les danses alertes qui l'entourent tandis que des sons échevelés brisent le silence de la nuit. Tout soudain, D'Aubreville requiert le calme encore une fois. Alors, des charnières grincent, ce qui fait jaillir un hourra de toutes les poitrines. Les contrevents intérieurs d'une fenêtre de l'étage ont été ouverts ; les battants de la croisée s'ouvrent ensuite pour laisser voir une silhouette, celle de Côme-Séraphin Cherrier, silhouette d'une taille appréciable, mais plutôt frêle, et la petite tête surmontée d'une courte chevelure sombre et bouclée.

L'avocat a le bras tendu dans les airs, gobelet à la main, pour une santé emportée. En même temps, la porte du rez-de-chaussée s'entrouvre pour laisser passer un domestique bien embobiné, quelques bouteilles sous le bras. Au travers d'un concert d'acclamations, Cherrier lance avec bonhomie :

— Quel bredas ! Je m'empresse de venir à vous, mes bons amis, avant de voir rappliquer les forces de l'ordre.

Ce disant, il éclate d'un rire auquel tous les membres du groupe de charivariseurs fait écho. Une voix d'homme s'élève :

— Espère-les pas, Côme-Séraphin, y sont tous cachés à l'autre boutte de la cité !

Ayant sans doute reconnu un collègue avocat, le jeune marié reste sans voix pendant un moment. Enfin, il reprend :

— Vous m'excuserez de rester bien au chaud dans mon chez-moi. Ça a-t'y de l'allure, un charivari dans le frette ?

— Ça a-t'y de l'allure, un mariage en cachette pendant la morte saison ?

C'est Gaspard qui a parlé, le timbre trémulant. Il est masqué et le marié ne connaît pas le son de sa voix, mais le silence qui s'ensuit, parmi le groupe central des charivariseurs, est diablement éloquent. Après un temps, Cherrier demande prudemment :

— Quelle obole, messieurs ?

— En nous payant la traite, m'sieur, z'avez payé votre dû. Santé et longue vie à vous pis à votre épouse!
— Santé à madame itou!
— Oui, à madame! On veut voir madame!

Dans le concert qui s'élève, Gaspard n'est pas celui qui vocifère le moins. Cherrier s'est tourné à demi vers l'intérieur de la pièce, la main tendue, et bientôt, une dame apparaît à côté de lui, chaudement couverte, le visage plongé dans la pénombre.
— Santé, madame! Santé à vous!

Après un bon moment à se faire acclamer ainsi, Mélanie finit par dire:
— Merci, messieurs dames. Merci de venir célébrer notre bonheur.

C'est bien elle, veuve joyeuse la nuit, mais vertueuse dame patronnesse de clarté. Elle avait mis sur pied, dans la cité, une école primaire d'excellente réputation, et qui accueillait même quelques pauvres. Gaspard lève dans les airs la bouteille qu'il tient à la main. Il gueule:
— Hourra pour ton bonheur! Oui, hourra pour ton bonheur, plaisante Mélanie! Quand est-ce que tu vas mettre un panache de cornes sur la tête de ton mari? C'est-y pas qu'y serait de toute beauté avec l'encolure d'un cornard?

Sans crier gare, Étienne le saisit par le cou pour le faire taire, et se met lui-même à beugler:
— *Sans un peu de jalousie, l'amour s'endort!*

Comprenant qu'il cherche à empêcher Gaspard de régler ses comptes avec sa maîtresse en public, Gilbert superpose sa voix à la sienne:
— *Un peu de cette folie le rend plus fort. Bacchus et l'amour font ici Charivari! Charivari! Charivari!*

Cherrier enchaîne d'une voix de fausset comiquement exagérée:
— *Si cette petite fête vous fait plaisir, vous êtes messieurs, les maîtres d'y revenir. Et je vous permets qu'on fasse ici Charivari! Charivari! Charivari!*

— Bonne nuitte, m'sieur Cherrier, pis à la revoyure!

D'Aubreville vient de donner le signal du départ et le couple ne se le fait pas dire deux fois pour retraiter vers l'intérieur et refermer la croisée. Poussaillé de tous bords tous côtés, Gaspard n'a pas d'autre choix que de suivre le mouvement général, d'autant plus que la froidure devient saisissante et que les charivariseurs commencent à soupirer après la chaleur d'une bonne flambe. Gaspard se met à gambader tout en chantant d'un ton égrillard :

— *En passant près d'une rivière où les pêcheurs pêchaient. Quel beau poisson, quel beau poisson!*

Plusieurs poursuivent avec lui :

— *Et moi qui croyais qu'y disaient : quel polisson, quel polisson ! Et moi de m'encour, cour, cour, et moi de m'encourir.*

Un quart d'heure plus tard, dégrisés, Gilbert et Gaspard se retrouvent devant la façade de l'hôtel Nelson. Le noyau dur de charivariseurs s'est débandé en direction du faubourg Saint-Laurent, et Gaspard a eu beau supplier, il n'était pas question, en ce début de semaine, de poursuivre la fête dans une maison particulière ou même dans une taverne du coin. Plusieurs devaient se rendre à l'ouvrage tôt le lendemain, d'autres avaient fait la noce les jours précédents et finalement, les compères se sont retrouvés seuls en plein milieu de la rue.

D'un commun accord, Gilbert et son futur associé se sont ébranlés sans mot dire en direction de la place du Marché neuf. Il aurait été trop stupide d'attirer l'attention d'habits rouges en maraude... C'est avec une lassitude grincheuse que Gaspard dit, une fois parvenu devant la porte d'entrée de l'hôtel :

— Plein d'affaires. Je voulais lui dire plein d'affaires à Mélanie, mais toute la bastringue s'est passée en un éclair pis me v'là le bec à l'eau! Pis toi... que c'est qui t'as pris de me fermer la gueule comme t'as fait?

— Moi, te fermer la gueule?

— Fais pas l'innocent. J'ai voulu me fendre d'un sermon pis tu m'as fait taire!

Pour ne pas que la conversation s'envenime, Gilbert rétorque secquement :

— Guère le temps des sermons. C'était pas le temps de salir sa réputation. Elle le mérite aucunement. Elle est pas une paillasse à soldats!

C'est à dessein que Gilbert a employé cette expression avilissante, et sans laisser le temps à son ami de reprendre contenance, il ajoute :

— Tu lui as déjà réglé son compte en privé. Je te connais trop bien!

— En privé ? T'es malade ou quoi ? J'ai surtout abusé d'elle toutte mon content. Perdre mon temps en conciliabules pis en messes basses ? Je me serais trouvé niaiseux en masse !

Désarçonné par cette repartie inattendue, Gilbert reste coi un moment, avant de risquer :

— Pour le sûr, tu lui as fait part de ton chagrin de la perdre...

Gaspard éclate d'un rire emporté à la limite de l'hystérie.

— Cré Gilbert ! Romantique jusque dans les rotules ! T'es vraiment fêlé. Autant lui donner une épée afin qu'elle me l'enfile à travers le corps !

Avec un rictus de dérision, Gilbert grommelle :

— Sacré Gaspard. Jouisseur un jour, jouisseur toujours...

Ce dernier se laisse emporter par un interminable bâillement. De peine et de misère, il réussit ensuite à émettre :

— On bavassera une autre fois. Je faiblis. On se revoit pour la poursuite de nos affaires. Toi pis moi, on a un avenir glorieux devant nous !

Plus tard, bien enfoui sous sa courtepointe, Gilbert finit par comprendre l'allusion à l'épée. Gaspard s'est retenu de faire étalage de sa peine d'amour, de crainte que cette confidence ne devienne un défaut dans sa cuirasse. De crainte que sa dulcinée ne profite de la moindre brèche pour le blesser dans son orgueil de mâle ! Dire que lui, Gilbert, fait exactement le contraire avec Caroline, sans vergogne aucune... Peut-être s'expose-t-il immodérément ? Devrait-il prendre exemple sur Gaspard ? Ce serait au-dessus de ses forces. Sa passion pour Caroline le mène par le bout du nez !

Même si l'effet de l'alcool s'est dissipé, Gilbert baigne dans une aura de béatitude. Il a réussi le défi qu'il s'était lancé à lui-même. La soirée, sans conteste, va l'armer de vaillance, va faire diminuer sa peur comme une peau de chagrin... Il s'endort en se fredonnant la chanson décousue dont Gaspard n'a chanté que la première strophe. *J'entends le coucou et moi je prends garde à tout ! C'est à vous autres jeunes gens qui faites l'amour, ne prenez pas une femme plus belle que vous. Car moi j'en ai pris une qui me rend jaloux. Elle va voir les moines pis les prêtres itou. J'entends le coucou et moi je prends garde à tout...*

7

Avec un bonheur quasi douloureux, Vitaline reprend contact avec une activité qui lui procurait une réelle gratification quand elle était fille : relayer les bribes d'actualité qui influent sur leur destin commun. Les Montplaisir n'ont pas eu la chance de s'instruire... Les procédures de la cour du coroner ont été suivies avec avidité, et son président vient de se rendre coupable de turpitudes encore plus scandaleuses que celles ayant souillé son enquête à la suite de la tuerie du 21 mai 1832.

La jeune femme lit *La Minerve*, la voix vibrante d'une colère contenue :

— *A-t-on jamais vu une fourberie aussi étrange, aussi inconsistante? A-t-on jamais vu des tentatives aussi inexcusables pour embarrasser et égarer la déclaration d'un jury pour se prêter aux vues de personnes intéressées à ce que la justice ne puisse avoir son libre cours?*

De nombreux témoins, présents sur la scène du crime, estimaient pouvoir reconnaître le sergent présumé coupable de la mort de Salomon Barbeau. Le commandant du régiment a accepté, après s'être fait tirer l'oreille, de faire passer l'entièreté de ses troupes en revue. Il avait beau jeu : le sergent en question, avec la bénédiction de ses supérieurs, s'était octroyé un brin de vacances. Au même moment, les hardes, la ceinture et la baïonnette d'un déserteur étaient retrouvées derrière une distillerie de la Pointe à Callières!

Jean-Marie Mondelet, président de la cour du coroner du district de Montréal, a tiré outrageusement profit de l'absence du présumé coupable. Pour parler drette, il a sauté sur l'occasion pour discutailler comme une tête de pioche! Vitaline reprend sa lecture :

— *Lorsque les jurés rentrèrent dans la salle pour rendre leur verdict, ils se placèrent dans la boîte; et lorsqu'on leur demanda leur opinion, ils déclarèrent par la bouche du chef du jury « que le défunt était mort des suites d'une blessure de baïonnette infligée par un soldat ». Au lieu de recevoir et d'enregistrer ce verdict comme il devait le faire, puisqu'il était rendu par des hommes sous serment, le coroner s'écria: « Oh! Messieurs, vous ne pouvez dire cela – vous n'avez pas devant vous la preuve que c'est un soldat. Vous pouvez seulement dire qu'il était habillé comme un soldat. »*

Un rugissement empêche la jeune potière de poursuivre. Florentin et son frère s'en tapent les cuisses: comme s'il était possible à un civil d'endosser ce déguisement sans se faire instantanément remarquer! Dame Eugénie supplie sa bru:

— Y s'est passé quoi ensuite? Fais-nous pas languir de même, par pitié!

— *En conséquence, le chef du jury a modifié son verdict: la blessure de baïonnette avait été infligée par une personne habillée comme un soldat. Le coroner a encore chipoté. « Oh! C'est une autre affaire, vous devez dire: une blessure infligée par une personne inconnue. »*

Vitaline s'interrompt, levant des yeux impuissants vers sa belle-famille, sidérée par cet acharnement.

— Me dis pas, intervient le capitaine Montplaisir, que les jurés se sont laissés acheter de même?

— *Rien ne saurait égaler la surprise et l'étonnement qu'éprouva l'auditoire en entendant faire cette suggestion. Les jurés eux-mêmes, frappés de cette inconsistance, hésitèrent pendant quelques temps. Le coroner leur parla de nouveau, ce qui augmenta leur embarras, et le verdict fut enfin enregistré au milieu du profond silence de tous ceux qui avaient suivi l'enquête, témoins et auditeurs, qui étaient tous indignés.*

Navrée, la jeune femme replie le feuillet. La malversation de Mondelet et le verdict flou arraché à son jury signifient que la cour du coroner devient un cul-de-sac juridique, encore une fois! Par le fait même, comme lors de la Rue du Sang, l'épouse de la victime ne pourra réclamer une aide de l'État; sa famille éplorée ne pourra ressentir le soulagement que procure le châtiment des coupables. Il n'est guère étonnant que le jury ait été à ce point couillon: un vent de terreur souffle sur la métropole. Tout juste avant l'ouverture de l'enquête, deux Montréalistes respectables ont subi un assaut à la baïonnette de la part d'un soldat en garnison.

Oui, la situation est épineuse, et les députés bas-canadiens, de même que ceux de la province voisine du Haut-Canada, se fient à leurs collègues de la Grande-Bretagne, la *House of Commons*, pour opérer les réformes qui s'imposent. Vitaline fredonne l'un des derniers couplets de l'hymne de la Rue du Sang :

— *Notre bon roi fera justice, sans doute il n'est pas un tyran. Ses lois défendent l'injustice, et vie pour vie et sang pour sang.*

Florentin réagit par un rictus d'incrédulité et sa sœur Normande donne voix à son scepticisme. La tactique de faire appel au roi de Grande-Bretagne pour obtenir réparation commence à être autant éculée qu'humiliante, d'autant plus qu'elle n'a jamais donné de résultats probants. La Chambre d'Assemblée ne s'est que trop avilie par ses supplications répétées et toujours sans réponse ! La belle-sœur de Vitaline conclut :

— De l'autre bord de l'océan, on languit dans l'inaction. Y a des affaires qui m'échappent !

— À moi itou, répond honnêtement Vitaline. Pis même à m'sieur Papineau, j'en gagerais ma chemise. Des alliances obscures, des tractations pour se maintenir au pouvoir...

Assis à califourchon sur une chaise dans un recoin de la modeste salle commune, le capitaine Montplaisir condescend à dire :

— Reste plus qu'à attendre le rappel de notre législature.

— Autant espérer après la semaine des quatre jeudis, rétorque son épouse. Milord renie sa promesse de choisir une saison commode pour les voyages.

Normande ricane. Certes, le représentant du roi escompte que la quatrième session sera raccourcie au possible, le climat ardu décourageant une trâlée de députés. Sauf que comme bien d'autres amis du pays, Louis Bourdages volera vers Québec, porté par les sorcières de neige ! Sa fierté décuplée par les attaques abusives subies pendant la précédente session, ce dernier brandit le refus de siéger comme seul moyen efficace de résistance. Un refus de siéger va permettre aux députés de se soustraire à la nécessité de parer aux attaques, affirme M. Bourdages à tout venant, et va laisser au temps le soin de séparer le bon grain de l'ivraie.

Même si elle ne s'est jamais rendue dans la capitale, Vitaline tâche de suivre en pensée le trajet de la diligence à patins. Elle s'imagine l'attelage peinant à grimper la Côte de la Montagne, puis virant à gauche à mi-chemin pour entrer, par la porte Prescott, sur le site majestueux de l'Hôtel du Parlement. Agrandi, l'ancien palais épiscopal fournit désormais aux députés une salle des séances digne de ce nom. Le portique de l'édifice, paraît-il, est maintenant orné d'impressionnantes colonnes doriques qui soutiennent un fronton orné des armoiries royales.

Pendant les semaines qui suivent, dame Eugénie talonne Vitaline pour qu'elle lui fasse rapport de ce qui s'écrit dans les papiers-nouvelles. Selon *La Minerve*, l'époque est arrivée où nul, *depuis le premier jusqu'au dernier fonctionnaire dans la colonie, ne doit se jouer davantage et impunément des privilèges et des droits de la Chambre d'Assemblée ; où les gouverneurs doivent apprendre que quand ils s'adressent à nos Communes, ils parlent à un pouvoir égal, à une autorité constituée par la noble voix du peuple.*

— L'Amérique entière, résume Vitaline, vénère les principes d'égalité et de justice. L'Amérique entière, sauf la caste de profiteurs qui pille les Canadas, est favorable à l'accroissement des libertés, peu importent les origines raciales.

Vitaline reprend :

— *Anglais, Écossais et Irlandais entourent l'étendard de la liberté pour s'opposer à sa destruction. Ce n'est pas un combat de Canadiens d'origine française contre tout ce qui porte le nom honorable de* Briton. *Nous ne faisons pas cette distinction odieuse, qui est l'ouvrage de ceux qui nous en accusent. Les ennemis de notre cause redoublent d'efforts, ils crient à la révolution qu'ils voudraient créer en poussant le gouvernement local dans la voie de l'arbitraire.*

Dame Eugénie pousse un gémissement d'extase tout en pressant ses mains sur son cœur. Encore pâmée, elle profère :

— Envoye, Vitalette, déclame encore. Je me ferme les yeux pis j'imagine les mots sortant tout drette d'une poitrine mâle...

Vitaline ne peut retenir un regard amusé en direction de son beau-père. Comme elle s'y attendait, celui-ci combat une légère irritation qui creuse ses rides profondes, caractéristiques des marins. Sa bru s'égaie intérieurement : les hommes ne peuvent s'empêcher d'être jaloux de ceux qui déploient une éloquence qu'ils ne possèdent pas. Il faut dire que ces dames ne retiennent guère leurs minauderies dès qu'elles mirent un gilet coloré tendu sur une poitrine bombée ou qu'elles ont un orateur admirable à portée d'oreille!

— *Nous ne voulons pas la révolution, notre union à la Grande-Bretagne nous est chère, nous en apprécions tous les avantages, mais nous avons confiance qu'on ne voudra pas nous les faire acheter au prix de notre dignité comme hommes et de notre liberté comme citoyens.*

Florentin questionne secquement son épouse :

— C'est m'sieur D... Duvernay, le f... faquin qui pérore de même?

Vitaline fait un signe de dénégation, enchaînant avec un geste vers le nord-est et la vaste étendue de terres contenue entre la Chambly et le Saint-Laurent. Le texte lu n'est pas celui du propriétaire de la gazette, mais d'un instituteur suisse nommé Amury Girod, qui a mis sur papier le discours qu'il a livré à ses concitoyens de Varennes. Les francs-tenanciers de ladite paroisse ont sonné le rappel de la Confédération des Cinq Comtés, formée en juillet 1832 par l'élite des comtés électoraux de Chambly, Richelieu, Rouville, Saint-Hyacinthe et Verchères.

Alors, les électeurs votaient l'adoption de 21 résolutions afin d'appuyer la législature provinciale dans ses efforts pour tirer la Rue du Sang au clair. Selon ce groupe de Varennes, il est grandement temps de faire jouer les rouages d'une organisation qui prévoit un comité par paroisse, puis un Comité permanent de comté où siègent les représentants locaux, et dont l'une des tâches est de correspondre avec celui qu'ils ont élu au parlement. En clair, de dénoncer sa conduite si besoin est... La pression populaire s'intensifie pour rappeler aux représentants qu'ils ne sont que les porte-voix de leurs commettants.

— Ça se prend foutrement au sérieux, par là-bas, intervient Norbert. Le Girod en tout premier. Mettons qu'y se gêne pas pour nous faire la leçon. C'est toujours de même. Les étrangers européens, on dirait qu'y se croient supérieurs en toutte, pis y se fendent en quatre pour nous le faire savoir.

— Sauf que celui-là, jette Vitaline d'un ton tranchant, y parle pis y pense comme nous autres!

Gilbert essuie la transpiration qui perle à son front. Les bras en l'air tel un chef d'orchestre, il encourage ses pupilles :
— Reprenez, mes enfants, reprenez !

Et il claironne en chantant :
— *Les écoliers de ce village s'approchent de vous en ce jour, pour vous rendre chacun hommage et leur tribut de leur amour, et vous souhaiter votre fête par le plus digne retour ! Vive Monsieur, vive Monsieur dont nous célébrons la fête. Vive Monsieur, vive Monsieur, notre pasteur que voilà.*

La chorale qui répète après lui fait gricher ses oreilles par son timbre discordant, mais l'instituteur fait mine d'être ravi de ce qu'il ouït. Il fait répéter à sa classe la saynète qu'elle s'en va offrir à un sulpicien très âgé dont c'est l'anniversaire de sacerdoce. Cette tradition est bien ancrée dans les mœurs scolaires du Bas-Canada, et les bienfaiteurs ecclésiastiques s'attendent à de tels tributs. Néanmoins, le jeune instituteur commence à se lasser de ces obligations, saynète en l'honneur d'un dignitaire ou figuration pendant les cérémonies religieuses, car elles lui volent un précieux temps d'apprentissage.

Il n'a eu qu'à fouiller sa mémoire pour reconstituer cette chansonnette, apprise par cœur alors qu'il était écolier à Saint-Denis, et chantée comme gage de reconnaissance à l'endroit du curé du lieu. Gilbert défile le second couplet, même s'il n'a guère l'espoir de faire une impression durable dans la cervelle surchauffée de ses élèves :
— *Cette fête bénie nous rappelle tous vos bienfaits, tendre pasteur. Afin de la rendre immortelle, nous chantons notre bienfaiteur. Que pour vous, toujours, notre zèle ne se change point en langueur. Vive Monsieur, vive Monsieur, que sa mémoire soit éternelle. Vive Monsieur, vive Monsieur, dans tous les cœurs que voilà. Vive notre glorieux pasteur !*

La ritournelle est en passe de se transformer, grâce à l'énergie des garçons les plus âgés, en une gigue endiablée, supportée par des tapements de pieds et des percussions sur les pupitres. Sans les quitter des yeux, Gilbert les laisse néanmoins profiter de ce moment de folie. Les fesses posées sur l'avant de sa table de maître, il ne peut empêcher ses jambes de grouiller en rythme, comme s'il se trouvait dans un commencement de veillée, alors que les musiciens et les danseurs se réchauffent en gigotant !

Une fois dehors, mirant le cortège silencieux de ses pupilles devant lui, Gilbert s'épate. Il n'y a qu'une visite dans l'enceinte de la maison mère de l'Institut sulpicien de Montréal pour les réduire à ce silence religieux! Même les plus turbulents garçons, impressionnés par l'atmosphère empesée, en perdent l'usage de la parole. L'antique bâtiment leur en impose par ses murs épais au point de repousser la moindre rumeur du monde extérieur, de même que par ses corridors sinueux et ses escaliers dont les marches usées semblent mener vers les profondeurs des siècles passés.

Leur solennité s'envole dès que les enfants débouchent dans la vaste cave tenant lieu de cuisine, et où ils sont attendus pour un goûter bien mérité. Chaleureux et odorant, l'endroit regorge d'animation avec son bataillon de cuisinières et de cuistots, tous laïques à la langue bien pendue. Les élèves de Gilbert sont accueillis avec des transports de bonté. Les dames s'épatent de la bonne mine des jeunets, qu'elles invitent à approcher de l'immense table de bois qui sert d'espace de travail, et où plusieurs plats débordants de douceurs sont posés.

En retrait, Gilbert s'octroie une pause. Après quelques jours de répétitions intenses, mélodies et rimes s'entrechoquent dans sa cervelle! Un pas vigoureux résonne dans l'escalier de pierres et le supérieur lui-même, Joseph-Vincent Quiblier, débouche dans la pièce. Gilbert se lève, l'esprit en alerte. Celui qui dirige les destinées de l'ordre religieux catholique le plus puissant du Bas-Canada, et sans doute de l'Amérique tout entière, a assisté à leur prestation pour disparaître ensuite, comme de coutume.

Mirant la compagnie, le survenant se fend d'un sourire.

— Je parie que votre classe, monsieur Dudevoir, parlera longtemps de l'exquise saveur des gâteaux!

Encore une fois, le jeune instituteur est frappé par la beauté mâle du prêtre, célèbre jusqu'aux postes de traite les plus reculés. Dans la force de l'âge, M. Quiblier est doté d'un physique de bûcheron et d'un visage aux traits séduisants, et bien des dévotieuses doivent se désoler qu'un si beau spécimen soit perdu pour la gent féminine. Pour le sûr, elles ignorent le fin fond de l'histoire. Un sulpicien n'a pas à renier sa masculinité...

Gilbert retient une grimace: le survenant fait comprendre aux élèves qu'il souhaite réentendre une des chansons. Celle, précise-t-il, qui en appelle à l'assistance divine pour affronter le « Corsicain français », ce « fameux renégat » du nom de Bonaparte qui a fait trembler la Grande-Bretagne au début du siècle, mais qu'il ne faut pas craindre quand on est « bon Anglais »... Nul n'ignore que l'empereur Napoléon est un personnage que les membres de l'Institut sulpicien ont en horreur. Non seulement ils abhorrent tout ce qui n'est pas d'ancien régime, mais cet homme d'État a été le pire ennemi de leurs amis, les *Britons* de la colonie !

Une élève parmi les plus âgées lève la main et toute la classe s'exécute obligeamment. Comme de coutume, note Gilbert avec un mélange d'agacement et d'amusement, les voix réunies forment un chœur quasi angélique, sauf pour les quelques timbres mâles un brin croassant, alors que tout à l'heure, elles faussaient allègrement !

— *Grand Dieu, soutient notre monarque. Sois pour lui aujourd'hui contre toutes les attaques que forme contre lui ce Consul implacable qui veut régner partout. Ciel, sois-nous propice, soutient nos généraux ; fais voir que ta justice, sous nos glorieux drapeaux, ne craint point la descente de ce Lion rugissant, qui n'a point d'autre attente que le vol et le sang. Dieu sauve le Roi et la nation !*

Les jeunes voix se taisent. Le supérieur Quiblier salue l'effort méritoire, puis il enchaîne d'une voix forte :

— Les rois auront soin de détruire les semeurs de trouble et de discorde, cause de tous les maux politiques. Ce sont ces boutefeux qui trompent et égarent le peuple, un peuple aussi facile à agiter que les flots de la mer sous l'effet de vents violents.

Dans la pièce, tout le monde s'immobilise. Comme s'il délivrait un sermon édifiant, le prédicateur poursuit :

— La position adoptée par le gouvernement français issu des trois Journées de Juillet est un gage certain que la France ne veut plus de révolution. Le cri de ce royaume est unanime : « Hors de notre sein, les perturbateurs ! » Les discours du roi d'Angleterre, comme sa conduite et celle de ses ministres, prouvent qu'eux aussi veulent voir régner un ordre parfait.

Lorsque l'étendard de la liberté s'est levé en France, poursuit Quiblier, la commotion électrique a été ressentie à travers l'Europe. Les nations ont été initialement séduites par ce brillant fantôme, mais les conspirations insensées ont avorté parce que les sages gouvernements ont lutté contre l'irritation frénétique des esprits. Dorénavant, les peuples repoussent les agitateurs dans le néant de leur nullité. Fière de sa tranquillité retrouvée, la vieille Europe redevient florissante.

Le péroreur enfonce le clou : les sujets doivent obéissance au roi-citoyen qui s'assure de leur bonheur, seule garantie du respect des droits mutuels. Gilbert croit rêver. Pendant son séjour au Petit Séminaire, ses maîtres ânonnaient leur dévotion à la patrie d'avant la Révolution française, mais jamais avec cette indomptable certitude. Est-ce un trait de caractère de Quiblier ou une lecture diablement pénétrante de la marche de l'Histoire ? Le supérieur de l'Institut sulpicien met fin à son déconcertant laïus aussi abruptement qu'il l'a entrepris. Se tournant vers Gilbert, il lui fait signe de le suivre.

L'instituteur confie la classe à une élève, avec défense de bouger de l'endroit, avant d'emboîter le pas à Quiblier qui le mène au parloir. Tout au long du chemin, il s'interroge. Sa classe était indisciplinée lorsqu'il en a pris les rênes, mais les choses se sont nettement améliorées. Quant aux syndics, ils rouspètent uniquement à propos du retard de parents à payer leur part dans les frais de fonctionnement de l'école... Gilbert se barde mentalement contre un entretien avec un homme qui excelle à dissimuler son arrogance hautaine sous un masque de bienveillance, et qui ne tolère, en réalité, aucune remise en question de la prééminence de son Institut, et donc de lui-même, en tant que guide suprême auquel le peuple canadien doit confier sa destinée.

Dans la pièce illuminée par le soleil généreux, Quiblier installe deux chaises face à face. Il prend place, invitant Gilbert à faire de même. Après un échange de civilités, le sulpicien entre dans le vif du sujet :

— Votre devoir de maître vous engage à certaines, disons... normes comportementales. Votre devoir vous engage à respecter des principes de vie que vous devez inculquer à vos pupilles en prêchant par l'exemple.

— J'en suis conscient, et je me targue de mettre en valeur des qualités comme le respect dû à autrui, la tolérance et la justice.

— Sans conteste. D'ailleurs, sous votre gouverne, votre classe est assidue à ses devoirs religieux et je vous en félicite. Je tiens quand même à vous faire savoir, monsieur Dudevoir, que votre tâche inclut la transmission de notions civiques indispensables à la bonne marche de la société. La vraie liberté n'est pas dans la licence. L'anarchie ne procure pas le bonheur. Il importe d'y opposer un frein.

Tout soudain, les yeux froncés, les narines pincées et la bouche sévère de Quiblier transforment sa mine en un masque d'une dureté à donner froid dans le dos.

— Chez les Canadiens français, l'esprit de clan passe avant tout. Cet esprit de clan cause des ravages. Il force les autres races à rester séparées. À s'exclure elles-mêmes. Les « enfants du sol » ! Voilà comment, en quelques mots, les enfants du sol mettent le feu aux poudres. Comment un parti s'arroge le monopole de la haine et en contamine toute une société !

Gilbert a tiqué devant la traduction de l'expression *French Canadians* que les rédacteurs des gazettes ennemies ont commencé à utiliser en signe de mépris, de même que devant les autres grossièretés qui ne reposent sur rien de concret. Ce sont les *Britons* qui veulent faire taire les Canadiens qu'ils dépeignent comme des ignares dépourvus de la moindre jugeote. Ce sont eux autres qui excluent les autres races ! Tranquillement, Gilbert contreboute :

— Je n'avais aucune haine en moi quand je me suis adonné à passer par la Rue du Sang. Je trouve que vous insultez la mémoire de Casimir Chauvin.

Rappelé au souvenir de la tragédie, Quiblier répond d'un ton paternel :

— Prenez garde à vos paroles. Je n'oublie jamais nos élèves, sauf ceux qui méritent d'être voués aux gémonies. Le pauvre jeune homme s'est trouvé partie prenante d'une émeute qu'il...

— Un guet-apens. Pas une émeute : un guet-apens ! L'émeute est une fabrication. J'étais sur place. J'ai recueilli le dernier souffle de Casimir. J'ai vu le tir délibéré, alors que la grande rue Saint-Jacques était vide. Vide, m'sieur Quiblier.

Impérieux, Gilbert poursuit sur sa lancée. Cette prétendue émeute, provoquée par les partisans du candidat patriote, est devenue l'argument qui permet aux courtisans honorés du titre de jurisconsultes de blanchir les responsables jusqu'à la fin des temps. Elle cautionne une fusillade ayant causé mort d'hommes. Or, c'est un tissu de mensonges cousu de fil blanc. L'enquête du coroner a été un fouillis juridique planifié pour se conclure sur la dissidence d'une partie des membres du jury.

Lorsque la cause a été transférée à la Cour du Banc du Roi, l'horrifique collusion s'est déployée au grand jour. Toute la judicature, depuis le coroner jusqu'au procureur général, a participé à la surenchère d'ignominies. Ensuite, le gouverneur l'a endossée et lui a donné un sceau d'officialité. Enfin, le ministre des Colonies y a fait écho. Un juge de paix n'avait-il pas lu à haute voix, sur le lieu même des désordres, la proclamation prévue dans le *Riot Act*, cette loi qui autorise, après un délai d'une heure, de faire tirer du fusil sur tous ceux qui demeurent sur place? La boucle était bouclée, le blanchiment parfaitement réussi... sauf pour les principaux intéressés, les habitants de la colonie.

Gilbert martèle: l'entière responsabilité de la Rue du Sang retombe sur une poignée de juges de paix ayant abusé de leur pouvoir pour mettre sur pied un système inégalé d'intimidation et de violence. Son vis-à-vis lève la main pour arrêter le flot de paroles.

— Je diffère d'avis avec vous. L'armée britannique a réprimé des préparatifs sérieux et étendus d'insurrection armée.

Something like a settled and deep-rooted plan of rebellion and revolution. Voilà ce que la *Montreal Gazette*, à la solde des autorités, a prétendu pour justifier les magistrats. Selon elle, la lutte a tenu en trois mots: *mobocracy against law.* Le règne de la populace contre celui de la loi et de l'ordre. Le supérieur des Sulpiciens endosse cette thèse, songe Gilbert avec égarement. Il est resté totalement insensible au drame humain qui s'est joué, l'an passé, quasiment sous ses yeux, comme au plaidoyer qu'il vient d'entendre de sa bouche.

Néanmoins, Quiblier se fait conciliant:

— Je vois que... vous êtes encore marqué par le funeste événement. Pour l'instant, je dois respecter votre vision des choses. Sauf que...

Le sulpicien inspire profondément et il assène, détachant chacun de ses mots:

— Je répugne à croire à un tir délibéré. Je vous dis, moi, qu'une émeute a failli mettre Montréal à feu et à sang. C'est d'une prétention inouïe, et même d'une niaiserie crasse, que de contrebouter le verdict des autorités constituées de la province. Le verdict des autorités *compétentes*, monsieur Dudevoir. Ce jour-là, les radicaux de la métropole avaient des vues séditieuses. Comment faire confiance en de tels hommes pervertis jusqu'à la moelle?

Gilbert tâche de rester de marbre. S'adoucissant, Quiblier dit encore:

— Vous devez comprendre à quel point nous sommes inquiets. Les temps sont troublés... L'ordre social est en péril.

Gilbert se met debout. Il rétorque, le timbre éraillé:

— Vous avez raison, m'sieur. L'ancien ordre des choses est en péril, pis y a une couple de profiteurs qui répugnent à perdre leurs privilèges. Heureusement, en tant que sulpicien, vous êtes uniquement préoccupé par le bien-être de vos ouailles. Vos ouailles ont fait assavoir très clairement qu'elles sont mûres pour une réforme salutaire. Mûres pour le bonheur universel. Sur ce, m'sieur... Faut que j'y retourne. Mes élèves vont faire étriver votre personnel.

— Je vous libère donc. Au plaisir, monsieur Dudevoir.

Gilbert s'empresse vers la porte. Il se retrouve dans le corridor, retraçant ses pas à toute allure vers l'escalier qui mène à la cave. L'entretien se réduit à une tentative d'intimidation. Le prêtre a cru que cette affirmation de son autorité était indispensable. C'est donc que les Bureaucrates de la colonie ont la trouille! Gilbert ne peut retenir un sourire. Le pays manifeste enfin son ras-le-bol avec une virulence digne des peuples libres. À Montréal, ce sursaut de fierté provoque une retentissante secousse sismique, car s'y trouvent des groupements dont les membres illustres ont soutiré d'énormes privilèges et des pouvoirs étendus à l'administration coloniale. Les rats paniquent! Dire qu'il en était venu à donner le bénéfice du doute aux Sulpiciens...

Lorsque le poste de maître d'école lui a été offert, Gilbert a eu à résoudre un problème moral épineux, semblable à celui qui le hantait à l'idée d'installer son billard dans la taverne d'Étienne Lavictoire. Enseigner dans une école en partie financée par l'Institut sulpicien de Montréal, n'était-ce point trahir Casimir et les autres victimes de la Rue du Sang? Les comploteurs ont utilisé le parvis de l'église, avec la bénédiction des Messieurs et des marguilliers de la Fabrique, comme d'un camp retranché.

Ces derniers devaient ignorer le crime que les fanatiques avaient en vue lorsqu'ils ont mis la cité sens dessus dessous en ferraillant avec les patriotes pour la possession du siège vacant de député. Mais pourquoi persistent-ils à défendre leurs alliés, les puissants de la métropole avec qui ils s'abouchent? Parce qu'ils se défient à outrance de l'élite laïque du pays. Cet ordre religieux, encombré de Français imbus de principes aristocratiques, préfère lécher les bottes de l'Exécutif de la province, comme l'a prouvé le projet odieux de brader leurs immenses seigneuries au gouvernement britannique.

8

Lorsqu'il pénètre dans son billard, Gilbert tombe en arrêt et une vive émotion lui étreint le cœur. Une bonne quinzaine d'hommes se tiennent tout autour de la table! Incrédule, il ne peut se retenir de fermer les paupières et de se frotter les yeux. Lorsqu'il les rouvre, la scène n'a pas disparu, et Gilbert se retient de se laisser tomber à genoux pour envoyer une action de grâces vers le ciel. Le temps a fait son œuvre. Le temps, de même que l'industrie de Gaspard, qui n'a pas cessé de vanter la présence du billard à ses clients, qui a répandu la nouvelle dans son réseau d'affaires, et qui, pour couronner le tout, est un animateur hors pair...

Gilbert doit faire un pas de côté pour laisser un survenant venir mirer, le gobelet à la main, une partie qui semble chaudement disputée. Celui qui passe à sa hauteur n'est nul autre que son voisin de la rivière Chambly, George-Étienne Cartier, ancien camarade de collège. Plutôt dévotieux pendant ses études, le natif du village de Saint-Antoine, qui a quitté le Petit Séminaire en 1831, a transféré son zèle vers une autre cause, celle de la démocratie. Le tout premier, il a pris l'accoutumance de fréquenter le Cabaretier patriote et son billard.

Même si Gilbert s'est écarté de son chemin, George-Étienne fait mine de le bousculer, ce dont il ne se prive pas depuis que l'âge adulte lui a donné une équarriture râblée, moins fluette que pendant sa lente maturation. Gilbert fait mine d'être irrité :

— Coudonc, tu tricoles déjà, mon tannant?

George-Étienne tourne vers lui une moue hilaire qui illumine ses traits harmonieux. Il riposte :

— Faut que je suive mon maître nuitte et jour. Je te jure, devenir clerc d'avocat, c'est le bagne...

Et il désigne un homme solidement charpenté, incontestablement membre de la famille Rodier réputée pour quelques caractéristiques faciales : lèvres charnues, nez fort et épatés, grands yeux surmontées par d'épais sourcils et front haut. Car George-Étienne a fini par entraîner son patron jusqu'ici... Gilbert s'amarre à la silhouette de celui qui, le 21 mai 1832, est accouru le premier pour tâcher d'éponger le sang qui s'échappait à gros bouillons de la tempe de Casimir, agonisant sur la chaussée.

Grâce à la dot de sa seconde épouse, le député de L'Assomption délaisse plus ou moins sa pratique pour se dévouer à son rôle de politicien. Depuis la Rue du Sang, il a prouvé que s'il est un orateur redoutable, maniant le cynisme comme une épée, il est aussi un homme d'action, capable de joindre le geste à la parole par ses votes qui ne dévient pas d'un iota de la ligne de conduite dont il s'est vanté sur le husting, estrade électorale qui, dressée à la hâte, sert de tribune.

Peu à peu, des collègues ont imité l'exemple de George-Étienne et de son patron. Clément-Charles Sabrevois de Bleury, par exemple, un avocat dans la mi-trentaine très adroit au billard, et qui ne compte pas pour peu dans le succès croissant de son commerce. Député de Richelieu, il devrait être en chambre basse pour parer aux insolences de l'Exécutif de la province. Mais à l'instar de Rodier, il ne peut passer des mois à Québec sans revenir à Montréal de temps à autre. Il a des causes pendantes, un office d'avocat à soutenir...

L'année 1834 était commencée depuis quelques jours à peine lorsque les élus ont pris leur départ pour Québec, en vue d'une session que d'aucuns qualifiaient d'historique. En effet, la harangue inaugurale de lord Aylmer, en présence de 12 conseillers législatifs et de 52 députés, avait un ton tranchant qui aurait mieux convenu à des militaires. Si la chambre basse dédaignait de payer les salaires des fonctionnaires selon le goût de l'Exécutif de la province, le représentant du roi allait s'empresser de remettre *les difficultés financières de la province* entre les mains du gouvernement de la mère patrie. En clair, c'était prendre les élus pour des enfants, et leurs commettants pour des niaiseux finis!

C'est alors que Louis Bourdages est passé à l'action. Gilbert a dû s'avouer très fier de son concitoyen! Le député de Nicolet a proposé à ses collègues de se réunir en comité général pour prendre en considération l'état de la province. Les affaires publiques allaient terriblement mal depuis des années; elles pouvaient souffrir du retard, même celui causé par des élections générales anticipées. Les débats qui se sont ensuivis ont révélé un surprenant clivage entre les représentants des comtés en aval des Trois-Rivières et la plupart des élus en provenance du district de Montréal, surnommés les tuques bleues.

Les premiers ont aligné divers prétextes – la nécessité de renouveler des lois qui expirent et de soulager la détresse suite aux gelées qui ont détruit les moissons dans les comtés du Saguenay, de Rimouski, de Kamouraska et de Gaspé – pour ne pas «entrer en collision» avec l'Exécutif. Les seconds auraient préféré mettre leur poids constitutionnel dans la balance. Ils sont encore meurtris par la Rue du Sang, blessure ravivée par le meurtre du jeune manœuvre Barbeau au champ de courses, et ils ont conscience avec acuité qu'il faut retirer leur pouvoir aux juges de paix fanatisés, au risque d'en pâtir encore.

En vérité, l'Exécutif du gouvernement provincial, château-fort de la Bureaucratie, peut compter sur l'allégeance de ceux à qui la caisse publique confie moult contrats et donne de bons émoluments. Deux influents députés de Québec, Hector-Simon Huot et Elzéar Bédard, ne sont plus des agents libres et désintéressés. La législature doit plus de 1000 livres à l'imprimeur Étienne Parent pour divers travaux d'impression; un défaut de paiement pourrait entraîner la chute de sa gazette, *Le Canadien*. Or, Huot et Bédard contribuent pécuniairement à cette dernière entreprise…

En conséquence, ceux-ci ont convaincu une majorité de leurs collègues d'entamer une session qui pourrait déboucher sur un afflux d'espèces sonnantes et trébuchantes. Tous ceux qui ne sont pas aveuglés par l'éclat de l'argent ne peuvent croire que la chambre basse s'humilie à ce point. Et pourtant, les travaux parlementaires ont été entrepris. Les pétitions des commettants ont été orientées aux comités pertinents et les lois presque échues subissent un début d'examen... Ce qui équivaut à donner libre cours, encore et toujours, aux actions des nombreux fonctionnaires et sinécuristes qui détournent à leur profit des dizaines de milliers de livres ou d'immenses étendues de terres!

Avec un mélange de dépit et de contentement, Gilbert regarde Bleury virailler autour de la table, méditant son coup. Plutôt insignifiant de corporence, mais doté d'un plaisant visage aux traits effilés, Bleury compense sa courte taille par un maintien subtilement aristocratique – taille cambrée et port altier – qui irrite parfois ses collègues patriotes, très peu portés sur l'étalage de sang noble. À sa décharge, Bleury appartient à une lignée de militaires, son père ayant été officier de la garnison à Sorel. Même que pour mousser sa candidature à l'élection partielle, plusieurs mois auparavant, il s'est vanté d'être de sang illustre, exhibant des bagues qu'il portait, joyaux donnés à ses ancêtres par Louis Quatorze.

— Pis, mon fendant? J'escompte que tu vas arrêter de te lamenter sur ton insuccès...

C'est Gaspard, surgi derrière lui. Gilbert rétorque:

— Pis toi, sur le fait que t'éponges mes dettes!

— Ho! Tu m'insultes. Je t'en ai jamais fait reproche.

— C'est un fait. S'cuse-moi. Je m'en venais sur des épines.

— Sans raison. Je t'ai dit que j'étais paré à éponger les pertes pendant une bonne escousse. Pis au besoin, mon père pourra me prêter main forte.

Gilbert jette une œillade inquiète à son associé.

— Y a fallu que t'ailles jusque-là?

— Récemment, oui. Mais à ce que je vois, je vais pouvoir le rembourser incontinent!

Gilbert pivote pour faire face à Gaspard et lui tendre sa main à serrer.

— Un gros merci. Je serais rien sans toi. Je soupire après Caroline, c'est rendu que j'en mange mes bas...

— T'as réservé ta place?

— Y a un bon boutte. Dès que j'aurai mon pécule, j'agirai. Faut dire que Caroline a plaidé ma cause auprès d'Étienne...

Gilbert ponctue son assertion d'un clin d'œil complice. À vrai dire, le propriétaire du Cabaretier patriote s'est radouci en masse depuis la Rue du Sang, et il ne s'arroge plus le droit de régenter la maison déréglée de sa sœur. C'est pour la forme qu'il a fait mine de se faire tirer l'oreille... Un éclat de voix attire l'attention des deux amis.

— Hé! Ça va faire, le blanc d'Espagne!

Rieur, Édouard-Étienne Rodier asticote son adversaire. Ensuite, il se tourne vers Gilbert :

— Patron! Bleury est après épuiser votre réserve. Mirez ça, à force de crayer le boutte de sa queue... sa queue de billard, pour le sûr... y en répand partout au sol!

Fronçant les sourcils, Gilbert fait mine d'aller examiner les dégâts. Posant ensuite les poings sur ses hanches, il houspille Bleury :

— Va falloir que je vous charge une surtaxe sur le matériel, m'sieur!

La saillie provoque des rires gras, tandis que Rodier donne une tape vigoureuse sur l'épaule de Bleury. En train de s'installer pour son prochain coup, ce dernier ne réagit pas, concentré sur sa stratégie, et un calme relatif revient. Le billard est un jeu sérieux! Reculant de quelques pas pour laisser place aux spectateurs, Gilbert attend le choc des billes d'ivoire... qui n'est pas ponctué d'une empochée. Bleury constate son échec au moyen d'un sacre retentissant. Des voix s'élèvent pour le réconforter. Le défi était de taille et c'est déjà un exploit que d'avoir si bien écarté son adversaire.

Ce dernier grommelle avec dépit :

— Tu m'as tassé proprement dans le coin. J'espère, Bleury, que tu feras pareil avec tes opposants en Chambre. Que ton éloquence sera autant saillante que ta queue!

Les rires fusent tandis que Rodier commence à préparer son coup. Un spectateur lance, le ton mortifié :

— Y a pas à dire, ces Québécquois, y pètent plus haut que le trou. Ça se peux-tu, faire la pluie et le beau temps de même?

— Je voudrais bien vous y voir, répond Bleury posément. Eux autres, y s'abouchent avec l'Exécutif, pis y nous jouent dans le dos. Nous autres, on est obligés de se cantonner dans la *légalité*. Férocement inégal, comme combat.

— Ceux qui veulent une session sont quand même pas pourris jusqu'à la moelle?

— Sont surtout désespérés. Mais on va les avoir à mesure qu'Aylmer s'enfoncera dans le despotisme.

Rodier fait durer ses préparatifs et un silence religieux s'installe. Pendant ce temps, voyant Gaspard aller à Bleury, puis poser son bras sur son épaule en signe de camaraderie, Gilbert combat un accès de jalousie. Ouvertement volage même s'il est doté d'une légitime épouse, Bleury n'aime rien tant que danser et blaguer, jouer à la roulette ou battre la campagne avec ses chiens de chasse. Et jouer au billard, ce qui est *fashionable*! L'accord a donc été quasi instantané avec Gaspard. Ce dernier se tient au centre d'un cercle d'amis d'âges divers, provenant de tous les horizons, et Gilbert a encore quelques croûtes à manger pour accoter les plus fêtards d'entre eux...

Lassé, Gilbert quitte la pièce qui abrite son billard. Dès qu'il a franchi le rideau, il voit le notaire Jobin, debout en plein centre de la taverne, et le cherchant visiblement du regard. La présence du mignon de sa tante sonne comme un lugubre rappel. Si la reprise des travaux parlementaires a eu du bon, c'est bien de redémarrer la Grande Enquête sur la Rue du Sang. Les tuques bleues de Montréal, et André parmi eux, organisent donc le séjour de quelques témoins dans la capitale. Gilbert était en première ligne lors de la décharge de mousquets, et il est crucial d'étayer soigneusement le récit des événements afin d'en faire une preuve solide comme du roc.

Le jeune homme lutte contre le nœud d'anxiété qui s'est formé dans ses entrailles. Il tient à honorer la mémoire de Casimir et à protéger son pays, mais il a la chienne de subir un interrogatoire devant tous les députés réunis en corps. D'un côté, son industrie l'a rendu gestionnaire d'un billard qui fait l'envie de plusieurs, et bientôt le client de l'une des plus plaisantes ébraillées de toute la cité. Mais de l'autre, il se transmue régulièrement en un trouillard redoutant de voir employer contre lui la force brutale, impitoyable, de la machine de guerre britannique. Pour cacher son désarroi, Gilbert feint la surprise lorsqu'il rejoint André :

— Saint épais, tu fais quoi par icitte ? C'est bien la première fois que tu me relances dans ce lieu malfamé.

Son vis-à-vis répond par une moue goguenarde.

— Y était grand temps, tu trouves pas ? D'un coup que t'es après te faire manger la laine sur le dos ?

— Niaise-moi pas. Je suis pas en si triste équipage.

Le notaire est bien placé pour le savoir : c'est auprès de lui que Gilbert a testé la valeur de son entente commerciale avec Gaspard, et par ricochet, avec Étienne. De surcroît, André a pris sur lui de rassurer Ériole lorsqu'elle a rué dans les brancards : « Tu m'avais pourtant assuré, Gilbert, que jamais au grand jamais tu te mettrais en relation avec batailleur à gages autant... autant dépravé ! » André s'est évertué à la convaincre que Lavictoire était un repenti qui méritait considération. En dénonçant ses anciens compagnons d'armes, il s'est fait une trâlée d'ennemis ; deux de ses frères l'ont même renié.

André se penche vers Gilbert :

— Je suis venu te parler de François Beauchamp.

Gilbert tombe des nues :

— Beauchamp, le fier-à-bras ?

— Lui-même. On a ouï dire qu'y serait pas contre d'aller témoigner. Sauf que ça demande quand même une bonne dose de courage de se présenter devant la chambre basse. Pas mal plus que de gueuler pis de jouer du bâton parmi une troupe de batailleurs à gages !

Il est plus que temps de sonder le propriétaire de l'établissement au sujet de la comparution de celui qui est, de surcroît, le beau-frère d'Étienne. En plus de se voir assimilé, par la toute-puissante faction ennemie, au groupe des « séditieux », Beauchamp risque de voir sa crédibilité de témoin mise à mal par les Bureaucrates qui font partie du comité de députés chargés de l'enquête, lorsqu'elle se poursuivra sur une seconde session consécutive, tel que prévu.

Sans plus tarder, Gilbert entraîne André jusqu'au comptoir. L'aubergiste termine son aparté avec un client avant de venir se planter devant eux. Étienne tend à Gilbert son avant-bras musclé pour une poigne virile, puis il tourne les yeux vers son compagnon. Le jeune instituteur fait les présentations. Étienne gratifie le survenant d'un salut mâtiné de déférence, ajoutant :

— J'suis pas fâché de vous voir la binette. Z'êtes devenu une célébrité.

— Allons donc. Je fais quasiment rien, comparé à d'autres que j'ai guère besoin de nommer.

Étienne proteste contre cette modestie excessive. André s'est acquis une réelle notoriété par le tempérament combatif qu'il a déployé dans la foulée de l'outrageant verdict de la Cour du Banc du Roi, en septembre 1832. Tout sujet anglais n'a-t-il pas le privilège d'intenter une poursuite pour réparation de torts et crimes ? Le notaire s'est mis à recueillir les témoignages de témoins-clef qui s'élevaient en faux contre la prétendue émeute, insistaient sur le fait que la vie des soldats n'était nullement en danger au moment de la fusillade, et assimilaient très clairement cette dernière à une tentative d'assassinat.

Ces dépositions sous serment ont été remises au vénérable juge de paix Joseph Roy, qui s'est chargé de porter la cause devant les tribunaux. Les officiers en loi de la Couronne l'ont repoussée du revers de la main. De surcroît, ils ont menacé M. Roy d'une amende de 500 livres sterling, payable à chacun des deux officiers de l'armée britannique visés par la poursuite. Quelques mois plus tard, le gouverneur modifiait la liste des juges de paix du district de Montréal : Roy et Jobin en étaient éjectés.

Étienne pivote pour faire couler, depuis un tonneau, de la bière ambrée dans des gobelets qu'il dépose devant les survenants. Gilbert avale quelques gorgées, puis il fait claquer sa langue en signe d'appréciation.

— Mille mercis. Je vais drette au but : mon camarade veut te causer.

Il se tourne vers ce dernier.

— Tu veux que je vous laisse ?

— À ton goût.

— Alors je fais l'achalant.

Gilbert s'écarte légèrement pour laisser les compères en aparté, mais il ouvre tout grand ses oreilles. André enclenche la discussion :

— Je viens vous prier de faire l'intercesseur auprès de votre beau-frère. L'un de nous... je veux dire, l'un des patriotes de Montréal qui s'emploient à faire sortir les témoignages... a eu vent qu'y commençait à branler dans le manche.

— Y fait pas juste commencer. Y en a plein son casque, du Grand Connétable pis de sa bande. « C'est une maison infernale, pis de féroces voleurs en plus ! » Ce fendant de Delisle, y veut juste donner le monopole des maisons déréglées à ses amis.

Gilbert hausse un sourcil. Celle-là, il ne l'a pas vue venir ! Au début de l'année 1832, les autorités faisaient fermer la maison déréglée tenue par François et l'un de ses frères dans le faubourg Saint-

Laurent; 14 ébraillées et leurs clients étaient poursuivis en justice. Benjamin Delisle est notoirement sélectif pour ses actions en justice, mais si Gilbert comprend bien, il se serait servi d'une accusation non fondée – celle de brigandage – pour dissimuler une partialité ciblée et outrageante dans ses dénonciations.

Or, le Grand Connétable ainsi que son frère John, principal employé du Bureau de la Paix, sont ouvertement les valets de leurs maîtres, c'est-à-dire ces magistrats intolérants qui ont fomenté la Rue du Sang. Ce sont les deux Delisle qui sont venus « conseiller » à Étienne au sein même du Parlement, tout juste avant qu'il ne donne témoignage, de garder bouche close, car autrement, il ferait grandement tort aux adversaires des patriotes dans la métropole, mais surtout, il se nuirait à lui-même!

Revenant à l'objet de la démarche, Étienne interroge son vis-à-vis sur la pertinence d'ajouter le témoignage de son beau-frère au sien et à celui des *bullies* qu'il avait engagés. Le notaire répond qu'il est crucial de documenter la corruption des élections, qui est au cœur de la lutte entre les démocrates et le parti qui les combat si âprement. C'est l'élection partielle dans le comté de Montréal-Est, en octobre 1831, qui a inauguré le bal du féroce affrontement qui a culminé avec la tragédie. Étienne est bien placé pour le savoir : pendant ladite partielle, il tenait bar ouvert pour les fiers-à-bras.

André presse son point :

— Pour Montréal-Est, Beauchamp a été payé comme boulé à gages ; à l'ouverture de celle de Montréal-Ouest, y était aux premières loges. Vous l'avez identifié formellement dans votre témoignage. Si y est paré à aller dans votre sens, et même au-delà, son témoignage serait crucial pour la cause. Entendons-nous : faut qu'y accepte de donner des noms et de raconter les faits le plus précisément possible. Comme vous, en fait. Est-ce qu'on peut vous charger de le sonder ?

Pour toute réponse, Étienne scelle son entente avec André par une poignée de main qui n'est absolument pas protocolaire. Sur ce, Gilbert devient obnubilé par sa propre comparution, qui est imminente. Les témoins initiaux de la session législative ont été deux députés, dont Louis-Hyppolite Lafontaine, puis un aubergiste irlandais connu pour avoir été l'un des plus fervents admirateurs du Dr Tracey, celui que les fanatiques ont combattu avec tant d'acharnement. Impossible, cependant, de connaître le contenu précis de leurs dépositions, qui est sous interdit de publication. Après Beauchamp viendra son tour à lui, Gilbert...

Le brouhaha de la taverne s'estompe, remplacé par un martèlement caractéristique. Une sueur froide inonde la nuque de l'instituteur, qui imagine que des habits rouges, mousquets à l'épaule, se tiendront non loin, parés à tirer à la première outrageante vérité émergeant de sa bouche. Ces images de violence et de fureur, Gilbert est obligé de les laisser croître jusqu'à occuper sa cervelle au grand complet, puis distiller leur venin paralysant à travers tout son corps... Avec un mélange d'épouvante et de fascination, le jeune homme assiste à la représentation tragique qui se déroule à l'intérieur de lui-même. Sa participation au charivari n'a pas été le remède souverain qu'il espérait, et il ne sait plus à quel saint se vouer. Sera-t-il miné par sa couardise jusqu'à la fin de ses jours ?

Pour en réduire la puissance d'évocation, Gilbert répète sans cesse le rôle qu'il devra jouer. Il s'imagine pénétrant dans la Librairie Canadienne, située au rez-de-chaussée d'une noble maison en pierres de taille à l'angle des rues Saint-Vincent et Notre-Dame. Les lieux lui sont familiers, car il est allé s'y procurer du papier à écrire et des plumes, en plus de commander quelques manuels scolaires. Le catalogue impressionnant, constitué en majeure partie d'ouvrages français, en fait une visite incontournable pour tout lettré de la métropole.

Sa déposition, Gilbert devra la faire devant Louis Perrault, l'un des gérants de l'établissement, et qui s'investit afin de déchirer le voile de la Rue du Sang. Gilbert s'imagine à la traîne du notaire Jobin qui, tête haute et démarche altière, se dirige tout droit vers l'arrière-boutique, centre nerveux des forces patriotes dans le district de Montréal. Il voit Perrault, attablé à un pupitre, sautant sur ses pieds pour les accueillir. Plusieurs fois, Gilbert a entraperçu cet homme fortuné par la nature, d'une corporence enviable et au visage avenant.

— Si tu reçois une citation à comparaître de la Chambre d'Assemblée, ton voyage sera à tes dépens. Je t'avancerai la somme si nécessaire.

Gilbert s'extirpe de son monde inventionné avec effort. Appelé depuis l'autre bout du comptoir, Étienne a été obligé de s'éloigner, et André a pivoté vers lui tout en se rasseyant sur son tabouret.

— À mes dépens? Tu veux dire quoi?

— Coudonc, t'as rien écouté de notre jasette, à ton Étienne pis moi? L'affaire des contingents paralyse la chambre basse. Les affaires publiques vont en prendre pour leur rhume. La Clique tient sa vengeance. Nos représentants veulent la réduire à la famine? Elle fait de même avec eux. Encore une preuve que les Bureaucrates nous poussent aux excès comme dans un piège. Damnés soient-ils!

— L'embellie aura duré le temps des roses, acquiesce Gilbert hâtivement. On l'a vu venir de loin, le ciel plombé. Y ont été fièrement niaiseux, ceux qui ont pas voulu écouter m'sieur Bourdages pis les autres tuques bleues, à commencer par m'sieur Papineau qui leur avait pourtant sonné les cloches.

Même aux yeux de la plupart des députés qui prétendaient lui faire confiance en début de session, quelques semaines plus tôt, lord Aylmer est devenu un tyran patenté. Il en va de même pour son supérieur à Londres, le ministre des Colonies, qui a entériné les décisions de son protégé de la *Province of Quebec*. Le prétentieux tout récemment appointé à ce poste, Edward Geoffrey Stanley, a donné par écrit sa bénédiction à toutes ses machinations, lors de la session précédente, pour dépouiller la chambre basse de son pouvoir! André grommelle:

— Ce fendant de nobliau se permet, à mille lieues de distance, d'émettre un avis cousu de fil blanc. Le gouvernement mixte de l'Angleterre s'est-il transmué à notre insu? Normalement, ce que veut la loi, y faut que le roi veuille. Mais à en croire Mr Stanley, ce que veut le roi, le veut la loi!

Tous deux font le point. Lord Aylmer avait refusé de déclencher une élection partielle dans le comté de l'isle de Montréal; son supérieur immédiat prétend qu'il a eu parfaitement raison, car la Constitution exige le consentement du Conseil législatif pour donner force de loi à des résolutions internes de la Chambre d'Assemblée, à l'effet que ceux qui acceptent des places de profit au gouvernement se placent en conflit d'intérêts. Mr Stanley a fait mine de ne pas savoir que ladite chambre haute, garnie de salariés du gouvernement exécutif, rejette obstinément toute loi qui la priverait d'espions en chambre basse !

En second lieu, le ministre des Colonies a entériné la décision d'Aylmer de délester la bourse publique de 20 000 livres pour payer ses favoris de l'administration provinciale. Selon lui, la loi des subsides votée par la Chambre d'Assemblée en mars 1833 n'était rien de moins qu'inconstitutionnelle. Les députés n'avaient pas le droit d'imposer des restrictions à une liste civile – celle des fonctionnaires – qui se trouvait au cœur du fonctionnement de l'appareil de l'État. Il s'agissait d'une législation du parlement ; le roi et les Pairs, c'est-à-dire les Lords en chambre haute, avaient voix au chapitre.

Enfin, Mr Stanley s'est penché sur la requête de la Chambre d'Assemblée afin de convoquer une assemblée générale du pays, laquelle amenderait la Constitution pour rendre le Conseil législatif moins hostile au peuple et à ses représentants. S'inspirant de l'Adresse des incubes oppressifs eux-mêmes, le ministre des Colonies a refusé ce qu'il qualifiait de *Convention nationale des habitants du Canada pour se mettre à la place des autorités législatives et pour choisir un mode pour renverser entièrement la constitution du Bas-Canada*.

Bref, la mesure était *incompatible avec l'existence même des institutions monarchiques*. Le ministre des Colonies a même fait allusion à une modification constitutionnelle unilatérale si les événements l'en requéraient. Or, la Chambre d'Assemblée de la colonie seule est compétente pour demander des changements à l'Acte constitutionnel de 1791, puisque la Chambre des Communes du Parlement dans le Royaume-Uni de la Grande-Bretagne et de l'Irlande lui a conféré des pouvoirs, privilèges et immunités identiques aux siens.

Flatté dans le sens du poil par son supérieur, le gouverneur assène des coups de butoir aux murs de l'unique forteresse dans laquelle les Canadiens patriotes peuvent se réfugier : la Chambre d'Assemblée et ses privilèges démocratiques. Les élus en chambre basse ont grincé des dents, mais ils n'avaient encore rien vu. Lord Aylmer vient de leur couper les vivres ! À chaque début de session, les députés s'adressent au gouverneur pour qu'il défraie les « dépenses contingentes », c'est-à-dire une avance monétaire pour assurer le fonctionnement de la législature – salaires des employés, frais de chauffage et autres. Cette fois-ci, le chef de l'Exécutif a voulu conclure un inique marché : l'avance contre une loi des subsides entérinée en cours de session.

Comme s'il révoquait en doute l'honneur des parlementaires ! Apparenté à un chantage, le message de Mr Stanley a causé un débat de cinq heures entre les députés. En fin de compte, par 36 contre 29, ces derniers ont résolu de surseoir à la décision jusqu'au 15 février. Ce jour-là, la Chambre d'Assemblée prendra enfin en considération les abus de pouvoir du gouverneur Aylmer depuis l'année 1832. Ce moment tant espéré par Louis Bourdages, mais qui avait été repoussé par la phalange modérée des élus, est enfin sur le point de survenir.

Impossible de nier l'évidence : le gouverneur agit comme s'il possédait la législature en propre, de même que la cagnotte publique. L'unique démarche ayant donné un résultat, même minime, a été la requête de 1828 à la Chambre des Communes ; il faut donc loger un nouvel appel au tribunal suprême, malgré le risque de se voir affublé de l'épithète méprisante de « chevalier de la croix » par les étrivants Bureaucrates ! Les gouverneurs qui se transmuent en despotes grâce à un ministre des Colonies de la même eau finissent toujours par être rappelés par Londres...

André assène un coup sur le comptoir, avant de conclure :

— Oui, damnés Bureaucrates de malheur ! Ben y vont avoir la fale basse parce qu'on s'y laissera pas mener comme des moutons bonasses à l'abattoir. Les patriotes de la capitale vont se cotiser pour payer le séjour des témoins qui sont déjà prévus. Dix chelins par jour. T'as compris qu'une assignation est un commandement ? Quand tu la recevras, tu pourras descendre à Québec au plus sacrant ?

Gilbert marque une hésitation, puis il émet :

— Je me suis arrangé avec mes supérieurs.

— Lesquels savent que la sommation est en conséquence d'un témoignage librement consenti. T'es paré à endurer les conséquences ?

Gilbert est incapable d'émettre un son. Ses idées s'éparpillent en tous sens, sa nuque se couvre d'une sueur froide... André laisse s'écouler quelques secondes qui paraissent à Gilbert durer des siècles, puis il dit avec douceur :

— Y a quelque chose qui va pas ?

Gilbert a l'impression de couler. Couler dans son angoisse, dans son besoin quasi irrépressible de fuir, dans sa couillonnerie qu'il trouve à la fois immonde et délectable... Le silence s'éternise, puis André s'incline vers lui, jusqu'à avoir quasiment sa tête pressée contre la sienne. Il souffle :

— Casimir était un bon camarade à toi...

Le tutoiement affectueux donne envie à Gilbert de fondre en larmes. Il acquiesce d'un battement de cils.

— Pis tu l'as vu trépasser sous tes yeux. De quoi glacer d'effroi... T'as eu le pesant, par après ?

C'est d'une voix sans timbre que Gilbert répond :

— Oui.

— Tu l'as encore ?

— Oui.

— M'étonne guère. Tu penses que nous autres, on a réagi froidement à l'affaire ? Je fais partie du lot de ceux qui ont braillé. Qui ont eu des cauchemars nuitte après nuitte. Alors toi, encore si jeunet...

— Je croyais, balbutie Gilbert, que les hommes faits...

Il ne peut poursuivre et c'est André qui conclut :

— Que les hommes faits étaient imperméables à la peur ? Détrompe-toi. On fait juste s'habituer. La regarder entre quat' yeux, pour mieux la dépouiller de ses charmes.

— Je revois souvent la compagnie d'habits rouges.

Gilbert a laissé échapper cette confidence, et il serre les lèvres. Mais l'expression d'André est à ce point compatissante que les mots se bousculent et Gilbert n'a pas le choix de leur laisser libre cours :

— J'avais jamais vu autant de soldats à la fois. Juste sur le Champ de Mars, à l'occasion d'exercices, pis je me tenais loin. Je les avais jamais entendus marcher au pas redoublé. Sur la Rue du Sang, y m'ont frôlé... Pis la décharge. Comme... comme un cataclysme, comme un fracas de fin du monde. Pis la mort... Une vision d'enfer. Comme si ma vie... Comme si la vie tenait qu'à un fil. Qu'à un cheveu qui peut se casser à tout propos. C'est épeurant en masse !

— Je te le fais pas dire. Je suis tout ouïe. Conte-moi.

Alors, Gilbert est frappé par une évidence : il a enfermé à double tour la part la plus prégnante et la plus douloureuse de l'après-dînée du 21 mai, c'est-à-dire le terrible moment où Casimir a été abattu d'une balle sous ses yeux. Pour le bénéfice d'André, il narre ses saisissements et ses alarmes jusqu'à la commotion ultime, celle qui le hante encore. Enfin, avec gêne, Gilbert glisse une œillade à son compagnon. Le notaire a les traits décomposés par une puissante émotion, et d'une voix cassée, il marmonne :

— Je m'habituerai jamais. Pourtant, je devrais être caparaçonné, c'est-y pas ? Mais chaque fois, ça me viraille le cœur à l'envers. Faut que tu te présentes à Québec. Je veux dire, toutte ce qui s'est passé sur la place d'Armes pis sur la grande rue Saint-Jacques est de notoriété publique. Mais t'es le seul, à ce que je sache, qui peut se vanter – excuse le mot – d'avoir recueilli le dernier souffle d'un des fusillés. Y a un bémol : t'es jeunet pis tu vas te faire réduire en charpie.

— Comme si j'allais me laisser faire !

— Y vont pas demander ta permission. Avant que t'arrives, y vont chercher une faille à exploiter. Ton lien d'affaires avec Lavictoire... En soi, ça t'incrimine pas, mais après ce qui est survenu l'an passé... J'ai besoin de te rafraîchir la mémoire ?

Gilbert secoue la tête. Le tavernier ne s'en est pas vanté, mais il a été acculé au pied du mur lors de son passage à la barre par l'un des députés membres du comité de la Grande Enquête. Le jeune instituteur l'a lu et relu dans l'annexe au 42ᵉ volume des journaux de la Chambre d'Assemblée, et qui contenait le mot à mot des interrogatoires de la session précédente... *Avez-vous eu la surveillance de quelque jeu de hasard pendant votre actuel séjour à Québec ? Quelle somme d'argent payez-vous aux officiers de police pour les engager de vous avertir des plaintes faites contre la table de roulette ou la chambre de jeu qui se tient dans le grenier d'une bâtisse située dans une cour de derrière qui appartient à une maison faisant le coin des rues Saint-Jean et Saint-Stanislas, dans la Haute-Ville ?*

André insiste :

— T'es paré à être associé publiquement à Lavictoire ?

— Je suis pas le seul à être associé avec lui. Tous les mercredis, mon billard est fréquenté par tout plein d'avocats.

— Tu peux pas t'ouvrir la trappe de même devant les députés. Tu risques trop gros, malgré l'impunité parlementaire. Faut juste que tu gardes la tête haute, pis que tu déclines sur tous les tons : « Je suis fier de mon association avec le propriétaire du Cabaretier patriote. »

— Message reçu, dit Gilbert en riant.
Pendant ce temps, il savoure la légèreté de son être. Comme si des ailes venaient de lui pousser, comme s'il lui suffirait d'un battement pour s'envoler vers l'azur! Il ajoute, le ton gouailleur:
— Je t'offre une partie de billard gratis.
André éclate de rire, avant de rétorquer:
— À tes risques et périls. Je suis pourri à ce jeu!

Ce soir-là, Gilbert ne languit pas à la taverne. Tout à l'heure, sa grand-mère a surgi chez eux, accompagnée d'un imposant barda que le charretier et ses aides ont déchargé. Gilbert a supporté sans broncher le baiser en pincettes dont il s'est vengé en étouffant la frêle dame entre ses bras. Dame Royer a pris quelques rides, elle n'a quasiment plus que la peau sur les os, mais autrement, elle semble en bonne santé. Son arrivée est comme une bouffée d'air frais depuis les confins d'une rieuse contrée, celle de la rivière Chambly, et Gilbert tient à la revoir avant qu'elle ne se retire dans sa chambrette pour un repos bien mérité.

Gilbert marche sur un nuage, son for intérieur illuminé de lumière. C'est bête à dire, mais il jouit de l'impasse causée par le refus du gouverneur de défrayer les dépenses contingentes. En fait, la légèreté d'âme du jeune homme est surtout due à sa délivrance. Sa discussion avec André l'a libéré de la frayeur viscérale qui encombrait son être. C'est un prodige! Gilbert se retient à deux mains pour ne pas courir au faubourg Saint-Laurent, se précipiter dans la chambrette de Caroline, en éjecter un insignifiant faquin et la faire crier de ravissement. Il serait le plus viril des mâles, il la ferait grimper dans les rideaux et elle en redemanderait!

Son ardeur conquérante a diminué de plusieurs crans lorsqu'il referme derrière lui la porte de son domicile. Ses parentes sont dans la cuisine, assises près de l'âtre, tandis que grand-mère confie à Ériole les récentes nouvelles de la famille Dudevoir. Rémy est en vacances d'apprentissage pour la morte saison, ce qui le rend suprêmement heureux. Perrine, de son côté, se porte comme un charme après s'être délivrée de son deuxième rejeton. Quant à Vitaline, elle se faisait rare ces derniers temps. Même aux agapes qui ont suivi le mariage de son père, elle n'a fait qu'acte de présence, avec un époux peu loquace à son bras.

— Pas de petiot en route ?
— Rien de visible. Mais t'as bien vu, Ériole, t'y étais...
— J'ai tenté de lui tirer les verres du nez, mais sans succès. J'ai pas insisté outre mesure, faut dire. Vitaline s'en ouvrirait à nous, c'est-y pas, si quelque chose clochait ?
— C'est ce que je me dis.
Ériole se racle la gorge, avant d'émettre :
— Pis... la nouvelle union ?
Posément, l'interpellée répond :
— Ton frère est content tout plein. Fait que j'ai ramassé mon bredas pis j'ai accouru jusqu'icitte.
— Ça a dû vous coûter de quitter le bourg...
— Non point. Je frétillais à l'idée de vivre avec vous autres. Tandis qu'avec la veuve... je peux pas en dire autant. Trop gourmée à mon goût. Pis capricieuse sur la propreté. Faut qu'on astique pis que ça reluise. Pas mon genre.
— Uldaire a mérité d'avoir du bon temps, déclare résolument Ériole. J'espère juste qu'y a fait des provisions suffisantes à ses enfants dans son testament. Les chicanes avec les belles-mères, c'est souvent de là que ça origine.
Après un court silence, la maîtresse d'atelier s'enquiert encore, un pli d'inquiétude entre les yeux :
— Pis... Bibianne ? Elle a été vue nulle part ?
Gilbert se penche à travers la table. C'est en parlant d'elle à Caroline qu'il a senti ses sentiments de petiot ressurgir, et il s'est mis à chérir sa mère en pensée, comme une vieille amie éloignée à laquelle on adresse de plaisantes songeries. Il était facile à Gilbert de n'accorder aucune pensée à sa mère lorsqu'elle était bien en sécurité dans sa maison ; il lui était facile, alors, de la considérer comme indigne d'intérêt, au même titre que son arrière grand-mère qui s'est recroquevillée sur elle-même jusqu'à s'éteindre sans bruit, il y a deux ans de cela.
Mais depuis la disparition mystérieuse de Bibianne, un étrange phénomène s'est produit. Avant, Gilbert la considérait comme morte, même si elle se mouvait sous ses yeux. Astheure, il ne peut se résoudre à la faire disparaître corps et âme. Il l'imagine réfugiée quelque part, saine et sauve, et s'offrant une nouvelle existence loin

d'eux... Il s'en réjouit pour sa mère, malgré son propre chagrin de ne pas recevoir, de sa part, le cadeau du spectacle de sa joie.

Sa grand-mère ayant répondu à Ériole par une mine navrée, cette dernière réagit par un preste signe de croix, puis murmure :

— À ma prochaine visite à Saint-Denis, je ferai célébrer une messe en son honneur.

Aussi bien dire qu'à ses yeux, elle a trépassé. Gilbert se redresse, retenant de justesse une exclamation de déni. Bibianne est vivante, il le sait, il le sent dans chacune de ses fibres. Il ne prête nulle attention à la voix discordante qui s'élève en lui et qui chuchote qu'il s'accroche à un fol espoir, puisque toute la contrée était au courant de la disparition de sa mère. Comme de coutume, une autre voix contreboute ce prophète de malheur. Le corps de Bibianne n'a jamais été retrouvé, ce qui est de bon augure! Mais peut-être, réplique la première voix, a-t-elle exhalé son dernier souffle, fin seule au fin fond d'une forêt?

Dame Royer s'est signée à son tour. Avec un effort manifeste pour alléger l'atmosphère, elle s'écrie :

— Z'avez d'autres détails sur l'incendie du Château? Au bourg, ça commérait en masse!

Gilbert saute sur ce prétexte pour se distraire de son soliloque intérieur. Comme si la vengeance divine s'abattait sur le gouverneur honni, un incendie vient de réduire en cendres la résidence officielle du représentant du roi en Bas-Canada. Le 22 janvier au mitan du jour, un brasier s'allumait au troisième étage, dans une chambre occupée par un aide-de-camp; une bise coupante l'a attisé une nuit entière. Les flammèches et les pièces de bois embrasés tombaient au pied du cap, mais la neige sur les toits a préservé les maisons. Au matin, il ne restait plus que *ses cent ouvertures et ses cheminées à nu, et ses murs dévastés et noircis par les flammes*, selon le nouvelliste de *La Minerve*.

— Milord pis sa dame en ont réchappé, grommelle Gilbert. J'ai de la misère à m'en réjouir...

Ériole lui assène un léger coup de serviette sur les doigts, et ensuite elle gronde :

— Compte-toi fortuné de pas te faire récurer la bouche avec du savon!

— Ben quoi ? C'est lui-même, ou un membre de son entourage, qui a bouté le feu. Pis sa Clique de la capitale va lui en reconstruire un flambant neuf en puisant des milliers de livres dans la cagnotte publique. Pis en même temps, Milord réduit le parlement à la famine. Une vraie famine, celle-là, pas la minuscule disette en forme d'infimes réductions de salaire qui épouvante nos incubes fortunés ! Vous voyez à quoi Milord s'abaisse pour l'avoir, sa loi des subsides ? Y est devenu un des pires profiteurs de la colonie. Y nous spolie comme les autres, saint épais !

— Tinton du diable ! T'as de la verve, mon neveu ! Y va se passer quoi le 15 février, d'après toi ?

— Une accusation solennelle contre le gouverneur et ses complices. Un testament politique qui fortifiera le prochain parlement du Bas-Canada.

Ériole s'en réjouit. L'heure est venue de vaincre ou de périr ! Gilbert s'est accoutumé à considérer sa tante comme une interlocutrice de grande valeur concernant les griefs de la nation. La compagnie d'André, contagionné par les idées républicaines de Louis-Joseph Papineau, a notablement élargi ses horizons. Mirant celle qu'il aime comme une mère, Gilbert est touché au cœur par son désir impétueux d'en découdre avec ces grichous d'hommes d'État, dégoulinants de morgue, qui s'arrogent le pouvoir de mener à la trique un demi-million de Canadiens.

9

Une marche à la fois, Vitaline descend le très raide escalier en se tenant solidement aux montants. Son mari et elle partagent une couche de fortune, installée parmi les tresses d'ail et d'oignon, les poches de farine et les haricots secs. Il n'y a qu'un soupirail et il fait frisquet, mais elle se trouve contente de cet arrangement. Elle prend pied dans la salle commune où l'aube de fin d'hiver diffuse une lumière blafarde. Elle est la première levée, même avant son jeune beau-frère enroulé dans une couverte près du poêle, son matelas constitué de quelques fourrures superposées.

La jeune femme est tendue vers un événement annoncé la veille sur le parvis de l'église : une assemblée publique pour ce jour même, lundi 17 mars 1834, afin d'adopter des résolutions d'approbation à la mise en accusation formelle du gouverneur et des *conseillers méchants et pervers* qui l'ont incité à poser des actes illégaux, injustes et inconstitutionnels. Il s'avère impérieux que la nation canadienne toute entière – et pas uniquement celle constituée par les enfants du sol – manifeste éloquemment sa volonté.

Vitaline jouit de la perspective de se rendre au bourg. Même si elle n'a pas droit au suffrage, non seulement parce qu'elle est mariée mais qu'elle n'a aucun bien en propre, elle se sent vivement interpellée par cet appel magistral des élus à leurs confrères du Royaume-Uni.

Sans cesse, elle turlute une preste ritournelle qui s'est imprimée dans sa mémoire dès qu'elle l'a ouïe :

— *Si dans toutes nos affaires, le yable a quéqu' chose à faire, si l'on voit tant de Canayens qui sont fiers d'être Chouayens, si l'on fête le* bourreau, c'est la faute à Papineau. C'est la faute, faute, faute, c'est la faute à Papineau.

Depuis quelques jours, ces rimes se bousculent dans la cervelle de Vitaline au point de troubler son sommeil. Dès l'adoption des 92 Résolutions, un fin finaud s'est inspiré d'une chanson satirique française, *C'est la faute à Voltaire*, laquelle met tous les maux du siècle sur le dos de l'inspirateur de la Révolution française. Après avoir parcouru la capitale à la vitesse de l'éclair, les couplets ont contagionné le district de Montréal au grand complet. Si *toutte marche à contresens*, seul le président de la Chambre d'Assemblée est responsable !

Vitaline passe son temps à chantonner à mi-voix :

— *Tous les maux nous sont venus de tous ces gueux revêtus qui s'emparent des affaires intérieures z'étrangères, si toutte s'en va-t-à vaulau, c'est la faute à Papineau. C'est la faute, faute, faute, c'est la faute à Papineau.*

Tirant profit de tout, la gazette bureaucrate *The Mercury* a imprimé les neuf premiers couplets ; la chanson a ensuite été rallongée de sept autres par le spirituel cousin de Papineau, Jacques Viger lui-même. Une trâlée de situations épineuses sont mises sur le large dos de l'Orateur : le durcissement de ton *du curé jusqu'au bedeau* à cause des débats de 1831 entourant la Loi des fabriques, l'Anglais qui *nous mitraille et nous traite de canaille*, l'innombrable famille du profiteur Jonathan Sewell qui pille *les deniers du peuple*, et surtout, comme Vitaline le chante de l'aube au brun :

— *Si les Canadiens jaloux n'ont plus peur des loups-garous, si sentant leur importance, y rêvent d'indépendance, s'y ont pris l'air du Bureau, c'est la faute à Papineau. C'est la faute, faute, faute, c'est la faute à Papineau.*

Sur ce point d'orgue, Vitaline se laisse choir sur un siège. Même si un vent d'excitation nerveuse l'a poussée en bas du lit avant la barre du jour, elle ne rêve déjà qu'à y retourner. Depuis une couple de semaines, elle se tire du lit autant fatiguée que la veille au soir… Elle ne se souvient pas avoir déjà ressenti une telle lassitude, même à la suite de ce qu'elle considère comme ses pires épreuves : la fuite de sa mère, le fléau du choléra morbus, voire l'élection du Quartier Ouest de Montréal, alors que Daniel Tracey était en butte aux persécutions. Daniel, l'élu secret de son cœur…

Nul ne l'a jamais su, et surtout pas le principal intéressé, mais à l'orée des interminables mois qui ont précédé l'élection partielle de mai 1832, Vitaline s'est amourachée de lui au point d'en avoir le tournis. Elle a perfectionné son anglais en lisant d'un bout à l'autre la gazette qu'il dirigeait, *The Vindicator*, et elle a souvent confondu ses commentaires éditoriaux avec de vibrantes poésies qui lui auraient été personnellement adressées. Certes, Vitaline se souciait des affaires publiques depuis sa tendre enfance. En Canada, impossible de faire autrement, à moins d'avoir un gousset à remplir à la place du cœur! Mais sa passion à distance pour le médecin irlandais lui a permis d'élargir l'éventail de ses connaissances, et astheure, il n'y a plus grand-chose à son épreuve.

Bougriné pour affronter les abats de lourds flocons que dégorge un ciel plombé, Norbert lui adresse un léger salut de la main. Vitaline murmure :

— Tu viendras à l'assemblée ?

— On va faire la demande au contremaître.

— Y se laissera persuader ?

— Je croirais. L'ouvrage est moins prenant ces jours-citte. À la revoyure !

Norbert prend son envol vers la distillerie. Dès que la porte se referme, le lit bateau commence à gémir comme de coutume et le capitaine Montplaisir en sort. Le départ de son fils cadet semble agir pour lui tel un signal… Il adresse une moue déconcertée à Vitaline, qu'il n'a pas coutume de mirer si tôt, puis il s'ébroue. Il dort avec des bas de laine, un caleçon long et une chemise grise en lin, toujours comiquement froissée au saut du lit. Pour couronner le tout, une tuque le protège des coups de froid nocturnes.

Le beau-père de Vitaline enfile lentement son pantalon à bretelles et son gilet d'hiver à manches longues. Enfin, il glisse ses pieds dans la paire de sabots de bois qui attendent près de la porte. Quelques secondes plus tard, il sort à l'extérieur, autant pour humer le vent que pour soulager sa vessie contre le mur d'un bâtiment. Vitaline se remet pesamment debout. Elle est déjà habillée de la tête aux pieds, et de surcroît, couverte d'un épais châle de laine et d'une confortable capine, mais ces jours-ci, elle a l'impression que rien ne suffit à la tenir au chaud, même pas le poêle ranimé par Norbert à son lever.

Normande quitte son banc-lit et se livre à son rituel quotidien : se frotter les yeux et lisser sa chevelure ramassée en tresses, puis enfiler sa jupe et son corsage par-dessus ses sous-vêtements, et enfin ordonner sa literie et replier sa couche. Ensuite, elle se retire derrière un rideau, car hors du bourg, les maisonnées sont dépourvues de latrines. Vitaline a eu un choc devant l'amoncellement à l'air libre de déjections qui souillent le recoin le plus reculé de la cour, et qui, périodiquement, sont incorporées au fumier des animaux. Elle ne s'était jamais demandée ce que le vidangeur de latrines du bourg faisait avec sa cargaison...

Dame Eugénie roule ensuite de sa couche – Vitaline n'a pas trouvé meilleure expression pour décrire son lever – et se livre à ses ablutions. Pendant ce temps, les jeunes femmes s'aident mutuellement à défaire leurs tresses, à aérer et à lisser leur chevelure en y passant les doigts, puis à se recoiffer d'un bas chignon ou de tresses enroulées. L'opération est effectuée avec célérité, après quoi Normande s'occupe de la coiffure de sa mère, laquelle remercie sa bru qui a profité de son insomnie matinale pour assembler une soupe en guise de déjeuner.

— Y a vraiment pas de quoi, répond cette dernière. J'en ai profité pour jongler.

Normande demande avec espièglerie :

— À ton époux auquel tu t'accotes à longueur de jour par les temps qui courent ?

Vitaline se recroqueville intérieurement. Florentin est tout, sauf son complice ! Quelques rares fois, Vitaline a eu l'impression délectable qu'ils étaient deux parties d'un même tout. L'impression d'une parenté d'âme à laquelle elle aspire tant ! Ces élans d'affection mutuelle ne sont plus qu'un souvenir ténu, au point qu'elle se demande si elle n'a pas tout inventionné... Dès que l'échange s'engage sur une pente qu'il n'aime guère, Florentin ne se gêne aucunement pour imposer ses vues, comme s'il estimait qu'une épouse doit nécessairement donner préséance à celui qui est, de droit, son maître.

Si au moins, il ne faisait pas valoir ses droits de mari en la détroussant avec la subtilité d'un soldat en compagnie d'une ébraillée... Elle a parfois réussi à ralentir sa course, mais ces moments ont été si fugaces... Le membre viril de son mari possède astheure un tranchant désagréable qui la blesse chaque fois qu'il la prend comme un voleur. Par chance, la tendance récente de Vitaline à l'endormitoire agit comme un baume apaisant. Même l'irritation dans ses parties intimes, lorsque Florentin entreprend de la labourer, devient moins cuisante, plus lointaine.

Se ressaisissant, la jeune femme jette :

— Je jonglais à ce qui se passera tout à l'heure. J'en salive d'avance !

Normande lui répond par un sourire épanoui. L'opinion des tuques bleues du district de Montréal a finalement prévalu. Si la Chambre d'Assemblée du Bas-Canada atermoyait davantage, ça en aurait été fini de la liberté en ce pays ! La couillonnerie des députés risquait de faire perdre le fruit du travail d'un demi-siècle, lequel fruit se résumait à conférer aux Canadiens d'Amérique ni plus ni moins que les droits offerts aux sujets anglais dans la mère patrie.

Au moyen d'une mise en accusation de lord Aylmer et de ses principaux complices, les élus ont demandé réparation au nom du peuple. Les gazettes l'ont publicisé : dès le mitan de janvier, quelques représentants du district de Québec, de même que l'Orateur, se sont réunis pour composer l'appel au tribunal suprême de l'Empire britannique. Plus tard, Augustin-Norbert Morin, député de Bellechasse et fine plume, s'est joint à eux. Dans les jours précédant le dépôt du texte devant la Chambre, l'activité de ce comité de rédaction a été frénétique : les résolutions se sont ajoutées les unes aux autres par dizaines.

Cette représentation écrite, dont la pierre d'assise est la liste des réclamations faites au cours des dernières années, a été entérinée par une confortable majorité de la chambre basse. Les désormais célèbres 92 Résolutions font la liste des actes d'injustice et d'oppression contre lesquels le peuple du pays a déjà réclamé, avant d'enchaîner sur les torts de lord Aylmer. Ce dernier a failli à l'exécution des devoirs de sa charge *en contravention au désir du parlement impérial et aux directions qu'il a pu recevoir, à l'honneur et à la dignité de la Couronne, aux droits et privilèges de cette Chambre et du peuple qu'elle représente.*

Vitaline s'est émerveillée : cette inculpation solennelle est d'une telle grandeur, d'une telle noblesse ! À l'image même de Louis-Joseph Papineau qui, pour une fois, a pu laisser sa pensée progressiste s'épanouir. Au risque, néanmoins, de représailles... Ce qui n'a pas manqué de survenir. Assombrie, Vitaline profère à l'attention de sa belle-sœur :

— Ce sera le moment de pavoiser. D'en profiter pour oublier les saloperies pis les coups en bas de la ceinture.

Papineau a invoqué l'aggravation des abus pour légitimer l'urgence d'adopter les résolutions. En 1828, pour dénoncer les agissements de lord Dalhousie, plus de 80 000 signatures avaient été rassemblées. Le sang n'avait pas coulé dans les rues, a-t-il rappelé, et un solliciteur général n'avait pas reçu la mission *de sauver des meurtriers et de soumettre le pouvoir judiciaire à des militaires*, lesquels dominent au pays depuis lors. Celui qui mène la phalange de députés bureaucrates a dénoncé ce qu'il a pompeusement qualifié de *philippique inflammatoire*. Vitaline et ses proches ont bien ri de ce langage ampoulé !

Selon le député de Sherbrooke, l'épisode de la Rue du Sang était imputable aux passions *dangereuses et funestes* de l'Orateur, *un homme qui croit que tout est fait pour lui, que le soleil et la lune ne luisent que pour lui*. Qualifiant les 92 Résolutions de *chef-d'œuvre de démence*, Augustus Gugy a donné voix aux pires préjugés de la Clique du Château. Un Conseil législatif élu par une majorité d'habitants d'origine française établirait un système dont les suites seraient fatales. *Peut-être les Anglais, peu nombreux, seraient-ils abattus ? Peut-être aussi, excités par les expressions que l'on emploierait contre eux, les verrait-on se roidir et forcer la majorité de les écraser. L'honorable Orateur sera-t-il content alors, lui dont le sang de trois individus a tant excité la sensibilité, croit-il qu'il en serait moins versé alors ? Et de quel œil le supporterait-il ?*

Quel effarant micmac ! La chose aurait été vite oubliée si les débats n'avaient permis à un patriote réputé d'effectuer une spectaculaire volte-face et de se transmuer en Chouayen. À l'image d'Austin Cuvillier, en 1832, sans l'appui duquel jamais la funeste élection n'aurait connu son terme tragique... Le député John Neilson, qui s'était fait le champion des droits des Canadiens au point d'être le porteur de la pétition de 1828 vers Londres, est devenu le défenseur de l'Exécutif. Comme une meurtrière agrandie pour mieux viser, les assaillants bureaucrates ont transformé en trouée la brèche créée par Cuvillier !

Grâce à la pénurie qui règne dans les coffres publics, la Clique du Château a réussi à transformer Neilson en homme à places. Son fils Samuel et lui, propriétaires de la *Gazette de Québec*, se bercent de l'espoir d'une loi des subsides pour régler leurs problèmes financiers... Au cours du débat, Nielson a prétendu que les résolutions sortaient *du grenier ou de la cave*, ce qui a piqué au vif le député Elzéar Bédard. Au contraire, Neilson avait été sollicité pour faire partie du comité de rédaction! En désespoir de cause, ce dernier a soumis ses propres résolutions, fatras de phrases creuses que la majorité a repoussées du revers de la main.

Ces infâmes tractations sont choses du passé, et Vitaline reprend du cœur au ventre. À la suite de la pétition de 1828, le gouverneur Dalhousie avait été rappelé à Londres, puis gratifié d'un poste aux Indes. Est-il possible d'espérer mieux, cette fois-ci, comme punition? La gravité de l'offense principale – complicité agissante pour exonérer les responsables de la tuerie de la Rue du Sang – entretient l'espoir. Une seconde fois, il est temps d'exposer aux parlementaires anglais le traitement indigne qu'éprouvent des sujets britanniques sincèrement attachés à la mère patrie. Cette colonie ne sera pas la première à traduire son gouverneur en justice, dans l'espoir qu'il soit puni!

L'escalier du grenier gémit: c'est Florentin qui, le visage ensommeillé, descend l'échelle. Vitaline sent ses entrailles se nouer. Un temps, elle s'est régalée de sa vue au petit matin, trouvant une singulière beauté à ses traits détendus, arborant un soupçon de candeur enfantine. Astheure, elle voudrait s'enfuir en courant... Humant le fumet qui s'est répandu dans la pièce, son mari prend un air mi-figue, mi-raisin.

— Me semblait, itou, qu... que la cuisinière avait cru bon de fanfaronner... Qu... que c'est qu'y t'a pris, Vitaline, de remplacer sa mère au chaudron?

— Y m'a pris de soulager ta mère de son travail.

— Soulager sa mère... Comme si sa mère trimait de l'aube au b... brun à cause de nous autres.

— C'est pas ça que j'ai voulu dire. Juste que... tant qu'à être deboutte pis à attendre...

— Pis c'était q... q... quoi, l'affaire de sauter sur tes p... pieds au mitan de la nuitte?

— Je pourrais pas dire.
— Encore tes songeries qui te mènent par le b... boutte du nez, je gagerais.
Dame Eugénie intervient.
— Arrête d'asticoter ta femme, Florentin, pis procède. La soupe va coller au fond.

Le jeune homme met le pied dehors au moment où son père, après une courte tournée des animaux, revient de l'extérieur. Vitaline se met à la suite des deux femmes pour installer les couverts pour le repas. Bientôt, tous cinq sont attablés. Dès sa première cuillérée avalée, Vitaline sent un malaise tangible l'envahir. Sa soupe n'est pas assez salée, pas assez savoureuse. Elle n'a pas le tour, contrairement à dame Eugénie. Elle imagine les pensées dédaigneuses qui s'entrechoquent dans la tête des membres de sa belle-famille, et surtout de Florentin à qui elle n'ose jeter un regard, et elle a envie de pleurer.

Soudain, le plat lui lève le cœur. D'ailleurs, Vitaline n'a guère d'appétit. Pourtant, elle s'oblige à manger ce qu'elle a cuisiné.

— Vitaline, t'as mis quoi dans ton affaire, comme pièce de lard ?

La question de sa belle-mère est ingénue, mais Vitaline croit y déceler une trace de reproche, alors elle répond avec brusquerie :

— Une bien trop petite, à ce qu'y paraît.

Le capitaine Montplaisir intervient :

— Pogne pas le mors aux dents. Tu fais toutte ton possible.

Très réservé de nature, son beau-père a mis des mois à apprivoiser sa présence, mais astheure, sa gêne envers elle est chose du passé.

— Moi, je l'aime p... plusse riche.

Florentin a cru bon de donner son avis sur la soupe. Il a délivré la phrase avec une moue qui contrarie Vitaline. Elle voudrait bien l'y voir ! Lui qui sait à peine faire frire un œuf sur la plaque du poêle...

— Oui, plusse riche, prends-en note pour la p... prochaine fois.

Inclinant la tête, Vitaline reste sans réaction. En fait, elle voudrait rétorquer que c'est inutile de répéter, elle n'est pas dure de comprenure, et puis d'ailleurs, elle avait tout saisi dès sa première bouchée avalée. Mais Florentin confondrait cette explication avec de la fierté mal placée et lui ferait un procès d'intentions.

— Pis toi, mon gars ?

D'humeur badine, le capitaine asticote son fils, tout en décochant une œillade amusée à Vitaline.

— Comment ça se fait que t'avais pas le sommeil troublé comme ta femme ? Pourtant, c'est toi pis moi qu'on s'en va ferrailler avec Milord...

Le chef de la maisonnée a fait mine de se faire tirer l'oreille pour aller exercer son droit de citoyen, mais il n'a guère été pris au sérieux. N'a-t-il pas diligemment apposé sa croix près de son nom, sur la requête de 1828 ?

— Sors-moi ton fleuret, grommelle dame Eugénie, que je l'astique !

Vitaline saisit la balle au bond.

— Z'êtes mieux, le beau-père, de vous greyer solide. Ça me fait penser à Rémy, qui s'exerçait pour en découdre avec les boulés à la solde de la Clique du Château... Z'avez de l'aptitude à la boxe ? Pour moi, z'allez être obligé d'y avoir recours.

Pour toute réponse, le capitaine donne un coup sur l'épaule de son fils, qui manque de s'étouffer avec sa soupe.

— Viens-t'en, mon gars. On va aller se pratiquer derrière la grange. Ta femme est pleine de bon sens, comme de coutume.

— C'est moi pis mes amies qu'on devrait s'exercer au brasse-corps, intervient Normande. Les patriotes sont après lever une armée de miliciens de la Constitution. Même les femmes pis les jeunets sont requis pour servir.

À cette idée saugrenue, un rire général parcourt la tablée. Vitaline renchérit plaisamment :

— Faut être nombreuses à s'opposer à Milord pis à ses plans iniques, mais faut surtout s'époumoner en masse.

— Les femmes, ça court pas la campagne.

Le regard impérieux, Florentin déclare à son épouse qu'elle est fortunée de ne pas avoir trop d'ouvrage. Lassée par l'échange, cette dernière se lève pour aller rincer son bol, et peu après, elle se prépare à se rendre à Saint-Denis avec son mari et son beau-père. L'état du chemin du Bord-de-l'eau étant affligeant par ses ornières et ses plaques de glace causées par le redoux de ce mois de mars 1834, tous trois ont choisi de cheminer en raquettes à travers champs. Vitaline est placée en queue du cortège pour bénéficier des empreintes laissées par ses prédécesseurs. Malgré cela, chaque pas s'avère une épreuve puisque la neige mouillée s'agglutine à la babiche.

Ils ne sont même pas encore à mi-chemin que la jeune femme est drainée, parée à s'affaler dans la neige. Serrant les dents, elle combat farouchement son abattement. Mais ses pensées, elles, font la gigue. Son appétit a diminué... Sa sensibilité aux odeurs envahissantes a grimpé en flèche... Vitaline a suffisamment croisé de futures mères, avant de se marier, pour ne pas se conter des pipes : son mari a sans doute semé un petiot en elle. La présomption l'accable. Consacrer ses forces vives à façonner le rejeton de Florentin, alors que ce dernier n'a guère de douceur pour elle? Elle voudrait ne pas comptabiliser de même, elle voudrait être capable d'abnégation, mais elle ne peut faire autrement que de placer ce cadeau, qui exige un réel don d'elle-même, à l'aune de l'avarice de Florentin.

Vitaline est distraite de sa situation personnelle par le spectacle du bourg grouillant de vie. Environ un demi-millier d'électeurs du comté de Richelieu sont rassemblés devant l'église paroissiale. Compte tenu de la température, c'est un exploit! Heureusement, les abats de neige ont cessé. Vitaline laisse les Montplaisir père et fils se diriger vers le parvis ; comme tous les membres de l'auditoire qui ne peuvent se vanter d'avoir droit de suffrage, elle se dégotte un perchoir en périphérie de la place qui sépare le temple du chemin du Bord-de-l'eau, perchoir sur lequel elle s'installe avec une gratitude infinie.

Même les Dames de la Congrégation, dont le couvent flanque la place où se tient l'assemblée, ont donné congé à leurs pupiles. De toute façon, les religieuses n'auraient pu retenir leur attention! C'est donc une foule bigarrée, composée en bonne partie de jeunets et de femmes caquetantes, qui attend le début des délibérations. Bientôt, une demi-douzaine de notables grimpent sur le parvis, qui a été laissé dégagé, et on annonce l'ouverture de l'assemblée dont la première décision est d'entériner le choix du Dr Wolfred Nelson comme président.

Souriante, Vitaline voit leur bon docteur s'avancer et grimper sur l'estrade de fortune. Employé à sa distillerie qui est l'un des fleurons du bourg, Norbert n'a que des mots gentils pour l'homme d'affaires qui vient, avec une régularité exemplaire, s'assurer de la fluidité des opérations. Gratifié d'une haute taille, Nelson n'a aucune difficulté à se faire voir. Vitaline distingue, sous le haut-de-forme de fourrure, le mince visage marqué de quelques profonds sillons, notablement autour de la bouche, et les favoris bruns dont les reflets roux s'estompent sous l'assaut du gris.

En 1827, il a ravi le bourg pourri de William-Henry au suppôt du gouverneur Dalhousie. S'il a quitté son poste de député en 1830, il reprend astheure une place qu'il n'avait que temporairement délaissée, celle d'opposant avoué aux malversations éhontées des ennemis du pays. La Rue du Sang et le climat qui s'est installé ensuite, mélange de terreur militaire et de despotisme à outrance originant du Château Saint-Louis, a ranimé l'ardeur du Dr Nelson. La collusion des principaux officiers de justice afin d'éviter un procès aux présumés coupables l'a horrifié. De tels crimes, lorsqu'ils sont impunis, risquent de s'amplifier!

Comme bien d'autres, le Dr Nelson s'est rallié à l'incorruptible Louis-Joseph Papineau et à son plan: épurer la chambre basse des espions à la solde de l'administration en soutenant l'élection de patriotes convaincus. Si en août 1832, Sabrevois de Bleury a été élu dans le comté de Richelieu, c'est en bonne partie à cause de la présence du Dr Nelson sur le husting; le soutien de ce dernier était d'autant plus admirable que son propre frère était candidat du parti opposé. Peu après, le bon docteur est devenu l'un des vice-présidents du comité formé au terme de la seconde assemblée générale de la Confédération des Cinq Comtés organisée dans la foulée de la Rue du Sang.

Agissant comme président d'assemblée, le Dr Nelson s'éclaircit la voix pour, de son timbre puissant enjolivé d'un soupçon de paroli anglais, commander un indispensable silence. D'entrée de jeu, il explique la portée de cet appel solennel d'une ampleur hors du commun. Empreintes de sagesse et de modération, les 92 Résolutions décrivent néanmoins avec une ferme énergie les torts de l'Exécutif de la colonie. Un réquisitoire solidement étayé!

— Notre province, encore davantage qu'auparavant, a été administrée d'une manière contraire aux intérêts du gouvernement de Sa Majesté et aux droits du peuple de cette province. Ce n'est pas seulement la Chambre d'Assemblée qui est entravée dans son fonctionnement, mais le pays tout entier. Il faut en finir! Nos représentants dénoncent formellement les usurpations de lord Aylmer et de son supérieur, le ministre des Colonies. Les Communes porteront des accusations et les appuieront devant la Chambre des Lords. L'honneur, le patriotisme et la justice du Parlement réformé du Royaume-Uni sont en jeu!

L'orateur du jour se met en frais de résumer la teneur des dénonciations contenues dans le texte-fleuve des 92 Résolutions. Plusieurs de celles-ci décrient avec force la mainmise du gouvernement en place sur la majeure partie du revenu prélevé dans la province, droit pourtant inaliénable du peuple et de ses représentants en Chambre. Tous les vices importants, y compris le flou sciemment laissé dans les finances publiques, sont abordés. Les lois pour établir des pratiques comptables dignes de ce nom ont été rejetées par le Conseil législatif, même si elles étaient modelées sur celles en vigueur en Grande-Bretagne!

La réforme de la chambre haute, aréopage voué au despotisme exécutif, judiciaire et administratif, occupe une bonne partie des 92 Résolutions. C'est à cause du Conseil législatif que le gouverneur a les moyens pécuniaires de se maintenir contre le peuple en ponctionnant de très fortes sommes de la cagnotte du revenu public. Lord Aylmer y a appointé des fanatiques belliqueux; l'animosité contre le pays y est pire qu'à aucune autre époque. En preuve: l'Adresse du 1er avril 1833 qui prévoyait une sanglante collision entre le Haut-Canada et la *république française* voisine, si la modification constitutionnelle souhaitée par la chambre basse était accordée. Cette texte émanant du Conseil législatif ne priait-il pas le gouvernement de Sa Majesté d'user de rigueur contre les élus?

Ladite Adresse est désignée par les rédacteurs des 92 Résolutions comme *l'œuvre de l'administration actuelle de cette province, l'expression de ses sentiments, l'explication de ses actes et la proclamation des principes iniques et des maximes arbitraires qu'elle veut prendre pour règle de conduite à l'avenir.* Tirade accueillie par l'auditoire, y compris par Vitaline, au moyen de vociférations de contentement et d'applaudissements nourris! Le Dr Nelson martèle que l'immixtion de Londres dans les affaires de la colonie doit uniquement se baser sur les vœux du peuple. Vitaline retient son respir pour ne pas troubler l'écho de ses paroles:

— La résolution 53 le définit expressément. *Toute tentative de la part des fonctionnaires publics ou autres contre l'existence d'aucune partie des lois et des institutions propres et particulières au pays, et toute prépondérance à eux donnée dans les Conseils législatif et exécutif, dans les tribunaux et autres départements, sont contraires aux engagements du parlement britannique et aux droits assurés aux sujets canadiens de Sa Majesté, sur la foi de l'honneur national anglais et sur celle des capitulations et des traités.*

À ouïr l'assertion empreinte d'un légitime orgueil, Vitaline sent tout son être se dilater. Les tirades du bon docteur coulent dans ses veines comme un miel onctueux! Ce dernier rappelle que les députés ont pris soin d'affirmer que le peuple de cette colonie *n'est pas disposé* à répudier son origine française, même si les autorités en place en font *prétexte d'injure, d'exclusion, d'infériorité politique et de séparation de droits et d'intérêts*. La fidélité des peuples et la protection des gouvernements étant des obligations corrélatives, résume-t-il, celui du Bas-Canada ne se sent pas suffisamment protégé dans sa vie, ses biens et son honneur.

De but en blanc, l'orateur du jour évoque la réaction grossière, si typique, de la Clique du Château.

— Nos élus sont accusés de fomenter des projets révolutionnaires. Ne faut-il pas, pour tenir ce langage, être guidé par l'ignorance? Par la mauvaise foi?

Un grondement réprobateur s'élève de la foule, ponctué d'exclamations outrées qui ravivent le souvenir encore brûlant de la harangue du chef de l'Exécutif lors de la clôture de la session législative. Selon Milord, le langage immodéré des 92 Résolutions pouvait faire croire à *une fermentation extraordinaire et générale dans l'esprit du peuple*. Or, ce dernier était plongé dans une *profonde tranquillité*, et nul dans la société n'allait souffrir les manœuvres utilisées par les démagogues pour faire fuir cette paix et la remplacer par l'agitation populaire. En clair, Milord faisait appel aux francs-tenanciers pour rappeler aux élus, de manière incisive si nécessaire, que les maux décrits dans les 92 Résolutions sont imaginaires!

Non seulement ces maux sont réels, proclame le Dr Nelson, mais il est de coutume dans les colonies anglaises, pour les sujets de Sa Majesté, de se plaindre contre des oppresseurs.

— C'est un droit! S'il en était autrement, si le gouvernement privait ses sujets de ce droit... ce gouvernement serait monstrueux, et tout le peuple... oui messieurs, vous et moi ! Nous devrions nous réunir pour l'abattre.

Le Dr Nelson met le point final à son discours : de toutes façons, le gouverneur a reconnu que les affaires de la province ne sont plus de son ressort, mais de celui de *l'autorité suprême,* soit le parlement impérial auquel *toutes les parties intéressées doivent une obéissance implicite.* Il ne suffit plus qu'à attendre l'intervention des parlementaires anglais, qui devrait être aussi mesurée que salutaire ! Vitaline se joint à ses compatriotes pour faire retentir les acclamations de rigueur. Vivent Louis-Joseph Papineau, noble Orateur, Denis-Benjamin Viger, digne envoyé du pays, Louis Bourdages, si méritant doyen, ainsi qu'Elzéar Bédard, proposeur à la Chambre d'Assemblée des 92 Résolutions !

La jeune femme s'encalme pour ouïr les six résolutions que doivent entériner les francs-tenanciers du comté de Richelieu, et parmi ceux-ci son propre père qu'elle a entraperçu et qu'elle ira saluer au terme de la réunion. Par ce moyen, l'assemblée des électeurs remercie la députation pour avoir eu le courage de dresser un alarmant tableau des griefs ; elle affirme que les noms de ceux qui ont voté en faveur des Résolutions passeront à la postérité comme les vrais défenseurs des droits et des intérêts du pays ; et elle remet le sort du pays entre les mains d'une mère patrie disposée à faire sauter les chaînes d'un esclavage planifié par les audacieux courtisans de l'Exécutif local, experts à manier les astucieuses calomnies et les adulations hypocrites.

Au passage, Vitaline a entendu nommer Louis Marcoux, de Sorel, comme proposeur de l'une des résolutions d'approbation du comté. Se remémorant la silhouette avantageuse de celui qui a favorisé si énergiquement la candidature du Dr Nelson à William-Henry, en 1827, elle en oublie les mouvements et le bruit de la foule environnante, pour revivre en pensée les faits d'armes du jeune marchand de Sorel afin de déjouer les trames des comploteurs électoraux.

Soudain, Vitaline se redresse. Marcoux serait-il présent sur le parvis ? Souvent, à l'orée de sa vie de femme, elle l'a admiré de loin... Elle scrute les visages masculins et, avec un coup au cœur, elle le reconnaît. Pas étonnant qu'il soit passé inaperçu à ses yeux : sa silhouette bien découpée s'est enrobée à un point tel que Vitaline ne peut retenir une grimace de dédain. Il n'est plus le mâle qu'il était, fougueux non seulement de caractère, mais de corporence. Désormais, il se fond dans la classe des marchands affichant leur prospérité à leur tour de taille, et même dans une vêture un brin recherchée.

Vitaline revient à l'orateur du jour qui énumère la liste des hommes appointés au sein du comité local du comté de Richelieu, formé des paroisses de Saint-Charles, Saint-Denis, Saint-Jude, Saint-Ours et Sorel. L'une des 92 Résolutions, précise le Dr Nelson, délègue les pouvoirs normalement exercés par le comité permanent des griefs de la Chambre d'Assemblée à des regroupements d'élus qui bénéficieront, hors des sessions législatives, de l'immunité parlementaire. Un « comité central et permanent » est donc censé entrer en fonction à Montréal comme à Québec, pour fournir à l'envi documents, renseignements et opinions; la mise sur pied de comités de correspondance locaux va de pair.

Si ledit comté permanent s'organise avec un tel empressement, c'est pour en boucher un coin à ce faquin d'Augustus Gugy. Le député bureaucrate a osé transmuer les deux comités centraux, pendant les débats en Chambre, en *boutefeux de sédition*. Toute l'affaire sentait la Révolution française et la force brute, disait alors Gugy avec un courroux pédant. *Réveillez l'énergie des masses et elles s'entrechoqueront : elles briseront aujourd'hui leur idole d'hier. Elles auront commencé par le règne de la liberté et de la fraternité, elles finiront par celui de la terreur et de l'anarchie.* Rhétorique d'une perversité sans nom!

En conclusion de l'assemblée, le Dr Nelson brosse le portrait du cortège de formalités qui va s'ensuivre pour les 92 Résolutions. Ces dernières ont servi de base à la rédaction d'une pétition pour chacune des deux chambres du Parlement du Royaume-Uni; c'est le député Augustin-Norbert Morin qui traversera l'océan pour aller les livrer à Denis-Benjamin Viger, l'envoyé de la Chambre d'Assemblée à Londres depuis 1831. De surcroît, une Adresse à Sa Majesté et à ses ministres sera transmise par lord Aylmer, ainsi que les députés l'en ont prié.

Avant de se séparer, les élus ont personnellement contribué aux frais de la mission de Morin, à la hauteur de 350 livres. Il revient aux commettants de combler le manque à gagner, martèle le Dr Nelson, comme de signer en masse la pétition votée ce jourd'hui par les électeurs du comté réunis en assemblée. Le président d'assemblée énumère les comtés du district où des résolutions d'appui circulent déjà – Terrebonne, Rouville, Lac-des-Deux-Montagnes, L'Assomption – et ceux où elles le feront incessamment – Montréal, bien entendu, mais LaPrairie, Chambly, Beauharnois, Saint-Hyacinthe...

Le bon docteur s'est tourné vers l'endroit où se tient Vitaline, qui le boit des yeux, captivée par ses gestes englobant une contrée comprise entre la frontière du Haut-Canada et celle du district des Trois-Rivières. Ensuite, l'orateur se tend de son long pour désigner les autres districts administratifs sis plus à l'est, mentionnant des assemblées imminentes dans celui de Québec, en particulier le comté de Montmorency. Les noms qu'il égrène sonnent, aux oreilles de Vitaline, comme la plus mirifique des poésies. Tout soudain, il n'est plus un homme parmi tant d'autres, mais le seul et unique qui pourrait la consoler de ses déboires. Elle combat une furieuse envie de se précipiter pour se réfugier contre cette poitrine afin que des bras largement ouverts se referment sur elle, exprimant un amour tangible...

Un tonnerre d'applaudissements la tire de sa rêverie. Le Dr Nelson se fend encore de quelques phrases qui se perdent dans le brouhaha, mais que la foule se charge de colporter : tous en masse chez le doyen Bourdages, qui mérite des remerciements pour sa conduite ferme et énergique en parlement! Vitaline se laisse tomber en bas de son perchoir. Les hommes qui se tenaient aux premiers rangs se forment en procession et investissent le chemin public pour diriger le mouvement vers la demeure du notaire, tout près.

Vitaline s'attend à ce que Florentin lui fasse signe de le rejoindre, comme font d'autres hommes avec leurs épouses, mais son mari est tout entier absorbé par un échange de vues avec ses voisins, et il ne semble même plus avoir conscience de sa présence. Dans la cohue généralisée, Vitaline s'insinue au hasard dans le cortège festif, et bute contre un jeune homme au capot élimé, qui pile net en la voyant.

— Mamoiselle Vitaline?

Elle le reconnaît : Vincent Cosseneuve, clerc arpenteur. Elle ne trouve qu'à répondre :

— Madame. Je suis mariée astheure.

— J'oubliais. Faut dire que beaucoup d'eau a coulé sous les ponts depuis notre dernière rencontre.

Le jeune homme est manifestement sur ses gardes, et de même, Vitaline ne sait trop sur quel pied danser. Le camarade de collège de son frère Gilbert est venu à plusieurs reprises dans la salle commune des Dudevoir, lorsque s'y tenaient d'épiques discussions sur l'état de la nation. Vitaline appréciait fièrement sa fougue patriotique et ses explications éclairantes sur les affaires publiques. À l'époque de la Rue du Sang, Vincent Cosseneuve est devenu distant et sa route n'a plus jamais croisé la sienne, sauf de loin en loin...

— Peut-être que vous avez oublié qui je suis, dit-il encore. Je devais être pas mal insignifiant à vos yeux...

Pour toute réponse, elle le toise comme s'il venait de proférer une bêtise, et le jeune homme s'embarrasse, détournant les yeux. Insignifiant? Il escamote commodément l'épisode passionnel, plus de trois ans plus tôt, contre le mur de l'église. Ils n'ont jamais abordé le sujet entre eux par la suite, mais Vitaline n'a pu l'oublier. De même, elle se souvient avec acuité d'une rencontre amicale tandis que les recherches battaient leur plein pour retrouver sa mère disparue, et où Vincent lui a apporté un singulier réconfort.

Ces souvenirs font surgir en Vitaline une flopée de sentiments contradictoires, mais au final, elle doit s'avouer plutôt contente de revoir Vincent. Même s'il n'a pas encore atteint la vingtaine, celui-ci s'est métamorphosé en un homme d'aspect rugueux, avec une barbe à la teinte plus foncée que sa chevelure mordorée dont quelques brins dépassent de sa tuque, enfoncée jusqu'aux sourcils. Dans cet écrin rustique, ses iris turquoise sont saisissants! Le regard de Vitaline est attiré par la très jolie ceinture fléchée qui retient les pans de sa bougrine, ce qui lui fait apprécier une silhouette de jeune arbre vigoureux, modelée par les séjours dans les concessions à seconder son maître, David Bourdages.

Pour dissiper la gêne entre eux, elle le questionne :

— Vos affaires vont bien? On dirait que vous avez prospéré.

Il se jette à lui-même un regard ahuri.

— Ah bon? À quoi vous voyez ça?

— En fait... c'est une manière de dire.

— Pour le sûr, j'ai pas trop rétrogradé.

— Vous achevez votre apprentissage?

— Non. Encore une couple d'années. Je m'accroche. Woh !

L'élan de la foule autour de lui a déséquilibré le jeune homme et, par réflexe, Vitaline lui tend une main qu'il saisit promptement. Elle se sent tirée vers l'avant, car les marcheurs se pressent d'aller faire tinter les oreilles du méritant représentant de Nicolet avec quelques vivats bien sentis. Vincent la remercie d'un chaleureux sourire. Soulagée de pouvoir compter sur un protecteur si c'est nécessaire, Vitaline le lui rend bien, avant de retirer sa main.

L'attention de Vincent est requise par les quidams qui se tiennent à sa droite. Tandis qu'il se laisse emporter par un échange d'exclamations rieuses avec eux, Vitaline songe au fait que c'est avec Gaspard Cosseneuve, son jumeau, que Gilbert s'est associé pour mettre en place son billard. Si possible, elle profitera de l'occasion, Gilbert étant avaricieux de précisions, pour interroger Vincent sur l'aventure commerciale. Puis, Vitaline songe que ce dernier ne porte pas son besson dans son cœur et qu'il risque de mal réagir. En fin de compte, mieux vaut se tenir coite !

Le cortège, parvenu devant la bâtisse en pierres de taille, se répand en arc de cercle devant la façade. Scrutant la foule qui l'environne, Vitaline a un sursaut : quelques personnes seulement la séparent du Dr Nelson, qui en a laissé d'autres aller quérir Louis Bourdages. L'homme se tient très droit, un léger sourire aux lèvres, le regard fixé sur le perron où le doyen de la Chambre d'Assemblée paraîtra bientôt.

De crainte de paraître inconvenante, Vitaline détourne les yeux, mais elle ne peut se retenir de vérifier à tout bout de champ s'il est encore là et surtout, s'il est toujours à ce point séduisant... Le Dr Nelson reçoit des congratulations auxquelles il ne répond que par un hochement de tête, pointant du doigt vers sa gorge enrouée d'avoir trop longuement discouru. Soudain, il se débarrasse de son haut-de-forme, passant une main dans sa courte chevelure, et de la poche de sa bougrine, il extirpe une tuque dont il se coiffe.

Vitaline s'égaie. Le bon docteur vient de rajeunir de dix ans ! Brusquement, celui-ci tourne la tête et apercevant l'expression amusée de la jeune femme, se fend d'un vif sourire ponctué d'un clin d'œil. Vitaline reste saisie par ce signe de connivence, puis se sent rougir de la tête aux pieds, en même temps qu'une intense chaleur monte à ses tempes.

— Vive m'sieur Bourdages, digne représentant du peuple !

Ce dernier vient d'émerger sur le perron en compagnie de son fils David, de l'une de ses filles flanquée de son mari, et de quelques notables du bourg. Vitaline considère un moment le doyen de la Chambre d'Assemblée, notant à quel point la vieillesse l'a rattrapé depuis la mort de son autre fils, député de Saint-Hyacinthe. Bourdages ébauche un discours dans lequel il exprime sa reconnaissance à la foule pour cet hommage. Ne l'écoutant guère, Vitaline reporte son attention vers le bon docteur, qui vient d'être rejoint par nul autre que son ami Louis Marcoux, marchand de Sorel qu'elle trouvait joli garçon, à l'époque, mais qui s'est empâté avec le temps.

Tous deux s'absorbent dans une discussion que Vitaline voudrait bien entendre. Quelques pas de côté lui suffisent pour ce faire, car dans le brouhaha ambiant, il est nécessaire d'élever la voix pour se faire comprendre. Curieux de connaître l'âge du député de Nicolet, Marcoux s'est fait répondre par le Dr Nelson qu'il cumule 71 ans.

— Batèche ! Dire qu'y a été quasiment le plus fougueux de la trâlée en chambre basse... Maudit que j'ai ri avec l'affaire du comité de bonne correspondance avec le Conseil législatif. T'en as ouï parler, Wolfred ?

L'interpellé opine du bonnet. En début de session, le renégat John Neilson en a proposé la formation, comme de coutume, ce qui a fait bondir Louis Bourdages. *La Minerve* a rapporté ses paroles : il fallait aimer encaisser les injures pour proposer une telle motion concernant un corps qui a manifesté les dispositions les plus hostiles contre la chambre basse, *qui nous a traités de révolutionnaires et de gens qui désiront l'anarchie et la destruction de la Constitution* ! En cours de session, Bourdages a dénoncé, sans merci, les compromissions couillonnes.

Son opinion se radicalisait depuis quelques années, précise le Dr Nelson, mais la férocité du gouverneur, à la suite de la fusillade de la grande rue Saint-Jacques, lui a fait comprendre l'urgence de la situation. Nelson ajoute :

— Y me l'a dit cent fois plutôt qu'une : astheure, c'est une lutte à finir. Nous autres ou eux autres, point à la ligne. La Rue du Sang, c'est une déclaration de guerre.

— Le député Quesnel est allé dans le même sens. Avoue que son intervention a été saisissante. Le gant est jeté, qu'y a dit. La

Chambre d'Assemblée défie ses ennemis; elle déclare la guerre à toutes les autorités constituées de la province. Pis un échec à Londres signerait...

— ...la ruine du pays.

Le Dr Nelson a interrompu son ami pour conclure à sa place. Soudain agité, il reprend:

— Un échec à Londres signerait la ruine du pays. Ça t'a frappé? Je veux dire, les autres se sont opposés aux résolutions en disant des niaiseries, mais Quesnel... Lui, j'ai eu l'impression qu'y parlait avec son cœur. Son cœur de Canadien, même si y est vendu à l'Exécutif. Je l'ai pris comme un avertissement. Comme s'y se doutait de quelque chose pis qu'y a voulu nous passer un message. Faut gagner, autrement l'heure de la curée va sonner.

— Batèche! Parle pas de même, Wolfred, j'en ai le pesant.

— Rappelle-toi ses paroles. *J'ignore où ces résolutions peuvent nous conduire. Si elles n'excitent point de trop grands troubles, il en résultera au moins une bien grande réaction.* Une réaction sous quelle forme, tu penses?

Vitaline, qui écoute attentivement les deux hommes, répond en son for intérieur: une réaction sous la forme d'une sévère réprimande et d'une sanction en forme de tutelle. Sous la forme d'une Clique du Château qui ne met plus de frein à ses abus. Sous la forme, peut-être, d'habits rouges et de mousquets... Le bon docteur presse son point:

— Selon Quesnel, la Chambre risque même de succomber.

Marcoux se lance dans une tirade de protestation. Faire disparaître la législature du Bas-Canada au grand complet? Littéralement impossible. Jamais les parlementaires britanniques, même les plus véhéments tories, ne pourraient s'y résoudre. Ce serait... comme saper les fondements de la civilisation. Ce serait un saut, et un vrai, dans l'anarchie et l'arbitraire! Le Dr Nelson met fin à son envolée:

— Dieu sait ce qui nous pend au boutte du nez, mon Louis. Fait que garde les yeux bien ouverts.

Sur ce, tous deux se cantonnent dans le silence. À quelques pieds d'eux, Vitaline a l'impression d'être partie prenante de leur amitié. Elle a l'impression d'être reliée à eux par mille fils invisibles... Elle tressaute sur place lorsque des acclamations tonitruantes s'élèvent pour souligner la conclusion de l'allocution du député Bourdages. Mollement, la jeune femme bat des mains pour se joindre à l'hommage. C'est alors que Vincent Cosseneuve fait irruption à ses côtés. Il crie pour se faire entendre d'elle :

— Vous revoilà ? Foutue belle journée, c'est-y pas ? Z'étiez là depuis le début ?

— De l'assemblée ? Oui.

— Toute fin seule ?

— Mon mari pis mon beau-père sont dans les alentours.

Le niveau sonore baisse de plusieurs crans, ce qui permet au survenant de parler normalement :

— Dire que je pourrai même pas signer la pétition. J'ai pas l'âge requis ! Déjà que j'aurais vendu mon âme pour celle de 28, t'imagines mon tourment ?

Il rosit légèrement. Dans son enthousiasme, il l'a tutoyée, comme avant... Avec un sourire complice, Vitaline rétorque :

— Celle de 28 ? Tu portais encore un sling...

Avec un sourire, il entrebâille son capot pour montrer que le cordage qui tient lieu de ceinture à pantalon pour les jeunets, il l'a bel et bien remplacé par une paire de bretelles. Égayée, elle fait remarquer :

— Les Bureaucrates vont pas se priver d'inclure dans leur contre-pétition les noms d'enfants à la mamelle. Fait que nous autres, me semble qu'on pourrait élargir aux futurs électeurs de ton genre ?

— Pas nécessaire. On est capables d'atteindre les 100 000 signatures *légales*, rien de moins. Faut pas prêter flanc aux dénonciations de nos adversaires.

Vitaline jette une œillade de côté et son cœur se serre : le bon docteur et son ami Marcoux ont disparu. Elle combat un intense chagrin doublé d'un accès de panique, tandis que Vincent s'exclame, porté par son enthousiasme :

— Y devenait urgent de flanquer un coup de pied au cul de Milord. Autrement, y serait devenu le pire des profiteurs. T'es au courant de son lien avec la Compagnie des Terres ?

Vitaline considère son interlocuteur avec stupéfaction.

— Avec... ? C'est quoi que tu me chantes là ?

— Ça t'a échappé : y a tellement d'affaires à lire dans les gazettes, ces temps-citte. Pour le sûr, j'ai pas besoin de t'édifier au sujet de ladite compagnie ?

Vitaline secoue la tête. La British American Land Company, dénoncée par les 92 Résolutions, est emblématique des odieux privilèges qui tombent entre les mains de la caste de ces Britons fortunés qui veulent régner à leur profit. Quelques-uns d'entre eux se sont abouchés avec des financiers de la City pour fonder cette entreprise capitaliste, puis pour la faire entériner par le parlement anglais grâce à un tour de passe-passe du ministre des Colonies. La Compagnie des Terres, comme elle est couramment nommée, a versé un montant dérisoire pour l'achat d'un million d'acres des Eastern Townships, propriété de la Couronne britannique depuis la Conquête, afin d'en revendre éventuellement des parcelles à des Britanniques souhaitant émigrer en Canada.

Or, la Chambre d'Assemblée ferraille pour obtenir juridiction sur les terres incultes, afin de les distribuer équitablement. Vitaline se remémore le discours d'un orateur patriote publié par *La Minerve*, et qui l'a durablement frappée. *Où le jeune Canadien prendra-t-il des centaines de piastres pour acheter un terrain qui, pour devenir profitable, lui coûtera encore des centaines de piastres ? Le jeune Canadien qui prend une terre en bois debout n'a que ses bras et son amour du travail pour pourvoir à sa subsistance et pour laisser un jour quelque chose à ses enfants...*

Vincent élabore : une huitaine d'années plus tôt, la mère patrie a consenti à ce qu'une semblable compagnie amorce ses opérations en Haut-Canada, dans le but explicite de financer le gouvernement local. Le gouverneur se sert des bénéfices pour se rendre totalement indépendant des lois d'appropriations monétaires de la Chambre d'Assemblée. Par ailleurs, cette montagne de livres sterling sert, dans la province supérieure, à pensionner les conseillers législatifs, ce qui équivaut à les mettre à sa botte. Voilà ce qui pend au nez des Bas-Canadiens...

Le *Morning Herald* de Londres a relaté une assemblée des propriétaires de la Compagnie des Terres, au cours de laquelle l'un d'entre eux a fait état d'une mission d'arpentage ordonnée par lord Aylmer lui-même. De surcroît, le gouverneur aurait suspendu la vente de terres de la Couronne aux particuliers jusqu'à ce que l'entreprise capitaliste soit en opérations. Il s'abouche avec les pires ennemis de la Chambre d'Assemblée! Manifestement, il salive devant les monceaux d'or qui vont tomber dans son gousset grâce à la vente de millions d'acres de terres incultes. Comment croire un seul instant qu'il va respecter les représentations des représentants du peuple? Comment avoir doutance qu'il leur a déclaré la guerre?

Au même instant, Vitaline est envahie par une pensée qui la ramène au début de l'année 1832, presque deux ans plus tôt. Elle en fait part à Vincent. Dans les pages du *Vindicator*, le pauvre Dr Tracey, son bel Irlandais trop tôt disparu, n'attaquait-il pas ce système qui, en créant une classe de propriétaires fonciers étrangers au bonheur du peuple irlandais, lui a fait tant de mal? Ne l'attaquait-il pas, ce système, avec une verve et une qualité d'argumentation qui faisaient de lui un adversaire redouté? En conséquence, la Clique du Château a voulu empêcher le Dr Tracey d'occuper le siège de député, qui lui revenait pourtant si éloquemment. Elle a même tenté de le faire taire à jamais!

Vitaline sent un bras lui enserrer la taille. Elle se berce d'une folle espérance: c'est le Dr Nelson qui vient la réclamer comme son dû...

— Ça fait une longue es... escousse que je te cherche partout.

La jeune femme est ramenée à la réalité, celle d'être unie à Florentin, ce qui lui coupe le souffle.

— Je prenais soin d'elle, soyez sans crainte.

Cette aimable repartie de Vincent n'a pas l'heur de plaire à Florentin, qui le confronte secquement:

— J'ai ouï que t... tu t... tu tutoies ma femme?

Fâchée, Vitaline pivote pour lui faire face. Oui, Vincent et elle ont retrouvé leur familiarité des temps passés, ce qui ne donne pas raison à Florentin d'être discourtois! Avant qu'elle n'ouvre la bouche, Vincent se justifie lui-même:

— J'étais un ami de Gilbert. Presque un frère. Sur ce, je vous souhaite une plaisante fin de journée.

Il incline brièvement la tête, puis se fond dans la foule clairsemée. Vitaline reste plantée devant Florentin et laisse tomber, avec une intense ironie:

— On jasait de la Compagnie des Terres. Ça itou, tu l'as ouï?

Avec un soupçon de repentir, son mari hausse les épaules, puis l'entraîne à marcher.

— On rentre. J'ai laissé son père à l'auberge Mâsse. Je commence à avoir les pieds mouillés...

Vitaline abandonne son sort entre ses mains. Elle n'ira pas saluer son père, qui n'en a cure, ni faire des façons à ses anciennes amies, plongées non loin dans une joyeuse discussion de groupe. Elle a bien tenté d'attiser la flamme de son amitié avec Estère Besse, mais cette dernière a commencé à prendre ses distances au moment où Gilbert a mis fin à leurs fréquentations. Quant à Marie-Nathalie... Fille du maître-potier et marchand respectable Antoine Duplaquet, elle a reproché plusieurs fois à Vitaline son union dépareillée.

Une Dudevoir avec un Montplaisir? C'était déchoir, c'était se jeter tête baissée dans une vie de misère. À mesure que la cérémonie approchait, Marie-Nathalie devenait frette comme glace. Vitaline s'était sentie trahie. L'attachement de ses deux amies comptait, à tout le moins, une part de calcul. Voilà pourquoi Vitaline n'a envie de rien d'autre que de retourner s'installer au ras du poêle. Que de prier pour ne pas être engrossée, car ce serait être livrée, pieds et poings liés, aux humeurs bourrassières de Florentin.

10

Vitaline demeure hantée par la terrifiante assomption qui a jailli en elle à l'issue de sa discussion avec Vincent Cosseneuve. Dès qu'elle y songe, une bise glaciale s'élève en son for intérieur. Dans son manifeste électoral, Daniel Tracey promettait de combattre les principes barbares et de paralyser les effets pernicieux de la British American Land Company. Un mois et demi plus tard, les juges de paix clubistes n'hésitaient pas à faire couler le sang dans la grande rue Saint-Jacques. Les dénonciations de Tracey auraient-elles compté pour beaucoup dans la machine de guerre alors mise en branle?

Vitaline se retient d'en jaser avec sa belle-famille, car le sujet de la Compagnie des terres est plus ou moins tabou chez les Montplaisir. Tous se méfient à outrance de cette coterie d'agioteurs qui accapare illégalement le bien commun, sauf que Florentin mord dans la controverse avec l'aigreur d'un amoureux du terroir obligé de suivre son paternel sur l'onde. Il déballe son sac tout en trébuchant à l'envi sur ses mots, ce qui porte sur les nerfs! Se sentant visé, le capitaine riposte, mais se surprenant à défendre l'indéfendable, il s'irrite et la discussion finit immanquablement sur un malentendu.

Néanmoins, la pensée de Vitaline caracole à tout bout de champ. Les indices d'une flagrante et horrifiante collusion s'accumulent. Les pièces à conviction rempliraient un tombereau! L'acharnement contre Tracey s'explique par le fait qu'il dénonçait hautement la Compagnie des Terres. Par le fait que la Clique du Château veut conserver sa position prééminente dans les affaires du pays, et qu'elle tient comme à la prunelle de ses yeux au privilège éhonté de s'enrichir!

Vitaline en est à ce point obnubilée qu'elle ne peut se retenir de s'en ouvrir à Florentin, tandis qu'elle troque sa jupe et son corsage contre une épaisse robe de nuit. En train de s'allonger, son mari écarquille les yeux, et après un moment d'égarement, il lui oppose son air buté coutumier.

— Tu vagabondes long c... comme d'icitte à demain. Je sais que notre héros national occupe tes p... pensées, mais y a un boutte à toutte... Des fois, les femmes, sont nigaudes!

Vitaline rétorque avec précaution:

— Notre héros national, comme tu dis, a sacrifié sa vie pour la cause.

— Y est mort du morbus, non?

— L'élection l'avait mis sur les genoux. Écoute-moi. Les auteurs de la fusillade savaient que leurs victimes mettraient les rouages de la justice en branle. Y savaient qu'y auraient à se démener pour parer aux poursuites. Ça leur prenait une motivation... une motivation carabinée.

— Mauditement comique. P... Pis toi, à soir, t'as subi l'illumination?

Vitaline déteste quand son mari prend ce ton narquois pour s'opposer à ce qu'il nomme ses lubies. Dès qu'elle s'échauffe, qu'elle s'évertue à défendre un point qu'elle juge crucial, il réagit par cette parade qui l'énerve au plus haut point! Fâchée, elle presse son point.

— C'est le nœud de la Rue du Sang. Une affaire où des monceaux d'argent sont en jeu. J'en ai le frisson... Pour le sûr, Florentin, tu vois où je veux en venir? D'un côté, le clan des magistrats de la Rue du Sang. Les plus acharnés – Moffatt, Robertson, Holmes, Shuter, McNider – sont actionnaires de la compagnie.

— T'as... t'as vu une liste?

— Non point, mais quand on la publiera... Ce que tu peux pas me contester, c'est que Moffatt a été appointé par les directeurs londoniens comme leur agent en Bas-Canada. Donc les clubistes d'un côté. De l'autre, le Dr Tracey. Pis au milieu, la Compagnie des Terres. Si on dessinait l'écheveau... je veux dire, le tableau schématique de tous ceux qui sont intéressés même indirectement par le succès financier de la compagnie... on dresserait la liste des plus ardents Bureaucrates de la colonie. Ceux de Montréal.

Florentin doute à voix haute que ce soit une motivation suffisante pour tenter d'expédier un homme dans l'autre monde. Son épouse nuance :

— Pas juste un homme : tous ceux qui se tenaient dans la ligne de mire. Les députés du district.

Ce qui est indiscutable. Les mousquets visaient le groupe formé du Dr Tracey qui touchait à la victoire, de ses principaux aviseurs et de partisans déterminés. Par miracle, il s'est trouvé hors de portée au moment de la fusillade. Par contre, les balles ont atteint d'autres personnes qui s'y trouvaient par accident, tel le jeune Chauvin qui était l'ami de Gilbert. Vitaline enchaîne, la voix vibrante d'émotion :

— Quand le Cuvillier a perdu les pédales, les profiteurs les plus rapaces ont sauté sur l'occasion. Ça me frappe, tout d'un coup ! C'est ça, l'affaire. Je la retournais dans tous les sens, pis j'arrivais pas à donner du sens au tir. La Compagnie des Terres a reçu des terres de la Couronne. À partir du moment où le gouvernement impérial se mettra à réparer ses torts, la Législature les réclamera. Tu vois ? Les agioteurs contre nos élus en chambre basse. Pis je serais pas surprise qu'y soient parés à fusiller derechef ceux qui se mettront en travers de leur chemin !

— B... Baisse le ton. Son p... p... père a besoin d'une bonne nuitée de repos.

Vitaline obéit, insistant néanmoins :

— Les profiteurs se garnissent une cagnotte dans le but de faire la guerre aux représentants du peuple. On les réduit à la famine ? Pas de problème : le gouverneur dispose d'une bourse remplie à craquer. Y va se passer exactement la même chose que dans la province voisine. C'est un système organisé. Un gouvernement parallèle visant à réduire la chambre basse à l'impuissance !

— Milord pis ceux de sa g... gang se transmueraient en monstres sanguinaires ? Ta cervelle enfiévrée te mène au fouet. J'te jure, des fois, tu pognes dans le vent pis tu files comme si t'avais le feu au cul. Tu te crois savante p... p... pis tu t'arranges pour le faire assavoir ! Approche-toi, ma nigaude. Je sais quoi faire pour dompter une p... p... pouliche qui p... pète un câble.

Mirant la main tendue vers elle, Vitaline sent son corps au grand complet se serrer à outrance, depuis ses entrailles jusqu'à l'extrémité de ses membres. Lorsque Florentin l'approche, elle a envie de crier à l'aide, puis de courir se cacher dans son coffre! Résistant à sa panique, elle répond:
— Je suis pas nigaude. T'as pas d'affaire à dire ça.
— Pis toi, prends p... prends pas le mors aux dents. Envoye, viens te coller. Ça sera pas mal plus plaisant que de piailler. Tu peux faire as... assemblant d'avoir la science infuse, mais je vois clair dans ton jeu. Tu... tu sais pas...

Il est obligé de reprendre la maîtrise de lui-même pour réussir à articuler sa phrase au complet:
— Tu sais pas toutte sur toutte.
— J'ai déjà prétendu ça?
— Ton attitude revient à ça.
— Mon attitude? C'est quoi le tort dans mon attitude?

Brusquement, son mari se redresse en s'appuyant sur son coude, et Vitaline a un mouvement de recul devant son expression presque fielleuse. La fusillant du regard, il profère:
— J'aime pas quand tu t'opposes ouvertement à moi.

Outrée, elle jette:
— Y a une loi qui empêche de contrebouter son mari?

Ce dernier reste sans voix. Vitaline en remet:
— C'est comme avec ton père dans l'affaire de la Compagnie des Terres. Ça paraît comme un nez dans la face, que tu veux surtout différer d'opinion avec lui.
— M... moi?
— Oui, toi! T'es tanné d'être son second, fait que t'en profites pour lui donner des coups en bas de la ceinture. Pour être jamais d'accord avec lui, quitte à prendre des détours qui font dur. Pis après, quand on essaye de te ramener dans le droit chemin, tu t'en prends à nous autres!
— Ferme-la, si tu veux pas m'entendre t'en faire reproche. Passeque ça va tinter à tes oreilles.

Florentin n'a pas haussé le ton, mais il l'a tancée avec une telle intensité que Vitaline suspend tout geste, se contentant de le mirer avec alarme. Son mari inspire profondément, puis il se lance dans une charge autant furieuse que hachurée. À chaque jour qui passe,

Vitaline le fait passer pour un niaiseux. Elle ne se gêne pas pour le corriger dès qu'il manque de précision à son goût dans ses propos. Alors qu'elle doit allégeance à celui qu'elle a épousé! Il en a plein son casque. Il a l'impression de ramer seul dans sa galère, tandis que les autres filent à toute allure sur une goélette!

Florentin revient sur quelques épisodes qui semblent l'avoir vivement affecté. Des moments où il s'est senti rabaissé par des railleries échangées, mais dont Vitaline ne garde aucun souvenir. Comme il finit par s'empêtrer dans ses paroles, il conclut abruptement:

— J'ai mon voyage. Bonne nuitte.

Sur ce, il se retourne de l'autre côté, et d'un geste sec, il fait glisser sa tuque jusque sur ses yeux. Pendant un long moment, Vitaline considère la forme allongée, puis elle étend le bras pour tuer la chandelle. Elle reste assise dans la noirceur. Son sentiment d'hostilité est chassé par une détresse qui se déploie dans tout son être. Une détresse encore plus vive que celle qu'elle ressent après leurs accouplements, alors que lui soupire de satisfaction, puis s'endort d'un seul coup, manifestement repu.

Oppressée, Vitaline respire avec difficulté. Elle ne peut supporter l'idée de rester à proximité d'un homme en qui, soudain, elle n'a plus une miette de confiance. Un homme capable de déformer les faits, et donc de la déformer, elle. De la transformer en une épouse mesquine, qui le blesse intentionnellement. En une méchante femme... Elle n'est pas une sans-cœur. Elle fait tout son possible pour le respecter, pour apprendre à l'aimer. Jamais elle ne voudrait lui faire du mal. Si elle le fait, c'est à trop vouloir son bien! C'est cruel de la traiter ainsi. Elle ne mérite pas une telle réprobation. Il lui renvoie l'image d'une harpie, alors qu'à chaque jour que le bon Dieu amène, elle s'efforce à la patience, à l'indulgence et à la compréhension. Elle s'efforce de l'apprécier tel qu'il est!

Une sorcière de panique balaie son for intérieur. La jeune femme ne supporte pas de savoir qu'il s'est endormi en ressassant son aversion envers elle, et elle n'a qu'une envie: s'enfuir à mille lieues de là. Mais dehors, il fait frette comme chez le loup. De surcroît, pour aller se réfugier ne serait-ce que dans la grange, il lui faudrait traverser la salle commune, encombrée de quatre personnes. Trop périlleux... Elle n'a pas le choix que de se laisser tomber sur le dos, aux côtés de Florentin, et d'attendre que l'ouragan passe, ce dont elle commence à avoir l'accoutumance. Mais c'est le plus intense jusqu'à présent, et peut-être que, sous la véhémence de la tempête, sa joie de vivre va la quitter à jamais...

GILBERT POUSSE L'HUIS de la maison déréglée de Madame Marguerite. Il traverse le hall d'entrée et emprunte le corridor qui parcourt le rez-de-chaussée, jetant au passage un œil vers les occupants du salon qui s'ouvre à sa gauche. Il grimpe l'escalier et se retrouve dans un autre corridor, chichement éclairé par la lumière d'une maigre bougie. Il peut identifier précisément les bruits feutrés qui lui parviennent. Ce rire aigu, un brin artificiel, appartient à une telle. Ces criailleries de jouissance, célèbres dans tout le coin flambant, proviennent de telle autre, dotée d'un don impayable pour la comédie...

Le jeune homme fait face à la porte close de la chambrette de Caroline. Il se délecte de l'attente, puis du son des pas qui approchent, et enfin, de la vision glorieuse de sa dulcinée. Parfois, elle le surprend par une tenue inusitée, mais ce jourd'hui, elle s'est attifée d'une sobre robe escoltée révélant la naissance de ses seins. Les cheveux cascadant sur ses épaules, elle s'est mise comme il la préfère...

Avec un sourire, elle lui tend une main qu'il saisit, avant d'entrer et de refermer derrière lui. Elle se love dans ses bras et il respire l'odeur du savon rustique qu'elle utilise pour ses ablutions. La plupart des ébraillées s'aspergent de fragrances ostentatoires qui semblent plaire à la gent masculine, mais Gilbert préfère la senteur de la peau, et plus que tout, celle des fluides de l'amour. Caroline lève le visage, soumise à son désir. L'honorera-t-il d'un interminable baiser gourmand ? Ou sera-t-il d'humeur badine, se contentant de poser ses lèvres dans son cou ou sur la rondeur de son épaule ?

C'est vers sa joue qu'il se penche, cette pêche rose qu'il effleure de son souffle, comme s'il humait le fruit avant de le mordre.

— Bien le bonsoir, Caroline de mon cœur... Tout baigne ?

— Je suis dans une forme du tonnerre. Mon grichou d'hier m'a laissée tomber pour cause de fièvre carabinée. Je me suis répandue en soupirs désolés... pendant une grosse minute avant de m'endormir.

Il la délivre pour se débotter, et ensuite se débarrasser de sa bougrine et de sa redingote. Tout de suite après, il lui remet quelques billets froissés. Avec un naturel parfait, elle le remercie d'un bref signe de tête, avant d'aller ranger ses émoluments dans un coffret rangé dans le tiroir de sa commode. Une servante, embauchée spécifiquement par Madame pour voir aux besoins des quelques ébraillées qui ont une clientèle stable et fidèle, leur montera un souper léger. Gilbert quittera Caroline au petit matin pour retourner chez lui, se changer et casser la croûte avant de décaniller pour son école du faubourg Québec. Débordant de vitalité, il mène les récalcitrants à la trique!

Caroline fait signe à son invité de prendre place dans l'un des fauteuils placés près de la fenêtre, et Gilbert s'y engonce avec un soupir de satisfaction. Il se repaît de l'impression d'être dans le boudoir de leur maisonnette, en compagnie de sa tendre moitié... Il questionne nonchalamment:

— Quoi de neuf par icitte? J'ai cru entrapercevoir une arrivante effarouchée...

Caroline confirme que cet ajout au personnel est la seule nouveauté depuis sa dernière visite. Elle lui raconte quelques menus événements de son quotidien, y compris en rapport avec l'un ou l'autre de ses amants réguliers. Mais vitement, elle abandonne ces banalités pour se pencher vers lui, la mine concentrée:

— Pis? On le sait, que nos représentants font toutte leur possible, mais c'est long comme d'icitte à demain...

Son amie commence à entrevoir la lumière au bout du tunnel, ce qui la fait piaffer d'impatience. Pour son bénéfice, Gilbert détaille le plus récent fait d'armes des ennemis du pays pour discréditer les patriotes. Car c'est ainsi que les profiteurs doivent s'y prendre pour se tirer d'affaire. Transmuer les habitants et leurs représentants en boutefeux, en écorche-culs! Les incubes oppressifs du Conseil législatif viennent de pondre une Adresse assimilant les 92 Résolutions à *la continuation des attaques révolutionnaires sur le gouvernement et les institutions du pays* par un parti *aux prétentions fallacieuses*. Le document n'était qu'une variante de l'Adresse que pondait ce corps le 1er avril 1833, et qui dénonçait la volonté de la chambre basse de renverser la Constitution.

C'est William Bowman Felton, propriétaire de toutes les terres environnant le hameau des Fourches, comté de Sherbrooke, qui a pondu le texte. Il vient donc à la rescousse du principal opposant des 92 Résolutions en Chambre, le député Augustus Gugy, son bon ami... Selon Felton, les Résolutions respirent une démocratie *utopienne* ne pouvant résister *une seule heure en pratique*, et la chambre basse ourdit un renversement total de la Constitution. Lesdites Résolutions n'ont-elles pas été adoptées *par une majorité illettrée de l'Assemblée contre les votes des membres les plus intelligents et les plus respectables de ce corps*?

Caroline éclate de rire et Gilbert la mire avec attendrissement. Elle n'est pas la seule à faire des gorges chaudes de ladite « majorité illettrée ». Une injure certes étrivante, mais fièrement trop niaiseuse pour être de conséquence! D'ailleurs, avant d'entériner l'Adresse, les collègues de Felton ont biffé la sottise du texte original que *La Minerve* s'était fait un malin plaisir de publier.

Le jeune homme élabore sur le pedigree de l'édifiant Mr Felton. Fortifié par ses fonctions de conseiller législatif et de commissaire des Terres de la Couronne, l'homme à places profite des crises économiques pour acheter à vil prix des terres défrichées par les cultivateurs qui se trouvent du hameau des Fourches, canton de Sherbrooke. Parallèlement, il est un ardent défenseur de la British American Land Company, propriétaire d'un million d'acres cédées à vil prix dans les Eastern Townships. L'agent de la compagnie s'est mis à acheter des lots particuliers, et comme par hasard, l'entièreté du hameau des Fourches.

Le « seigneur » de Sherbrooke domine la liste de spéculateurs qui empochent des bénéfices faramineux. Gilbert ajoute :

— Les Bureaucrates du coin obtiennent pas mal plus à l'acre, de la part de la Compagnie des Terres, que les simples cultivateurs. Samuel Brooks itou profite amplement de ces largesses.

— Brooks? Tu veux dire que...?

— Que l'agent de la Compagnie des Terres vend ses propres terres à son employeur. Le profit est substantiel.

Caroline reste éberluée par la flagrante malversation. À mesure que la Compagnie des Terres réussira à susciter un mouvement de colonisation et à revendre des parcelles, les richissimes propriétaires fonciers du Conseil législatif s'engraisseront encore à ce filon... Gilbert conclut sa démonstration en faisant valoir que Mr Felton, à l'épicentre des arcanes du pouvoir, tremble de perdre son trône de conseiller législatif, car un comité d'enquête de la Chambre d'Assemblée est en voie de prouver qu'il s'est rendu coupable d'extorsion dans l'exercice de ses fonctions.

La servante s'annonce avec les plateaux du souper. Dès que la porte s'est refermée, Caroline reprend :

— On dirait une spirale infernale. Comme si notre argent pis nos biens se trouvaient pris dans une sorcière. Une sorcière qui enveloppe juste les favoris, un après l'autre, pis qui dépose les bienfaits à leurs pieds...

— En plein dans le mille.

— Tu sais quoi ? L'affaire qu'y faut détester les Canadiens pour faire partie de la Clique du Château... Chaque semaine qui passe apporte la preuve par mille que c'est vrai.

— Mange, ça va refroidir...

— Comme si toutte nous autres, on était des niaiseux finis, des sans-desseins qu'on peut leurrer de l'aube au brun pis du Nouvel An jusqu'à la Nativité. Je veux dire, on n'arrête pas de se faire niaiser par des *Britons* qui se croient, juste parce qu'y sont *Britons*, cent fois plus importants que m'sieur Papineau lui-même, ou bien que Viger-au-grand-nez ! Me semble qu'on a enduré trop longtemps. Tu trouves pas ?

Gilbert se contente de hocher vigoureusement la tête, car il est après vider le contenu de son assiettée. Sa dulcinée presse son point :

— Les dénigations... c'est-y le bon mot ?

— Dénégations. Tu mélanges avec « déni ».

— Les dénégations de Milord sont autant d'insultes garrochées en plein dans notre face. *Aujourd'hui plus que jamais, le gouvernement cherche à faire mouvoir ses ressorts dans l'ombre...* C'est quoi ensuite ?

— *...et à envelopper ses mesures d'un voile obscur.*

Caroline répète le commentaire éditorial de *La Minerve* comme un aliment savoureux qu'il faut, avant de l'avaler, faire rouler le plus longtemps possible dans sa bouche. Enfin, la jeune ébraillée attaque son repas avec entrain. Lorsqu'elle a terminé, elle quitte le confort de son siège pour se préparer au goût de Gilbert, c'est-à-dire tuer une couple de chandelles, puis se dévêtir avec lenteur tandis qu'il la contemple. Le chauffage central au bois diffusant une chaleur plutôt chiche, sa peau se hérisse de chair de poule. Gilbert saute sur ses pieds pour la prendre dans ses bras, tout en badinant :

— Quelle cruauté de te laisser frissonner de même !

— T'es le seul à m'imposer cette torture. À me vouloir flambant nue, je veux dire. Les autres s'en sacrent comme de leur première chemise.

— Y a tout plein de différences entre moi pis les autres.

Gilbert se fait un point d'honneur à souligner qu'il aime Caroline fièrement mieux que quiconque. En fait, qu'il l'aime tout court, contrairement à ceux qui fréquentent les ébraillées uniquement pour tirer un bon coup. Il ne peut s'empêcher de grossir le trait, car ils ne sont pas rares, les faquins qui s'énamourent de celles qu'ils payent pour leurs services. Pour ne pas virer fou de jalousie, Gilbert a férocement besoin de se singulariser.

Caroline s'appesantit entre ses bras. Une fois par semaine, elle lui offre un délicieux corps à corps. Dans la pénombre de la chambrette, la vie bat selon un rythme très tendre. La seule contrainte qui se dresse entre eux, c'est cette baudruche qu'il doit impérativement enfiler pour prévenir une grossesse ou une maladie infectieuse. L'engin étant rébarbatif, Gilbert retarde autant que possible le moment de l'enfiler, ce qui lui fait déployer des trésors d'inventivité.

Il caresse sa croupe, puis ses seins lourds. Il sait qu'il peut brider sa monture une bonne escousse avant de se lancer au galop... Il s'est perfectionné depuis qu'il a fait la reconquête de Caroline, et il en tire une légitime fierté. Il en profite pour déguster chaque coin de peau dénudée. Sera-t-il jamais blasé ? Le corps féminin est un territoire recelant mille merveilles, et la moindre d'entre elles le plonge dans le ravissement. Comme il aime la tranquille montée du désir...

Il se trouve dans l'impérieuse nécessité d'amener Caroline à le convoiter autant que lui a la trique en l'air à la seule idée de la chevaucher. Il y a plutôt réussi... Il est parvenu à la faire quémander, à la faire haleter, à lui faire émettre une plainte qui n'en est pas une, car elle est une mélopée de plaisir. Un jour, dans le chant de son amie, il a reconnu le geignement de sa mère, cette psalmodie qui le sidérait tant autrefois, et il s'est envolé instantanément au septième ciel.

Tous deux se retrouvent allongés sur la couche. Encore une fois, Gilbert s'émerveille de la façon dont Caroline se presse contre lui comme si elle était affamée de fusion charnelle, comme si elle tenait à joindre la moindre parcelle de sa peau à la sienne. Il a fini par la questionner sur ce point, ce qui l'a vivement étonnée, car pour elle, il allait de soi qu'elle ne se comporterait jamais ainsi avec d'autres. Tout d'abord, Gilbert s'en est enorgueilli. Puis, il a compris que Caroline se lavait, en quelque sorte, des clients dont elle subissait la concupiscence. Grâce à lui, elle se purifiait... Cette pensée dérangeante, Gilbert a fini par l'apprivoiser, comme tout le reste de la vie de sa dulcinée.

Le jeune homme se laisse embrasser sur toutes les parties du corps. Non seulement Caroline n'a de cesse que de se frotter contre lui de la tête aux pieds et par devant derrière, mais elle s'applique à le goûter de même. Ses lèvres, sa langue et son souffle engendrent des centaines d'étincelles titillantes... Enfin, elle grimpe sur lui. Elle n'a pas été longue à exiger ladite position : lui couché sur le dos ou dans une position semi-assise, le dos contre le mur, et elle comme une cavalière flattant ou cravachant sa monture. Là encore, Gilbert a compris que Caroline avait besoin de se distancier des autres clients qui l'aimaient soumise à leurs fantaisies.

Pour l'heure, il ne se plaint pas une miette de son esclavage, car son rythme s'accorde magiquement au sien. Caroline déroule la baudruche sur sa verge dure comme fer au moment précis où Gilbert ne peut plus reporter l'envie de la pénétrer. Lorsque Caroline s'y empale, il a l'impression, chaque fois, de n'avoir jamais ressenti une sensation si exquise, à la fois âpre et suave... Le spectacle des mouvements lascifs de son corps, de ses seins oscillants de plus en plus vitement et de ses traits altérés est le plus mirifique des panoramas. Dès qu'elle atteint le pic, qu'elle est parcourue de cette vague de plaisir qui est comme une marée, Gilbert tire son coup à son tour avec une sensationnelle volupté...

À dire vrai, songe Gilbert lorsque sa mie se laisse couler contre lui et que tous deux s'apaisent peu à peu, sa coupe de félicité est quasiment pleine. Une amante passionnée, un très valable poste d'instituteur et un commerce en pleine expansion... que demander de mieux ? Avec, en plus, une gentille grand-mère qui réchauffe son foyer... Ériole qui pète le feu grâce aux attentions d'André... et son pays qui vogue vers des cieux plus cléments, car devant cet implacable réquisitoire formé par les 92 Résolutions, la mère patrie ne pourra que lâcher du lest... il est le plus heureux des hommes !

Hélas! Les faiseurs de trouble n'ont pas disparu comme par magie, comme Gilbert le constate vitement lorsque le supérieur de l'Institut sulpicien le fait venir en toute urgence, quelques jours plus tard. Encore une fois, le jeune instituteur est reçu par Joseph-Vincent Quiblier dans un parloir désert. Cette fois, le prêtre néglige les préliminaires pour entrer dans le vif du sujet :

— Je n'ai guère apprécié votre zèle pendant l'émeute de dimanche dernier.

Gilbert s'astreint à donner un sens aux paroles qu'il vient d'entendre. Lorsque l'évidence l'inonde, une bouffée d'indignation lui éclaircit promptement les idées. Quiblier fait allusion à l'hommage rendu à Louis-Joseph Papineau au sortir de la grand'messe. Dès qu'il a eu vent du rassemblement qui se formait, Gilbert a couru se mêler à la foule de ses concitoyens tenant à féliciter l'Orateur de son heureux retour au sein de sa famille et, surtout, de son intransigeance devant l'arbitraire de l'Exécutif de la colonie.

Faisant appel à son calme, Gilbert objecte plaisamment :

— Faut pas écouter ce que colportent les esprits malins, monsieur. Une émeute, alors qu'on allait tout bonnement serrer la main du président de la Chambre d'Assemblée ?

— C'est pourtant ce que le *Herald* a publié.

Gilbert en reste pantois. Quiblier sait autant bien que quiconque : les *Herald*, *Gazette* et *Mercury* de la province ne sont que les pantins de la Clique du Château, et leur contenu est destiné à justifier l'injustifiable aux yeux du gouvernement de la mère patrie. Le jeune homme finit par émettre faiblement :

— J'ignore de quel fatras de menteries son rédacteur s'est rendu coupable...

Posément, Quiblier se retourne pour mettre la main sur le feuillet en question, qui reposait sur la chaise derrière lui. Il le met sous le nez de Gilbert, lequel n'a pas le choix que de l'ouvrir et d'y repérer la colonne où se trouve un titre qu'il traduit mentalement de l'anglais : MANQUE DE RÉUSSITE D'UNE INFÂME TENTATIVE D'EXCITER UNE ÉMEUTE LE DIMANCHE. Les bras lui en tombent et Gilbert darde un regard furibond sur le supérieur des sulpiciens.

— Je refuse d'en lire davantage.

— Permettez-moi de résumer. Papineau est tombé dans une telle disgrâce qu'il faut recourir à des expédients pour lui offrir sa dose d'acclamations. On a donc cru convenable d'engager quelques individus pour forcer le peuple à les suivre jusqu'à sa porte. Malgré tous les efforts, ce peuple est monté à tout au plus 150 personnes, dont les deux-tiers étaient des Britanniques mirant une farce dégoûtante.

— C'est un rapport ordurier ! Nous étions une couple de milliers...

— Laissez-moi terminer. Une fenêtre double a été enlevée à l'étage et Papineau a paru, entouré de partisans honteux du manque de réussite de leur tentative. Je cite : *Ce fut en vain qu'il fit des saluts et qu'il parla, et qu'il s'arrêta pour recevoir des applaudissements, car ses plus grands efforts dans la langue française ne purent exciter que les acclamations de ses employés.*

Gilbert sent une indifférence teintée de mépris chasser son courroux. Considérant son interlocuteur avec une extrême méfiance, il profère :

— C'est imbuvable, monsieur, et vous le savez comme moi.

— Pareil pour le compte rendu publié dans *La Minerve*.

— Celui du jour d'après ? Vous errez, m'sieur. En gros, c'était la vérité.

— Les patriotes sont libres de célébrer qui bon leur semble, rétorque le sulpicien. Vous de même, monsieur Dudevoir. Mais cela doit se faire dans l'ordre et le respect des convenances. Dans cette optique, le choix du dimanche des Rameaux était indécent.

— C'était guère un choix, m'sieur Papineau arrivait tout juste de Québec après la prorogation du 18...

— Je vous prie de cesser de m'interrompre. Un choix *indécent et vicieux*, uniquement motivé par la nécessité d'avoir sous la main une foule de curieux et d'oisifs qui suivraient les émissaires par désœuvrement. Une ruse de guerre dont personne n'a été dupe.

D'un mouvement vif, Quiblier se retourne encore pour saisir un autre feuillet qu'il presse sur le giron du jeune instituteur, obligé de déplier le numéro du 25 mars 1834 de *L'Ami du peuple, de l'ordre et des lois*. Un torche-cul mis sur pied par l'un de ceux ayant activement comploté contre le candidat patriote lors de l'élection du Quartier Ouest...

— Lisez, monsieur Dudevoir. Sous le titre éditorial. *Nos lecteurs, fatigués des continuelles discussions...*

Gilbert inspire profondément pour calmer les battements désordonnés de son cœur. Son vis-à-vis tente de lui enfoncer quelque chose dans la gorge et il se retient à deux mains pour ne pas rouspéter. Il obéit donc :

— *Nos lecteurs, fatigués des continuelles discussions d'une politique provinciale qui n'a d'autre secret que les entraves qu'apportent au bien public une horde de perturbateurs, aimeront peut-être à reporter avec nous un regard sur les veilles provinces...* y a une faute d'orthographe.

— Continuez.

— *... sur les vielles provinces d'où sortirent tous nos ancêtres.*

— Sautez au bas du texte. *Ce sont ces agitateurs...*

— *Ce sont ces agitateurs, ces êtres toujours prêts à semer dans les foules des idées de subversion et de révolte, qui ont fait de tout temps le malheur de tous les pays. Ce sont eux surtout qui désolent notre province, naguères...* encore une faute... *notre province, naguères encore si tranquille et si heureuse. Avant que leurs fatales inspirations eusent...* décidément... *eusent soufflé la crainte et la haine dans bien des cœurs, tous les habitants du Canada vivaient paisibles, et maintenant tout, jusqu'aux campagnes, offre l'image du désordre et de l'agitation. Le règne de ces apôtres du mal sera de courte durée ; mais toujours est-il qu'il fait un tort considérable au Canada et l'expose à de grands maux.*

Gilbert se débat contre une puissante envie de rébellion. Toujours cet étrivant discours sur une fermentation populaire qui confine à la révolte, et qui doit être opiniâtrement réprimée. Et toujours cette allusion à double sens. De grands maux sous la forme d'embrouillaminis excessifs, mais sous la forme, d'un autre côté, d'une contre-attaque pour y mettre fin !

— Concluez, monsieur Dudevoir.

— *Espérons que la fermeté du gouvernement et la sagesse de la majorité éclairée de nos concitoyens mettront promptement un terme à ces scènes désolantes.*

— Je compte sur vous pour livrer à vos élèves quelques semblables extraits après la prière matinale, poursuit l'ecclésiastique. Malgré vos inhérentes faiblesses, vous devez conduire vos pupilles à bon port en suivant le chemin tracé par saint Paul et saint Pierre, nos Pères en l'Église. Nous, à Saint-Sulpice, sommes fermement attachés au gouvernement britannique, et nous souffrirons la mort avant que de lui refuser obéissance. La lecture de *L'Ami du peuple*, *de l'ordre et des lois* pourrait vous inspirer. Les principes de la rédaction sont admirables en tous points. Il importe de les faire résonner haut et fort afin de s'opposer à la politique pernicieuse du parti patriote. Prenez soin d'abonner votre classe.

— Hein ?

Gilbert n'a pu retenir l'exclamation. À quelle turpitude immonde assiste-t-il ? *L'Ami du peuple* est financé et à moitié rédigé par les prêtres sulpiciens eux-mêmes, même si ces derniers se feraient tuer plutôt que de l'avouer. Quiblier l'a dit : « Les principes de la rédaction sont admirables en tous points. » Comme aveu de responsabilité, on ne pourrait rêver mieux ! *L'Ami* manque cruellement d'abonnés. Quiblier voulait faire d'une pierre deux coups... Or, la plupart des parents vont jeter de hauts cris. Ils comprennent la valeur de l'instruction pour elle-même, pour la prise qu'elle donne sur la marche des affaires privées comme publiques... Gilbert objecte donc :

— Si les enfants sont exposés à cette prose haineuse, leurs parents...

— Haineuse ? Retirez ce blasphème !

D'un bond, Quiblier s'est levé de sa chaise. Gilbert se leurre-t-il ? Quiblier a une lueur de folie dans le regard. Une lueur que Gilbert a déjà vue sur les traits de quelques fanatiques croisés pendant l'élection du Quartier Ouest, et dont il garde un très net souvenir. Des hommes, et même des femmes, aveuglés par des passions intérieures si envahissantes qu'ils semblaient en perdre le nord, qu'ils semblaient oublier la substance de ce qui les entourait pour se laisser guider par une réalité inventionnée, par un cauchemar plus vrai que nature.

Il n'y a pas à y couper : les Sulpiciens ne veulent rien tant que la soumission aux autorités. La soutane de Quiblier, nobliau aspirant au potentat, n'est qu'un déguisement. Sa communauté religieuse est dotée des plus riches et populeuses seigneuries de la colonie, et sa branche canadienne offre de magnifiques opportunités à quiconque croit encore au vieux précepte d'absolutisme royal. Sauf que même le roi d'Angleterre serait incapable de contraindre Gilbert à ânonner les faussetés et les calomnies que cette gazette contient. Il se lève posément et rétorque d'un ton qui n'admet pas de réplique :

— Si vous faites entrer *L'Ami* dans ma classe, je sors pour plus jamais y revenir.

Son vis-à-vis est bien obligé de se rassoir et de s'abîmer dans ses réflexions. À l'évidence, il soupèse les conséquences d'une collision entre lui et les syndics de l'école, d'éminents laïcs du faubourg Québec. Par les temps qui courent, les Sulpiciens voient leur capital de sympathie se réduire comme une peau de chagrin. Certes, leur Institut a tenu, quasi seul, le flambeau de l'éducation en français dans le district de Montréal, à partir du moment où la province est tombée sous le joug des Britanniques, trois-quarts de siècle auparavant.

Sauf que leur suprématie éducative est remise en doute. À preuve: la population estudiantine de leur institution d'enseignement secondaire, ce Petit Séminaire où Gilbert a passé quatre années, fond à vue d'œil. Selon les syndics, ce n'est pas parce que l'ordre religieux finance l'instruction de quelques enfants pauvres, et donc une partie des frais de fonctionnement de l'école, que ses membres ont le droit de s'immiscer dans l'enseignement, au-delà de certains aménagements académiques de base.

Brusquement, Quiblier renvoie Gilbert sans un mot d'explication, et le jeune homme ne se fait pas prier pour déguerpir. Ce dernier comprend qu'il vient de s'offrir un duel verbal avec un expert en négociations de coulisses et en marchandage de faveurs. Il a joué avec le feu! Certes, il ne pouvait laisser un pouce de bride à Quiblier, car ce pouce serait vitement devenu un pied, puis une verge, et il aurait fini par être étranglé. Gilbert doit désormais se méfier comme de la peste du confesseur qui vient transmettre à ses élèves quelques notions de catéchisme, et surtout du supérieur, qui règne sur son fief et ses censitaires comme un duc sur son duché.

12

Vitaline chasse un maringouin de son nez, puis se penche pour contempler la toute petite fleur, d'un blanc nacré de rose, qui s'épanouit au-dessus de sa corolle de trois feuilles très vertes. C'est un trille minuscule, d'une délicatesse ravissante, et dont la vue remplit la jeune femme d'une joie sauvage. Vitaline s'accroupit pour la contempler longuement. Avant de l'arracher, elle doit s'imprégner de son aspect sur sa tige, de sa vitalité vibrante. Car ensuite, lorsqu'elle se servira de la fleur pour une composition picturale, elle puisera dans ce souvenir pour la faire revivre.

Avec précaution, elle détache la fleur de sa tige. Elle la secoue légèrement, puis elle souffle dessus pour la débarrasser de la plus infime saleté, avant de la placer entre les pages du carnet, qu'elle referme ensuite d'un coup sec. Glissant le carnet dans sa besace, Vitaline reprend sa marche en forêt. Si les ramures des érables n'ont encore que de gros bourgeons parés à éclater, le sous-bois est luxuriant. Hormis les trilles, les fleurs sont encore rares, et Vitaline se laisse tenter par diverses feuilles de fougères, de même que par celles d'arbres plus précoces. Elle ne cherche pas la perfection de la forme, mais l'aspect singulier, l'embrouillamini évocateur...

Jamais autant qu'astheure n'a-t-elle savouré sa virée dans la forêt. Il faut dire que bien des choses ont changé depuis la semaine dernière... La promeneuse se trouvait sensiblement au même endroit lorsque des crampes l'ont saisie. Ces douleurs avaient commencé plusieurs jours auparavant, mais la jeune femme n'avait pas faibli dans ses tâches quotidiennes ; et pour rien au monde elle n'aurait voulu manquer sa balade. En plein cœur du boisé, les crampes l'ont fait se recroqueviller sur elle-même, et Vitaline a dû se laisser tomber au pied d'un arbre. Un interminable moment plus tard, le fœtus qu'elle portait depuis trois mois glissait hors d'elle pour atterrir sur la mousse, au milieu d'une mare sanguinolente.

La jeune femme a pleuré toutes les larmes de son corps non seulement à cause de la douleur physique, mais d'une flopée de sentiments entremêlés. Lorsqu'elle s'est apaisée, elle a pris un nécessaire repos, et peu à peu, un vif soulagement est venu la consoler de son regret de ne pas avoir un nourrisson à aimer. Oui, elle était friande d'un petiot, et depuis qu'elle se savait engrossée, elle ne pouvait s'empêcher de lui adresser des pensées affectueuses. Mais elle ne pouvait endurer de faire le sacrifice de son ultime parcelle de liberté. Elle ne pouvait endurer sa dépendance totale au bon vouloir d'un mari trop imbu de lui-même, et fréquemment abrupt.

Nul ne connaissait l'état de Vitaline ; du moins, si sa belle-mère s'en doutait, elle n'en a soufflé mot ; et Vitaline a pu retourner chez elle et réinstaller les guenilles à son entrejambe. Pour justifier sa fatigue, elle a prétexté des fleurs tardives et pénibles. Une couple de jours plus tard, elle était sur pied, bien déterminée à enfouir ce secret aux tréfonds de son être. Le jour d'après, Florentin et son père entreprenaient leur saison de cabotage entre Chambly et Québec, et Vitaline n'a pu que se réjouir d'une situation qui réduisait considérablement les occasions de rapports charnels.

Hormis son ouvrage à la maison, la jeune femme peut donc se consacrer entièrement à ce qui est devenu, pour elle, autant essentiel que de respirer. Un jour, elle a été frappée par la forme dentelée de la feuille de pissenlit qu'elle s'apprêtait à arracher du plant pour la manger. Une forme fuselée mais subtilement inégale, qui la fascinait. Dès lors, Vitaline s'est mise à remarquer tout ce que la nature environnante lui offrait comme merveilles, et il lui a pris le goût d'entreprendre une cueillette.

Une fois séchées, les parcelles végétales lui ont paru comme autant d'éléments pouvant être inclus dans une somptueuse composition qui sera entreprise dès que Vitaline aura suffisamment de végétaux séchés sous la main. Beaucoup de ces derniers se révèlent inutilisables à la longue. Elle soupçonne que les fleurs auront davantage de potentiel artistique, ce qui lui ouvre une perspective enivrante, celle d'un été ensoleillé par ces myriades de perles de beauté qu'elle collera sur du carton pour en faire des tableaux rayonnant de toutes les couleurs de l'arc-en-ciel.

Dire qu'à une certaine époque, son univers artistique se résumait à façonner une boule de glaise sur le tour à potier... Vitaline se revoit, se glissant pendant la nuit dans l'atelier de son père sans que nul ne le sache. Elle revit son intense corps à corps avec la terre, qui s'est terminé abruptement lorsque son père lui a barré l'entrée de l'atelier, sauf pour le regain de ces quelques jours à jouer à la maîtresse-potière pour remplacer Uldaire, mis hors de combat par la fuite de son épouse Bibianne. Ce jour d'hui, il faudrait payer chèrement Vitaline pour qu'elle se remette à produire des pièces en série, quasi identiques l'une à l'autre, car ces pièces étaient éteintes, sans vie. Elles ne vibraient pas...

L'astre solaire grimpe dans le ciel, diffusant un éventail de rayons presque horizontaux entre les branches, et Vitaline se repaît du spectacle. Elle vient parfois à l'aube, parfois à la brunante, selon son envie du moment. Deux fois, Florentin a tenu à l'accompagner, car il soupçonnait une activité moins licite. Il a ensuite demandé à Norbert de la suivre, ce dont Vitaline s'est vitement aperçue, sans toutefois le manifester. Depuis, on la laisse parfaitement tranquille, d'autant plus qu'elle ramène un butin qu'elle étale au vu et au su de tous les membres de la maisonnée.

Enfin, Vitaline entreprend le chemin du retour. La parcelle de forêt se trouve entre des terres cultivées de la deuxième concession ; non seulement le sol était trop rocailleux pour qu'il vaille la peine de la déboiser, mais la parcelle abritait une érablière de grande valeur. La sève est récoltée à la fin de l'hiver, mais dès que la cabane à sucre est fermée, nul ne vient plus. Vitaline s'attend, un jour ou l'autre, à croiser un couple en quête de solitude, mais bientôt, les maringouins feront leur royaume de cette forêt, et il faudrait vraiment être possédés du démon pour venir s'y accoupler en faisant fi de la horde assoiffée.

Il semblerait bien, pourtant, que les insectes voraces vont encore pâtir avant de pouvoir prendre possession du pays. Hors du boisé, Vitaline est saisie par le nordet qui balaie les champs, et qui la force à s'emmitoufler du mieux qu'elle peut. L'odeur du frette descend du ciel ! Après un mois d'avril prometteur, est-ce que l'hiver reviendra en force ? C'est la coutume depuis quelques années. La célébrissime année 1831, pendant laquelle les récoltes n'ont jamais autant donné, semble avoir marqué la fin d'un cycle où la belle saison s'étirait indûment. Depuis, printemps et automnes sont frileux.

Comme elle a quitté la maison au saut du lit, Vitaline a l'estomac dans les talons, et elle salive d'avance à l'idée du ragoût qui mijote dans le chaudron suspendu au-dessus du feu, dans la cour. En guise de fournil, les Montplaisir ont l'usage d'une sorte d'appentis à trois cloisons, et où une table et quelques chaises tiennent tout juste. De surcroît, Florentin et son frère ont érigé leur abri nocturne sur la plate-forme de bois bancale qui encombre une partie de la cour et, hormis lors des plus vives froidures, ils y ont dormi souvent.

Vitaline a particulièrement apprécié le grand feu ouvert que les hommes alimentaient parfois jour et nuit. Au bourg, le risque d'incendie étant décuplé, le règlement est bien davantage contraignant. Ici, en rase campagne, quasiment tout est permis, et la jeune femme s'est régalée du spectacle réconfortant des flammes hautes ou des braises rougeoyantes, avec en arrière-plan, la grange enneigée. Pendant les abats de neige, elle s'est sentie transportée dans un monde féérique où se combattaient amicalement la glace et le feu.

Florentin lui a demandé avec une réluctance prouvable si elle souhaitait passer la nuit avec lui dans la tente en peaux de bêtes, ce qu'elle a fait jadis à quelques reprises. Astheure, elle préfère par-dessus tout dormir loin de lui, ce qui semble l'avoir soulagé. Vitaline a compris que Florentin n'aimait guère négocier avec Norbert pour qu'il leur laisse le champ libre. Les frères ont établi un rituel autour de cet abri extérieur et du feu ouvert dans lequel ils se trouvent très confortables. Visiblement heureux de ce semblant de vie de coureur des bois, tous deux passent de longs moments en silence, au-delà de leurs différends.

Lorsque Vitaline arrive chez elle, dame Eugénie et sa fille se trouvent dans un recoin de la cour en compagnie de deux voisines. Les quatre femmes, debout en cercle, examinent gravement un jeune chevreuil mort, gisant sur le sol. La survenante pousse un léger sifflement d'appréciation.

— Belle prise ! Un de vos chiens l'a capturé ?

Dame Béronia, la plus petite et ronde des visiteuses, acquiesce allègrement.

— Y avait réussi à venir jusque dans le potager. La poursuite a pas duré longtemps. Fait qu'on s'en vient le partager avec nos meilleures.

Ce disant, la visiteuse gratifie dame Eugénie d'un sourire coquin ponctué d'un clin d'œil. C'est la coutume : lorsque la proie comporte trop de viande fraîche pour une seule maisonnée, les proches en bénéficient. Ils s'empressent ensuite, lorsque c'est possible, de leur rendre la pareille. Le père de Vitaline, qui n'était ni chasseur ni pêcheur, recevait parfois de tels cadeaux de la parentèle ou d'amis des concessions. Il les repayait en biens divers, généralement des pourcelines, mais parfois d'autres articles dont ils avaient pris soin de faire savoir qu'ils en feraient bon usage.

— Dame Clariste ci-présente compte sur ta science !

Normande exhibe un feuillet sous les yeux de Vitaline. Cette dernière saisit l'exemplaire de *La Minerve* du 8 mai 1834, soit une bonne semaine auparavant, et elle s'adresse à l'autre dame, plus grande et maigre que sa comparse.

— Beurrée de sirop, cousine ! Vous courez les gazettes, astheure ? Toute une nouveauté !

— Étrive-moi pas, Vitaline. C'est juste que j'ai ouï dire d'une pièce dont faut se régaler.

— Pis je serais pas au courant ?

— Semblerait. T'as eu la fale basse, ces derniers temps.

Tout en ouvrant le feuillet, Vitaline grommelle :

— Le vent pousse pas toujours les parutions jusqu'icitte. J'asticote mon beau-père pour qu'on s'abonne, mais y rechigne.

Vitaline se fend d'un large sourire pour montrer qu'elle se gausse. Pour un habitant des concessions, il vaut rarement la peine de s'abonner, sauf si ses affaires le requièrent fréquemment au village. Dame Clariste précise :

— C'est juste avant l'image de la déesse.

C'est-à-dire le cartouche de *La Minerve* qui précède le commentaire éditorial. Fière de sa prééminence, la visiteuse ajoute :

— Une correspondance signée « Mari ».

Normande s'ébahit :

— Marie ? Une femme ?

— Non point. « Mari » comme « Époux ».

Dame Eugénie s'exclame :

— Ça promet ! Venez vous assire, mesdames. La bête attendra une couple de minutes. On a plus important à faire.

Les cinq femmes se transportent autour de la table du fournil, où elles prennent place. Vitaline ignore avec stoïcisme les gargouillis de son estomac, et après avoir posé le feuillet à plat, elle se met à déchiffrer :

— *Dans la dernière Cour trimestrielle de la Paix, un apprenti poursuivait son maître pour avoir exercé contre lui de mauvais traitements. Après l'audition des parties et des témoins, M. Cuvillier, président de la Cour...*

— Oh oh ! s'exclame Normande. S'agit donc de ce faquin ?

Et sans aucun sens musical, elle chante une strophe de la chanson du 21 mai 1832 :

— *Pleurons l'étourderie de notre cruel apostat, semant partout l'hypocrisie, se rendant chef de l'attentat...*

Les trois douairières sautent sur l'occasion pour se remémorer les faits saillants d'un écrit paru dans *La Minerve* à l'automne précédent, et faisant état d'une visite du député Austin Cuvillier dans son comté de LaPrairie pour sonder les esprits en vue de sa réélection. Malgré la détermination des honnêtes gens de bouter le député hors du parlement, ce dernier s'agrippe à son siège de représentant élu. Alors, le correspondant de la gazette patriote narrait un échange de propos entre Cuvillier – faciès rigide avec front haut et dégarni, joues creuses et fines lunettes de myope – et le propriétaire de l'auberge du chef-lieu, franc-tenancier censé posséder de l'influence.

Vitaline assiste à l'exécution d'une saynète qu'elle a mirée à plusieurs reprises, mais qui la met toujours en joie. D'un ton outrageusement affecté, mais avec toute la bonne volonté du monde, dame Eugénie personnifie le député renégat. Dame Clariste, qui a fièrement plus de bagout que dame Béronia, joue son interlocuteur. D'entrée de jeu, la belle-mère de Vitaline adopte un ton de fausset pour s'enquérir s'il est bien vrai que le comté souhaite *l'exterminer*, lui, Cuvillier. Elle poursuit :

— Que vous ai-je fait ? Avez-vous manqué de pain ? Les petits avocats des gazettes vous font des accroires.

— C'est aux hommes publics de se disculper lorsqu'y sont injustement attaqués, rétorque l'aubergiste Clariste.

— Ce serait s'abaisser, et je me ris de tout ce que l'on pourra dire.

— Z'avez abandonné la cause commune.

— Moi, suivre la clique à Papineau, cet homme qui ne cherche que des places ? Qui aspire à être gouverneur du pays dont il veut faire une république ?

Normande échappe un rire tonitruant. Gouverneur d'une république ? On aura tout vu ! Personnifiant toujours Cuvillier, dame Eugénie reprend sa diatribe contre le président de la Chambre d'Assemblée :

— Croyez-vous que je veuille suivre un sacré chenapan ? Un scélérat qui veut perdre le pays ? Je vous dis, moi, qu'il va perdre le pays. Ce sacré menteur, je le chasserai de la Chambre ! Je lui ai fait assavoir en pleine séance et je le lui redirai dès que possible. Je me sacre de ce comté-ci et de ses assemblées contre moi ; je me présenterai au Quartier Ouest de Montréal et là je serai élu en dépit de tout.

L'augergiste Clariste l'interroge d'un ton outragé :

— Quitte à répandre du sang canadien ?

— C'est la faute des Réformistes. S'y s'étaient pas mêlés à la gueusaille irlandaise, ce serait pas arrivé !

Dame Eugénie s'interrompt abruptement et un pesant silence s'ensuit. Comment se gausser au souvenir de l'effroyable épisode ? D'autant qu'il n'était qu'un signe avant-coureur de la guerre à mort des profiteurs contre les patriotes du Canada, désormais qualifiés de Réformistes. Vitaline a pris soin d'expliquer que ce terme faisait référence à une lutte célèbre pour faire adopter le Reform Bill par le Parlement de Grande-Bretagne. L'opposition de la Chambre de Lords avait été vaincue, et la loi avait épuré les mœurs électorales, en plus d'élargir le droit de vote.

— Ce serait-y que le Cuvillier, jette soudain Normande, y est dévoré de la démangeaison d'avoir une place ? Pourtant, me semblait que ses affaires s'enmieutaient. Les financiers *britons* le flattent dans le sens du poil !

Des gloussements s'ensuivent. La rumeur veut que le renégat tienne mordicus à faire agréer une loi en chambre basse, car il serait personnellement intéressé à l'un des postes ainsi créés, et qui le gratifierait d'un salaire annuel de 500 livres. L'idéal pour cabaler dans les élections et le mettre en état de payer des boulés ! L'affaire est entendue : si les profiteurs corrompus combattent les demandes de réforme, c'est uniquement parce qu'ils ont engagé une lutte à mort avec ceux qui veulent les empêcher de faire ripaille. Le système monarchique et la balance des pouvoirs en danger ? À d'autres !

Ces dames vitupèrent en chœur à propos des quelques députés qui, ce printemps, sont tombés à bras raccourcis sur ceux de la chambre basse qui exigeaient réparation pour leur dignité offensée de parlementaires, sur cette majorité d'élus dont les commettants aspirent pourtant à des réformes décisives d'un appareil d'État gangrené par la corruption. Dame Béronia interpelle Vitaline :

— Le Cuvillier s'est conduit comme un rustre lors de la dernière session, c'est-y pas ?

— Vous parlez drette. La férocité des dépêches du ministre des Colonies, y a osé l'imputer à la conduite de m'sieur Bourdages. Y bute sur des niaiseries, juste pour trouver à redire sur la majorité. C'est lui qui avait entrepris les démarches concernant le vol du receveur général Caldwell, mais y refuse désormais de les porter à terme. Pis c'est lui, avec Mr Young, qui a mené les contre-interrogatoires pendant la Grande Enquête.

Ce qui n'est pas peu dire. Figurant parmi les huit députés chargés des travaux, Cuvillier a pris l'allure d'un avocat de la Couronne, cherchant noise aux témoins, s'escrimant à dénicher une faille dans leurs raisonnements ou une tache à leur réputation. Certes, il y allait de son intérêt palpable et prouvable puisqu'au printemps 1832, il avait présidé à la transformation de l'assemblée décisionnelle des juges de paix, siège du gouvernement municipal avant l'élection du premier conseil de ville, en une escouade de choc rivalisant d'une scandaleuse violence.

— Je suis pas fâchée que cette épreuve a été épargnée à mon frère, dit Vitaline à la cantonade. Pour le sûr, tous les témoignages comptent, mais j'avais fièrement peur pour lui...

Et pour le secret de son lien avec sa Caroline, conclut-elle dans sa tête. Le risque était palpable. Gilbert aurait pu perdre son poste d'instituteur ! Car déjà, le secret n'en est plus un pour plusieurs membres de sa famille : Ériole et grand-mère sont au courant, et la première ne s'est pas dérobée aux questions de sa nièce.

— Paraît que le spectacle est plaisant quand le Cuvillier jappe contre l'Orateur, intervient dame Clariste. Dieu sait pourquoi, c'est à lui qu'y en veut personnellement.

— Faut dire qu'y est pas le seul, soupire Dame Eugénie. Tous les profiteurs l'ont dans leur ligne de mire. Pauvre m'sieur Papineau...

Normande glisse, narquoise :

— Les niaiseries rempirent. Astheure, on colporte qu'y veut être couronné vice-roi pis que pour se soutenir, y va lever des impôts exorbitants.

Vitaline en profite pour faire signe à Normande qu'elle a un appétit de loup. Tandis que sa belle-sœur s'empresse diligemment vers le chaudron d'où s'échappe un agréable fumet, la jeune femme pousse un soupir d'aise. Elle aime se retrouver au sein de cet aréopage de femmes et leurs jasettes caracolantes, à l'instar de celle qui vient d'avoir lieu. C'était diablement plus compliqué chez elle, au bourg, alors que les égarements de sa mère faisaient le vide alentour. En compagnie des dames Montplaisir et de leurs amies, Vitaline est d'autant plus distraite de sa déroutante situation conjugale qu'on fait appel à ses lumières par rapport aux affaires du pays.

La lutte entre la Chambre d'Assemblée et la Clique du Château est arrivée à son apogée. Les commettants de quasi tous les comtés de la *Province of Quebec* ont tenu des assemblées pour plébisciter la chambre basse. Les fanatiques ont tenté de leur mettre des bâtons dans les roues, surtout lors de l'assemblée générale des trois comtés électoraux de l'isle de Montréal. Plusieurs milliers d'hommes ont dû faire fi des bruits terrifiants répandus par la coterie de la Rue du Sang et des placards affichés au coin des rues, proclamant en anglais que les « rebelles » complotaient pour renverser la Constitution !

Près de 100 000 signatures approuvant les 92 Résolutions ont été récoltées aux quatre coins du pays. Ce fleuve de paraphes, autant imposant que le majestueux Saint-Laurent, contribue fortement au contentement de Vitaline. C'est une vision qui la transporte, qui lui procure un élan fabuleux ! Vibrant à l'unisson de sa nation, elle a l'impression de faire partie d'un organisme vivant. De n'avoir qu'à obéir au Grand Ordonnateur du monde, car elle n'est qu'une particule infime reliée à toutes les autres.

Repoussant son bol, Vitaline désigne *La Minerve*, abandonnée depuis longtemps sur la table.

— Je peux reprendre l'affaire de la poursuite d'un apprenti contre son maître en Cour trimestrielle? On a déviré pas mal loin...

— Envoye, ma fille, lâche-toi lousse!

— Notre Cuvillier bien-aimé *donna la charge* aux jurés. C'est en italique dans le texte. Donner la charge, ça vous rappelle quelque chose?

— Sûr et certain, pis ça engendre une montée de bile, fait que procède...

— *En parlant des droits et privilèges que la loi donne au maître sur son domestique, il ajouta que le père avait le droit de corriger son fils, le maître son apprenti ou domestique, et que le mari avait aussi le droit de corriger sa femme.*

L'affirmation fait pousser les hauts cris à ses auditrices. Ce fendant ose proférer une affaire de même? Il mérite le pilori!

— La suite du texte est comique, ouvrez grandes vos oreilles, prévient Vitaline. Le correspondant écrit: *Moi qui ignore la loi et qui ne connaissais pas ce noble droit d'un mari, je me suis dit en moi-même: bonne nouvelle, j'ai une femme méchante, jalouse et hautaine, acariâtre, colère et boudeuse, et à la première querelle qu'elle va me faire, je suis bien déterminé à mettre en force le droit de mari.*

L'écrivailleur décrit une esclandre que lui fait son épouse le soir même. «D'où viens-tu, coureur? Je t'attends depuis trois heures, le dîner est froid, tu mériterais que...» La liseuse contrefait sa voix pour mimer le ton noble d'un mari qui connaît ses droits légaux. Il est interrompu par son épouse transportée de fureur:

— «*Scélérat, lâche, poltron, tu aurais la bassesse de lever la main sur ta femme? Honte, opprobre, déshonneur! M. Cuvillier ne connaît pas plus les lois du ménage qu'il ne connaît les lois des élections. Si tu as jamais le malheur de me corriger, je me sépare d'avec toi de corps et de biens, et si tu te sauves à la cour criminelle, tu ne te sauveras pas à la cour civile: les juges de cette dernière cour sont bien plus savants que tes magistrats ignorants qui donnent aux maris des principes abominables. Qu'il vienne se présenter ici, ton Cuvillier, je mets toutes les femmes après lui, et moi à leur tête!*»

Essuyant les larmes de joie qui perlent à ses yeux, dame Eugénie s'exclame:

— Y a une méchante escousse que j'avais pas vu une affaire si croustillante dans un papier public!

Frappée par ce qui sous-tend l'écrit bouffon de *La Minerve*, Vitaline replie le feuillet pour évoquer le souvenir de Cuvillier traînant son épouse au poll, en mai 1832, afin qu'elle vote pour Stanley Bagg, le favori de la caste de corrompus. Techniquement, elle en avait le droit, car bien des années auparavant, il avait obligé sa femme à le poursuivre au civil pour séparation de biens, afin de mettre une partie de sa fortune à l'abri des créanciers. Ce qui assimilait Mme Cuvillier à une célibataire ou à une veuve devant la loi, et la rendait apte à voter car n'étant pas en communauté de biens, sous la domination de son légitime.

La triste affaire avait amplement fait jaser, car elle était exemplaire des extrémités auxquelles les Bureaucrates étaient parés à se rendre pour dégotter des voix en faveur de leur candidat. Exemplaire, de surcroît, des déchirements et des turpitudes que suscitent les vire-capots dans le sillage de leur volte-face. Malgré elle, Marie-Claire Cuvillier a été obligée d'accorder son suffrage à celui qui complotait ouvertement, avec son mari et quelques autres, contre le favori des tuques bleues. Elle qui avait reçu de ses parents un amour indomptable pour sa nation... Née Perrault, elle appartenait à une famille dont le père était un patriote de la première heure, et dont la mère possédait une verdeur de langage qui devait avoir autant de vertus nourricières que son lait.

M. Cuvillier était l'une des tuques bleues les plus influentes de la métropole; astheure, il n'est rien de moins qu'un criminel. À l'évidence, la famille Perrault n'a pas digéré cette trahison en son sein. Ce n'est pas pour rien que Louis, frère de Marie-Claire, est devenu l'imprimeur du *Vindicator*, gazette réformiste de langue anglaise; et que, de surcroît, il se démène pour faire jaillir la véridicité de la Rue du Sang sur la place publique. En cela, il est secondé par son jeune et fougueux frère Charles-Ovide.

— C'est bien beau, interjette dame Béronia, mais faudrait entreprendre le chevreuil. Les mouches sont après sonner l'heure de la ripaille.

Vitaline reste sans bouger. Elle songe que sa quiétude prouvable, par les temps qui courent, est surtout due à un bon docteur de 43 ans. Désormais, c'est à Wolfred Nelson qu'elle se rapporte constamment en pensée. Dès le regard échangé, une couple de mois plus tôt, un lien spécial s'est forgé, croit-elle. Au début, elle lui portait une affection quasi filiale, comme à un oncle vénéré, mais la nature de son sentiment a prestement évolué. C'est du rôle de soupirant dont Vitaline le pare astheure. Dans son imagination, le Dr Nelson jase respectueusement avec elle, il lui jette des œillades adorées, puis il la comble de caresses, et parfois tout cela à la fois... Vitaline s'épanouit et s'apaise, enfin contente, enfin comblée.

Depuis l'assemblée publique du printemps en soutien aux 92 Résolutions, Vitaline a croisé le bon docteur à quelques reprises. Elle ne peut plus en douter: son amabilité envers elle n'est pas coutumière. Il a une intensité particulière dans le regard ... Chaque fois qu'elle se dépeint ses traits, une myriade de papillons volète dans ses entrailles. Elle n'a qu'une seule hâte: croiser ses yeux de nouveau pour voir ses traits rudes s'adoucir et ses lèvres minces s'étirer en un sourire enjôleur, ses favoris se rehaussant grâce au rondi des joues.

Mais ces songeries plus vraies que nature ne peuvent durer éternellement. Rappelée à l'ordre par les vicissitudes de son existence, elle a l'impression de se déchirer. Il y a l'automate et il y a l'amoureuse, et entre les vêtures, un large fossé dans lequel elle craint de tomber. Sauf... Sauf quand elle se livre à sa cueillette ou quand elle compose mentalement des œuvres mirifiques avec le fruit de ses expéditions. Alors, Vitaline se sent invincible, elle se sent entière et indivisible, et elle se sent, surtout, parfaitement en équilibre sur le toit du monde.

Par malheur, un miasme délétère vient troubler le fragile confort de la jeune femme. L'été survient, installant sur la contrée une canicule doublée d'une sécheresse, et à l'instar de ses proches, Vitaline se met à redouter une résurgence du choléra morbus. Si 1833 a échappé au miasme, c'est que la saison a été fraîche et pluvieuse. En cette année d'après, les navires affluent depuis la Grande-Bretagne en quantité record, et au début de juillet, plus de 20 000 immigrants ont pris pied à Québec depuis l'ouverture de la navigation. Quasiment le double de l'année précédente, à pareille date!

Au même moment, la rumeur fait état de quelques décès suite à des symptômes qui s'apparentent à ceux du choléra. Le 11 juillet, à Montréal, un immigrant fraîchement arrivé de la capitale passe l'arme à gauche. Dès lors, il suffit de se remémorer 1832 pour prévoir la suite. D'autres immigrants contagionnés... les hommes de l'art divisés sur la nature du miasme, contrairement aux traverseux et aux opérateurs de diligences, qui cessent leurs opérations incontinent… et, en fin de compte, une propagation du miasme à la grandeur de l'Amérique du Nord.

La marche du fléau est nettement perceptible le long des voies empruntées par les immigrants pour se rendre dans le Haut-Canada ou aux États-Unis, et la région entourant la rivière Chambly commence à déplorer des décès. Chacun s'encabane, limitant les contacts au strict nécessaire, ce qui est la seule immunité possible. La leçon a été parfaitement retenue! Sans crier gare, Florentin et son père rappliquent même si la saison de cabotage bat son plein. À peine ont-ils traversé la claire-voie qu'ils interdisent aux membres de la maisonnée de les approcher, par crainte de la contagion, car les équipages de navire sont souvent ceux par qui la mort survient.

Tous deux s'installent dans un abri aux confins du terrain, réduisant les contacts avec autrui au strict nécessaire. Fin juillet, une tragédie familiale rappelle les trépas épouvantables de 1832: un couple de cultivateurs de la paroisse et leur fils de deux ans et demi sont portés en terre. Peu après, l'épouse d'un oncle de l'ancienne amie de Vitaline, Marie-Nathalie Duplaquet, est enterrée, de même qu'un journalier dans la force de l'âge et qu'une aïeule de 72 ans. Deux jours plus tard encore, l'époux de cette dernière succombe au miasme. Dès le mois d'août entamé cependant, les sonneries mortuaires, qui parviennent très bien aux Montplaisir malgré la demi-lieue qui les sépare du clocher, commencent à s'espacer.

L'annonce du trépas du vieux curé de la paroisse, le 23 août, cause un regain d'émoi collectif. Vitaline et ses proches en profitent pour remonter le fil de la vie édifiante de Jean-Baptiste Bédard, frère d'un juge persécuté et emprisonné sous le gouverneur Craig, ce qui les distrait de leur réclusion forcée. Bon sang ne saurait mentir: leur défunt pasteur a dûment paraphé la pétition d'appui du district aux 92 Résolutions, sans cacher son admiration pour l'action décisive des élus, et en particulier pour son neveu Elzéar, parrain desdites résolutions.

Le miasme moissonne un nombre spectaculaire de prêtres sur la rive sud du fleuve. Tout en se signant d'un preste signe de croix, ce qu'elle a coutume de faire en toute occasion, dame Eugénie ne peut s'empêcher de remarquer que le trépas du curé de Longueuil n'a guère dû affliger ses ouailles... Beaucoup détestaient cordialement Messire Chaboillez. Non seulement n'a-t-il pas barguigné à éponger le déficit de construction de l'église Notre-Dame-de-Montréal à même l'impôt religieux prélevé sur ses paroissiens, mais une fois l'affaire devenue publique, il a combattu lui-même le blâme dans les papiers-nouvelles. Il s'est mis en collision personnelle avec les tuques bleues de sa paroisse !

La disparition des curé de Sainte-Marie et de Varennes est davantage affligeante, et l'accumulation de trépas fait naître des spéculations. Les solennités entourant la visite pastorale de Mgr Lartigue dans la rivière Chambly, en juillet, pourraient-elles être tenues responsables de cette série noire ? La chose est loin d'être impossible. Que l'évêque ait amorcé son voyage alors que le miasme était déjà à l'œuvre, même si les premiers signes tangibles étaient indécelables, est un hasard déplorable.

Le trépas, le 1er septembre, de l'instituteur ayant remplacé Gilbert à l'école du Chemin du Bord-de-l'eau, est le dernier que les médecins de Saint-Denis attribuent au choléra. Malgré son regret devant une vie fauchée si jeune, Vitaline songe à Estère, l'ancienne flamme de Gilbert. Aura-t-elle enfin sa chance, elle qui avait obtenu un succès prouvable dans la classe de son soupirant lorsqu'elle l'a remplacé ? Ce ne serait que justice. Sa candidature avait été écartée même si Gilbert, de même que David Bourdages, l'avaient vantée auprès des syndics de l'école.

Les échanges commerciaux ayant repris, Florentin et son père hissent la voile et repartent à l'aventure. Le dernier mois de l'été 1834 s'égrène dans une lune de miel collective ; tout un chacun, trop heureux d'avoir été épargné, est pénétré de bonté pour autrui et pour la Providence qui l'a épargné. Portée par l'atmosphère débonnaire, Vitaline laisse l'angoisse sourdre d'elle goutte à goutte. Elle recommence à regarder le passage des nuées dans le ciel, les effets de lumière sur les champs de blé et d'avoine ondulants sous la brise, et le magnifique panorama du couchant qu'elle mire souvent, depuis le bas de l'écore.

13

Quelques minutes après avoir pénétré dans le Cabaretier patriote, Gilbert se conforte : plusieurs tables sont remplies et le tavernier, Étienne Lavictoire, se démène derrière son comptoir. Avant chacune de ses visites à son billard, le jeune instituteur se berce d'espérance : les affaires vont se renmieuter miraculeusement, la cité va retrouver sa vitalité des saisons estivales et les espèces sonnantes et trébuchantes vont tomber à profusion dans son gousset... Mais la morosité qui s'est installée suite à l'invasion du choléra est encore palpable. La faillite le guette, tant la clientèle tarde à venir.

Une demi-heure plus tard, l'endroit est bondé, la chambre de jeu de même, et les billards sont occupés. Pour couronner le tout, Gaspard franchit l'huis grand ouvert de la taverne et Gilbert en reste béat de contentement. Si son ami revient de son exil au village Debartzch, c'est que l'état sanitaire de la province au grand complet se renmieute ! Gaspard adresse un clin d'œil à Gilbert avant d'aller, à tout seigneur tout honneur, saluer l'aubergiste.

Cité maudite où nul ne voulait mettre les pieds sans y être absolument obligé, Montréal s'est vidée, de surcroît, de ses occupants ayant le loisir d'aller se réfugier à la campagne. Pour sa part, Gilbert n'a pu se résoudre à battre en retraite, même si les syndics ont fermé son école sans crier gare. De leur côté, ses parentes ont tergiversé trop longtemps. Où aller ? Ériole aurait très bien pu se réfugier à Saint-Denis, mais la présence de la nouvelle épouse de son frère la faisait barguigner. Pour grand-mère, qui n'a aucun lien de sang avec le maître-potier, un séjour au bourg était encore moins attirant. Au moment de se tourner vers leur parentèle distante, il était trop tard.

Gilbert a vu ses concitoyens se réfugier derrière leurs volets clos, et il a entendu le roulement sur les chemins publics des roues de charrettes portant les pestiférés décédés. Pourtant, il a gardé son calme, à l'image d'Ériole et de dame Royer qui ont vaillamment résisté à la panique débilitante de 1832. L'épidémie a été bénigne, comme elles l'affirmaient haut et fort, et comme de fait, le nombre de sépultures dans les cimetières a été relativement modéré. Même la fréquence de parution des papiers-nouvelles n'a pas fléchi!

Selon les apparences, la population canadienne a été peu éprouvée dans son ensemble. Néanmoins, Ériole et sa dame de compagnie ont été touchées au cœur par la tragédie qui a eu lieu au sein de la famille d'un respectable boulanger du faubourg Saint-Laurent. Son épouse et deux de ses enfants ont d'abord trépassé ; le boulanger, de même qu'un troisième de ses enfants âgé de neuf mois et une servante, les ont suivis dans la tombe ; de cette maisonnée, seul un petiot de quatre ans a survécu. Quelle hécatombe!

Laissant Étienne vaquer à ses occupations, Gaspard se dirige vers Gilbert. Ce dernier admire son teint frais, les favoris qu'il a laissés se joindre au moyen d'une courte barbe au menton, et son habit clair aux épaules savamment rembourrées, sous lequel se devine une chic chemise au plastron plissé. Ils se font l'accolade, en même temps que Gaspard s'écrie :

— Comme ça, le miasme t'a encore épargné? Moi qui me régalais d'être débarrassé de toi !

Gilbert répond par une grimace expressive. Son vis-à-vis enchaîne plus sobrement :

— Je suis venu hier au soir, mais tu brillais par ton absence.

— Je m'ennuyais de Caroline. Je suis allé faire le pied de grue.

— Le pied de grue? C'est quoi que tu me chantes là?

Chaque soir, explique Gilbert avec une mine contrite, il fait un crochet par la rue La Gauchetière pour vérifier la lanterne de la maison de Mme Lavictoire, mais les volets restent désespérément clos, alors que la cité a repris sa vigueur commerciale coutumière. Le voisinage n'est au courant de rien, ou du moins, nul n'a la moindre bribe d'information à partager avec Gilbert lorsqu'il pose des questions. Il faut dire qu'en 1832, la famille Lavictoire a perdu l'un des siens, frère de Marguerite et d'Étienne. Comme ce dernier l'a raconté à Gilbert, chat échaudé craint l'eau froide...

Gaspard s'écrie :

— Tu y vas tous les soirs ? Espèce de niaiseux !

— Laisse faire. Tu comprends rien à l'amour. Caroline pis moi, on a été séparés par le morbus après un malentendu. Ça me chicote.

— Arrête de m'insulter de même. Au contraire, j'ai pigé l'essentiel : l'amour, c'est un casse-couilles.

Gilbert fait une grimace de scepticisme.

— Tu déparles ? Je trouve, au contraire, que le garde-à-vous est foutrement aisé.

Il combat sa déception. Malgré l'amitié dont il le gratifie, Gaspard ne le questionnera pas sur le malentendu auquel il a fait allusion. Pourtant, il aurait aimé s'épancher... Un climat pénible s'était installé entre Caroline et lui. Gilbert supportait de plus en plus difficilement l'horaire de visite contraignant. Souvent, il combattait l'impulsion de courir la rejoindre pour la prendre dans ses bras et la couvrir de baisers, pour jaser avec elle des péripéties récentes de sa vie ou pour la contempler tout bonnement dans toute sa splendeur... Il en est devenu ronchonneux, quelques chicanes se sont ensuivies et Caroline s'est mise à lui lancer des piques sur son ardeur amoureuse.

Sur ce, la maison déréglée a fermé temporairement ses portes. Caroline a fait parvenir à Gilbert une missive pour lui faire savoir que Madame les débagageait à la campagne pour une période indéterminée. Pendant des jours, Gilbert s'est trouvé aux prises avec un immense dépit. Il avait fini par se persuader que sa dulcinée accepterait de se réfugier à Saint-Denis avec lui. La résurgence du morbus allait agir comme un soufflet en pleine face : l'existence d'une ébraillée comporte bien plus de risques qu'elle n'avait, jusqu'à présent, daigné reconnaître ! Le dépit de Gilbert s'est exacerbé d'un remords envahissant. Il devait prendre garde à ses propres humeurs, sinon sa jeune amie allait se tanner et le bouter hors de sa chambrette !

Gaspard et lui s'installent à une table de l'établissement pour faire le bilan de l'été. Gaspard fanfaronne qu'il se l'est coulée douce, à se faire bichonner par sa mère, mais Gilbert n'est pas dupe. S'il n'a jamais revu dame Cosseneuve depuis sa visite à Saint-Charles à l'été 1831, il en garde un souvenir pénible. Les chiches allusions de Gaspard à celle qui l'a mise au monde n'ont fait que renforcer son opinion sur sa personnalité trouble. Gaspard, lui, ne fait pas mystère : il la trouve plutôt idiote et exagérément soucieuse pour lui. Gilbert soupçonne, sans jamais avoir osé aborder le sujet, que son ami, en réalité, ne l'affectionne guère, tout en faisant mine du contraire.

À son tour, Gilbert esquisse le portrait de son été : une quasi réclusion pendant les pires semaines de l'épidémie, puis du vagabondage en masse d'une extrémité à l'autre des faubourgs. Il a trompé l'attente en explorant les moindres recoins de sa ville. Comme en 1832, l'armée britannique a évacué les baraquements du faubourg Québec, et plusieurs fois, dans un accès d'euphorie, Gilbert s'est dit que le miasme, somme toute, était un moindre danger pour la population canadienne que les mousquets des habits rouges ! Il a joui intensément de sa liberté d'aller et venir à sa guise, sans craindre de mirer un quidam hostile entre quat'z'yeux.

Gilbert a vaincu sa peur panique des soldats, et dans le cas d'une hypothétique confrontation à armes égales, il résistera à l'envie de détaler comme un lapin. Sa confidence à André Jobin, au moment où une comparution devant la législature était encore possible, l'a libéré du plus incontrôlable de sa frayeur ; quelques échanges tranquilles mais émouvants avec sa grand-mère lui ont permis d'en émousser encore davantage la force d'impact. Pour éprouver sa détermination, Gilbert ne détesterait pas en découdre avec le pire grichou d'habit rouge qui se mettra en travers de son chemin, mais en attendant, il profite de la trêve d'autant plus qu'elle s'éternisera jusqu'aux froidures de l'automne.

Évoquant le bilan des mortalités, il se risque :

— T'as vu la notice nécrologique pour D'Aubreville ?

Emmanuel et de son épouse d'origine polonaise ne sont plus de ce monde. Depuis le charivari, un an plus tôt, il a côtoyé le couple lors de soirées festives où le tempérament convivial D'Aubreville tempérait singulièrement sa réputation de *bully* sans âme, paré à tout moyennant salaire. Gilbert l'a finalement intégré : ce n'était pas à ces jeunes laissés-pour-compte qu'il fallait jeter la pierre, mais à ceux qui profitaient de leur désœuvrement pour les dévoyer en malfrats à gages.

Sur le coup, Gilbert croit que Gaspard, figé sur place, n'a pas entendu. Peu à peu, son ami se fend d'une grimace qui donne l'impression qu'il est assailli par un irrépressible chagrin, et qu'il va éclater en sanglots. Un instant plus tard, Gaspard a réussi à se dominer, et il gratifie Gilbert d'une bourrade qui n'a rien d'amical.

— T'as pas encore compris ? Moi, les disparus, c'est comme s'y avaient jamais existé. C'est comme ça que j'avance dans la vie. Pas de remords, pis surtout pas de nostalgie. J'aimerais ça que tu t'en souviennes pour l'avenir.

Gilbert anticipait cette réaction. S'il a évoqué le sort de leur ami commun, c'est pour confirmer son intuition née après l'épisode de la Rue du Sang, alors que Gaspard lui interdisait toute velléité d'épanchement au sujet de leur camarade de collège Casimir. Gaspard ignore le deuil, et garde son attention obstinément fixée vers l'avant. Quand il doit évacuer quelqu'un de sa vie, comme sa ci-devant maîtresse, il la transmue en salope, processus dont le charivari a été la pierre angulaire !

En un clin d'œil, Gaspard a retrouvé sa jovialité. Il jette un regard circulaire, puis laisse tomber :

— Les affaires vont reprendre incessamment, fie-toi sur moi. J'ai eu le temps, hier, d'en jaser tout mon content avec Étienne. Notre ami a guère dépéri pendant la belle saison, tu trouves pas ?

Gilbert laisse son regard dériver vers l'aubergiste coiffé de sa célèbre tuque bleue, mais placée de manière à laisser virevolter la queue de cheval blonde. Il commente à son tour :

— Peut-être qu'y a pas voulu le laisser paraître, mais y en a sué un coup. Pis à lui, la banque voudra pas avancer un chelin pour l'aider à tenir le coup pendant les temps durs.

Gaspard échappe un rire sardonique.

— Les banques ? Quel faquin irait à la banque pour contracter un prêt ? Y a suffisamment de marchands en moyens pour ce faire !

— Quand même. Une banque devrait pas juste servir à accumuler des espèces sonnantes pour le bénéfice des favoris du régime, comme la *Bank of Montreal*... Pis quand les autres ont besoin de liquidités, on répond, frette comme glace, que les coffres sont vides. Ça m'écœure. Ça commence à faire jaser en ville, tu vas voir. La résistance aux abus doit pas juste être *légale*, elle doit être *économique*.

Son vis-à-vis réagit à son irrépressible emportement par une moue railleuse, et Gilbert, se dégonflant tout soudain, ne peut s'empêcher de balbutier :

— Je suis fatigué, Gaspard. Fatigué de pas avoir Caroline pour moi tout seul. Ça me grugeait avant, pis là, juste pour me faire suer encore, elle a sacré son camp sans laisser d'adresse. Depuis six semaines. T'entends ?

— Oui. Six semaines.

— Pis je te jure que mon commerce est sur la corde raide... Le tien itou, pour le sûr ? Non, c'est vrai que toi, t'as ton paternel pour éponger le déficit d'exploitation.

— Pis toi, intervient Gaspard péremptoirement, tu m'as. J'ai pas encore fait le bilan trimestriel, mais tu crois vraiment que la situation est à ce point critique ?

— Si on se fie aux apparences...

— Holà ! C'est juste sur les chiffres qu'y faut se fier. Arrête de te conter des peurs, Gilbert. Nos dépenses sont guère élevées ; nos biens meubles de même. Étienne a suffisamment de ressources pour endurer un manque à gagner pendant une bonne escousse. Penses-tu que j'aurais embarqué avec lui sans m'en assurer ?

Gaspard presse son point : des difficultés temporaires ne doivent pas faire oublier l'encourageante performance depuis les débuts de leur association, et ce n'est pas un été tristounet qui va mettre en péril une telle réussite. Il tend sa main, paume ouverte, à Gilbert.

— Comment tu paries que cet hiver, on aura dépassé le pic du printemps dernier ?

Incapable de se résoudre à toper, Gilbert émet plutôt :

— Je l'escompte. J'ai besoin de foin. Je veux Caroline à moi tout seul.

Gaspard émet un sifflement persifleur.

— Boucane de sauvage ! Si l'amour, c'est pas un casse-couilles, c'est un égorgeur de porte-monnaie ! Caroline à toi tout seul... Je sais pas si t'évalues le montant dont t'auras besoin ? Vraiment, t'es niaiseux long comme d'icitte à demain. Pourquoi tu pourrais pas te contenter de ce que t'as présentement ? Ou encore mieux, d'une deuxième journée de la semaine ?

— Je veux pouvoir lui parler quand je veux. Je veux pouvoir la baiser quand je veux.

Frappé par l'intensité de Gilbert, Gaspard reste coi un moment, puis il bougonne :

— À ce que je vois, je te ferai pas changer d'idée. C'est correct, on étudiera la chose. Mais prépare-toi à des sacrifices. En attendant...

Il vient se placer contre le flanc de Gilbert, afin de le saisir par le cou et de diriger son attention vers le comptoir de la taverne.

— En attendant, y a rien qui nous interdit de prendre du bon temps, c'est-y pas ? Si je me souviens bien, tu commençais à apprécier les vraies bonnes choses que la vie nous offre. On s'est offert une trâlée de sauteries au cours desquelles tu...

Gaspard s'interrompt abruptement. Plus souvent qu'autrement, ces soirées de beuveries et d'amusements avaient lieu chez Emmanuel D'Aubreville... Gaspard bifurque donc vers l'avenir et un panorama à faire saliver, celui de soirées bien arrosées auxquelles ils participeront cet hiver, chez l'une ou l'autre de leurs connaissances. Gilbert doit convenir qu'il commençait à s'ennuyer fièrement des veillées en compagnie de Gaspard et de son groupe de boulés plus ou moins patentés. Depuis l'irruption du choléra, il est plongé dans une sobriété certes édifiante, mais à laquelle, au risque de tourner en bourrique, il doit mettre un terme !

Gaspard bavarde au sujet de leurs amis et des filles accueillantes qui s'y trouveront, mais Gilbert n'écoute plus, car il est traversé par une vision, celle d'une plaisante femme bien en chair, l'épouse d'Emmanuel, et qui semblait apprécier les sauteries autant que son homme. Lorsqu'elle avait d'amples rasades d'eau-de-vie ou de brandy dans le corps, elle ne détestait pas se faire lutiner par l'un ou l'autre des convives. Gilbert est parcouru d'un vif malaise au souvenir de ce qui commençait par des attouchements ostensibles, comme si les effluves d'alcool isolaient les futurs amants du reste du monde, mais qui se concluaient par des accouplements lascifs, peu importe l'endroit.

Gilbert n'était pas ivre au point de trouver la chose parfaitement naturelle. Il s'irritait de l'exhibition, des seins qui se dénudaient, des fesses mâles qui se désabriaient, des grognements et des râles... Quand Gaspard en a profité à son tour, il s'est empressé de détourner les yeux et de sacrer son camp comme si le diable était à ses trousses. À ce point de sa songerie, il hausse décisivement les épaules : ces épisodes dérangeants sont du passé et il ne sert plus à rien d'en raviver le souvenir, d'autant plus que les principaux protagonistes ont droit au respect dû aux trépassés.

Soudain, il fige net, car une jeune femme à la silhouette familière, les cheveux négligemment recouverts d'une écharpe légère, vient de franchir le seuil du Cabaretier patriote. Dans l'éclairage feutré et le nuage de boucane, il hésite à se rendre à l'évidence, puis son cœur fait un bond dans sa poitrine. Caroline! Il veut se précipiter à sa rencontre, mais quelque chose le retient. Son amie, un large sourire aux lèvres, a les yeux fixés sur Étienne Lavictoire. Le visage de ce dernier, lorsqu'il l'aperçoit enfin, se couvre d'une expression attendrie qui précipite Gilbert dans les affres de la jalousie.

La démarche leste, Caroline marche jusqu'au comptoir, tandis qu'Étienne en fait le tour pour venir à sa rencontre. Leur accolade est fraternelle, ponctuée d'un baiser de l'aubergiste sur la joue de la survenante, mais Gilbert est inondé d'une sueur froide. Ces deux-là se connaissent à ce point? Comment se fait-il qu'il n'en ait rien su? Et puis, comme Caroline dévisage Étienne avec gentillesse! Leur aparté semble d'une simplicité désarmante, comme des êtres qui retrouvent instantanément leur complicité d'antan après une séparation...

Le cabaretier à la tuque d'un bleu royal a fait un geste du menton vers Gilbert, et Caroline tourne la tête vers lui, la bouche fendue jusqu'aux oreilles. En même temps, Gaspard s'écrie:

— Boucane de sauvage! Ce serait-y pas ta dulcinée?

Gilbert fait quelques pas comme un automate. De son côté, Caroline louvoie entre les tables et se précipite dans ses bras avec emportement, au point que Gilbert en chancelle sous le choc. Elle l'étreint sauvagement, elle applique fortement ses lèvres sur les siennes, puis elle se dégage légèrement pour dire avec ferveur:

— T'es bien vif? En un morceau?

— Autant fringant qu'avant. Pis toi?

— Pas mal renmieutée. J'avais besoin d'une vacance, tu peux pas savoir...

— À cause de moi?

— De toi? Comment ça se pourrait?

— Je t'ai brouscaillée un brin, ce printemps.

Elle réagit par une grimace de regret.

— Moi itou, j'étais pas du monde.

— Pourquoi t'es partie en sauvage ?
— Pour pas avoir à me justifier jusqu'au jugement dernier.

Caroline a proféré cette explication avec une mine malicieuse, et Gilbert ne peut faire autrement que de la trouver croquable. Il se barde contre son attendrissement pour proférer sévèrement :

— J'aurais aimé savoir où t'étais. J'étais perclus d'inquiétude. Si tu savais comme le temps m'a paru long...

L'humeur badine de Caroline s'est envolée, remplacée par une gravité de circonstance.

— Je... je te fais toutes mes apologies. Tout s'est fait si vitement, pis... c'est sûr que... j'ai peut-être voulu me venger de tes airs bêtes du printemps.

Malgré qu'il l'ait admis lui-même quelques instants auparavant, Gilbert fait mine de monter sur ses ergots.

— Moi, l'air bête ?

Elle se fend d'un sourire railleur.

— J'aurais aimé te mettre la binette en face d'un miroir.

Il l'attire dans ses bras et la presse fortement contre lui, incapable de se retenir de cajoler une créature si adorable. Elle murmure :

— On s'en va ?
— Pis Étienne ? De la manière que tu le mirais...

Elle le repousse d'un bourrade, l'expression railleuse.

— Quoi, Étienne ? Y est marié, comme tu sais.
— Niaise-moi pas.
— Étienne est juste mon ami pis mon protecteur un brin. Tu devrais le remercier plutôt que de te méfier de lui.

Gilbert se le tient pour dit et peu après, tous deux se retrouvent dans la fraîcheur de la soirée de fin d'été, illuminée par une lune presque pleine. Pour marcher, il la tient étroitement accolée à son flanc, et c'est ainsi lié à Caroline qu'il tente de la faire sortir de son mutisme. Pour ne pas perdre ses meilleures engagées, Mme Lavictoire leur a offert un séjour à la campagne, quelque part au nord de l'isle de Montréal, car elle ne pouvait supporter l'idée de se livrer, pieds et poings liés, au morbus. Elles ont été une demi-douzaine à habiter une vieille maison de ferme au bord d'une rivière.

Son compagnon l'écoute à moitié. Il a l'impression de se balader avec sa blonde à lui tout seul, ce qui lui procure une joie si forte qu'elle lui fait mal, tout en le consolant de ses déboires de l'été et surtout de l'apparent manque de considération de Caroline à son égard. À son tour, cette dernière l'interroge sur son été enténébré, mais il n'a guère le temps d'élaborer. Tombée en arrêt, Caroline profère, l'expression furieusement indignée :

— C'est-y vrai, ce qui se dit ? Que le compère Mathieu, y a pas voulu ouvrir les cordons de la bourse du pays pour venir en aide aux pestiférés ?

Gilbert opine du bonnet. Par son incurie palpable devant la propagation du miasme, lord Aylmer donne à croire qu'il souhaite l'extermination des Canadiens du district de Montréal. Là où la Loi de la quarantaine n'est pas en vigueur, contrairement à celui de Québec... Gilbert explique à sa dulcinée que le Comité sanitaire, organisme de bienfaisance administré par d'influents Bureaucrates de Montréal, a même fait des propositions concrètes au gouverneur. Permettre l'organisation d'une Quarantaine sur l'isle Ronde, par exemple, ou ordonner l'inspection des navires remontant le fleuve depuis Québec, ce qui tombe sous le sens.

Car des *steamboats* surchargés ont appareillé de la capitale avec des cholériques à leur bord, qu'ils ont dégorgé sur les quais de Montréal. Les autorités sanitaires de la Grosse Isle les avaient laissés passer... Ce qui a mis en relief un fait outrageant : la corporation municipale est dépourvue du moindre pouvoir en matière de contagion miasmatique, puisque la grève et le port ont été soustraits à son autorité, afin de les remettre entre les mains d'une corporation indépendante truffée de marchands bureaucrates. Et ce, à cause des robes de soie du Conseil législatif, qui répugnent d'accorder davantage qu'une miette de pouvoir à un corps élu au scrutin public !

Le maire et les échevins ne sont, à toutes fins pratiques, que des rond-de-cuir qui débattent de l'emplacement d'un lampadaire. Devant cet état de fait, le maire Jacques Viger s'est empressé de monter à Québec pour quérir une aide financière d'urgence. Il s'est heurté à des portes closes : le gouverneur avait déserté le vieux château Haldimand, où il habite depuis que le Château Saint-Louis est un monceau de ruines, pour se mettre à l'abri dans son domaine de Sorel.

Le maire a reviré de bord pour s'y rendre incontinent. Sa récompense pour cet éprouvant voyage : un bref entretien et une rebuffade par lettre. *Son Excellence doit se borner à dire qu'il n'y a point de fonds publics appropriés pour cet objet...* En clair, Milord se vengeait de la fin de non-recevoir des députés concernant le vote du budget de la province, et surtout, de leur acte d'accusation envers sa personne contenu dans les 92 Résolutions. Il se désintéressait totalement du sort de ses gouvernés !

Après un juron emporté, Caroline s'insurge :

— Y fais-tu exprès, le compère Mathieu, pour se mettre les pieds dans les plats ? Y est en procès devant les Communes de Londres, pis on dirait qu'y tient à rempirer son cas !

— Y a la chienne de voir ses turpitudes étalées au vu et au su de l'élite de l'empire britannique, déclare Gilbert. L'affaire du Tattersall a prouvé ses menteries éhontées à son supérieur, tu te souviens ?

À ce souvenir, la jeune ébraillée glousse sans retenue et Gilbert l'imite, ravi par son roucoulement de tourterelle. Tout juste avant le départ en catastrophe de Caroline, tous deux ont décortiqué ce cas litigieux en long et en large. Elle le talonne affectueusement :

— Rappelle-moi les faits saillants. J'ai divagué depuis. Pour parler drette, ce qu'on a fait pendant notre retraite, c'est seriner en chœur.

Et avec la subtilité d'un tambour menant une fanfare militaire, elle se met à défiler ce couplet que Gilbert lui a entendu chanter cent fois, car c'est son préféré :

— *Si l'on fait de faux serments, qu'on oublie tous les sacrements, et si tous les catholiques deviennent tous hérétiques, qu'on ne fait plus son credo, c'est la faute à Papineau. C'est la faute, faute, faute, c'est la faute à Papineau.*

Comme sa mie n'a aucun sens musical, le jeune instituteur s'empresse, pour la faire taire, de la saisir par la taille et de l'accoler à son flanc. L'entraînant dans une lente promenade, il lui rappelle que la frange intolérante de la population britannique du district de Montréal s'est agglutinée, le 5 avril dernier, dans la cour arrière d'une halle vouée aux encans à bestiaux, *The Tattersall*. Devant les commis et ouvriers de la métropole forcés de faire acte de présence à l'assemblée par leurs patrons, un orateur a cru bon d'affirmer que si un poignard assassin perçait le cœur de M. Papineau, cet acte serait considéré comme méritoire !

Selon *La Minerve*, les discours ruisselaient d'ignorance, d'hypocrisie et de fanatisme sectaire. Mais le pire scandale a été causé par lord Aylmer lorsqu'il a accueilli avec pétulance les trois émissaires de l'assemblée «anti-résolutionnaire», plutôt que de les éconduire. D'après les rapports publiés dans les gazettes bureaucrates, il a même affirmé que la part des Canadiens dans les appointements public s'accordait aux intentions libérales du gouvernement de Sa Majesté. Alors que le favoritisme dans la fonction publique est amèrement ressenti! Milord se serait fendu d'un calcul arithmétique pour prouver que les charges sont bel et bien distribuées en proportion de la représentation ethnique de la population.

Poursuivant sur sa lancée, il aurait conclu l'entretien en fustigeant le parti réformiste pour sa propension à considérer les sujets de sa Majesté nés dans le Royaume-Uni comme des étrangers, tandis que les autres immigrants établis dans la colonie, *fussent-ils Hottentots ou Topinambours,* sont aussitôt affublés *du nom de frères et de Canadiens.* Ce qui revenait à dire que les Anglais sont chez eux partout où flotte le pavillon britannique, y compris en Canada, et tant pis s'ils repoussent les enfants du sol dans l'infériorité politique...

Se constituant chef du parti qui persécute les neuf dixième de la population, lord Aylmer a diligemment accepté de transmettre au roi des résolutions qui approuvaient sa harangue à la clôture de la session législative, désavouaient la conduite de la Chambre d'Assemblée et célébraient les avantages de l'établissement de la British American Land Company. Indifférent aux maux extrêmes dont se plaignent ses gouvernés, il controuvait les faits de manière à faire accroire que son administration était approuvée par l'opinion publique.

Gilbert étaye sa démonstration. De l'autre bord de l'océan, par un discours émaillé d'inepties à la Chambre des Communes, le ministre des Colonies s'est empressé d'officialiser la menterie. Mr Stanley a accumulé des canulars forcément imputables à des rapports fallacieux de lord Aylmer. Notamment, les représentants en chambre basse auraient *amèrement reproché* au gouverneur d'avoir illégalement pris 7 000 livres sterling d'argent public, en 1833, *pour secourir des malades et des personnes périssant de faim.* Par après, ils auraient refusé de le rembourser. Alors qu'en vérité, Milord a utilisé ladite somme pour défrayer de trois à six mois de salaire d'une variété d'officiers du gouvernement, lui-même compris!

Mais l'incurie du ministre des Colonies s'est révélée dans toute sa splendeur au sujet de la Rue du Sang. L'enquête en Chambre d'Assemblée du Bas-Canada a confirmé qu'il s'agissait d'une exécution militaire préparée plusieurs jours à l'avance, suivie d'un complot étendu pour arrêter le cours de la justice dans lequel ont trempé non seulement les auteurs directs de l'assassinat, mais des conseillers législatifs, des magistrats, des Conseils du roi, des juges, un shérif, un corps de Grands Jurés et même le gouverneur lui-même. L'administration de la colonie en entier se trouve impliquée, mais Mr Stanley a traité la question avec une révoltante désinvolture. Le verdict de la Cour du Banc du Roi, à l'effet que l'émeute en cours justifiait le tir, était parole d'oracle.

Les élus en Chambre d'Assemblée du Bas-Canada se sont mis dans une colère qui a résonné aux quatre coins du district. Ensuite, ils ont formé le Comité central et permanent du district de Montréal, ainsi que l'autorisait une des 92 Résolutions. À leur réunion du 1er juillet, alors que les signes avant-coureur de l'épidémie devenaient palpables, les membres du Comité ont adopté un rapport blâmant sévèrement le chef de l'Exécutif pour son favoritisme révoltant. Sous le titre de *Observations sur la réponse de Mathieu lord Aylmer à la députation du Tattersall et sur le discours du Très Honorable E. G. Stanley*, ce rapport a été imprimé à 1100 exemplaires.

Le texte était rehaussé d'une verdeur de langage novatrice, comme si ses rédacteurs envoyaient aux orties toute retenue diplomatique! Au début de l'été, tout juste avant d'être séparés par le morbus, Gilbert et Caroline se sont régalés de la lecture du texte pamphlétaire. Le jeune homme déclame un passage appris par cœur:

— *Non, l'Anglais n'est pas né pour être partout et toujours au premier rang, pour y être un maître insolent, un sot titré, un magistrat ignorant, et sous toutes ces formes ignobles, être toujours un homme respecté parce qu'il est né* Briton, *toujours préférable à ses co-sujets qui parlent français en Canada, bas-allemand à Surinam, espagnol à La Trinidad ou maltais dans la Méditerranée, et qui tous sont égaux en droits avec lui.*

Caroline pile net dans la nuit chaude et odorante. Le ton altéré, elle récite à son tour un passage touchant que tous deux ont lu et relu jusqu'à plus soif :

— *Ne courbez pas le front devant ceux qui vous insultent, vous et vos représentants, aussi grossièrement que le font quelques-uns de vos ennemis...*

Comme elle bute sur la suite, Gilbert vient à son secours :

— *Ne courbez pas le front devant ceux qui demandent pour eux tant de respect, quand ils se permettent contre vous tant de grossièreté ; devant ceux qui se donnent pour des demi-dieux, quand à peine ils vous regardent comme des demi-hommes.*

Caroline se précipite sur Gilbert et l'étreint de toutes ses forces. Elle respire pesamment contre lui, et il comprend qu'elle combat la même émotion que celle qui l'envahit, lui, astheure. Levant la tête vers le ciel, Gilbert agrandit les yeux pour absorber une large portion de la voûte étoilée, et il récite cette sentence qui l'a tant fait vibrer :

— *Que tous ceux qui ont des rapports avec vous, qu'ils soient gouverneurs, hommes en place ou même simples particuliers, sachent que la mesure de leurs égards pour vous, doit être la mesure de vos égards pour eux.*

— Je m'ennuyais sur un temps riche de nos parlures, murmure la jeune femme contre lui. C'est pourtant clair comme de l'eau de roche. Les incubes oppressifs veulent nous piller. Y veulent toutte pour eux. Sont même parés à nous mettre l'âme au vent. Pis en plus, faudrait leur donner gracieusement l'arme pour régler notre compte ?

Frappée par une pensée, elle se désengage de l'étreinte de Gilbert pour le questionner de nouveau :

— C'est-y vrai, l'affaire de la souscription ? Toutte le monde a juste ce mot à la bouche...

Gilbert sent une main froide lui étreindre le cœur.

— Nos ennemis s'en cachent même pas. Y jouissent de nous soumettre par un régime de terreur.

Il reprend sa dulcinée entre ses bras. Comme il avait besoin de son soutien ! Il explique qu'une bataille épique pointe à l'horizon : celle d'élections générales qui auraient déjà dû avoir lieu, si ce n'était de ce couillon d'Aylmer qui, au lieu d'ordonner une dissolution du parlement, additionne les prorogations. Dans cette vue, il paraît qu'un fonds spécial a été constitué pour défrayer les dépenses des *bullies* employés à prendre possession des maisons de votation. Afin de le garnir, des sollicitations sont effectuées même auprès de notables se tenant loin, habituellement, du parti ennemi!

En vérité, les seuls *rebels* de la colonie sont ceux qui tentent, par tous les moyens, de créer des perturbations pour obscurcir la vue des décideurs à Londres. Sous la constitution anglaise, une élection est l'occasion idéale, pour le peuple, d'offrir à la vue du souverain la conduite de ceux qui garnissent l'Exécutif. Ces derniers seront lavés de tout soupçon s'ils installent en chambre basse des satellites à leur solde, suffisamment nombreux pour renverser la vapeur. Ce qui annihilera le moindre espoir de réforme, et consolidera le despotisme des faveurs, des profits et des honneurs qui sied si bien aux favoris du régime. Des favoris tenant à leur prépondérance toute aristocratique...

— T'es tout crispé, balbutie Caroline. Ça t'apeure à ce point?

Gilbert réagit par un sourire attendri. Pas de circonvolutions verbales pour la jeune ébraillée: elle va toujours drette au but. Elle s'enquiert encore:

— Tu crains... de revivre la Rue du Sang?

Il riposte qu'il n'est pas le seul. D'influents citoyens, craignant un 21 novembre encore pire que le 21 mai, ont proposé un compromis aux *leaders* avoués des Bureaucrates montréalistes: leur laisser le choix d'un des deux représentants du quartier ouest. La proposition a été froidement rejetée. Après un temps, sa belle amie le délivre et, reculant d'un pas, elle laisse tomber:

— Tu m'en as quasiment jamais parlé, mais j'ai bien senti... Le trépas de ton Casimir te hante encore, c'est-y pas?

Tous deux sont amplement revenus sur la signification de cet épisode maudit, mais Gilbert répugne à lui laisser entrevoir l'ébranlement que la fusillade a causé au tréfonds de son âme. Cette fois, la compassion palpable de sa dulcinée est comme un fanal dans la nuit auquel il s'accroche. En quelques phrases, il résume pour son bénéfice ce qu'il a confié à André Jobin huit mois auparavant. Il conclut:

— Les balles... les balles tuent l'espérance itou.

Respirant lourdement, Caroline lui prend la main, mêlant ses doigts aux siens. Enfin, elle reprend la parole :

— Les balles, oui... mais pas juste les balles. Les mots itou. Y a des mots qui tuent. Des gestes. Les taloches, les coups de trique... et même les caresses. Faut voir... que c'est la minorité. Comme nos ennemis politiques sont une minorité.

Elle tente de badiner, et Gilbert s'oblige à entrer dans son jeu :

— Bien moins qu'une minorité : une frange infime.

— Faut contrebouter les mauvaisetés par toute la bonté du monde. C'est de même que... que je vois les choses. Pis tu sais quoi, Gilbert ?

Elle poursuit avec un soupçon de malice :

— Vous autres les hommes, z'aimez faire accroire que vous êtes braves. Vous voulez nous faire accroire que le garçonnet qui se réfugiait sous la jupe de sa mère, vous l'avez bouté à l'autre boutte du pays. Mais c'est une menterie. Même le plus endurci des hommes gémit devant l'horreur. Comment y pourrait faire autrement ? Autrement, y serait rien de moins qu'un monstre de froidure. Je t'haïrais, Gilbert, si t'étais de même.

Ce dernier attire prestement la jeune femme contre lui. Elle vient de lui signifier que plus que tout, elle préfère entre eux la sincérité et la candeur, ce qu'il a négligé depuis le début de la présente année, il lui faut se l'avouer. Il venait auprès d'elle surtout pour s'étourdir de volupté... Longuement, il caresse le dos de Caroline, puis il poursuit sa descente et elle s'alanguit. La soulevant légèrement pour mieux la presser contre lui, Gilbert chantonne dans son oreille :

— *Auprès de ma blonde, qu'il fait bon, fait bon, fait bon, auprès de ma blonde, qu'il fait bon dormir.*

Caroline gigote entre ses bras et Gilbert n'a pas le choix que de la redéposer au sol. La mine grave, elle le couve des yeux. Il ne peut se retenir : levant la main, il fait glisser sur ses épaules l'écharpe qui couvrait sa tête, et il frôle sa lourde chevelure, réunie en tresse, de ses doigts. Elle suit son mouvement, comme un animal de compagnie qui quémande des flatteries, puis elle saisit sa main baladeuse et l'immobilise en la compressant entre les siennes.

Tous deux restent en silence, nimbés de lumière lunaire. Ils sont parvenus à la hauteur du Champ-de-Mars, quasi désert à cette heure. Caroline laisse son regard errer sur le décor environnant : la masse sombre du mont Royal d'un côté, puis la ligne des maisons de ville, garnie de quelques lueurs aux croisées, de l'autre. Enfin, elle revient à Gilbert, qui a l'attention rivée sur elle. Après un interminable soupir, elle dit à mi-voix :

— J'ai pas le pouvoir de t'offrir ce que t'escomptes de moi.

— L'exclusivité ?

Elle opine fugacement du bonnet. Il ajoute sur le même ton :

— Et si je te demandais une autre nuitée ?

Elle s'épanouit.

— J'allais te le proposer. Semblerait qu'un des mes soupirants a poussé son dernier soupir, Dieu ait son âme. Ce sera le même prix.

— Le même prix que le trépassé ?

— Je veux dire, je te charge rien pour la seconde nuit. Ce que tu me donnes déjà, c'est suffisant.

Gilbert ouvre la bouche pour quémander des éclaircissements sur cet élan de générosité inattendu, mais elle vient y poser son index tendu.

— Chut... C'est de même. Accepte-le. Je fais pas de sacrifice, je t'assure.

Sur ce, elle s'avance pour revenir s'accoler à lui, et elle reprend, le ton aguichant :

— Même que ta nuitée gratis, c'est à soir que ça commence. Tu dirais quoi, qu'on aille se trouver un recoin isolé en pleine nature ?

Il empoigne ses fesses pour mieux sentir ses formes contre lui, ce qui est la plus éloquente des réponses. Caroline se dérobe au baiser qu'il veut lui donner pour souffler encore :

— Tu me croiras pas, mais là-bas, pendant ma retraite... Y avait de jolies prairies couvertes de fleurs, pis de grands arbres aux branches basses... pis à un moment donné, je me suis vue allongée dessous, avec toi... caressée par toi pis par des gouttes de soleil...

Gilbert lui clôt le bec. La lune fera amplement l'affaire ! Ses allusions langoureuses l'ont enivré. Il ne veut pas savoir si elle a vraiment été allumée par ces songeries lascives ou si elle a fait cette suave menterie pour lui plaire. Tout ce qui importe astheure, c'est de monter au septième ciel en sa compagnie. Ce soir, elle veut bien jouer à être sa dulcinée, et il compte en profiter jusqu'à plus soif.

14

Posant le pied sur le pavé alors qu'un matin blafard éclaire les nuées, Gilbert fait une pause, à l'affût du brouhaha de la cité. Après un bon moment à tendre l'oreille, il se rassure : en ce 31 octobre 1834, aucun bruit suspect, aucun raffut insolite ne vient troubler la rumeur coutumière. Comme Gilbert, les habitants se sont mis en état de veille permanent. Même dans leur lit, ils ne dorment que d'un œil... N'ayant pas pu étirer l'élastique davantage, le gouverneur a déclenché les élections générales; l'officier-rapporteur de Montréal-Ouest a ouvert son monumental registre quatre jours plus tôt.

Le jeune instituteur considère l'enfilade de la rue Notre-Dame vers l'est, car c'est vers son école du faubourg Québec qu'il devrait se diriger, mais tout enseignement étant impossible, il a donné congé à ses élèves. Les plus vieux ne pouvaient se retenir de gloser à l'infini sur les événements en cours. L'énervement collectif menaçait de transformer sa classe en foire ! De surcroît, à cause du climat de tension, plusieurs parents ont pris la résolution de garder leurs mioches à la maison.

Gilbert rajuste donc sa bougrine, puis il affronte la bouette créée par des abats de neige mêlée de pluie et se met en route vers l'ouest, vers la place du Marché à foin et la maison de votation, à quelques encablures de son domicile. Il a été emporté par un irrésistible courant, celui du flot d'indignation qui l'a inondé au spectacle des manœuvres éhontées de la faction ennemie. La marée de sa révolte l'a dépouillé des dernières reliques de son épreuve de la Rue du Sang. Il se sent remis à neuf...

Jusque-là, il avait réussi à rester relativement indifférent au climat de confrontation électorale grandissant. Il s'abriait du drap qui couvre la couche de Caroline, là où tous deux passaient un temps infini. Même la jeune ébraillée ne semblait guère désireuse de commenter l'actualité ; elle se complaisait d'être, avec lui, dans un ailleurs immuable, loin de la rumeur des folies humaines. Mais le flegme de Gilbert s'est envolé en boucane. Une lutte féroce a lieu dans les comtés où les favoris du régime peuvent compter sur bon nombre de «serfs», ces hommes qui doivent leur gagne-pain, leur commerce ou leurs propriétés foncières à l'appui qu'ils donnent aux ennemis du pays.

Dans la cité même, des milliers de livres sterling ont été amassées pour acheter des votes et constituer une horde de mercenaires à gages. Ces manœuvres ont été accomplies avec si peu de cachotteries que le but escompté saute aux yeux : irriter suffisamment les patriotes pour les entraîner dans un conflit, par la suite réprimé par les autorités locales – les fanatiques magistrats – avec l'aide de l'Exécutif de la province. C'est une tactique éculée dans les vieux pays : les «révoltes» sont fomentées par les proches du pouvoir, afin de réduire à l'impuissance, avec apparence de légalité, des hommes redoutés pour leurs dénonciations.

Pour tout dire, la Clique du Château n'attend que la première occasion pour gouverner militairement, ce qu'elle a indiqué par un premier coup de force dans la capitale même. Des soudards du 79e régiment entraient forcément chez un particulier, prétendument parce qu'ils se croyaient dans une maison déréglée. L'altercation est devenue échauffourée lorsque chacune des parties a reçu des renforts. Boutés dehors, plusieurs dizaines de soldats sont revenus à la charge le jour d'après. Contrevents et croisées de la maisonnette étaient déjà démolis avant que les revanchards ne soient maîtrisés.

Mais ce climat de confrontation n'est rien comparé à celui qu'imposent les Bureaucrates de la métropole. Les gazettes traîtresses, insultant les candidats patriotes à pleine page, se sont mises à imprimer des placards mensongers en forme de pétards mouillés. Plusieurs visaient le Dr Robert Nelson, que les Bureaucrates ne veulent absolument pas comme colistier de son ami Louis-Joseph Papineau. *Mr Nelson is giving up!* D'autres l'ont accusé d'avoir calomnié le souhait légitime des Irlandais de voir l'un des leurs monter sur le husting.

Cette campagne de salissure n'a servi qu'à convaincre le Dr Nelson de la nécessité de se rendre aux prières des commettants du comté. Un homme public d'une moindre corporence pâtirait trop des insultes de la faction ennemie! En réaction, cette dernière s'est mise à courtiser les natifs d'Irlande, dont l'opinion compte si l'on veut se faire élire dans Montréal-Ouest. Pour les empêcher de se joindre à la majorité, une cabale a même fait rage dans les colonnes des gazettes à la solde des autorités. Les Réformistes de langue française y étaient qualifiés de chauvins et d'intolérants!

En vue d'augmenter leur pouvoir de séduction auprès de la clientèle irlandaise, les *leaders* de la faction adverse mettent de l'avant un faquin nommé John Donellan, au détriment de ce Stanley Bagg tant prôné lors de l'élection partielle de 1832. Donellan s'est vanté que «l'administration provinciale» lui avait promis, en échange de sa loyauté, de vastes étendues de terres incultes. Son colistier, l'avocat William Walker, est une girouette dont la perte est plus sensible aux patriotes, à cause du rôle prééminent qu'il a joué pendant les procès ayant suivi la Rue du Sang.

Mais il a suffi que Louis-Joseph Papineau paraisse sur le husting, dans les heures précédant l'ouverture du scrutin, pour réduire à néant les prétentions du parti bureaucrate. L'événement était si marquant que *La Minerve* a cru bon publier, en édition spéciale, un Extraordinaire rapportant ce dont Gilbert a été témoin: l'impression qu'a fait son discours-fleuve sur la foule, composée en bonne partie d'Irlandais, et qui l'écoutait avec le plus religieux silence. Beaucoup d'entre eux, par la suite, ont révélé qu'on avait voulu les tromper en les excitant contre les patriotes d'ascendance française. La franchise du tribun a dissipé tout doute: il était le plus illustre défenseur des droits du peuple.

Au poll même, les choses ont débuté de façon prévisible: une populace dévoyée, surgie des tréfonds du quartier mal famé de Griffintown, en a pris possession. Sauf qu'au soir, les Bureaucrates les armaient de manches de haches. Le jour d'après, une compagnie de *bullies*, menée par des «gentilshommes», entreprenait une guerre d'escarmouches pour éjecter Papineau et Nelson de la chambre basse. Malgré cela, ces derniers ont pris une avance irrésistible, car les Bureaucrates manquaient cruellement de votants.

À l'aube du troisième jour de votation, c'est-à-dire hier, la faction ennemie a lancé en réaction une horde barbare où figuraient bon nombre de quidams en guenilles. Ne pouvant plus compter sur ses fiers-à-bras de 1832, car la plupart refusaient même des ponts d'or, les chefs clubistes avaient fait appel à une couple de centaines de miséreux, pour la plupart fraîchement débarqués des isles britanniques, et recrutés – la nouvelle s'est répandue à la vitesse de l'éclair – vers la rivière Ottawa et même dans le Haut-Canada.

Quelques savants ont sauté sur l'occasion pour rappeler un épisode électoral récent, dans la métropole des États-Unis, où l'on s'est servi de gueux avides d'alcool pour constituer une horde guerrière. Encore une fois, songe Gilbert avec un frisson, les Bureaucrates adoptent les plus dégoûtantes méthodes de leurs amis anti-réformistes d'outre frontière. Bristol en 1832, New York en 1834 : ce qui est bon ailleurs ne peut que réussir dans la principale cité marchande de la *Province of Quebec* !

Hier donc, obéissant au doigt et à l'œil à ceux qui leur remplissaient la panse et le gosier, les dépravés se sont rendus maîtres de la maison de votation. Toute la journée, des colosses ont gardé la porte d'entrée du poll, d'autres ont fait le pied de grue devant la table de l'officier-rapporteur et de son clerc. En début d'après-dînée, le parti sectaire capitalisait déjà sur sa victoire ; des affiches triomphalistes étaient placardées au coin des rues et une édition spéciale de la *Montreal Gazette* annonçait la défaite patriote.

Mais les partisans de Donnellan et Walker se raréfiaient. Frigorifiés, les mercenaires sont allés se réchauffer à la taverne Brock, là où les fiers-à-bras reçoivent d'amples rasades d'alcool aux frais de la souscription antipatriotique. Une cinquantaine de patriotes, les mains liées entre eux, ont alors réussi sans trop de peine à redonner libre accès à la maison de votation. Au terme de la journée, Papineau et Nelson avaient reconquis une majorité de 35 voix. Ces événements ont fait passer Gilbert de la liesse à l'accablement, puis de nouveau à l'optimisme. Ce jour d'hui, la tension est à couper au couteau : les mercenaires à gages oseront-ils un nouvel assaut, comme ils en ont menacé les braves patriotes hier ?

Remarquant quatre boulés nonchalamment accotés à la paroi de la maison située au coin de Notre-Dame et de l'élargissement de la rue McGill où se trouve la place du Marché à foin, Gilbert bifurque dans une ruelle transversale. Avec l'adresse d'un habitué, il transite de l'une à l'autre jusqu'à aboutir à celle qui, négligée par le parti ennemi, est devenue le poste de vigie du clan patriote.

Plusieurs jeunes hommes dissimulés dans l'ombre lui jettent un regard incisif, parés à lui faire rebrousser chemin à toute vitesse. Gilbert les gratifie d'un sourire de connivence, avant de les scruter plus intensément. Son espoir n'est pas déçu : il tombe pile sur le large sourire et les yeux pétillants de son camarade de collège Henri-Alphonse Gauvin, grand maigre au visage ingrat. Le clerc en médecine le fixe avec stupéfaction de ses yeux globuleux. Enfin, sa large bouche s'étire et son nez imposant se plisse, tandis qu'il s'écrie :

— Je pensais jamais te voir icitte ! Quelle mouche te pique ?

Gilbert en rosit de confusion. C'est vrai qu'il ne fréquentait guère les cercles patriotes avant l'élection générale... Son ami, familièrement prénommé Alphonse, lui fait l'accolade, ce qui le dispense de répondre.

— Tu tombes pile. On manque de monde à matin. L'élection du Quartier Est s'ouvre tout à l'heure.

Gilbert hausse les sourcils. Là-bas, un jeune Irlandais protestant, encouragé par Dieu sait quelles promesses infâmes, persiste à faire la lutte à deux des plus éminents patriotes de la métropole. Alphonse laisse tomber :

— Pis ton associé, tu le traînes pas avec toi ?
— Un séjour dans son village. Son père avait besoin de lui.
— L'éloignement est stratégique, y a pas à dire...

Ne prenant pas la peine de détromper son ami, qui insinue que Gaspard a battu en retraite devant les violences appréhendées, Gilbert s'intéresse à l'adolescent d'une quinzaine d'années qui se trouve aux côtés d'Alphonse. Il ne peut retrouver son nom...

— C'est Amédée, tu le replaces ?

Gilbert ouvre de grands yeux :

— Amédée ? Le fils à m'sieur Papineau ?
— Soi-même, répond le garçon avec aplomb. On s'est vus au cloître. Je te reconnais. Une des promotions avant moi ?
— J'ai quitté en 30. Après le charivari.

Amédée lui tend la main, que Gilbert serre avec effusion. Après s'être présenté formellement, il s'enquiert :
— L'heure de ta libération a sonné ?

De taille modeste, contrairement à l'auteur de ses jours, mais souple et vif, et paré d'un joli visage encore glabre, le jeune Amédée réagit par une grimace :
— Non point. Sauf que je suis devenu externe.
— Les Messieurs lui faisaient des misères, précise Alphonse, juste par opposition à son paternel pis à la politique démocrate.
— Fait que j'en profite pour m'instruire *pour de vrai* sur les réalités de la vie. Ces jours-citte, si je me lève avant le chant du coq, c'est pas pour voir Baile dormir sur son rituel de messe !

Tous ceux qui ont assisté aux célèbres endormitoires du professeur pouffent de rire. Lorsque l'accès de gaieté s'est émoussé, Gilbert s'enquiert auprès d'Alphonse :
— Le parti ennemi occupe le poll comme de coutume ?
— Comme de coutume ? Pas sûr.
— Des bâtons cachés sous les bougrines ?

Un grognement d'assentiment lui répond et Gilbert darde un regard incisif à travers la place, où la foule de patriotes s'assemble tranquillement. Devant la porte d'entrée de la maison particulière devant laquelle le husting est encore dressé, une centaine de boulés bruyants montent la garde. Ils tentent de dissimuler des objets contondants sous leurs hardes étonnement légères par cette froidure... Gilbert tourne la tête vers le bas de la place, là où la rue McGill, retrouvant son étroit tracé habituel, aboutit à la berge du fleuve. Pour l'instant, tout est paisible.

Alphonse lui annonce :
— Je file rue Bonsecours. Tu m'accompagnes ?

Gilbert opine du bonnet. Il ne détestera pas, à matin, se joindre aux centaines de patriotes qui, jour après jour, accompagnent les candidats au poll, puis se constituent en vigile pacifique. Souffles courts, tous deux débouchent devant la vaste maison de ville en pierres taillées où habite Louis-Joseph Papineau. Une bonne trentaine d'hommes s'y trouvent déjà, battant de la semelle pour se réchauffer, et les survenants s'immiscent parmi eux. Alphonse transmet à Gilbert le mot d'ordre coutumier : interdit de troubler la paix publique, sauf en cas de légitime défense. Ensuite, il questionne :

— Une arme offensive sur toi ?

Gilbert s'empresse de décourager toute velléité de recherche corporelle. Son interlocuteur explique que les membres de la garde rapprochée des candidats patriotes sont intraitables : il ne faut donner l'occasion aux autorités, sous aucun prétexte, de sévir contre eux. La faction adverse peut violer allègrement la loi, mais les Réformistes doivent uniquement compter sur les procédures légalistes pour se défendre. Néanmoins, le pari s'avère intenable et même Papineau ne fait plus la sourde oreille aux jeunets qui sont parés à risquer le tout pour le tout.

Mais le gouvernement de la mère patrie fléchira devant les résultats éclatants de l'élection générale, conclut hâtivement Alphonse, d'autant plus que l'inique Mr Stanley vient d'être remplacé, comme ministre des Colonies, par un nobliau qui a fait savoir que les élections générales allaient lui servir d'étalon de mesure. Les habitants ne peuvent être éternellement les dupes des « factieux » de la chambre basse, comme les criailleurs de la colonie le proclament sur toutes les tribunes.

Le président de la chambre basse franchit le seuil de son domicile, entouré de ses principaux lieutenants. De loin, Gilbert détaille sa vêture sobre et foncée et, par contraste, le teint pâle d'un visage aux traits creusés. En se rasant, le tribun s'est coupé au menton... Sa patience est mise à rude épreuve, car le camp ennemi exige, de la part de ses supporters, la kyrielle de serments de franchise électorale. Par chance, le scrutin est placé sous l'égide d'un officier-rapporteur, le Dr Charles Lusignan, qui n'est pas le valet de service des ennemis du peuple.

Papineau se met en marche, la troupe à sa traîne. Le rythme rapide impose un silence concentré ; une dizaine de minutes plus tard, le cortège débouche sur la place du Marché à foin. La halle se trouve du côté nord-ouest. Les agriculteurs et leurs clients sont engagés dans leurs transactions coutumières, mais leur propension à chuchoter indique que leur attention se porte là où clubistes et patriotes s'entremêlent... La garde de Papineau fusionne avec celle du Dr Nelson ; les candidats se retrouvent au centre d'un groupe qui joue des coudes pour écarter la racaille du chemin.

Dès que les candidats disparaissent à l'intérieur du bâtiment, Gilbert tourne son attention vers les boulés vêtus de frocs sales et élimés, et chaussés à la diable. L'état d'ivresse de ces quidams barbus et chevelus est avancé; ils font des conciliabules enfiévrés tout en tripotant l'objet contondant sous leurs hardes. Parmi eux, allant d'un groupe à l'autre, il repère quelques *Britons* qui se prétendent bien nés. Si se gardent bien de paraître George Moffatt et le Dr William Robertson, éclaboussés par le scandale de la Rue du Sang, plusieurs marchands notoirement haineux envers les enfants du sol ont pris la relève, secondés par quelques dévoués commis. Sans compter ces jeunes faquins qui, en 1832, s'étaient rendus maîtres de la nuit, et en profitaient pour molester les opposants à leurs candidats favoris.

Gilbert voit le Dr Lusignan sortir du poll. Sa taille n'est guère imposante, mais il se tient droit comme un coq. Se promenant parmi la foule, il répète à l'envi que les bris de la paix publique ne seront pas tolérés. Gilbert serre les poings: les boulés n'attendent même pas que l'officier-rapporteur finisse sa phrase pour y aller d'insultes grossières. Les spectateurs patriotes protestent et une cacophonie s'élève, tandis que le Dr Lusignan retrace prestement ses pas vers la maison de votation.

Sept ou huit hommes du camp patriote approchent dans le but de venir donner leurs suffrages. En groupe compact, ils sont obligés de poussailler pour fendre la foule. Au même moment, des vociférations se font entendre: une phalange de fiers-à-bras dépenaillés se précipite vers eux, brandissant des bâtons. Sans trop comprendre ce qui se passe, Gilbert se sent bousculé, et un instant plus tard, il se trouve en plein centre d'une troupe d'une soixantaine de combattants étroitement accolés les uns aux autres. Les hommes qui se trouvent sur ses flancs parent l'assaut de leurs bras tendus.

Incapables de créer une brèche, les boulés restent plantés là, sourcilleux mais incertains. Sur ce, la troupe d'hommes au milieu duquel Gilbert se trouve se met à avancer dans leur direction comme un animal à cent pattes et autant de bras, déterminé à dégager le passage. Trois pas suffisent à convaincre les miséreux à gages que, même armés de bâtons tournoyants, ils sont en trop petit nombre pour s'opposer à cette tortue romaine sans boucliers. Les boulés détalent, puis se rallient à l'écart sur la place. Gilbert, qui n'a pas eu le temps de ressentir le moindre frisson de frayeur, en reste pantois d'admiration. La solidarité fait des merveilles!

Son exultation monte d'un autre cran lorsqu'il voit déboucher sur la place, comme surgie de nulle part, une calèche dans laquelle se trouve l'homme fort Joseph Montferrand. Comme ses compagnons, Gilbert ne peut retenir un cri à son intention lorsqu'une bonne dizaine de fiers-à-bras se précipitent, bâtons en l'air. Malgré l'attaque concertée, cette montagne de chair et de muscles réussit à mettre pied à terre; un bâton revole au loin; et c'est uniquement grâce à ses énormes bras que Montferrand met ses assaillants en déroute.

Les batailleurs à gage courent se mettre en sécurité dans la taverne qui leur sert de quartier général. Leur déroute est totale! Dans le groupe où se tient Gilbert, on s'interpelle et on se congratule; ceux qui étaient en première ligne se tâtent pour vérifier les dommages. Un instant plus tard, des cris à glacer le sang viennent abattre la liesse collective. Depuis la rue McGill, une foule impressionnante de mercenaires, mue par une furie vengeresse, se hâte dans leur direction en brandissant manches de haches et rayons de roues de charrettes.

Gilbert est cloué au sol par une panique paralysante. De grosses pierres sont catapultées dans sa direction... Bousculé, il reprend enfin ses esprits pour obéir au mot d'ordre que ses voisins garrochent à tout venant. Le salut est dans la fuite! C'est à la célérité de ses jeunes jambes qu'il doit d'échapper à ceux qui veulent infliger une raclée aux patriotes. Il n'a qu'un seul but en tête: se réfugier derrière les portes closes de sa maison.

Dès qu'il a viré sous la porte cochère, il se retourne pour jeter un œil en arrière. Il gueule aux tuques bleues en cavale:

— Par icitte, venez!

Trente secondes plus tard, Gilbert fait entrer une demi-douzaine d'hommes hors d'haleine, certains d'un âge respectable, puis il pousse le verrou. Il a vu d'autres portes donnant sur la voie publique s'ouvrir afin d'en mettre d'autres à l'abri... Il se retourne tandis que sa grand-mère surgit de la cave, les yeux ronds comme des soucoupes. Plusieurs réfugiés se laissent tomber assis au sol, le dos accoté au mur, et Gilbert informe sa parente, vaille que vaille, du déroulement des événements.

Dame Royer retourne incontinent à la cuisine pour quérir un remontant. Un pesant silence tombe sur Gilbert et ses compagnons d'infortune. Des éclats de voix leur parviennent à travers les parois de la maison, et ils comprennent que les brutes sont maîtres du champ de bataille. Une évidence frappe Gilbert de plein fouet : les clubistes n'ont aucun contrôle sur la horde d'affreux à laquelle ils ont remis les clefs de la cité ! Un homme articule d'une voix blanche :

— Cette fureur... même le chaos d'une guerre civile... plutôt que de ployer sous la volonté de la majorité. Toutte, plutôt que de remettre le pouvoir à nous, les méprisés, les exécrés.

Un autre se lève.

— Faut que j'aille voir. D'un coup que nos amis ont besoin d'aide ?

Dame Royer remonte, portant un plateau garni de verres à liqueur. Sans un mot, elle le brandit en direction des survenants, qui font cul sec en exprimant leur gratitude d'un claquement de langue. Accoutumé à la sensation de l'alcool fort dans son gosier, Gilbert les imite sans sourciller. Après avoir gratifié la vieille dame d'un courtois hochement de tête, les quatre plus jeunes hommes s'entendent pour une sortie groupée, et partent sans même un regard en arrière. Grand-mère propose aux autres réfugiés de se débotter et de descendre se réconforter dans la chaleur de la cuisine, ce qu'ils acceptent volontiers.

De son côté, Gilbert reste indécis sur la marche à suivre. Enfin, il rassemble son courage et il reprend pied dans la froidure de ce dernier jour d'octobre 1834. Autant discret qu'une ombre, il effectue une reconnaissance de la place du Marché à foin. Révulsé, il assiste aux bruyants éclats de joie des vainqueurs. Les malfrats excités sillonnent les lieux en courant d'un bord à l'autre, en criant, en tapant du bâton contre le sol et, bien entendu, en se répandant en imprécations contre leurs opposants. Certains se défoulent même en lançant des pierres contre la maison de votation !

Gilbert est sur le point de quitter le recoin qui lui sert de poste d'observation lorsque son cœur fait une embardée : entouré de ceux qui se tiennent constamment avec lui à l'intérieur, Louis-Joseph Papineau émerge du poll. Le Dr Nelson est-il déjà parti, ou attend-il que les passions s'apaisent ? Quoi qu'il en soit, le tribun examine sereinement la scène. D'un pas calme et assuré, il passe parmi des mercenaires qui n'aimeraient rien de moins que de l'envoyer au tapis ! Mais tel est l'ascendant de cet homme, comprend Gilbert avec émerveillement, que nul n'ose un seul geste dans sa direction.

Dès que Papineau et ses amis ont disparu, le jeune instituteur repart, mettant à profit sa connaissance intime des rues de sa ville pour éviter, même si c'est de justesse, les bandes de malfrats qui profanent les environs. De fil en aiguille, il constate que les vaincus préparent une contre-offensive. Des groupes de patriotes convergent subrepticement vers la place, soupesant leurs forces combinées et attendant de se trouver en nombre suffisant pour tenter de chasser les mercenaires.

Ayant repéré Alphonse au sein d'une phalange, Gilbert se glisse jusqu'à lui. Son ami a une sérieuse contusion sur la joue. Il jette à Gilbert un regard égaré, puis il avale péniblement sa salive pour émettre :

— T'as compris ce que nos ennemis tentent de faire ?

— Nous faire réagir vivement pour mieux nous mitrailler ensuite.

Son camarade éprouvé est catégorique : des remous violents, tout légitimes qu'ils soient, ne feraient qu'ouvrir une brèche dans laquelle les ennemis du pays s'engouffreraient.

— Même une peccadille serait punie par les officiers en loi pis leurs affidés. Punie avec une sévérité outrageusement vindicative. Fait que si t'es pas capable d'endurer comme Jésus sur sa croix, t'es mieux de courir te réfugier dans ta maison pis barrer la porte à double tour.

Lorsque les patriotes, avec Gilbert parmi eux, débouchent sur la place du Marché à foin, il n'y a plus âme qui vive. L'officier-rapporteur a prorogé la tenue du scrutin jusqu'au lundi suivant, de l'autre côté de la fin de semaine. Les batailleurs à gages sont retournés se cacher dans leur repaire... non sans, au préalable, se venger sur les habitants des campagnes qui se trouvaient aux Marchés à foin et à bois pour offrir leurs produits en vente. Ces derniers, de même que leurs chevaux, ont pris des coups.

Un vent d'effroi se lève dans la cité. Les mendiants, appuyés par la Bureaucratie, s'escriment à renverser l'ordre public et un terrible chaos ne peut qu'en résulter ! Des âmes timorées se précipitent vers les deux banques de la ville pour échanger leur papier-monnaie, ces billets promissoires de plus en plus utilisés en guise de paiement, contre des pièces sonnantes et trébuchantes. Médusé, Gilbert assiste à des galopades, il voit des files d'attente se former, et tout cela à cause du comportement imbécile des mercenaires!

15

Une sorcière de feuilles mortes s'enroule autour de Vitaline, qui s'immobilise en plein milieu de la cour pour se laisser envelopper par la fraîche bourrasque automnale. Tout soudain, elle est frappée par le charme de la nature environnante, dénudée mais sobrement belle. En ce début novembre, la rivière charrie quantité de feuilles mortes, dont certaines, qui viennent tout juste de se poser, sont comme de minuscules coques emmenant leurs passagers vers l'estuaire et, maintes lieues plus loin, l'océan.

Mais la jeune femme est trop affairée pour rester longtemps oisive. Il y a bien des tâches à conclure avant la pause hivernale, y compris ce potager immense auquel Florentin, malgré sa bonne volonté, n'a guère de temps à consacrer. Tout l'ouvrage, sauf les labours et l'épandage du fumier, retombe sur les dames de la maisonnée. Comme Mme Montplaisir est trop âgée et Normande, trop mollassonne, c'est Vitaline qui manie les outils agricoles. Elle ne s'en plaint guère, en autant que la maîtresse de maison et sa fille posent sous son nez des assiettées bien garnies.

Lorsque Vitaline trime dur, elle oublie une appréhension qui s'est accrue au rythme des poussées de froidure. Sa solitude lui plaît infiniment; or, novembre signifie le retour imminent de Florentin. Les rares contacts qu'elle a eus avec son mari, depuis le printemps, sont encore de trop! Par chance, lors de ses séjours au logis, il s'est révélé relativement aimable avec elle, et lorsqu'il l'a lutinée, c'était avec une célérité exacerbée par l'abstinence. Sauf qu'à l'idée de passer un hiver entier à proximité de son mari, Vitaline se sent couler à pic. Elle voudrait se rouler en boule. Se laisser engourdir pour une interminable période d'hibernation...

Puis, elle se morigène et s'exhorte à l'optimisme. À l'image des saisons qui se succèdent les unes aux autres, rien n'est immuable. Chaque battement de cœur est un instant enfui pour toujours, et le prochain pourrait résonner différemment que prévu... Les rapports qui s'établissent entre les gens ne sont pas figés dans le roc. Vitaline n'a pas trouvé détestable de faire, en quelque sorte, un ménage tout intérieur en rapport avec sa situation conjugale. Elle a récapitulé son union avec Florentin depuis leurs toutes premières fréquentations, et elle a ruminé certains faits saillants de sa personnalité.

En cours de route, un étrange phénomène s'est produit : elle s'est revisitée elle-même comme si elle posait un œil relativement objectif sur les comportements critiquables d'une personne très proche d'elle. C'est ainsi qu'elle a dû s'avouer dérangée par certaines de ses propres réactions. Comme à une sœur affectionnée, elle s'est donnée des conseils. A-t-elle jamais partagé son malaise avec Florentin ? Non, parce qu'elle craignait une sévère rebuffade.

Au lieu d'appréhender et d'amplifier un possible contrecoup de la part de son mari à ses remarques, ne devrait-elle pas conserver son calme et l'aider à considérer un autre aspect de la situation ? Et surtout, dans le lit conjugal, lui prendre la main pour l'emmener dans un ailleurs plus rieur pour elle ? Sa propre passivité a pris un dérangeant relief. Vitaline a compris qu'elle lui a servi de bouclier, mais qu'elle est devenue, au fil du temps, une prison dont elle ne sait plus comment sortir. Il en résulte une permission de licence égoïste dont son mari profite à loisir.

Astheure, le plus violent éclat bourrassier de Florentin lui paraît moins pire que ces accouplements à la hussarde, et elle s'est exercée à une douce riposte qu'elle mettra en application dès que possible. Ce qui l'apeure quand même fièrement, comme si Florentin était une bête sauvage aux réactions imprévisibles, comme s'il pouvait la brouscailler à l'envi. Ce qui est ridicule, et jour après jour, Vitaline s'évertue à se persuader qu'elle a tort de le considérer ainsi. Il est maladroit et imbu de sa personne, mais tout bonnement un homme.

Une visite, celle de Rémy, l'interrompt dans ses songeries. Son frère cadet est venu à quelques reprises, enhardi par l'accueil bienveillant, et il a assisté à quelques attisées mémorables en plein air, pendant lesquelles tout le voisinage réuni a fait résonner refrains et *reels* jusqu'aux étoiles. Vitaline l'entraîne à l'intérieur de la maison. Après avoir transmis à sa sœur les salutations de la famille, puis l'avoir informée que la vie y coulait bel et bien comme un fleuve trop tranquille à son goût, Rémy plonge la main dans la poche de sa bougrine pour exhiber une pochette de cuir, épaissie par les parchemins qu'elle contient.

À sa vue, Vitaline manque de s'étouffer. La scène du trépas de sa mémère, à l'été 1832, lui revient en mémoire avec une clarté confondante. Vitaline se revoit, allant porter le cadeau de son aïeule agonisante dans le fin fond d'une armoire de la salle commune, persuadée que le morbus invisible y grouillait comme ver dans une pomme pourrie... Dans le bredas de son union avec Florentin, elle n'y a plus jamais songé.

Avec un sourire narquois, Rémy la sermonne gentiment :

— T'es fortunée que j'ai pas eu la mémoire trop courte.

— Je t'en avais parlé ?

— Oui, une fois, tout en causant de mémère qui venait d'être portée en terre. Quand j'ai entendu le cri d'horreur de la belle-mère qui s'était résolue à combattre la saleté jusque dans les entrailles profondes du meuble...

Il pouffe de rire et Vitaline se joint à lui de bon cœur. Il conclut :

— Si j'avais pas été là, ton précieux paquet était réduit en cendres dans la gueule du poêle. Remarque que c'est p't-être bien un cadeau empoisonné...

Dame Eugénie et sa fille font leur entrée, les joues rougies par le froid. Curieuse comme pas une, Normande remarque l'étrange bourse en cuir patiné qui repose sur la table, et elle quémande des explications que Rémy lui fournit plaisamment. Pendant ce temps, Vitaline scrute l'objet chargé de douloureuses réminiscences, et peut-être même de tangibles effluves miasmatiques, et sur lequel elle hésite à poser les mains.

Enfin, cédant aux sollicitations pressantes de sa belle-sœur, Vitaline ouvre la pochette. Comme elle est émue, ses doigts tremblent tandis qu'elle en extirpe une liasse de feuillets jaunis, amarrés par un ruban, ainsi qu'un petit livre, guère plus volumineux qu'un pamphlet. Normande se penche pour jeter un œil à l'intérieur de la pochette vide.

— C'est toutte? Même pas une mirlifichure?

— Même pas. Juste de la paperasse.

Normande se permet une grimace réprobatrice, avant de se joindre à la discussion que sa mère a entamée avec le survenant, lequel satisfait leur appétit concernant le moindre événement de conséquence au bourg. Vitaline défait le ruban, ce qui prend une bonne escousse, puis elle éparpille les feuillets. Ce sont des lettres qui, une fois repliées et scellées par un cachet de cire, ont été adressées à sa mémère. Elle en choisit une au hasard, qu'elle ouvre. Elle ouvre grand les yeux: le correspondant a noirci la page au grand complet de phrases serrées les unes contre les autres. Comme s'il n'avait que ce feuillet et qu'il voulait en dire le plus possible...

« Chère et tendre Renette »: ce sont les premiers mots, tout en haut. Vitaline se sent transportée dans le passé, au siècle dernier, alors que son aïeule était une prime jeunesse et qu'un soupirant lui adressait des mots d'amour... Son attendrissement est chassé par un éclair d'incrédulité. Non seulement celui que mémère a épousé savait à peine signer son nom, mais il habitait à quelques rues d'elle. Pourquoi aurait-il pris cette peine? Découragée par les mots minuscules que le passage du temps a pâli, Vitaline met la correspondance de côté pour s'intéresser au bouquin finement relié.

L'ouvrant, elle remarque que le titre en page frontispice est *Trois petits poèmes*. Elle se permet une grimace de déplaisir. L'alignement de phrases savamment tricotées l'ennuie fièrement et lorsqu'elle voit ce genre de littérature dans les gazettes, elle s'empresse de passer à une autre colonne. Tout en ruminant, Vitaline tombe en arrêt devant la seconde page de garde, où se trouve le titre entier. *Trois petits poèmes érotiques. C'est à savoir: La Foutriade, La Masturbomanie et la Foutromanie.*

Vitaline rougit jusqu'à la racine des cheveux et, d'un coup sec, elle referme le livre, jetant une œillade alentour. Simultanément, elle songe que nul dans sa belle-famille ne sait lire, même pas Normande qui s'est empressée d'oublier les rudiments de lecture appris lors de son passage à l'école. Vitaline remarque enfin l'expression narquoise de son frère. En un éclair, elle comprend qu'il a lu l'ouvrage, ce qui la fait s'empourprer encore. Se penchant négligemment vers elle, Rémy dit à mi-voix :

— Réellement vertueux. J'ai même fait la lecture à une mamoiselle de ma connaissance.

Vitaline lui fait les gros yeux, ce qui le fait pouffer de rire.

— C'est quoi, ce bouquin ?

C'est Normande qui interroge et Rémy lui répond, luttant pour garder son sérieux :

— *Trois petits poèmes* publiés au 18ᵉ siècle. Je te conseille le Chant cinquième. Pis les Stances itou, plus loin...

Vitaline retient un hoquet d'hilarité. Une stance est un poème lyrique édifiant par sa moralité ! Normande reste éberluée :

— Les Stances ? Me semble que les sœurs enseignantes parlaient d'affaires de même...

Vitaline s'interdit de regarder son cadet afin de ne pas éclater de rire.

— J'ai pas poireauté longtemps au couvent, ajoute sa belle-sœur, mais j'ai souvenance de lectures plates sur un temps riche, c'est-y pas, Vitalette ?

Heureusement pour l'interpellée, l'attention de ces dames dérive vers les affaires publiques puisque Rémy leur fait part du véritable but de sa présence : Gilbert a fait parvenir un mot rassurant à leur père. Vitaline retrouve instantanément son sérieux. Les *Britons* hautains tiennent à Montréal-Ouest comme à la prunelle de leurs yeux ! Chaque fois qu'elle songe à l'armée de mercenaires à qui on a ouvert les portes de la cité, la jeune femme est parcourue de frissons d'angoisse.

Plusieurs habitants de la rivière Chambly, dès leur retour de la métropole, ont fait relation de l'échauffourée dont l'onde de choc est parvenue au cœur de la halle du Marché à foin. Mais Vitaline se rassure : l'émeute du vendredi 31 octobre n'a pas mis en péril son frère et ses parents. Néanmoins, pendant la fin de semaine qui s'est ensuivie, le parti corrompu a convaincu l'officier-rapporteur d'enregistrer les suffrages au moyen de guichets séparés, en alternance. Résultat : les voix sont prises avec une telle lenteur que les Bureaucrates ont le temps nécessaire pour acheter des voix. Leurs candidats se sont même mis à faire du porte à porte, ce qui ne s'était jamais vu auparavant! Pendant ce temps, les patrons accentuaient la pression; des ouvriers ont été congédiés pour avoir refusé de se plier à leur volonté.

Quant aux mendiants salariés, ils sont tenus à distance par plusieurs centaines d'habitants des campagnes indignés par le récit des violences. Rémy a vu des jeunes hommes du bourg décaniller ventre à terre! Ces renforts se relaient pour assurer un bataillon imposant, paré à s'opposer aux excès. Lundi 3 novembre en fin de journée, des rivaux ont voulu mettre la brigade défensive à l'épreuve. Les boulés n'ont même pas eu le temps de se déployer que les patriotes leur arrachaient déjà leurs bâtons. En un clin d'œil, les fiers-à-bras avaient disparu de la place du Marché à foin.

Selon Gilbert, ajoute Rémy, Ériole n'aura même pas à exercer son droit de suffrage, car la stratégie du parti patriote – faire voter les incertains en premier – lui assure une banque de voix amplement garnie. La partie adverse, par contre, n'a reçu depuis l'ouverture de l'élection que *deux* votes canadiens français, ceux d'un commis et d'un charretier abouchés à des firmes d'import-export dont les patrons ne font aucun mystère de leur allégeance bureaucrate.

Cette relation fait diablement plaisir à entendre, déclare dame Eugénie, sauf que les élections générales de 1834 resteront gravées dans les mémoires. Les favoris inféodés à la Clique du Château font montre partout d'une détermination rageuse! Dans moult comtés, les risques de violence sont élevés. Le scrutin vient de s'ouvrir dans le bourg pourri de Sorel, et oppose un jeune avocat d'ascendance allemande à l'un des fils du vieux loup Robert Jones, l'un des notables les plus puissants et les plus vénaux du bourg. Organisateur électoral bureaucrate depuis une bonne décennie, il fait voter jusqu'aux marmitons des *steamboats* qui y accostent régulièrement!

Ce minuscule comté honoré d'environ 150 électeurs en règle, aussi nommé William-Henry, est demeuré du côté patriote depuis la victoire du Dr Nelson, en 1827. Par réflexe, Vitaline tend l'oreille vers les bruits de l'extérieur. À plusieurs reprises, elle l'a entendu passer au galop sur le chemin. Elle repérerait entre mille le martèlement caractéristique des sabots de son cheval, et sa silhouette de cavalier lui est intimement familière, car il consacre à l'élection l'essentiel de son temps. Son irritation envers l'Exécutif de la province s'est récemment accrue d'un cran, à la suite du refus de sa candidature, par le gouverneur, comme commissaire apte à siéger dans un tribunal auquel sont référées des causes mineures. Et ce, même si 104 habitants avaient signé une pétition en ce sens...

Lorsqu'elle a un terrible besoin de s'évader en pensée, Vitaline appelle le D'r Nelson à ses côtés, et son sentiment pour lui est encore plus envahissant que sa fixation à distance pour Daniel Tracey. La jeune femme a tenté de se retenir sur la pente glissante, car elle se souvient de la manière abrupte dont elle est passée, pour ce dernier, de l'adoration à l'indifférence. Comment peut-elle être capable de se passionner pour un homme qu'elle rejettera sans doute du revers de la main, une heure ou une année plus tard ? Elle l'ignore. Chose certaine, elle a toujours été de même.

Mais Vitaline s'est persuadée de l'énorme différence entre son sentiment actuel et cette passade de jeunesse. Daniel habitait à trente lieues de distance, et pour une flopée de raisons, il lui était autant inaccessible qu'un Topinambour. Son Wolfred, lui, vit à une demi-lieue ; et même si elle ne veut absolument aucun mal à sa gentille épouse Charlotte, Vitaline ne peut s'empêcher de croire que le moment n'est pas si lointain où elle frissonnera de bonheur entre ses bras. Cette éventualité lui procure une ineffable douceur. Jour après jour, elle se rejoue la scène d'un corps à corps non point dominé par la sensualité, mais par une tendresse presque filiale. Une tendresse à peine mâtinée d'un soupçon de convoitise, comme elle en a tant besoin...

La porte s'ouvre à la volée. Norbert, les joues cramoisies, annonce :

— Une triste affaire à Sorel ! M'sieur Marcoux a été atteint d'une balle de fusil. Le D'r Nelson est à son chevet.

— C'était pour ça, s'ébahit dame Eugénie, le raffut sur le chemin public, c'te nuitte ?

— On est venu quérir le docteur. Congé à la distillerie jusqu'à demain matin. Impossible de travailler dans les circonstances.

Pendant l'échange, Vitaline a ramené à son esprit l'aimable figure de Louis Marcoux, marchand de Sorel réputé pour sa sensibilité aiguë à l'injustice et pour sa propension à demander des comptes au clan ennemi. Marcoux a été d'une aide cruciale pour faire élire le D'r Nelson en 1827 ; depuis, il fait tout en son pouvoir pour faire sortir le vote patriote afin de conserver William-Henry du côté de la majorité. De surcroît, il monte au front dès que les libertés civiles sont en jeu, participant aux assemblées publiques de la rivière Chambly et siégeant à divers comités.

Normande s'écrie :

— Mais raconte, pour l'amour !

Son frère s'exécute. Hier, mercredi 5 novembre, le candidat patriote avait une avance de quatre voix à la clôture du poll. Compte tenu des proclamations faites au cours de la journée, il était évident qu'il l'emporterait ce jourd'hui même au plus tard. En conséquence, la partie adverse s'est lancée dans une quête effrénée pour dégotter des votants. Elle a élaboré un honteux stratagème : faire construire une cheminée à une maisonnette délabrée située sur un terrain du village, pour ensuite faire voter son propriétaire, un nommé Laurent Dumas paré à se parjurer en affirmant qu'il y tenait feu et lieu, même si la maisonnette ne comportait ni vitres ni meubles.

Vitaline réagit par un vif accès de colère :

— Ce serait le boutte du boutte ! Ce serait... infâme !

Un contracteur, ami des Bureaucrates, en a promis l'érection en une douzaine d'heures. Bien entendu, l'affaire a été prestement connue à travers le bourg. Édifier une cheminée pendant la nuit ? Sans parler de l'illégalité et de l'immoralité du geste... Bien des habitants ont fait un crochet jusque chez Dumas pour voir par eux-mêmes. En effet, hier à l'heure du souper, un maçon et quelques manœuvres ont creusé les fondations, puis ont posé une première rangée de pierres.

Enfin, les ouvriers ont sacré leur camp, car ils n'étaient pas sans ignorer que le parti populaire n'allait pas se laisser ravir la victoire par un tel stratagème, et que d'un autre côté, les Bureaucrates ne répugneraient à aucune brutalité. À plusieurs reprises, ces derniers s'étaient réunis à l'auberge d'un Écossais fanatique. Plusieurs pistolets avaient été chargés, des bâtons apportés, et après le souper, une douzaine d'hommes ainsi armés, y compris quelques cageux de passage, se sont constitués comme la garde rapprochée des tombereaux remplis de pierres à être livrés chez Dumas.

— C'était remonter le mécanisme d'une machine parée à exploser, dit Rémy d'une voix blanche.

En ce mitan de la soirée, il faisait noir comme chez le loup, ajoute Norbert. Entendant les Bureaucrates se déployer sur la propriété de Laurent Dumas, les patriotes se sont approchés, les mains nues, pour tenter de les persuader de surseoir à leur diabolique projet. Pour toute réponse, quelqu'un a pressé sur la gâchette. Le coup n'a atteint personne, mais Louis Marcoux, alarmé, a franchi la clôture qui ceinturait la propriété Dumas. Il est tombé nez à nez avec son jeune ami Isaac Jones, frère du candidat du parti corrompu.

Isaac a fait feu au moyen d'un impressionnant fusil de chasse à deux coups. L'instant d'après, d'autres de son parti ont tiré avec leurs armes à feu, au hasard dans la noirceur. Ceux qui avaient des bâtons ont frappé sur quiconque se trouvait à leur portée. Les tuques bleues ont dû s'enfuir sans demander leur reste. C'est ainsi que Marcoux, depuis son lit de souffrance, a décrit l'événement; le fait a été corroboré, dans les heures qui ont suivi, par une dizaine de dépositions sous serment. Vitaline s'écrie, pleine d'espoir :

— M'sieur Marcoux est donc encore bien vif?

— Y se meurt. Le Dr Nelson pis d'autres font toutte leur possible, mais y paraît que... que la plaie était si béante que... les tripes en sortaient.

Révulsée, Vitaline lutte pour retenir les larmes qui s'amoncellent derrière ses yeux. Dame Eugénie, elle, sanglote déjà par coups, en gémissant. Contagionné par le chagrin ambiant, Rémy ne peut retenir une grimace désolée, puis il s'écrie, emporté par une subite fureur :

— Si ce Jones échappe à la potence, je... je pourrai pas me retenir de... d'étrangler le premier grichou à se mettre en travers de ma route!

Des mandats d'arrêt ont été lancés non seulement contre le présumé coupable, précise Norbert, mais contre une dizaine d'autres; beaucoup d'entre eux ont déjà été fait prisonniers. Tout indique un complot suivi d'un meurtre involontaire : Isaac Jones a confié à l'un des habitants qui le gardait à vue, cette nuit, que son frère John, le candidat bureaucrate, et leur père, le colonel de milice Robert Jones, l'avaient exhorté à réunir un groupe d'hommes armés et à ne pas hésiter à tirer sur ceux qui leur causeraient du trouble.

Vitaline a caché son visage dans ses bras croisés déposés sur la table. Elle sanglote en silence, emportée par un chagrin autant vif que si ce terrible sort avait frappé l'un de ses proches. Elle est envahie d'une compassion infinie envers le pauvre homme, son épouse et leurs enfants, et itou envers la multitude de ses concitoyens qui, depuis qu'elle a l'âge d'en être consciente, pâtissent sous de tels outrages. Vitaline pleure son pays qui, depuis qu'il se bat contre une clique de favoris corrompus, vit un calvaire continuel!

Subitement, les charnières de la porte d'entrée grincent. Dame Eugénie s'exclame, des pleurs dans la voix :

— Paschat!

— Bien le bonjour, ma femme. Tu vas m'avoir pendu à ta jupe pendant toute la saison morte!

La saillie tombe à plat et un silence malaisé s'ensuit. Avec réluctance, Vitaline relève la tête. Florentin, qui venait derrière son père, la mire avec stupéfaction, et Norbert s'empresse de préciser :

— Je leur contais l'assassinat de Marcoux. Z'êtes au courant?

— Pour le sûr, répond le capitaine. On a passé la nuit à Saint-Ours. À matin, l'affaire était sur toutes les lèvres. Y a de quoi en brailler un coup. C'est étrivant au possible.

Vitaline s'enflamme comme de l'étoupe.

— M'sieur Marcoux a été proprement liquidé! Ces damnés Jones, y devaient déborder de joie, c'est-y pas? C'était l'occasion rêvée d'envoyer au tapis leur pire opposant! Je trouve que vous minimisez l'affaire, son beau-père. Je trouve que vous restez pas mal sur votre quant-à-soi!

Sa belle-mère la fait taire d'un regard sévère.

— Tu pognes les nerfs, Vitalette. Mesure tes paroles. Florentin, mène-la en haut. Z'avez sûrement ben des choses à vous dire.

Sans attendre, la jeune femme saute sur ses pieds et se précipite vers l'échelle, qu'elle grimpe à toute allure. Sous les combles, elle fait les cent pas, tournant en rond dans l'espace restreint. Son accès de chagrin est remplacé par une rage débordante. Étrivant? C'est écœurant, révoltant, et ce monstre d'Isaac Jones mérite le gibet! Pas seulement lui, mais toute sa fratrie de furibonds ne reculant devant rien, y compris le plus horrifique des crimes, pour repousser les patriotes loin de la Chambre d'Assemblée. Car pour ces *Britons*, ce serait un sort immonde, une indignité sans nom, que d'être gouvernés par des descendants de Français, par ceux qui sont, de manière prouvable, leurs inférieurs!

De très loin, Vitaline entend Rémy prendre congé. Au même moment, la tête de Florentin jaillit du trou dans le plancher. Du coin de l'œil, elle le voit prendre pied dans le grenier, s'avancer, puis s'immobiliser à quelques pas d'elle. Après un temps, il grommelle :

— C... comme ac... accueil, me semble que je méritais mieux...
Cette phrase fait l'effet d'une gifle à Vitaline. Égarée, elle lève les yeux vers lui, qui semble ruminer un réel ressentiment, et soudain, elle a l'impression qu'un voile se déchire. Florentin est dépourvu de compassion pour elle. Il est imperméable à ses sentiments ; il ne tient compte que des siens propres, de sa déception à ne pas être reçu avec un transport d'affection, ou du moins, avec la considération que l'épouse doit à celui auquel elle s'est unie. Pour lui, à l'instant présent, c'est la seule chose qui importe. Comment Vitaline a-t-elle pu croire qu'elle réussirait à créer un lien tangible entre eux deux ?

Sous le choc, elle recouvre son visage de ses mains. Elle voudrait que Florentin n'ait jamais croisé sa route ! Elle voudrait être à cent lieues de là, dans les bras de Wolfred qui doit tant pâtir à l'heure actuelle, car Louis Marcoux était un de ses intimes. Comme il doit être éprouvé par cette tragédie ! Rassemblant son énergie, Vitaline envoie au bon docteur la force de l'amour éperdu dont son cœur déborde.

Drainée, la jeune femme se laisse tomber assise sur le plancher, le dos appuyé contre la paroi, les bras entourant ses genoux. Elle clôt ses paupières irritées par le sel de ses larmes. Elle entend le plancher craquer et Florentin marmonner que, la saison de travail ayant été bien remplie jusqu'à la toute fin, il pourra dormir content cet hiver. Elle ouvre un œil. Il s'est assis sur la paillasse, les jambes étendues devant lui. Ses sourcils se froncent d'inquiétude et il ajoute qu'il s'est tracassé pour le sort du potager devant la rareté de la pluie. Elle tient à le rassurer :

— On a charrié une tonne de sciaux depuis la rivière.

Le regard fixé sur elle, il esquisse un sourire. Vitaline détourne les yeux. Il dit encore :

— J'aurais jamais cru que... l'affaire de Sorel... te mettrait dans un tel état...

Elle hésite une fraction de secondes. D'autres portes entrouvertes mènent dans la maison où habite son chagrin, mais elle est trop lasse pour s'engager sur ce chemin périlleux, alors elle murmure :

— J'ai mon sacré voyage des égorgeurs. Quand tu sauras pour Montréal...

— J'ai ouï parler.

— M'sieur Papineau est en danger.

Florentin intercepte son regard pour riposter vivement :

— M'sieur P... Papineau est protégé par toutte nous autres.

Il a raison : qu'on touche à un seul de ses cheveux et ce sera la révolution. Fermant à nouveau ses yeux endoloris, Vitaline souffle :

— Comment ça se fait qu'on crie au meurtre, pis que personne nous entend ?

— La défiance des conquérants envers nous autres est le nœud de l'affaire.

La repartie de son mari, délivrée d'une voix calme au débit très lent, mais très clair, la prend par surprise. Avec une douceur désarmante, Florentin lui rappelle que dans ce contexte bancal, jamais la validité des plaintes d'un peuple outragé ne sera reconnue par les principaux hommes d'État dans la mère patrie. Leur jugement faussé à perpétuité, ces derniers préfèrent endurer un gouvernement colonial corrompu jusqu'à la moelle. Seule la force de l'opinion publique balaiera les préjugés. Les élections en cours seront décisives, car le résultat tiendra lieu d'appel formel du peuple canadien à celui du Royaume-Uni et au parlement qui le représente.

Vitaline se sent étrangement réconfortée par le ton apaisant de Florentin. Un ton qu'elle ne lui avait jamais entendu auparavant...

— Hé, mon gars !

C'est le capitaine qui, depuis le rez-de-chaussée, requiert la présence de son second pour effectuer quelques tâches urgentes. Accoutumé à obéir au doigt et à l'œil, Florentin gratifie son épouse d'un sourire, avant de disparaître dans l'escalier. Vitaline s'étend sur le sol, où elle se roule en boule. Elle est rompue, et peu à peu, elle est emportée par un sommeil encombré de rêves, où elle se dépeint déambulant fièrement sur le chemin du Bord-de-l'eau, au bras de Wolfred. Ce soir-là, lorsque que Florentin la lutine sur leur couche, elle assiste à l'accouplement comme si elle se tenait à plusieurs lieues de distance.

Perclus de souffrance, Marcoux finit par rendre l'âme. Même les hommes les plus endurcis laissent les larmes couler en entendant la relation de l'oraison du Dr Nelson lors du service funèbre en l'honneur de son frère d'armes. Isaac Jones et ses acolytes ont été conduits à Montréal et mis en prison en attendant qu'un juge de la cour criminelle les admette à caution, puisque dans le cas de crimes passibles de la peine capitale, cet acte est interdit aux juges de paix ordinaires. Vitaline s'affole lorsque l'atteint la nouvelle d'un geste scandaleux : ce satané Austin Cuvillier a permis la mise en liberté provisoire de huit des présumés coupables. En d'autres mots, faisant fi de la règle de procédure, il leur offre un passeport pour l'étranger! Par bonheur, les prévenus sont prestement ramenés derrière les barreaux.

Comme le permet la loi, une enquête a été instituée à Sorel avec un capitaine de milice comme président des assises. Pour dépouiller Isaac Jones de la moindre intention criminelle, son clan entreprend de lui bâtir d'avance une défense qui le blanchit, et l'écho de ces racontars grossiers remonte le cours de la rivière Chambly à la vitesse de l'éclair. Ce pauvre Isaac aurait fui devant Marcoux qui le frappait au dos avec sa canne de gentilhomme devenue plus menaçante qu'un bâton de connétable.

Fatigué d'être brutalisé, Isaac aurait fait face à son adversaire, lequel aurait donné des coups puissants avec sa canne sur le canon du fusil. L'arme étant hypersensible, font valoir les avocats salariés du clan Jones, le coup serait parti tout seul. Marcoux aurait été accompagné d'une troupe d'émeutiers en puissance, armés de montants de clôture et de bâtons. Des belliqueux poussant des cris de guerre se seraient rués sur le convoi de charrettes et auraient porté les premiers coups.

Les procédures de l'enquête locale sont suspendues lorsque le coroner Jean-Marie Mondelet prend la relève, établissant sa cour dans une taverne du village. Vitaline exulte en lisant les dépositions de la douzaine de témoins dans les pages du *Vindicator*, rapportées en détail par son principal rédacteur, le D^r O'Callaghan, sur place à Sorel. Ce dernier fait même allusion à une cabale – *a deep laid conspiracy* – impliquant plusieurs juges de paix, et particulièrement Robert Jones, père d'Isaac.

Pendant la nuit suivant le crime, les présumés coupables ont confié à leurs gardiens que le colonel Jones avait explicitement donné le signal du combat. Il les encourageait à s'armer, à se grouper et à tirer en cas de besoin. Deux de ses engagés, armés de fusils, ont pris part aux préparatifs guerriers qui se sont déroulés dans l'auberge d'où est parti, à la nuit tombée, le convoi de livraison de matériel chez Dumas. Un jeune employé a raconté avoir charrié lui-même une douzaine de bâtons dans la salle; il a vu des pistolets d'un pied et demi de longueur être chargés. Il a entendu son patron écossais exhorter au combat. Il fallait faire feu sur quiconque s'opposerait à leur entreprise!

Une demi-heure a suffi au jury de la Cour du Coroner pour s'entendre sur le verdict: Isaac Jones et ses complices devront se défendre d'une accusation de meurtre prémédité en Cour du Banc du Roi, en mars prochain. La perspective de ce procès emplit Vitaline de sentiments ambivalents. Tant de *Britons* échappent à la rigueur de la loi parce que leurs victimes sont des enfants du sol! Les juges et les Conseils du roi, partisans politiques de l'Exécutif de la province, auraient été impitoyables si Salomon Barbeau, par exemple, avait occis l'officier britannique lui ayant enfoncé la baïonnette dans le dos.

Mais cette partialité tangible, causée par une carence d'empathie envers les souffrances endurées par les enfants du sol, suffit-elle à cautionner le désir de voir un homme pendu au bout de sa corde? La peine de mort est une sanction trop horrifique pour être contemplée sans frémir. À tout le moins, ces hommes souillés d'ignominie méritent un procès retentissant, et pas davantage que les tyrans, ils n'échapperont à leur destin.

16

Parmi les jeunes vigilants du comté de Montréal-Ouest auxquels Gilbert se mêle fréquemment, le coup tiré à bout portant sur Louis Marcoux a retenti comme s'il avait été tout proche. Les nerfs à fleur de peau, le jeune instituteur passe des heures interminables à battre le pavé, surveillant les allées et venues, guettant les plus infimes rumeurs... Jour après jour, Robert Nelson et Louis-Joseph Papineau conservent leur confortable avance d'une cinquantaine de voix sur leurs adversaires. Pour gagner la guerre, il est encore possible de compter sur une vitale indépendance législative.

Gilbert doit se démener comme un diable dans l'eau bénite pour conserver à sa vie professionnelle un semblant de normalité, de même que pour stimuler l'intérêt de sa classe – réduite aux deux tiers – envers les matières académiques. Ses efforts sont réduits à néant lorsque les habitants du faubourg Sainte-Marie sont mis au fait d'un événement outrageant : un soir à la sortie des cours, les élèves du Petit Séminaire ont essuyé des coups de bâtons de la part de *schoolboys*. Trop heureux d'en rajouter pour faire déraper l'élection, des *Britons* d'ascendance pseudo aristocratique encourageaient la rixe de vive voix, tenant à distance les parents qui, alarmés par les insolences verbales, étaient venus garantir la sûreté de leur progéniture.

Ce jour-là, Gilbert fait semblant de ne pas remarquer le bâton, augmenté d'un petit maillet à son extrémité, que quelques adolescents portent sous leur habit. Néanmoins, au soir, il doit bien se rendre à l'évidence : la négligence dans les devoirs et les leçons atteint des sommets et, s'il ne sévit pas, il devra remettre les rênes du gouvernement entre les mains de sa classe transmuée en république.

Le matin suivant, l'écho de la cloche d'appel résonne encore au moment où Gilbert se lance dans une réprimande qu'il espère bien sentie. Il est interrompu par Léone, jeune fille qui fut naguère énamourée de lui mais qui a développé d'autres affections, et qui lui dit posément :

— Hier au soir, m'sieur, mon frérot a reçu une torgnole.

Gilbert en reste stupide. Le petit frère en question brille par son absence et manifestement, le maître est le seul qui ignore sa mésaventure ! Les élèves s'empressent de combler son savoir déficient. Le garçonnet jouait à la crosse sur un terrain vague. Par dépit après un mauvais jeu, il a lancé son instrument de jeu au loin. La crosse a été ramassée par un *schoolboy* d'au moins 15 ans, qui la lui a remise en même temps qu'un coup de poing au visage. Sur ce, il a pris ses jambes à son cou afin de rejoindre des camarades qui, greyés de bâtons, parcouraient la cité à la recherche de victimes potentielles. Enhardis par l'exemple des plus âgés d'entre eux, les rejetons des plus intolérants *Britons* jouent aux malfrats !

Consterné, Gilbert prend le temps de s'assurer que le frère de Léone a surtout souffert dans son orgueil, puis un échange décousu s'engage entre les plus âgés de ses pupilles. Avec forces gestes, ces derniers décrivent l'exaspération mâtinée d'effroi de leurs parents et celle de leur entourage devant la canaille qui s'ingénie à renverser le gouvernement établi pour y substituer le règne de la terreur.

— Je vous le demande : à qui la faute ?

La question, garrochée depuis la cage d'escalier, transforme tout le monde en statues de sel. Nul autre que Joseph-Vincent Quiblier prend pied dans la pièce. Dans le silence stupéfait, le survenant dit froidement aux élèves :

— Si vos parents et vous, vous cessiez de vous défendre, nous aurions bientôt la sainte paix.

En train de faire signe à ses élèves de se mettre debout, Gilbert tente d'ignorer l'humiliante assertion. D'une impassibilité qui donne froid dans le dos, Quiblier poursuit :

— Sous des dehors apparents de religion, les chefs du parti patriote sont de vrais impies. Ils sont même dépourvus de la morale et de l'honnêteté ordinaire qu'on rencontre chez les hommes des bas-fonds. Ce sont des méchants!

Gilbert doit se retenir à deux mains pour rester stoïque. La manie de transformer les Réformistes en chiens galeux lui pue au nez. Le survenant se mériterait un tintamarre en règle! Les Messieurs profitent de la moindre occasion pour faire savoir que les 92 Résolutions, suivies des élections générales, n'ont été inventionnés que pour entraîner à la révolte un peuple imbécile et ignorant. Imperturbable, le supérieur presse son point:

— Heureusement, les chefs patriotes sont en petit nombre et d'un rang médiocre dans la société. S'ils sont déjà punis dans ce monde-ci, imaginez ce qui les attend dans l'autre monde? Leur politique est essentiellement contre Dieu, donc elle est damnable. La seule bonne, la seule compatible avec le salut de l'âme, est celle suivie par le parti opposé.

— M'sieur!

Gilbert désigne ses élèves d'un large mouvement du bras.

— Vous commandez à ces enfants de s'opposer à leurs pères? Dieu a pourtant prescrit aux enfants de les honorer, de les aimer, de les respecter et de leur obéir. Une bénédiction particulière est même jointe à l'accomplissement de ce précepte, comme on leur a répété maintes fois.

— Dieu prescrit aux enfants d'honorer surtout leurs pasteurs dont la science provient directement de l'Ordonnateur du monde. La différence est éminente, n'est-ce pas, monsieur Dudevoir? Les Canadiens agissent comme des sots en soulevant les Orangistes. Ces gens-là ne font pas plus de cas de la mort que d'un pépin de pomme! Pourquoi donc y mettre un entêtement coupable? La seule option possible est de leur céder en tous points, puisqu'ils sont d'accord, en principe, avec le gouvernement dans sa forme actuelle.

Gilbert s'est déplacé pour prendre place entre les pupitres. Faisant appel à tout son sang-froid, il tâche de ramener le survenant à la raison:

— Votre point de vue est d'une clarté limpide. Insister davantage serait malvenu. Les principes sont comme du vent, m'sieur, quand la pratique les contreboute entièrement. Les ennemis du pays sont dénués...

— Taisez-vous! Vous êtes à un doigt du renvoi pur et simple pour cause d'insubordination.

Un silence horrifié s'ensuit. Une petite main se glisse dans celle de Gilbert et la serre fortement, ce qui aide l'instituteur à reprendre pied. L'offensive de Quiblier n'a pour but que de l'agripper plus fort par les couilles. Les yeux agrandis, Gilbert scrute la silhouette bien découpée par la tunique noire, et surtout les traits du visage où toute bonhomie a disparu, remplacée par une quasi mauvaiseté. Quiblier aurait-il jugé impératif de se lancer dans une tournée des écoles financées par son ordre religieux, afin de ranimer la flamme de la morale publique dans le sens de la suprématie sulpicienne... et bureaucrate? Si oui, c'est qu'il sent la soupe chaude!

— La clique à Papineau irrite les Orangistes au point de leur faire crier vengeance. Et ensuite, soumis à la loi du talion, les radicaux courent se cacher derrière les portes closes. La nation canadienne est d'une couillonnerie risible!

L'épouvantable grossièreté glace le sang de Gilbert. Quiblier joue le jeu du parti ennemi: il voudrait que les démocrates frappent dans le tas, ce qui paverait la voie à une répression sanglante.

— Sont plus nombreux que nous autres, pis y attaquent en traîtres avec leurs bâtons!

C'est Joachim qui, ramenant l'accusation du survenant à un niveau concret, s'est écrié ainsi, la voix stridente. Faisant quelques pas vers lui, Quiblier le fusille du regard, puis martèle:

— Je vous interdis de vous défendre. Peut-on être tant bête? On voit bien que vous êtes Canadien et que vous avez préféré vous mêler de politique plutôt que d'étudier vos leçons. Résultat: une propension immonde à raisonner avant le temps, à devenir homme avant d'en avoir la permission. Seule la soumission envers les supérieurs est convenable à l'état de sociabilité. De la part des parents, c'est une abomination que de parler de semblables choses devant des morveux. De leur faire croire qu'ils peuvent régenter l'État, quand ils ignorent les premiers éléments de l'histoire!

Il interpelle des yeux chacun des élèves, même les petiots qui cherchent réconfort auprès de leurs aînés, avant d'ajouter:

— Je voudrais que les troupes soient appelées pour maintenir l'ordre. Si lord Dalhousie, de glorieuse mémoire, était encore ici parmi nous, votre bien-aimé Papineau serait pendu à cause de son opposition aux saines doctrines de l'administration. Vous m'entendez bien, chacun d'entre vous ? Papineau et tous les radicaux à sa suite sont coupables de trahison. Ils méritent la potence !

Une fillette éclate en sanglots, immédiatement suivie par une autre, et l'effusion tire Gilbert de son ébahissement. Il était pris au piège ! Aspiré dans un délire verbal où les arguments raisonnés sont impuissants, dans une rhétorique imperméable à l'étalage de la preuve, dans un délire obsessionnel... Secoué par un accès de rage froide, le jeune homme profère :

— Le sort des élèves du Petit Séminaire nous préoccupe autant que vous. Ce sont eux, au premier chef, qui subissent les pires outrages. Je devine, monsieur, que vous en perdez jusqu'au sommeil. Votre anxiété est palpable. Celle de vos collègues ne doit pas être moins grande.

Gilbert s'en veut d'être autant flagorneur. Quiblier est totalement dépourvu d'une telle sensiblerie... Il n'est qu'un agent provocateur. Il sait pertinemment que ses auditeurs vont se cabrer s'il insulte copieusement M. Papineau et les patriotes. Oui, les Sulpiciens savent très bien ce qu'ils font quand ils se transmuent en donneurs de leçons sur ce qui est convenable et ce qui ne l'est pas. Ils tiennent au pouvoir, car s'ils perdent un pouvoir devenu tyrannie, ils crèvent de trouille à l'idée de la vengeance qui va peut-être s'exercer contre eux. Et Quiblier, l'un des hommes les plus puissants de la province, ne peut tolérer la présence d'un rival de la trempe de Papineau.

L'admonestation de Gilbert semble avoir percé la transe colérique dont Quiblier s'était drapé. Le sulpicien cligne des yeux à plusieurs reprises, comme s'il émergeait d'un songe éveillé. Gilbert profite de l'accalmie pour se faufiler entre les pupitres et venir se placer face à lui. Son supérieur le mire d'un air hagard, et il en profite pour déclarer :

— Ce sont les despotes, monsieur, qui mettent le pays à feu et à sang. Le plus insignifiant morveux a compris ce fait bien avant de s'asseoir sur les bancs d'école. Qu'est-ce que vous cherchez à obtenir de moi ?

D'un geste vif, Quiblier retire une de ses mains, qu'il tenait cachée, de sous sa soutane. Il exhibe un papier-nouvelles.

— Un abonnement à *L'Ami du peuple, de l'ordre et des lois*.

Gilbert avait prévu que le supérieur reviendrait à la charge. Il se permet une éloquente grimace de contrariété :

— Encore ? Saint épais, m'sieur, vous lâchez pas le morceau...

— La situation a dégénéré. Plus question d'atermoyer. Un correctif s'impose.

— J'ai pas une cenne à moi. L'entièreté de mon salaire est utilisée à bon escient. Y compris pour acheter le matériel scolaire de base.

— Vous me faites marcher, rétorque son vis-à-vis d'une voix très basse. Votre salaire vous permet de vous offrir les services d'une créature de mauvaise vie. Ce pan de votre vie s'accorde mal avec votre présente occupation.

Abasourdi par ce coup bas, Gilbert lutte pour masquer les puissantes émotions qui s'entrechoquent en lui. Comme il voudrait rétorquer avec une allusion au domaine que l'Institut sulpicien possède sur les contreforts du mont Royal et à certaines activités illicites qui s'y passent, en contradiction flagrante avec l'idéal de moralité prêché par les prêtres ! Se retenant de justesse, Gilbert chuchote plutôt :

— Puisque vous êtes si bien informé, vous devez savoir que c'est pas mon salaire d'instituteur qui me donne cette latitude. C'est l'exploitation de mon billard. Avec mon ami Gaspard, que j'ai rencontré à votre collège, j'exploite ce très modeste établissement.

Il hausse la voix pour poursuivre :

— Gaspard est le fils de Jean-Juste Cosseneuve. Vous savez, le marchand de Saint-Charles ? Vous le connaissez sûrement. M. Cosseneuve est une personnalité du monde des affaires. L'élite de notre belle cité l'apprécie fièrement, y compris messieurs les marguilliers... Quant à votre demande pour cet édifiant *Ami du peuple*, j'en ferai part aux syndics de l'école. Je vous prie, à l'avenir, de vous adresser directement à eux pour toute question de cette nature.

Soudain, le supérieur des Sulpiciens a les yeux qui lui sortent des orbites, comme si on venait de le prendre à la gorge.

— M'adresser aux syndics ? Jamais je ne m'y abaisserai !

— D'accord, je m'abonne. Le reste me regarde entièrement.

En clair, Gilbert laisse *L'Ami du peuple* entrer en classe, mais il prendra bien garde d'ouvrir le feuillet. De toutes façons, les parents s'insurgeraient s'ils apprenaient que le maître expose leurs enfants à cette prose haineuse, et Quiblier le sait très bien. Redevenu tout miel, Quiblier salue la compagnie avec onctuosité, puis il retraite vers la sortie. Gilbert lève les bras dans les airs pour tenir ses élèves parfaitement tranquilles. Si le survenant a monté l'escalier avec tant de légèreté que le craquement des marches ne les a pas alertés, il n'agit pas de même pour sa descente, avidement suivie par toutes les oreilles. Enfin, Gilbert baisse les bras, et tous ceux qui se pressaient la bouche de leurs mains laissent éclater leur soulagement. Même les fillettes en pleurs font des sourires lumineux !

Gilbert, lui, se dégonfle comme une baudruche. Quel effort doit-il prodiguer pour rester stoïque devant tant de bêtise et de cruauté ! Faire porter le blâme aux victimes ? Accuser le peuple canadien de pleutrerie ? Une des pires provocations qui soient, dans les circonstances de l'élection actuelle ! Pour ne pas voir, il faut se bander les yeux sciemment, dans l'espoir d'un afflux de faveurs en provenance de la Clique du Château...

— Pourquoi qu'y se rendent pas compte que m'sieur Papineau, c'est un bon monsieur ? Qu'y veut juste notre bien ?

Gilbert reporte son attention vers Léone qui, d'un ton à la fois fatigué et désespéré, vient de lancer cette question comme une bouteille à la mer. Les rires s'éteignent et une émotion puissante les étreint tous, y compris le jeune instituteur qui, la voix enrouée, ne peut que répondre :

— C'est vrai que ça crève le cœur.

— Y en font un démon, dit un garçonnet, alors que c'est un ange. Avant de faire dodo, je prie pour lui. Ma mère pis mes sœurs itou.

Retrouvant son rôle d'instituteur, Gilbert se lance :

— Le pauvre est victime d'une manœuvre pour discréditer, c'est-à-dire pour diminuer la force de nos aspirations à toutes nous autres. Comme si on était des benêts que m'sieur Papineau conduit à sa guise. Ça fait longtemps que la Clique du Château publicise cette médisance : le peuple canadien a toutte pour être heureux, mais dans son ignorance, y se laisser mener par le boutte du nez. Voilà qui explique la violence de l'élection générale. Si la Chambre d'Assemblée est patriote, la menterie devient flagrante.

Pour ne pas augmenter le découragement, Gilbert n'ose ajouter que cependant, c'est loin d'être la première menterie ainsi dévoilée.

Après une grimace qu'il espère comique, il s'enquiert d'un ton badin :

— Z'êtes-vous capables de travailler un brin ? Z'allez-vous me laisser giguer toutte fin seul ?

— Pas à matin, s'exclame Joachim. À matin, on... comment vous dites, m'sieur ?

Un chœur de jeunes voix répond à sa place :

— On s'escrime contre l'obscurantisme !

Pendant la journée entière, ses élèves sont fidèles à cette maxime, et Gilbert n'est pas loin de bénir le sulpicien Quiblier de leur avoir remis les idées en place.

Les abats de neige ont commencé et Vitaline a l'impression que peu à peu, un voile de gaze recouvre sa plaie causée par le trépas de Marcoux. Un matin, elle s'éveille après avoir dormi d'un trait de la brunante à l'aube, et soupire de bonheur d'être enfin délivrée de la lourdeur qui l'accablait. Néanmoins, la rage qui l'a traversée ne s'est pas enfuie pour tout de bon : elle a laissé un germe paré à reverdir.

Elle entend Florentin s'habiller. Dès le lendemain de son arrivée, il avait retrouvé son humeur bourrassière et elle préfère qu'il la croie endormie. Mais sans doute a-t-il perçu un changement significatif dans son respir, car sans même se tourner vers elle, il grommelle à son adresse :

— J'te jure, t'as d... dormi comme une bûche. J'ai voulu te sec... secouer un brin parce que tu ronflais comme un cantonnier, mais peine perdue !

La bouche pâteuse, elle murmure :

— Je cré que j'en avais besoin.

— C'est p... pas normal, ton affaire. Un chagrin de même pour un homme que tu connais même pas. D... d... des fois, je te trouve b... ben ardue à suivre.

Vitaline prend une profonde respiration pour se tirer des brumes de l'endormitoire, puis elle se redresse en position assise. Sa vessie est pleine au point d'éclater, mais si elle ne bouge pas, c'est supportable. Elle rétorque :

— C'est le boutte. Ardue à suivre, alors que je reste sagement à la maison pendant que toi, tu cours aux quatre coins du pays ?

Florentin fait claquer ses bretelles sur son torse avant de se tourner pour lui faire face. Ce n'est pas le visage de son mari qu'elle mire, mais son corps qui, subitement, se présente à elle comme une effigie désincarnée, comme une statue qu'elle admirerait sur une place publique. Vitaline n'avait pas remarqué, mais il a embelli depuis leur union. Jusqu'alors sinueux comme un arbrisseau, il s'est légèrement remplumé, ce qui lui sied à merveille, et désormais, ce ne sont plus les os saillants du bassin, à peine adoucis de muscles fuselés, que ceint le pantalon à taille haute, mais des formes plus rondies et plus pleines.

— C'est p... p... pas ça pantoutte que je voulais dire, réplique Florentin. C'est p... p... plutôt... le... le fait qu... qu... que...

Exaspéré par sa difficulté d'élocution, il donne un coup de poing dans sa paume, puis se détourne à moitié pour reprendre contenance. Curieuse de connaître le fond de sa pensée, Vitaline voudrait l'aider, mais l'étrange fragilité qui s'est peinte sur ses traits l'en dissuade. En un éclair, elle revoit certains épisodes récents, et soudain, elle comprend ce qu'il veut dire : même la plus ténue expression d'agacement de sa part agit sur lui comme un bâillon. Elle doit se museler mentalement pour lui laisser prendre le silence à bras-le-corps.

— Je me sens b... benêt face à toi, dit-il enfin.

— C'est parce que je lis et j'écris mieux que toi ?

— Un brin.

— Ça veut rien dire. C'est juste une question de pratique. Je me fais un point d'honneur de pas m'en servir pour... pour t'en imposer.

— T... t... tu m'en imposes pareil.

À bout de nerfs, elle riposte :

— C'est pas moi qui t'en impose, c'est la force des arguments ! C'est la logique, l'enchaînement des idées, une à une, qui conduit à une conclusion qui s'impose comme une évidence ! Là, pour Marcoux, on a affaire à un guet-apens comme en 32. On se fait fusiller pis on peut même pas se défendre. Toi, t'as pas eu de peine ?

— C'est juste que... tu me fais craindre...

Il s'interrompt. Encore une fois, son mari est à court de mots. Elle n'en peut plus, d'avoir à les lui tirer de la bouche ! À vrai dire, elle n'a de cesse de reprendre le fil de sa songerie, celle qui lui fait inventionner des scènes diverses les mettant en scène, Wolfred et elle, à des moments d'intimité. Sa morne existence s'illumine de cette vie factice, qui est comme son oxygène dans une atmosphère emboucanée! Avec un geste d'impatience, Vitaline grogne:

— Laisse faire. Je me sens déjà mieux. Pis là, faut absolument que je me garroche dehors. Je pense que le pot de chambre va déborder quand je vais m'asseoir dessus.

Quelques heures plus tard, le capitaine Montplaisir entre brusquement dans la maison. Chez le meunier, on réclame Vitaline pour déchiffrer la gazette. Une affaire d'élection à Montréal! Elle s'empresse donc, toute la maisonnée à sa suite, jusque chez leur voisin. Quand elle entre dans la salle commune, la pièce est déjà noire de monde. Avant d'ouvrir la page du feuillet daté de la veille, le 13 novembre 1834, Vitaline a déjà compris que la cité est livrée, pieds et poings liés, à la gueusaille à gages.

Sous le titre éditorial, elle repère l'article intitulé ÉMEUTES NOCTURES DES PARTISANS DE WALKER ET DONELLAN – ASSAUTS SUR LA PATROUILLE DU GUET – BRIS DE MAISONS. Sans pouvoir brider son énervement, elle lit:

— *Hier soir vers 10 heures et un quart, comme la patrouille du guet descendait la rue McGill sous le commandement du second contremaître pour faire l'inspection d'usage des sentinelles de nuit, les partisans de Walker et Donellan, excités par la boisson et par les discours violents que Walker en particulier et ses suppôts leur avaient tenus à la clôture du poll et sans doute dans l'assemblée qui eut lieu le soir, firent une sortie sur cette patrouille qui passait paisiblement, et firent main basse sur elle. Quatre hommes furent laissés sur le champ, accablés de coups et de blessures.*

La jeune femme défile un récit affligeant. Ne s'arrêtant pas en si bon chemin, la canaille s'est attaquée aux maisons d'une demi-douzaine de patriotes irlandais, brisant les croisées et enfonçant les contre-portes. Des pierres ont été jetées sur l'église des Récollets, là où le peuple irlandais s'assemble pour le culte catholique; des Orangistes ont même exhorté leurs compagnons à la démolir. Le parti bureaucrate a obtenu ce qu'il voulait: entraver la prise de voix pour l'élection des représentants du quartier Ouest même au risque de déclencher une guerre civile.

L'article se conclut sur une note optimiste :
— *En dépit de leur nombre, il sera possible d'arrêter leur fureur et de mettre un terme à ces excès et à ces meurtres. Le salut de la ville dépend de la vigilance de la corporation et non pas d'une magistrature partiale, inerte et ignorante ; et la corporation ne trahira pas les intérêts de ses constituants : elle est élective.*

L'assertion qui tombe sous le sens reçoit l'assentiment général. Depuis le début de l'élection, les juges de paix de la métropole réunis en corps sont fidèles à leur réputation acquise en mai 1832. Ils sont agents du parti ennemi et non gardiens de l'ordre public. Car dans ce dernier cas, ils auraient sévi contre les auteurs des violences du 5 novembre au poll. De son côté, la corporation municipale a ordonné un accroissement du guet ; astheure, les magistrats prétendent qu'elle est à blâmer pour l'émeute d'hier, le 12 novembre. Les auditeurs de Vitaline s'exclament à qui mieux mieux : peut-on s'attendre à une autre attitude, alors que plusieurs de ces corrompus gigueraient sur la dépouille du président de l'Assemblée ?

Pour des détails supplémentaires, il faut attendre *The Vindicator*, qui a accru son rythme de parution depuis le commencement de l'élection. Le soir même, placée entre son mari et son beau-père dans la touffeur de l'auberge Mâsse, Vitaline écoute avec recueillement les quelques notables qui assurent la narration. À son arrivée, elle s'est mise en frais de repérer discrètement la silhouette du Dr Nelson parmi la centaine de personnes entassées les unes sur les autres, mais le récit la captive astheure.

Fidèle à son accoutumance, le D^r O'Callaghan prend soin de rendre compte d'événements que les gazettes ennemies émaillent de menteries et d'incongruités. L'échauffourée a débuté lorsque pendant sa ronde, une patrouille d'une quinzaine d'hommes de la police de nuit a reçu une grêle de pierres qui l'a fait battre en retraite. Les trois autres patrouilles de la 3e compagnie du guet sont venues en renfort. Ce corps se réorganisait place du Marché à bois, rue McGill, lorsqu'une horde d'au moins 300 hommes lui est tombée dessus à bras raccourcis au moyen de coups de bâtons et de tirs de pierres.

Ne pouvant résister à l'assaut, les guetteurs ont battu en retraite jusqu'à la maison du guet. Le repli a été terrible. Des pierres étaient lancées depuis des maisons privées ! Un nommé Marcotte a reçu une dégelée sur la tête ; il repose à l'Hôtel-Dieu dans un état alarmant. Quatre de ses collègues ont été sérieusement blessés et une bonne quantité d'autres, maltraités. Les habitants se sont claquemurés... Une image terrifiante frappe Vitaline de plein fouet : celle de sa grand-mère, de sa tante et de son frère derrière les contrevents fermés, tandis que leur parvienne le martèlement des bottes sur les pavés, les cris de rage des assaillants et les appels à l'aide des blessés...

Elle serre le bras de Florentin à lui faire mal, et par-dessus le brouhaha de voix, elle lui lance d'un ton strident :

— Ma famille... ma famille de Montréal... elle est en danger !

Florentin ouvre la bouche pour parler, mais aucun son n'en sort. Le capitaine Montplaisir répond à la place de son fils :

— Pars pas en peur. T'as ouï ? Les civils sont en sûreté chez eux.

Vitaline fait appel à son sang-froid pour réfléchir posément, et après un temps, elle rétorque :

— Pis les tirs de pierres ? Pis les assauts à la propriété privée ?

Ayant repris contenance, Florentin fait valoir que seule l'élite des patriotes, celle qui combat expressément les malversations des ennemis du pays, se trouve dans la ligne de mire. Une crapule enduite d'un vernis de respectabilité dirige la fureur des dépenaillés vers quelques cibles soigneusement choisies... Ce disant, le jeune homme échange cependant un regard incertain avec son père. Une armée de saoulons peut devenir incontrôlable. Elle peut jouer au boutefeu, et alors, la ville risque d'être réduite en cendres...

Dévorée d'anxiété, Vitaline s'agrippe au bras de son mari comme si son salut en dépendait. Elle sent alors une singulière sensation sur ses doigts, que Florentin, comprend-elle, caresse de sa main libre. L'effleurement ténu est à ce point inusité qu'elle en reste déconcertée. Elle jette un œil à Florentin, happé par les vifs échanges d'opinion à proximité. Son geste de réconfort n'est rien d'autre qu'instinctif. Pourtant, la cajolerie la bouleverse et suscite chez elle un besoin irrépressible, celui de lier leurs mains ensemble. Les lier autant solidement que tous ces cordages qu'elle a appris à nouer...

Lorsqu'elle insinue ses doigts entre les siens et s'y agrippe comme à une bouée, il tourne la tête, dirigeant vers elle un regard indéchiffrable. Est-il conscient, lui itou, de l'étrangeté de la situation ? C'est seulement pendant leurs accordailles, au cours de promenades, qu'ils ont parfois cheminé main dans la main. Et encore, tous deux se sentaient plutôt gauches, et l'un ou l'autre mettait vitement un terme au rapprochement... Astheure, Vitaline ne voudrait lâcher la main de son mari pour tout l'or du monde.

Sans cet ancrage, elle aurait l'impression de partir à la dérive sur une mer agitée, celle de son effroi devant les transports de colère des ennemis du pays. Mais après quelques instants, les doigts de Florentin commencent à grouiller, comme s'ils n'aimaient pas être ainsi emprisonnés. Tout d'abord, c'est un minuscule tressaillement, puis un autre ensuite, et finalement il se met à tapoter sur la main de Vitaline avec l'extrémité de ses doigts, de plus en plus vite et plus fort. Désemparée, elle le délivre brusquement, et elle est traversée par un éclair d'effroi, celui de se savoir seule au monde.

17

Sous la porte cochère de sa maison de la rue Notre-Dame, Gilbert fait une pause. Soulagé de ne plus être confiné à résidence, il combat néanmoins une appréhension tangible à l'idée d'être une proie potentielle à la gueusaille. Il s'évertue à se raisonner, faisant appel aux arguments qu'il vient de faire valoir devant sa grand-mère et sa tante. Certes, les plus ardents Bureaucrates ont tabassé une effigie de Louis-Joseph Papineau, aiguillonnés en cela par le candidat William Walker et le marchand George Auldjo qui vociféraient qu'à défaut de battre les radicaux sur le *husting*, ils le feraient avec les poings.

Sauf que cette scène s'apparente à un type de charivari conçu pour impressionner les âmes sensibles. Une niaiserie, a prétendu Gilbert, à laquelle il ne faut accorder aucun poids! Depuis quelques années, des protestants pour qui le papisme est un péché capital popularisent en sol canadien, du moins à Québec et à Montréal, une macabre tradition orangiste. Elle consiste à brûler un mannequin pour célébrer la déchéance d'un dénommé Guy Fawkes, catholique anglais qui, au tout début du 17e siècle, a fait partie d'une conspiration pour assassiner le roi en faisant exploser le parlement grâce à de la poudre à fusil.

À l'époque, les lois étaient discriminatoires envers la communauté catholique... ce qui n'excuse pas, bien entendu, un si détestable complot! Au fil du temps, la danse du feu a pris une telle tournure anticatholique qu'elle a été rebaptisée *Pope Day*. L'effigie qui se désagrège est souvent celle d'un prélat... Hier, dans la taverne qui leur sert de repaire, des imbéciles y ont substitué celle du président de la Chambre d'Assemblée.

En réalité, rien ne s'oppose à ce que Gilbert fasse une courte virée dans le faubourg Saint-Laurent. Depuis que la canaille a servi une sévère raclée aux hommes du guet, deux jours plus tôt, elle s'adonne à des beuveries qui la mettent hors de combat... De surcroît, le conseil de ville a ordonné l'embauche de 200 guetteurs supplémentaires, ce qui portera ce corps à un demi-millier d'hommes. Et enfin, la neige fraîchement tombée est une protection contre les va-nu-pieds...

Au fil du chemin, Gilbert se conforte : la gueusaille brille par son absence et plusieurs Montréalistes font comme lui. Il scrute les plaques portant les noms de rues que le conseil de ville a fait installer aux encoignures. Différentes couleurs ont été choisies pour chacun des districts électoraux. Chaque plaque, se convainc Gilbert, est comme un placard affiché par les patriotes à l'adresse des comploteurs. «Attention! La démocratie vous guette. L'ère des torgnoles tire à sa fin...»

Faubourg Saint-Laurent, Gilbert pourrait croire que la funeste élection se déroule à des centaines de lieues de distance. Lorsqu'il tourne au coin de La Gauchetière, il se met à courir à perdre haleine. Gilbert n'a pas besoin d'expliquer au père Lavictoire pourquoi il n'a pas pu venir la veille, son jour de visite : il se contente de remettre au vieil homme une brève missive pour Caroline. Il veut tourner les talons, mais son interlocuteur le retient par la manche de chemise et le houspille, l'articulation ramollie par l'absence de la moitié de ses dents :

— T'es fêlé ou quoi ? Fallait rester chez toi, à l'abri. Tu sais ce qui s'est passé tout à l'heure, avant le souper ? Envoye, viens te chauffer une couple de minutes. M'a te conter.

Tout en faisant entrer le survenant, il raconte que William Walker a harangué la foule de la taverne Brock, dirigeant son attaque contre *The Vindicator*. En ayant fait état des dommages à l'église des Récollets causés par la canaille en furie, a-t-il gueulé, ce torche-cul le prive du suffrage de plusieurs Irlandais qui les assimilent désormais, son parti et lui, aux ennemis de l'Église catholique! Gilbert ne peut retenir un rire grinçant. *The Vindicator* a fait état de la stricte vérité, et si elle se retourne contre le parti bureaucrate, ce dernier ne peut s'en prendre qu'à lui-même.

Sauf que la suite lui enlève l'envie de se gausser. Mr Walker a réclamé un exemplaire du papier-nouvelles honni, qui lui a été remis au bout d'une longue perche, et il y a bouté le feu. Ne s'arrêtant pas en si bon chemin, il a fait de même avec le *Daily Advertiser*, quotidien fondé 18 mois auparavant par deux jeunes marchands anglais qui, pour avoir rapporté les faits de l'élection tels qu'ils se produisaient, ont été affublés d'une tuque bleu royal. Le gardien des lieux presse son point :

— Je m'attends à ce que les troubles reprennent d'un moment à l'autre. L'augmentation du guet, nos ennemis la digèrent pas. Sont persuadés qu'y auraient remporté l'élection haut la main si le guet avait pas été renforcé. Y toléraient la nouvelle corporation municipale, mais la lune de miel est terminée, je t'en passe un papier.

Gilbert le contreboute avec optimisme. Le parti bureaucrate n'a pas eu le choix que de faire voter ses réservistes de la dernière heure, à cause de proclamations successives du parti patriote pour clore l'élection si des suffrages n'étaient pas exprimés dans l'heure suivante. Malgré cela, à la fin de la journée, Papineau et Nelson avaient encore une majorité d'une soixantaine de voix sur leurs adversaires. Demain, leur victoire sera proclamée. Son interlocuteur hausse les épaules, avant de sauter du coq à l'âne :

— Douillette-toi, mon p'tit gars. Je te remercie ben gros de voisiner mon Étienne. Y fait pitié, depuis qu'y s'est pairé avec les tuques bleues. C'est drôle pareil... J'ai eu quatre gars. Y en a un qui a été fauché, Dieu ait son âme, par le morbus. Y en a un autre que j'avais renié... Tu sais de qui je cause ?

Dérouté par le changement de ton, Gilbert répond :

— Ça peut juste être Étienne.

— Pis là, je me revire comme une crêpe. Je fais pas exprès, j'essaie de me souvenir pourquoi je l'haïssais, j'essaie de faire revenir la noire colère que j'avais contre lui. Mais ça marche pas une miette.

Gilbert reste interloqué devant cette surprenante confidence. Il se souvient avec acuité de Caroline racontant que le père Lavictoire et son fils Barnabé étaient « comme des taureaux quand y voient rouge : furieux jusqu'à en perdre la tête ». Son vis-à-vis fait un geste de la tête vers le corridor qui s'étire derrière lui.

— Je les regarde aller pis ça me lève le cœur. Y ont eu la vie dure. Moi-même, j'étais pas un paternel de tout repos... Mais toutte d'un coup, je me réveille. J'ai engendré des sans-desseins. Des fendants qu'on dirait... qu'y ont pas de considération pour personne. Que c'est juste leur enrichissement qui compte à leurs yeux. Comment qu'y vont se justifier, une fois rendus devant le Créateur ?

Un éclat de voix leur parvient et le père Lavictoire courbe instinctivement les épaules. Inondé par l'évidence, Gilbert chuchote :

— Vous voulez dire que... les frères d'Étienne ont rappliqué par icitte ?

Le gardien des lieux cligne des yeux en guise d'assentiment, puis il effectue une ultime pression sur le bras de Gilbert avant de le bouter dehors, refermant la lourde porte en bois massif d'un coup sec. Tout d'abord, le jeune homme se permet d'exulter. Si Barnabé et Éloi Lavictoire se replient sur l'établissement de leur sœur, c'est que les boulés de la Rue du Sang qui n'ont pas renié leur ancienne allégeance ne sont plus les bienvenus nulle part ! Puis, Gilbert sent un accès de frayeur lui comprimer les entrailles. Madame Marguerite et ses ébraillées vont devoir marcher les fesses serrées. Les survenants ont autant besoin de faire la loi que de respirer !

Retournant vers la cité, Gilbert voit encore bon nombre de concitoyens à l'extérieur, ce qui accroît son envie d'aller jeter un œil aux endroits mal famés qui défraient la chronique. Ses pas le conduisent dans les environs du Marché Sainte-Anne où il va rarement, même s'il n'est qu'à quelques arpents de son domicile à vol d'oiseau. La frontière invisible qui sépare les districts électoraux de la vieille cité scinde la ville. Le côté sud-ouest, chasse gardée de la classe commerçante *british*, devient un territoire hostile aux Canadiens patriotes...

Mais ce soir, Gilbert est paré à tout pour fureter alentour du vaste bâtiment en pierres de taille qui suscite en lui, chaque fois qu'il le mire, un mélange d'admiration et d'aversion. Le premier marché intérieur de la cité, haut de deux étages et surmonté de plusieurs cheminées, est une splendeur. La partie centrale surélevée est coiffée d'un joli campanile ; quant aux extrémités latérales, elles se parent d'un fronton triangulaire agrémenté d'un balcon et de colonnes doriques, symboles de puissance et d'inflexibilité.

Sauf que sans la complaisance de l'Exécutif de la colonie et l'autorité conférée par leurs certificats de juges de paix, les marchands *Britons* de la métropole n'auraient jamais pu peaufiner ce projet dispendieux. La construction battait son plein et il manquait près de 20 000 livres pour boucler le budget : les marchands ont fait appel à la Clique du Château afin d'obtenir de la législature coloniale le droit d'émettre des obligations et de vastes étendues de terrain à l'ouest de la rue McGill pour revente à profit. Déjà qu'ils avaient eu un traitement de faveur pour obtenir les terrains initiaux, pour contracter un emprunt et pour obtenir le droit de gérer la bâtisse en tant que syndics privés...

Plusieurs dizaines d'étals de bouchers, de poissonniers et de maraîchers garnissent le rez-de-chaussée, mais d'autres restes inoccupés même si l'inauguration remonte au printemps, ce qui fait un petit velours à Gilbert. Ce marché fait une concurrence déloyale aux autres, gérés par la corporation municipale. La liste des actionnaires contient tous les Bureaucrates avoués du district. Les créanciers principaux, particuliers ou compagnies, figurent dans la cohorte des fanatiques qui jouent un rôle prééminent dans la corruption des élections.

Ce soir, ce qui intéresse Gilbert au plus haut point, ce sont les caveaux en sous-sol. Un égout collecteur a été construit sous la bâtisse pour canaliser la rivière Saint-Pierre, ce qui a créé des espaces servant de celliers et de lieux d'entreposage. Or, plusieurs ont été loués par d'entreprenants aubergistes afin de régaler les *bullies* chargés de bouter les patriotes hors de la chambre basse. Les environs bourdonnent d'activité. Des quidams en groupes se dirigent vers l'un ou l'autre des caveaux qui dégorgent de lumière ; d'autres trottent et s'interpellent en riant...

Mais l'endroit est malsain pour un ami du pays, même un obscur inconnu comme Gilbert, et il tourne des talons, se faufilant dans une ruelle. Tout à coup, une étrange rumeur l'atteint. Ce sont des gueulements, des bruits de lutte... Gilbert est étreint par l'appréhension. Le vieux Lavictoire aurait-il vu juste ? Il s'immobilise pour mieux écouter. Le brouhaha semble provenir des environs de la rue McGill, vers le fleuve. Sans plus attendre, il s'élance pour aller constater par lui-même, prenant soin de raser les murs et de se fondre dans l'obscurité.

L'écho d'un coup de feu le fait piler net, tandis que son front se couvre d'une sueur froide. Gilbert est envahi d'une réminiscence : martèlement de bottes de soldats sur le sol, assourdissante détonation de dizaines de mousquets... Néanmoins, ce souvenir le traverse sans laisser, dans son sillage, la peur qui le paralysait quelques mois auparavant. Rempli d'appréhension mais en possession de toutes ses facultés, Gilbert repart vers la source d'un tapage qui enfle démesurément. Des hommes gueulent ou crient de douleur, des coups sourds résonnent...

Le jeune instituteur est aiguillonné par une vision cauchemardesque, celle des hommes du guet aux prises avec la gueusaille, mais il ne peut y croire, ce serait... ce serait une insurrection pure et simple ! Rue Saint-Paul, une voix l'interpelle de nulle part :

— Gilbert ? Ça parle au yable !

Ce timbre familier, celui de Gaspard, le désarçonne complètement. Son ami a déserté la cité une semaine auparavant ! Pourtant, il émerge d'une porte cochère pour venir à lui et le prendre par le bras.

— T'es fou ? C'est la guerre juste à côté ! Viens icitte, cache-toi ! Y a fallu s'abrier parce que ça sert à rien de se faire fracasser le crâne. On est désarmés, nous autres !

Une décharge d'arme à feu dans la rue voisine ponctue ces paroles. Gilbert s'insère au sein d'un groupe de jeunes hommes qu'il ne peut identifier à cause de la nuit noire. Hors d'haleine, Gaspard ajoute, les mots déboulant à vive allure :

— T'aurais dû voir ça : la 3e compagnie du guet traversait la rue McGill. Un fendant s'est mis à crier : « Come out, come out ! » Une foule d'hommes est sortie de chez Brock avec un chef à sa tête. La canaille a formé une ligne. Deux cents miséreux en guenilles armés de pierres et de bâtons !

— Se sont mis à envoyer des pierres sur les guetteurs de la 3e compagnie, poursuit un autre. L'alarme a été sonnée pis une rixe s'est engagée.

— Pis vous autres, faites quoi par icitte ?

— Une ronde, répond Gaspard. Malgré son nombre augmenté, le guet courait un péril certain. Fait qu'on s'est mis à exercer une surveillance. On renforce la garde autour des candidats itou. J'ai pensé à toi une couple de fois, mais j'ai pas osé. Pis j'étais trop affairé.

Gilbert fronce les sourcils. Gaspard commence à être incohérent...

— Qui ça, «on»?

— Mes camarades pis moi, on s'est ralliés autour de m'sieur Bleury pis ses Carabiniers.

Gilbert est frappé par l'évidence. Ce n'est pas Gaspard qui se trouve à ses côtés, mais son besson Vincent! Gilbert confirme son intuition au moyen d'une question incisive:

— T'es parti quand de Saint-Denis?

— Après l'attaque de l'autre matin au poll.

Vincent semble oublier que Gilbert et lui sont en froid depuis une bonne escousse, mais le jeune instituteur prend bien garde de le lui rappeler. D'ailleurs, il doit se creuser la cervelle pour retracer la source de leur malentendu. Un désaccord de jeunes coqs orgueilleux, s'il se souvient bien... Les bruits de lutte s'étant amenuisés, les meneurs jugent qu'il est temps de risquer une sortie. Gilbert se met sur leurs talons. Le groupe franchit au trot la courte distance vers la rue McGill, où il débouche à temps pour voir quelques centaines d'hommes du guet poursuivre les fiers-à-bras jusqu'à l'intérieur de leur repaire.

Comme plusieurs de ses compères, Vincent esquisse une gigue jubilatoire, puis après un éclat de rire révélateur de son état de surexcitation, il s'exclame:

— C'est grandiose! On leur inflige une trâlée, aux mendiants, dont y vont se souvenir jusqu'à leur trépas. C'est-y pas, toutte vous autres?

Un chœur enjoué lui répond, puis chacun mire le spectacle impressionnant des hommes du guet qui, vociférant et jouant du bâton, s'engouffrent à l'intérieur de la taverne Brock. Le tapage qui en provient donne à penser qu'à défaut de s'en prendre à la gueusaille, les guetteurs déchargent leur colère contre le mobilier. Leur fureur vengeresse est aisément compréhensible. Trois jours avant, plusieurs de leurs camarades ont été vicieusement molestés; quelques minutes plus tôt, d'autres ont été victimes de la bastonnade; et selon toute vraisemblance, les auteurs de ces outrages ne seront jamais même réprimandés!

Des carreaux de fenêtres volent en éclats, ce qui interdit à Gilbert et à ses nouveaux amis d'approcher pour jeter un coup d'œil à l'intérieur. Pendant ce temps, d'autres membres des forces de l'ordre prennent soin des blessés épars à travers la place du Marché à bois. Bientôt, triomphants, les guetteurs ressortent de l'établissement, poussant des acclamations et se congratulant mutuellement. Leurs officiers tentent de les rassembler autour d'eux, mais en vain : l'embrouillamini festif est généralisé, car le clan patriote peut savourer une victoire amplement méritée !

Ceux qui se tenaient aux côtés de Gilbert et de Vincent s'élancent dans leur direction afin de les féliciter et de recueillir des bribes du récit de leur exploit, et les jeunes hommes se retrouvent seuls, plantés en plein milieu du chemin. Gilbert comprend pourquoi Vincent est resté lorsqu'il se tourne vers lui, la mine embarrassée, et le questionne maladroitement :

— Tes affaires vont bien ?

Pour prouver à son vis-à-vis qu'il est de temps de mettre leur différend derrière eux, Gilbert répond avec le sourire :

— Ça roule en masse. Je te conterai. Pis toi ?

— J'ai pas à me plaindre.

— Bien content de te revoir.

Gilbert lui tend sa main à serrer et Vincent la saisit entre les siennes avec un de ces sourires lumineux dont lui seul a le secret. Gilbert s'écrie :

— Ton affaire des Chasseurs canadiens, ça me rend jaloux. Avoir su... Faut dire que mes parentes me retenaient. C'est juste à soir que j'ai réussi à me faufiler dehors. Tu sais que Bleury est un des clients réguliers de mon billard ?

À son arrivée à Montréal, Gilbert a été incorporé au 3e bataillon de milice. Depuis les débuts de la Nouvelle-France, les habitants mâles sont enrôlés à leur majorité dans cette armée de civils pouvant être mobilisée pour défendre la mère patrie. Exercée une fois l'an et dépourvue d'armes de combat, la milice n'existe que pour la forme et Gilbert n'en tire aucune fierté.

Mais le prestige d'appartenir à une troupe de volontaires d'élite, c'est une autre histoire. Cette aristocratie de la milice, formée à l'image des célèbres *volunteers* de tradition anglaise, comporte six compagnies de cavaliers, d'artilleurs ou de carabiniers. L'une de ces dernières est devenue célèbre, lors de la guerre de 1812-1813 contre les États-Unis, sous le nom de Chasseurs canadiens. Les jeunes frétillants gravitent autour du capitaine Sabrevois de Bleury, issu d'une famille à la solide tradition militaire.

— On va poursuivre la conversation chez moi ? propose Gilbert. Y a de quoi trinquer. La gueusaille a enfin subi une raclée. Saint épais, on leur doit une fière chandelle, à nos valeureux hommes du...

Une détonation lui coupe la parole. Le coup de fusil a été tiré du côté du faubourg Sainte-Anne. La rue McGill étant tout soudain plongée dans un calme surnaturel, l'écho en est puissant... Un brouhaha de voix enfle. Les miséreux salariés vocifèrent comme s'ils s'apprêtaient à mettre la ville à sac ! Sans échanger un mot, Gilbert et son camarade détalent en direction de la rue Notre-Dame, se mettant à l'abri sous la première porte cochère venue.

Depuis l'abri de fortune, ils jettent un œil derrière eux. Place du Marché à foin, les flambeaux brandis illuminent une scène cauchemardesque, celle de pauvres hères mal habillés, armés de bâtons et de lances en bois mal dégrossi. Plusieurs hommes vêtus en grand style les encouragent par des tirs en l'air qui glacent le sang et par des exhortations dont Gilbert finit par comprendre le sens. Nul ne restera tranquille dans son lit pendant la nuit qui s'amorce, car le feu sera bouté aux quatre coins de la cité !

Gilbert échange un regard éperdu avec Vincent. Livide, ce dernier murmure :

— Faut décamper. Y viennent par icitte.

— Suis-moi !

Une course les mène jusqu'au domicile de Gilbert. Quelques battements de cœur plus tard, ils se retrouvent bien à l'abri à l'intérieur. Ils prennent tout juste le temps de retirer leurs bottes souillées avant de se précipiter pour vérifier si les contre-portes sont barrées à double tour, et les contrevents du rez-de-chaussée, solidement amarrés. Le bredas attire l'attention d'Ériole qui s'était retirée dans sa chambre à l'étage. En réponse à son appel, Gilbert gueule :

— Jetez un œil à travers le carreau !

Hors d'haleine, il fait une pause en plein milieu du salon pour écouter le bruit en provenance du dehors, et Vincent l'imite. Les gueulements se rapprochent, accompagnés de sifflements aigus, et Gilbert bénit ce raffut qui, faisant office de coup de semonce, détermine les citoyens à se barricader. Il prend la lampe allumée et fait signe à Vincent de le suivre à l'étage. Tous deux grimpent l'escalier quatre à quatre. Gilbert crie, se forçant à un ton badin :

— Z'êtes présentable, ma tante ? J'ai un visiteur.

— Penses-tu que j'étais en déshabillé ? Ça fait une escousse que j'entends les coups de fusil pis que je guette par la fenêtre.

Quelques instants plus tard, ils ont rejoint Ériole devant sa fenêtre qui donne rue Notre-Dame. Grand-mère, dont la chambrette ouvre sur la cour arrière, s'est endormie tout juste avant le commencement des troubles, et à ce qu'il semble, elle dort à poings fermés. Gilbert a pris soin de tuer la chandelle pour ne pas être vu depuis l'extérieur, et la lueur fantasmagorique qui provient des flambeaux les auréole. Muets, comme si le moindre son pouvait les trahir, tous trois regardent les quidams trotter dans la rue en une sinistre cavalcade. Le voisinage ne semble pas en péril. Cependant, des détonations résonnent à travers la ville...

À voix basse, les jeunes hommes narrent les récents événements pour le bénéfice d'Ériole. Vincent confirme un fait dont nul ne peut avoir doutance : tout à l'heure, lorsque les combattants pour la cause bureaucrate ont fondu sur la patrouille du guet, ils l'ont fait de manière trop ordonnée pour avoir été laissée au hasard. Non seulement ils semblaient entraînés au maniement d'objets contondants, mais ils respectaient certaines consignes dont un signal de reconnaissance, le mot *west*.

Leurs commandants sont les mêmes que le 21 mai 1832, conclut Vincent. Quelques visages viennent s'installer à l'avant-plan dans l'esprit de Gilbert, mais aucun n'est plus frappant que celui de Joseph Shuter, l'un des juges de paix de la cité. Petit de taille, un brin replet, il s'agitait comme une marionnette, ses traits harmonieux enlaidis par une rage belliqueuse. Gilbert marmonne, les dents serrées :

— *Let's give them a damned drilling.* Allons rosser de paisibles citoyens. Voilà ce que j'ai entendu Shuter crier pendant la Rue du Sang. *Let's have a rally into them.* Pourfendons-les. Tu l'as vu à soir, Vincent, alentour de la taverne ?

— Shuter ? Je l'ai entraperçu.

La mine ahurie, Ériole toise leur invité, et Gilbert ne peut retenir une moue amusée.

— Ma tante, je vais toutte vous conter au sujet du besson de Gaspard. Je vous avais pas encore parlé de lui? J'ai pas d'allure, saint épais...

Tous trois descendent à la cuisine se réchauffer devant une bonne attisée. Alors qu'Ériole somnole dans la berçante, les jeunes hommes comblent un retard de deux années en matière de nouvelles. À la fin de leurs études au Petit Séminaire, Vincent s'était brièvement immiscé au sein du groupe de camarades dont Gilbert faisait partie. C'est alors que ce dernier l'avait introduit à David Bourdages, son mentor, qui l'a embauché comme clerc-arpenteur. Peu après, une chicane installait entre eux un fossé qui, asteure, se réduit à une craque entre des lattes de plancher.

L'étrangeté de la situation, que Gilbert avait ressentie comme jamais lors de son unique visite au domaine familial de Saint-Charles, revient le hanter. Vincent, en apparence ostracisé par ses parents... Gaspard, le fils adoré, trop heureux de mépriser son jumeau comme s'il n'était pas de la même lignée, et ne supportant pas l'idée de partager ses amis avec lui...

Soupirant après le confort de sa couche, Ériole se tire de la chaise berçante. Elle n'a guère espoir de dormir, car la cité résonne encore de vociférations et de bruits divers. Et si les menaces d'allumer des incendies s'avéraient? Mais rien de tel ne vient jeter l'alarme et les jeunes hommes jasent jusqu'au mitan de la nuit. Vincent veut tout savoir du coin flambant, secteur connu jusqu'aux confins de la colonie, mais environné de mystère. Puis, la conversation dérive vers l'actualité politique. Vincent s'exclame:

— Faut que tu lises m'sieur Parent dans *Le Canadien*. C'est grandiose! Y nous fait une leçon de philosophie politique en décortiquant les soupers offerts à Andrew Stuart pour le remercier de ses efforts pour garder son siège de député. Le pauvre, y avait besoin de réconfort...

Ce disant, il se met à rire comme un bossu et Gilbert se laisse emporter par cet accès de gaieté. Même à Québec, c'est le procès des 92 Résolutions qui se fait à la barre des hustings. Jusqu'aux charretiers qui ont transporté gratis au poll des voteurs en faveur des candidats populaires! Basse et haute-ville viennent tout juste de porter en chambre basse une représentation amie du pays. Le même phénomène s'est produit dans le comté brigué par John Neilson, spectaculaire vire-capot, ce qui en fait une victoire triomphale dans une ville où employés et dépendants sont enrégimentés par les favoris du pouvoir, de même que par des marchands peu scrupuleux, pour voter du côté de la Clique du Château.

Vincent explique que ce type de libéralisme temporisateur à outrance, et dont les adeptes se réclament du parti whig de Grande-Bretagne, était incarné par les Irlandais réunis au Shamrock Inn pour célébrer la victoire de Mr Stuart. Le banquet du « Statu quo canadien », selon M. Parent! Va pour des amendements constitutionnels mineurs ; va pour le député Daniel O'Connell qui a approuvé, en Chambre des Communes de Londres, chacune des 92 Résolutions. Mais aller à la racine du mal ? Trop risqué pour la glorieuse Constitution, héritage précieux de leurs pères !

Au même moment, des ultra-tories festoyaient à l'hôtel Elephant & Castle. Ils se sont permis des santés en l'honneur de plusieurs tyrans, dont le gouverneur Dalhousie et le ci-devant ministre des Colonies, Mr Stanley. Ils se sont même rendus coupables de la pire insulte que des *Britons* puissent faire à autrui. Se coiffant de leurs chapeaux, ils ont renversé leurs verres sur la table et ils ont porté un pseudo *toast* en l'honneur de Louis-Joseph Papineau et des 92 Résolutions en poussant des gémissements sonores. Pendant ce temps, la discordante *Marche des gueux* se faisait entendre...

Gilbert en reste pantois. Enfin, il bégaye :

— Quand des hommes sont capables de pareilles indignités pis que les gazettes les rapportent sans rougir... Malheur à notre beau pays !

Vincent conclut sa leçon en faisant état du troisième banquet, à l'hôtel Albion celui-là. Étienne Parent l'a placé entre les deux autres sur l'échiquier politique, l'assimilant à un torysme anglais favorable au pouvoir par le petit nombre, même si légèrement moins guerrier. Selon le rédacteur, ce sont ces tories modérés qui ferraillent obstinément contre les projets de loi égalitaires de la Chambre d'Assemblée par rapport à la composition des jurys, de l'état-major de milice et de la magistrature, entre autres. Lors du banquet de remerciement au candidat « anti-résolutionnaire », ils ont affirmé que le jour de la rétribution était proche et que *les aveugles et enragés démagogues qui ont semé le vent recueilleront la tempête.*

Gilbert se fend d'une grimace :

— Pis tu dis qu'y sont plus diplomates que les ultras ?

— Un brin. Comme tous les partis qui soutiennent une cause injuste et désespérée, celui-là est violent et passionné dans ses représentations solennelles, mais y cède lorsque ce serait folie de résister encore. Pis ce jour-là, y se fera gloire d'encourager la réforme populaire.

— Tu le suis de près, m'sieur Parent...

— Comme tous ceux qui mènent des gazettes réformistes. C'est une mission sacrée de combattre les torchons par autorité qui poussent comme de la mauvaise herbe !

Lorsque *L'Écho du pays* a commencé à paraître, raconte Vincent, il s'est mis à faire des visites à l'imprimerie du village Debartzch, s'initiant au métier en dilettante. La fondation de ladite gazette aux principes réformistes est due au seigneur de Saint-Charles qui, soutenu par quelques autres notables, a financé l'acquisition du matériel d'imprimerie, en plus d'assumer les frais initiaux d'opération. Vincent se met à réciter :

— *L'Angleterre n'ignore pas que le mot de liberté passe pour magique, et que son amour est naturel à l'homme qui sent ou qui pense. Elle n'ignore pas que les nations, quand elles sont fatiguées de l'oppression de leurs gouvernements dépouillés de la confiance morale, peuvent se révolter contre eux ; et, lorsqu'elles le veulent réellement, elles possèdent les moyens et la force nécessaires pour renverser tous les obstacles qu'on peut leur opposer. Nous parlons avec franchise, parce qu'après tant de ménagements inutiles, funestes peut-être, la franchise peut seule sauver les Canadiens ; parce que le ministère, en continuant à se jouer de ses promesses, les a mis en droit de n'avoir plus d'égards que pour la vérité. Les Canadiens comprennent que s'il y a des inconvénients à tirer l'épée, il y en a de bien plus graves à redouter, et de nuisibles à leur nationalité, en la laissant dans le fourreau.*

Gilbert s'épate :

— T'as appris l'article par cœur ?

— J'ai été scié. Sa vigueur de pensée est exemplaire ! D'ailleurs, les gazettes bureaucrates ont poussé les hauts cris. Elles ont exhorté le procureur général à riposter par un acte d'accusation en libelle diffamatoire devant les cours de justice.

— Comme en 32 avec un papier de *La Minerve* ?

— Tout juste. La moindre velléité d'indépendance devient un crime de lèse-majesté. M'sieur Déberge nous rend un fier service en patronnant *L'Écho*...

Sur ce, Vincent ne peut retenir un bâillement gigantesque, après quoi il s'empresse d'enchaîner :

— M'sieur Parent soulignait que des whigs aux ultra-tories, tous s'entendent sur un point. Tu devines lequel ?

— La lutte contre les principes démocratiques incarnés par nous autres, patriotes réformistes.

— Pis surtout la défiance envers les concitoyens d'ascendance française. Une défiance qui leur brouille la vue et leur obscurcit le jugement. Voilà ce qui leur permet, à nos amis *Britons*, de faire bloc pour s'opposer aux réformes prônées par nos élus. Voilà ce qui les transmue, selon m'sieur Parent, en *meilleurs faiseurs de gâchis qui aient jamais existé depuis les constructeurs de la Tour de Babel*.

— Y peut bien parler ! Faut pas oublier qu'au début de la session législative, y s'est pairé avec ceux qui voulaient collaborer avec l'Exécutif.

Vincent s'assombrit.

— Tu parles drette. Heureusement, la suite lui a remis les yeux en face des trous. L'élection en cours met à jour les vaniteuses prétentions du parti ultra-tory. Une minorité se croyant une supériorité indiscutable nous fait une opposition immorale et sanguinaire.

— Cette saudite minorité peut tout oser. Celui qui est breveté par le roi pour être notre Père à tous, j'ai nommé le compère Mathieu, endosse le rôle de chef de parti !

Un autre bâillement empêche Vincent de surenchérir, et peu après, Gilbert installe son invité sur une couche de fortune dans le salon, avant de monter dans sa chambrette à l'étage. Comme son ami, il reste habillé au cas où une urgence surviendrait. L'oreille tendue, il tombe dans un endormitoire agité dont il se tire lorsqu'une aube frileuse, celle du samedi 15 novembre 1834, vient caresser ses paupières.

Un pesant silence, semblable à celui qui finit par accabler les hommes qui s'enivrent, couvre Montréal comme une chape. Vincent est déjà debout lorsque Gilbert descend. Avant de le laisser se faufiler dans l'huis entrouvert, le jeune instituteur lui propose une éventuelle visite au Cabaretier patriote pour faire étalage de sa réussite.

— On fera semblant que ta visite est inopinée. Comme ça, Gaspard pourra pas m'en tenir rigueur...

À peine formée, la pensée irrite Gilbert. S'il renoue avec Vincent, son jumeau n'appréciera guère... Sauf que Gilbert répugne à soutenir davantage la guerre que son associé a déclarée à son frère. Il serait temps de s'extirper d'une histoire tarabiscotée au possible... Haussant les épaules, Vincent rétorque :

— Aucune envie de mirer mon frérot entre quat'z'yeux.

Après un moment d'hésitation, Gilbert le relance :

— Gaspard a l'air d'un oppresseur de première, de la manière que tu l'évites. C'est pas si pire, pour le sûr...

— Tu l'as l'affaire. Je suis juste un peureux.

Gilbert retient un mouvement de frustration. Toujours à prendre avec des pincettes, le Vincent ! Ce dernier tourne les talons et s'enfuit en garrochant une salutation par-dessus son épaule. Dès lors, Gilbert et ses parentes se cantonnent à l'intérieur de leur domicile aux croisées hermétiquement fermées, sauf lorsqu'une tâche indispensable exige une sortie dans la cour arrière. Grâce aux bons soins des voisines, ils ont tôt fait d'apprendre que cette nuit, les émeutiers ont quasiment forcé l'entrée de la maison de Louis-Joseph Papineau. Battant de vitesse les fauteurs de troubles, le Dr Robert Nelson, médecin personnel et ami intime du tribun, a sonné l'alarme. Il fallait se sauver, car les gueux salariés juraient qu'ils allaient en finir avec l'homme tant détesté !

Les voisins du tribun ont été prodigues en détails sensationnels que la cité entière colporte astheure. Nelson a conduit Mme Papineau, les enfants et la servante chez un voisin. Papineau, lui, a refusé de quitter les lieux ; son aîné, Amédée, est resté avec lui. Armés de pistolets et de poignards, père et fils étaient décidés à défendre chèrement leur vie ! Les émeutiers mugissants ont afflué rue Bonsecours. Une voix mâle s'est fendue d'une harangue surexcitée ; plusieurs sont parés à jurer qu'il s'agissait du candidat bureaucrate Walker lui-même. Il fallait nettoyer la cité des Canadiens qui la polluaient, gueulait-il, comme saint Patrick a fait fuir les serpents d'Irlande !

À la suite de son prêche, la façade de la maison a été attaquée à coups de bâtons, de cognées de haches et de dégelées de pierres ; l'une, pesant un bon cinq livres, a fait voler en éclats la vitre de la porte d'entrée, après avoir traversé la contre-porte. Quelques instants plus tard, toutes les fenêtres du rez-de-chaussée et leurs contrevents étaient réduits en miettes. Mais la résolution des émeutiers vacillait. À juste titre, ils craignaient une imminente contre-offensive patriote!

Sur les entrefaites, le commandant de la garnison montréalaise est venu clamer qu'il était paré à faire accourir ses troupes pour protéger le citoyen en péril, et une débandade s'est ensuivie. Ériole se prend la tête à deux mains et gémit à haute voix. Cette élection de malheur va-t-elle finir par finir? Que serait-il advenu si les gueux avaient réussi à s'emparer de la personne du président de la Chambre d'Assemblée?

Pendant une bonne partie de la nuit, des groupes isolés de mendiants ont continué à faire résonner huées ou témoignages d'approbation. Des vitres de l'hôtel Lavoie, là où se tiennent les assemblées patriotes du quartier ouest, ont volé en éclats. Les résidences du Dr Robert Nelson, de son collègue Guillaume Vallée, du député Édouard-Étienne Rodier et d'une demi-douzaine d'Irlandais libéraux ont également souffert, mais dans une moindre mesure que celle de Papineau.

Un groupe d'ouvriers serait déjà en train de condamner les fenêtres et de renforcir les portes de cette dernière, la transformant en forteresse. À l'instar d'autres patriotes, le tribun va envoyer sa famille loin de la cité. Nul ne peut se bercer d'illusions: les hommes du guet refuseront de patrouiller les rues et le sort de la ville est entre les mains d'une troupe de mercenaires dépenaillés. Aucune police régulière n'est en mesure de s'opposer à une gueusaille décidée de se livrer à des déprédations. Aucune, sauf l'armée britannique... qui constitue un danger certain en temps d'élection, comme l'a prouvé la Rue du Sang.

Il ne reste qu'à endurer une élection qui s'éternise. Gilbert apprend que ce matin, les fiers-à-bras ont pris possession de la maison de votation, menaçant de réduire en charpie le registre des voix, et l'officier-rapporteur a prorogé le scrutin jusqu'à lundi prochain. Gilbert se sent libéré d'un poids notable: les perturbateurs de l'ordre vont peut-être se disperser et la fin de semaine, s'écouler paisiblement. Il propage la bonne nouvelle à ses parents, puis il se laisse tomber dans la berçante de la cuisine pour un somme dont il a impérativement besoin.

Gilbert se réveille en sursaut : un son étrange lui parvient, celui d'un roulement de tambours. Il bondit sur ses pieds et grimpe quatre à quatre les escaliers qui mènent à sa chambre à l'étage ; ce faisant, il réveille ses parentes qui s'octroyaient un court repos. Pour un samedi à la relevée, la rue Notre-Dame est anormalement déserte, les Montréalistes se terrant à domicile depuis la nuit. Le son des tambours s'accroît cependant, maintenant accompagné de cris et même du son de quelques cornemuses.

Gilbert est sur le point de redescendre pour mettre le nez dehors et humer d'où vient le vent, lorsque sa grand-mère, surgie à ses côtés, le tire par la manche :

— Mire-ça !

Une foule vient de pénétrer dans la rue depuis la place du Marché à foin. Pour l'instant, il n'est possible de distinguer que des piques et des étendards dressés dans les airs. Ériole, qui s'est tirée de sa couche, marmotte avec incrédulité :

— On dirait... Non, ça se peut pas. Gilbert, on dirait un Triomphe. Un Triomphe de fous !

En tête de la procession se trouve une calèche dans laquelle quatre hommes ont pris place. Étrangement, les chevaux brillent par leur absence... Grand-mère souffle :

— Ce sont des faquins... des faquins qui sont attelés.

— Non point, ma bonne dame...

— Je vous jure, Ériole, c'est de même !

— Je confirme, dit Gilbert d'une voix blanche. On fait un Triomphe de la victoire aux candidats bureaucrates pis ce sont des boulés qui traînent le carrosse.

Ils sont une vingtaine à ahaner comme des forçats. William Walker et John Donellan sont assis dans l'attelage ; sur le siège face à eux se trouvent John Molson et Andrew Doyle, deux de leurs organisateurs les plus actifs. Le fanion du Tattersall, ce bâtiment qui abrite l'encan à bestiaux et occasionnellement les assemblées antipatriotes, orne la calèche. Derrière, des centaines d'hommes gueulent des imprécations ou se fendent de couplets tantôt salaces, tantôt intolérants envers les Réformistes. Des marchands en capots stylés et leurs commis, pistolets en poches, voisinent les dépenaillés...

Dans une explosion de fureur, Gilbert s'écrie :

— Saint épais ! Des juges de paix clubistes sont parmi eux. Les mêmes qui ont publié une proclamation prohibant les rassemblements tumultueux !

Proclamation allègrement bafouée depuis… Ériole se détourne et se laisse tomber sur le lit étroit dont le bois craque. Gilbert et sa grand-mère, eux, ne peuvent détacher leurs yeux de l'hallucinant défilé. Les apercevant à travers les carreaux, un fier-à-bras brandit le poing ; en toute hâte, Gilbert recule et, craignant qu'une pierre ne soit lancée, il brouscaille ses parentes pour les faire sortir de la pièce. Rien de ce genre ne survient cependant, et tous trois restent plantés dans le corridor, leur attention entièrement tournée vers la rumeur du cortège planifié pour faire sortir la population patriote de ses gonds.

Gilbert se noue les mains derrière le dos et serre les doigts à s'en blanchir les jointures. Les provocations réitérées ont échoué et la mascarade n'y réussira pas davantage. Mais les Bureaucrates viennent de franchir un point de non-retour. La parade grotesque creuse un fossé infranchissable entre les *Britons* bien gourmés qui y figurent, de même que ceux qui l'ont orchestrée à distance, et les Montréalistes à la fibre démocrate. Un infranchissable fleuve de mépris !

Jusque tard en soirée, le prétendu Triomphe terrorise la cité. Les domiciles de Louis-Joseph Papineau et du Dr Guillaume Vallée, de même que les locaux des gazettes patriotes, reçoivent des volées de pierres. Les imprécations sanguinaires résonnent haut et fort… Le jour suivant, après avoir cuvé leur eau-de-vie jusqu'en après-dînée, des bandes d'émeutiers se remettent à sillonner les rues. Le bruit court que les individus isolés se trouvant dans leur chemin risquent gros s'ils ne connaissent pas le mot de passe ou s'ils ne veulent pas crier *Vivent Walker et Donellan !* Quant à ceux d'ascendance française, ils sont assaillis sans coup de semonce.

À l'approche de la soirée, au moins 800 forcenés armés paradent rue Notre-Dame, conduits en apparence par un homme à cheval. Le matin suivant, il est impossible pour les amis de Papineau et de Nelson d'approcher du poll, qui vient de rouvrir, sans risquer la bastonnade. Un dispositif infernal a été mis en branle, peu importe s'il en coûte la dévastation de la ville. En conséquence, l'officier-rapporteur conclut l'élection en faveur de ceux qui ont la majorité des suffrages, soit les candidats patriotes.

Ce jour-là, comme l'immense majorité de leurs concitoyens, Gilbert et ses parents se terrent. L'avertissement servi par la rédaction de *La Minerve* – les ennemis politiques du pays se sont transformés en maniaques *à la fureur desquels il vaut mieux se soustraire* – est superflu! La rumeur veut que le parti ennemi se rassemble dans son repaire, la taverne Brock... Comme de fait, au soir, plusieurs centaines de fiers-à-bras armés de matraques reprennent possession de la cité.

Le jour d'après, un Gilbert ébahi apprend que leur galopade les a menés jusque dans le faubourg Québec, et que dans leur rage, ils ont enfoncé la porte et la contre-porte de la maison d'un notable que le jeune instituteur connaît de vue. Il paraît qu'un vent de terreur a soufflé sur le voisinage jusqu'à 11 heures du soir passé! Dans la cité même, un charretier a vu son cheval se faire tabasser par des furieux, et lui aurait subi la bastonnade itou, n'eût été de sa fuite précipitée.

Le climat d'intransigeance et de confrontation est à tel point alimenté par les furibonds que le guet hésite à reparaître en corps. À se fier aux insultes journalières que reçoivent les tuques bleues non seulement en pleine rue, mais par gazettes interposées, le risque d'un assaut est encore élevé. Les patriotes les plus «compromis» dans l'élection sont obligés de s'enfermer à la nuit tombée, non tant par souci de leur propre sûreté que pour éviter de funestes conséquences. Des centaines de citoyens se porteraient à leur secours devant un assaut sur leur personne, et les autorités profiteraient de ce rassemblement prétendument tumultueux pour larguer les habits rouges. Le moindre sursaut de fierté engendrerait une implacable répression!

Mais Gilbert serait paré à se jeter dans une fosse aux lions pour ne pas rater sa visite à Caroline. Sa dulcinée se pare, à ses yeux, d'un tel éclat! Il lui a fallu d'amples songeries pour être capable d'en définir la qualité. Il a failli verser une larme lorsque l'évidence l'a inondé... Oui, il a failli brailler à cause d'une effusion de tendresse, mâtinée de la puissante mélancolie qui l'accable souvent à la perspective de ne pas l'avoir à lui tout seul. Caroline rayonne de confiance envers lui. Il lui inspire entière créance... De mille et une manières, elle lui prouve qu'elle se fond dans une nouvelle entité, celle qu'ils forment en étant totalement ouverts à l'autre. Cette entité est davantage que la somme de leurs parties. Elle est un flot qui englobe leurs corps et leurs âmes, et par lequel ils se ravigotent...

À son arrivée dans la chambrette, Gilbert passe de longues minutes à serrer Caroline contre lui, à la bécoter et à la boire des yeux. Vitement, il lui transmet son anxiété au sujet de l'installation des frères Lavictoire dans la maison déréglée, mais elle dit ne jamais croiser Éloi ou Barnabé. Alors que la cité est quasiment en état d'insurrection, ajoute-t-elle avec légèreté, les femmes en affaires ne crachent pas sur les offres de protection... Gilbert ne la presse pas davantage. Il n'a pas vu l'ombre de fiers-à-bras lorsqu'il a fait son entrée. Rien n'a changé, du moins en apparence.

Il lui clôt la bouche d'un baiser. Il a peu de temps et il veut la voir geindre de plaisir... Caroline se blottit dans ses bras comme s'ils formaient son repaire et une frontière infranchissable pour la brutalité. L'un comme l'autre sont en quête d'un tel réconfort... Gilbert entonne un air qui s'est acquis une preste renommée, un poème pastoral qui célèbre non seulement les montagnes altières et les lacs aux eaux limpides, mais les grâces et les appâts des belles Canadiennes, si aimables et si sincères. Gilbert a seriné plusieurs fois à l'oreille de Caroline ce *Ô Canada, mon pays, mes amours...*

C'est son camarade de collège George-Étienne Cartier qui a composé ce chant tout exprès pour le banquet qui, le 24 juin, réunissait les patriotes les plus actifs de la métropole. Ceux-ci profitaient d'une fête patronale, la saint Jean-Baptiste, pour célébrer la nationalité canadienne. *Le Canadien, comme ses pères, se plaît à rire, à s'égayer. Doux, aisé, vif en ses manières; poli, galant, hospitalier, à son pays il ne fut jamais traître, à l'esclavage il résista toujours. Et sa maxime est: la paix, le bien-être du Canada, son pays, ses amours.*

Se taisant, Gilbert songe que son concitoyen de Saint-Antoine-de-Chambly est non seulement chansonnier inspiré, mais membre d'une société de discussion nommée Aide-toi et le ciel t'aidera. D'ailleurs, Gilbert n'a pas croisé ce camarade depuis un moment, comme si ce dernier avait disparu de la carte depuis l'élection... Puis, Gilbert ne pense plus qu'à la beauté de Caroline. Il avait troqué les pâmoisons fougueuses des débuts de leur relation pour des jouissances plus discrètes, mais étonnement gratifiantes, et ses étreintes avec Caroline avaient pris un cours paisible qui était loin de lui déplaire. Il lui était même déjà arrivé de s'endormir aux côtés de Caroline sans même avoir profité d'elle... Ce ne sera pas le cas astheure. Son envie de luxure atteint la démesure des orages de frayeur qu'il a traversés ces derniers temps. La crainte de ne plus avoir accès à sa dulcinée n'était pas le moindre!

18

Environnée du silence de la salle commune, Vitaline s'absorbe dans la lecture de *La Minerve*, en train d'absorber les détails de la lutte électorale au Lac-des-Deux-Montagnes, à l'ouest de l'isle de Montréal. Elle est sous le choc. La clique de *Britons* fanatiques qui veut y dominer à tout prix rivalise avec celle de Sorel, dont l'arrogance a fini par envoyer Marcoux à trépas. S'il fallait décerner la palme de l'intolérance belliqueuse, ce comté qui jouxte la rivière des Outaouais l'emporterait haut la main! Seul le comté de Montréal-Ouest lui fait une chaude lutte pour la médaille de la corruption.

Depuis 1827, des patriotes représentent les paroisses de Saint-Eustache, de Saint-Benoît et de Sainte-Scholastique en parlement. Comme à Sorel... Oui, c'est à cette époque où la majorité en chambre basse est devenue fermement tuque bleue que remonte la détermination rageuse des ennemis du peuple. Le moment où la plupart des bourgs pourris, ces comtés électoraux sur lesquels comptaient les Bureaucrates pour assurer leur prééminence législative, se sont réveillés pour tout de bon, et ont déclaré leur indépendance.

— Encore p... plongée dans ton déc... décodage. Pis ton ouvrage?

Vitaline n'a pas entendu son mari entrer. Avec réluctance, elle porte son regard vers Florentin, qui la toise sans pouvoir masquer son irritation. Elle mire le pli de contrariété sur son front et le pincement de sa bouche, et un inexplicable chagrin lui serre la gorge dans un étau. Avec difficulté, elle avale pour le desserrer, puis elle émet:

— Je m'en vas le faire. Y a pas le feu. On a toutte l'hiver.

— Ben ça, c'est t... toi qui le dis. Tu te souviens, l'an passé? On a dû se g... grouiller en fin de saison.

— J'étais novice. Astheure, les choses ont changé. Écoute ça, Florentin, c'est pas croyable ce qui s'est passé.

Pour vaincre l'élite démocrate au Lac-des-Deux-Montagnes, récapitule Vitaline, les candidats adverses se sont mis à la tête d'un puissant réseau de vénalité. Les faits les plus saillants: Frédéric-Eugène Globensky, militaire de carrière et propriétaire foncier de Saint-Eustache, a fait nommer son beau-frère comme officier-rapporteur. Quant à son colistier James Brown, il s'est assuré que la première phase du poll se déroulerait dans son moulin à papier de Saint-André d'Argenteuil. Là, les Orangistes des hameaux de Gore, de Chatham et de Grenville sont venus jouer du bâton et faire office de «police du roi». Ce voyant, les Irlandais de Saint-Colomban sont venus se joindre aux Canadiens réformistes pour protéger leurs concitoyens victimes de mauvais traitements.

Fronçant les sourcils, Florentin relève:

— J'ai ouï-d... d... dire d'horrifiques violences, mais j'ai pas creusé la question...

Vitaline le renseigne: au terme de l'élection dans cette partie du comté, une embuscade a été dressée par les Orangistes. Si nul n'a été massacré parmi les tuques bleues, c'est que les portes des maisons à proximité du lieu de votation se sont entrebâillées pour les mettre en sûreté! Ce zèle protecteur a été stimulé par l'héroïsme de l'épouse du candidat Brown. Indignée par les préparatifs de cet assaut barbare, Mrs Brown s'était démenée pour le contrecarrer, mais en vain; dès le début des hostilités, sa fille et elle ont bravé la fureur ambiante pour faire transporter les blessés dans leur propre maison, afin de mieux les soigner et de les consoler.

Vitaline tombe en silence, car une pensée la hante: le danger que Mrs Brown a couru n'est rien en comparaison de celui qu'elle a sûrement affronté lorsqu'elle s'est retrouvée seule à seul avec son époux. Voilà à quoi peut conduire la dépendance des épouses envers leur seigneur et maître... Le dogme catholique insiste sur la soumission naturelle de la gent féminine au complet envers sa contrepartie masculine. Pour sa part, Vitaline combat une féroce envie de se rebeller. Si les préceptes d'autorité divine sont remis en doute dans les matières de gouvernement civil, pourquoi pas dans le domaine domestique? Pourquoi pas une salutaire désobéissance?

Pour échapper à ses songeries, Vitaline enchaîne avec la seconde phase du scrutin à Saint-Eustache, qui s'est ouverte le 13 novembre.

— L'endroit était transformé en place forte, dit-elle avec emphase. Les assommeurs du haut du comté avaient pris possession de la grande rue du village, le long de la rivière du Chêne. Y contrôlaient les auberges, le pont qui traverse la rivière et même la route menant au Petit Brûlé.

Si les fiers-à-bras orangistes qui s'étaient illustrés à Saint-André d'Argenteuil n'ont pu investir la salle publique du presbytère de Saint-Eustache où se tenait le poll, c'est qu'elle était gardée par les citoyens en masse. Pour contrarier le vote, l'officier-rapporteur s'est mis à dénaturer les serments requis par la loi. Les vieillards ont dû confirmer qu'ils avaient atteint l'âge de la majorité. Les cultivateurs, la plupart propriétaires de leurs terres, ont dû confirmer qu'ils se qualifiaient comme locataires!

C'est alors que les barbares ont déferlé. En 1832, rappelle Vitaline d'une voix détimbrée, les fous furieux de Montréal-Ouest ont fait appel à l'armée britannique régulière; en novembre 1834, tout récemment, ceux du Lac-des-Deux-Montagnes se sont affublés eux-mêmes d'une vêture militaire, et sous le masque du bon droit, ils ont installé le règne de la terreur. Elle y voit une terrifiante progression. Un miasme qui ne sévit que dans une partie ténue de la contrée, mais qui se répandra s'il trouve à s'engraisser sur son chemin...

Florentin veut la contrebouter, mais elle le bâillonne en dévidant le fil d'un récit qui parle de lui-même. Lorsqu'il est devenu évident que les patriotes Girouard et Scott allaient l'emporter au poll, un corps de *volunteers* à cheval, la St. Andrew's Cavalry, a fondu sur le village de Saint-Eustache; environ 70 fantassins marchaient dans son sillage, armés d'imposants bâtons. À plusieurs reprises, ils ont tenté de s'emparer du poll. Un faquin a même menacé de tirer pour se frayer un passage...

Au soir du vendredi 14 novembre, les *volunteers* ont sonné la charge. La troupe s'était augmentée d'un corps de cavaliers de Saint-Eustache dont le candidat Globensky lui-même faisait partie, et de 200 fantassins supplémentaires. Tous armés de bâtons, de lances, de baïonnettes et de pistolets! Les Réformistes se sont ralliés sur la place publique du village, et ont accueilli l'armée improvisée par une grêle de cailloux. Faisant volte-face, les cavaliers en première ligne ont fait culbuter bon nombre de leurs comparses, lesquels se sont heurtés, dans leur repli, sur les fantassins...

La débandade des *volunteers* a été autant humiliante que complète. Assumant qu'une contre-attaque était imminente, les patriotes ont organisé la place du village en camp fortifié, mais les Orangistes ont préféré retourner dans leurs patelins de l'extrémité nord du comté. Soudain, Vitaline envisage les séquelles irréparables, le torrent de mépris et de défiance que les patriotes des Deux-Montagnes ne pourront retenir envers ceux qui leur ont causé tant de souffrances. Un torrent de haine légitime. Elle-même n'a-t-elle pas ressenti des flamboiements de détestation pendant l'élection ?

— Pis dans la mère patrie, souffle-t-elle, on croit que c'est nous autres, les séditieux. J'ai le sentiment d'une affaire incontrôlable. Un appareillage dont le mécanisme a été remonté. Comme une horloge. Quand les aiguilles s'aligneront...

Pour une rare fois, Vitaline jette un regard franc à son mari. Elle ne peut s'empêcher de lui faire remarquer :

— J'ai de la misère à... à débarbouiller ton barda pis graisser tes bottes pis... pis astiquer les voilures quand... quand mon pays se trouve au bord du précipice. Je sais pas comment tu fais pour agir comme de coutume. T'es cuirassé.

— J'ai de la p... pratique. Comment tu penses qu... que j'ai fini par avoir le p... pied marin ?

— Le pied marin ? C'est quoi le rapport ?

— Je t'en ai causé. J'aurais voulu rester... les mains dans la terre...

Florentin est en proie à un trouble croissant. Son épouse s'enquiert sobrement :

— Ça a été si dur ?

Il hésite, puis il se résigne à venir s'asseoir à table, à califourchon sur une chaise. Elle retient son respir : la dureté des traits de son mari a cédé la place à tout autre chose que Vitaline peine à qualifier, mais qui pourrait ressembler à un mélange de tristesse et de vulnérabilité. Soudain, elle prend conscience du fait que la raideur de Florentin, la défiance qu'il manifeste envers elle et qui interdit toute proximité entre eux, est à la mesure des émotions qu'il a dû combattre et museler...

Il lui a déjà dit à quel point il avait rechigné avant d'accepter pour tout de bon d'être le second de son père, mais sans jamais évoquer son monde intérieur tourmenté pendant cette période, au tournant de la vingtaine. Maintenant, au moyen de phrases hachurées ponctuées de longs silences, il fait allusion au sacrifice qu'il a dû faire pendant son apprentissage. En-dedans de lui-même, il a dû tordre quelques chose pour devenir ce que son père exigeait : un second efficace et surtout, obéissant et silencieux.

Vitaline relève, en proie à une subite gaieté :

— Silencieux ? Je vois pourquoi c'est pas Norbert que ton père voulait. Norbert le moulin à paroles !

Comme surpris de la sagacité de sa femme, Florentin se redresse pour la considérer, avant d'acquiescer vivement de la tête et de se lancer dans une étonnante description du quotidien avec son père. À le mirer sur la terre ferme, on pourrait croire que le capitaine Montplaisir est le plus doux des hommes, mais lorsqu'il embarque sur son navire, il se mue en un supérieur intransigeant, persuadé d'avoir la solution à tout. Est-ce parce qu'il est un excellent marin ? Chose certaine, son fils avait bien des croûtes à manger avant d'être pris en considération, et la tension qui s'installait en lui quand son père le rabrouait était quasiment insupportable.

À ce stade de son récit, le jeune homme s'interrompt et un silence prégnant s'installe. Encombrée de pensées dérangeantes, Vitaline se risque :

— Peut-être que tu découvrais chez lui... l'inverse de ce que t'aurais voulu.

— L'inverse ?

— Pour moi, ça a été de même. Je voulais juste... l'aider, mais y s'est fâché...

Son mari la considère avec une expression déconcertée, et tout soudain, Vitaline se souvient qu'elle n'a jamais abordé le sujet de son propre père avec lui. Après un temps, Florentin dit néanmoins :

— J'ai cru sentir... que tu l'appréciais guère. Tu vois qu... quasiment jamais ta famille. Même ta sœur pis tes neveux. Son petit dernier, tu l'as à peine cajolé.

— Je veux pas m'amarrer à son deuxième. Cyprien, y a fallu que... que je me l'arrache du cœur.

Sans la regarder, Florentin reprend la parole, le ton très bas, et elle s'astreint à écouter avec un calme olympien. Il fait allusion à son choc lors de son retour, une douzaine de jours plus tôt, en voyant les collages de Vitaline mis à sécher dans leur chambrette du haut. Désarçonnée, elle ramène à l'avant-plan de sa pensée les dizaines de compositions végétales disposées tout alentour de la pièce, le long du mur, à l'endroit où la pente du toit laisse un tout petit bout de mur.

Avec effort, son mari témoigne de son admiration pour son œuvre, mais Vitaline ne le croit pas une miette – elle est persuadée qu'il considère cette activité comme une lubie inutile et que s'il n'en tenait qu'à lui, ces cartons iraient alimenter le feu. Florentin enchaîne ensuite sur le fait qu'il s'est mis à les reluquer de plus près et qu'il s'est senti plonger, peu à peu, dans un réel malaise. Il a eu l'impression que certaines compositions... Il cherche ses mots et Vitaline reste immobile comme une statue. Enfin, il finit par avouer que certaines d'entre elles lui ont paru dégager des émotions, comme une personne vivante. Des émotions plutôt noires...

Incapable de poursuive, il laisse passer un long silence, puis il dirige son attention vers Vitaline pour lancer :

— J'espère que... t'es pas trop tannée... de nous autres.

Elle fige. Que veut-il insinuer ? Qu'a-t-il perçu ? Prudemment, elle le relance :

— Tannée ? Tu veux dire quoi au juste ?

Avec difficulté, il aligne plusieurs phrase qui se résument à ceci : dans sa hâte de quitter la maison familiale, Vitaline a accepté de le fréquenter, mais ce qu'il avait à lui offrir n'allait pas à la cheville de ce qu'elle espérait. La jeune femme s'interdit de réagir dans l'espoir qu'il ajoute ce qu'elle espère tant, et elle n'est pas déçue :

— Me semble... me semble que... tu pâtis un brin... pis c'est pas juste la faute aux incubes oppressifs.

Il accompagne la formule d'une moue narquoise, presque complice. Vitaline ne peut retenir un soupir de soulagement qui dilate sa poitrine, puis elle souffle :

— Oui, je pâtis. Je voudrais te raconter...

Elle s'interrompt et, après un temps, il laisse tomber :

— P... prive-toi surtout pas.

— C'est ardu. J'ai peur... de comment tu vas le prendre.

Les yeux froncés par l'inquiétude, Florentin s'exclame :

— C'est quoi l'affaire ? Tu m'haïs pis tu veux sacrer ton camp ?

Vitaline ne réagit pas. À vrai dire, si à l'instant même, le Dr Nelson passait la porte pour la ravir et l'emporter sur son destrier, elle ne protesterait pas une miette... Elle reprend :

— À soir, si tu veux... à soir, on jasera quand on sera en haut. Tu me laisseras dire. Même si t'as juste le goût de me garrocher par la fenêtre.

— Te g... garrocher... ? C'est toi qui déparles ! C... correct, on remet à ce soir. D'ici là... Ça se pourrait-y que tu consentes à t'ac... t'ac... t'a-que-ti-ver un brin ?

Elle lui destine un sourire épanoui. C'est la première fois qu'il se gausse, devant elle, de sa propre parlure, et elle en retire un bien inouï ! Lui-même fait une moue d'autodérision, comme surpris de son exploit...

Ce soir-là, dans son grenier éclairé par une chandelle, Vitaline jette un long regard sur ses collages plongés dans la pénombre. La plupart sont d'innocentes compositions où une petite fleur ronde personnifie un arbre, par exemple, et une brindille, un poteau de clôture. D'autres n'évoquent rien de concret. Mue par l'urgence, elle a marié les textures et les teintes sans chercher à reproduire une scène quelconque. Résultat : dénués de joliesse, ces assemblages heurtent la sensibilité au premier abord. Ils sont grotesques et criards à en faire gricher les oreilles, mais ils ont un réel pouvoir de fascination...

Son mari est assis en tailleur sur leur couche, le regard levé, mais Vitaline préfère se revêtir de sa chemise de nuit et de son châle avant de prendre place à ses côtés. Puisqu'elle craint son courroux, elle laisse une relative distance entre eux, sauf qu'elle n'aura pas le choix que de baisser le ton à cause des oreilles en bas, alors elle ne peut se mettre à l'autre bout de la place... Vitaline a les entrailles nouées par la peur et c'est la seule chose à laquelle elle soit capable de faire allusion d'entrée de jeu. Florentin réagit par une expression blessée et par un chuchotement emporté :

— Je suis quand même pas le grichou... J'ai faitte quoi, pour t'apeurer de même ? J'ai jamais levé la main sur toi.

— Une fois, tu m'as dit de me la fermer sinon ça tinterait à mes oreilles.

Il s'ébahit :

— Moi ? Jamais dans cent ans !

Elle rétorque en le défiant du regard :

— Je voudrais que t'arrêtes de me contester quand ça fait pas ton affaire. Écoute-moi.

Il se le tient pour dit. Elle précise :

— Tu me reprochais d'étaler ma science. Ma science infuse. De te faire passer pour un ignorant. Un niaiseux, que t'as dit. J'ai pas aimé ça pantoutte.

La digue ayant cédé, Vitaline s'enhardit à faire état du sentiment d'injustice qu'elle a ressenti alors et qui la hante encore. Si elle aime partager son savoir, ce n'est jamais dans le but de rabaisser les autres. Au contraire, c'est pour aider à mieux voir, à mieux comprendre, à mieux juger ! Elle a toujours été de même. S'interrompant, elle inspire profondément avant de poursuivre :

— L'ignorance est pas une tare, c'est un état. Sauf que refuser de sortir de son ignorance pis de ses idées préconçues, ç'en est une. C'est le signe d'un esprit timoré. Je voudrais pas, Florentin, avoir marié un timoré. C'est pas ça que j'ai vu de toi pendant nos fréquentations. Alors, on jasait de plein d'affaires, pis j'ai jamais senti que... que tu voulais que je dise comme toi juste parce que t'étais mon mari.

— J'ai dit ça ?

— Drette de même. T'as dit : « J'aime pas quand tu t'opposes ouvertement à moi. » Pis essaye pas de nier.

— Je d... d... devais être à boutte... à boutte ce jour-là.

— Si t'as de la considération pour moi, t'as de la considération pour moi au grand complet. Mes raisonnements itou.

Il tourne la tête pour fixer un point, avant de revenir à elle en bafouillant :

— Tu me reproches... d'être trop fier ?

— D'avoir une fierté mal placée.

— Mon capital de fierté... oui, mon capital... y fait dur en maudit.

Le cœur serré par cette repartie touchante, elle le presse :

— Pour vrai ? Faudra que tu me racontes...

— D'un coup que j'ai l'air d'un moins-que-rien à tes yeux ?

Navrée, elle va lui prendre la main pour la serrer. La relâchant, elle reprend :

— Faudra que tu me racontes. Je pense que tu vas devenir plus précieux à mes yeux.

— On verra. Astheure, t'as p... p... pas autre chose à dire ?

Ramenée à l'objet premier de leur échange, Vitaline sent une vive chaleur lui monter à la tête. Elle ouvre la bouche, puis elle la referme, elle l'ouvre de nouveau, et en désespoir de cause, elle lâche :

— Pas de même... Approche. Autrement je serai pas capable.

Égarouillé, Florentin obéit néanmoins à ses indications, et bientôt, elle se retrouve dans l'écrin de ses bras, mais dos à lui. Elle bégaye :

— Faut que... je puisse te retenir si jamais tu réagis comme un fou. Faut que tu sentes que j'ai beaucoup d'estime pour toi... pis que je t'ai convoité une bonne escousse pis que ça pourrait revenir même si... même si astheure... j'ai de la misère quand... oui, j'ai mal...

Elle prend une interminable inspiration pour tenter de réduire son sentiment d'affolement, puis elle souffle :

— Tu me fais mal quand tu te couches le soir sur moi.

Florentin desserre son étreinte, mais Vitaline retient les bras de son mari tout contre elle d'une poigne de fer. Pour ne pas qu'il parte en peur, elle se lance dans une récapitulation enfiévrée de leurs relations conjugales, de ses attentes à elle et de sa fébrilité à lui, laquelle a fini par la démoraliser au plus haut point. Dès qu'elle se tait pour reprendre son souffle, il se désengage avec une telle force qu'elle ne peut résister. Elle se tourne vers lui en reculant, puis elle ose mirer son visage. Ses traits sont désolés. Elle souffle :

— J'osais pas te dire... c'est guère facile de te parler.

— T'aurais pas dû... m'endurer de même.

— Je voulais pas... Je savais pas...

— Chut.

Il accompagne sa prescription d'un geste très bref pour lui fermer le clapet. Puis, pour atténuer la dureté apparente de ce geste, il tend le bras pour effleurer la rondeur de sa joue avec son pouce. Sa main si proche la trouble. Elle a le goût de la saisir, de l'ouvrir comme font les pétales d'une fleur au soleil et de poser un baiser sur la paume... Mais reculant d'un mouvement vif, son mari s'emmure dans le silence. Enfin, il balbutie :

— Je savais. Je voulais p... pas me l'avouer. J'espérais que... je sais pas quoi, que toutte s'arrange comme par magie. S'cuse-moi, Vitaline.

Elle répond par l'esquisse d'un hochement de tête. La manière tendre dont il a délivré son prénom la bouleverse... C'est alors qu'elle est frappée par le fait qu'il ne l'a presque jamais appelée ainsi. Elle est « ma femme » ou bien rien du tout : comme elle est toujours là, il n'a pas besoin de la héler... Un vif chagrin lui fend le cœur et ses yeux se remplissent de larmes. Ce voyant, Florentin ne peut retenir une grimace de souci. Il se penche pour lui étreindre convulsivement la main, puis il souffle :

— On se couche. T'es fatiguée. Je t'ai assez importunée de même.

Elle n'a pas la force de se récrier, et d'un mouvement vif, il tue la chandelle. Puis, il se laisse aller sur le dos, la respiration pesante, et elle reste immobile dans la noirceur d'encre qui règne dans la pièce. Florentin est envahi de rancœur. Autrement, il l'aurait prise dans ses bras et il aurait tenté de l'apprivoiser, ne serait-ce qu'un tout petit peu, juste un tout petit peu pour commencer à réduire le fossé qui s'est creusé entre eux, pour la rassurer au sujet de l'avenir, pour étendre un baume sur ses plaies...

Soudain, il implore dans un souffle :

— Couche-toi. La nuitte p... porte conseil.

Vitaline obéit pour avoir la paix. À cet instant précis, la nuit est pour elle une immensité hostile et elle s'affole d'avoir à la traverser toute fin seule. Par bonheur, elle peut faire appel à Wolfred... Il est toujours là, à proximité, quand elle a besoin de lui. Il manifeste une telle délicatesse à son égard ! Sa présence miraculeuse transforme un paysage désolé en un panorama riant. À son bras, elle fait des promenades délicieuses, et c'est ainsi, plongée dans une réelle félicité, qu'elle se laisse glisser dans l'endormitoire.

19

La saison froide recouvre Montréal d'une épaisse couche de neige, mais les souillures morales, songe Gilbert avec une cuisante amertume, ne disparaissent pas au même rythme que la crasse et les immondices. Il y a deux ans et demi, les profiteurs ont tendu une corde pour faire trébucher les patriotes ; depuis le mois dernier, ils creusent des pièges en forme de fosses pour qu'ils y basculent comme dans un cachot dont les portes se refermeraient derrière eux.

Néanmoins, vaille que vaille, une vie plus ou moins normale reprend son cours, et la clientèle se remet à affluer au Cabaretier patriote. Si Gilbert avait pu, au printemps 1833, se voir comme ce jourd'hui, sa traversée du désert n'aurait pas été parsemée de périodes de désespérance pendant lesquelles il a manqué retourner à Saint-Denis à bride abattue. Les chiffres sont encourageants. Son commerce fait désormais partie de la liste sélecte de lieux de plaisir qui fait le bonheur des visiteurs étrangers souhaitant se payer du bon temps, de même que des campagnards ou des bons vivants de la cité qui lâchent leur fou tout en ingurgitant d'amples rasades de bière ou d'eau-de-vie.

Et qui fait le bonheur, surtout, de quelques éminentes tuques bleues dont la ferveur patriotique ne se dément pas. Si George-Étienne Cartier se fait discret, son patron Édouard-Étienne Rodier encourage régulièrement son commerce. Souvent, il attire dans son sillage l'avocat Charles-Ovide Perrault, qui vient d'être élu député de Vaudreuil. Gilbert est fasciné par ses traits harmonieux, rehaussés par le contraste sublime entre des iris noirs et une chevelure mordorée. Il n'a pas de misère à comprendre pourquoi les jouvencelles se pâment sur son passage !

De coutume, Gilbert rôde autour d'eux pour profiter de leurs conversations à bâtons rompus si riches d'enseignements, mais ce soir-là, l'échange est diablement sérieux. Il porte sur la prouesse des francs-tenanciers sur le husting de Montréal-Ouest. Comme le prouvent les statistiques hâtivement compilées, l'immense majorité des Irlandais a concouru à faire élire Nelson et Papineau, qui ont également reçu l'appui d'une vingtaine d'Écossais réformistes.

Encore plus éloquent : sur le millier de suffrages exprimés pour les candidats bureaucrates, seuls 11 étaient d'ascendance française. Parmi eux, quatre sont souillés par le scandale de la Rue du Sang : Louis De Chantal, *jobber* et organisateur des boulés salariés ; Alexandre Delisle, principal employé des magistrats montréalistes ; Jules Quesnel, greyé des places de juges de paix, de conseiller législatif et de marguillier de Notre-Dame-de-Montréal...

Gilbert interrompt le beau Perrault pour préciser :

— Quesnel avait signé l'avis annonçant l'assemblée d'avril, celle qui s'élevait contre les 92 Résolutions. Parmi les 339 signataires, comme l'avait calculé *La Minerve*, dix Canadiens figuraient, et parmi eux, cinq qui avaient trempé dans la tuerie. Dont Quesnel.

Le quatrième clubiste qui figure sur la liste des 11 n'est nul autre qu'Austin Cuvillier, le plus éminent d'entre ceux qui, souillés par la tragédie, n'ont dû qu'à l'indulgence coupable de leurs amis de ne pas être traduits devant les tribunaux pour pratiques séditieuses. Cuvillier a bien fait rire de lui, rapporte Charles-Ovide. À l'officier-rapporteur qui lui demandait sur quelle propriété il qualifiait son suffrage, il a répondu « sur la moindre », soit une parcelle bornée « d'un côté, par moi, de l'autre, par moi et en arrière, encore par moi ». Le renégat a failli prétendre que tout le comté était son domaine personnel ! De surcroît, relève Rodier, il causait en langue anglaise, alors que le Dr Lusignan était, comme lui, un enfant du sol.

Les ultra-tories prétendent sur toutes les tribunes qu'ils se seraient rendus maîtres du scrutin dans le quartier ouest, n'eût été de la police de nuit que le conseil de ville a pris sous son aile. Le guet, sous la coupe des magistrats corrompus de la cité depuis une décennie, s'est interposé entre eux et les deux plus éminentes tuques bleues de la province! Les profiteurs, et particulièrement les incubes oppressifs, ne peuvent souffrir une telle atteinte à leur vanité... et des freins au pillage généralisé auquel ils s'adonnent dans la colonie.

Leur dernier coup pendable : une Loyal and Constitutional Association pour légitimer leurs violences pendant l'élection. Rodier fait une grimace de dégoût en prononçant ce titre, et les jeunes hommes l'imitent avec un clin d'œil de connivence. Le 20 novembre, une assemblée a eu lieu dans la cour du Tattersall, devenu le quartier-général des fanatiques. Les tuques bleues ont été dénoncées pour avoir empêché *une fraction bien disposée et intelligente de la population* d'aller donner librement son suffrage. L'élection générale a été réduite à un appel enflammé à la haine entre les races, un appel dont le tort serait strictement imputable aux Canadiens d'ascendance française.

Au terme de ladite assemblée, trois faquins s'embarquaient dans la barque à vapeur pour aller prier le gouverneur de faire recommencer l'élection de Montréal-Ouest. Ce qui est illégal et inconstitutionnel, car seul le président de la Chambre d'Assemblée a ce droit. Comment y voir autre chose qu'une débauche d'esprit de parti? Les forcenés de la métropole ont même contagionné ceux de Québec. Gilbert n'a pas besoin d'explications : deux jours après celle de Montréal, une association semblable était fondée lors d'une assemblée présidée par Andrew Stuart, candidat bureaucrate tout récemment défait.

— Pis c'est juste la partie émergente d'un réseau d'adhérents, poursuit Rodier. Sous le couvert de la charité, on s'organise : la St. Patrick's Society au début de l'année... la St. George Society astheure... Un réseau souterrain à l'image de celui des Orangistes d'Irlande. Par leurs sociétés, y cherchent à faire circuler parmi certaines classes la haine agissante contre la majorité des habitants du pays.

Se redressant, Rodier jette un regard circulaire, et constatant que tous les hommes présents lui portent une oreille attentive, il hausse le ton. Ne pouvant supporter d'être dominée par les *goddamn Frenchmen*, la faction sectaire de la ville a sauté à pieds joints dans le crime. Ceux qui la composent pissent de trouille à l'idée du châtiment – perte de leurs privilèges, puis poursuites en justice pour malversations – qui s'abattra sur eux, advenant que les patriotes aient gain de cause devant la mère patrie. En conséquence, le moindre Canadien qui se tient debout les apeure et les transforme en maniaques.

Après un rire sardonique, Rodier ajoute :

— À vrai dire, ce sont des démons. Des démons engraissés à la peur des Français pis à leur propre fatuité de *Britons*. Obéir à des Canadiens, devenir leurs subalternes ou juste leurs égaux en loi ? Plutôt se battre jusqu'à sa dernière goutte de sang !

Depuis un recoin de la pièce, un homme lance d'un ton accusateur :

— Les habitants de la ville sont assez nombreux pour repousser la violence par la force. Me semble qu'on devrait... Z'êtes pas tannés de vous faire tondre ? Moi, en masse.

Même un peuple pacifique ne peut rester éternellement passif, profère-t-il avec rancœur, devant tant de violence et d'insultes garrochées jusqu'à plus soif par le parti ennemi. Le Canadien est couillon, sans éducation, sans raison, sans connaissance... Rodier a pivoté sur place pour faire face à l'homme qui l'interpelle ainsi. Après un temps, il répond avec une humilité palpable :

— J'aurais jamais cru voir ce jour arriver, mais... pouvez pas imaginer à quel point m'sieur Papineau pis toutte nous autres, on était... comment dire ? On se sentait déchirés en deux. Je vous garantis que nos pensées viraillaient comme des sorcières. On vantait la patience devant les provocations dans l'espoir que cette patience serait récompensée, mais... plus on reste stoïques, plus on se fait tondre. Y resterait plus qu'à repousser la violence par la force ? On y a tous songé. Mais d'un coup que le reste de la province soit restée sur son quant-à-soi ?

L'interlocuteur de Rodier reste pensif un moment, avant de proférer :

— Y nous reste plus qu'à nous organiser pis nous armer.

— L'argent, on finirait par le trouver. À mesure que le papier-monnaie se mettra à circuler... Mais oubliez pas une affaire. Y suffit que les Bureaucrates interceptent une seule cargaison d'armes à la frontière pour que toutte nous autres, on signe notre arrêt de mort.

— Alors, faut amasser les armes de l'autre côté de la frontière, lance un autre. Pis mettre sur pied une organisation secrète pour que, au jour dit, une armée se lève comme un seul homme.

— Les risques de trahison sont élevés, intervient Perrault à son tour. Y suffirait de quelques dépositions pour faire emprisonner les présumés coupables. Notre force numérique apparente est diminuée par la corruption de la magistrature pis de l'armée.

Gilbert s'immisce dans le débat en déclarant à la cantonade que Sa Majesté du Royaume-Uni ne pourra faire autrement que de leur rabattre le caquet. Car leurs agissements révèlent le fond du sac de la Bureaucratie, c'est-à-dire la révolte d'une poignée d'individus qui veulent renverser un gouvernement légitimement élu. Aux tenants d'un gouvernement par le peuple s'oppose une Clique du Château assoiffée de pouvoir et de privilèges. Les seuls factieux de la province sont ces pseudo *Constitutionals*, qui veulent que seuls leurs cerveaux fêlés, dépositaires du pouvoir absolu, engendrent les lois!

Rodier abonde dans son sens. Que faudrait-il de plus pour dessiller les yeux des décideurs de la mère patrie? Les élections s'avèrent un balayage des patriotes, qui ont remporté 77 des 88 sièges en chambre basse. La population de ces comtés, d'après le recensement de 1831, se chiffre à 483 639 personnes. C'est-à-dire 95 % du Bas-Canada! L'un des comtés bureaucrates est Gaspé, et les quatre autres se trouvent dans les *Eastern Townships*; ils totalisent neuf représentants puisque la plupart des circonscriptions électorales en envoient deux en parlement.

Même là-bas, fait remarquer Perrault, moult habitants sont mus par des principes libéraux, comme ils l'ont prouvé dans Sherbrooke en ne donnant aux candidats bureaucrates qu'une très maigre majorité des suffrages. D'éclatante façon, le scrutin provincial indique que le peuple canadien, mélange d'enfants du sol et d'immigrants cordiaux, appuie sans réserves l'intention de la majorité des élus en chambre basse de lutter contre la corruption de l'appareil d'État.

— Dieu vous entende, grommelle le quidam qui a ouvert la discussion, passeque je suis tanné en masse de voir des pourris s'essayer au coup d'État. Vont finir par déclencher une guerre civile! Paraît qu'un sort épouvantable pend sous le nez de la population britannique...

Seul un silence morose lui répond. Les participants aux Constitutional Associations de Montréal et de Québec ont adopté des résolutions insistant sur la nécessité de travailler activement *à la sûreté commune des personnes d'origine britannique et irlandaise*. Se disant persuadé de sa force et fidèle au souvenir de la renommée de ses ancêtres, l'auditoire s'est déclaré paré à résister jusqu'à la dernière extrémité au joug d'un parti voué à leur destruction – *we will resist to the uttermost all attempts to place us under the yoke of a party which we firmly believe is bent on our destruction*. Selon *The Quebec Gazette*, propriété du renégat John Neilson, la mère patrie ne remplira plus son mandat de protection si elle cède aux demandes de la majorité en Chambre d'Assemblée. N'est-ce pas une déclaration de guerre civile ?

Ces jours derniers, rappelle à son tour un joueur de billard, un marchand écossais a déploré à haute voix, devant un public nombreux, le fait que nul ne prenne sur lui de mettre fin aux jours de M. Papineau. Rodier saute sur l'occasion pour souligner à quel point les méthodes des plus acharnés tories du Bas-Canada sont orangistes, selon le rédacteur du *Vindicator* qui en a fait personnellement l'expérience. Ceux d'Irlande vociféraient pareillement : *No surrender !* La *Montreal Gazette* a osé écrire que les intérêts britanniques végétaient dans la colonie comme si son roi était celui de Turquie ; M^r O'Callaghan a rétorqué que cette gazette et ses affidés avaient autant d'amour pour Sa Majesté anglaise que pour le Grand Turc.

Chacun est sur le point de retourner vers les parties de billard en cours lorsque Clément-Charles Sabrevois de Bleury fait irruption dans la pièce. Il est accueilli par des œillades discrètement admiratives. Louis-Joseph Papineau a dû se résigner à une protection armée et c'est Bleury, capitaine du 3e bataillon de milice de Montréal, qui a pris sa défense, mettant ses miliciens, de même que ses propres armes et munitions, à sa disposition. Soir après soir, un groupe de jeunes hommes s'assemble au rez-de-chaussée de la maison de la rue Bonsecours pour une garde nocturne.

Sabrevois de Bleury extirpe de l'intérieur de son habit un feuillet froissé, qu'il jette d'un geste dramatique sur la table de billard. Perrault s'approche pour s'en saisir : c'est le *Daily Advertiser* de ce matin. De la bouche du survenant, tous les clients apprennent que ce quotidien, mené par de jeunes Anglais récemment émigrés, est obligé de cesser sa publication. Il était financé par la Bank of Montreal; son président, Peter McGill, a employé son influence pour le culbuter parce que les patriotes étaient traités avec trop d'égard par ses rédacteurs.

— Lors d'une réunion chez Brock, dit Bleury, les fous furieux ont résolu de cesser leurs relations d'affaires avec ceux qui appuyaient les 92 Résolutions.

Gilbert s'ébahit:

— Z'êtes sérieux?

— *They will not deal with nor employ any person who belongs to the Papineau party.* C'était écrit dans le *Vindicator* du 18 courant.

Les forcenés ont mis leur menace à exécution en retirant leurs publicités du *Daily Advertiser*. Le survenant se joint à Rodier et à son collègue avocat pour raconter que l'aristocratie mercantile de Montréal, formée d'Écossais tenant les leviers du haut commerce, pratique depuis des lustres une politique d'exclusion afin de priver la population d'allégeance libérale de sa place légitime dans les échanges commerciaux et l'expansion industrielle. Mais depuis de début de la décennie, les ultra-tories utilisent l'ostracisme contre les Réformistes à des fins politiques.

En mai 1832, les puissants Montréalistes à la tête de la Bank of Montreal punissaient des patriotes avoués en leur interdisant les transactions financières. Une quinzaine de mois plus tard, à l'automne 1833, la même banque refusait d'octroyer un prêt à la corporation municipale nouvellement formée, et qui grattait déjà les fonds de tiroir pour effectuer les améliorations prévues aux chemins publics. À la demande d'une avance de 3000 livres, l'institution bancaire a réagi par un refus péremptoire, non point parce que le prêt aurait été trop risqué, mais parce que La Ville est dirigée par un Conseil élu au scrutin public. Or, le principe électif, les faquins de Bureaucrates qui siègent au conseil d'administration l'ont en travers de la gorge!

Pas plus tard que cet été, les membres du Conseil de Ville ont voulu contracter un emprunt pour défrayer les dépenses reliées aux logements temporaires des cholériques dans le faubourg Sainte-Anne, puisque la loi d'incorporation leur défend d'utiliser les fonds publics à des fins sanitaires. Les directeurs de la *Bank of Montreal* n'ont consenti qu'à un prêt personnel à l'un ou l'autre des échevins. Leur pusillanimité est outrageante !

Cet ostracisme, la presse à la solde des tyrans de la métropole en a fait une obligation à l'orée de la récente élection générale. Une foule de fournisseurs, d'employés, de charretiers et d'ouvriers n'ont même pas eu le droit de rester neutres ! Les papiers-nouvelles de l'aristocratie mercantile l'ont clamé : tout employeur peut légitimement exiger, de celui à qui il procure un moyen de subsistance, un support agissant à la cause. Un employeur peut escorter ses subalternes à la table de votation, comme cela s'est vu à plusieurs reprises. Ou il peut en renvoyer d'autres, comme la Montreal and Quebec Steamboat Company l'a fait pour un de ses capitaines.

Un homme s'écrie :

— Les ennemis du pays se jettent sur cette route ? Faut les traiter en parias pis fuir les maisons qu'y possèdent.

— Reculer à la vue de l'enseigne d'un marchand en opposition avouée avec les intérêts du pays, ajoute un autre, comme à la vue de la maison d'un lépreux !

La saillie suscite des rires gras parmi la quinzaine de clients présents, et des échanges fiévreux s'ensuivent. Tout en préparant son prochain coup, Perrault s'exclame avec un emportement comique :

— Si leurs maisons colossales ont les moyens de leurs folles ambitions, c'est à cause de ce qu'elles engrangent grâce à nous autres, Canadiens !

— On l'avait remarqué, rétorque sobrement son patron. Regarde-nous bien venir...

Surpris par l'allusion, Gilbert lui jette un œil incisif, mais Rodier ne dit plus rien et se laisse absorber par le déroulement de la partie. Faire une résistance économique aux partisans de l'intolérance sectaire ? Chose certaine, Rodier investit, depuis le printemps, une énergie formidable dans le Comité central et permanent du district de Montréal. Il a sans doute participé à la rédaction des fameuses *Observations sur la réponse de Mathieu lord Aylmer*, adoptées lors de l'assemblée du 1er juillet, tout juste avant la débandade causée par le choléra.

Or, ces *Observations* vantaient, entre autres, les bienfaits d'un blocus commercial. Les profiteurs puisent à loisir dans une bourse, celle du revenu de la province, principalement engraissée par les taxes à l'achat de produits de consommation et surtout des liqueurs fortes. En conséquence, tarir ce revenu ferait comprendre à la mère patrie que les colonies sont des possessions utiles à condition qu'elles abritent des institutions populaires qui encouragent l'aisance et la consommation générale. Ce que découragent, au contraire, des salaires aristocratiques... Ceux qui verront les consommations diminuer seront intéressés à faire cause commune avec la nation tout entière. Oui, l'idée est séduisante. À condition que le peuple en entier y participe !

Un soir, rentrant de l'école, Gilbert trouve sa tante défaite, le visage rougi et gonflé. Grand-mère souffle :
— Son André... retourne à sa légitime.
Ériole ne peut réprimer un sanglot. Gilbert l'entoure de ses bras et l'étreint sans un mot. Elle finit par souffler :
— Je voyais ça venir, je le sentais, ça faisait des mois qu'y tournait autour du pot. Pis quand y me voyait, c'était comme si... comme s'y me voyait pour la dernière fois.
— Sa légitime a découvert le pot aux roses ?
Ériole secoue la tête avec désespoir. Aidé de dame Royer, Gilbert la fait descendre à la cuisine, l'obligeant à s'asseoir devant le feu qu'il ranime. C'est lorsque l'attisée est réduite à des braises rougeoyantes qu'il croit avoir saisi l'essentiel de l'affaire. André aime avec ferveur la gent féminine, non comme un dandy qui accumule les conquêtes sans s'y investir de tout son être, mais comme un passionné qui jouit d'avoir, à ses côtés, une femme qu'il vénère et respecte. La première Mme Jobin était passée de vie à trépas en 1814 ; la seconde, en 1822 ; et voyant Émilie qu'il a mariée en troisièmes noces perdre ses forces, André a été terrorisé par la perspective de la perdre. Il a commencé à croire qu'il portait malchance, ou encore pis, qu'il buvait la vie de ses épouses l'une après l'autre. Et comme Ériole est son épouse dans son cœur, il a préféré la délivrer de sa présence... Gilbert reste coi, mais cette explication tarabiscotée est une insulte à l'intelligence d'Ériole, ou du moins, à celle de ses proches. Le notaire a tricoté cette défaite pour se désengager plus aisément !

Le jour suivant, Gilbert se met à rôder dans les parages de l'office de notaire d'André, situé à l'étage d'un bâtiment commercial de la grande rue Saint-Jacques, espérant le croiser par hasard. Un samedi, sa réserve de patience épuisée, il se décide à prendre le taureau par les cornes. Son premier coup de sonnette est fructueux : maître Jobin vient lui ouvrir la porte. Sa surprise, qui ne dure qu'une fraction de seconde, est remplacée par une impassibilité de façade, et Gilbert se fait la remarque que son ami a vieilli, que ses rides se sont creusées et que sa bouche s'est durcie.

Sans un mot, André referme la porte derrière lui, puis il précède Gilbert dans l'escalier, avant de le faire pénétrer dans un bureau qui n'est guère plus grand qu'un réduit. Le feuillet grand ouvert sur la petite table saute aux yeux du jeune instituteur, qui s'exclame avec un sursaut d'excitation :

— *La Minerve* ? Tout le monde en jasait en chemin…

La gazette patriote contient l'Adresse de remerciement de Louis-Joseph Papineau aux francs-tenanciers du comté de Montréal-Ouest, et la parution de l'écrit pamphlétaire fait sensation. Chacun accueille avec une joie sauvage la dénonciation en bonne et due forme, qui les venge un brin de leurs misères ! Selon André, le tribun fait une émouvante profession de foi. Il vouera tous les instants de sa vie, écrit-il, à remplir le mandat qui lui a été confié, soit *travailler avec un redoublement de ferveur* à redresser les griefs qui pèsent contre le représentant du Roi et les fonctionnaires publics vendus à l'Exécutif de la province, *hommes coupables revêtus du pouvoir irresponsable dont ils ont si scandaleusement abusé dans tous les départements de l'administration.*

André exulte en livrant à Gilbert le fruit de sa lecture. Le président de la Chambre d'Assemblée affirme que pour un peuple persécuté et mis hors la loi depuis le sanglant 21 mai 1832, *l'extension du principe électif* constitue le seul moyen d'échapper *au plomb meurtrier de ses assassins et aux partialités plus révoltantes des tribunaux.*

— Notre ami Papineau conclut : *L'élection que vous avez faite, considérée avec celles qui simultanément ont été faites dans les deux Canadas, sont une condamnation solennelle qu'un million d'hommes portent contre les institutions politiques qui les oppriment.*

Après un silence chargé, le notaire Jobin se renfrogne et grommelle que Gilbert n'est sûrement pas venu jusqu'à lui pour déblatérer sur le sujet. Il installe les chaises l'une face à l'autre, et lorsqu'il y est invité, Gilbert s'assoit. Son vis-à-vis laisse tomber :

— Je crois que tu te portes bien ? Je suis ta carrière de loin, tu sais.

Gilbert hausse un sourcil. Vraiment ? Interceptant son œillade acérée, André s'empourpre et souffle :

— Ériole t'a conté...

— Elle a avalé ton histoire. Mais moi, je digère pas.

— C'est pourtant la vérité pure.

— T'avais pas besoin de... de fabuler de même. Ma tante est capable d'entendre les vraies affaires.

— Je t'assure, Gilbert, que c'est la vérité pure.

Le ton calme mais incisif d'André finit par ébranler son vis-à-vis, qui rétorque néanmoins :

— Je peux pas croire. Un homme pondéré comme toi !

— Moi, pondéré ? On en reparlera. Pour le sûr...

Il marque une pause et son visage, tout soudain, laisse voir son intense trouble intérieur. Il reprend :

— Pour le sûr, j'ai vu ma première épouse basculer dans l'autre monde. Ma seconde, j'ai pas assisté à son décès qui a été accidentel, mais j'ai vu son... son corps sans vie, et j'ai ressenti... non seulement un effroi sans nom, Gilbert, mais un tel chagrin... un chagrin dont j'ai cru pendant un temps que seule la mort me délivrerait. Pis là, Émilie... Elle était alitée, elle délirait sous un accès de fièvre, je la regardais pis une affaire pas endurable me tourmentait. J'étais dans l'épouvante.

Il détourne la tête pour cacher son expression à Gilbert, avant de souffler :

— Je sais pas si tu vas me croire, mais vieillir... vieillir, ça rend sage pis fragile à la fois. Sage parce que... on relativise des affaires comme la honte ou l'embarras, mais diablement fragile, par exemple.

Ému par sa candeur, Gilbert se penche pour étreindre fortement l'avant-bras de son ami.

— On le serait à moins. Z'en avez pas mal enduré.

Son vis-à-vis inspire à fond pour reprendre contenance, puis il laisse tomber avec une lassitude infinie :

— Je sais pas de quoi je suis punissable, mais si le Grand Ordonnateur du monde existe, y a décidé que j'allais souffrir par là où j'avais péché. Par mon amour des femmes qui ont accepté de partager ma vie. Un amour extrême.

Gilbert reste coi tandis qu'André avale péniblement sa salive et se passe une main sur le visage, comme pour y effacer toute trace de sa détresse. Le notaire poursuit enfin :

— Je suis pas trop timbré encore. Rationnellement, je sais bien que j'ai rien à voir avec le mauvais sort qui s'acharne sur mes épouses. Mais quand même... si elles m'avaient pas marié, si elles avaient jamais croisé mon chemin, elles seraient encore de ce monde, c'est-y pas ?

— Peut-être, mais ça veut pas dire que...

— ...que j'ai directement à voir avec leur trépas pis que je devrais en porter le poids. Je sais bien. N'empêche que cette responsabilité-là, elle s'est mise à m'empoisonner l'existence quand Émilie s'est alitée.

— C'est la seule raison concernant ma tante ?

— Non. Tu dois bien avoir doutance. Je suis pas doué pour la dissimulation pis je m'empêtrais... Je me disais depuis un boutte que ça avait pas d'allure, que la situation allait m'exploser en pleine face pis que j'allais toutte perdre. Ériole *pis* ma légitime... Fait que j'ai dû trancher dans le vif. Crois-moi, j'avais pas besoin de tricoter une explication tarabiscotée de même pour m'en sortir.

Après une pause, André précise qu'il y a une autre raison. Il est pressenti comme futur député depuis des lustres par les notables du comté de l'isle de Montréal. Ces derniers le tourmentent maintenant pour qu'il soit candidat lors de la partielle qui aura lieu incessamment. Le comté avait élu Louis-Joseph Papineau par acclamation pour parer à une éventuelle perte de son siège dans Montréal-Ouest. Comme le tribun ne peut représenter deux comtés, un scrutin dans l'isle de Montréal sera requis par la législature dès qu'elle siègera.

Cette fois-ci, précise André, il a l'intention d'acquiescer à la demande de ses pairs. Or, Ériole pourrait être en butte aux médisances. La première chose que les Bureaucrates cherchent, c'est une faille dans la cuirasse. Il n'en dit pas plus, mais Gilbert est intimement convaincu de l'ingénuité de son vis-à-vis, qui reprend avec un semblant de légèreté :

— Heureusement, Émilie va mieux. Je crois que l'alerte est passée. Mais la peur m'habite pour de bon. Pis tu sais quoi ? La peur a pris une drôle de vêture. Dans ma tête, elle est devenue un officier britannique à cheval.

Soudain, Gilbert devine que le notaire va évoquer la Rue du Sang et cette certitude lui fait ouvrir de grands yeux ébahis.

— Y caracolait comme s'y venait d'emporter une victoire difficile et décisive sur un ennemi redoutable. Sauf que c'était sur des hommes de dos pis qui s'éloignaient... Sur le champ, j'ai ressenti une telle haine envers cet officier que si j'avais eu un pistolet, je l'aurais abattu. Dans ses yeux, j'ai lu... une aversion qui me réduisait... qui me réduisait moi, Canadien patriote... à un statut de chose. De non-humain. De bête immonde qu'on pouvait écrapoutir sous son pied pour la plus grande gloire de la civilisation. Nous autres, on doit leur lécher les bottes, point à la ligne.

André s'interrompt encore, puis il tente l'esquisse d'un sourire contrit.

— Tu vois ? On rempire en vieillissant. Ta tante... pâtit pas trop ? Un jour, tu lui diras... que si on pouvait être amis malgré tout...

— Je lui dirai, répond Gilbert. Sauf que fais-toi pas d'accroires.

Sur ce, le notaire saute sur ses pieds et, avec une moue d'excuse, il indique la porte à son visiteur.

— J'étais après préparer un brouillon de contrat. Y a un calotin qui va bientôt survenir. Ça me fait penser : pis toi, comment ça va avec les étrivants de Sulpiciens ?

Gilbert narre prestement la visite frappante du supérieur dans sa classe, quelques semaines auparavant, avant de conclure :

— Y se fait rare désormais. Y sait trop bien que les rues sont devenues des coupe-gorges.

Tous deux échangent une franche poignée de main. Avant de le laisser aller, le notaire ajoute :

— J'escompte que tu reviendras me voir dans un avenir rapproché. Pis les portes de ma maison de Sainte-Geneviève te sont grandes ouvertes. À la revoyure !

Gilbert dévale l'escalier, heureux de ne pas être obligé de sacrifier une précieuse amitié. Dès que possible, il met le grappin sur

La Minerve et, de retour à domicile, il tente de distraire sa tante éprouvée en décortiquant pour son bénéfice le magistral coup de gueule du député de Montréal-Ouest. L'écrit cause une onde de choc. Le célébrissime D̂ William Robertson, entre autres, ne l'apprécie guère, car il y est qualifié de *père du mensonge*. Papineau s'est permis une parodie d'exhortation biblique : *En vérité, en vérité, il n'est pas un autre homme au monde qui, sous une mine plus douce et plus fausse, ait une âme plus satanique. Quand il sourit à un Canadien, croyez que c'est du même rire dont le serpent souriait à Ève pour la perdre, elle et sa postérité.*

Le tribun a persisté et signé. De tous les magistrats, c'est Robertson qui *a le plus violemment voulu, le plus diaboliquement préparé* le *guet-apens* de la Rue du Sang. Loin de s'amender, il s'est transmué en chef de bande lors de l'élection générale de 1834, au cours de laquelle les magistrats, après avoir prohibé les rassemblements nocturnes, se sont empressés de violer leur propre règlement en paradant avec les émeutiers après la nuit tombée, devenant les *agents instigateurs des violences commises*. Une telle conduite publique doit subir *la plus juste censure*.

Désireux de laver par un duel son honneur bafoué, Robertson envoie un cartel à Papineau. À voir la réaction de sa grand-mère, Gilbert est persuadé qu'elle se serait précipitée pour servir de bouclier humain à leur chef bien-aimé, s'il avait eu la niaiserie de relever le défi. La vieille dame clame :

— M'sieur Papineau était mieux de refuser. Y a pas violé les lois de la vérité ou de l'honneur, pis y a aucune parité entre lui pis les bambochons politiques qui l'accablent !

Peu après, William Walker, candidat bureaucrate défait, aditionne son cartel à celui de Robertson. Papineau s'est permis une hilarante description de Walker. De ses *bacchanales ordurières* dans les repaires du parti ennemi, Walker rapportait au poll *des transports de fureur* qu'il associe à une convulsion épileptique, et qui ont fait craindre *la fuite soudaine de la raison le livrant au délire, et faisant tenir à un homme qui, il est vrai, n'a jamais eu de savoir-vivre, mais qui prétendait avoir quelque éducation, un langage tel qu'une poissarde ivre ne se le permettrait pas.*

Avides de détails supplémentaires, les Montréalistes s'arrachent *La Minerve* suivante, le numéro du 8 décembre. Non seulement il contient la seconde partie de l'Adresse de Papineau à ses électeurs, d'une longueur trop extraordinaire pour être publiée en une seule fois, mais également une lettre du tribun en réponse à une prétendue correspondance publiée par le *Herald* du matin même, et qui le censurait pour son refus de se battre en duel contre Robertson et Walker.

Dans sa réponse au *Herald*, Papineau se fait cinglant. Le Dr Robertson s'arroge le droit de provoquer en duel des citoyens irréprochables, alors qu'il devrait être, depuis une bonne escousse, entre les quatre murs d'une prison, *attendant le verdict de vie ou de mort d'un petit juré*! Quant à Walker, le tribun rappelle ses démonstrations de violence à l'encontre d'une effigie de lui-même, qu'il assimile à des *provocations à l'assassinat devant une foule composée en partie d'étrangers à la ville, où ils pouvaient commettre les plus grands crimes sans risque d'être reconnus.*

Les deux cartels constituent le paroxysme de l'intimidation dont Papineau a été victime depuis le commencement de l'élection. Les hommes que Robertson et Walker ont choisi pour aller les porter en main propre au tribun, et qui seraient devenus leurs seconds au moment des duels, figurent au sein du comité de direction de la Constitutional Association de Montréal. L'un, Sydney Bellingham, était également l'un des trois émissaires dépêchés incontinent pour persuader le gouverneur Aylmer de faire intervenir l'autorité exécutive concernant l'élection, en plus d'être le candidat bureaucrate défait dans le quartier Est de Montréal. Quel pedigree...

GILBERT EST MIS EN ALERTE par un sifflet perçant. Au loin, un guetteur sonne l'alarme! Il perçoit des rumeurs lointaines de voix et de batailles... La mort dans l'âme, il se tire du lit, où il avait pris place peu de temps auparavant, et s'installe devant la fenêtre pour jeter un œil à l'extérieur. En ce 10 décembre, plusieurs tempêtes de neige ont blanchi un paysage que le quartier de lune fait reluire. Si rien de visible ne trouble la tranquillité, bien des bruits épeurants voyagent par-dessus les toits. Vociférations d'hommes, cris de douleur...

Ses parentes viennent rejoindre le jeune homme à son poste d'observation. Soudain, des hurlements depuis la rue les font sursauter, et tous trois mirent le déferlement d'une centaine de quidams légèrement habillés, ce qui prouve qu'ils se servent de la boisson comme d'une vêture chaude. Gilbert combat une réelle déception. Il croyait que les boulés salariés avaient été remerciés le 23 du mois dernier, quand leurs patrons les ont régalés gratis dans une dizaine de tavernes. Bien réchauffés, les faquins ont battu le pavé et ont encore endommagé quelques domiciles de patriotes notoires.

Gilbert avait tout faux. Ce n'était pas un baroud d'honneur. Gardé sur pied, le détachement de mendiants de la ville vient d'être gorgé de liqueurs fortes, puis lâché lousse sur les pavés. Quoique... Fronçant les sourcils, l'instituteur scrute la procession dévergondée. Bon nombre des émeutiers sont des pseudo *Britons* gentilshommes en capots élégants. Des jouisseurs invétérés qui ne condescendraient pour rien au monde à pénétrer dans le Cabaretier patriote, car ils snobent l'établissement, mais que Gilbert croise de loin en loin. Avec un intense mépris, ce dernier marmonne :

— Extérieurement drette comme des bâtons, mais le cœur ramolli par la boisson, le jeu pis les courses. Y accomplissent une double vengeance. Celle contre toutte ce qui est libéral dans le sens large du terme, pis celle contre toutte ce qui est ordre. Nos guetteurs sévissent souvent contre eux.

Dès le commencement de l'élection, ces jeunes protestants britanniques élevés à l'Orangisme pur et dur, et dont la morgue a été engraissée au lait de leur mère, se sont mis à infester les environs de la maison de votation. Ils se sont engagés comme soldats du crime d'abord pour repousser Papineau loin de la Chambre d'Assemblée, ce à quoi ils ont échoué, puis pour s'acharner contre la police de nuit, comme ce soir. La cité appartient aux malfrats! Ériole interroge anxieusement son neveu :

— Encore pour nous exciter à une revanche ?

Gilbert sent sa gorge se serrer comme quelques jours plus tôt, alors que Caroline le questionnait de même. Alors, il a été balayé par une puissante émotion, un mélange vibrant de chagrin et d'indignation qui, il le sait, l'habitera jusqu'à ce que son pays retrouve sa joie de vivre. Il explique à ses parentes que les fanatiques ne peuvent supporter l'idée d'une force policière dont le contrôle leur échappe. À défaut d'avoir autorité sur elle par l'entremise des magistrats, ils veulent y placer leurs hommes de main.

Car si les guetteurs subissent encore une raclée cette nuit, ils fuiront ce corps comme la peste. Dès que les rondes ont repris, le

7 décembre, les incidents se sont additionnés. Un faquin armé d'un pistolet a menacé un des hommes; le soir d'après, des saoulons se sont attaqués à un autre. Le but: décourager les Canadiens d'y accepter un poste, et donc transformer ce corps en une troupe de connétables *Britons* à la solde des autorités, comme avant la loi d'incorporation municipale. Le surintendant du guet se verra obligé d'engager des hommes dévoués au parti anti-réformiste.

— Ça se pourrait-y que nos mesures coercitives... augmentent leur furie?

Pour détendre l'atmosphère, grand-mère a garni sa question d'une pointe de liesse, et Gilbert ne peut retenir un sourire machiavélique en répondant:

— Si c'est le cas, c'est qu'on a réussi à trouver leur point faible: le contenu de leurs bourses.

La campagne de non-consommation à laquelle le député Rodier a fait allusion, une quinzaine de jours plus tôt, a été initiée lorsque les principales tuques bleues de la cité ont changé de boulanger pour leur pain quotidien. *Restreignez vos consommations de produits anglais le plus généralement que possible*, a écrit Louis-Joseph Papineau dans sa récente Adresse à ses électeurs. Son texte-fleuve, il l'a conclu en invitant le peuple canadien à être fier de s'habiller de la toison de ses troupeaux et de la dépouille de ses champs, et à n'acheter que chez ses amis. *Soyez assurés que ces moyens continués pendant quelques temps, suffiront avec l'opposition constitutionnelle que vos représentants feront à un gouvernement corrompu, pour le voir bien vite remplacé par celui que vous avez demandé.*

— À matin, je suis allée faire un tour au magasin de Mr Handeyside, reprend grand-mère.

— Celui de la distillerie de la Longue-Pointe?

— Tout juste. Je me suis vantée devant le commis que leur publicité m'avait encouragée.

— L'annonce disait quoi?

— Qu'y fallait donner un coup de pouce décisif aux articles de manufactures nationales. J'aurais trop honte de poser le petit orteil dans un commerce ennemi. C'est rendu que je me défie même des devantures pis des étalages!

Le jeune homme entoure les épaules de la vieille dame pour la presser un bref moment contre lui.

— Je vous vénère. Y est temps qu'on leur rende la monnaie de leur pièce, à ces Écossais exclusivistes. Tout est possible au Canadien qui tient à la liberté !

Reculant d'un pas en frottant ses yeux las, Ériole s'enquiert :

— Y s'en vont chez lui ?

— Chez m'sieur Papineau ? Ça craint...

La réponse de Gilbert est ponctuée par un long gémissement de sa tante. Saisi, il tourne la tête pour la voir en proie à une affliction qui a fait monter des larmes à ses yeux. Dardant un regard désolé à dame Royer, Ériole s'écrie :

— Ma pauvre dame ! Ma pauvre, pauvre dame ! Si j'avais su... Si j'avais su, jamais je vous aurais mandée pour venir à mon service. Jamais, jamais ! Z'étiez bien mieux à Saint-Denis. Z'étiez tranquille en masse ! Astheure, vous courez un réel danger à cause de moi. Pis toi, Gilbert ? Toi, c'est pour pas me laisser fin seule que t'as toutte quitté pis que t'es venu te fourrer... te fourrer entre les pattes... d'une coterie de mange-Canayens...

Suffoquée par son désespoir, Ériole éclate en sanglots. Grand-mère la saisit par les épaules.

— Mettez-vous pas dans cet état-là... Je fais guère pitié, je vous le garantis. Venez avec moi. On va piquer une jasette avant de se remettre au litte. Ça sert à rien de faire le pied de grue. Gilbert nous dira.

Au matin, le jeune homme comprend qu'il avait vu juste. L'échauffourée a été soigneusement planifiée. À la taverne Brock, la cohorte a été greyée de bâtons, de matraques et même de casse-têtes garnis de clous. Les hommes ont fait leur sortie en trios dont la mission était d'attaquer les guetteurs en faction ; ils étaient surveillés de loin par des escouades parées à voler à leur secours. Ainsi, quatre guetteurs ont subi une raclée au cri de *Kill the Watch* ! Les émeutiers ont conclu sur une marche triomphale jusque chez devant le président de la Chambre d'Assemblée.

Les matraques cloutées ont causé des ravages. Un guetteur risque l'amputation d'une main... Pendant les jours qui suivent la nuit du 10 au 11 décembre 1834, le corps armé de polissons poursuit ses malversations : un vol chez une veuve de Griffintown, sauvagement battue de surcroît ; des blessures infligées en pleine rue à des hommes isolés, et qui exhibent leurs plaies en preuve. Comme de coutume, les magistrats s'abîment dans l'indolence. Les présumés coupables qui paraissent devant eux sont aussitôt libérés sous caution. Qui ne sévit point contre le crime participe au crime...

Parallèlement, constate Gilbert, la presse bureaucrate se met à employer un ton hostile au sujet de la corporation municipale. Un frappant changement de cap! Jusqu'alors, tous approuvaient une institution en vogue dans l'ensemble du monde occidental, et lorsque le marchand Horatio Gates avait tenté de corrompre la votation dans le quartier Sainte-Anne, même les gazettes salariées l'avaient dénoncé. Astheure, le conseil de ville est le jouet du parti séditieux ayant la majorité des sièges en chambre basse, et donc partie prenante d'une conspiration, comme on l'a claironné lors de l'assemblée de fondation de la Constitutional Association.

Selon les criailleurs, la police nocturne est l'unique responsable des brutalités. Quel illogisme! Non seulement le bureau de scrutin n'était ouvert que durant le jour, alors que les guetteurs brillaient par leur absence, mais ces derniers n'auraient jamais pu démarrer les hostilités sans se faire remettre à leur place par des poursuites judiciaires. Pour le sûr, la défaite des candidats Donellan et Walker semble un cuisant déshonneur aux yeux des furibonds. Leur acharnement contre les mandataires du peuple atteint un niveau inouï!

Mais grâce à la prévoyance des élus, la nation canadienne et les Réformistes qui la composent peuvent faire jouer les rouages de la résistance constitutionnelle. Les élus de fraîche date tiennent, dans leurs districts respectifs, une réunion du Comité central et permanent, ce qui aboutit à la circulation d'une pétition commune sur laquelle 78 élus et cinq conseillers législatifs apposent leurs paraphes. Adoptées officiellement par la chambre basse dès sa convocation, la requête et la pétition seront transmises au député radical John Arthur Roebuck, l'agent des Réformistes du Bas-Canada à Londres, et une action autant ferme que prompte devrait s'ensuivre.

20

Emportée par le flot tranquille de ses concitoyens, Vitaline émerge de l'église paroissiale et plisse les yeux, aveuglée par l'éclat du ciel matinal d'hiver. Tandis que le glas sonne, elle fait quelques pas sur le parvis. Pendant un court moment, elle écoute attentivement les tints et les pleurs de la cloche, particulièrement solennels à cause de l'envergure du personnage qui vient de décéder. Puis, elle porte son attention vers la foule qui l'entoure, et qui, comme elle, piétine sur place, dans ce temps suspendu qui succède généralement aux oraisons funèbres. Portés par une envie de communion, les fidèles répugnent à quitter la multitude...

Ce vendredi 23 janvier 1835, Vitaline est venue au bourg en compagnie de sa belle-famille pour rendre un ultime hommage au notaire et député Louis Bourdages, trépassé trois jours plus tôt à l'âge de 70 ans. La jeune femme a retiré son tablier dès le déjeuner avalé, tandis que dans l'atmosphère feutrée qui régnait dans la salle commune, la sonnerie mortuaire annonçant la mise au tombeau se faisait entendre très clairement. Le bedeau de Saint-Denis se surpassait! Les Montplaisir ont fait route à pied, car il valait mieux laisser le cheval à l'abri par une température si glaciale. Après l'équipée en raquettes, tous étaient suffisamment réchauffés pour affronter l'humidité de la nef.

Le curé Demers n'a pas allongé indûment la cérémonie, et son prêche en l'honneur de l'éminent citoyen a été bref. Vitaline ne l'a guère écouté, car elle ruminait plutôt l'étrange concours de circonstances qui a fait se délier amplement les langues. Le doyen de la

Chambre d'Assemblée n'a pas été le seul député d'un âge vénérable à rendre son dernier souffle. Le marchand montréaliste Joseph Valois, homme aux opinions inflexibles, n'avait pas pu se présenter sur le husting en octobre dernier à cause d'une maladie qui vient tout juste de l'emporter.

Ces trépas prévisibles n'auraient pas fait tant jaser, n'eût été du troisième, particulièrement cruel, qui s'est ajouté. Le même jour que M. Bourdages, Marie-Anne Fleury Deschambault, l'épouse du jeune seigneur de Saint-Denis, succombait de la fièvre aiguë qui l'avait clouée au lit. Elle n'était âgée que de 35 ans... Vitaline n'a pu s'empêcher de plonger dans d'interminables songeries au sujet de sa sœur, Charlotte, épouse du Dr Nelson. Osera-t-elle aller lui faire ses condoléances ? Mais Charlotte se souviendra-t-elle de la jeune assistante-potière qui avait appris à lire l'anglais dans le texte, et à qui elle prêtait *The Vindicator* ?

L'affaire se complique à cause de la place que le bon docteur occupe dans le cœur de Vitaline. Cette dernière l'a reluqué fréquemment pendant la cérémonie, et encore maintenant, elle ne peut s'empêcher de le quérir, farfouillant la foule du regard avec une prétendue nonchalance. Il se tient à l'autre bout du parvis, mais la vision est suffisante pour l'emplir d'une vive chaleur...

Gilbert apparaît aux côtés de Vitaline, la gratifiant d'un bref clin d'œil. Quelques semaines auparavant, il a célébré ses 20 ans, et à chacun de ses rares séjours dans le bourg, sa sœur a de la misère à s'habituer à l'homme qu'il est devenu. Dans sa tête, il est encore un adolescent dégingandé et maladroit, une échalote montée en graine... Chaque fois, elle se dit que si elle croisait son frère pour la première fois, elle remarquerait sa corporence – haute taille et notable équarriture – de même que la partie supérieure de son visage qui lui semble particulièrement réussie : prunelles d'un brun clair irisées d'or, sourcils épais mais joliment arqués, front lisse et haut.

L'instituteur glisse un doigt sous sa tuque épaisse pour se gratter le cuir chevelu, puis il laisse tomber :

— Ça va ? Pas trop secouée ?

— J'ai pas écouté le prédicateur, avoue-t-elle. Je jonglais... D'ailleurs, toi l'homme du monde, éclaire-moi...

Vitaline fait état de son dilemme concernant Charlotte Nelson. Son frère rétorque :

— Pour le sûr que tu peux te présenter à elle. C'est dans les convenances.

— Oui, mais c'est une bourgeoise, alors que moi...

— C'est justement dans un moment pareil que les différences sociales disparaissent.

— Différences sociales ? C'est quoi l'affaire ?

Désireuse de bénéficier de la chaleur de ses proches dans tous les sens du terme, Ériole vient de se glisser entre eux deux. Tandis que Gilbert l'édifie plaisamment, Vitaline glisse son bras sous le sien et le presse d'autant plus fortement que des épaisseurs de capots et de mitaines les séparent. Elle a été ravie de voir son frère et ses parentes de Montréal retontir. La veille, ceux-ci ont visité Vitaline et la soirée chez les Montplaisir s'est déroulée agréablement. La jeune femme regrette qu'ils ne viennent plus pour les fêtes de Noël, car la nouvelle Mme Dudevoir n'apprécie guère l'invasion de sa belle-famille, même si elle fait mine du contraire.

Plissant le front, Gilbert pousse un soupir.

— Moi itou, faut que je me décide. J'ai pas encore vu David.

Sa tante s'enquiert :

— C'est quoi qui te retient ?

— Z'êtes pas au courant ? Je vous jure qu'y l'a pris personnel quand j'ai annoncé mon débagagement à Montréal. Comme si je froissais son honneur. Si les duels avaient été à la mode comme asteure, j'ai l'impression qu'y m'aurait fait parvenir un cartel.

Vitaline pouffe de rire. Hier au soir, ils ont jasé de ladite coutume aristocrate tombée en désuétude, mais à laquelle l'élection de Montréal-Ouest a donné un regain. Après les cartels reçus par Papineau de la part de l'avocat William Walker et du Dr William Robertson, il y a eu celui reçu par George Auldjo, le marchand bureaucrate le plus dévoué d'entre tous, de la part d'un jeune quincailler nommé Thomas Storrow Brown. Ce dernier se plaignait d'avoir été accusé publiquement d'être « un espion et un escamoteur », c'est-à-dire un patriote de façade. Mr Auldjo a pu refuser sans trop froisser son amour-propre, car Mr Brown a mis trop de temps avant d'envoyer son cartel.

La jeune femme s'est régalée, à l'instar de sa belle-famille au grand complet, de ce que l'offensé a écrit dans la lettre qui accompagnait son cartel, et que les gazettes ont reproduite. *Je ne puis souffrir d'être impunément, comme un plastron, en butte à toutes les railleries qu'il plaira aux premiers manants de déverser sur mon compte, surtout quand ces insultes peuvent rejaillir sur un parti.* Selon une Ériole épanouie, les Montréalistes ont eu le sentiment que le jeune Américain de naissance, qui a du ressort et l'expérience des armes, tentait de laver leur réputation à tous.

Gilbert vient d'apercevoir David Bourdages, environné de plusieurs des membres de sa parenté, et une chaleur, rappel d'une ancienne complicité, se diffuse en lui. David a besoin de tout le soutien possible et il serait criminel de sa part à lui, Gilbert, de se cantonner derrière une susceptibilité froissée qui le priverait d'un témoignage d'amitié. Déterminé à accomplir sa mission quoi qu'il lui en coûte, Gilbert fend la foule dense.

Par chance, il n'a pas besoin de quémander l'attention de son ancien mentor; dès que ce dernier croise le regard du survenant, il comprend le but de sa démarche et fait un pas hors du cercle dans lequel il se tenait. Gilbert tend la main; son ami le gratifie d'une œillade circonspecte avant d'accepter de se débarrasser de sa mitaine. Gilbert s'étonne de le trouver si court de taille, mais il sait que c'est parce que lui-même a grandi jusqu'à le dominer d'une bonne tête. David a conservé son air robuste et ses traits aimables, mais les cernes sous les yeux et les rides à leurs commissures sont des nouveautés...

Après avoir longuement étreint sa main, Gilbert dit avec chaleur:

— Mes condoléances les plus sincères, David.

Il hésite, puis ajoute:

— J'ai fièrement pensé à toi ces derniers temps. J'espère que tu... que tu t'en tires honorablement.

La formule malhabile tire un sourire narquois à l'arpenteur.

— Pas le choix, mon Gilbert. La vie continue. Mon père a bien mérité de se reposer, c'est-y pas?

— Y aurait mérité itou de toucher au succès pour lequel y s'est tant battu.

David combat son émotion soudaine en sautant du coq à l'âne:

— J'ai ouï-dire des tiens dans la cité.

Gilbert réagit par un rictus étonné.

— Mes succès ? Saint épais, faudra que tu me mettes au parfum, parce que le bruit s'est pas rendu jusqu'à moi.

Son vis-à-vis ne peut retenir une moue amusée, tandis que Gilbert redevient sérieux pour avouer :

— Je regrette aucunement mon départ de par icitte. Je t'avais dit que c'était en bonne partie pour une plaisante créature...

— Oui, pis j'avais répondu que t'étais un idiot fini. Je me suis trompé ?

— En masse. J'ai ma classe pis j'ai ma blonde.

— Toutes mes excuses. Tu la maries quand ?

— Pour ça... Fichtrement compliqué. Faudra que je me déboutonne un jour, si tu m'invites dans ton office. Si tu réussis à me ménager une place pour m'asseoir...

— Arrête de médire. T'es pas sans savoir que j'ai un clerc hors pair.

D'un geste du menton, il désigne Vincent Cosseneuve au loin. Les membres de la famille Bourdages amorcent un mouvement de départ, alors Gilbert conclut hâtivement :

— Je suis désolé, David, de t'avoir déçu par mon ingratitude.

Son interlocuteur fait un rictus navré, puis il tend le bras pour lui serrer convulsivement l'épaule.

— Oublie ça. T'as pas été ingrat. Juste que... C'était un sacré bon poste pis des bons patrons que tu délaissais.

— L'école est prospère ? questionne Gilbert.

— Plutôt. J'ai enfin réussi à faire embaucher mamoiselle Estère.

— Tu viens, David ?

Une de ses sœurs l'a interpellé. David lui fait signe qu'il accourt, tout en disant à Gilbert :

— Reviens me voir un de ces quatre. On a du rattrapage à faire.

— Sans faute.

Le jeune instituteur regarde s'éloigner son ami. Il a été traversé d'un ébranlement fugace à la mention d'Estère Besse, sa première petite amie. Tout soudain, il s'est imaginé avec elle à son bras, comme un couple sans histoire... Il l'a entraperçue tout à l'heure parmi sa famille, et il s'est dit qu'il ne détesterait pas aller jaser métier avec elle, si douée pour le professorat. Mais depuis leur rupture, plus de deux années auparavant, il n'a jamais osé franchir le fossé qui s'est creusé d'un seul coup entre eux lorsqu'il lui a annoncé qu'il ne serait plus son prétendant.

À vrai dire, Gilbert n'a pas la moindre appétence pour Estère, si pâlotte en comparaison de Caroline. Cette dernière lui manque terriblement. Comme il aurait aimé l'extirper d'une cité où il est dangereux d'appartenir à la communauté patriote ! Lui-même a senti tout son être se dilater dès que la diligence à patins s'est embarquée sur le Saint-Laurent pris dans les glaces. Le jeune homme a eu l'impression de quitter un territoire ennemi et une population inhospitalière. Les intolérants de Montréal font tant de tapage, ils prennent tant de place qu'ils donnent l'impression de polluer le plus insignifiant lieu public !

Gilbert s'est gavé de soulagement. Il s'est mis à mirer la vastitude du ciel et surtout de la contrée au sud du fleuve, cette plaine garnie ici et là d'une colline ou d'une montagne. Son pays ! Il aurait tant aimé être accompagné de Caroline. Fidèle à sa promesse, il fait tout son possible pour se contenter de ce qu'elle peut lui offrir. Ce qui est déjà beaucoup, compte tenu des circonstances... Mais malgré ses efforts pour se brider, il ne peut contrôler les vagues de tristesse qui l'assaillent parfois, quand il est accablé de solitude, quand il voudrait lui prendre la main pour se protéger de la peur et du froid.

Il revient vers sa sœur et sa tante plongées dans un dialogue presque fébrile, s'attendrissant de leur disparité corporelle. La minuscule et plutôt frêle Ériole paraît une enfant devant Vitaline dont la solidité physique est encore augmentée par les pelures d'hiver... Sa sœur a mûri. Jeune, elle agissait avec vivacité, comme gouvernée par une voix intérieure qui dominait le bruit environnant. Les méandres de sa pensée désarçonnaient souvent Gilbert... Astheure, sa sœur s'est délestée d'une spontanéité de caractère qui tombait parfois sur les nerfs, mais qui faisait son charme itou.

Par bonheur, elle semble logée à bonne enseigne. Enfin, Gilbert a véritablement fait connaissance avec les Montplaisir. Ce sont des gens humbles et modestes, le confort matériel chez eux se résume à sa plus simple expression, mais Vitaline ne manque de rien, elle est traitée sur un pied d'égalité et, selon les apparences, sa famille d'adoption la considère désormais comme un membre du clan.

— Valentine ! Saintes babines, Valentine, vas-tu finir par venir me saluer avant la fin des temps ?

L'exclamation a fendu l'air, et Vitaline cesse son bavardage avec Ériole pour mirer sa grand-mère qui, interpellée de la sorte par une lointaine cousine faussement ulcérée, s'empresse vers elle. Dame Royer se prénomme Valentine ? Sa petite-fille a tendance à l'oublier... Cette dernière ignore pourquoi, mais la sonorité de ce prénom sonne comme un rappel familier. Elle se creuse la cervelle et soudain, quelques mots tracés à l'encre pâlie lui reviennent en mémoire. *Chère et tendre Renette...* Le correspondant de son arrière-grand-mère – la mère de sa grand-mère Valentine – signait Valentin Jautard. Renette a eu un correspondant baptisé Valentin ; elle a eu une fille qu'elle a nommée Valentine. Plaisante coïncidence...

Dame Royer est tombée dans les bras de l'épouse du maître-potier Tas-de-Ferraille, et Vitaline fronce les sourcils. Une sacrée coïncidence, en fait... À quelques reprises, la jeune femme a vaguement contemplé l'idée de se mettre au déchiffrage, mais la tâche lui a paru si pénible qu'elle s'est empressée de la reporter aux calendes grecques. Quant à l'étrange bouquin *Trois petits poèmes érotiques...* Elle doit s'avouer consumée par la curiosité, mais en même temps, bridée par une gêne formidable, terrifiée à l'idée d'être obligée d'improviser des phrases au hasard parce qu'on la prierait d'en lire quelques-unes...

Maintes fois, Vitaline s'est dit que si elle avait l'usage de latrines, elle s'inspirerait des récits de collège de Gilbert pour y emporter le livre afin d'en faire la lecture dans un lieu où nul ne vient se fourrer le nez à moins d'y être strictement obligé. À défaut, Vitaline n'a pas le choix que d'attendre la belle saison. Alors, elle prétextera une cueillette de plantes pour trouver un recoin isolé. En même temps, elle devine aux Chants et aux Stances grivois un potentiel de dangerosité. Un autre genre de miasme insidieux...

Sentant un regard peser sur elle, Vitaline en cherche l'origine jusqu'à ce qu'elle repère Vincent Cosseneuve, qui la gratifie d'un signe de tête presque imperceptible. Il n'a pas osé l'aborder en public depuis qu'il s'est fait rabrouer par Florentin lors de l'assemblée d'appui du comté de Richelieu aux 92 Résolutions, en mars de l'année d'avant. Parfois, la jeune femme regrette de ne pas pouvoir converser avec lui au sujet des affaires publiques, par exemple lorsqu'elle lit un passage dans un papier-nouvelles qui suscite moult interrogations.

Vincent n'avait-il pas, comme elle, de la misère à supporter les questions sans réponses ? Soudain, son visage envahit les pensées de Vitaline. Ses traits ne sont pas animés par l'intérêt d'un échange de vues, mais transmués par le désir. Comme lorsqu'il la lutinait contre le mur de l'église... Elle se crispe de tout son être et détourne le regard. Cette vision remisée dans un coin poussiéreux, Vitaline évite soigneusement de la faire revivre dans sa mémoire.

Lorsqu'elle retrouve son aplomb, Vincent a disparu de sa vue, et elle hausse les épaules. L'épisode passionnel entre eux appartient à un temps décisivement révolu. À un âge où on progresse à tâtons, se heurtant parfois à autrui... D'ailleurs, Vincent a toujours fait comme si leur rapprochement ne s'était jamais produit. Puisqu'elle n'a ouï-dire d'aucun autre écart de conduite de sa part, la flambée de concupiscence a pris l'aspect d'une chimère. Hormis quelques instants plus tôt où, tel le jeune homme enfiévré qu'il était alors, Vincent est devenu totalement réel, pesant entre les bras de Vitaline, qui jure qu'on ne l'y reprendra plus.

Gilbert voit venir vers lui celui qui lui doit sa place d'apprenti auprès de David Bourdages. Il met un terme à un échange courtois avec un camarade de naguère pour accueillir Vincent qui dit, surmontant son malaise palpable :

— Je voulais m'excuser... de mon départ abrupt de chez toi, l'autre matin à Montréal. Je sais que... c'est pas évident, notre affaire, à mon frère pis moi. On a... des faux plis que notre mère nous a astreints à avaler de force.

— Des faux-plis, ça s'aplatit au fer chaud.

Vincent rigole brièvement.

— Si c'était si aisé... Moi, j'ai pas eu le choix de m'en extirper. C'était ça ou bedon... ou bedon je virais fêlé. Comme ma mère. Je pense qu'elle est fêlée de nature... pis y a fallu que je m'en distancie.

— La mienne itou. T'es au courant, me semble ?

— Assez. J'ai même participé aux recherches pour la retrouver, après qu'elle s'est enfuie. C'est moi qui ai reconduit ta sœur chez vous.

— Perrine ?

— Non, Vitaline.

Avec un rictus, Gilbert laisse tomber :

— Ce serait facile de nous prendre pour des sans-cœur.

— Des sans-cœur ? Toutte ce que j'en sais, c'est que ta sœur était au bord de la syncope.

— Je veux dire... On s'est pas lamentés sur son absence, à ma mère. Pis son père qui se remarie vitement...

— Un an et demi de veuvage, c'est pas rien.

— C'est juste que... pour parler drette, ma mère avait débagagé depuis une longue escousse. Depuis la naissance de Rémy. T'as ouï-dire ?

Son vis-à-vis acquiesce d'un bref mouvement de tête. Gilbert conclut :

— J'étais pas fâché de déguerpir au collège.

— Moi itou. Exactement pareil. Ta mère pis la mienne avaient pas... disons, les mêmes symptômes de la folie... mais les conséquences s'apparentaient.

— Pis ton père ?

— Ça a l'air qu'y peut pas la contrebouter ouvertement. Mais en privé, y m'a fait sentir... oui, je dirais qu'y m'a fait sentir son fils. Sauf que les apartés avec lui, je peux les compter sur les doigts.

En quête de sa belle-famille, Vitaline est harponnée au passage par sa sœur Perrine. La pelisse et la capine de poil à la dernière mode, gracieusetés de la chapellerie Saint-Germain, témoignent de la prospérité dont Perrine et son mari peuvent désormais s'enorgueillir. À son statut de maître artisan, Aubain compte en ajouter un autre, celui de marchand. Ce qui ne déplaît pas une miette à la seconde Mme Dudevoir, qui compte sur eux pour lui faire monter l'échelle sociale. La veuve Dodelier avait-elle tout calculé avant de s'abandonner à la concupiscence d'Uldaire comme une dévergondée ?

Perrine annonce de but en blanc :

— Je viens de m'entretenir avec madame ta belle-mère. Je l'ai invitée, avec toutte vous autres, à venir casser la croûte à la maison. C'est pas arrivé souvent encore.

À vrai dire, les Montplaisir et les Dudevoir se sont visités formellement une seule fois, tour à tour, depuis le mariage de Florentin.

— T'avais ton bébé, répond Vitaline, c'était trop te demander.

— Fait que je me reprends astheure. T'en penses quoi ?

— J'en pense que les restants des Fêtes doivent être ragoûtants !

— Je te le fais pas dire, dit Perrine avec un sourire de fierté. Pis si j'attends encore, Domitille va passer au travers.

— Arrête de médire. D'autant plus que si j'en juge par ta mine à toi... Me semble que tu prends de l'embonpoint, non?

— Ça se pourrait. C'est la rançon de la gloire! Pis toi, pas encore de petiot en route? T'attends quoi, pour l'amour? Ton mari, y a pas la fale basse, quand même?

Perrine l'asticote innocemment, mais Vitaline n'apprécie guère. Pour couper court aux insinuations, elle se penche pour confier à sa sœur :

— Dis-le pas à personne, mais... j'ai saigné ce printemps. Trop saigné.

— Une fausse-couche? Ma pauvre... Ton mari le sait pas?

— Ni lui, ni aucun autre. J'étais toute seule dans les bois.

— Dans les bois comme une sauvagesse? Dieu m'en garde!

— C'était pas si pire. Mais garde ça pour toi. Je veux pas qu'y s'inquiètent. Qu'y pensent que je suis pas bonne à enfanter. Sont fins, mais pour des bouttes, y manquent de jugeote.

— Si jamais y se permettent de médire de même, y auront affaire à moi!

Touchée, Vitaline gratifie son aînée d'une brève accolade, avant d'enchaîner :

— Tu rentres astheure? Je viens avec toi pour aider à mettre la table.

— Ce sera pas de refus.

— Pis Cyprien, y se cache où? J'y prendrais bien une mordée à la joue, moi!

Une fois qu'il s'y est blotti, son neveu refuse de quitter ses bras et c'est en se chargeant du garçonnet de trois ans que Vitaline part à la recherche de sa belle-famille. À sa vive surprise, elle trouve Florentin après s'être entretenir seul à seul avec nul autre que le curé Demers. Lorsque son épouse surgit à leurs côtés, le jeune marin prend abruptement congé du médecin des âmes, et il réagit à son regard interrogateur par une moue si agacée que Vitaline se recroqueville intérieurement.

Depuis leur discussion, il ne l'a plus touchée, même de l'extrémité de son petit doigt; il s'est réfugié dans l'abri de fortune dans la cour. La jeune femme a senti une chape de tension quitter ses épaules et elle a dormi tout son saoul, faisant le plein d'énergie juste à temps pour attaquer du bon pied les festivités de la Noël et du Nouvel An. Les Montplaisir disposent d'une large parentèle parée à festoyer, y compris l'aîné de leurs fils qui s'est établi à Rougemont, et les veillées se sont succédées à un rythme d'enfer. Vitaline a dansé jusqu'à la limite de ses forces et elle a même bu jusqu'à en avoir un plaisant tournis. Tandis que son mari se contentait de s'accoter à un mur et de siroter sa boisson, sa tendre moitié s'est fiée aux oncles âgés et même à ce beau-frère qu'elle n'avait pas revu depuis son mariage avec Florentin pour la conduire jusqu'au plancher de danse.

Dame Eugénie fait mine de chipoter sur l'invitation de Perrine, mais sa bru sait que c'est uniquement parce qu'elle trouve la nouvelle Mme Dudevoir vaguement antipathique. Tout d'abord, cette dernière se vêt d'une manière trop recherchée pour l'épouse d'un maître-potier, même prospère ; et ensuite, elle se répand en effusions affectées, mâtinées d'un soupçon de mauvaise grâce ! Sans se démonter, Vitaline entraîne ses beaux-parents et son mari dans l'entrelacs de ruelles qui parsèment le cœur du bourg. Normande et Norbert, eux, ont préféré accepter l'invitation d'amis d'enfance.

À peine entrée dans la salle commune, la survenante la parcourt d'un regard scrutateur. À chacune de ses visites, elle guette les changements, et à vrai dire, elle ne peut qu'admirer le résultat. Par contraste, elle comprend que la pièce était sombre et terne pendant sa jeunesse. Sa mère, Bibianne, ne s'en préoccupait aucunement, et dame Royer avait bien d'autres chats à fouetter. Astheure, les murs ont été blanchis et les carreaux des fenêtres soigneusement débarbouillés, ce qui fait que le bas soleil d'hiver reluit à profusion, et de jolies impressions ont été suspendues en guise de décoration. Vitaline trouve plutôt convenues ces vues de Rome et de Paris, mais c'est mieux que rien.

Grande et svelte, Domitille les accueille avec des transports de civilités qui ne servent, selon Vitaline, qu'à masquer son désintérêt. À plusieurs reprises, la jeune femme a posé les yeux sur son visage maigre mais d'une réelle joliesse, et elle a reçu, en retour, des œillades sèches et roides dont elle a mis du temps à comprendre la signification. Vitaline a fini par comprendre qu'elle est jugée sans appel comme une insignifiante. Celle qui est bien moins la fille d'Uldaire que ne l'est Perrine... Vitaline aurait beau se désâmer pour faire la conquête de Domitille, il resterait toujours ce fond de méfiance alimenté par son idée toute faite!

La visite garnit les sièges de la salle commune et Vitaline s'abreuve au visage animé de son père comme si elle en avait été privée pendant un siècle. Elle note les changements : il a minci et ses joues se sont creusées, ce qui est loin d'être une mauvaise nouvelle. Elle s'encalme comme si l'enveloppait un vent doux comme une caresse d'enfant. Elle met de côté les vicissitudes de son existence, les duretés de sa vie de femme, pour redevenir la fillette qui, à mirer ces plis de gaieté aux coins des yeux et à ouïr ces inflexions de voix, ne pouvait douter de la bonté du monde.

La porte s'ouvre à la volée pour laisser entrer Gilbert, Rémy et Vincent Cosseneuve. Le premier lance à la cantonade :

— Salut le monde! J'amène de la plaisante compagnie. Quand y'en a pour une douzaine, y'en a pour une treizaine, c'est-y pas?

Aubain vient à leur rencontre, une bouteille de cidre sous le bras, et il gratifie Vincent d'une tape sur l'épaule.

— Bienvenue parmi nous autres, le jeunet! Depuis le temps que tu scènes dans le boutte, t'es quasiment devenu notre petit-cousin. On va pas te laisser te morfondre dans ton grenier toutte fin seul, quand même!

— Un gros merci, m'sieur Morache.

— Pas de « m'sieur » entre nous. J'suis pas un aïeul, coton d'épiochon! Hardi, les gars, venez prendre place.

Vincent fait le tour de la compagnie pour gratifier les hommes de poignées de mains, et les femmes, de courtoises inclinaisons du torse. Parvenu à Vitaline, il hésite un très bref moment, comme s'il ne savait pas trop sur quel pied danser en sa compagnie, puis il se reprend et se penche cérémonieusement vers elle, y ajoutant cependant une ébauche de clin d'œil. Après un sourire courtois, la jeune femme ne peut retenir une expression d'alerte : un petiot, le deuxième fils de Perrine et d'Aubain, caracole par derrière le clerc-arpenteur.

Figé sur place, Vincent se tourne néanmoins à demi pour observer le bel enfant. Vitaline le lui présente :

— Grégoire, mon neveu. Y a le don de se trouver où on l'attend pas!

Vincent ne répond pas, captivé par le plaisant spectacle, et comme lui, Vitaline couve des yeux le garçonnet encore incertain sur ses jambes, mais paré à se ruer vers le moindre attrait à sa portée. C'est un bonheur que de contempler ses joues rouges et rebondies. Sa robe d'hiver, qui descend jusqu'à ses mollets, laisse à découvert ses pieds nus et ses mollets potelés… Gilbert survient, des gobelets à la main, et Vincent émerge de sa transe pour trinquer avec lui, avant de se laisser tomber sur une chaise.

Une conversation à la cantonade s'est enclenchée sur la perte qui accable la communauté et ses conséquences sur la cause patriote. Bien entendu, la carrière parlementaire de M. Bourdages tirait à sa fin; mais son âge avancé, justement, le mettait à l'abri des fautes de la jeunesse, en particulier celle de vendre sa conscience en échange de promesses de places et de salaires. La tangible menace pèse sur la cohorte des plus fringants députés, même sur ceux dont la tuque est d'un bleu royal. Les vire-capots ont été monnaie courante en Canada… Le notaire Bourdages, comme d'ailleurs son collègue Joseph Valois récemment trépassé, étaient incorruptibles.

Dès que tout le monde est réuni autour d'un repas à la bonne franquette, la visite de Montréal est soumise à un feu roulant de questions concernant les ignominies qui s'y sont produites lors des élections. Gilbert et leurs parentes ont déjà déballé une partie de leur sac, mais ils dressent un panorama affligeant des menaces et des insultes en vogue dans la cité marchande. Leurs auditeurs font des gorges chaudes du racontar qui constitue un sommet inégalé de médisance: celui des 10 000 Réformistes qui fomentaient la révolution.

Le commandant de la garnison montréaliste a exhibé une lettre anonyme, reçue en toute fin d'année, prétendant qu'une horde de Canadiens assoiffés de sang se tenait derrière le mont Royal, parée à s'emparer du chef-lieu du district au premier signal. Le plan aurait été de bouter le feu aux baraquements très exactement le 21 décembre, de prendre d'assaut l'isle Sainte-Hélène au Nouvel An, et ensuite de marcher vers Québec pour réduire la capitale en cendres. La fable a été inventionnée dans le but de soulever les habitants contre la soldatesque, mais l'élite des tuques bleues de la métropole, qui a désormais le canon sur la tempe, s'est tenue sur le qui-vive.

Parmi la tablée, d'autres rapports suscitent une incrédulité palpable, en particulier celui d'une faction surexcitée présidant à l'organisation de bataillons de *volunteers* parés à lui obéir au doigt et à l'œil. Car parmi les résolutions adoptées par les Constitutional Associations créées à Montréal et à Québec se trouve celle de mettre sur pied une British Legion, corps de milice distinct des compagnies régulières et des quelques troupes d'élite sur lesquelles le gouverneur compte pour renforcer l'armée britannique en cas de guerre avec les puissances voisines. Un corps sectaire spécifiquement conçu pour guerroyer contre les Réformistes!

Brandissant son gobelet, Gilbert gueule avec un paroli à couper au couteau:

— *Connected with you by identity of origin, by community of feeling, by national recollections and by one common interest, in this hour of danger we, oppressed brethen of Montreal, look to you for support.*

L'instituteur a cité une phrase du manifeste récemment lancé par la Montreal Constitutional Association. Après un temps, Vincent prend sur lui d'ajouter:

— Les *Britons* assiégés appellent leurs frères anglo-saxons au secours car les intérêts britanniques sont menacés. Les gâchettes frétillent, je l'ai bien senti. Les forcenés peuvent pas endurer d'avoir perdu les élections. Sont persuadés que les patriotes veulent leur peau. Ou du moins, c'est ce qu'y prétendent.

Tout en emprisonnant Cyprien dans ses bras pour contenir ses emballements de garçonnet fatigué, Aubain émet:

— Je peux pas y croire. Les associations constitutionnelles, les sociétés nationales, les résolutions pis les manifestes au sujet des «opprimés de Montréal»... Le gouverneur, y laisserait une affaire de même prendre du volume?

— Bien du bruit pour pas grand-chose, concède Gilbert. De la poudre aux yeux. Une rhétorique à la noix. Sauf que loin de fermer la porte au nez des légionnaires, le compère Mathieu leur a promis de référer leur demande au ministre des Colonies.

— Ce qui nous sauve, précise Vincent, c'est que Mathieu sera rappelé à Londres. Ça déboussole les fanatiques.

Voyant le scepticisme du mari de Perrine, Vitaline prend le crachoir :

— J'ai pour mon dire, Aubain, qu'y te manque une couple de pièces du casse-tête. Quand on place les événements l'un derrière l'autre pis l'un par rapport à l'autre...

Elle fait une pause car son propos lui semble outrageusement sérieux, mais un silence concentré s'est installé parmi les membres de la tablée. Vitaline s'enhardit donc :

— Souviens-toi de la Rue du Sang. Entre le 20 et le 26 mai, les magistrats avaient tenu cinq assemblées successives pour tenir la police de nuit sous l'autorité militaire. C'est-y pas, Vincent ?

Surpris de voir son avis sollicité, le clerc-arpenteur confirme le fait d'une voix grêle. La jeune femme reprend :

— En même temps, les fieffés clubistes ont engagé le commandant de la garnison à faire des patrouilles nocturnes ; y ont renforci le guet par des dizaines de connétables ; et surtout, y ont prié Mr Gregory, major du Royal Cavalry, de venir leur prêter main-forte. Pourtant, les seuls qui troublaient la paix étaient les *bullies* à leur solde.

— T'oublies les pressions sur le shérif pis sur m'sieur Guy, intervient Gilbert.

Vitement, ce dernier raconte les démarches infructueuses des magistrats clubistes auprès de Lewis Gugy, shérif du district de Montréal, pour que celui-ci mette sur pied une troupe additionnelle de connétables de jour ; ainsi qu'auprès du colonel Louis Guy, commandant de la milice de la cité et du comté de Montréal, pour qu'il constitue des patrouilles formées d'une cinquantaine d'hommes tirés de la milice régulière. En clair, les magistrats corrompus cherchaient déjà à placer le gouvernement de la cité sous la coupe de l'état-major.

Vitaline enchaîne d'une voix sourde :

— Cette fois-citte, nos ennemis vont pas se faire détourner de leurs projets autant aisément. On s'entend que les ultra-tories, sont ultra dépités d'avoir perdu l'élection.

Le jeu de mots provoque des rires feutrés. Plutôt fière d'elle, Vitaline enchaîne :

— Dans le fond, leurs machinations visent à contrôler la Chambre d'Assemblée, point à la ligne. À abattre leur principal opposant. Y leur reste juste la force physique pour y parvenir. Fait qu'y remuent ciel et terre pour faire accroire aux niaiseux pis à la mère patrie que nous autres, on les terrorise. Comme pendant la Rue du Sang.

— Pour eux autres, ajoute Gilbert, la Chambre d'assemblée est l'organe du parti français. Donc, un Conseil législatif appointé par le gouverneur est l'ultime rempart contre la *French oppression*. Les libertés constitutionnelles anglaises... comment y disent déjà ? Ont été distordues par des « individus intéressés » à faire voter des lois... faut que je le dise en anglais : *laws adverse to national prosperity and to the spirit of free institutions*.

Aubain s'ébahit :
— C'est écrit de même ?
— Textuellement.

La tyrannie de la majorité s'incarne, à Montréal, dans les échevins réunis en conseil de ville. La Constitutional Association a repris, dans son manifeste du 30 décembre, la calomnie à l'effet que l'entière responsabilité des « émeutes » du quartier ouest retombe sur la corporation municipale, qui a favorisé *the violent conduct of the French party*.

— L'auberge Brock a été transmuée en « domicile d'un respectable loyaliste », ajoute Ériole avec un gloussement, parce que son saccage par les hommes du guet est le seul fait sur lequel y peuvent fabuler à outrance !

Selon les sectaires, conclut Gilbert, la corporation municipale est sous la coupe d'une Chambre d'Assemblée qui se veut l'ennemie du bonheur collectif et des libertés civiques. Si la législature provinciale avait conféré au conseil de ville l'entièreté des pouvoirs détenus par les magistrats de la cité réunis en corps, les récents troubles n'auraient été que le prélude à un pillage, à une destruction massive des propriétés et vraisemblablement à des pertes de vies. Il s'agit de faire accroire au gouvernement impérial que des concessions supplémentaires donneraient à la Chambre d'Assemblée, siège d'une faction révolutionnaire, les moyens d'exercer une véritable tyrannie sur ceux qui ne sont pas enfants du sol. Complètement dément !

— Toute la saudite affaire, dit Vincent d'une voix qui trémule, c'est digne de la Congrégation de la Propagande à Rome. Comme sont obligés de mentir, autant grossir le trait jusqu'à la caricature ! Même les gouverneurs qui temporisent font partie du clan ennemi.

The French party may yet be taught that the majority upon which they count for success will, in the hour of trial, prove a weak defence against the awakened energies of an insulted and oppressed people. Z'avez besoin que je vous traduise ? Les Canadiens réformistes vont faire dur quand y vont se rendre compte que la majorité sur laquelle y comptent pour réussir ne pourra résister à l'assaut des *Britons* insultés...

Un pesant silence s'ensuit. Vitaline est persuadée que tous les membres de l'auditoire combattent, comme elle-même, un effroi palpable devant la pompe fallacieuse dans laquelle résonnent les tambours et les trompettes de la guerre... Enfin, Ériole reprend :

— Ces grichous-là sont en moyens. Même si c'est de l'argent puisé dans les coffres des banques pis qu'y font faillite après, juste pour pas avoir à rembourser.

Dame Eugénie manque de s'étouffer d'indignation :

— J'ai ouï parler de l'affaire, pis c'est retors en masse !

— D'autant plus retors que c'est pas une fable, confirme Vincent sombrement. Les importateurs Smith et Lindsay fournissent des milliers de livres pour combattre les patriotes de Montréal-Ouest pendant l'élection. Mr Smith lui-même s'est mis en tête des cabaleurs. Assidu au poll tous les jours. Pis ensuite, la compagnie a fait faillite à la hauteur de 35 000 livres sterling.

— Pis quand *La Minerve* a dénoncé la banqueroute, enchaîne Gilbert, Mr Smith a voulu connaître le nom de celui qui avait écrit l'article. C'était pas un cartel en bonne et due forme, mais ça revenait à ça. M'sieur Duvernay s'est fâché noir. *Clear out*, qu'y a gueulé aux envoyés !

Le capitaine Montplaisir est suffisamment interloqué pour sortir de son mutisme :

— Un cartel pour une affaire de même ? Ça parle au yable.

— M'sieur Duvernay condamnait itou l'ancienne faillite d'un autre cabaleur d'élection, se souvient Vitaline. Mr Auldjo, celui qui a refusé le cartel du quincailler Brown. Astheure, y conduit ses affaires au nom de son épouse.

— Y en a une trâlée de même, renchérit Gilbert. La Bank of Montreal est leur siège social pis elle poursuit un but politique. La répartition des escomptes en est une preuve saillante. Ses directeurs leur fournissent les moyens de jouer leurs rôles de marchands ; pis si leur fortune se délabre, y compensent aimablement. Tandis que bien d'autres créanciers de bonne foi sont refoulés aux guichets.

— Longue vie à la proscription !

Rémy a levé son verre d'un geste si vif qu'une partie de son contenu s'est répandue sur lui. Il porte une santé en l'honneur de l'achat patriotique grâce auquel les amis du pays trouveront remède aux malversations d'une coterie toute-puissante. La plupart lui répondent, mais pas Uldaire, comme Vitaline le constate. Ces « justes représailles » suscitent des réticences, car une telle attitude pourrait entraîner une exacerbation des antagonismes. Déjà, quelques éminents marchands du bourg se sont prononcés contre... Mais afin de combattre l'anarchie provoquée par les corrompus, qui pourrait s'y soustraire encore longtemps ?

Domitille, installée dans une berçante à l'écart, est après endormir Grégoire contre son épaule. Elle a fermé les yeux en chantonnant tout bas, et son abandon est touchant. Vitaline constate la beauté noble des traits de son visage au repos, tel celui d'une madone, et soudain, elle déplore avec acuité le voile sous lequel la nouvelle Mme Dudevoir s'abrie dès qu'elle se met au garde-à-vous, c'est-à-dire quasi constamment. Enfin, elle revient à Rémy qui fait part de sa décision : profiter de la fin de son apprentissage de menuisier pour voir du pays.

Vitaline comprend, d'après le silence qui s'ensuit, que leur père était déjà au courant, comme de raison, mais que ce choix ne lui fait guère plaisir. Elle s'empresse donc d'asticoter le cadet de ses frères :

— Tu vas te transmuer en voyageur ?

— Devenir esclave des trafiquants de fourrure ? Jamais sur un temps riche.

Dame Eugénie l'étrive à son tour.

— Paraît que c'est un passage obligé pour devenir un mâle resplendissant...

— Ça l'était au 18e siècle. Z'avez remarquée, Mme Montplaisir ? On est au 19e.

— Alors bûcheron en Ottawa ?

— Ce serait encore pire, intervient Gilbert. On les fait travailler comme des forçats. Pis les rixes sont innombrables. Y a une trâlée d'Orangistes par là-bas.

— Je gage que vous trouverez jamais, se vante Rémy.

— Si t'en es sûr et certain, alors crache le morceau.

— Les travaux publics dans les *Eastern Townships*. Y a une manne d'argent qui va s'abattre pis faut en profiter pour engranger. J'ai décidé que j'allais faire toutte mon possible pour leur soutirer du blé. Y aura une mission d'arpentage l'été prochain. Faudra porter les instruments et les vivres. J'ai déjà signé mon contrat d'engagé. Quinze piastres par mois.

— Quinze piastres? C'est pas rien, commente Vincent avec une moue d'appréciation.

Vitaline mire son cadet, long et mince comme un cordage de navire, mais autant souple et solide... Elle lui souhaite mentalement la meilleure des chances. Elle lui souhaite que, pendant son périple, il discerne des trouées constellées de merveilles comme seuls les espaces vierges en recèlent. Des trouées à travers le panorama d'un monde corrompu...

— Esclave de la Compagnie des Terres, ronchonne Ériole, me semble que c'est encore pire qu'esclave de la Compagnie de Baie d'Hudson.

— C'est pas de même que je le vois, matante. Une des raisons qui me font aller par là-bas, c'est de constater de mes propres yeux. Je me suis informé. J'y vas pas à l'aveuglette. Voulez-vous en savoir une bonne?

— Attend un brin, rétorque dame Eugénie, je me bouche les oreilles...

Mais elle reste tout ouïe pour écouter Rémy faire état d'un système de collusion éhonté: les entrepreneurs des travaux publics, ceux qui obtiennent les contrats offerts par la British American Land Company, sont généralement les mêmes propriétaires fonciers et marchands à l'aise qui viennent de se départir de leurs emplacements au profit de la compagnie. La boucle de la corruption est bouclée...

— Je m'en vas espionner. Ensuite, j'aurai des choses à raconter aux hommes d'importance du bourg.

— Pis ces hommes-là, clame Eugénie, le colporteront à nos députés! T'es pas mal *smart*, mon gars. Ça serait pas comme leur rendre la monnaie de leur pièce?

Vitaline couve sa belle-mère d'un regard affectueux. Même *Le guide du cultivateur pour l'année 1835*, qui se permet habituellement d'amusantes leçons de choses, contenait une dénonciation de cette compagnie établie dans le but *d'acheter les terres des Canadiens afin de les revendre à des émigrants qui viennent d'Angleterre et peu à peu faire disparaître les anciens propriétaires du sol de leur père. Avant peu d'années il n'existera plus un seul Canadien possédant un pouce de terrain dans sa terre natale. Oh! Qui peut répondre alors de ce que deviendront leur religion, leurs lois et leur langage?* Lorsque Vitaline a lu ces phrases troublantes, sa belle-mère a été durablement impressionnée. « Se faire voler nos propriétés ? Ce serait la pire chose qui pourrait nous arriver. »

Plantée debout derrière son mari, Perrine glisse:

— Vitalette, une chanson? Me semble que ça ferait du bien. Ça coulerait comme du miel...

— Oui, Talette, « sante »! « Sante » toutte à l'eau!

C'est le fils aîné de Perrine qui vient d'émettre cette supplication, laquelle entraîne les rires. Vitaline offre à Cyprien un sourire coquin, avant de lancer à la cantonade:

— Astheure, je vous offre une chanson de Chouayen. Attachez vot' tuque et reprenez avec moi, comme les fieffés Bureaucrates que vous êtes: *si toutte s'en va-t-à l'eau, c'est la faute à Papineau*!

Il était plus que temps de rire un bon coup. Même Florentin se départit de sa réserve pour se pencher vers Rémy, son voisin de table, en des apartés qui se concluent immanquablement avec une bonne dose de rigolade! Plus tard, fredonnant pour ses proches une berceuse archi-connue, Vitaline le voit chanter tout bas, uniquement pour lui-même. Il a le regard perdu au loin et elle peut observer sa bouche qui articule consciencieusement les paroles, sans bégayer le moindrement. Vitaline prend conscience d'une chose qui lui avait échappée jusqu'alors: son mari hésite à parler, mais son chant est comme un ruisseau qui coule.

Jusqu'à en avoir la gorge enrouée, Vitaline enchaîne avec une variation de *La Marseillaise*, composée au printemps 1832 à la suite du Triomphe offert à Ludger Duvernay et à Daniel Tracey, et qui parodiait les calomnies imprimées dans les papiers-nouvelles à la solde des autorités. *Troupeaux de vieilles et d'enfants* encombraient les ruelles pour mirer les deux héros; *les grands politiques* célébrant *oracles et martyrs* étaient des charbonniers préalablement *débarbouillés*.

— *Vous que de hautes destinées tiennent enchaînés sur nos toits. En ramonant nos cheminées, dites au moins cent et cent fois : « Vive notre démocratie ! Patriotes cabaretiers, Vivent ramoneurs, charbonniers, Nobles champions de l'anarchie ! »*

Certains mots d'esprits d'une suave ironie font rire l'auditoire de la jeune chanteuse jusqu'aux larmes. Le drapeau tricolore transforme les gueux en *vrais enfants de l'anarchie* ! Sur ce, tous gueulent le refrain connu : *Campagnards, citadins, formez vos bataillons ! Partons ! Marchons ! Qu'un peuple entier suive nos pavillons !* Vitaline se dit que la journée a bien tristement commencé, mais qu'elle se termine sur une note de gaieté. Son père enjoué se laisse même aller à lui adresser des mines de connivence, comme dans le bon vieux temps !

21

Au terme de la réception improvisée chez les Dudevoir, Vitaline et sa famille d'adoption affrontent l'hiver. La brunante tombe et pour s'encourager à soulever sa raquette, la jeune femme se dépeint leur maisonnette protégée de la coupante froidure par une épaisse couche de neige, et dont la cheminée laisse encore échapper un mince filet de boucane. L'attisée ne sera pas compliquée à démarrer et une douce chaleur irradiera du poêle. Il fera bon se trouver entre quatre murs au bois patiné, les pieds sur une fourrure d'ours ou de caribou.

Sur la rivière, un voile de neige poudreuse file au rythme du nordet remontant son cours gelé. L'attelage à patins qui emprunte le chemin d'hiver en direction de Sorel et le cheval lancé dans un tranquille galop donnent l'illusion de faire du sur-place. Le spectacle est d'une émouvante beauté... Vitaline voudrait, d'un seul clin d'œil, en tirer une reproduction qu'elle accrocherait au mur pour la scruter à loisir, se régaler des formes et des couleurs qui dans leur ensemble, elle ne sait pourquoi, ont le don de faire résonner une corde sensible dans les tréfonds de son être.

Ce soir-là, Florentin s'amarre aux pas de son épouse dès que celle-ci grimpe l'escalier jusqu'au grenier, et il franchit prestement l'espace qui les sépare pour se retrouver face à Vitaline, la touchant presque. Une étrange résolution couvre ses traits, et elle se raidit à outrance. Dans un chuchotement, il lui ordonne de l'écouter soigneusement, car il tient à ce que nul n'entende. Il s'est entretenu, jette-t-il, de leur problème conjugal avec le curé Demers.

De justesse, Vitaline retient un cri de colère ; son mari lui enfonce les ongles dans la chair pour l'empêcher d'exploser. Ses traits sont durs à l'excès, mais sa candeur est palpable lorsqu'il avoue qu'il a eu beau chercher, il n'a pu trouver quelqu'un d'autre à qui se confier. Très secquement, elle jette :

— Alors y t'a dit quoi, ce faquin qui connaît si bien les dames ?

— Moque-t... t... toi pas. C'est assez étrivant de même.

Malgré le brouillard de son ressentiment, Vitaline réussit à l'écouter. Le curé a répété que Dieu ayant ordonné de peupler la Terre de fidèles pour l'adorer, une épouse avait le devoir de se soumettre à son mari, lequel avait l'obligation de faire entendre raison à sa légitime par la douceur et non par la force. En désespoir de cause, il y avait moyen de faire vérifier la présence d'anomalies physiologiques pouvant constituer un obstacle infranchissable à la copulation, et le curé Demers avait déjà fait appel au Dr Nelson pour ce faire. Le cas échéant, une annulation de l'union pouvait être envisagée, au terme d'un processus de plusieurs années.

Révulsée, Vitaline fixe son époux, qui s'empresse d'enchaîner :

— Crains p... pas. L'affaire de l'examen médical, ça m'écoeure itou. Sauf...

Ses traits s'adoucissent et il desserre sa main sur son bras, pour venir lui prendre maladroitement la main.

— Je voudrais... un fils. Un enfant tout court. Pour ça...

La gorge excessivement serrée soudain, elle souffle :

— Je suis pas mauvaise. Je veux ton bonheur.

— P... Pis moi le tien. M... m... malgré toutte ce... ce que tu peux penser.

La jeune femme retire sa main de celle de son homme, puis elle se détourne pour faire quelques pas. Elle a l'impression d'avoir une roche à la place du cœur. À la place de ses parties intimes... Elle s'accroche du regard aux ombres gigantesques qui ondoient sur les parois, la pièce n'étant illuminée que par une seule bougie. Lentement, elle exhale l'air contenu dans ses poumons, puis elle se tourne vers son mari pour souffler :

— Je suis pas capable. Pas encore. J'ai... J'ai l'impression de... de marcher au supplice.

Florentin ne peut retenir une grimace de chagrin, puis se détourne d'un seul mouvement pour reprendre contenance. L'allusion au supplice de la part d'une personne chère à son cœur, admet-elle, est pire qu'un coup vicieux... Lui tournant le dos, son mari lui demande de faire au moins une démarche, celle d'aller consulter le curé. Vitaline accepte pour le contenter, même si elle sait qu'elle n'en fera rien, puis elle répète :

— Je suis pas mauvaise. J'y peux rien. Je fais pas exprès.

Raide comme un piquet, Florentin marche jusqu'à la chandelle qu'il tue d'un mouvement preste, et une chape de noirceur tombe. Pendant un bref moment, Vitaline est traversée d'une intense frayeur à l'idée qu'il la violente, mais les sons la rassurent : il se dévêt et se couche, puisque l'abri extérieur est trop glacial au pic de l'hiver. Elle ne peut vivre éternellement comme une veuve et elle désire un rapprochement. Mais comment combler le fossé entre son mari et elle ?

LES SEMAINES DE L'HIVER 1835 s'égrènent et Vitaline devient obsédée par sa situation conjugale. Elle se ferait tuer plutôt que d'avouer quoi que ce soit d'intime au curé Demers, un bedonnant entre deux âges. Un jour prochain, pour se justifier de sa réticence, elle partagera avec Florentin sa méfiance viscérale des prêtres et de leurs bondieuseries, une méfiance qu'elle a développée dès sa tendre enfance au contact des calotins ou même des religieuses, trop saintes pour ne pas être suspectes.

En attendant, elle doit mettre fin à un malentendu qui ne peut s'éterniser. Après tout, Florentin n'est pas tant imbu de lui-même qu'il se refusera à des accommodements... Au fil de ses réflexions, elle doit en venir à l'évidence : le seul véritable nœud, c'est sa réticence à retourner vers lui, une défiance viscérale qui suscite une crispation généralisée de tout son être. Pourtant, un beau jour de naguère, elle s'est quasiment évanouie d'extase entre les bras de Vincent Cosseneuve !

Sitôt formée, cette pensée blesse Vitaline comme un dard et elle la chasse de toutes ses forces, en vain cependant, car elle revient la tourmenter. Il paraît que chacun doit porter sa croix dans ce bas-monde. La sienne sera-t-elle le souvenir de cette volupté à jamais enfuie ? Ce serait enténébrer le restant de sa vie. Ce serait bien pire que de subir les assauts de Florentin ! Néanmoins incapable de repousser cet épisode dans les limbes de l'oubli, elle le ressuscite dans toute sa fougue animale, s'y immergeant toujours plus profondément jour après jour.

Un miracle se produit : peu à peu, Vitaline sent son intérieur se déglacer. Elle sent l'eau sourdre. Elle recommence, même si de façon ténue, à avoir envie d'un homme... Puis, un soir, elle songe au cadeau de Valentin Jautard à sa mémère, et elle marche vers le coffre dans lequel elle a soigneusement caché l'opuscule dérangeant. Vitaline pourrait jurer que l'ouvrage diffuse de la chaleur. Elle a terriblement besoin de croire que ce n'est pas par hasard que mémère Renette lui a fait ce legs ; que son aïeule pressentait, par une parenté d'âme dont elle seule avait conscience, que son arrière-petite-fille finirait par l'appeler à son secours.

D'un geste brusque, Vitaline ouvre tout grand le livre, en plein milieu, et tombe sur une page titre : *La Foutromanie, poème lubrique en six chants.* Les pages suivantes contiennent une *Épitre dédicatoire aux foutromanes des deux sexes.* Le cœur battant, elle en déchiffre des extraits. *Ce n'est point ici une religion nouvelle, un culte moderne que je viens vous offrir, aimables débauchés qui comptez pour les plus doux moments de la vie ceux que l'on donne aux plaisirs, à la volupté. Les tendres impulsions de la nature sont d'une antiquité égale à celle de l'existence du genre humain...*

Et plus loin : *Rendre hommage à ce qui réunit ceux de tous les siècles antérieurs, c'est agir sagement, c'est préférer un chemin sûr et frayé à des routes nouvelles et mensongères. Pratiquons les dogmes immémoriaux de la foutromanie ; laissons murmurer, et même fulminer, ces moralistes importuns, hypocrites, qui, en condamnant avec une sévérité apparente les objets qu'ils aiment le plus, vont en cachette s'enivrer de ces plaisirs...*

Alléchée, Vitaline s'absorbe dans le Chant premier. *Je vais souiller mes rimes, poétiser en jargon ordurier, des cons, des culs diviniser les crimes, chanter des vits les combats magnanimes.* Le poète proclame l'*adorable Luxure* comme sa déesse, et lui commande : *Pour tes enfants, reproduis tes spectacles, À tes amis, rends de tendres oracles, et, réveillant leurs languissants désirs, sous mes crayons offre-leur les plaisirs!* Les Dieux, proclame l'auteur, ont senti un feu soudain rallumer leurs désirs. *Toujours pendus aux cons de leurs déesses, dans leurs vagins épuisent leurs tendresses.*

Effrayée par ces mots choquants, Vitaline referme l'opuscule d'un coup sec. Elle inspire profondément. L'air embaume le bois brûlé et la cire qui fond, mais en même temps, il dégage une senteur de froidure, celle qui s'insinue continuellement par les interstices. Le mélange n'est pas désagréable... Puis, irrésistiblement attirée, Vitaline retourne à sa lecture. *La volupté nous offre mille temples; n'en sortons plus, varions nos plaisirs; Du con au cul, des tétons aux aisselles, errons sans lois, promenons nos désirs, rendons heureux cent objets infidèles, et gardons-nous de coupables loisirs.*

S'octroyant de courtes mais fréquentes périodes de lecture, Vitaline réussit à lire en entier les *Trois petits poèmes érotiques*, alternant entre fascination et révulsion. Dans *La Foutriade*, l'auteur devenu fabuliste met en scène une cohorte d'ébraillées et leurs prétendants, et ne se prive pas d'allusions crues aux maux vénériens. Si Vitaline ignorait le sens de *Masturbomanie*, elle le comprend au bout de quelques rimes; ces Stances sont une ode au plaisir solitaire masculin raconté de mille manières. Le dernier poème, *La Foutromanie*, est le plus titillant des trois. À son corps défendant, elle se régale du Chant second. *À quatorze ans, que les cons ont de charmes! Que les tétons naissants offrent d'attraits! Qu'un vit est dur dans ses premières armes! Toujours bandant, ne reculant jamais!*

Un matin de la fin février, apercevant Florentin après fendre le bois dans un recoin de la cour, Vitaline s'immobilise. Il s'est débarrassé de sa bougrine pour être à l'aise, et elle le trouve plaisant à regarder. L'hiver l'attendrit: il engraisse un brin et il retrouve une aisance de paysan. Tandis que lorsqu'il débarque, à l'automne, il est rêche comme un bâton mal dégrossi... Elle a envie de caresser la peau de ses épaules, celle qui se dérobe à sa vue, et cette pensée la bouleverse au point qu'elle pivote sur ses pieds pour reprendre contenance. Elle voudrait le voir allongé près d'elle, afin de passer sa main sur la peau de son corps au grand complet. Puis ensuite, le quitter...

Ce goût devient obsession à mesure que la journée avance. Avant le souper, Vitaline rassemble tout son courage pour approcher de son mari et lui dire à mi-voix:

— Ce soir, tu montes me voir? Pis tu décanilleras quand je te l'ordonnerai?

Ébahi, Florentin s'empresse néanmoins d'hocher la tête. Quand il vient la rejoindre, elle n'ose même pas glisser une œillade vers lui. Dans un murmure, elle lui ordonne de se déshabiller et de se glisser sous la courtepointe ; une fois que c'est fait, elle tue la chandelle et s'approche à tâtons. Il sursaute lorsqu'il sent la main de Vitaline le toucher au bras, puis il s'encalme comme un gisant, et fermant les yeux, elle se concentre sur la sensation au bout de ses doigts.

Cette fois-là, elle n'ose guère s'aventurer très loin, et elle le renvoie prestement. Sauf qu'au lever, une tension s'est installée entre eux. Une tension qui n'est pas désagréable du tout... Bien vite, elle a envie de recommencer, et cette fois-là, sa main se hasarde plus avant sur le torse, dans le cou et même sur le visage. Tôt le lendemain, Florentin vient à elle. Impérieux, il chuchote :

— À soir pareil ? Mais on laisse la lumière.

Elle hésite un bref moment, car il lui demande de faire un pas qui lui semble énorme, puis elle acquiesce d'un battement de cil. Elle peut clore les paupières à sa guise... C'est d'ailleurs ce qu'elle fait dès que Florentin est allongé à sa place coutumière. Sauf que la curiosité l'emporte et elle entrouvre un œil. Il a fermé les yeux. Les traits de son visage sont détendus comme jamais auparavant et elle le contemple, frappée par l'aura de beauté qui se dégage de lui.

— Plus bas, souffle-t-il. Va plus bas.

Surmontant sa réticence, elle obéit et son regard tombe sur la bosse suscitée par sa verge à moitié bandée. Vitaline évitait soigneusement ces parages, mais soudain, elle se meurt d'envie de vérifier la tendreté de cette chair. Lorsqu'elle l'effleure, elle en devient toute chose : jamais elle n'a touché une peau si incroyablement satinée. Sauf peut-être celle d'un nouveau-né, et encore... Dire que le frottement du membre viril la blessait ! Comment est-ce possible ? Florentin lui immobilise le bras.

— Mon tour. Allonge-toi.

Elle ne s'y attendait aucunement, et elle reste stupide. Comme si elle était une enfant, Florentin l'aide à se dévêtir, puis à se coucher sur le dos. Tandis qu'il se rhabille pour se protéger du froid, elle ferme les yeux. Elle est confortable dans sa chaleur qu'il lui a léguée, et lorsqu'il pose la main sur sa hanche, elle ne tressaille même pas, se laissant cajoler comme elle l'a fait avec lui, la première fois. Après s'être assuré auprès de son épouse qu'il pourra recommencer le jour d'après, Florentin part abruptement.

Vitaline combat l'envie de rappeler son homme pour qu'il reprenne son exploration, et cette convoitise, elle l'entretient jusqu'au soir d'après. C'est frémissante d'anticipation qu'elle prend place sous la courtepointe, et ce n'est pas l'angoisse qui fait s'échapper un gémissement de sa gorge lorsqu'il entreprend de palper langoureusement un de ses seins. Elle ne le reconnaît plus. Ce n'est plus le même homme... Elle lui fait signe de venir la rejoindre. Elle fait fi de l'angoisse qui lui contracte les entrailles pour se glisser entre ses bras, tout contre lui, face à lui. Elle s'installe commodément, puis elle s'immobilise. Déjà, un délassement chasse sa crispation. Son omoplate au bout des doigts d'une main... Son cou au bout des doigts de l'autre... Sa hanche contre la sienne... Et le pied. Le dessus du pied de Florentin est étonnement lisse...

Comme si la sève printanière circulait dans ses veines, Vitaline s'attiédit et se laisse aller vers la plaisante devanture du mâle qui lui fait face, soudain avide de se lover au plus près pour sentir d'innombrables parcelles de peau toutes plus veloutées les unes que les autres. Des mains baladeuses commencent à lui prodiguer des flatteries et son imagination s'emballe. C'est Vincent qui partage sa couche. Cette passion d'un soir ressentie quatre ans et demi plus tôt pour celui qui n'était encore qu'une jeune homme arrogant, elle ressurgit avec force et Vitaline est taraudée par une puissante envie, celle de sentir s'insinuer en elle le membre viril qu'elle sent se durcir.

Elle vendrait son âme pour la fusion extatique qu'elle pressent avec le mâle qui la presse ardemment contre lui. Elle s'empresse de poser ses lèvres sur les siennes. D'entrée de jeu, le contact est circonspect, mais Vitaline ne s'arrête pas en si bon chemin. Elle veut retrouver l'incroyable intimité du baiser jadis échangé avec Vincent, ce qui survient bientôt. Dès lors, elle se sent transportée dans un paradis de volupté, dans un univers d'une suavité sans nom dont elle ne voudrait jamais émerger. Elle exulte. Cet incommensurable plaisir de vivre qu'elle avait touché du doigt grâce à Vincent, elle avait dû l'enfouir dans un bien sombre cachot. Comment a-t-elle pu, si longtemps, subsister sans cette lumière ?

Malgré tout, Vitaline ne peut retenir un mouvement de recul lorsqu'il s'agit d'écarter largement les jambes, et c'est auprès de Vincent qu'elle loge un appel au secours. Laissant son esprit basculer dans une veille de la Toussaint irréelle, elle imagine à l'épisode une fin radicalement différente. Elle n'a pas eu à repousser un jeune homme trop avide, paré à n'importe quoi pour satisfaire son besoin de luxure. Comme par magie, un lit somptueux est apparu tout exprès pour accueillir leurs ébats, sur lequel ils n'ont eu qu'à se laisser tomber. Et c'est ainsi, lui ayant fait don de son innocence dans une atmosphère à la fois douce et sauvage, que Vitaline se persuade qu'elle a été déflorée sans même un pincement de douleur. Qu'elle a joyeusement fait folie de son corps...

Tandis que l'hiver tire à sa fin, Gilbert croit déceler un changement préoccupant dans l'humeur de Caroline. Jusqu'alors, sa dulcinée se comportait dans ses bras comme si elle était réellement énamourée de lui, comme s'il était l'être le plus précieux et le plus adorable au monde. Mais les yeux de Caroline ont perdu leur pétillement et sa verve s'est tarie. Même d'échanger des banalités semble lui demander un effort. Caroline ne rit plus, ne se pâme plus, ne l'espère plus...

Gilbert a beau l'interroger, sa mie repousse toute question avec irritation. Non, les frères Lavictoire ne sont pas achalants, et oui, tout roule comme auparavant. C'est vrai qu'elle se sent fatiguée par les temps qui courent, admet-elle, mais c'est la température qui est en cause, de même que la conclusion du procès relatif au meurtre de Louis Marcoux, patriote de Sorel. Le verdict d'acquittement a été rendu le jour même! Ayant vécu toute l'affaire comme une épreuve accablante, Gilbert saute à pieds joints dans la brèche:

— J'appelle ça un déni de justice. Une paix enfoncée en travers de la gorge!

La rage au cœur, il décrit à sa dulcinée ce qui lui paraît une déroute complète. Les frères Isaac et James Jones avaient mis leur destin entre les mains de quatre avocats frayant avec l'ultra-tory Constitutional Association. Ils ont fait défiler 28 témoins. Le clan Jones n'avait rien ménagé pour corrompre, et quelques témoins-clef se sont effectivement parjurés de façon spectaculaire, prétendant qu'on les avait saoulés et intimidés pour leur témoignage devant le coroner. Le Grand Jury, puis les juges, ont même accepté de libérer sous caution sept des présumés complices du meurtre que la partie défenderesse avait cités à comparaître en sa faveur!

Le procès est devenu un réquisitoire contre les patriotes de Sorel, fauteurs de trouble notoires, et contre Marcoux qui aurait brutalisé

Isaac Jones. Selon le juge en chef dans sa harangue aux jurés, la construction de la cheminée chez Laurent Dumas n'avait rien d'anormal. Les patriotes étaient des factieux et leur visite sur sa propriété devenait *a riotous act* – cet épouvantail de l'émeute si commode pour les despotes. Le juge en chef n'a pas rougi d'affirmer que Marcoux, organisateur électoral redoutable à cause de son caractère irascible, aurait pu être passible d'une accusation de meurtre prémédité sur la personne d'Isaac Jones. À peine a-t-il blâmé ce dernier de s'être greyé d'un fusil de chasse !

Le doute devait toujours faire pencher la balance vers la clémence, a-t-il fait valoir aux membres du jury, et s'ils s'entendaient pour qualifier le tir d'accident, cela signifiait l'acquittement du prévenu. C'est exactement ce qui est survenu. Gilbert ajoute que dès le procès terminé, plusieurs témoins à décharge ont accusé de parjure deux des témoins de la partie adverse, lesquels ont dû fournir caution pour ne pas être emprisonnés. Une autre rasade ajoutée à la coupe de l'humiliation collective !

— Tu comprends pourquoi les députés donnent pas suite à la Grande Enquête sur la Rue du Sang par une poursuite au criminel ?

Caroline réagit par une mine ahurie.

— C'est quoi le lien ?

— Nos ennemis se décarcassent pour tirer les frères Jones des griffes de la justice. Alors imagine ce à quoi y seraient parés pour blanchir les magistrats montréalistes tout-puissants.

Caroline réagit par une banale moue, et devant sa tranquillité apparente, Gilbert a l'impression de se trouver à cent lieues d'elle. Lui, il bout intérieurement dès que sa pensée effleure cet aspect crucial de la situation. Les fanatiques sectaires règnent en maîtres sur les cours de justice, et ils n'ont pas l'intention de concéder aux Réformistes la plus infime parcelle du champ de bataille ! Maîtres de l'application de la loi, les Bureaucrates la tordent au gré de leurs intérêts. Tant que les magistrats des cités, les juges des cours de justice et les conseillers légaux du gouverneur font partie de la Clique du Château, le combat est férocement inégal.

Gilbert fait une pause théâtrale, attendant de voir la réaction de sa dulcinée. Son cœur se serre : encore une fois, elle s'est échappée, pendant qu'il discourait, dans une transe dont elle a de la difficulté à émerger. Même les vicissitudes politiques la laissent froide. Elle s'est départie de sa curiosité envers l'actualité de leur monde et même, doit-il en convenir à son corps défendant, envers la vie de Gilbert. Tâchant de masquer son désarroi, Gilbert la questionne :

— Pis, de ton côté, de la nouveauté ?

— Pantoutte. Le train-train.

— T'as l'air d'avoir la fale basse. Pas de problème, toujours ?

Elle tourne vers lui une mine hagarde.

— La fale basse ? Que c'est que tu veux dire ?

Soudain fébrile, elle s'insurge :

— Je suis pas à ton goût ? Envoye, dis-le ! C'est quoi qui fait pas ton affaire ?

Dérouté par la propension de sa mie à dramatiser, il répond :

— Juste ce que je t'ai dit. T'as l'air fatiguée.

— Ça se peut, non, avec la vie que je mène ?

— Je pourrais peut-être t'aider ?

— Je vois pas en quoi, à part m'emmener vivre dans un château à mille lieues d'icitte.

Gilbert la trouve cruelle. Lui reprocher d'être désargenté et de ne pouvoir lui offrir le style de vie dont elle rêve ! Fâché, il saute sur ses pieds, lui faisant signe de le suivre vers sa couche. Une fois qu'elle se trouve allongée, nue, à ses côtés, il tempère son jugement : Caroline est manifestement secouée par des orages intérieurs. Pourquoi ne veut-elle pas s'en confier à lui ? Lui, qui ne demande rien de mieux que de l'écouter et de la soutenir. Caroline est sa blonde, sa dulcinée...

Néanmoins, tandis qu'il la comble de ses caresses, il se débat avec un puissant malaise. Même accolée à lui, peau contre peau, la jeune femme est ailleurs. Il avait déjà cru sentir cette distance, mais il ne voulait pas y accorder foi. Il croyait sa vue trouble et son esprit dérangé ! Mais astheure, il ne peut se leurrer davantage. Les gestes de Caroline sont ceux d'une automate. Elle a autant le goût de lui que d'un vieux grichou... Gilbert combat une détresse subite qui n'a rien à voir avec le conflit qui plombe l'avenir de son pays. Soudain, Caroline est devenue une banale ébraillée dont l'univers se confine à un périmètre bien défini du faubourg Saint-Laurent, et à peine bonne pour ce que son client la paye.

Sans ménagement, il la chevauche et se laisse emporter dans une pâmoison en solitaire. Dès que possible, il se désengage et se laisse retomber sur le dos, prenant garde de ne pas toucher son flanc avec le sien, ni même de la regarder. Tous ses sens, néanmoins, sont attentifs à elle. Il veut percevoir sa moindre émotion... Elle reste inerte, les jambes ouvertes comme il l'a laissée, et peu à peu, son souffle se régularise. Caroline tombe dans l'endormitoire! Incapable de le croire, Gilbert tourne la tête pour la scruter à la lueur de la chandelle. Elle dort, moins d'une minute après l'avoir accueilli en elle.

Sous le choc, il fixe le plafond. Elle ne se bâdre même plus de feindre une pâmoison... La gorge encombrée de chagrin, le jeune homme se tourne sur le côté opposé et se recroqueville sur lui-même. Un tourbillon intérieur fait rage en lui. Caroline est devenue chiche de son affection, et le choc est incroyablement rude. En son âme et conscience, Gilbert était paré à endurer la situation tordue, mais non dépourvue de piquant, car l'intensité de leur passion mutuelle aplanissait les obstacles.

Mais un cataclysme s'est produit: désormais, Caroline l'endure sans mot dire, ce qui est pire que tout. Pire qu'un coup de pied au cul pour qu'il débarrasse le plancher! Soudain, il s'en veut terriblement d'avoir basculé tête première dans un tel piège, celui de s'énamourer d'une ébraillée incapable de ressentir la douceur d'aimer. Et le pire... Le pire, c'est cette odeur masculine qui flotte dans la pièce. Tout d'abord, il veut croire qu'il ne s'agit que de la sienne, et pour en avoir le cœur net, il se tourne vers Caroline pour flairer sa peau si douce de jeune femme.

Il en frissonne de dégoût. Il hume la senteur des quidams qui fréquentent sa chambrette lorsqu'il n'y est pas. Celle de la cohorte de ses clients! Il se met debout et s'étonne de se sentir chambranlant comme un arbre à moitié déraciné. Il déteste Caroline de toute son âme, et s'il ne se retenait pas, il le lui dirait à coups de pied. Oui, avec des coups sauvages conçus tout exprès pour marquer sa chair encore tendre, pour la buriner et la rendre repoussante à la face du monde entier! Terrorisé par lui-même, Gilbert se vêt en toute hâte et quitte la chambrette comme s'il avait le diable à ses trousses.

La fois suivante, Gilbert a l'impression de retrouver sa mie de naguère, la mine rosie par le plaisir de sa seule présence, mais bientôt, il est frappé par l'artificiel de son comportement. Elle l'accueille avec des transports exagérés. Elle rit trop fort au récit d'une niaiserie d'un des élèves de Gilbert, et elle tente d'imprimer à leur conversation un naturel qui manque cruellement. Pour dissimuler la harpie qu'elle est devenue, elle s'est muée en actrice. Le feu aux joues, Caroline s'adonne à une horripilante pantomime. Comme si elle était en représentation ! Et que dire de leurs étreintes... Il ne peut supporter l'idée d'être le dindon de la farce, et les efforts de Caroline pour lui faire croire le contraire sont pitoyables.

Gilbert se laisse couler dans un profond sentiment d'hébétude. Il l'avait placée en plein centre de sa vie. Son amour pour elle était tellement fort, tellement envahissant ! Le plus cruel, c'est que ce dénouement annihile la beauté et l'aüthenticité de ce qu'il a vécu auprès d'elle. S'est-il gorgé d'illusions ? A-t-il été un benêt de première classe ? Cette pensée le crucifie. Tenaillé par un urgent besoin de compagnie, Gilbert se laisse entraîner par Gaspard au sein d'un groupe de jeunes hommes débordant d'un mâle entrain.

Le jeune homme se délecte du rapport de franche camaraderie, de ce mélange de sollicitude et de pétulance qui caractérise l'amitié masculine, et dont il a peu profité depuis qu'il a émergé du Petit Séminaire. Il tire même parti de certains moments d'ivresse pour se confier au sujet de l'inconstance féminine. Enhardi par les effluves d'alcool, il se permet de dénigrer Caroline amplement. Même si un réflexe de prudence l'empêche d'entrer dans des personnalités dont il pourrait se repentir, il se défoule tout son content. En chœur, ses compagnons et lui vitupèrent contre les créatures qui les jettent aux orties comme de vieilles savates !

Dès qu'il en a le loisir, Gilbert s'adonne à son plaisir suprême, soit errer en ville en quête de fêtards. Gaspard et lui font la tournée de leurs tavernes de prédilection, et finissent par tomber sur un petit groupe qui les reçoit à bras ouverts. Ce soir, dans un établissement miteux mais festif de la rue des Commissaires, Gaspard tombe dans les bras de Patrick Cuvillier, commis-marchand comme lui. Parmi ses comparses attablés se trouve le député Clément-Charles Sabrevois de Bleury, toujours digne malgré une quantité notable de liqueurs fortes dans les veines.

Gilbert connaissait Bleury de réputation, mais jamais il ne se serait douté qu'un homme public d'une telle importance condescendrait à se joindre à des insignifiants comme eux. Le capitaine des Carabiniers n'est-il pas devenu très proche de Papineau depuis qu'il a organisé sa défense de l'Orateur pendant l'élection ?

— Les Canadiens pis les Américains, gueule-t-il en levant son broc, sont des bâtards ne devant point être admis dans cette trop aimable parentèle!

Tous s'esclaffent, même si le sujet est sinistre. Bleury fait référence au discours du président de la St. Patrick's Society, un groupement concurrent formé d'Irlandais protestants anti-réformistes, lors de la fête patronale des Irlandais. Le parti belliqueux étend bel et bien ses ramifications au moyen de sociétés civiles dont le but est prétendument charitable... Michael O'Sullivan, avocat et Conseil du roi, y a fait l'éloge de « l'admirable » famille britannique, prenant soin de préciser qu'elle n'était constituée que des trois peuples venus de Grande-Bretagne.

Un autre convive que Gilbert n'avait pas encore remarqué, soit son ami Alphonse Gauvin, se met debout en rappelant que le discoureur suivant a qualifié les Réformistes *d'aveugles et fanatiques adorateurs d'un démagogue sans principe*, c'est-à-dire Louis-Joseph Papineau, *dont le cœur est aussi bas que les moyens qu'il prend pour effectuer la révolution sont lâches et irréfléchis.* Cette vacherie cause un silence soucieux, jusqu'à ce que Pat déclame à son tour:

— Que de sentiments de bienveillance et d'amour fraternel, quel désir de la paix et d'union entre toutes les classes!

— Que de charité enfin, vocifère Gaspard, dont l'odeur devait monter au ciel et attirer sur eux la bénédiction!

Un accès de gaieté balaie la tablée. Pour ajouter l'insulte à l'injure, la St. Patrick's Society avait convié des représentants des autres sociétés nationales. Peter McGill, président de la St. Andrew's, a justifié la formation de tels groupements par la nécessité de défendre vies et propriétés. Contre qui? Les Réformistes de la province, soit les neuf-dixième de la population, selon George Moffatt, président de la St. George's Society et membre du Conseil législatif.

— Une chance, s'exclame Alphonse, qu'on a notre saint Jean-Baptiste à nous autres!

Tous les regards se tournent vers Bleury, qui se trouvait parmi le gratin patriotique réuni à l'hôtel Rasco, quelques jours plus tôt. Alors, Bleury s'est fendu d'une santé accompagnée d'un discours vantant les institutions électives. Acceptant cet hommage, le jeune député lève son verre. Gilbert a visité la salle décorée de festons de guirlandes et de touffes de verdures. Il a été particulièrement impressionné par le faisceau de branches d'érables qui, à l'entrée de la salle, soutenait les drapeaux de la Grande-Bretagne et ceux adoptés par le pays. Au milieu de ce faisceau, un bouclier arborait : « ESPÉRANCE – PATRIE – UNION ».

Le banquet pour célébrer la nationalité canadienne avait lieu dans la cité pour la deuxième année consécutive. Enhardies par l'exemple, une demi-douzaine de localités du district, dont Saint-Denis, ont emboîté le pas. Gilbert a ouï-dire d'un immense drapeau blanc et vert, orné de deux feuilles d'érable, accroché au plafond d'une salle de son village natal, et surtout d'une table garnie d'immenses soupières, fruit du travail d'artisans locaux. Elles étaient en grès cérame, et Gilbert s'est flatté de la possibilité que ces chefs-d'œuvre aient été façonnés par son père et par Aubain. Sauf qu'ils ne sont plus les seuls à avoir un four pouvant atteindre la température requise pour la cuisson du grès...

Mais si Alphonse a amené le sujet de la Saint-Jean-Baptiste sur le tapis, c'est pour vitupérer contre le fait que les ennemis du pays en ont profité pour jeter l'anathème sur les Réformistes. Les Bureaucrates s'arrogent le droit de se réunir en sociétés nationales exclusives et d'y célébrer l'appartenance britannique ; mais dès que les enfants du sol et leurs amis immigrants font de même, ils crient au loup ! Tout cela pour se faire passer pour des victimes d'une haine raciale irrépressible.

Comme de raison, c'est *The Montreal Herald* qui a beurré le plus épais. La rédaction est désormais sous la coupe d'un forcené du nom d'Adam Thom, buveur invétéré et surtout dégoulinant de morgue raciale. Depuis qu'il a mis pied en Canada, cet ex-instituteur a pris sur lui d'être le plus intolérant des *Britons* de la métropole. D'abord rédacteur d'un torchon ayant eu une brève existence, *The Settler*, il a été appointé secrétaire du Beefsteak Club, auberge privée de tradition anglo-saxonne qui regroupe une trentaine des commerçants les plus riches de la ville.

Secrétaire de l'assemblée du Tattersall visant à dénoncer les 92 Résolutions, en avril 1834, il figurait en prééminence à la deuxième assemblée du Tattersall, huit mois plus tard, alors que tout le tort des violences de l'élection de Montréal-Ouest était mis sur le dos des patriotes. Entretemps, il accédait à l'office du vénérable *Herald*, ce qui est comme remonter le mécanisme d'une bombe. Dans ses textes éditoriaux, l'intrigant patenté prétend que les *Constitutionals* sont parés à se servir des moyens les plus extrêmes pour protéger leur droit d'être gouvernés par des Anglais. Tout, plutôt que *the irresponsible despotism of French democrats!*

Bleury interrompt Alphonse d'un grand geste du bras. Le ton courroucé, il le houspille :

— Vas-tu cesser de propager les grossièretés de ce grichou ? Devant une injure préméditée, on a le choix entre le silence du mépris ou la provocation en duel.

— Pis quand l'injure s'adresse à une nation ? Le duel risque de se transmuer en bataille rangée. Alors on fait quoi ? On le laisse vomir pis nous salir à son goût ?

S'adressant à Bleury, Gaspard répond indirectement à leur camarade de collège :

— C'est pas sorcier : on compte sur nos élus pour défendre notre honneur en Chambre.

— Pis en attendant, rétorque Alphonse, on endure ce fêlé. Charmant programme !

— J'haïs ça, grogne Gilbert, comment y nous qualifient avec leur lippe dédaigneuse. Les *French Canadians*. Une race inférieure. Une tribu retardée qui habite dans les recoins du district. Ça me donne envie de leur faire ravaler à coups de poings...

Il se penche vers Alphonse.

— Je pense comme toi. Ce Thom est une bombe ambulante que les esprits sectaires ont décidé de lancer parmi nous. Sauf que va falloir qu'on s'endurcisse.

— J'y arrive pas encore. Confondre la Saint-Jean-Baptiste avec le projet de fonder un État français dans la colonie, ça se peux-tu ? Toi pis moi, on veut sacrer à l'océan tous les immigrants. Y l'a écrit. *They would exterminate or expel beyond the limits of the* patrie, *all such as are at present settled in the province.*

Brusquement, Gilbert se sent tiré hors du cercle de ses camarades qui rigolent, hors de la taverne qui jouxte les quais, et transporté à la vitesse de l'éclair dans la chambrette de Caroline. Sa dulcinée qui le fixe d'un regard vide et mélancolique. Qui le fixe avec indifférence... Une tempête s'élève en lui, au risque de le faire virer fou. Le jeune homme se crispe pour repousser les abats orageux qui s'entrechoquent en son for intérieur, et lorsque la tempête s'éloigne, il n'a plus qu'une envie : rompre. Il ne peut plus endurer une Caroline qui n'est plus que l'ombre de l'amoureuse qu'elle a été. Trop longtemps, il a suspendu son sort au sien... Oui, il lui écrira une lettre, et ensuite, il ira de l'avant vers sa propre destinée. Une ineffable douceur se répand en lui. Un sentiment de paix, de délassement extrême... Il s'y vautre.

22

Un ample frisson réveille Gilbert. Un léger ronflement lui parvient et il tourne la tête pour, dans l'aube déjà claire, mirer Gaspard allongé à ses côtés. Il suit son profil du regard comme s'il s'agissait d'un paysage. Le relief du nez est plutôt racé, doit-il reconnaître, mais celui de la mâchoire tombante est d'un vulgaire consommé. Gilbert voit battre l'aorte du cou à travers l'échancrure de la chemise ; fasciné, il la scrute longuement. Peu à peu, il se souvient. Tous deux ont décidé d'assister au lever du jour depuis les contreforts du mont Royal, mais ils n'ont pu résister au besoin de s'allonger, puis de fermer les yeux.

Après un bâillement, Gilbert se cale confortablement contre le tronc d'arbre qu'il a choisi comme dossier. Il contemple béatement la lueur rose qui monte au levant, et qui auréole la cité à ses pieds. Il voit parfaitement le territoire qui s'étend au-delà du fleuve Saint-Laurent, sa patrie d'origine en forme de plaine fertile rehaussée de monts de diverses tailles. Ce matin, il trouve le panorama divinement beau, et il a l'impression d'être si près des communautés qui parsèment ce vaste pays qu'il croit pouvoir toucher, de sa main tendue, l'extrémité des clochers des villages les plus proches...

Sa brève période d'endormitoire lui a fait un bien considérable ; le sang bat raisonnablement à ses tempes et sa vision est claire. Il apprend à réparer ses abus, qui sont d'ailleurs de moins en moins excessifs : avant de s'endormir, il a bu à profusion à une source fraîche. Il s'attache au panorama colorié par une brume de chaleur estivale. Après avoir porté son regard d'une montagne à l'autre, de Beloeil à Chambly, il baisse les yeux vers le ruban du fleuve, où quelques embarcations à rames se devinent déjà.

Au même moment, montent jusqu'à lui les sonneries du réveil des militaires qui dorment dans l'isle Sainte-Hélène, aussitôt suivies par celles des casernes du faubourg Québec, tout près. La ville s'éveille et Gilbert la trouve superbe. De sa position surélevée, elle lui semble une cité enchanteresse placée dans un écrin de verdure, d'autant plus qu'un premier rayon de soleil fait reluire certains toits en fer blanc, dont celui de la monumentale église paroissiale et de quelques édifices conventuels. Vue des hauteurs, Montréal paraît un havre de félicité bucolique, et non point une cité qui exige un capital de sueur de la part de ses manœuvres, porte-faix, débardeurs, charretiers, domestiques et buandières. Une cité rude et parfois puante... puante d'intolérance raciale.

Gaspard grouille, puis s'étire de tout son long. Lugubre, Gilbert émet à l'adresse de son ami :

— C'est quand on rentre dans l'image qu'on décèle la vérité. Qu'on voit l'âme. C'est pour ça que l'image est si importante pour certains. Elle sert à cacher la bouette.

— Salut à toi, le philosophe.

— Salut. T'as vu la ville qui abrite nos destinées ? Mignonne en masse. Pourtant, y a une phalange de combattants qui fourbit ses armes contre la *french domination*.

— Où ça ?

— C'est une manière de parler.

Se redressant en position assise, son ami s'éclaircit la gorge avant de rétorquer, la bouche pâteuse :

— Arrête de ruminer les affaires de l'hiver passé. C'est derrière nous. T'as la gourde ?

Gilbert saisit la bouteille gainée de cuir qui traîne à ses côtés pour la tendre à son ami. Il le prévient :

— C'est juste de l'eau.

— Ça fait mon affaire. Ça m'arrive d'en boire.

Et Gaspard ingurgite une longue rasade. Ensuite, il se lève pesamment pour aller se vider la vessie, tout près. La démarche encore incertaine, il revient se laisser tomber à côté de Gilbert. Il émet :

— La veillée a été grandiose, tu trouves pas ?

— Certain. T'es un jouisseur de première.

— De ton côté, tu t'en viens pas pire pantoutte. Tu réussiras pas à m'accoter...

— T'es insurpassable.

— ...mais tu prends de la graine. Rappelle-moi les principaux faits de notre soirée ?

Après l'avoir miré avec stupéfaction, Gilbert exhibe ses grafignures aux mains et au bras.

— Tu me niaises ? Tu peux pas avoir oublié le pétard ?

Le visage de son ami s'éclaire.

— Boucane de sauvage ! Ça me revient. Je te gage que toute la ville va en jaser pendant une bonne escousse. On nous a vus, tu crois ?

— Aucun risque. Y faisait noir comme chez le loup pis on est à peine restés une couple de minutes sur la propriété.

Émergeant de la taverne au mitan de la nuit, tous deux ont buté contre un groupe de jeunes hommes qui comprenait Alphonse Gauvin et son meilleur ami et patriote à tout crin, Rodolphe DesRivières. Tous deux ont appris à Gilbert et à Gaspard qu'ils mijotaient, avec les autres, un tour pendable : faire exploser un inoffensif pétard sous la fenêtre du directeur du Collège de Montréal, le sulpicien Baile, pour lui signifier que les harangues abjectes qu'il adresse aux élèves sont imbuvables.

Gilbert a senti son sang bouillir. Il n'en pouvait plus d'entendre les prédicateurs jeter l'anathème sur les chefs du parti patriotique comme des révolutionnaires et des « gens à complots » ! La vigueur conquérante du charivari estudiantin de 1830 a rejailli en lui comme une source fraîche. Ledit charivari n'avait-il pas été, en majeure partie, suscité par le rigorisme mâtiné d'intolérance de Baile ? Obnubilé par une irrépressible envie de vengeance, le jeune homme s'est dressé comme un coq sur ses ergots.

Rodolphe DesRivières avait eu amplement le temps de détailler sa méthode de fabrication du pétard lorsque les jeunes gens, au nombre de sept, ont mis le projet à exécution. Profitant de l'éloignement de l'homme du guet, ils ont escaladé le mur de la propriété, et Rodolphe a installé ses comparses en une ligne de guetteurs, sauf Alphonse Gauvin qui s'est rendu avec lui au pied du mur. Tandis qu'il faisait le guet, Rodolphe a installé l'engin entre les barreaux de la grille de la fenêtre de la chambre du supérieur de l'institution. L'explosion a eu lieu alors que le groupe franchissait en sens inverse le mur d'enceinte.

Gilbert frétillait de contentement à se trouver là où il avait passé ses années d'adolescence. Il connaissait les lieux par cœur. Les arbres majestueux de la cour arrière, la forme en «L» du Petit Séminaire, le chuintement du ruisseau qui traverse la propriété de part en part... Oui, l'instituteur s'était gorgé de connaissances humaines, mais il avait surtout, au contact des maîtres imbus de préjugés envers la race canadienne, aiguisé son sens critique. Comme si les Sulpiciens avait manié l'aiguillon précisément dans le but de transformer leurs pupilles en révolutionnaires...

Frappé par cette pensée, Gilbert fronce les sourcils dans la fraîcheur du matin. Les idées toutes faites des Sulpiciens n'auraient-elles pas été autre chose qu'une provocation, qu'un moyen parmi d'autres pour pousser un peuple à la révolte, afin de mieux l'asservir ensuite? S'étant abouchés avec les têtes dirigeantes de l'élite marchande montréaliste, les Sulpiciens feraient exprès d'insulter le peuple canadien? Il paraît que les âmes dégénérées sont parées, pour voir les espèces sonnantes et trébuchantes tomber dans leurs bourses, à se rendre jusqu'au meurtre de tout un peuple. Il paraît qu'on se drogue à l'argent mieux qu'avec n'importe quelle autre substance...

Gilbert secoue la tête. Trop retors, cette théorie du complot! Lesdites théories abondent pour expliquer des catastrophes causées par l'homme, et beaucoup préfèrent y voir un concours de circonstances sous la forme d'une accumulation de négligences, de stupidités et autres défauts de la race humaine. Gaspard l'interpelle:

— T'aurais pu te faire prendre pis perdre ton poste.

— J'assume mes actes, riposte Gilbert. C'est comme ça qu'on distingue les hommes des tit-gars peureux.

— S'y fallait que mon paternel le sache... D'ailleurs, va falloir que j'aille lui rendre des comptes.

— Pour lui demander pardon à genoux?

— Niaiseux. Des comptes au sujet de nos affaires.

— C'est vrai, tu travailles parfois... C'est drôle, j'ai tendance à l'oublier.

— Je cracherais pas sur une couple de semaines à la campagne. Pas toi?

— Pour l'instant, je mène ma classe jusqu'aux examens publics. Après... oui, après, j'avoue que j'irais voir ailleurs si j'y suis. Descendre le fleuve, j'haïrais pas ça...

Ce disant, Gilbert laisse son regard suivre le Saint-Laurent qui, en bas, trace un méandre allant s'élargissant.

— J'ai toujours rêvé d'un séjour dans la capitale. Ne serait-ce que pour acheter une valise en loup marin du magasin de marine de m'sieur Têtu, rue Sous-le-cap. On a quand même du blé à dépenser, c'est-y pas? Nos affaires roulent bien. Tout un soulagement après l'été passé...

— Je te l'avais dit, qu'on ferait la nique au miasme.

— J'aurais dû te croire drette là. J'ai pas d'allure.

— Si je t'offrais mon village à la place de Québec?

Gilbert dirige un regard surpris vers son ami, qui presse son point:

— Je t'invite chez moi. T'es venu juste une fois, si je me souviens bien?

— Oui, à l'été 31.

— Si loin? On fait dur. Y est temps de se rattraper. Pis tu sais quoi? M'sieur Déberge fait une fête. Ça te tente? Tout le gratin du comté y sera. Pis tu vas voir, y a la fête champêtre officielle, mais encore mieux, y a quelques célébrations plus intimes, réjouissantes en diable.

Le visage fendu jusqu'aux oreilles, Gaspard lui tend sa main à toper. Il s'écrie ensuite:

— J'ai un petit creux, moi, tu m'offres à déjeuner?

Avec une moue narquoise, Gilbert répond:

— Une fois n'est pas coutume...

En réalité, Gaspard s'invite souvent à sa table. Trop souvent au goût de ses parentes, Gilbert le sent bien... En même temps, son ami est un gai compagnon, et ces dames s'amusent immanquablement en sa présence. Pour compenser, Gilbert l'oblige à le seconder pour quelques tâches indispensables au fonctionnement d'une maisonnée. Gaspard s'exécute en rechignant, et parfois en forçant la maladresse, mais il s'exécute tout de même, et Gilbert s'estime quitte du fardeau de sa présence.

Au fil des semaines qui suivent, l'affaire du pétard fait des vagues, et tous deux s'en amusent fièrement. *L'Ami du peuple, de l'ordre et des lois* répand une outrancière affabulation: une bombe a fracassé

27 des 28 carreaux de la fenêtre et le volet intérieur a été soulevé de ses gonds. Un incendie était planifié puisque des matériaux combustibles enflammés ont été retrouvés au-dehors, au pied du mur. Bref, l'affreux complot exécuté avec la malignité la plus noire mériterait à ses auteurs d'être traînés en cour criminelle pour répondre d'accusations d'escalade nocturne, d'effraction de maison et d'incendie volontaire !

Le pétard fournit au rédacteur de la gazette salariée, Alfred Rambau, l'occasion d'accuser un individu, qu'il ne nomme pas mais qu'il décrit explicitement, d'avoir entraîné les collégiens à faire du tapage et crier «à bas les prêtres». En clair, Rambau règle d'anciens comptes ! Gilbert était déjà au parfum de la tactique des gazettes bureaucrates, c'est-à-dire profiter du moindre incident pour se répandre en médisances outrées et en menteries éhontées, mais l'affaire du pétard lui ouvre décisivement les yeux. Loin d'être des nouvellistes exemplaires, Rambau et ses comparses sont des fabulateurs qui manient savamment la bravade !

Car non seulement l'affaire incite l'individu pointé du doigt, un jeune marchand, à provoquer le rédacteur de *L'Ami du peuple* en duel, mais celui qui délivre son cartel est victime de violences. Tout d'abord, Rambau l'éconduit *peu civilement*, puis, au soir, il est assailli par deux quidams, et frappé à la tête au moyen d'une garcette à trois branches. Gilbert en grince des dents. Le jeune marchand et son porteur de cartel sont la cible des mêmes exaltés qui, quelques mois plus tôt, les avaient chassés d'une salle de théâtre au moyen de coups de pied au derrière, pour avoir refusé de se décoiffer au son de l'hymne national anglais.

Ce soir-là, Rambau figurait parmi les fauteurs de troubles... Ce Français établi à New York, trop beau de sa personne et donc fendant en masse, avait été recruté à la fin de l'année 1833 par le seigneur Debartzch pour diriger *L'Écho du pays* à sa création. Manifestement, Rambau leur avait fait des accroires concernant la pureté de ses principes politiques. Devenu un flamboyant vire-capot, il a été vitement récupéré par la direction de *L'Ami du peuple*. Dire que Gilbert est abonné, à son corps défendant, à cette gazette destructrice !

Et dire que ce sont les Bureaucrates qui se plaignent hautement d'avoir à subir les conséquences d'un climat de violence larvée. Un faquin est attaqué en pleine rue ? Un brigandage est perpétré ? Non seulement les hommes du guet auraient dû être présents pour s'y opposer, mais les coupables du forfait sont immanquablement désignés comme des Canadiens ou des Irlandais ! Perpétuellement, ces derniers sont pointés du doigt comme les uniques responsables des méfaits, et il faut une patience d'ange pour ne pas éclater d'une légitime fureur.

GASPARD QUITTE LA MÉTROPOLE pour un séjour dans son village natal et Gilbert passe une dizaine de jours à ne strictement rien faire. Il est lessivé par l'année scolaire et par ses émotions à fleur de peau. À tout bout de champ, il espère voir retontir une Caroline désolée de s'être éloignée de lui à ce point, et faisant tout pour le reconquérir... Mais rien de ce genre ne se produit et il reste désespérément seul. Pour s'empêcher de sombrer dans la prostration, l'instituteur saute dans la barque à vapeur pour le village Debartzch comme s'il avait le feu au cul.

Quelques heures plus tard, le jeune homme regarde défiler les rives de Saint-Denis, accordant une pensée affectueuse à ses proches qu'il visitera à son retour. Il mire l'imposant bâtiment de la distillerie Nelson, avec le quai à ses pieds, puis celui de la chapellerie Saint-Germain. Peu après, l'église paroissiale s'élève au-dessus des toits des maisonnettes et des entrepôts qui bordent la rivière. L'équipée est d'autant plus plaisante que, les eaux étant encore hautes même en ce tout début du mois de septembre, le navire peut remonter la Chambly jusqu'au village Debartzch, à cinq milles en amont.

Gilbert s'attarde à la silhouette du mont Beloeil, placé à une certaine distance dans la plaine, et sa célèbre falaise. Il y a longtemps qu'il a grimpé au sommet. Depuis son faîte, la plaine se déroule jusqu'à Montréal dont les bâtisses, et surtout la forme carrée de la nouvelle église paroissiale, se découpent nettement sur la silhouette du mont Royal vers lequel Gilbert se tourne machinalement, même s'il lui est impossible de le distinguer de sa position, à cause des arbres et surtout du village de Saint-Marc, chef-lieu en pleine expansion.

Le voyageur pose ensuite les yeux sur l'église paroissiale qui fait face à celle de Saint-Charles. Le seigneur du lieu, Joseph-Toussaint Drolet, est un patriote dont l'esprit d'entreprise accote celui de Pierre-

Dominique Debartzch, ce qui n'est pas peu dire; les entreprises de tout genre, moulins comme fabriques, poussent à vue d'œil. Seuls les seigneurs qui se transforment en hommes d'affaires peuvent tirer un bénéfice réel de leurs possessions territoriales. Comme Debartzch, Drolet a compris que ceux qui se contentent d'aléatoires cens et rentes vivotent à peine. Leurs censitaires repoussent l'acquittement des charges seigneuriales dès qu'ils doivent se serrer la ceinture, et les seigneurs n'ont guère de recours.

Quoique... Envahi d'un léger malaise, Gilbert remue sur ses jambes. Il paraît que Debartzch commence à faire allusion à des poursuites en justice pour obliger ses censitaires à rencontrer leurs dettes. En conséquence, des rumeurs se répandent dans la contrée. Le seigneur de Saint-Charles mène trop grand train. De surcroît, ses entreprises capitalistes grugent ses avoirs et certains de ses principaux partenaires financiers ronchonnent, car ils ont investi de fortes sommes et le rendement n'est pas au rendez-vous.

Gilbert hausse les épaules. Lorsqu'il a questionné Gaspard à ce sujet, il s'est fait proprement rembarrer. Ces médisances jalouses ne méritaient pas une miette de considération! Le jeune instituteur repousse ces pensées, examinant le hameau industrieux où il s'apprête à débarquer. Une des plus frappantes différences entre le bourg de Saint-Denis et le village Debartzch, c'est leur organisation physique. Dans le village natal de Gilbert, les échoppes d'artisans, les bâtiments conventuels et même la demeure seigneuriale se voisinent étroitement. À Saint-Charles, tout cela s'égrène le long de la rive sur des dizaines d'arpents, depuis le débarcadère jusqu'au domaine du seigneur.

Mettant pied à terre, Gilbert réenfile sa légère bandoulière et s'élance d'un pas rapide vers la demeure du marchand Cosseneuve, hors du village. Gaspard, qui a entendu le sifflet du *steamboat*, attend Gilbert à la clôture de perches qui borne le terrain de sa maison natale. Gilbert retrouve les lieux comme dans son souvenir: quelques bâtiments de ferme en bordure du chemin public, un potager clôturé, des ormes et des chênes majestueux, et derrière, la vaste demeure en pièce sur pièce, agrémentée d'une magnifique galerie à la balustrade richement ouvragée. Et derrière, un terrain ornementé qui donne sur la rivière.

Ni Jean-Juste ni son épouse Mélanie ne sont présents, ce qui n'est pas pour déplaire à Gilbert qui jouit de l'occasion ainsi offerte d'explorer les lieux en toute liberté en compagnie de son ami. Plus tard en après-dînée, Gilbert ne peut s'empêcher de jeter un regard curieux vers le domaine Debartzch, où la fête aura lieu dans quelques heures, ce qui suscite les railleries de Gaspard.

— Tu frétilles d'envie, c'est-y pas? Viens, on va te satisfaire un brin. Je connais un passage discret...

Tout deux empruntent, à pied, le chemin du Bord-de-l'eau. Après avoir franchi une coulée au moyen d'un ponceau, le chemin public remonte et s'engage entre l'église paroissiale du côté des champs, et le presbytère du côté de la rivière. Dès lors, les jeunes gens ont atteint la limite nord du domaine seigneurial. À leur gauche se trouvent les champs du seigneur, avec les bâtiments d'exploitation et, tout au fond, la forêt ; et à leur droite, du côté de la rivière, le domaine privé qui s'amorce avec un jardin maraîcher.

C'est alors que Gaspard quitte le chemin public pour s'engager sur la propriété, empruntant un sentier qui se devine à peine entre les hautes herbes. Contournant le potager, les jeunes gens avancent vers l'écore. Leur marche est arrêtée par un minuscule ruisseau qui coule de biais jusqu'à la rivière. Au-delà, explique Gaspard, le terrain forme une presqu'île où le seigneur a fait aménager un élégant kiosque, lequel commande une vue étendue sur les alentours. Gilbert distingue le joli édicule et il s'imagine y mirant le coucher de soleil...

— Mais tu verras de plus près ce soir, conclut Gaspard. Pis à en juger par les préparatifs, on va nous en mettre plein les yeux. Tu perds rien pour attendre!

Avant de rebrousser chemin, Gilbert se fait confirmer par son ami que la splendide demeure en pierres de taille qu'il voit de l'autre côté de la rivière, à proximité du presbytère et de l'église de Saint-Marc, est bien celle du seigneur Drolet. Enfin, tous deux retracent leurs pas, et s'offrent quelques heures de paresse.

Les parents de Gaspard ne se montrent que brièvement. Gilbert gardait un net souvenir des traits du marchand – lèvres minces, long nez acéré, iris comme des perles noires – car ils diffèrent du tout au tout de ceux de Gaspard, qui a hérité du visage rond et velouté de sa mère. Le couple lui semble vieilli depuis leur dernière rencontre. Mélanie n'est plus blonde et potelée, mais grisonnante et obèse ; son mari dont l'équarriture s'apparente à celle de son fils, taille moyenne et puissamment bâti, est maintenant ventripotent. Ni l'un ni l'autre ne dit grand-chose, et Gaspard a tôt fait de prendre congé d'eux.

C'est à la brunante que Gilbert et son ami, habillés en grand style, s'installent dans l'attelage familial. D'innombrables flambeaux illuminent la propriété, ce qui lui donne un air féérique. La calèche franchit le parterre jusqu'à la façade de la maison seigneuriale, passant à la hauteur du manoir seigneurial ancestral, vieille bâtisse en pierres flanquée des écuries, de remises et de hangars.

Dès que les jeunes hommes ont mis pied à terre, la plus jeune des fillettes Debartzch, que Gaspard connaît manifestement très bien, leur indique le chemin à suivre, soit l'escalier qui mène au rez-de-chaussée suffisamment surélevé pour que les cuisines et les pièces de débarras, placées au ras du sol, soient hors de terre. Passant devant une opulente salle à manger dont les meubles ont été tassés hors du chemin, Gilbert et sa compagnie débouchent dans une petite pièce conçue de manière à s'ouvrir toute grande sur le splendide jardin.

Des lanternes chinoises ont été suspendues partout, créant des îlots de lumière colorée. Ailleurs, des flambeaux se consument. Des tables débordent de mets et de boissons. Quelques violoneux et flûtistes se promènent parmi les invités. Des sièges de toutes sortes ont été artistiquement placés. Et au bout, un chemin de lumière invite à se rendre jusqu'au kiosque, qui brille de tous ses feux.

Non loin, le seigneur et son épouse accueillent des invités. Gilbert se dépeint un rondouillard de haute taille, dont le teint rougeaud et la chevelure blanche sont célèbres à travers la contrée. Sa compagne, née au sein du clan seigneurial de Saint-Ours, se singularise par une silhouette sculptée par les corsets et des manières aristocratiques ayant rarement cours en ce pays, où la simplicité compte davantage que les titres. Le seigneur Debartzch, qui a une voix d'une profondeur et d'une sonorité hors du commun, accueille la famille Cosseneuve avec familiarité, et aussitôt, les deux femmes se comportent comme des intimes, chuchotant et gloussant sans retenue.

Gaspard tombe dans les bras du seigneur pour une accolade bien sentie, comme des amis de toujours, puis lui donne des nouvelles en le tutoyant. Gilbert s'en ébahit. Il savait que le père de Gaspard était l'un des associés privilégiés de Debartzch. Il savait itou que le seigneur ne lève jamais le nez sur une occasion de s'amuser, et comme Gaspard fait de même... Sauf que leur sans-gêne dépasse l'entendement!

Enfin, Gaspard se tourne vers Gilbert pour effectuer les présentations. Après une poignée de main, le seigneur dit :

— Ravi de vous connaître. J'ai visité votre établissement une fois. Toutes mes congratulations!

Gilbert en tombe des nues.

— Vous avez visité... mon billard?

— Certainement. Gaspard m'a fait l'honneur d'une visite guidée. Je vous prédis un franc succès.

— Avec moi comme associé, se vante Gaspard, la chose est entendue.

— D'autres invités s'en viennent. On se revoit tout à l'heure...

Manifestement habitué à ce genre de fêtes, Gaspard se met à dériver d'un groupe à l'autre, et Gilbert colle à ses talons. C'est ainsi qu'il fait connaissance avec l'aubergiste Spink, avec le notaire Chicou-Duvert, avec le Dr Mount, avec l'instituteur Marchesseault... À quelques reprises, Gilbert a sollicité, de la part de ce dernier, quelques conseils professionnels alors qu'il était en charge de l'école des garçons du village de Saint-Denis, et il s'engage dans une conversation à bâtons rompus avec cet homme solide aux traits harmonieux et au regard assuré.

À l'époque où Gilbert quittait la rivière Chambly pour Montréal, Siméon Marchesseault débagageait à Saint-Charles lorsque la position de huissier, plus lucrative, lui a été offerte. Il interroge Gilbert sur les aléas du métier dans une cité où l'intolérance fleurit, et ce dernier n'est pas fâché de se vider le cœur au sujet des Messieurs de Saint-Sulpice et de leur méfiance viscérale envers le gouvernement du peuple. Il en profite pour donner voix à une inquiétude qui grandit en lui : celle de voir le catéchisme prendre place dans la classe en tant que matière académique, au même titre que l'arithmétique ou la géographie.

— Je veux dire, on s'entend que le catholicisme est un dogme et non une science, c'est-y pas? Mais Quiblier, y m'a achalé une couple de fois pour que je lui cède des périodes afin d'édifier les élèves. C'est quoi, l'affaire? L'enseignement ordinaire au presbytère pis des prêches à l'église, ça lui suffit pas?

— Si on laisse trop de bride aux curés pis surtout à l'épiscopat, répond son interlocuteur, je prévois d'intenses tiraillements pour l'avenir. L'affaire des Fabriques a donné l'heure juste. Moi, en tout cas, j'en ai tiré de précieux enseignements. Nos députés itou, je l'escompte.

Siméon Marchesseault allègue que depuis des lustres, les amis du pays se font vilipender, tabasser, piller et même voler leur liberté. Pourtant, l'évêque de Québec ne s'en émeut guère. Défend-il ses ouailles auprès des autorités ? Chose certaine, le résultat de ces hypothétiques démarches est invisible. Et chose encore plus certaine, Mgr Signay et son auxiliaire du district de Montréal ont cru bon de ferrailler contre les élus en 1831, alors que ces derniers présentaient un projet de loi visant à assainir la gestion des cures de paroisses.

— T'étais jeunet à l'époque, ajoute le vis-à-vis de Gilbert d'un ton railleur. T'as besoin que j'éclaire ta lanterne ?

— Je me souviens que l'irritation atteignait un sommet à Longueuil à cause du curé Chaboillez.

La repartie provoque une flambée d'indignation chez Marchesseault. En secret, le curé et les marguilliers avaient prêté une somme substantielle, pendant la décennie 1820, afin d'effacer une partie du déficit de construction de la nouvelle église Notre-Dame, à Montréal. Ils avaient puisé dans le produit de l'impôt religieux, dîme dont ils n'ont pourtant que l'usufruit ! La chambre basse a donc voulu empêcher ce genre d'abus en faisait élire les marguilliers par l'ensemble des francs-tenanciers de la paroisse. Menant la contre-offensive, l'évêque auxiliaire de Montréal, Mgr Lartigue, a dénoncé haut et fort « l'excès populacier ».

— Et pourtant, fait valoir l'huissier, les représentants du peuple ont-y déjà voté une loi mettant l'Église catholique en péril ? Jamais au grand jamais ! L'élite patriote se doit de la défendre, car la faction protestante jouirait de voir les enfants du sol s'apostasier. Pis le clergé anglican est déjà outrageusement favorisé. T'es pas sans savoir qu'y soutient ses écoles pis ses temples à même divers postes budgétaires qui échappent au contrôle de l'Assemblée. Tandis que nous autres, on doit faire appel à la législature au grand complet pour nous voter des crédits. Faut vaincre l'antipathie des incubes oppressifs, ce qui relève de l'exploit !

— Pis faut vaincre leur rapacité. Nos conseillers législatifs rêvent juste d'accaparer des propriétés appartenant à des catholiques, comme avec l'Ordre des Jésuites. Notre clergé, faut qu'y se tienne deboutte. Sinon, y va se retrouver dépouillé.

— Tu parles drette. J'escompte que tu régales ta classe de leçons d'histoire du Canada ?

— Sûr et certain. Des leçons qui avoisinent l'hérésie !

Siméon Marchesseault éclate de rire. Gilbert, lui, reste diablement sérieux pour faire remarquer :

— Espérons que la collision de 31 a servi d'avertissement salutaire. N'empêche que ça craint. Ça se murmure que monseigneur Lartigue, y devient accommodant avec les Messieurs de Saint-Sulpice pis avec leurs alliés de la Clique du Château...

— Le Milord nouvelet a débarqué !

Gilbert a été interrompu par l'interpellation guillerette qui provient d'Olivier Chamard, médecin dans son village natal, lequel traîne à sa suite Jean-Philippe Boucher-Belleville, rédacteur de *L'Écho du pays*. Marchesseault répond plaisamment à l'importun un brin éméché :

— Vous le saviez pas encore ? Je cré que les nouvelles volent jusque par icitte, tandis qu'elles rampent vers Saint-Denis...

Grâce à l'échange de vues qui s'ensuit entre les trois hommes, Gilbert apprend que le 23 août, le trois-mâts transportant le petit et rondouillard Archibald Gosford a accosté au port de Québec en faisant tonner ses canons, auxquels ont répondu ceux de la citadelle. Le bonheur de Chamard et de Boucher-Belleville mène, à cause de l'alcool ingurgité, à une euphorie qui contagionne Gilbert. La colonie est enfin débarrassée d'un gouverneur qui bafoue sans vergogne la Constitution du Bas-Canada, un pacte qu'on ne peut pourtant violer qu'en situation d'extrême urgence, comme l'imminence d'une guerre civile ou un désordre social frisant l'anarchie !

Comme Gilbert l'a expliqué à ses élèves, la distribution du revenu public par la législature, nommée « appropriation » en langage d'initiés, est la fondation d'un État régi par une Constitution. Or, lord Aylmer a payé les salaires des fonctionnaires pour l'année 1833 – plus de 30 000 livres sterling – à même la caisse militaire placée sous le contrôle de la mère patrie. Par après, le ministre des Colonies l'a béni... Cet hiver, à l'orée de la première session législative du quinzième Parlement, le représentant du roi a rajouté une couche de despotisme en exigeant une loi des subsides avant d'octroyer la somme requise pour le fonctionnement des deux Chambres. En réaction, les députés ont envoyé des documents officiels à Londres, accusant lord Aylmer de malversations.

Pour une fois, le résultat ne s'est pas fait attendre : le rappel d'Aylmer, remplacé par un gouverneur qui, autre raison de s'extasier, n'est pas un militaire, comme en faisait foi le sobre costume uni qu'il portait à son arrivée. Mais vitement, Marchesseault rabat le caquet de ses deux compères. Savent-ils que le survenant est affublé du titre étrange de commissaire-enquêteur sur les griefs du Bas-Canada ? On lui a adjoint trois tories plus ou moins forcenés, et à ce quatuor, on a confié la production d'un rapport sur lequel se baseront les ministres anglais et le parlement impérial pour trouver une solution aux problèmes du Canada.

Comme ses deux comparses, Gilbert ignorait cet aspect des choses. Pressé de questions, Marchesseault s'explique : en clair, la législature locale est privée de son droit de constituer le tribunal suprême, au profit de juges itinérants – Gosford et ses acolytes – présidant une cour de fortune. Les Canadiens doivent laisser leur avenir entre les mains d'individus qui, liés de façon prouvable aux abuseurs tirant les ficelles de l'autre bord de l'océan, ignoraient tout de la colonie avant de recevoir un parchemin et quelques milliers de louis !

— Quel est leur titre à la confiance du peuple ? Nul et non avenu. Nos députés inondent la mère patrie de rapports fouillés sur les abus et malversations dans l'administration coloniale. Une commission d'enquête est rien de moins, pour eux, qu'une gifle en pleine face ! Rien de moins qu'un verdict irrécusable. Comme si on disait à nos élus qu'y sont des sans-desseins, contrairement aux *Britons* patentés !

— Vu de même, concède Charmard, la mission de conciliation qu'on nous vante serait juste un énième atermoiement de la mère patrie. Ça serait-y possible qu'à Londres, on ignore que le mépris de l'Exécutif entraîne ses gouvernés à une guerre qui finit parfois en révolution ?

La solution est pourtant simplissime, songe Gilbert en son for intérieur. Assainir l'Exécutif local. Pour commencer, appliquer le principe électif au Conseil législatif, ainsi que le veut la principale revendication patriote, celle qui constitue la pierre angulaire des 92 Résolutions... Soudain, l'éditeur et propriétaire de *L'Écho du pays* le gratifie d'un clin d'œil coquin. Boucher-Belleville a un faciès allongé dont les yeux, sous de fines arcades sourcilières, pétillent d'intelligence.

— Qui vivra verra! Suffit, les palabres. Je gage, le jeunet, que t'as le gosier sec? Moi itou. Viens, je t'ouvre le chemin. Pis je me fais un plaisir de te présenter la panoplie de nectars à notre disposition.

Un large sourire étire ses lèvres minces, faisant remonter ses favoris qui touchent quasiment leurs commissures. Gilbert profite de l'occasion pour transmettre ses congratulations à l'homme âgé d'une trentaine d'années, plutôt svelte et de petite taille, et qui le quitte bientôt, sollicité par une de ses connaissances. Déterminé à localiser Gaspard, Gilbert commence à passer au peigne fin chacune des pièces du manoir seigneurial. Il n'a pas besoin de chercher longtemps: planté debout derrière M. Debartzch, son ami suit une partie avec une telle concentration avide que Gilbert ne réussit pas à attirer son attention.

Après un temps, incommodé par la chaleur et par le silence quasi religieux, Gilbert retourne s'empiffrer et boire. Il bavarde avec les dames qu'il rencontre sur son passage, et finit par s'attarder en compagnie d'une des filles du seigneur, une jeunesse de 16 ans. D'éclats de rire en minauderies, elle devient fort plaisante à ses yeux, et comme l'attrait semble réciproque, il l'entraîne au sein d'un bosquet pour la lutiner à loisir. Son appétence lui fait l'effet d'une révélation. Il y a d'autres belles que Caroline!

23

Soutenant son ventre proéminent à une main, Vitaline se laisse tomber sur le banc de bois qui craque sous son poids. Au-dessus d'elle, les feuilles de l'orme bruissent sous la brise; l'une d'entre elles, se détachant de sa ramure, virevolte devant ses yeux. Comme Vitaline s'essouffle plus rapidement, elle vient souvent prendre des pauses à cet endroit ombragé situé entre la maisonnette et le chemin du Bord de l'eau, d'où elle admire le spectacle changeant de la rivière Chambly en ce mois d'octobre de l'année 1835.

Poussant un soupir de bien-être, elle se cale plus confortablement. Depuis qu'elle est grosse de son premier enfant, elle trouve que la vie a une saveur inusitée, comme sucrée... Ce qui est une manière de parler, car elle a développé une passion immodérée pour le vinaigre de pomme dont le goût lui procure des frissons d'extase. Mais pour le reste... Hormis le plaisir du palais, la future mère a l'impression d'évoluer dans un monde qui n'a plus d'aspérités, où tout n'est que rondeur et miel. Le fait d'être enceinte est loin d'être une sinécure, mais son sentiment de plénitude en gomme les plus saillants tracas.

Il faut dire que Florentin, lui itou, a perdu son tranchant. Il est devenu moelleux... Le rituel s'est établi après le soir de leur réconciliation. Tuer la chandelle... se dévêtir et se blottir l'un contre l'autre... et laisser ensuite la concupiscence guider leurs gestes. Son mari a fait une découverte capitale dont Vitaline a eu connaissance, même s'il n'a jamais abordé le fait devant elle: la sensualité se nourrit du désir de l'autre. Le nombrilisme est un éteignoir... Dès lors, Florentin s'est uni à elle pour de vrai.

Dans ces conditions, Vitaline s'est délivrée de la peur de se retrouver enchaînée à un époux détestable en mettant au monde son rejeton. Elle trouve que l'existence la gâte, d'autant plus que son statut de mère lui confère des privilèges : les membres de sa belle-famille sont aux petits soins pour elle. Elle a même perdu l'envie de composer des panoramas avec des végétaux. La vue de ses œuvres éparpillées dans le grenier s'est mise à la contrarier ; elle les a portées au feu sans même un pincement au cœur.

Vitaline est parvenue à un stade de sa grossesse où l'attente est reine. Il lui reste encore deux bons mois de gestation, mais les corvées soutenues lui sont désormais interdites. Elle n'a plus qu'à se laisser vivre... Parfois, fugacement, elle songe à sa mère et aux derniers mois de sa présence parmi eux ; elle la revoit, errant pesamment dans la salle commune en pleine nuit. Quelque part en Vitaline se trouve une frayeur de subir le même sort, c'est-à-dire expulser un monstre. Chaque fois, elle se morigène en s'aidant de l'exemple de sa sœur Perrine, mère de marmots en santé. Et puis, Vitaline ne porte qu'un seul fœtus, elle en est persuadée d'après les coups ressentis et la taille normale de sa bedaine.

Depuis le chemin du Bord-de-l'eau parvient un son caractéristique, celui d'un cheval trottant en direction de Saint-Ours, soulevant un nuage de poussière. Vitaline le suit paresseusement du regard, s'amusant à déceler l'identité du cavalier. Bien souvent, elle se trompe du tout au tout, ce dont elle s'aperçoit au moment où il passe devant la propriété ; bien souvent itou, elle est incapable de lui accoler un nom et le cavalier s'éloigne, à jamais auréolé de mystère...

Ce que la jeune femme préfère par-dessus tout, c'est lorsque le quidam est une bourgeoise, ce qui est rarissime. La spectatrice admire la tournure élégante, le chapeau extravagant et surtout la manière bizarre de prendre place sur la selle, les jambes du même côté, en amazone. Vitaline a parfois monté l'un ou l'autre des canassons de son père. Elle ne peut concevoir une posture plus saugrenue, à part celle de faire face à l'arrière-train de la bête !

À son étonnement, le cavalier fait bifurquer sa monture sur le chemin creusé d'ornières qui mène à leur maison, et elle s'astreint à le reconnaître. Avec le chapeau bien enfoncé et la bougrine enveloppante, c'est ardu en masse. Au moment où l'homme met son cheval racé à l'arrêt, il tourne la tête et se révèle être Vincent Cosseneuve. Vitaline s'empourpre de la tête aux pieds, ramenée à la vitesse de l'éclair à ses étreintes avec son mari. Son mari à qui elle donne, dans le noir, le visage et la forme de Vincent. Au point que lorsqu'elle reprend ses sens, il lui faut un temps pour faire coïncider celui qui s'endort à ses côtés avec la personne de Florentin!

Les traits lascifs de Vincent viennent s'installer derrière ses yeux. Certes, il l'aurait détroussée comme un soldat en manque, mais elle a amalgamé les deux mâles au point qu'elle ne peut plus se passer ni de l'un, ni de l'autre... Elle a l'impression d'être subitement dévoilée. Elle a l'impression que la mystification s'étale à la face du monde! Vincent met pied à terre, puis se découvre d'un geste qui révèle une chevelure épaisse, comiquement plaquée sur le crâne. Ce détail amusant permet à Vitaline de reprendre contenance et de se lever pour se porter à sa rencontre.

Soudain lui revient la mission dont le survenant s'est chargé après la cérémonie funèbre du regretté Louis Bourdages, à l'issue du repas chez son père: percer le mystère Valentin Jautard. Le nom lui était vaguement familier, avait prétendu Vincent après avoir glané des bribes de discussion, et il allait creuser la question. C'était une dizaine de mois auparavant, et Vitaline avait relégué l'affaire aux oubliettes... Telle était donc, ce jourd'hui, la raison de sa venue.

Manifestement gêné, Vincent fait un pas hésitant, puis il s'incline maladroitement, ce dont Vitaline se gausse intérieurement. Sur le point de lancer une salutation, il tergiverse et finit par proférer:

— Mes hommages, madame.

Vitaline retient une grimace. Quand donc cesseront-ils de giguer du tutoiement au vouvoiement, d'une convenable familiarité aux excessives formalités? Elle réplique avec simplicité:

— Bien le bonjour, Vincent. Tu es revenu des concessions?

Il s'empourpre, avant de se détendre visiblement:

— Oui, y a une couple de semaines. J'ai souvent pensé à... à ce Valentin qui était une relation de ton arrière-grand-mère, pis j'avais commencé à creuser la question, mais j'ai pas eu le temps d'achever ma quête avant de m'ébranler.

— Pas de soin. Je voulais pas te mettre dans le trouble. Pis c'est... disons que c'est accessoire par les temps qui courent.

Le jeune homme glisse une preste œillade à la bedaine de Vitaline.

— Je souhaite une longue et belle vie à... à ta future famille.

— Merci. Débougrine-toi. Pis ton cheval, y doit être assoiffé ?

— Pour le sûr. Peut-être que je devrais aller faire mes salutations au capitaine ?

— Y vogue encore. Mon mari avec. Mais ma belle-mère l'apprécierait sur un temps riche. Pis faut que je promette à Normande de tout lui raconter par après sur le Valentin en question. Autrement, elle va tourner alentour de nous...

Le soleil s'est notablement abaissé vers le couchant lorsque tous deux reviennent prendre place sur le banc de bois. Entièrement remise de sa surprise, Vitaline frétille de contentement d'avoir un visiteur pour elle toute seule, et qui de surcroît, s'apprête à lui faire des révélations. Néanmoins, Vincent ne semble pas pressé de se déboutonner. Il contemple un panorama qu'il n'a pas eu l'occasion de mirer souvent, celui des méandres de la rivière à cet endroit, avant de laisser tomber :

— Tu fais pas pitié. C'est joli par icitte.

— Tu trouves ? Je m'y suis accoutumée, pis c'est devenu banal.

Aussitôt, elle s'efforce de nuancer son énoncé :

— Enfin, par banal, je veux dire que je l'ai trop vu pour m'extasier... sauf quand des fois, une affaire me touche. Juste avant que t'arrives, c'était la couleur.

— Celle des feuilles d'arbres ?

— Non, de l'eau. T'as remarqué comme elle verdit à l'automne ? Ça me faisait rire. Les feuilles perdent leur encre qui dégouline dans la rivière.

L'image fait sourire le survenant. Vitaline est frappée par la douce lumière, si en harmonie avec celle de la saison, qui s'épanouit sur ses traits... Spontanément, elle dit :

— J'aimerais avoir un cousin de ton genre.

— Un cousin ? Pour quoi faire ?

Se débattant contre une montée d'embarras, Vitaline réussit quand même à bégayer :

— Pour... pour jaser. Pour être amie avec lui sans... sans risquer... un reproche par rapport aux convenances.

Vincent la considère avec une subite gravité.

— J'en suis flatté. Je te remercie de ta confiance.

Vitaline détourne prestement la tête pour dérober à sa vue ses joues empourprées, et le silence s'étire entre eux. Lorsqu'elle retourne à lui, elle voit qu'il a saisi le gobelet bancal qui traînait par terre, pour le lever jusqu'à ses yeux et l'examiner soigneusement. Il murmure :

— J'avais pas saisi. Je me souviens d'avoir vu plein de pièces de même chez ton père, quand je venais jaser avec Gilbert... mais j'avais pas saisi que c'étaient des invendables. Je comprenais pas pourquoi vous aimiez les pièces crochues !

La future mère s'épanouit. À la cuisson, l'argile s'est distordue. Certes, le fait peut plonger un étranger dans la perplexité ! Enfin, après s'être départi du gobelet, Vincent amène la conversation sur le sujet de sa recherche concernant l'énigmatique M. Jautard. Il fait état de sa perplexité passée : où entreprendre son exploration ? Il aurait aimé vérifier si le personnage a bénéficié d'une certaine notoriété de son vivant, mais en Bas-Canada, l'histoire nationale étant laissée pour compte, aucun livre savant n'a encore été publié pour résumer l'actualité des temps passés du point de vue des habitants du pays.

Pour pallier ce manque, Vincent s'est tourné vers les vénérables messieurs du bourg. Louis Bourdages aurait été une mine de renseignements, mais à défaut, d'autres hommes d'importance nés à l'époque de la Conquête sont encore vifs et lucides. La mine animée, Vincent poursuit en jetant un regard incisif à Vitaline :

— À ouïr le nom de Jautard, les vieillards ont frisé l'apoplexie.

— Tu me niaises ?

— Un brin. Mais Jautard a été célèbre autrefois. C'était un jurisconsulte, un conseiller en matières légales. C'était un écrivain doué itou. Y a été engagé par Fleury Mesplet comme rédacteur de la *Gazette littéraire*, le premier papier-nouvelles de Montréal. Mais comme y cultivait la liberté de pensée pis de parole... y a été emprisonné pour haute trahison.

Vitaline en perd le souffle. Elle balbutie :

— Un procès politique comme celui fait à m'sieur Duvernay pis au Dr Tracey en 32 ?

— En plein dans le mille. Les autorités se privaient pas de sévir contre les « perturbateurs de l'ordre ». Le gouverneur – c'était Haldimand à l'époque – avait cédé aux pressions d'Étienne

Montgolfier, supérieur de l'Institut sulpicien pis conseiller législatif itou. Un homme d'Ancien Régime ayant l'idéal démocratique en horreur. Fait qu'y avait pas apprécié la fondation de l'Académie de Montréal dont Jautard et Mesplet étaient les initiateurs, parce qu'elle diffusait les « auteurs impies ». En d'autres mots, des hommes éclairés du genre de Voltaire.

— Tu veux dire que... ce faquin de Montgolfier aurait fait jeter Jautard en prison ?

Vincent acquiesce sombrement, avant d'ajouter que dans les suites de la guerre d'indépendance des voisins du sud et de leur tentative d'invasion, Haldimand s'est laissé persuader que les penseurs libéraux du Canada représentaient un danger palpable. Pourtant, il était ouvert aux idées nouvelles, paraît-il, et il a parrainé l'ouverture d'une bibliothèque publique dont les rayonnages accueillaient les philosophes des Lumières. En fin de compte, sans l'ombre d'un procès, Jautard a passé 44 mois en prison à Québec, en compagnie de l'éditeur Mesplet et de plusieurs autres érudits tel Pierre du Calvet, auteur du fameux *Appel à la justice de l'État*.

— Faudrait que je déchiffre la *Gazette littéraire*, mais je suis convaincu d'avance que Jautard était guère plus coupable que Tracey ou Duvernay. C'était un homme à principes, point à la ligne.

Vincent pose ses coudes sur ses cuisses, joignant ses mains l'une à l'autre, et ainsi penché, il profère d'une voix sourde :

— Quand je vois ça... Un sort funeste s'acharne sur nous autres. Ou plutôt, les corrompus font la pluie et le beau temps en Canada depuis belle lurette. Une gang de sans-cœur. Envoyer un innocent au cachot sans aucun remords... Tout en vantant, comme le retors Montgolfier, la charité chrétienne pis la justice divine ! Nos ennemis sont pas juste *Britons*. Sont des Français trop bien gourmés... Ça me rappelle le bredas de la vente de leur seigneurie de Montréal. Tu te souviens, en 31 ? Ça jasait dans les chaumières.

— Pis toi, tu mâchais pas tes mots.

— Pas juste moi. Ta mémère en revenait pas.

Vitaline échappe un rire bref, avant d'imiter les vitupérations de cette dernière :

— Les Sulpiciens sont pas propriétaires de leurs seigneuries, mais juste locataires. Leurs seigneuries, elles appartiennent au peuple ! J'en ai vu passer, moé, des sorcières de médisance. J'ai vu des hommes à place promulguer des ordonnances, des décrets pis des règlements pour doter richement leurs favoris en soutane...

— Cette affaire-là est encore en suspens, précise Vincent. Je te gage cent louis que les Messieurs, y intriguent en coulisses, pis que ça va nous rebondir en pleine face incessamment.

Vitaline réagit par une éloquente grimace. Après un temps, le jeune arpenteur revient à ses découvertes sur l'ami de son aïeule :

— Jautard a trépassé cinq ans après sa sortie de prison. L'échine brisée comme ses compagnons d'infortune.

La jeune femme reste sans réaction pendant un bon moment, avant de murmurer :

— Comment ça se fait... que toutte nous autres, les jeunes, on soit pas au courant ?

— Parce que les témoins ont eu peur. Fait qu'y se sont fermés la trappe.

— Mais le temps a passé pis... me semble qu'on a le devoir de le conserver en mémoire. Le devoir envers ceux qui ont tant enduré avant nous.

Après s'être redressé d'un mouvement vif, Vincent inspire un bon coup avant de répondre :

— Y en a trop. Trop qui ont enduré, je veux dire. Je sais pas si toi pis moi, on serait capables de respirer avec plein... plein de spectres alentour.

Vitaline ouvre de grands yeux. Son compagnon n'a pas tort, mais l'oubli a un effet délétère : chaque nouvelle génération ne peut tirer parti des souffrances d'antan pour s'éviter des erreurs. Chaque génération recommence un cycle de vie semblable, traquant le mal où il ne se trouve pas, le laissant prospérer ailleurs... Égarée par cette pensée si vaste qu'elle lui donne le tournis, Vitaline revient à la question qui la hante :

— Ma mémère... Elle avait quoi à voir avec ce pauvre Jautard ?

Vincent répond par une question. Si son aïeule avait un correspondant, c'est donc qu'elle savait lire et écrire ? La chose était plutôt rare pour une Canadienne née avant la cession de la Nouvelle-France à la Grande-Bretagne. Vitaline est obligée d'avouer son ignorance. Elle n'a jamais su si Renette était instruite ; elle ne l'a jamais vue déchiffrer quoi que ce soit, ni tenir une plume. Par contre, elle semblait posséder un savoir certain au sujet des affaires publiques des temps passés.

— J'imagine que t'as lu les lettres ?

Vitaline fait une moue de dénégation.

— J'ai pas eu le courage. Je t'assure que c'est ardu. Des pattes de mouches, pis l'encre pâlie... Pis le papier tellement jauni pis friable que j'ai peur de le détruire !

À vrai dire, elle a été accaparée par les *Trois petits poèmes érotiques*. Les feuillets manuscrits ont perdu tout attrait à ses yeux... Son vis-à-vis suggère :

— Je peux m'en charger. J'en ai vu, des papiers anciens. Des actes de concession, des documents notariés... J'ai l'accoutumance de ces écritures.

Fortement tentée, Vitaline réfléchit à toute allure. Le contenu des lettres pourrait se référer au livre qui les accompagnait. Peut-être même qu'il s'agit d'un échange épistolaire lubrique ? Loin de l'emplir de frayeur, cette perspective la titille plutôt. Impulsivement, elle dit :

— Attends, je reviens.

Peu après, elle est de retour avec les lettres emballées dans une pièce de vieux tissu. Vincent rigole :

— Ça va me faire prendre mon mal en patience. J'espère après une affaire que la rumeur annonce comme imminente... T'as ouï-dire des révélations qui nous pendent sous le nez concernant les religieuses pis les prêtres de Montréal ?

— Juste un brin.

Il se permet une mine sceptique. Elle répète avec malice :

— Juste un brin, je t'assure ! Tu sais comment c'est écarté, par icitte... Conte-moi toutte.

Avec un soupir résigné, Vincent s'exécute. Une gazette protestante de New York, renommée pour son prosélytisme outrancier, vient de publier un commentaire éditorial intitulé *Nunneries*. Il paraît que son rédacteur y publicise le récit d'une jeune Montréaliste ayant abouti dans la métropole des États-Unis quelques mois auparavant. Cette demoiselle, enceinte jusqu'aux yeux, prétendait s'être enfuie de la communauté des religieuses Hospitalières. Selon elle, les prêtres y débauchent les nonnes et si d'aventure, elles se trouvent enceintes, ils exigent que le fruit de leurs péchés, à peine expulsé, soit envoyé dans l'autre monde.

La relation est si incroyable que Vitaline reste sans voix. Vincent se permet un sourire machiavélique.

— Paraît que monseigneur l'évêque est impliqué dans le complot. Les jeunes et fringants sulpiciens, je dis pas, mais Lartigue ? Trop souffreteux pour même être capable de... Enfin. Par ce détail, ladite mamoiselle réduit sa crédibilité en miettes. Ce qui empêche pas que j'en salive d'avance. On nous promet la parution d'un récit complet et détaillé de scènes édifiantes à l'Hôtel-Dieu. Pis tu sais pas le meilleur ?

Encore sous le choc, Vitaline fait un signe de dénégation.

— La mamoiselle s'appelle Maria Monk.

Vitaline accuse le coup.

— Pas celle qui... ?

— Eh oui. Celle du même nom qui a eu des jobines au village. Très jeune, 14 ou 15 ans. Vraiment mignonne.

— Mme Saint-Germain l'a pas employée à la chapellerie ?

— Ça se peut.

Soudain inondée par l'évidence, Vitaline s'exclame :

— Je me souviens ! Norbert a parlé d'elle. Un physique...

Elle ravale le mot. Un physique spectaculaire ! Vincent reprend :

— Elle a quitté le bourg ensuite pour s'installer dans les concessions comme maîtresse d'anglais, passant d'une classe à l'autre.

— Elle, maîtresse d'anglais ?

— Elle savait charmer. Sauf qu'elle pouvait faire des colères carabinées. Des crises de lamentations. Elle fabulait sur un temps riche. Simple d'esprit par surcroît...

— Mais qu'elle se retrouve à New York, auteur d'un bouquin ?

— C'est pas elle l'auteur. On l'utilise. Sur ce...

Vitaline regarde Vincent se mettre debout, puis renfiler sa bougrine. Elle combat une vive déception, à le voir dissimuler son équarriture... C'est lorsque le jeune homme enfouit le paquet dans la poche intérieure de son manteau qu'elle reprend ses esprits.

— Tu vas pas décaniller comme un voleur ? Je serais pas fâchée de jaser d'une couple d'affaires avec toi. De Milord, mettons. Envoye, assis-toi un brin encore. Tu peux attendre avant de te jeter sur le paquet pour le déshabiller.

Vincent obéit tout en ronchonnant :

— M'imposer une jasette sur ce déplumé bedonnant...

— Alors, t'en penses quoi ? Mister Archibald Gosford est sincère ou bien y joue double jeu ? Y est armé pour promouvoir notre bonheur ou bien y va se muer en pantin malléable ?

— À ton avis ?

Vitaline aligne les faits qui justifient une prudente confiance. Leur gouverneur se prétend ami personnel de Daniel O'Connell, libérateur du peuple irlandais ; cette filiation sonne comme une douce musique aux oreilles de l'élite patriote, car O'Connell a proclamé ouvertement son appui au changement principal réclamé par le peuple canadien, soit une modification constitutionnelle pour rendre électif le Conseil législatif. De surcroît, Gosford a obligé trois conseillers législatifs greyés itou d'un poste lucratif dans ledit cénacle à choisir entre ce dernier et leur trône.

Enfin, quelques courtisans, dont le ci-devant procureur général James Stuart et Dominique Mondelet, vire-capot devenu conseiller exécutif, ne sont jamais consultés sur la marche de l'Exécutif. Lord Gosford aurait délesté son entourage d'une partie des comploteurs qui précipitent les gouverneurs à leur perte. Les criailleurs confirment le fait lorsqu'ils accusent Milord de faire des concessions à des élus *qui ne s'arrêtent à rien*. Comme donneurs de conseils, lord Gosford préférerait les membres de l'élite patriote de la capitale !

— Après un dîner offert à m'sieur Papineau, conclut Vitaline, lady Aylmer a dû se priver de l'appui de son bras pour marcher jusqu'au *steamboat* qui l'attendait.

— Une peccadille. En contrepartie, Archibald s'est rendu au bal d'adieu donné en l'honneur de Mathieu, l'idole des ultra-tories.

— Y est resté une petite heure.

— Juste parce qu'un de ses collègues commissaires a compris qu'y était après se mettre les pieds dans les plats.

— Pis le fait que Milord s'est abstenu de reconduire son prédécesseur à son navire en partance ?

— Uniquement à cause des placards appelant les ultra-tories à se rallier autour du gouverneur désavoué par Londres. Archie avait peur d'une échauffourée !

Vitaline réagit par une grimace de désarroi, tandis que Vincent poursuit sa démonstration implacable. Les Canadiens réformistes ne peuvent compter sur personne d'autre qu'eux-mêmes. À peine débarqué, lord Gosford a cru bon de faire prêter serment d'allégeance aux membres du Conseil exécutif. Ce qui était totalement superflu et même illégal, puisque c'est lors de l'avènement d'un nouveau roi qu'une telle procédure est requise. En vérité, Gosford tenait à leur faire savoir qu'il les considère comme ses mentors. Alors que tous, ou presque, ont les mains souillées par le despotisme...

— C'est pas toutte. Sûrement que t'es au courant pour le diabolique Samuel Gale...

À ouïr le nom, la jeune femme se retient de ne pas cracher au sol. En 1834, lord Aylmer a offert une place de juge à l'ancien magistrat salarié de Montréal et violent partisan du ci-devant gouverneur Dalhousie. Formellement dénoncé par la Chambre d'Assemblée, Mr Gale était devenu louche même aux yeux de Spring-Rice, ministre des Colonies. Malheureusement, le jeu de chaises musicales qui s'est ensuivi – Spring-Rice remplacé par Aberdeen, puis retrouvant son siège, puis le perdant en faveur de Gleneg – a poussé le gouverneur de la colonie à régler la question lui-même.

Un juge des Trois-Rivières avait besoin d'un remplaçant pour un trimestre, et Samuel Gale a été proposé par le juge en chef de la province. Agréant la proposition, Gosford se trouvait à approuver implicitement la nomination éventuelle de Mr Gale comme juge à Montréal.

— Pis y a autre chose, enchaîne Vincent, dont presque personne est au courant. Tu sais qu'un gouverneur a besoin de secrétaires. Gosford a choisi comme sous-secrétaire un certain Mr John Davidson.

Vitaline sursaute.

— Pas le beau-frère au ci-devant receveur général?

— En plein dans le mille. Un des plus acharnés tories de la capitale.

Vitaline rumine le fait confondant. Un des principaux associés commerciaux du retors John Caldwell, ainsi que son défenseur dans toutes ses manœuvres pour ne pas honorer sa dette de 100 000 livres sterling, saute à pieds joints dans l'antre du pouvoir. Ce membre éminent de la Clique du Château est surnommé « le baron de l'intrigue ». Il a reçu une bonne part des argents que Caldwell a volé dans la caisse publique... Se remettant debout, Vincent déclare :

— Gosford a reçu ordre de nous cajoler, point à la ligne.

— Nous faire des bicheries en attendant quoi ?

— Ça... C'est une autre histoire. Sur ce, je prends congé. Le serin tombe pis je voudrais pas qu'on m'accuse d'avoir causé un refroidissement à une si gentille dame. Je prendrai soin de tes paperasses comme la prunelle de mes yeux.

— Ho ! Bien le bonjour, vous autres !

Surprise par le cri lancé de loin par une voix familière, Vitaline tourne la tête pour voir son frère Rémy traverser le chemin public, un aviron sur l'épaule. Il a fort bonne mine et sa sœur aînée s'épanouit :

— T'arrives direct du fin fond des bois en canot, juste pour me voir ? T'es donc fin !

— Mes apologies, mais j'ai fait mes hommages à notre belle-mère avant. Je voulais pas lui donner à redire sur un manque aux convenances. Non, lève-toi pas. Je suis capable de me pencher pour des becs en pincettes.

Après avoir laissé tomber son aviron sur l'herbe, Rémy joint le geste à la parole. Vitaline en rosit. Elle n'est pas encore habituée à se faire béqueter par son frère devenu homme ! Le survenant se tourne ensuite vers Vincent pour lui faire l'accolade. Leur aisance prouve qu'ils appartiennent au même réseau de relations, celui des Réformistes du bourg. Ils ont trinqué et discuté ensemble... Vincent recule d'un pas.

— À la revoyure. Je veux pas vous importuner.

— Fais pas le niaiseux, reste un brin. C'est-y pas, Vitalette ? Ça m'évitera de répéter.

— Ça se pourrait que notre ami ait juste envie de sacrer son camp. Je le retiens depuis une escousse.

— J'ai pas été forcé pantoutte, proteste le principal intéressé. Retire tes paroles de suite, Vitaline.

— Je retire. Pis assisez-vous, vous me donnez le torticolis !

Les jeunes hommes consentent à obéir, s'embarquant dans un échange animé sur l'état des lieux dans les Eastern Townships. Vincent est d'autant plus avide de détails sur le séjour de Rémy qu'il s'agissait là d'une mission d'arpentage, et le survenant s'empresse de partager moult détails qui semblent, à Vitaline, ennuyeux comme la pluie. Mais vitement, Rémy imprime à sa relation une tournure plus captivante, même si elle est proprement décourageante.

La British American Land Company a bel et bien fait aménager des quais de fortune à Port Saint-François, sur la rive sud de l'élargissement du fleuve portant le nom de lac Saint-Pierre. Les immigrants y ont été débarqués, puis charroyés jusqu'à Sherbrooke, hameau que les spéculateurs s'acharnent à transformer en chef-lieu prospère pour un bénéfice personnel qu'ils souhaitent immense. Sauf que les immigrants arrivent au compte-goutte. À juste titre, ceux-ci préfèrent les terres fertiles du Haut-Canada, au climat plus propice à l'agriculture, ou du moins, qui se trouvent ailleurs que dans une région encore en bois debout, notoirement connue pour être le fief d'une poignée de profiteurs et de leurs favoris.

Ceux qui se sont laissés séduire par les agents de la Compagnie des terres à Québec ont vitement découvert qu'ils n'auraient pas le temps d'engranger une première récolte avant l'automne; ils ont donc préféré s'installer à Sherbrooke jusqu'au printemps prochain. Pour les plus démunis d'entre eux, la compagnie a même fait construire des abris de fortune. Tous ont trouvé du travail dans les travaux saisonniers – défrichement, ouverture de chemins, construction – mais ils devront passer l'hiver sur leurs économies.

Rémy s'assombrit pour confier que là-bas, tous ceux qui ne sont pas inféodés aux profiteurs prédisent une catastrophe. L'agent de la compagnie dépense à l'envi, alors que les ventes de terrains sont minimes. En plus, pour retenir les rares immigrants, on leur concède un crédit très avantageux : dépôt initial minime et étalement de la dette. Et enfin, les actionnaires obtiennent des dividendes généreux, compte tenu des faibles rentrées d'argent. Tout pointe vers une gigantesque machination afin de remplir au plus sacrant les poches des spéculateurs fonciers et des actionnaires, et à Dieu vat !

— Z'avez vu la liste ? intervient Vincent. Elle vient d'être publiée.

— Tu parles des actionnaires canadiens ?

— Les magistrats comploteurs de la Rue du Sang y sont. William Robertson, Joseph Shuter, Adam McNider... pis Moffatt et McGill, bien entendu. Pis d'autres comme Samuel Gerrard et Benjamin Holmes.

Vitaline accuse le coup. Elle visait donc dans le mille, lorsqu'elle soupçonnait que l'acharnement contre le Dr Tracey était dû à sa dénonciation de la Compagnie des terres? Rémy corrobore son hypothèse. Pour que le gouvernement impérial agrée ladite compagnie, les profiteurs du Bas-Canada ont vanté un afflux d'argent régulier et substantiel pour le gouverneur, qui se plaçait ainsi à l'abri des «factieux» de la Chambre d'Assemblée. Sauf que lesdits profiteurs se contrefoutent de cette obligation. Tout ce qu'ils veulent, c'est le pactole.

— Faudra bien qu'y rendent des comptes un jour, objecte Vincent. Le bureau de direction est à Londres, pis la majorité des actionnaires itou. Y veulent leur part du gâteau.

— À mille lieues de distance, on peut jeter des tonnes de poudre aux yeux. Pour l'instant, les actionnaires empochent leurs dividendes. Sont contents. Pis la compagnie achète plein de terres aux propriétaires des Townships. Eux autres itou sont contents. Quant à rembourser la mère patrie pour l'achat d'un million d'acres…

Vitaline argue à son tour:

— Les immigrants vont finir par affluer. La province voisine est après déborder!

— Paraît que le flot commence à se tarir, nuance Vincent. Ça pouvait pas durer, l'affaire monstrueuse de paqueter des navires.

— Se tarir? répète Vitaline, les yeux ronds. Je le croirai quand je le verrai.

— Jusqu'astheure, intervient Rémy, la compagnie a réussi à attirer un millier d'immigrants, guère plus, bébés compris. En trois saisons d'opération.

— Tu y retournes l'an prochain? questionne Vincent.

— Y a de l'ouvrage en masse. Ça me tente. Tu viens?

L'interpellé lance un éclat de rire, avant de rétorquer:

— Si j'y vais, c'est comme arpenteur patenté, oui m'sieur! Pis je condescendrai peut-être à t'employer…

Vincent en est quitte pour une bourrade, qu'il ne fait même pas mine d'esquiver. Sur ce, Normande arrive parmi eux comme une commère assoiffée de racontars, et la discussion dérive sur d'amusantes banalités. Au fil des jours suivants, Vitaline a bien de la misère à chasser Vincent de son esprit. Elle voudrait reprendre leur conversation au sujet des affaires publiques, car le gouverneur démontre un tangible esprit d'ouverture. Oui, s'il se matérialisait subitement à ses côtés, elle le traiterait de prophète de malheur! À l'ouverture de la deuxième session du 15ᵉ Parlement du Bas-Canada, le 27 octobre, Archibald Gosford a fait des promesses de réformes, certes minimes, mais celles-ci ont été mises à exécution.

Milord a ensuite fait verbalement état de la teneur de ses instructions : Londres attend le rapport de la commission qu'il dirige pour décider de la marche à suivre. Plusieurs observateurs rouspètent quand même. L'agent du Bas-Canada à Londres, le député radical John Arthur Roebuck, n'a-t-il pas soigneusement édifié le ministre des Colonies, lord Gleneg ? Pour éteindre la discorde, ce dernier n'avait qu'à régler trois points majeurs : la composition vicieuse du Conseil législatif, le manque d'imputabilité des juges et l'absence de contrôle de la chambre basse sur les revenus collectés dans la province.

D'autres voient dans la mission Gosford une occasion, pour un gouverneur dénué de préjugés, d'accumuler les preuves soutenant les griefs contenus dans les pétitions et les Adresses de la Chambre d'Assemblée. Vitaline se met en attente, ce qui lui convient bien. Tout compte fait, elle n'est pas fâchée que le pays soit obligé de brider son allure. Sa grossesse approchant de son terme, elle se sent au ralenti et n'aurait pas voulu être laissée en arrière...

24

Tandis que ses élèves se bougrinent, Gilbert erre parmi eux en leur jetant des œillades soucieuses. Ce lundi 7 décembre, quelques-uns sont pauvrement vêtus, ce qui est un crime en cette glaciale saison. Les parents en cause prétextent la négligence du rejeton, qui aurait tendance à éparpiller ses vêtements sur les chemins, mais Gilbert a fini par comprendre qu'en règle générale, ce genre d'adultes n'ont de cesse que de se disculper de leur faute. Oui, il y a parfois des parents au cœur sec...

La classe se vide et l'instituteur respire un bon coup en retournant vers son pupitre. Son abandonnement, cependant, est de courte durée, car un pas monte lentement l'escalier. Avec une grimace, il jongle avec l'identité du visiteur. Un des syndics ? Peu probable. Gilbert envoie une fervente supplication vers le ciel pour qu'il ne s'agisse pas du supérieur des Sulpiciens... Il est exaucé, car c'est une jeune femme qui prend pied dans la classe, et notant la silhouette bien galbée malgré l'épaisse bougrine, il se réjouit de la visite inopinée. La grande sœur d'un de ses élèves souhaite une conversation avec le maître ? Il la lui accordera avec un plaisir infini, comme un chasseur à l'affût d'accortes créatures.

Les yeux fixés au sol, la survenante reste immobile un moment. Avec une désinvolture gourmande, Gilbert admire ses formes avec hardiesse. Enfin, elle lève vers lui un visage rougi par le froid et Gilbert doit s'accoter à un dossier de chaise. Il dévore Caroline du regard, car elle s'est bougrinée comme une habitante et il peine à la reconnaître. C'est pourtant bel et bien elle... Avançant de quelques pas vers lui, elle souffle :

— Je te dérange ? J'ai attendu que les mioches s'en aillent...

— Jamais j'aurais cru... te voir icitte.

L'ombre d'un sourire se fraie un chemin sur son visage.

— Y était temps que je vienne mirer où tu passes tes journées.

— Oui, répond-il froidement, y était temps.

Caroline lui semble un mauvais génie sortant de sa bouteille. Il se sent extirpé de force de sa griserie des derniers mois, celle de se sentir le cœur libre et aventurier. Il retrouve la souffrance qui l'encombre, cette humiliation de l'avoir aimée comme un fou, tandis qu'elle simulait l'exaltation pour lui faire plaisir. Au fin fond, au-delà de sa hardiesse, il a peur d'être berné par celles qu'il convoite... Elle jette :

— Excuse-moi de t'encombrer. Je voulais juste... que tu saches que... je m'en vais chez les Filles repenties.

Frappé de stupéfaction, Gilbert reste totalement immobile. La jeune femme fait allusion à une œuvre charitable mise sur pied par une dévotieuse de la métropole, un refuge pour ébraillées souhaitant reprendre le droit chemin.

— Toi, chez les repenties ?

— J'y serai en sécurité.

— Pis les bondieuseries ?

En quelque sorte, le refuge est un cloître dont les ébraillées ne peuvent sortir à leur guise. Promenades et visites sont strictement contrôlées... De surcroît, Caroline devra se conformer à une existence austère et pieuse. Elle hausse les épaules.

— Un moindre mal. J'étais rendue à boutte. Pire qu'avec toi.

D'un geste, elle arrache sa capine de fourrure, découvrant une chevelure attachée en une tresse qui pend à l'avant d'une de ses épaules. Gilbert rétorque :

— T'aurais dû m'en parler.

— J'étais pas capable. Toi, t'as le tour de dégotter le bon mot pour... pour raconter les affaires qui se passent en dedans de toi. Mais moi... dans mon for intérieur... c'est comme ça qu'on dit ?

L'instituteur ne peut empêcher un sourire de fleurir sur ses lèvres, et il répond d'un ton narquois :

— Oui, ton fort intérieur. Avec un « t » comme dans « château fort ». Comme dans « forteresse inexpugnable ».

— Niaise-moi pas !

C'est avec un semblant de mine réjouie qu'elle l'a houspillé, et lorsque leurs yeux se croisent, Gilbert sent un lent frisson lui parcourir l'épine dorsale. Il se raidit, comme s'il se garantissait d'un assaut, et jette d'un ton glacial :

— Fait que t'es restée muette comme une tombe.

— Pis tu m'as laissée. J'ai eu ce que je méritais. J'imagine que tu m'haïs...

Pendant un moment, il reste sans voix. La détester ? Oui, il a rabaissé Caroline, mais en même temps, il se faisait tomber lui-même dans la fange. Il dénigrait la noblesse de son inclination passée... Il a mis fin à ce jeu qui était une parade contre son malheur, comme il s'en est rendu compte lorsque s'est évaporé son orgueil de mâle délaissé. Il ne lui reste qu'un mélange de dégoût et de regret, de répulsion et de nostalgie. Le jeune homme finit par souffler :

— Au début, je t'ai pas mal sali le portrait, mais j'ai fini par m'en lasser. Surtout que tu m'avais prévenu en masse : ça pouvait pas marcher, mon affaire. Notre affaire. J'imagine que tu t'es transmuée en actrice pour me faire plaisir. Je te félicite, j'y ai presque cru...

Il a parlé avec une telle alacrité qu'il doit se taire, au risque de devenir méchant. Ce qu'il ne lui pardonne pas, ce sont ses pâmoisons exagérées. Pendant des mois après leur rupture, il a décortiqué leurs plus jouissifs corps à corps, et il en a conclu qu'il était un benêt de première classe. Encore une fois, il a pris des vessies pour des lanternes. Amener une ébraillée au septième ciel ? Littéralement irréalisable. Ce serait comme placer une pagaie entre les mains d'un galérien et le convier à une promenade du dimanche sur l'onde, en escomptant qu'il prenne son pied...

— Je me voyais... comme une princesse recevant ses courtisans.

Ramené à la situation présente et à Caroline qui vient de parler avec un filet de voix, Gilbert sent sa gorge se serrer. Il a l'impression qu'elle est redevenue, d'un seul coup de baguette magique, celle qu'elle fut dans sa jeunesse. Une fillette ingénue, avide des beautés de ce monde, mais s'englantant inexorablement dans ses laideurs... Elle fait un mouvement d'épaules pour chasser ce double d'elle-même, ce double qui lui dévoile le fossé de déchéance dans lequel elle est tombée. Elle murmure :

— Y a juste toi pour qui j'en étais une.

Craignant d'avoir mal entendu, Gilbert reste sans réaction. Elle reprend dans un accès de subite énergie :

— Mon but, c'était de devenir vitement l'amie de cœur d'un seul homme. Je pense que... y a juste comme ça qu'une ébraillée... qu'une ébraillée sensée et sobre... réussit à tirer son épingle du jeu.

Caroline se détourne, et Gilbert se barde pour ne pas se laisser toucher par son ingénuité et par son abandon apparent. Son amie pivote de nouveau pour lui faire face, et cette fois, elle a les traits déformés par un accès de rage.

— C'est toi que je voulais. Je voulais que ce soit toi, mon régulier ! Celui qui allait enfin m'offrir... oui, m'offrir...

Elle ferme les yeux un court moment, et quand elle les rouvre, ils sont noyés de larmes.

— Y avait juste toi qui me respectait. Juste toi, Gilbert. Pourquoi t'as pas pu m'offrir la vie dont je rêvais ?

Le souffle coupé par le torrent d'émotions qui se déverse d'elle vers lui, Gilbert ne réussit qu'à balbutier :

— Parce que... parce que j'étais pas assez riche... j'ai ma tante pis ma grand-mère...

— Je sais toutte ça !

Reprenant contenance, Caroline s'essuie furieusement les yeux du revers de sa manche. Moins âprement, elle dit :

— S'cuse-moi. Astheure, je sais que j'espérais l'impossible. Sauf que je pouvais pas m'en empêcher. Je comptais sur toi, pis tu m'as déçue.

Gilbert est traversé par un éclair de colère. Elle lui reproche de l'avoir désappointée ? C'est trop fort ! Il veut donner voix à son sentiment, mais elle y coupe court en ajoutant avec un désarroi poignant :

— J'étais à boutte. J'avais perdu mon pari. La vie d'ébraillée mène à toutte, sauf à la bonne fortune. Je m'en venais harpie. Je faisais pas exprès, c'était plus fort que moi. J'en voulais au monde entier. J'étais en rogne, une montagne de rogne ! Sur le coup, je me suis drapée dans mon orgueil. Y a fallu que... j'atteigne le fond du baril. Dans un baril de poix, ça respire mal, je te le garantis.

D'un mouvement vif, la visiteuse se détourne et fait quelques pas dans la pièce, mirant les lieux d'un air hagard. Elle dit encore :

— Je me suis embarquée sur un chemin que j'aurais jamais dû prendre. J'avais pas compris... que je devenais une machine à engranger du blé. Pis que d'autres allaient vouloir en profiter. J'avais des clients que j'avais de la misère à supporter. Qui me salissaient... J'aurais pu les endurer encore un boutte. Quand les grichous Lavictoire ont retonti, par contre... se sont mis à prélever une cote sur ce que les filles gagnent... c'est à ce moment-là que j'ai coulé à fond.

Sidéré par le cours des choses dans la maison déréglée, Gilbert fait revenir à l'avant-plan de sa mémoire les figures de Barnabé et d'Éloi, brutes qui ont profité du climat d'insécurité suscité par les élections générales pour s'inviter chez leur sœur Marguerite. Le jeune homme relève, combattant une puissante remontée de tension :

— Prélever une cote ? Comme des entremetteurs ?
— Comme des maquereaux.
— Étienne ?
— Non, Étienne est trop smatte, tu le sais comme moi. Mais les autres s'en viennent fouineurs en masse. Pis tyrans. Fait que je sacre mon camp avant qu'y installent une barrure sur la porte. On n'avait pas besoin d'eux. On se tirait très bien d'affaire entre nous autres, les filles. Mais une fois qu'y s'imposent, on fait quoi ? On aurait eu besoin de défenseurs encore plus puissants qu'eux. Si ce genre d'hommes habite quelque part, c'est pas en Canada.

Caroline s'agite soudain :
— Je voulais pas t'encombrer. Je voulais juste...
Elle plonge la main dans une des poches intérieures de sa bougrine, et en retire une lourde bourse qu'elle tend à Gilbert.
— Je voudrais que tu m'achètes des parts – c'est comme ça qu'on dit ? Que tu achètes des parts pour moi dans l'établissement Viger, DeWitt et compagnie.

Caroline, actionnaire de la Banque du Peuple ? Gilbert en reste abasourdi. L'établissement bancaire, envisagé dès 1833, a commencé ses opérations en février de la présente année. Une douzaine d'hommes possédant un capital se sont associés dans la société en commandite dont Louis-Michel Viger et Jacob de Witt sont les âmes dirigeantes. Gilbert émet faiblement :

— Tu pourrais le faire toi-même...
— Les grichous Lavictoire seront pas contents du manque à gagner quand y vont constater ma fuite. Tous les papiers de la

banque, tu les gardes par devers toi. Je les prendrai à ma sortie. Pis là, je m'en vais aux Filles repenties. J'ai laissé mon barda dans ton escalier. Faut pas que je languisse en route.

Soudain, Gilbert associe Caroline à une évadée en cavale, et il grommelle :

— Je te reconduis.

— Je connais un chemin détourné pis je me suis déguisée...

— Rechigne pas. T'as peut-être rien senti depuis ton voisinage, mais nos fanatiques tories commencent à s'exciter. Sont pas contents : lord Gosford est trop fin avec les Canadiens réformistes. T'as vu les placards colportés ? Y a une assemblée des prétendus défenseurs de la Constitution en ce moment même. Un appel aux armes est censé résonner.

Rendue à l'extérieur, Caroline indique qu'elle est au courant des bruits épeurants qui ont circulé en ville, gracieuseté des gazettes inféodées aux despotes. Installant sa tuque sur sa tête, une tuque bleue bien visible, Gilbert explique que ce vacarme ne visait qu'à épouvanter le gouvernement exécutif de la colonie. Pétris de crainte de voir s'effondrer le vieil ordre des choses, les défenseurs de l'ordre établi, ou *Constitutionals*, se rameutent depuis le discours du trône de lord Gosford à l'ouverture du Parlement du Bas-Canada.

Car en plus de promettre le redressement des griefs, poursuit-il tout en marchant, le nouveau gouverneur a accepté de défrayer les dépenses de fonctionnement de la Législature, ce à quoi s'était refusé Aylmer, puis il a entériné le paiement du salaire – quelques centaines de livres – de Mr Roebuck, celui qui a pris la succession de Denis-Benjamin Viger comme défenseur des intérêts de la Chambre d'Assemblée à Londres. En conséquence, écrits incendiaires et attaques personnelles envers les membres du parti populaire, en particulier l'incorruptible Louis-Joseph Papineau, se multiplient dans les gazettes, dont le féroce *Herald*.

Caroline s'enflamme :

— Parle-moi pas de ce sac d'injures !

— Mr Thom est suivi par sa réputation ?

— Pas suivi : devancé ! C'est un poivrot pis un débauché. Y court après les ébraillées pis y rechigne ensuite à les payer. La moitié des maisons déréglées de la ville lui claquent la porte au nez !

Tout en entraînant son amie à franchir l'esplanade du square Dalhousie, Gilbert imagine la scène. Le courtaud et massif Adam Thom qui tambourine sur l'huis. Son large visage aux traits accusés – nez épaté, bouche pulpeuse et yeux globuleux surmontés d'épais sourcils – se contorsionnant sous l'outrage de ne pas être reçu... Gilbert reprend, dégoulinant de sarcasme :

— Thom agite l'épouvantail d'une guerre d'extermination *contre les démagogues français et les Anglais francisés*. Ce fieffé chicanier a entrepris l'éducation du représentant du roi en affaires provinciales.

Pilant net, il ajoute théâtralement :

— Ses pirouettes stylistiques sont édifiantes. Écoute ça, je le sais quasiment par cœur. *The unhallowed league of the Frenchified government and the French faction shall be trodden in the mire under the armed heels of independent freemen*!

Gêné par le regard de Caroline fixé sur lui, Gilbert reprend sa marche dans l'air froid de décembre. Il prend quand même la peine de préciser :

— Je me suis désâmé pour traduire. Les fiers *Britons* salivent à l'idée de recouvrir de fange notre Exécutif soumis à la faction française bassement profane – autrement dit, d'une ignorance crasse. Car à ses yeux, nous sommes des illettrés torpides.

— Torpides comme dans torpeur ?

Gilbert acquiesce, avant d'ajouter qu'Adam Thom met le gouverneur en garde : le but de la *French faction*, c'est le despotisme de la démocratie ! Par contre, leurs opposants, eux, défendent l'égalité des droits et privilèges. Devant l'énormité, Caroline mire Gilbert, les yeux ronds comme des billes. Sans ralentir l'allure, ce dernier explicite la pensée de Thom : qu'ils combattent la montée en puissance des Canadiens, et les *Britons* sectaires figureront aux côtés des poignées d'Anglais héroïques qui ont mis en déroute une marée de Français à Poitiers, Agincourt et Minden.

— L'amiral Horatio Nelson, précise-t-il, est son héros personnel.

— Celui qui est en statue à la tête du Marché Neuf ?

— Tout juste. Trépassé à la bataille navale de Trafalgar après avoir assuré la victoire à l'empire britannique. Thom l'a dit et redit par écrit : *We will spend the last drop of our blood before we surrender the rights which our forefathers bought for us by their blood*. Nos ancêtres ont répandu leur sang pour protéger leurs droits ; à leur exemple, nous ferons de même. Dirait-on pas une déclaration de guerre ?

Jusqu'alors, le parti ultra-tory tentait de légitimer sa cause par une démarche légaliste, mais astheure, il semble fourbir ses armes en prévision d'une jacquerie. Le *Herald* et le *Courier* n'ont pas rougi d'écrire que lors du banquet célébrant la fête patronale des Écossais, une semaine plus tôt, la majorité des convives est restée en silence, les verres mis à l'envers sur la table, lors de la 7e santé portée par Peter McGill, conseiller législatif, en l'honneur du gouverneur. Une insulte planifiée à laquelle un cœur fier répliquerait par un cartel ! Les participants à ce banquet originaient des regroupements nationaux – sociétés St. Andrew, St. George, St. Patrick et même la toute jeune German Society – dont le but prétendument charitable masque un but politique.

— Un jour, vitupère Caroline, on va s'écœurer de se faire rabrouer. Si on s'y met en grand nombre... Les fous furieux seront submergés.

— Sauf qu'avant, y vont lâcher les chiens de chasse après nous autres. Pis après, y vont ramasser un jury paqueté pour nous juger.

— Y auront disparu, les jury paquetés, parce que les profiteurs auront disparu itou.

Les jeunes gens sont parvenus en plein cœur de la cité. Une marche militaire retentit à proximité... Malgré la noirceur qui tombe, ils aperçoivent une procession d'hommes, menée par quelques cavaliers portant des bannières.

— L'assemblée est terminée pis les *Constitutionals* paradent, dit Gilbert. Y l'ont fait tout à l'heure pour rameuter la foule au Tattersall.

— Je les ai mirés. C'était fièrement comique.

— Les pétards qu'y semaient sur leur route, par contre, c'était pas comique pantoutte. Viens t'en, on s'écarte.

Les rues étant quasi désertes, rien ne ralentit leur progression, et ils arrivent à proximité d'une vaste demeure bourgeoise ceinturée d'une haute grille de fer. Après avoir tiré la sonnette, ils attendent la venue du concierge chargé de surveiller les entrées et les sorties. Gilbert ne sait plus de quelle manière agir avec la jeune femme, qui se tient coite et immobile à quelques pas de lui. Il se débarrasse du bagage, puis il finit par la questionner d'une voix grêle :

— Tu veux que je vienne te visiter ?
Sans le regarder, elle répond :
— Si ça te chante. Pas besoin de te forcer.
Gilbert ne peut retenir un mouvement d'humeur.
— Tu veux ou pas ? Tu préfères que je te laisse tranquille ?
— Je veux surtout pas que tu viennes à reculons.

Le concierge s'approche, le pas traînant. Gilbert recule de quelques pas pour laisser sa compagne se justifier auprès du vieil homme. Bientôt, la grille s'entrouvre et Caroline s'insinue dans l'ouverture. Pendant que le concierge referme à clef, elle se tourne vers Gilbert, sauf que dans la noirceur, il ne peut déchiffrer son regard. Elle lance, des pleurs dans la voix :

— Douillette-toi !

Gilbert pivote sur ses pieds pour soustraire à sa vue la silhouette qui s'éloigne. Soudain, il regrette avec acuité de n'avoir pas quémandé son pardon. Il l'a égoïstement lutinée. Il a cru son sentiment pour lui aussi intense que son sentiment à lui pour elle, et il a agi comme un ardent soupirant persuadé de la réciproque, convaincu de lui donner autant de plaisir qu'il en tirait lui-même. En réalité, il a abusé de sa générosité. Il ne l'a même pas payée à sa juste valeur... Cette certitude le hante, et sur-le-champ, Gilbert prend la résolution de se confier sur papier, pour ensuite le lui envoyer. La missive avec laquelle il a rompu était si sèche...

Mentalement, il recouvre Caroline d'une robe de nonne, ce qui l'allège notablement. Plutôt mourir que de retomber dans son adoration bêtifiante de naguère. Plutôt se jeter dans les rapides du fleuve que d'être englouti par la détresse ! Samedi prochain, il irait bien veiller chez la fille d'un marchand qui lui fait de l'œil... Sauf que son débagagement l'empêche de mettre ce projet à exécution.

Tirant profit de la transformation de la rue Notre-Dame en avenue commerçante *fashionable*, sa tante a vendu la maison, puis elle a fait l'acquisition d'une maisonnette sise au centre d'un terrain encore agrémenté d'un joli boisé à l'une de ses extrémités. Comme Ériole, Gilbert est ravi de quitter un voisinage soumis à des soubresauts d'intolérance ; quant à grand-mère, elle s'émerveille de leur saut de puce vers la campagne du faubourg Sainte-Marie.

Tous trois supervisent le transfert de ce qu'ils ont conservé de leurs biens, un travail harassant dont ils sont à peine distraits par une sorcière tourbillonnante, celle des parlures enfiévrées qui s'élèvent dans le sillage de la diffusion d'un document qui donne froid dans le dos. Les membres de la Constitutional Association, entraperçus par Gilbert et Caroline au moment où cette dernière entrait chez les Filles repenties, ont adopté un rapport de leur comité de direction farci de rengaines éculées, dont celle de l'ignorante population canadienne se laissant mener par une poignée d'avocats et de notaires adverses au progrès.

Un chapelet d'assertions odieuses s'ensuit. Les *Constitutionals* répugnent à se soumettre *à l'arbitrage d'hommes dépourvus des rudiments de l'éducation.* En preuve de l'avancé: plusieurs députés en chambre basse peuvent à peine signer leur nom; il en allait de même pour la presque totalité des hommes ayant fait partie des quatre plus récents Grands Jurys de la Cour du Banc du Roi. En clair, un peuple illettré et enténébré incapable de soutenir ses propres droits et intérêts, et par conséquent, d'autant moins qualifié pour se charger de ceux des autres.

Les membres de la Constitutional Association beurrent épais. *Quel langage suffisamment percutant peut-on employer pour décrire nos sentiments, lorsqu'il s'agit de repousser la demande faite par de tels hommes de leur confier nos libertés politiques? Semblable peuple est-il compétent à juger des relations complexes entre membres de la société, à décider des punitions que mérite chaque faute, à réguler les intérêts complexes du commerce, à comprendre les vœux de cette partie de la communauté qui, plus instruite et dotée d'une intelligence supérieure, a grimpé plus haut dans l'échelle sociale?*

Ceux-ci jugent insupportable la domination d'une majorité d'ascendance française jalouse de sa nationalité et d'un système féodal passéiste qui entrave la marche vers la prospérité économique. La French Faction – *fragment de race étrangère habitant une petite section de ce continent* – ourdit un complot pour susciter « une prompte séparation » de la colonie d'avec le Royaume-Uni. Non seulement le Conseil législatif tel qu'actuellement constitué est l'unique rempart contre la dictature d'une majorité étroite d'esprit, mais les *Constitutionals* font appel à la solidarité de leurs frères à la grandeur du continent.

Opposant un invincible dédain à un accès de colère revancharde contre un peuple qui refuse de s'abaisser devant une caste aux prétentions aristocratiques, Gilbert se laisse absorber par l'installation dans son nouveau domicile, qui sera quasiment autant vaste que celui de la rue Notre-Dame lorsque la cuisine d'été sera prise en compte. Pour l'instant, une cuisine incorporée à la salle commune du rez-de-chaussée, cependant fièrement mieux éclairée que leur cave de naguère, fait amplement l'affaire.

Peu de temps après, le flegme du jeune instituteur vole en éclats à la vue d'une annonce imprimée dans les gazettes bureaucrates. Sous les armoiries de la Couronne britannique, la fondation d'un British Rifle Corps est annoncée pour ce soir même, samedi 12 décembre. Une troupe de 800 Carabiniers volontaires, ces fameux *volunteers* d'élite si chers au cœur des Britons! Le placard se conclut sur: *Hearts resolved and hands prepared, Our freedom and our rights to guard. God save the King.*

L'éditeur du *Herald* trompette que le temps des piques et des carabines est venu. Des émissaires doivent parcourir l'Amérique britannique pour solliciter la sympathie agissante des *true-hearted sons of Glengarry*, une allusion aux régiments de miliciens locaux incorporés à l'armée anglaise sous la dénomination générale de Fencibles, et plus particulièrement au Glengarry Light Infantry, régiment de fantassins d'élite formé en vue d'assurer la défense du Haut-Canada.

Selon Mr Thom, une soumission *à la faction française et au gouvernement francisé transformerait les Britons en vils lâches et en traîtres aux yeux de l'illustre souverain placé à la tête du premier des empires, comme à la tête de la plus glorieuse des constitutions.* À l'évidence, atterrés par un Exécutif *conciliateur au point d'en être avili*, les intolérants se servent, en guise de rétorsion, de la menace de violences armées de la part de *true Britons*. Ils se servent de la menace d'un coup d'État contre les représentants en chambre basse et les Réformistes qui les soutiennent!

Instantanément, Gilbert fait le lien entre cette annonce et l'assemblée générale de la Constitutional Association, une semaine plus tôt. Une des résolutions ne prônait-elle pas la mise sur pied d'une organisation de comités de quartier, explicitement pour servir de base à une éventuelle mobilisation? De surcroît, il était écrit noir sur blanc, dans le rapport du comité de direction de la Constitutional Association, qu'il était plus que temps de contrebouter une haïssable oppression – *accelerate the overthrow of a hateful domination*. Une dictature des enfants du sol causée par leur terreur diffuse devant tout ce qui est Britannique, sentiment qui est un terreau fertile pour leur inimitié grandissante envers leurs concitoyens britanniques et irlandais...

L'éditeur du *Herald* confirme l'étroite parenté entre les deux organisations en invitant les membres du comité directeur de la Constitutional Association à participer à une réunion préparatoire du corps de milice d'élite. Perclus d'appréhension, Gilbert distingue l'approche d'un cataclysme d'une magnitude fièrement plus ample que la Rue du Sang ou même que les élections de 1834. D'autant plus que les organisateurs du British Rifle ont l'immunité contre une poursuite en justice pour incitation à la sédition !

La collusion crève les yeux : les autorités locales, y compris l'état-major de la garnison montréaliste dont certains officiers étaient présents au souper de la St. Andrew où le gouverneur a été publiquement insulté, ne pourront qu'avoir une tangible sympathie pour le projet. Une dizaine de magistrats montréalistes chargés du maintien de la paix font partie de ce qui est nommé le General Committee de la Constitutional Association, c'est-à-dire un aréopage de « sages » censé présider aux orientations de l'organisme. De surcroît, cet aréopage contient six hommes gratifiés de fonctions officielles par faveur royale, dont plusieurs juristes, ainsi que quatre conseillers législatifs – George Moffatt, Peter McGill, Lewis Gugy et John Molson.

Si le British Rifle, fortifié par les *regulars*, décidait de marcher sur Québec ? Ce serait d'un ridicule consommé puisque les habitants s'uniraient pour les rejeter au fleuve. Chose certaine, au sortir de leur assemblée de ce soir, les convulsionnaires – l'épithète va comme un gant à ces rigoristes à l'esprit sectaire – feront un grabuge à l'image de celui qui a pollué les récentes élections. Gilbert songe à se joindre à Sabrevois de Bleury et à ses miliciens qui ont si bien assuré la protection de Papineau l'an passé. Le député pour le comté de Richelieu est-il de retour de Québec ?

À la brunante, Gilbert se met en quête du groupe de patriotes dont il a fait la connaissance lors des élections. Il n'a pas fait cent pas qu'il tombe face à face avec Gaspard. Ce n'est pas un hasard : son ami s'en venait précisément le quérir, comme il fait souvent, dans le but de s'offrir une soirée bien arrosée et qui se terminera, si possible, en compagnie d'une ébraillée ou, encore mieux, entre les bras d'une de ces jeunes femmes à la moralité élastique qui gravitent autour des noceurs.

Son élan brisé net, Gilbert interroge le survenant :

— T'as ouï parler de la légion britannique pis de leur assemblée ?

— Faut pas se laisser impressionner. C'est du vent. Une échauffourée qui va se muer en pétard mouillé. Un *boyish trick*. Y a aucun danger.

— L'affaire de jeunes têtes chaudes ? J'en suis pas convaincu.

Gaspard s'exclame :

— Nos députés sont ravis, au contraire ! S'y font mine d'avoir la trouille, c'est pour mieux engager Milord à sévir. Y sauteront sur l'occasion pour l'engager à ferrailler à nos côtés.

Pour le sûr, même le plus niaiseux des gouverneurs ne se laisserait pas prendre au piège d'une morgue caractéristique des fanatiques sectaires. Gilbert s'objecte encore :

— Nos députés sont pas bassement calculateurs à ce point.

— Mais y connaissent le jeu politique. Y savent tirer profit d'une bourde de la partie adverse, pis je te jure que celle-là, c'en est tout une. Une légion britannique ? Même les plus grichous de ses organisateurs savent qu'y ont pas la moindre chance de succès. Y savent qu'y se feraient écrapoutir comme une crêpe par la grande armée de la nation canadienne. Arrête de rechigner. À soir, on a rien de mieux à faire que d'aller trinquer en l'honneur des forcenés qui sautent dans la bouette jusqu'à la casquette.

Gilbert ne s'avoue pas vaincu. Il y a eu embrouillamini et violences lors des élections générales, et il s'agit de la même faction ! Mais pour l'heure, il se plie aux volontés de son ami, ce dont il ne peut que se féliciter par la suite, car nul tapage public ne découle de la réunion de fondation du British Rifle Corps. Encore mieux : même si un comité de direction a été élu, puis chargé d'organiser le régiment et de lui procurer armes et munitions, les hommes s'enrôlent au compte-goutte. Le charivari séditieux va s'éteindre, faute de combustible.

25

Jour après jour en cette fin d'année 1835, Gilbert soupire après un retour au calme, mais ses espoirs sont déçus. L'étendard de la rébellion est levé. Les ultra-tories sont les uniques traîtres de la colonie. Des brutes qui font du *bullying*! Ce mot est sur les lèvres des nombreux Montréalistes d'ascendance britannique qui tiennent à se dissocier d'eux. Tout d'abord, lord Gosford reçoit une Adresse le priant d'agréer à la formation du British Rifle sous prétexte des violences perpétrées lors des élections générales.

Des menteries grosses comme le bras parsèment le document. Alors, un grand nombre de patriotes auraient afflué depuis les paroisses environnantes pour intimider les électeurs. Même le guet aurait été à la botte de la Chambre d'Assemblée, comme l'indique une circulaire adressée par Sabrevois de Bleury aux Chasseurs canadiens, membres du régiment de milice d'élite qu'il commande. En mai 1834, le député offrait une médaille au meilleur tireur ; six mois plus tard, il supervisait la garde protégeant Papineau dans sa propre maison. Le complot crève les yeux !

Puis, une association patriotique nommée Doric Club s'acquiert une notoriété instantanée lors d'un banquet où des santés agressives sont portées. *La mort plutôt que la domination française*! De surcroît, tout juste avant la Noël, une demi-douzaine de sectaires signent une supplique au gouverneur en faveur du British Rifle. Leur pedigree est édifiant. Quelques-uns sont en lien étroit avec l'état-major militaire. Deux sont membres du General Committee de la Constitutional Association. L'un préside aux destinées du Doric Club, tandis que l'autre est propriétaire, avec son père, du *Herald*...

lequel annonce le départ imminent pour l'Angleterre d'un marchand offrant aux membres du futur régiment de leur procurer des carabines de qualité supérieure.

Simultanément, *L'Ami du peuple, de l'ordre et des lois* se lance dans l'arène. Alfred Rambau vomit un torrent de médisances au sujet d'une correspondance de *La Minerve* déplorant qu'il y ait jusqu'aux magistrats de la cité qui se muent en commandants et chefs d'une faction vouant *ses haines et serments de mort* à la population d'origine française. Ce qui est pourtant la stricte vérité! Aux yeux de Rambau, l'écrivailleur a pris pour devise *que l'argent sent toujours bon, de quelque main qu'il vienne*. Ayant abandonné ses études de droit par crainte de ne pas être admis au Barreau, il démontre par ses textes qu'il n'est qu'*un plagiaire qui décore de 20 noms divers les morceaux qu'il pille dans 20 auteurs*.

Gilbert suit la controverse avec d'autant plus d'avidité qu'au billard, il a croisé l'auteur, Louis-Victor Sicotte, à quelques reprises. Ce dernier lui a fait valoir l'urgence de former des associations économiques, car la puissance des sectaires ne tient qu'à leur prééminence en ce domaine. Gilbert a même été convaincu par lui d'investir le pécule de Caroline non point à la Banque du Peuple, mais chez Larocque, Bernard & Company, société d'import-export où il occupe la position de commis.

En opération depuis six mois, l'entreprise connue sous le nom de Maison canadienne de commerce ébranle le monopole commercial des Bureaucrates, et tout patriote se doit de l'encourager de ses deniers. Puisque les billets sont déjà en circulation, le jeune commis a pu claironner : « Nous autres, notre rendement est avéré, pas juste une promesse ! » Séduit, Gilbert en a profité pour prendre quelques parts pour lui-même, comme il y songeait depuis un moment déjà.

Prenant le risque de voir une balle ou une lame lui traverser le corps, Louis-Victor fait parvenir un cartel à Rambau... dont il peut cependant escompter la couardise. Après avoir accusé le député Édouard-Étienne Rodier d'avoir été payé pour se rendre à une assemblée d'appui aux 92 Résolutions, puis d'avoir refusé de rétribuer ceux engagés pour l'applaudir, le pisseur de copies a laissé son patron faire face à Rodier. Rambau avait également sali la réputation d'Amury Girod, un patriote de Varennes qui est aussi un ancien officier des Dragons; il a repoussé son cartel. Il a agi avec encore plus de morgue, l'été passé, dans l'affaire du pétard au collège.

Encore une fois, le rédacteur de *L'Ami* s'en tire au moyen d'une pirouette couillonne: il pose au duel des conditions impossibles. À l'image de la population montréaliste qui doit se barder des bravades réitérées, Louis-Victor en est quitte pour des sueurs froides. Gilbert, lui, remâche une irrépressible déception. Il aurait tant joui de voir un factieux du genre de Rambau ravaler ses insultes et faire acte de contrition! Mais au contraire, ce sont les Réformistes qui doivent endurer sans rechigner les sévices d'une caste qui se veut dominante.

Au tournant de l'année 1836, plusieurs réunions du futur British Rifle se succèdent, au cours desquelles circule une proposition à l'effet *de s'armer et de se diviser en bandes de 15 à 20 pour pénétrer dans les maisons des principaux citoyens et les égorger tous*, ce qui aurait provoqué une ruée depuis les campagnes, ensuite réprimée avec joie. Bref, une guerre civile! Ce ouï-dire est publicisé dans une correspondance de *La Minerve* grâce à la plume alerte de Louis-Victor Sicotte, ainsi que ce dernier s'en vante à l'oreille de Gilbert pendant une partie de billard.

Le plan d'une incommensurable stupidité a-t-il bel et bien été fomenté? Le jeune commis y prétend que des chefs de la faction des fanatiques se seraient opposés au plan barbare non seulement parce que s'ensuivrait une contre-offensive *dans laquelle leurs têtes finiraient par être l'enjeu*, mais parce qu'il était préférable de *ne pas souiller leurs fastes militaires d'une nouvelle Saint-Barthélemy*. Sans vergogne, Sicotte associe l'état des lieux en Canada au fameux massacre de l'an 1572 en France. Des milliers de Huguenots, attirés à Paris par le mariage du roi de Navarre à une princesse catholique, périssaient alors sous le fer d'exaltés aiguillonnés par le zèle des prêcheurs.

Sur ce, la *Montreal Gazette* se vante du fait que le British Rifle enrôle déjà un millier de *volunteers* qui se foutent de l'opinion du gouverneur, puis lorsque des affiches sont apposées sur des bâtiments pendant la nuit du 7 au 8 janvier. On y lit: *ATTENTION CANADIENS. Pour Dieu et la Patrie. Il y aura une assemblée ce soir à 7 heures, à l'Hôtel Rasco, pour former un corps de volontaires. Ceux favorables à la réforme sont priés d'y assister.* Or, M. Rasco ignorait la tenue d'une réunion de *Voltigeurs volontaires* dont nulle gazette, de surcroît, n'a fait mention. Une fumisterie! Les Réformistes se grouperont si le gouverneur s'abaisse à sanctionner le British Rifle, mais la formation sera basée dans un faubourg où les Canadiens d'ascendance française sont en écrasante majorité.

Dans les heures qui suivent, des placards adverses rameutent les *gardes aux manches de haches* afin de tenir en respect les patriotes en voie de se militariser. La provocation fait d'autant plus sensation qu'elle contient une allusion aux jeunes *gentlemen* ayant commis des violences envers le guet nocturne durant l'élection de Montréal-Ouest. La guerre d'escarmouche a réussi: les guetteurs ne travaillent désormais qu'en larges groupes et leur rayon d'action se borne à la vieille ville.

Depuis, mois après mois, les jeunes malfrats s'enhardissent. Se drapant de l'injure comme d'un étendard, ils ont pris pour nom les Axe Handle Guards, une référence aux manches de haches qu'un quincailler bureaucrate a aimablement fourni aux fiers-à-bras du quartier ouest pendant l'élection. Ils se sont mis à faire des tournées nocturnes prétendument pour assurer le maintien de la paix, au cours desquelles ils font halte devant le corps de garde en haut du Marché neuf, puis devant l'entrée des cantonnements du square Dalhousie. Là, ils acclament le Roi, ce à quoi les *regulars* répondent invariablement par des *hurrays* sonores...

En clair, les placards sortent des presses bureaucrates, et la fourberie scandaleuse est inventionnée par les enragés qui cherchent à mettre le feu aux poudres. À l'heure dite, une vingtaine d'entre eux viennent espionner, puis s'en retournent Gros-Jean comme devant, comme le rapportent des témoins dissimulés dans l'ombre. Gilbert a le tournis devant l'enchaînement des événements depuis la récente session législative. Le Montréal exclusiviste s'est ligué au sein d'une sorcière belliqueuse qui a même emporté *L'Ami du peuple*, jusque là moins ouvertement clubiste. Milord faiblira-t-il devant cet étalage de force brute?

MOINS D'UNE JOURNÉE après avoir mis au monde sa fille, le 18 janvier 1836, Vitaline voit une Normande suprêmement excitée faire irruption dans son grenier. La petite Olympe a vu le jour à une date qui deviendra célèbre dans le Bas-Canada : celle où la Proclamation de lord Gosford pour rendre illégale et inconstitutionnelle la formation du British Rifle Corps a été placardée dans les rues de Montréal, au vu et au su de tous ! Adressant un regard enamouré à la nouveau-née, Normande déclare solennellement que chaque fois qu'elle posera les yeux sur sa nièce, elle se souviendra de ce gouverneur qui a éloigné de la colonie le spectre d'une guerre civile.

Vitaline est bouleversée par la concomitance au point d'en avoir les larmes aux yeux. Il faut dire qu'elle est ébranlée jusqu'aux tréfonds de son être par l'incroyable bredas dans son existence. Celui-ci consiste non seulement à avoir mis bas, comme l'animal femelle qu'elle est, mais à avoir contre sa chair un nourrisson qui compte uniquement sur elle pour sa survie. Ravie par la splendeur de ce petit être, et en même temps plongée dans une stupeur mâtinée de lassitude, la jeune mère a l'impression d'habiter un ailleurs étrange. Elle se sent propulsée dans l'espace, celui qui couronne l'azur...

Mais là, l'événement est d'une si cruciale importance que Vitaline interroge avidement Normande au sujet de la Proclamation. Sa belle-sœur, prenant place sur le tabouret brinquebalant qui est l'unique chaise de la chambrette, lui transmet les faits saillants du document tels qu'ils sont colportés au bourg. Seul le gouverneur, en qualité de commandant en chef, peut autoriser la mise sur pied de régiments de volontaires, et rien ne peut justifier une augmentation des effectifs à l'heure actuelle.

— Vu que ces procédés ont eu lieu sans l'autorité ou la permission du pouvoir exécutif... qu'y varient d'avec les principes reconnus de la constitution... les sujets de Sa Majesté en cette province doivent s'abstenir d'y prendre aucune part.

— Pis s'y le font quand même ?

— Ce sera une infraction à la paix publique. Les magistrats et officiers de la Couronne sont priés de sévir contre *tous tels procédés illégaux et dangereux, et toutes atteintes ou outrage ou infraction de la paix dans leurs juridictions respectives.*

Vitaline pousse un tel soupir de soulagement que sa fillette, blottie au creux de son bras, couine dans son sommeil.

— Y était temps sur un temps riche, beurrée de sirop !

— Les hommes avaient commencé à vérifier leurs fusils de chasse. Même son père !

— Ton père ? J'ai rien vu !

— Y a pris soin de pas t'inquiéter. Y voulait pas t'apeurer.

Vitaline combat une résurgence d'émotion. Sa belle-famille a été aux petits oignons pour elle pendant les dernières semaines de sa grossesse. Elle les aime avec une profusion inégalée, et Florentin par-dessus tout ! Encabané pour l'hiver, il s'est mis à mirer son épouse avec émerveillement. Elle est la Mère de son Enfant, et cette marque d'adoration fait un bien fou à la jeune femme. Normande poursuit :

— Ça rumine fort dans la paroisse. Leur assemblée, vont-y ou vont-y pas la faire quand même ?

Vitaline reporte son attention sur sa jeune belle-sœur.

— Celle pour former le corps de Volontaires défenseurs ? C'est pour quand au juste ?

— Dimanche après la messe. Pour moi, y vont tenir l'assemblée coûte que coûte, juste pour faire assavoir au gouverneur que les habitants vont voler au secours de leurs compatriotes en cas d'attaque. Qu'y comptent dans la balance du pouvoir. Quasiment tous les miliciens de la paroisse se seraient enrôlés.

— Y avait pas des rumeurs ? D'autres British Rifles en formation dans le comté de Beauharnois ?

— Oui. Dans des *townships* au nom à coucher dehors.

— Hinchinbrook. Pis Godmanchester, si je me souviens bien.

— Y a juste toi pour être capable d'articuler de même sans avoir l'air d'une ivrogne finie.

Allongée sur sa couche, mais le tronc relevé par des coussins, Vitaline inspire un bon coup, ce qui réveille plusieurs sections encore endolories de son corps. Palpitante d'émotion, elle dit :

— J'ai vraiment eu la chienne d'accoucher en temps de guerre. T'as le même sentiment que moi ? Que le pays est passé à un cheveu de la lutte armée ?

Normande lève les bras au ciel pour signifier son exaspération.

— Je me tue à le répéter : les Carabiniers *britons*, c'était juste un cirque pour épater la galerie.

— Un cirque qui a été assez pris au sérieux dans le bourg pour entraîner la formation des Volontaires défenseurs ! On s'entend que le but premier des despotes, c'est de faire trébucher les patriotes. Les tuques bleues de Montréal, y arrêtent pas d'être brouscaillés !

Normande prend congé, l'accoucheuse ayant répété trois fois plutôt qu'une qu'il fallait laisser une récente accouchée se reposer à longueur de jour, et si possible dans le calme. Lorsque Vitaline se retrouve seule, elle se cale confortablement en fermant les yeux. Sa petite Olympe, dont le rythme de tétées devient prévisible, aura bientôt soif, et sa mère doit prendre du repos. Enceinte, Vitaline savait à quel point le sort de son enfant était relié au sien, mais la fusion allait de soi. Astheure, l'amalgame doit se poursuivre nuit et jour, d'autant plus qu'un froid polaire fait rage depuis le début de l'hiver...

La cervelle en ébullition, Vitaline ne peut s'empêcher de ruminer la Proclamation du gouverneur. Ce dernier avait d'abord cru bon de répondre personnellement aux pétitionnaires par une lettre de refus plutôt gentille, mais il a appris, par la suite, que le colonel en charge de la garnison avait été approché par un « intolérant en chef » qui souhaitait s'assurer qu'en cas de « révolution », les troupes seraient de leur camp. Ledit colonel a tancé les ultra-tories pour l'illégalité de leurs procédés, puis il en a averti le gouverneur, commandant suprême des forces armées de Sa Majesté, qui a réagi en émanant sa Proclamation.

Jamais Vitaline n'aurait cru vivre une fin de grossesse autant éprouvante. Les furibonds de Montréal étaient parés même à une guerre pour éviter d'avoir à répondre de leurs crimes contre les Réformistes. Le ressentiment qui fermentait semble avoir jailli comme une éruption de lave... L'étalage de violence n'aurait-il eu pour but que d'en imposer au gouverneur ? Vitaline croit plutôt qu'une formation militaire souterraine prend corps, puisant son personnel parmi les Axe Handle Guards, le Doric Club et même les Constitutional Associations.

Olympe se réveille, et sa mère se tourne à demi vers elle pour mieux mirer l'exquise délicatesse de ses traits, qui s'animent comiquement. Une moue, un bâillement, puis des pupilles sombres qui se révèlent comme s'ouvrirait le couvercle d'un écrin à joyaux. La nouveau-née est plus belle que la plus splendide fleur de toute la création. Mais si fragile... Vitaline sent sa gorge se nouer. Parfois, fugacement, son cœur est lourd comme les pierres. Son cœur s'effraie à l'idée de la responsabilité dont il vient de se charger : celui du bonheur d'une jeune âme dans un monde hostile à la paix et à la joie.

Anonyme parmi la foule massée le long du chemin, Gilbert est à l'affût d'un cortège. Sir John Colborne, lieutenant-gouverneur du Haut-Canada, a été dépouillé de son poste sur ordre de Londres, grâce aux pressions des patriotes de la province supérieure. Suivi d'une quinzaine d'attelages à patins qui transportent sa famille et ses biens, il vient de franchir la route qui sépare Toronto de Montréal, et en ce mardi 2 février, des carrioles ont quitté la cité pour aller au-devant de lui. Les *Constitutionals* font un tel tapage autour de la venue du *constitutional hero* que Gilbert en a eu la puce à l'oreille.

Colborne s'est permis, dans son récent discours d'ouverture de la session législative du Haut-Canada, de faire la leçon à son collègue de la province inférieure. L'inquiétude est palpable devant les dissensions en Bas-Canada, a-t-il prétendu, qui auraient déjà eu pour effet de décourager l'émigration et de faire fuir les capitaux. Il a ajouté péremptoirement *que la Constitution de ces provinces sera fermement soutenue*, peu importe les mesures adoptées à la suite de l'enquête des commissaires, voire tout changement proposé pour remédier aux maux.

En tant que Réformiste, Gilbert a l'honneur déjà très fripé; des plis supplémentaires n'y paraîtront guère. Sauf que le *Herald* d'hier conviait la population à accueillir dignement un allié potentiel, commandant explicitement aux hommes du Doric Club et aux gardes aux manches de haches de prendre position dans la garde triomphale. Tout en giguant sur place pour se réchauffer, Gilbert se conforte: il n'y aura pas d'armée en miniature prête à se lever au premier signal pour venger les fous furieux de leur défaite électorale de 1834. De l'avis général, la fanfaronnade ne vise qu'à impressionner lord Gosford et ses collègues commissaires à Québec tandis que la session législative bat son plein.

Une quinzaine d'hommes incorporés au Royal Cavalry, un des régiments d'élite de la métropole, forment l'avant-garde du ci-devant gouverneur Colborne. Lorsqu'ils passent à sa hauteur, leur monture au pas, Gilbert examine posément les officiers chaudement embougrinés, dont plusieurs garnissaient le comité élu pour mettre sur pied le British Rifle. En quoi ces officiers gratifiés de postes dans les corps d'élite réguliers ont-ils besoin d'un régiment additionnel ?

N'empêche que Gilbert reste sur ses gardes. Les illuminés ont réagi avec une fierté outragée à la Proclamation de l'Exécutif de la province pour interdire le British Rifle. Des employés de Peter McGill ont déchiré les placards affichés. En même temps, une assemblée se tenait pour fonder non plus un British Rifle, mais une British Legion, formation trop vague pour prêter flanc à la censure de l'Exécutif. À l'issue de la réunion, des centaines de légionnaires et leurs supporters, un bon nombre étant armés, se sont organisés en procession belliqueuse dans les rues de la cité.

Un flot d'injures s'est élevé contre les citoyens qui, pour la énième fois, miraient le charivari depuis leurs fenêtres, mais très peu de miséreux transmués en fiers-à-bras y figuraient et le désordre a été minime. Les organisateurs du charivari factieux n'étaient pas sans ignorer que les Canadiens étaient parés à relever le gant sitôt qu'on l'aurait jeté. Les jeunes patriotes avaient pris soin d'aller prémunir les boulés salariés contre une attaque. Gilbert en a ouï parler par Alphonse Gauvin, qui faisait mine de sermonner une bande de grichous portant des hauts-de-forme :

— À défaut, nous jurons de décimer tous et chacun de vous, de détruire vos propriétés pis de vous transformer en va-nu-pieds ! Notre vengeance sera accomplie seulement au moment de votre extinction générale. Oui, nous sommes paisibles. Nous ne faisons pas de réunions ou d'assemblées. Mais les citoyens sont sur leurs gardes, les campagnes le sont itou. À la moindre violence de votre part, nous sortirons !

— Pour vrai, s'est extasié Gilbert, vous leur avez fait peur de même ?

Pour toute réponse, Alphonse a claironné :

— Drette comme je te parle !

En même temps, plusieurs paroisses rurales offraient leur appui pour réprimer par la force la rébellion *d'une horde d'hommes violents et fanatisés* qui méditent des outrages *tant contre l'administration de Son Excellence que contre la masse des habitants du pays*. À Saint-Denis, un comité de surveillance a été chargé de surveiller les menées de la faction ennemie du pays, et une liste a été ouverte pour former un corps paré *à voler au secours de tout ce qu'il y a de plus cher à l'homme libre*. Comme Gilbert s'est régalé de cette formulation! Les 23 résolutions ont été envoyées au gouverneur pour lui prouver qu'il peut compter sur les fidèles sujets canadiens de Sa Majesté.

En conséquence, hormis le raffut après l'assemblée de formation de la prétendue British Legion, le début de l'année 1836 a été parfaitement calme dans la cité. Des rumeurs ont couru sur la fabrication de lances et sur une attaque contre la Banque du Peuple, mais elles se sont dissoutes dans le froid polaire. Même chose pour les vociférations démentes de l'éditeur du *Herald*, Adam Thom, qui incitait les membres de la Légion britannique à se lever en masse pour accueillir Colborne. Ce jourd'hui, se réjouit Gilbert, nul légionnaire n'est visible à des milles à la ronde!

Certains croient cependant que les exaltés à la teinte orangiste vont se servir du réseau des loges franc-maçonniques et des sociétés scrupuleusement nationales – St. George et la St. Andrew – pour mettre sur pied un réseau de sympathisants où les mots d'ordre se diffuseront à la vitesse de l'éclair. Jusque-là cachés derrière le rideau, certains chefs auraient pris la résolution d'y travailler activement. Des magistrats n'étaient-ils pas présents à la réunion d'organisation de la British Legion? Si les Réformistes n'y opposent pas une force suffisante, estimaient les rédacteurs des résolutions adoptées à Saint-Denis, ils fondront sur leurs victimes au moment le moins prévisible *et plongeront le pays dans les larmes et le deuil*.

Pour le sûr, la création de la British Legion est peut-être une risible chimère. Gaspard, par exemple, croit dur comme fer qu'il s'agit d'un pétard mouillé. L'éditeur de *La Minerve*, quant à lui, s'est fait un point d'honneur de signaler qu'une pétition circulait dans le district de Gore, Haut-Canada, pour signifier à lord Gosford que ses signataires étaient parés à prendre les armes contre les *Constitutionals*. Des *Britons* réformistes combattant leurs compatriotes belliqueux! Comme quoi le conflit réel, et non l'épouvantail agité par la Clique du Château, tient à des principes, non à des races...

Transi, Gilbert languit encore quelques minutes dans le froid perçant qui ne dérougit pas depuis l'orée de l'hiver, mais son espoir est déçu: l'intransigeant faquin se cache dans un attelage fermé. Si le jeune instituteur tenait dur comme fer à l'apercevoir, c'est que la flagornerie de l'élite ultra-tory du Bas-Canada l'avait fièrement intrigué. Les organisateurs du British Rifle avaient fait parvenir une requête priant Colborne de bien vouloir incorporer leur formation ! Bien entendu, le ci-devant lieutenant-gouverneur de la province supérieure a refusé tout net.

Gilbert ne peut qu'imaginer un militaire de haute taille, mince et roide. On dit Colborne d'une moralité à toute épreuve. Par contre, il est un fervent protestant, ce qui aveugle parfois... Oui, Gaspard voit juste. Ce dignitaire déchu retraitera vers le Royaume-Uni et les ennemis du pays devront composer avec un gouverneur moins corrompu que ses prédécesseurs. Quant à lord Gosford, la marche qu'il doit suivre crève les yeux. Détruire l'impunité pour empêcher les clubistes de la Rue du Sang de *méditer de nouveaux crimes*, comme l'ont claironné les miliciens de Saint-Denis, c'est-à-dire démettre de leurs fonctions les sectaires parmi les magistrats montréalistes et l'ensemble des hauts fonctionnaires. Puis assainir les cours de justice pour que cette dernière soit enfin rendue...

Gosford le fera-t-il ? Depuis son arrivée, le nobliau sème l'espoir à tous vents, et même Papineau songerait à accorder les subsides pour l'année courante, et peut-être même les arrérages de salaires, c'est-à-dire ceux que les députés ont refusé de voter depuis quelques années. Par contre, Gosford a manqué de poigne envers les sectaires de la métropole, répondant avec trop de respect à leurs communications séditieuses. Est-il, oui ou non, l'ami des Canadiens et de leurs demandes de réformes ? C'est un épais mystère même aux yeux du notaire Jobin, élu à la chambre basse pour le comté de Montréal lors d'une partielle.

Gilbert est allé féliciter André pour une victoire qui n'a été, à vrai dire, qu'une formalité. Depuis son siège de député qu'il occupe généralement, hormis lorsqu'il doit venir vaquer à des affaires pressantes, l'ancien galant de sa tante Ériole en voit des vertes et des pas mûres. S'il doit s'avouer encore trop novice pour comprendre les tractations de coulisses et les jeux d'alliance en perpétuels changements, il est convaincu d'une chose : Gosford et son supérieur à Londres doivent agir avec célérité. Les grands coupables parmi les hommes au pouvoir craignaient tant de voir leur conduite mise au grand jour qu'ils s'échinent à brouscailler les Réformistes afin de les entraîner à des excès. La tension grandit à un point tel que le dénouement est proche...

26

Transportant un sciau d'eau au bout de son bras, Vitaline revient du puits vers la maison. Avant de sortir, elle a installé sa fillette au chaud contre son ventre, dans un grand foulard noué. Elle s'est ensuite vêtue de sa bougrine, qu'elle a réussi à boutonner en retenant son souffle. Ainsi protégée, bébé Olympe peut affronter les pires bourrasques... ce qui n'est pas le cas en ce 7 mars réchauffé par le soleil printanier. Après un hiver rigoureux au point de faire craindre une pénurie en bois de chauffage, un redoux est enfin survenu, et Vitaline se sent comme une recluse qui a enfin la permission de mirer l'immensité de l'azur.

La jeune mère dépose le sciau près de l'entrée, puis elle revient sur ses pas, inspirant profondément l'air chargé d'odeurs de dégel. Sa délivrance l'avait propulsée dans une autre réalité, celle d'un corps tout d'abord rompu par l'effort fourni, puis se dévouant entièrement au bien-être d'un être tout neuf. Celle d'une cervelle étourdie par le sommeil fractionné. D'une âme émerveillée et apeurée, tout à la fois, par ses responsabilités de mère... Le monde de Vitaline se résumait à ce rapport intime avec Olympe, aux besoins incessants du nouveau-née.

Astheure, jour après jour, son univers s'élargit jusqu'à reprendre sa taille coutumière. En même temps, la gigue de ses émotions se calme. Le spectre d'une guerre civile avait pris, dans son esprit, des proportions démesurées. À force d'avoir le cœur rempli de sorcières d'émotions et les larmes aux yeux au moindre prétexte, Vitaline s'est mise à se défier d'elle-même... D'ailleurs, dame Eugénie lui a confirmé qu'une récente accouchée passait en un clin d'œil de la joie la plus vive à un chagrin gros comme une maison. Comme si un chambardement d'envergure se produisait dans son intérieur, les semaines d'après.

Vitaline dresse l'oreille : un tintement de grelots approche depuis le village. Elle ne verra pas la carriole passer, son cheval au trot, car l'attelage emprunte le chemin d'hiver, c'est-à-dire la rivière gelée. Ils sont nombreux à se rendre à Saint-Ours. Jamais l'hôtel de M. Saintonge ne pourra contenir tous les électeurs souhaitant adopter des résolutions de censure contre le député de Richelieu, l'avocat Clément-Charles Sabrevois de Bleury, qui a délibérément trahi ses commettants.

— Pis, ma bru, tu viens-tu avec nous autres ?

L'interpellée répond à son beau-père par un large sourire. Il sait très bien qu'elle ne peut se permettre le voyage. D'ailleurs, il serait le premier à s'y opposer... Chaudement bougriné, le capitaine Montplaisir se rend au bâtiment de ferme pour atteler la carriole. De la maisonnée, il est le seul à pouvoir voter, car ni Florentin ni Norbert n'ont de biens en propre, mais ces derniers vont quand même l'accompagner à Saint-Ours. Normande se meurt d'envie d'en être également, ne serait-ce que pour avoir le plaisir de se mêler à une foule remplie de jeunes hommes. À 19 ans, elle n'a pas encore trouvé chaussure à son pied, et elle élargit son territoire de chasse.

C'est avec une flamboyance trop provocante pour être tolérée que le député Bleury a viraillé telle une girouette. Le temps de la mollesse et des bontés excessives est révolu ! Il est d'autant plus impératif de faire connaître la détermination des habitants du comté de Richelieu que les Bureaucrates de Sorel ont fait du tapage au terme d'une assemblée pour constituer leur British Legion locale. Une trentaine d'entre eux ont formé cortège dans le bourg, finissant par lancer des pierres sur les maisons de quelques-uns de ceux qui avaient travaillé activement pour que justice soit rendue à la suite de l'assassinat de Louis Marcoux aux dernières élections.

Charles Gouin, l'aubergiste qui a prêté son établissement pour la tenue de l'enquête du coroner, a été particulièrement visé. Une pierre, lancée avec force, a traversé une croisée en brisant quatre carreaux et plusieurs barreaux de bois ; elle a laissé sur le plancher une marque très nette. Il est à craindre la mise sur pied, comme à Montréal, d'une structure clandestine grâce à laquelle un corps de *volunteers* pourrait être constitué en quelques jours. Une structure présidée par ce duo infernal qui mène l'offensive bureaucrate : le colonel de milice Robert Jones, propriétaire de l'auberge où ont tenté de s'organiser les aspirants légionnaires, et le major de milice Henry Crebassa, son homme de main président l'assemblée.

À son tour, Florentin passe à proximité de son épouse, la gratifiant d'une moue affectueuse. Celle-ci esquisse un geste pour le retenir, mais se retient et son mari poursuit son chemin. Vitaline a eu très peu de moments de solitude avec lui depuis son accouchement. Florentin admire Olympe, il l'a promenée ou bercée à quelques reprises lorsqu'elle rechignait, mais il estime que les soins d'un nourrisson sont affaires de femme.

Toujours plantée debout au milieu du sentier, Vitaline mire l'approche de Norbert et de Normande, excités par la perspective de l'imposante réunion à laquelle ils vont participer. Comme chaque fin d'hiver, Norbert vient de tomber en vacances forcées puisque la distillerie ralentit ses opérations. De toute façon, le Dr Nelson a vraisemblablement mis ses ouvriers encore actifs en congé pour la journée.

Dans son esprit, Vitaline brosse le portrait de leur bon docteur en quelques traits, ce qui lui tire un sourire débonnaire. Elle se souvient d'avoir eu pour lui une inclination prouvable, à l'époque où elle avait peur de Florentin, mais l'étoile de Wolfred a pâli depuis. Vitaline avait oublié qu'en tant que notable de la paroisse, le Dr Nelson habitait un univers très lointain du sien. Autant inaccessible que la lune... De surcroît assez âgé pour être son père, l'homme manifeste pour ses concitoyens une attitude bienveillante, quasi paternelle. Lorsqu'il discourt ou harangue une foule, ne commence-t-il pas souvent ses phrases avec « mes enfants » ?

De son éducation de *Briton*, il conserve un tranchant qui fuse lorsqu'il est question de Bleury. Si ce dernier a été aisément accepté par l'élite du comté même s'il n'y habite pas, c'est à cause de l'appui du Dr Nelson. Dupé, ce dernier exige réparation d'un honneur irrémédiablement terni, au nom des commettants du comté qui avaient fait jurer à leur candidat qu'il voterait pour le refus inconditionnel des subsides si les autorités de la mère patrie ne réformaient pas le Conseil législatif de fond en comble. Le serment écrit de Bleury avait même été apposé à un drapeau de la liberté planté sur le husting!

Passant à la hauteur de Vitaline, Normande s'exclame :

— Pauvre toi! Obligée de demeurer icitte alors que des affaires d'importance se passent ailleurs... On va se dépêcher de rentrer pour toutte te conter, promis juré!

Son frère rétorque :

— Woh! Ralentis ton cheval... Moi, je veux profiter de l'opportunité. T'arrêteras une carriole sur le chemin, Vitalette, si on s'attarde à Saint-Ours.

— Certain que je vais faire ça. Tu peux compter sur moi.

Normande glousse.

— Je pense que sa mère va plutôt la forcer à faire une sieste. Vitalette compte sur nous autres, Norbert.

— Correct. Je vous promets de m'arrêter un brin à l'auberge, pis de tricoler juste à point. Envoye, Normande, on déguerpit.

Se houspillant l'un l'autre, tous deux s'éloignent et Vitaline retourne à l'intérieur profiter de la chaleur du poêle. De la chaleur de sa courtepointe, pour tout dire... L'allusion de Normande à un éventuel repos lui a fait prendre conscience de sa lassitude, et elle va tâcher de dormir. Le calme sera souverain dans la maison. Dame Eugénie fera quelque ouvrage simple, avant de piquer un somme dans la chaise berçante au ras du poêle. Vitaline se relèvera pimpante et tout ouïe pour le récit qui agrémentera leur souper!

À la relevée, lorsqu'elle débarque de son grenier avec Olympe dans les bras, l'après-dînée est quasiment terminée. Dame Eugénie, trop contente de tromper sa solitude, se précipite sur sa petite-fille pour la câliner, et Vitaline en profite pour vaquer à quelques tâches. Sur le chemin d'hiver, les carrioles défilent en direction de Saint-Denis, mais pourtant, les Montplaisir se font désirer. Alors que tombe la brunante, Vitaline sent l'impatience la gagner. Elle réussit à s'en distraire en offrant le sein à Olympe, mais sa belle-mère, privée d'un tel dérivatif, tourne en rond dans la salle commune.

— Que c'est qu'y font, donc... Paschat est pas un ivrogne, pourtant, y languit pas dans les tavernes, de coutume!

— Non, mais ça fait ben du monde avec qui jaser.

— D'un coup que l'assemblée a mal tourné?

— Ça se peut pas.

— Y en a qui sauteraient sur le prétexte pour crier à la révolution !

— Désapprouver un représentant, c'est à mille lieues de ça. Pour le sûr, y vont nous revenir fringants en masse. Pis en ayant censuré Bleury comme y méritait, j'espère bien.

— Ce faquin-là... Y nous a joué un vilain tour !

Comme Vitaline l'escomptait, sa belle-mère saute à pieds joints dans la brèche ouverte, et se met à vitupérer celui que le comté a élu en toute bonne foi pour les représenter. La chose est entendue, songe sa bru : Bleury aurait dû être le dernier à être apeuré par le vent de terreur que les convulsionnaires de Montréal faisaient souffler jusqu'au Château Saint-Louis. Or, il s'est rangé du côté des députés de la capitale, que les intrigants se désâment pour mettre à leur botte, concernant une requête du gouverneur pour accorder, pendant plusieurs années d'affilée, leur salaire aux hauts-fonctionnaires, même à ceux sous accusations de malversations de la part de la Chambre d'Assemblée.

Ladite requête aurait été agrée par la Chambre d'Assemblée, y compris par un Louis-Joseph Papineau paré à mettre de l'eau dans son vin, si la spectaculaire perfidie du gouverneur ne s'était pas étalée dans toute sa splendeur. Les députés ont compris que ce dernier n'avait aucune latitude pour opérer des réformes, car la mère patrie repoussait l'ensemble des demandes fondamentales du peuple du pays. Le secret venait d'être éventé grâce aux ultra-tories qui ont fait appel à leur ami Francis Bond Head, nouveau gouverneur du Haut-Canada, afin de publiciser le texte intégral de ses instructions, identiques à celles de son collègue de la province inférieure.

Mr Head aurait commis une innocente bourde ? À d'autres ! Les fanatiques n'auraient pu trouver mieux pour briser la bonne entente entre le gouverneur et la chambre basse du Bas-Canada. Une implacable vérité a giflé les tuques bleues, Vitaline y compris, en pleine face. Si Gosford n'avait pas voulu dévoiler l'intégralité de ses instructions l'an passé, c'est que le ministère des Colonies y traitait les 92 Résolutions avec autant d'égard que de banales requêtes d'entretien de chemins publics.

Tout compromis était refusé sur les sujets capitaux. Alors qu'une liste civile de courte durée était une garantie contre la corruption, Milord devait en faire voter une pour la vie du monarque. Il ne pouvait ni bonifier le mode de nomination aux Conseils législatif et exécutif, ni desserrer la poigne de fer de l'Exécutif de la province sur les terres de la Couronne, ni même établir un tribunal compétent pour le procès des juges soupçonnés de malversation.

La minorité trop sensible aux faveurs s'est cabrée. Après avoir réaffirmé l'urgence de répondre aux griefs contenus dans les 92 Résolutions, une majorité de députés convenait de voter les subsides uniquement pour les six premiers mois de l'année. Dans une salle prise d'assaut même par une cohorte de dames occupant les bancs réservés aux personnages distingués, Papineau a tenu à rappeler ensuite que la lutte était contre un système colonial contenant *dans son essence les germes de tous les genres de corruption et de désordre*, et que ses collègues et lui étaient appelés à défendre la cause et les droits des colonies anglaises.

Pendant ce temps, Bleury se muait en traître patenté, discourant et votant en faveur d'un compromis proposé par une poignée d'élus avides d'espèces sonnantes et trébuchantes. C'était le monde à l'envers, une défection inadmissible et scandaleuse, et il a fallu bien des parlures chez les Montplaisir pour donner du sens à la volte-face du flamboyant Chouayen. La Chambre d'Assemblée maintenait son système d'opposition aux abus, ce qui était une excellente nouvelle, mais le comté de Richelieu, patriote depuis des décennies, versait dans le camp opposé !

À vrai dire, Bleury avait donné des signes avant-coureurs de sa trahison. Y repensant, Vitaline ne peut retenir un rire qui fait tressaillir Olympe au sein. La jeune femme prend sa belle-mère à témoin :

— Notre député a beau être un duelliste frénétique, y va mordre la poussière, c'est-y pas ?

Tout en brassant son fricot qui mijote sur le poêle, l'interpellée glousse et rétorque :

— Je l'escompte sur un temps riche ! Pour le sûr, on a du plaisir à se dilater la rate avec ses déboires.

— D'en haut, je vous entendais jaser avec les autres, pis j'en riais à gorge déployée. Une chance que je connaissais déjà l'affaire dans ses moindres détails, parce que j'aurais pas supporté d'être laissée pour compte dans les jasettes !

Les deux femmes se lancent dans une récapitulation méticuleuse. En séance de travail lors d'un comité relativement à des modifications à une loi réglant l'inspection de la perlasse et de la potasse, Bleury a voulu faire témoigner les hommes d'affaires George Moffatt et Peter McGill, les têtes dirigeantes des belliqueux *Constitutionals*. Un de ses collègues députés, l'avocat Charles-Ovide Perrault, s'y est opposé, finissant par faire allusion au lien de parenté entre Bleury et un autre comploteur de la Rue du Sang, Tancrède Bouthillier, l'actuel inspecteur en titre.

En riposte, Bleury s'est permis une rosserie, qu'il a ensuite répétée de vive voix dans la Chambre d'Assemblée. Dame Eugénie, singeant le député furieux, met les poings sur ses hanches, se dresse sur ses ergots et s'écrie :

— Voilà ce que c'est que d'avoir affaire avec de la crasse. Z'êtes que de la crasse !

Ensuite, elle rit à s'en battre les flancs. L'invective est devenue célèbre tout le long de la rivière Chambly ! Estimant avoir droit à une réparation, le jeune Perrault a gratifié son opposant, une fois dehors, de quelques coups de poings bien sentis. Si Bleury déteste les combats au corps à corps, car il n'y réussit guère, il affectionne les duels qui mettent en valeur ses talents militaires. La raison donnée par Perrault pour relever le défi est instantanément devenue fameuse. À son tour, Vitaline claironne :

— Pas question d'être un poteau contre lequel chaque petit chien pourrait pisser !

Heureusement pour Perrault, qui n'avait encore jamais reçu de cartel et qui est piètre tireur, Bleury s'est décidé à proposer un arrangement à l'amiable. Sur ce, les traits creusés par l'inquiétude, la maîtresse des lieux se rend à la fenêtre dont elle écarte l'épais rideau.

— Fait noir comme chez le loup. Pis personne en vue... D'un coup que la carriole s'est renversée ? Ou qu'un trou d'eau s'est ouvert ?

— Sont sur le point de survenir. Trouvez pas que nos députés ont l'épiderme sensible par les temps qui courent ? Les duels s'amoncellent...

Amusée par la sonorité de sa courte phrase, Vitaline s'esclaffe, puis elle enchaîne :

— Avant celui de Bleury, celui de Bédard !

— Mais là, c'est pas pareil, réplique dame Eugénie. C'était un différend privé. Le D̃ Laterrière avait pas d'affaire à prêter mille louis, pis à se revirer de bord pour exiger des garanties exorbitantes pis un taux d'usure.

— Fait que Bédard lui a reproché l'affaire en cour. Laterrière s'en est vengé par des injures. Pis un jour, à un bal chez le gouverneur...

Vitaline fait une pause dramatique et retient un sourire devant la mine avide de sa belle-mère, qui connaît pourtant l'histoire par cœur. C'est immanquable : comme beaucoup de simples habitants et surtout d'habitantes, son interlocutrice est fascinée par les récits campés au sein de la noblesse. Elle est servie ! C'est ainsi que le 26 novembre dernier, peu après l'ouverture de la session législative, lord Gosford recevait l'élite canadienne présente dans la capitale. Il y avait de la musique sophistiquée, des mets raffinés et des conversations avec la bouche en cul de poule...

Marc-Pascal de Sales Laterrière, conseiller législatif, a délibérément pilé sur le pied d'Elzéar Bédard, député en chambre basse. Trop heureuse d'oublier son souci pendant quelques instants, dame Eugénie fait mine d'être l'offensé Bédard. Elle pousse un cri de douleur très réaliste, avant de s'exclamer :

— Monsieur, z'avez fait exprès ou c'est accidentel?

Personnifiant son opposant, Vitaline rit avec mauvaiseté, puis questionne négligemment :

— Tiens donc, vous avez eu mal?

Emportée par un élan du plus haut comique, la maîtresse des lieux pivote sur elle-même et fait mine de tenir un pistolet contre elle, le canon vers le haut, tout en marchant autour de la table pour installer la distance réglementaire entre duellistes. Brusquement, dame Eugénie se retourne et, la mine égarouillée, elle tire des coups imaginaires qui ne peuvent que rater leur cible ! Laterrière ayant répondu à Bédard, le jour d'après, qu'il avait bel et bien fait exprès, une rencontre s'est produite, mais les maladroits ont échangé plusieurs coups avant que leurs seconds n'entrent en scène pour forcer Laterrière à s'excuser.

Après avoir ri bruyamment pour faire plaisir à la comédienne, Vitaline s'encalme en songeant que deux duels mettant aux prises des membres de la Législature, et quasiment de suite, c'est du jamais vu. La session a beau durer depuis plusieurs mois, c'est suffisant pour prouver à quel point la tension est vive à Québec... Le tintement d'un grelot, suivi du renâclement sonore d'un cheval, leur parvient depuis l'extérieur. Dame Eugénie fige sur place, puis une expression extatique se fraie un chemin sur son visage.

— C'est eux autres !

Vitaline prend le temps de vérifier si sa fillette est rassasiée ou si elle risque de réclamer encore à boire après un court sommeil. Ses seins allégés indiquent à la jeune mère que la première hypothèse est la bonne, et celle-ci place Olympe sur son giron avant de reboutonner son corsage. Au même moment, l'huis s'ouvre à la volée, et Normande, suivie de Norbert, fait irruption dans la pièce, charriant une effluve d'odeurs du dehors, mélange de froidure et de boucane de cheminée. Elle ouvre tout grand ses bras en s'exclamant :

— Ah ! Qu'y fait bon rentrer chez soi, avec le sentiment du devoir accompli !

Les mains sur les hanches, sa mère répond :

— T'es chanceuse que j'aie trouvé trois minutes pour fricoter !

— Je vous ai représentée, sa mère. Pis dignement, à part de ça.

— Même chose pour ton frère ? Y a prouvé que les ceusses de la paroisse de Saint-Denis sont pas des poivrots ?

— P't-être pas des poivrots, rétorque le principal intéressé, mais des bons vivants. Après qu'on s'est fendu la tête en quatre pour voter des solennelles résolutions, faut pousser une petite gigue pour montrer que la fête est jamais loin dans le cœur des Canadiens !

Leur mère doit attendre que Florentin et son père entrent à leur tour, puis que les survenants aient raclé le fond de leur première assiettée, avant de connaître les faits saillants de l'assemblée. Cette dernière se révélant plus courue que prévu, il a fallu la faire en plein air. Au moins un demi-millier de francs-tenanciers étaient présents ! Le Dr Nelson a discouru, de même que Siméon Marchesseault, jeune instituteur devenu fameux dans la paroisse pour son patriotisme, et qui s'est installé ensuite au village Debartzch pour faire métier de huissier. Une dizaine de résolutions ont été votées et Bleury a été répudié.

Ce soir-là, comme de coutume, Florentin se charge de transporter Olympe à l'étage. Il s'agenouille au sol pour la déposer sur la petite paillasse qui jouxte celle de Vitaline, puis il s'assoit sur ses talons pour la contempler dans son sommeil. Un bébé endormi est un ravissement pour les yeux... Enfin, il se relève. Non point pour retraiter pour sa nuit dans l'abri extérieur, mais pour, sans même un regard à Vitaline, se dévêtir autant que possible et se glisser sous la courtepointe. Là, étendu sur le dos, il place ses mains nouées derrière sa tête, et il attend, les yeux fermés.

Vitaline le mire avec un mélange de déception et d'irritation. Son goût pour les rapports charnels n'est pas encore revenu. Elle n'aspire qu'à sombrer dans un sommeil qui risque d'être troublé une couple de fois pendant la nuit... Et puis, le mutisme de son mari l'indispose. Il s'installe sans même vérifier si la chose lui convient ! Il ne prend même pas la peine de l'apprivoiser...

À sa décharge, elle a compris que Florentin, avant de la rencontrer, était un ignare dans les choses de l'amour – non pas sur le côté technique de l'acte, mais sur la nécessaire expression de tendresse – et que son handicap accentuait sa maladresse. La chasteté entre eux, depuis la fin de sa grossesse, le fait retomber dans ses ornières. Se taire et rester inerte, plutôt que de risquer l'incompréhension...

Vitaline tue la chandelle et prend place à côté de lui. L'angoisse rejaillit comme si elle était encore l'épouse apeurée de naguère. Serrant les dents, elle imagine l'œil allumé et la bouche avide de Vincent, frottant sa verge durcie contre sa devanture à elle, et une flamme de concupiscence s'allume. Celui qui se tourne vers elle, puis qui l'attire contre lui, est dépourvu de la moindre aspérité. Même viril, il est moelleux et accueillant. Enrobée de gestes doux, Vitaline s'apaise. Son corps trop pesant ne pourra grimper au septième ciel, mais il frémit d'un prouvable contentement.

Au cours des jours suivants, revenant sur l'aimable chevauchée qui a mis un terme à ce dimanche garni de résolutions publiques portées par une noblesse de sentiments, Vitaline constate que tous les mâles qui croisent sa route, même au loin sur le chemin public, semblent avoir le torse bombé et le geste conquérant. Depuis l'assemblée des Volontaires défenseurs du 24 janvier, les hommes ont l'orgueil gonflé à bloc. La conduite de la majorité des élus en Chambre, ainsi que celle des citoyens qui cumulent les assemblées pour approuver leurs représentants, ne leur a pas rabattu le caquet, au contraire !

Pour le sûr, la gent masculine pâtit depuis des années devant les médisances dont la nation canadienne est affligée. Les hommes se trouvent enfermés dans un enclos par les vendus et les traîtres, ce qui les empêche de galoper jusqu'où ils voudraient en toute liberté. Ils sont terrassés par la mesquinerie de ceux qui tiennent la clef de la porte entre leurs mains, et qui voudraient que le monde entier soit peuplé de leurs semblables : des assoiffés d'argent et de faveurs, des égoïstes et des fats...

Le capitaine Montplaisir ne fait plus guère allusion à une volonté d'étendre le rayon d'action de sa barque à voile, ni d'acheter un second navire pour donner de l'expansion à ses activités. Il est trop usé pour ce faire, d'autant plus que Florentin n'a nulle ambition à ce chapitre. Mais s'il avait pu, dans le temps de sa jeunesse ? Peut-être serait-il à la tête d'une flottille, peut-être qu'il aurait des entrepôts ? Son manque d'instruction aurait joué contre lui, mais la connaissance de l'alphabet et de l'arithmétique ne confère pas automatiquement l'intelligence et le flair pour les bonnes affaires.

Non, le beau-père de Vitaline n'aurait pas pu grand-chose, à moins de s'user le fond de culotte sur les bancs d'école pendant des années et de pouvoir compter sur un père ou un oncle fortuné, détenteur d'un bien-fonds considérable, ou à défaut, de se glisser au sein de compagnies d'associés dont plusieurs possédaient du capital. À moins de posséder une force de volonté hors du commun, il était condamné à demeurer un gagne-petit. Alors, de se liguer pour asséner une rebuffade aux prétentieux qui doivent leur prééminence à l'intrigue et aux faveurs indues, ça doit lui faire un bien fou !

27

Au Cabaretier patriote, Gilbert est frappé par le malaise tangible qui habite les clients à l'idée d'y croiser Bleury ou l'un de ses affidés. Pour l'instant, ces derniers se font rares comme de la merde de pape. Est-ce un signe qu'ils ont déserté l'établissement à jamais? Chose certaine, Gilbert ne pourrait supporter d'avoir sous le nez un Bleury souhaitant demander à ses commettants *s'ils l'ont envoyé à la Chambre pour s'attacher au char de M. Papineau et dire amen à tout ce qu'il prononce*, comme l'a écrit *L'Ami du peuple, de l'ordre et des lois*, la gazette à sa botte.

La phrase ridicule est devenue une blague que les joueurs de billard ou les buveurs attablés se garrochent au moindre prétexte, pour ensuite s'en gausser ouvertement. Loin d'être égarés par les *charlatans politiques*, 2000 électeurs ont accusé Bleury d'avoir commis un délit en s'écartant des principes des 92 Résolutions, et depuis, le théâtre des hostilités s'est déplacé de Saint-Ours jusqu'à la métropole, d'un husting jusqu'entre les pages de *L'Ami du peuple*, qui a publié une correspondance haineuse attribuant l'insuccès de Bleury à de vils intrigants ayant comploté pour monter la foule contre lui.

Grâce à des échanges animés entre George-Étienne Cartier et Louis-Victor Sicotte, commis de la Maison canadienne de commerce, Gilbert apprend les faits saillants d'une trahison en train de causer un méli-mélo de première classe. Employé comme scribe dans le bureau d'avocat de Bleury depuis qu'il a dû quitter *La Minerve*, Léon Gosselin est l'auteur de ladite correspondance. George-Étienne est bien placé pour le savoir: son tout nouvel associé en affaires, le député Édouard-Étienne Rodier, est l'un de ces « intrigants » contre qui Bleury cherche vengeance pour avoir discouru à l'assemblée des Réformistes du comté de Richelieu, après avoir ferraillé de vive voix contre lui en Chambre d'Assemblée.

Pour venger son honneur irrémédiablement froissé, Bleury a donc enrégimenté Gosselin dans sa cour de favoris desquels il exige une loyauté absolue. Subitement, George-Étienne se tourne vers Gilbert, occupé à ramasser quelques gobelets qui traînaient.

— T'es encore ami avec Gauvin ?
— Alphonse ? Oui, pourquoi ?
— Y fait partie des Amateurs canadiens.

Gilbert réagit par un soupir d'exaspération, puis grommelle :
— Je sais. Les relations s'emberlificotent par les temps qui courent...

En sus de Gosselin, Bleury semble avoir recruté Hyacinthe Leblanc de Marconnay, auteur d'une pièce de théâtre mise en scène par les Amateurs canadiens. Or, Marconnay est un ancien collaborateur de *La Minerve*, bouté dehors après avoir fait paraître dans la gazette patriote un écrit suintant de préjugés envers la race *Briton*. Ludger Duvernay a suspecté une provocation planifiée. Sa gazette étant la pierre d'assise du réseau patriote, il lui était impossible de tolérer la présence d'un nouvelliste pouvant être soupçonné d'espionnage.

En conséquence, Duvernay a refusé d'insérer la publicité des Amateurs canadiens et Alphonse, l'un des comédiens, s'en est insurgé publiquement. Gilbert reprend :
— Alphonse est pris par surprise comme moi...
— Tu verseras pas une larme, je l'escompte bien !

Louis-Victor a quitté son poste à la table de billard pour marcher jusqu'à Gilbert. Les traits contractés par la colère, il éructe :
— Ces grichous font des galipettes, alors que c'est le temps de marcher drette comme un seul homme. Alors que les convulsionnaires, y attendent juste de nous mettre la corde au cou ! Bleury, y avait la confiance de m'sieur Papineau. T'imagines m'sieur Papineau fréquentant un traître ? Pis on a pas encore jasé de Gosselin, en qui les patriotes plaçaient leur confiance au point de l'inclure dans leurs réunions. Y est après sauter à pieds joints dans les mensonges de son patron !

Gilbert fait signe qu'il entend parfaitement, et le joueur de billard consent à retourner à sa place. Tandis qu'il joue, son adversaire élabore pour le bénéfice de Gilbert. Pendant qu'il travaillait à *La Minerve*, Gosselin a été secrétaire du Comité central et permanent du district de Montréal, qui réunit les députés entre ses sessions, et de l'Union patriotique de Montréal, qui rassemble le gratin des Réformistes du district. Placée sous la présidence de Denis-Benjamin Viger, l'organisme seconde discrètement la Chambre d'Assemblée dans son travail de réformer la constitution afin d'obtenir un gouvernement justiciable devant le peuple. Qui sait ce que Gosselin a pu colporter pendant le court laps de temps où il a joué double jeu?

Chose certaine, c'est sur trois renégats parlant français, ci-devant rédacteurs de gazettes patriotes, que Sabrevois de Bleury compte pour faire jaillir la fange. Léon Gosselin et Leblanc de Marconnay étaient de *La Minerve*. Alfred Rambau est de *L'écho du pays*... Tout en disputant une chaude partie, les deux jeunes gens se réjouissent du fait que l'écrit non signé de Gosselin dans *L'Ami du peuple* s'est valu une réplique cinglante dans *La Minerve*. Dans la foulée, Bleury a reçu une dégelée de la part du propriétaire de la gazette patriote. S'assombrissant soudain, Louis-Victor fait remarquer:

— M'sieur Duvernay, y a pas froid aux yeux. À sa place, je me méfierais sur un temps riche. Gosselin pis Marconnay, sont bassement intéressés à le réduire à la ruine. Y voudraient mettre sur pied leur propre gazette. Une gazette, s'entend, pour exhorter les Canadiens à l'obéissance.

La cruauté dont le propriétaire de *La Minerve* vient tout juste d'être victime prouve au centuple qu'il y a une machination contre le papier-nouvelles trop influent au goût des ennemis du pays. La défection crée une brèche dans laquelle ses ennemis risquent de se précipiter! Difficile de considérer Louis-Victor comme un oiseau de malheur. Gilbert voit encore valser devant ses yeux le titre frappant: ATTENTAT CONTRE LA LIBERTÉ DE LA PRESSE – L*a* M*inerve aux prises avec le* G*rand* J*ury* – *Renouvellement des scènes de 1828 et 1832!!!*

Responsable des prisons du district, le shérif de Montréal devait se défendre d'accusations de détournement de fonds normalement affectés au soin des détenus, ce qu'une enquête de la Chambre d'Assemblée avait révélé. Or, c'est ce même shérif qui, dans le secret de son bureau, nomme les hommes au Grand Jury de la Cour du Banc du Roi du district. Lewis Gugy n'a pas manqué d'organiser un *packed jury* à son avantage. Parmi les 24 hommes qui le composaient, les 15 domiciliés à Montréal étaient des Bureaucrates exaltés – plusieurs d'entre eux avaient même joué des rôles-clef dans la tragédie de 1832. Parmi les neuf autres figuraient des ennemis avoués du pays.

Ludger Duvernay s'est insurgé contre le *simulacre de justice*, ce qui a poussé le président du Grand Jury, nul autre qu'Austin Cuvillier, à se plaindre d'un mépris de cour, puis à entraîner ses collègues à porter une accusation de libelle diffamatoire. Le propriétaire de la gazette patriote a donc dû verser la garantie exorbitante assortie à sa promesse de comparaître au prochain terme : 500 livres de sa part et 250 livres de la part de deux hommes se portant garants de lui.

Le rideau qui ferme l'entrée du billard s'ouvre en un coup de vent, comme poussé par une sorcière de neige, et le député Charles-Ovide Perrault fait irruption dans la pièce. Hors d'haleine, il lance :

— Un coup dur ! La loi des écoles élémentaires...

Il doit reprendre son souffle pour réussir à lâcher :

— Les incubes oppressifs sont en train de réduire à néant les efforts de tout un peuple !

Le cœur étreint par l'angoisse, Gilbert marche lentement jusqu'à lui, précédé par la douzaine de clients qui ont tout laissé en pan pour entourer le survenant. Jour après jour, d'éprouvantes nouvelles arrivaient depuis le Conseil législatif enivré de son omnipotence. La loi des subsides de courte durée que la chambre basse avait condescendu à voter était rejetée... telle autre était mutilée au point de la rendre inacceptable... L'intention est limpide. Les élus refusent plus que six mois de salaires aux officiers de l'État ? Les plus hauts placés parmi ces derniers s'en vengent au centuple. Mais la loi des écoles élémentaires ?

Charles-Ovide se débarrasse de sa tuque, découvrant la célèbre longue chevelure blonde attachée en couette. Ensuite, il extirpe un mouchoir de sa poche et s'y mouche vigoureusement. Enfin, il annonce d'un ton funèbre que les autocrates refusent de prolonger la loi des écoles élémentaires, votée naguère par la Chambre d'Assemblée pour financer les opérations de plus d'un millier d'écoles à travers la province. Quelques jours plus tôt, une poignée de favoris gratifiés du poste de conseiller législatif ont décidé de détruire la loi venant à échéance le 1er mai.

George-Étienne interroge avidement le jeune député de Vaudreuil :
— Pour vrai ? T'es sûr de ce que t'avances ?

Le survenant plonge la main entre les pans de son capot de laine, et en extirpe un feuillet qu'il brandit, expliquant que le Conseil législatif a cru nécessaire de justifier son acte au moyen de résolutions imprimées.

— Je cours la délivrer à Ludger, dit-il, mais en chemin, j'ai pris sur moi de faire un croche par icitte.

— Pis Édouard ?

— Demeuré à Québec. Y tardera pas. Y m'a confié des affaires pour toi itou. Mais pour l'instant...

Charles-Ovide interpelle Gilbert du regard et s'avance d'un pas pour lui tendre le feuillet. Après une moue de reconnaissance, l'instituteur s'astreint à lire soigneusement. Pendant ce temps, le député de Vaudreuil verbalise une courte liste des iniques résolutions pour le bénéfice des hommes qui l'entourent. Les habitants de cette province comptent trop sur l'aide publique... la chambre basse a été d'une libéralité excessive... c'est une mésapplication des deniers publics... le système a tendance à faire naître d'autres abus... il faut adopter un système de régie permanent et efficace...

À mesure que l'évidence l'inonde, Gilbert a le cœur qui se débat, la vue obscurcie et les entrailles nouées. Privées de l'essentiel de leur financement, les écoles vont être obligées de fermer. Il va perdre son gagne-pain ! Secoué d'une rage qui lui fait voir des étoiles, il fourre le feuillet entre les mains de George-Étienne, puis il se détourne pour cuver sa colère. Les fendants, les écœurants de fendants de conseillers législatifs ! C'est vider un jeune pays de sa sève jusqu'à le voir s'étioler sur place, puis tomber raide mort.

Si les lois adoptées sont boiteuses, c'est uniquement de leur faute. Législateurs ignares, ils sont incapables de comprendre ce qu'ils ont sous les yeux. Imbus de préjugés contre les représentants du peuple, ils charcutent leurs textes ou rejettent leurs décisions du revers de la main depuis des décennies ! Quand, de surcroît, ils sont motivés par une envie féroce de représailles... Gilbert pivote et garroche une question à la cantonade :

— Qui ? Qui s'est permis ce geste barbare ?

— Huit incubes oppressifs, répond sobrement Charles-Ovide. Y a juste Viger-au-grand-nez qui s'est opposé.

Pour souligner le ridicule de la situation, le député Perrault aligne les noms d'un ton pompeux. Peter McGill, Charles W. Grant et George Moffatt, trois des *Constitutionals* les plus en vue de Montréal. Pierre de Rocheblave, marchand et marguillier, traître à sa patrie. Tous quatre, juges de paix de Montréal, sont plongés jusqu'aux cheveux dans la Rue du Sang. Trois autres sont des Bureaucrates de la capitale : Jonathan Sewell, juge en chef de la province, siphonneur d'argent public et de faveurs pour lui et sa descendance ; Matthew Bell, le tyran des Forges du Saint-Maurice ; James Stewart qui engrange grâce à un bien qui devrait être public, soit les propriétés des Jésuites accaparées par la Couronne britannique.

— Le huitième est l'un des plus fieffés spoliers que la colonie ait jamais abrité en son sein.

Charles-Ovide poursuit avec la solennité d'un avocat au tribunal :

— J'ai nommé William Bowman Felton, commissaire aux Terres et *landlord* des Eastern Townships !

Sa plus récente trouvaille, poursuit le représentant de Vaudreuil : faire croire à un groupe de récipiendaires de terrains que ces derniers ne leur étaient pas donnés, ce qui était pourtant le cas, mais vendus. Felton a retiré des sommes d'argent appréciables d'une spéculation éhontée pour laquelle la chambre basse demande sa suspension à vie. Bell et Stewart figurent itou dans la liste de favoris dénoncés par la Chambre d'Assemblée. Car pendant l'industrieuse session, les députés ont déposé des rapports doublés d'actes d'accusation contre les plus corrompus des hauts fonctionnaires.

Retrouvant son ton coutumier, Charles-Ovide ajoute que les huit faquins sont remplis de trouille pour la survie de leurs privilèges personnels et de ceux des fonctionnaires parmi leurs amis qui fraudent et s'en mettent plein les poches. Certains de leurs intimes en particulier : Samuel Gale, appointé juge même si ses antécédents prouvent qu'il n'est pas digne de confiance, le juge James Kerr, poivrot notoire, et plus que tout, le shérif Gugy qui aurait, entre autres prévarications, gonflé le montant de ses honoraires à lui être versés par le gouvernement.

La méprisable vengeance des conseillers législatifs, qui leur a fait jeter aux orties 49 lois sur 107, s'explique par le fait, selon Louis-Victor, que les lords en herbe escomptent une loi du parlement impérial pour contourner le cadenas de la Chambre d'Assemblée sur les subsides. George-Étienne contreboute son partenaire de billard :

— Y en a pas, de cadenas. Les profiteurs pigent dans les deniers publics à loisir.

— Sont pas supposés pis y risquent de se faire taper sur les doigts en Chambre des Communes. Donc, leur plan, c'est de convaincre le Parlement de Londres de venir à leur aide. Dans cette optique, y préfèrent rejeter les appropriations monétaires de la Chambre d'Assemblée, pour pas gêner un futur transfert comptable.

— Y rejettent une trâlée de lois, s'exclame un client avec incrédulité, parce qu'y se bercent de l'espoir de voir une manne leur tomber dessus depuis l'autre bord de l'océan ?

— En bonne partie, y paraît.

— Les profiteurs ont toujours eu une totale impunité, avance Charles-Ovide. Une douzaine de faquins en place inondent le ministère des Colonies de communications autant menteuses qu'officielles. Une correspondance active, haineuse et menteuse. Vous vous souvenez ? Les propres mots de m'sieur Papineau dans son Adresse de remerciement à ses électeurs, en 34. Le président de la North American Colonial Association... un directeur salarié de la Compagnie des terres...

— Ces grichous arrêtent pas de nous dénigrer, reconnaît un autre client. On est un peuple ignorant. Nos élus sont des manipulateurs de première, surtout m'sieur Papineau. Celui-là, c'est le démon incarné, pis nous autres, on est des moutons se laissant conduire à l'abattoir.

— Pis Mr Stephen, le principal commis du ministère des Colonies sur Downing Street, a les oreilles grandes ouvertes. Un trafic d'influence éhonté !

— L'objectif premier de nos élus depuis la Rue du Sang, nuance George-Étienne, a été de mettre en place une voie de contournement. Un canal sûr pour que la vérité se diffuse enfin dans la mère patrie.

— Notre agent, Mr Roebuck?

— Pas juste lui. Les anciens du *Daily Advertiser*, Revans et Chapman. Z'avez vu leurs lettres dans *La Minerve* pis le *Vindicator*? Non seulement y nous renseignent sur le climat politique réel dans la mère patrie, mais y font publier des articles sur le Canada dans les gazettes anglaises. Grâce à eux, l'opinion publique se modifie. Tu sais comment l'opinion publique influe sur le Parlement... On peut espérer d'ici une couple d'années des changements drastiques dans la marche de nos affaires.

Mais la mine de George-Étienne est tout sauf joyeuse, et il finit sur un ton funèbre :

— Sauf que ça, nos ennemis le savent encore mieux que nous autres.

Charles-Ovide a replié le feuillet et l'a rangé précieusement contre son cœur. Sur ce, il gratifie Gilbert d'un sourire navré, et après une vague salutation à la cantonade, il repasse à travers l'huis vers la chambre de jeu. Une fois le rideau refermé, Gilbert ouvre largement les bras dans un geste de désespoir.

— Tant d'écoles qui vont mettre la clef sur la porte, faute d'argent public...

— Le désastre sera évité pour l'année prochaine, dit George-Étienne d'un ton qui se veut rassurant. Les notables pis les curés sont parés à avancer leur salaire aux instituteurs, puisque la législature pourra les rembourser.

— Tu crois ça ?

— Je te le garantis. Tes syndics feront des pieds et des mains pour garder la classe ouverte.

— N'empêche que c'est pour nous forcer à entrer en résistance qui ont rejeté la loi des écoles, vitupère Louis-Victor. Pis y ont l'espoir de nous écrabouiller astheure que Bleury est de leur bord.

George-Étienne rétorque avec impatience :

— Ton raisonnement est grossier pis gonflé à outrance, comme de coutume. Envoye, on retourne jouer.

— J'étais en train de t'écrapoutir.

— Je sais. Côté raisonnement, tu me vas pas à la cheville parce que ton énergie est concentrée dans ta queue!

Accablé par sa propre impuissance, Gilbert est insensible à l'humour grivois de ses compagnons. Il voudrait plonger dans un endormitoire si profond que nulle vacherie, nulle radinerie ne pourrait plus l'atteindre. Jusqu'où une nation peut-elle s'abaisser sans devenir complice de tourmenteurs ayant entrepris d'annihiler l'œuvre législative ? Jusqu'à quel tréfonds est-il possible d'endurer sans perdre sa foi ? Est-il raisonnable d'écouter les exhortations au calme de l'élite patriote, persuadée de l'emporter par la résistance légaliste ?

Gilbert lutte contre le besoin impérieux de se blottir entre les bras de Caroline. Il y oppose son visage fermé de la fin de leur relation, ses œillades absentes, sa passivité pendant leurs étreintes, et surtout le métier barbare qu'elle a délaissé mais qui lui colle à la peau. Gilbert tâche de s'en persuader : Caroline est tombée du piédestal où il l'avait placée par un beau jour d'été, au débarcadère du traversier de Saint-Denis, et son adoration s'est muée en détestation. Il doit la fuir plutôt que de soupirer après elle !

Pour s'en distraire, le jeune homme traverse la chambre de jeux pour aller s'attabler dans un recoin de la taverne, afin d'aligner quelques chiffres. Son commerce a atteint sa vitesse de croisière et lui procure un revenu d'appoint modeste mais régulier, sauf que Gaspard commence à lui taper sur les nerfs... Pourquoi faut-il qu'il y ait toujours un coin qui retrousse ? Gaspard n'a d'intérêt que pour les soirées de beuveries et de jeux de hasard, agrémentées de la présence d'accortes créatures qui se laissent lutiner dans un recoin. Gilbert, lui, s'amuse bien au théâtre. Il aime par ailleurs les soirées musicales et les bals, de même que tout ce qu'une cité moderne peut offrir en terme de distractions : panoramas, expositions artistiques ou scientifiques, trouvailles mirobolantes...

Si Gaspard n'était pas en séjour prolongé au village Debartzch, Gilbert passerait son temps à chercher des raisons pour éviter les sorties en sa compagnie. La vie de fêtard qui lui plaisait tant, elle lui répugne astheure. Il se sent à mille lieues de Gaspard et des obsessions qu'il ne se retient aucunement d'étaler : sa quête incessante de créatures soumises à ses désirs, d'un accroissement substantiel de leur marge de bénéfice et des meilleurs trucs pour gagner aux jeux de hasard. Tout cela dans le désordre...

Avril succède à mars et Sabrevois de Bleury s'accroche à son siège comme à une bouée malgré la censure de ses commettants, même s'il avait assuré ces derniers qu'il resterait leur représentant tant qu'il voyait du même œil qu'eux toute *question de droit tant soit peu importante*. Encore pis : un matin, Gilbert apprend par ses élèves que Bleury a réussi à entraîner l'éditeur de *La Minerve* à un duel au pistolet. L'affaire vient tout juste d'être éventée grâce à Amury Girod, qui a arraisonné Bleury sur les marches de la Maison d'audience et l'a « caressé » de son fouet à chien.

Girod proclamait à tout vent que Bleury ne méritait pas un cartel, car un honnête homme ne peut provoquer en duel l'être le plus dégradé et le plus lâche d'Amérique. Quelle saga digne d'un roman de cape et d'épée ! Gilbert comprend que Girod, ancien militaire suisse, a voulu faire reporter le cartel à Duvernay sur lui-même. Certes, Bleury fait montre d'une couardise révoltante. Il s'est bien gardé d'envoyer un cartel à Rodier ou à Girod, fins duellistes, même si l'un et l'autre sont les « vils intrigants » accusés par *L'Ami du peuple* d'avoir manipulé la foule à Saint-Ours en défaveur du député de Richelieu.

Par contre, Bleury accuse le propriétaire de *La Minerve* d'avoir souillé son honneur en imprimant noir sur blanc qu'il avait pénétré clandestinement chez le dépositaire du registre de la Banque du Peuple afin de biffer la souscription de 500 livres qu'il avait contractée au moment de la fondation. Gilbert a toutes les misères du monde à contenir ses élèves, incapables de se concentrer avant d'apprendre le dénouement du combat. Car la légère blessure infligée par le fouet de Girod n'a pas détourné Bleury de son intention d'affronter Duvernay, et le duel a eu lieu comme prévu ce 7 avril, sur le flanc du mont Royal.

Lorsqu'un élève rappelle la fameuse rencontre entre Charles-Ovide Perrault et Bleury de l'hiver passé, l'instituteur laisse sa classe récréer l'événement. Chaque fois, la relation des préparatifs force l'admiration des connaisseurs. Perrault avait choisi comme second William-Henry Scott, député de Deux-Montagnes, qui lui a obtenu la meilleure position, puis a battu la neige pour détruire l'effet de ligne droite. De surcroît, Scott a choisi pour Perrault le meilleur pistolet, au grand dam de Bleury qui, voyant ses chances de succès rapetisser comme une peau de chagrin, s'est résigné à négocier.

La suite est suivie avec d'autant plus d'avidité qu'elle révèle la bassesse de Bleury. Ce dernier a d'abord exigé que son adversaire fasse excuse de ses coups de poing. Le second de ce dernier a refusé, Bleury étant l'agresseur initial par ses insultes en pleine séance de travail. Il a été convenu que simultanément, le représentant du comté de Vaudreuil se dise fâché d'avoir cogné, et celui du comté de Richelieu, d'avoir traité son collègue de crasse. Mais reniant sa parole, Bleury s'est contenté d'écouter l'apologie de son vis-à-vis. Le député Scott a vu rouge!

Par après, Bleury a plongé à pieds joints dans la falsification de la vérité et la calomnie, comme tout sectaire digne de ce nom. Lorsque l'affaire a été publicisée par le *Morning Courier*, le duelliste a fait répondre par son second que loin d'avoir fait amende honorable, il avait tout bonnement accepté celle d'un Perrault apeuré par les armes à feu. Indigné, William-Henry Scott s'est fendu d'un rectificatif, à la suite duquel Bleury a fait parvenir un cartel à Perrault, avant de se raviser et de laisser l'affaire sombrer dans l'oubli.

Un pas vigoureux avalant les marches quatre à quatre résonne dans l'escalier, ce qui indique qu'il ne s'agit ni d'un calotin, ni d'un ancêtre. Puis, le survenant s'immobilise en haut des marches, pour faire passer sa tête par l'huis ouvert. Pendant un instant, Gilbert croit qu'il s'agit de Gaspard, mais il se corrige: c'est son besson Vincent, qui lui paye une visite pendant un des séjours dans la cité. Gilbert veut l'accueillir en lançant un appel, mais sa gorge s'enroue et il est obligé de l'éclaircir avant d'émettre faiblement:

— Entre! Reste pas planté là...

Un peu intimidé par la vingtaine de paires d'yeux posés sur lui, Vincent obéit avec un sourire penaud.

— S'cuse-moi. Je croyais pas mirer ta trâlée en pleine action.
— Pas de soin. Quelle nouvelle?
— À propos de quoi?
— T'es pas au courant du duel de m'sieur Duvernay?

Vincent ouvre de grands yeux.

— Pantoutte! Je débarque à peine. C'est quoi l'affaire?

Un concert de jeunes voix s'élève pour mettre le survenant au courant. Vincent n'a pas le temps de creuser la question, car deux pas posés grimpent l'escalier. Un élève âgé, qui était parti aux nouvelles, fait irruption, suivi du supérieur de l'Institut sulpicien. Les traits rigides, Quiblier tient l'adolescent grimaçant par l'oreille. Se gardant bien d'indiquer à ses pupilles de se mettre debout, Gilbert dirige vers le calotin une œillade glaciale, avant de proférer clairement :

— Lâchez-le. Je le punirai moi-même en cas de culpabilité avérée.

Posément, Quiblier laisse retomber son bras, tout en ordonnant à son compagnon :

— Dites-leur ce que vous avez appris.

— Bleury a atteint m'sieur Duvernay.

Un vent d'émoi se lève dans la classe. Après avoir fait signe à l'adolescent d'aller à sa place, Gilbert le questionne :

— Et puis ?

— La première balle a déchiré le surtout de son adversaire, répond Quiblier à sa place. Trois autres échangées sans résultat, puis la cinquième l'a touché à la cuisse. La blessure est superficielle.

Le Sulpicien tire un exemplaire de *L'Ami du peuple* d'une large poche dans sa soutane.

— Lisez le passage que j'ai entouré. La survie de votre classe en dépend. Les annonces commerciales, c'est nettement insuffisant.

Prenant possession du feuillet, Gilbert se met à déchiffrer vitement, mais tout bas :

— *Nous nous étions toujours attendus, et nous l'avions depuis longtemps prédit, que le parti patriote se servirait de la suppression des secours accordés aux écoles pour aigrir encore les esprits contre le Conseil et faire rejaillir sur ce corps législatif tout l'odieux des folies de la Chambre d'Assemblée.*

Sur un ton furieux, Quiblier s'exclame :

— Me prenez-vous pour un imbécile ? Vous avez eu des leçons de déclamation au collège. Faites-les fructifier !

— *C'est la conduite de la Chambre, son refus inique d'accorder aux officiers publics les sommes qui leur étaient dues depuis si longtemps, qui a forcé le Conseil à retenir tous les fonds publics dans le coffre de la province, et à rejeter ce bill ainsi que plusieurs autres.*

— Nettement mieux. Allez plus loin, au bas de la colonne.

— *Que la Chambre remplisse les devoirs que lui impose la justice. Qu'elle paye au gouvernement et aux officiers civils des dettes qui sont des dettes d'honneur et d'équité, et elle verra le Conseil s'empresser à favoriser toute mesure propre à avancer l'éducation, et à donner au Canada ce degré d'instruction et de prospérité où il serait déjà parvenu depuis longtemps, sans les entraves que mettent à sa marche politique et intellectuelle des hommes qui se vantent d'être les amis dévoués du peuple, et qui ne sont au fond que des perturbateurs et des charlatans politiques.*

Cessant abruptement, Gilbert relève la tête. Il dit avec une civilité excessive :

— Tirer à cinq reprises sur un rival dépourvu d'expérience dans le maniement d'armes, comme l'a fait Bleury, c'est se muer en meurtrier de sang-froid. Je saute sur l'occasion pour démontrer à mes élèves à quel point de terribles inimitiés personnelles peuvent plonger une nation entière dans la tourmente. Vous voulez assister à la leçon, m'sieur ?

— J'ai mieux à faire.

— Dans ce cas...

Repliant le feuillet sans ménagement, Gilbert le tend au supérieur qui le replace dans sa poche, puis prend son départ, suivi par une trâlée de regards éberlués. Peu après, l'instituteur donne congé aux élèves, puis se tourne vers Vincent qui, accoté contre un mur, s'était fait le plus discret possible. Son camarade laisse passer un temps, puis il dit, une lueur admirative dans le regard :

— T'as été magistral.

— J'ai mon voyage de me faire passer des sapins, rétorque Gilbert.

— Dire que j'étais venu rire avec toi de Maria Monk...

Vincent tire de la poche intérieure de son capot un petit livre qu'il exhibe triomphalement. Gilbert s'en saisit, et ouvre de grands yeux en déchiffrant le titre : *The Awful Disclosures of Maria Monk, as Exhibited in a Narrative of Her Sufferings During a Residence of Five Years as a Novice and Two Years as a Black Nun, in the Hotel Dieu Nunnery in Montreal*. Il s'exclame :

— Ça y est, c'est sorti ?

— Reçu tout chaud depuis New York.

— Tu l'as lu ?

— Certain. J'ai pas fermé l'œil de la nuitte. J'avais pas l'accoutumance de lire des romans, mais là, j'ai été servi, je te le garantis !

— Quand je pense que c'est la même Maria que j'ai entraperçue avant de quitter Saint-Denis... Elle était ragoûtante, je t'en passe un papier. Pas juste ragoûtante. On la voyait, pis on avait envie de la douilletter de toutes les manières possibles. Moi, j'y ai pas trop prêté attention à l'époque, mais y en avait d'autres qui salivaient. Elle avait une étincelle dans l'œil... une expression aguichante...

— Arrête ça ou je vais me pâmer. Veux-tu savoir le nœud de l'affaire, oui ou non ?

Gilbert fait signe que oui, et son ami enchaîne :

— La Maria en question, née protestante, prétend qu'elle s'est convertie au catholicisme, pis qu'elle est entrée comme novice à l'Hôtel-Dieu. Là, elle découvre que le couvent est un harem à l'usage des prêtres.

— Un harem ?

— Une maison déréglée, si tu préfères, où les prêtres viennent s'offrir des services particuliers. Car ces pauvres calotins s'ingénient à notre salvation ; sans eux, nul ne pourrait obtenir de pardon pour ses péchés ; et les religieuses ont la tâche solennelle de leur obéir en tous points.

— C'est niaiseux sans bon sens !

— Donc le couvent de l'Hôtel-Dieu est garni d'entrées secrètes et de cellules pour les récalcitrantes. Un souterrain le relie au Séminaire. Celui qui a engrossé Maria, c'est l'abbé Phelan.

Gilbert en reste pantois. Ce natif d'Irlande a été agrégé à l'Insitut sulpicien de Montréal en 1825, et depuis, il dessert les Irlandais catholiques de la ville.

— Ça se peut ?

— Oui, répond Vincent, mais nos Messieurs ont pas besoin d'aller dans un couvent pour satisfaire leurs envies de luxure. Y ont leur manoir sur la montagne. Alors pour finir mon récit, la coutume veut que les bébés soient tués, puis enterrés sur place. Maria s'y refuse. Elle s'enfuit à New York. Là, elle raconte son histoire à des pasteurs protestants.

— Une maudite belle fabulation !

— Sacrément titillant. Je t'en conseille la lecture, tu le veux ?

Gilbert accepte de prendre le bouquin en dépôt, le tripotant sans mot dire. Après un temps, Vincent le relance :

— T'as envie d'une distraction ? J'suis mûr pour une tournée du coin flambant.

Le jeune homme repousse ses soucis aux confins de sa cervelle, paré à se désâmer pour faire sentir à Vincent le parfum capiteux de la cité. Pour le sûr, les deux jeunes gens ne peuvent éviter les sérieuses parlures au sujet du précipice que Bleury vient de creuser entre les Réformistes et lui. Le renégat aurait voulu mettre hors de combat le propriétaire de *La Minerve* qu'il n'aurait pas agi autrement. La parenté est frappante avec Daniel Tracey, rédacteur du *Vindicator*, dont Austin Cuvillier avait fait son ennemi juré dans les mois précédant la mitraille de mai 1832, drame que Cuvillier lui-même avait orchestré...

Quelques semaines plus tard, Gilbert fait lecture à sa classe du feuillet central de *La Minerve* dont les colonnes de la page sont encadrées d'épaisses lignes noires. Hier, la loi d'éducation élémentaire expirait. D'une voix forte, Gilbert se met à lire :

— *Un des usages suivis dans quelques-unes des ci-devant colonies anglaises pour exprimer le deuil et la douleur que causaient les mesures oppressives de quelques tyrans revêtus du pouvoir dans la métropole, était celui de faire des processions funèbres afin de démontrer combien vivement l'on sentait le poids et le joug de la tyrannie. Le premier mai 1836 est pour le Bas-Canada un jour où commencent les tristes effets de la conduite de quelques tyrans revêtus du caractère de législateurs sans responsabilité, et préparent pour ce pays un avenir qui n'annonce que des malheurs...*

De retour chez lui ce soir-là, Gilbert se plonge dans *The Awful Disclosures of Maria Monk*, dont le côté glauque l'appâte et lui donne envie d'en savourer davantage. C'est ainsi qu'il se met en quête de livres circulant sous le manteau même s'ils ne sont pas mis à l'Index, des romans conçus pour offrir des sensations fortes et pour sonder le côté sombre de l'être humain. Lui qui dédaignait ce genre mineur mais populaire, il se met à dévorer tout ce qui lui tombe sous la main.

Un jour, il tombe par hasard sur une historiette teintée d'érotisme. Fasciné, Gilbert se lance à bride abattue dans un genre dont il ignorait tout, mais qui le titille à souhait. Il passe des nuits enlevantes... Il développe un goût immodéré pour la lecture, et particulièrement les œuvres françaises en vogue ou même, à défaut, certaines traductions d'écrivains anglais ou écossais plus austères. Il voyage à la grandeur du globe et jusqu'aux tréfonds de l'âme humaine, et il ne peut plus se passer de ces vies inventionnées qui le propulsent à mille lieues de son univers morose.

28

Ruisselante de sueur à cause de sa fille emmaillotée contre elle, Vitaline accélère le pas vers la stèle rendant hommage à Louis Marcoux, et dont le bourg s'enorgueillit depuis une sobre cérémonie d'inauguration, le 20 juillet 1836, en présence des personnalités du comté de Richelieu. Grâce à une souscription publique, un obélisque est placé au centre de Saint-Denis, choisi pour sa position centrale dans le comté de Richelieu. Si le cœur de Vitaline bat jusque dans ses tempes, c'est itou à cause de la poignante émotion qui l'étreint au souvenir d'un assassinat dont les Bureaucrates de Sorel ont été blanchis par le verdict d'acquittement d'un jury paqueté.

C'est pour garder vivant le souvenir d'un patriote convaincu que les hommes d'importance, et en particulier le Dr Wolfred Nelson, ont tenu à un monument. Comme ils ont eu raison! La tyrannie resserre son emprise, et une lutte à finir est engagée dans la colonie. Dépouillé de son masque de Réformiste, Gosford est indigne de la noblesse de sa charge. Il n'a pas destitué Samuel Gale de son poste de juge, ni William Bowman Felton de son poste de commissaire des terres de la Couronne. Il a plutôt remisé le dossier sur une lointaine tablette!

En fin de session, les députés ont demandé au parlement impérial d'amender l'acte constitutionnel et de rendre le Conseil législatif électif. Après avoir tué des dizaines de lois d'intérêt public, les favoris bureaucrates ont entraîné le gouverneur à défrayer une partie des salaires des fonctionnaires à même les abondants revenus sur lesquels les élus n'ont aucun contrôle. Escomptant la bénédiction pleine et entière de Gleneg, ministre des Colonies, Gosford n'a pas attendu son accord pour soutirer 43 000 livres des coffres. Alors que le principal grief de la Chambre d'Assemblée est son manque de contrôle sur le gouvernement de la province et les deniers publics!

Une conclusion s'impose: Gosford et son supérieur à Londres apparaissent tels qu'ils sont: des pantins manipulés par la coterie de profiteurs qui a pris le contrôle des affaires du pays, soit les Honorables du Canada et leurs alliés en mère patrie, les Lords d'Angleterre. Vont-ils accentuer l'offensive sur la Chambre d'Assemblée de la colonie? Plusieurs évoquent déjà la passation d'une mesure coercitive pour retirer à la chambre basse son droit de veto sur les subsides et, plus généralement, son droit de regard sur la cagnotte de la colonie.

Vitaline est parvenue aux pieds du monument Marcoux, sorte d'ode à la résistance. Comme elle le constate à la vue de la dizaine de badauds présents, l'obélisque est déjà devenu un lieu de pèlerinage. Émue, Vitaline admire le velouté de la pierre et la forme parfaite, puis elle se concentre sur la lecture de l'inscription gravée. *Passant rend hommage à la mémoire du Patriote LOUIS MARCOUX tué à Sorel, le 6 novembre 1834, en défendant la cause sacrée du Pays, âgé de 34 ans. Ses dernières Paroles: VIVE LA PATRIE.* Fermant les yeux, Vitaline ravive en pensée la silhouette du jeune homme fringant de 1827, lors de la fameuse élection du Dr Nelson, puis elle s'absorbe dans un patenôtre.

Enfin, pour mieux voir la stèle dans son entièreté, Vitaline recule jusqu'à une zone ombragée. Les jambes flageolantes, elle se laisse tomber sur le sol et s'évente avec son chapeau à large bord. Elle hésite un moment, puis elle se résous à défaire le nœud du foulard qui tenait la petite Olympe blottie contre son corps, pour la déposer par terre entre ses jambes, dans la corolle de sa jupe. Par miracle, le bébé couine, mais ne se réveille pas. Vitaline tire sur son corsage pour le détacher de sa peau. Elle est en lavette!

— J'escomptais bien te rencontrer un de ces jours...

Surprise, la jeune femme lève la tête vers Vincent Cosseneuve, qui se tient debout à quelques pas d'elle. Précisément au moment où elle se tripotait allègrement la poitrine! Mortifiée, elle répond secquement:

— Salut. T'es pas parti dans le pays des bibittes avec ton patron?

— Pas cette année. Je te dérange?

Après un profond soupir, elle risque un piètre sourire à son adresse.

— Non point. Mes apologies. Je suis chamboulée par... les réminiscences.

Du menton, elle désigne l'obélisque, puis d'un geste, elle invite le survenant à prendre place à ses côtés. Le jeune homme s'assoit en tailleur tandis qu'elle l'interroge:

— C'est fini, les tournées d'arpentage?

— On arrondit les fins de mois autrement. Les bibittes, c'est pour les débutants dans le métier.

— Tu vas t'en ennuyer?

— Des bibittes? Vont pas languir une longue escousse. Je vais faire quoi, à ton avis, quand j'aurai mon brevet?

Elle glousse. Fasciné par Olympe endormie, Vincent dit à mi-voix:

— Un ange. Je l'avais pas bien vue... Les fois que je t'ai croisée, elle était tout en paquet contre toi. Oui, belle comme un ange.

Vitaline réagit par une moue agacée. Sa fillette de sept mois est moins céleste lorsqu'elle rechigne au mitan de la nuit... Vincent se perd en contemplation, et mirant son expression alanguie de tendresse, elle sent une étrange appétence se former au creux de ses entrailles, celle de recevoir ce tribut pour elle-même. Désarçonnée, elle détourne les yeux vers l'animation de la place, les enfants qui jouent et les femmes qui bavassent, et elle se morigène. Certes, elle confond Florentin avec Vincent lors de leurs ébats amoureux, car c'est entre les bras d'un Vincent inventionné qu'elle s'abandonne, mais l'amalgame se dissout totalement à la lumière du jour. Le Vincent en chair et en os n'a aucun rapport avec la chimère de la nuit.

Fortifiée par cette songerie, Vitaline l'interpelle sans détour:

— Pis les lettres de mémère? T'achèves-tu, bouette à vache?

— Je sais que tu trépignes d'impatience, mais j'ai pas juste ça à faire!

— Je suis tannée que tu fasses le mystérieux. Tu peux m'en dire un boutte, quand même ?

Chaque fois que la jeune femme est tombée sur lui lors de ses virées dans le bourg, Vincent s'est refusé obstinément au moindre commentaire, et Vitaline se perd en conjectures. Et si les lettres étaient autant salaces que les *Trois petits poèmes érotiques* ? Cette pensée fait naître en elle une flopée d'images troublantes. Elle se voit, après lire des passages du livre à Vincent, et lui, de son côté, nu comme un ver...

— Ta mémère était la maîtresse de Valentin Jautard.

Saisie par l'affirmation, Vitaline revient instantanément au cœur du sujet. Vincent poursuit :

— Du moins, c'est ce que j'assume. J'ai seulement les lettres de Valentin, et non pas les réponses de ton aïeule. Quelqu'un faisait sortir en douce les lettres de la prison, parce que...

Sa voix s'altère et Vitaline se crispe à outrance. Elle le savait. Vincent répugne à dire que l'échange épistolaire est d'un lubrique consommé ! Manifestement gêné, ce dernier s'éclaircit la gorge et poursuit :

— J'ai jamais vu une correspondance tant... tant...

Suspendue à ses lèvres, Vitaline a cessé de respirer.

— ... tant candide. Comme s'y livrait le fond de son âme.

Déroutée, la jeune femme souffle dans ses joues tout en tâchant de donner du sens à ce qu'elle vient d'entendre. Candide ? Le fond de l'âme de Valentin, et non point son entrejambe triomphante ? Vincent reste en silence, se débattant contre un trouble intérieur qui, peu à peu, intrigue Vitaline. Visiblement, il a été happé par le personnage, mais d'une façon totalement incongrue... Après un temps, Vitaline tente de ranimer la conversation :

— Elle est comment, son âme ?

— Mirifique. J'ai l'impression d'aller à la rencontre d'un homme... d'un homme sans carapace. Chambardé de tous bords tous côtés. Prodigieusement vulnérable. Ça m'a fait un bien fou, tu peux pas savoir.

Vincent glisse une œillade vers son interlocutrice pour voir si elle est intéressée par ses propos, puis il entreprend un récit décousu, mais bouleversant de sincérité. Il lui confie que jusqu'à présent, il croyait être le seul, parmi tous les mâles de la planète, à ressentir les choses avec autant d'acuité. À giguer entre des sentiments extrêmes au gré de ses humeurs et de ses rencontres. À combattre, depuis sa naissance, un sentiment tenace de solitude. À chercher à donner du sens à ce qu'il a vécu au sein de sa famille, entre une mère désaxée et un père effacé.

Vitaline l'écoute avec fascination. Ce qu'il raconte aurait pu sortir de sa bouche à elle! Soudain, son interlocuteur se redresse pour jeter avec une hargne subite:

— Je butais aux murs, pis y avait personne pour me tendre la main. Pour m'indiquer la porte pis m'en donner la clef. Les hommes, y font toutte pour paraître au-dessus de leurs affaires. Pour rien laisser voir de leurs doutes. Fait qu'y sermonnent pis y déclament. Pis nous autres, on grandit là-dedans pis on s'endurcit en masse. Pas le choix, sinon on crève.

— Dis pas des affaires de même.

Il lui jette un regard farouche:

— Tu vois? Même toi, tu me bâillonnes.

Froissée, Vitaline balbutie:

— C'est pas ça... je voulais pas...

— S'cuse-moi. Je m'emporte. Pis t'es bien la dernière... Mais tu comprends ce que je veux dire? Faut se taire, ne serait-ce que pour éviter de peiner les autres. Faut endurer en silence. Pis se mortifier, pis se cuirasser... Tandis que de laisser sortir le méchant... de mettre en mots ce qui nous hante... ce qui, moi, me causait du mal... ça soulage en masse. J'ai piqué une longue jasette avec Valentin. Comme j'ai compris qu'y serait compatissant, je me suis déboutonné... pis je me sens tout léger. Peut-être pas comme une plume, mais presque.

Vincent tourne la tête vers Vitaline, ce qui lui tire un sourire empreint d'autodérision.

— T'as les yeux ronds comme des soucoupes.

Elle tressaille, puis souffle:

— Je m'attendais pas...

— S'cuse-moi, répète-t-il. T'es la première à qui j'en parle. C'est venu tout seul.

— C'est juste que... causer avec un spectre...

— J'ai pas perdu la boule, t'inquiète pas. C'est comme si à force de le lire, Valentin était devenu réel. Je l'imaginais dans sa cellule, assis à sa table, suant sang et eau pour écrire. Affolé par son confinement, par le joug de l'injustice... Un jour, je me suis surpris à vouloir le réconforter. Pis de fil en aiguille... les affaires qui remontaient en moi, fallait que je les laisse sortir.

Olympe pousse un léger cri et ses bras commencent à grouiller. Amarrant son regard au bébé qui s'éveille, Vincent conclut :

— Valentin est mon ami pour la vie. Un mélange de grand frère pis de père idéal...

— T'es fortuné, murmure Vitaline.

Son vis-à-vis saute du coq à l'âne avec une moue amusée :

— C'est drôle, on dirait que ta fille, elle va se mettre en rogne.

Les paupières clignotantes, la petite Olympe fronce outrageusement les sourcils. Avec un soupir résigné, Vitaline explique :

— Elle a dormi longtemps. Elle a l'estomac dans les talons. Va falloir que je lui donne la tétée.

— Icitte ?

— Pas le choix. Autrement, elle va brailler à pleins poumons.

Comme pour prouver l'assertion, l'enfant tend les bras vers sa mère tout en poussant un tel rugissement que Vincent éclate de rire. Vitaline la cueille et lui plaque un baiser gourmand sur la joue, et la fillette s'agrippe à elle pour lui rendre la pareille, la bouche grande ouverte, cherchant manifestement le mamelon.

— Je vais m'accoter à l'arbre, là. Tu peux la tenir un brin ?

Quelques instants plus tard, c'est une fillette hurlante que Vitaline reçoit d'un Vincent désarçonné par l'intensité de l'orage, et qu'elle place commodément entre ses bras. Elle tique parce qu'Olympe s'empresse de la mordiller avec ses dents toutes neuves. Comme la jeune femme n'a pas envie de voir Vincent décaniller, elle lui lance :

— Si t'es pas pressé, tu pourrais te placer à côté. Tu me ferais paravent.

— Je voudrais pas t'incommoder...

— Au contraire, tu me rendrais service.

Il s'assoit donc, adossé à l'arbre majestueux qui les surplombe, et Vitaline perçoit la chaleur de son flanc contre le sien. Sensation délectable... Sans bouger d'un poil afin qu'Olympe se rassasie en toute quiétude, elle dit d'un ton égal :

— Tu me liras des passages des lettres, un jour ?

Le jeune homme saute sur l'occasion pour partager l'étonnement ressenti au début de son déchiffrage. Il s'attendait à rencontrer un dissident politique exalté, ou même un amoureux soupirant après sa dulcinée, jamais un homme réduit à sa plus simple expression. Un homme qui, acculé à la perspective de sa fin prochaine, s'est mis à sonder son existence, à retracer son parcours pour en démêler le bon grain de l'ivraie. Quasiment à son corps défendant, Vincent a été entraîné sur la même pente, et si la plongée a été souffrante, il en a tiré de tels bienfaits qu'il bénit le ciel asteure.

C'est d'abord à la musique des mots que Vitaline a été sensible. Peu à peu, elle se sent enrobée d'une bulle de bien-être. Elle est parfaitement à l'aise en compagnie de Vincent, comme si elle l'avait toujours connu, comme si leur accord allait de soi, et même comme s'il était parfaitement naturel qu'elle se dévoile le sein sous ses yeux. Vitaline a envie de se laisser aller vers lui, vers la chaleur de son corps et la douceur de sa peau. Elle a envie d'entendre résonner son rire, de se laisser toucher par le chuchotis de sa voix. De humer son odeur. De le goûter, jusqu'à poser sa langue sur la pulpe de ses lèvres...

— Quand même, j'exagère. Valentin m'a édifié itou sur l'actualité de l'époque.

Avec un tressaillement, Vitaline revient à la réalité, et se sent rougir de la tête aux pieds, au point que l'accroissement de sa température interne l'incommode. Insensible à son trouble, Vincent poursuit son envolée oratoire. En butte aux persécutions des despotes, le journaliste Jautard a subi un sort qui s'apparente étrangement à celui de Ludger Duvernay, ou même, en moins pire, à celui du rédacteur de *L'Écho du pays*. Tout soudain, le jeune homme s'enflamme :

— T'as su pour cette gazette ? Déberge lui retire son appui financier. C'est étrivant au possible. J'en reviens pas, de sa volte-face !

Laquelle a eu l'impact d'un cataclysme. Le seigneur et conseiller législatif Pierre-Dominique Debartzch, naguère allié des réformes décisives, est dorénavant un renégat. Lors de la session législative qui s'est terminée en mars dernier, Debartzch s'est démené comme un diable dans l'eau bénite pour que les députés qui ont voté en faveur des 92 Résolutions s'écartent de principes pourtant jugés d'un intérêt vital pour l'avenir du pays et le bonheur de ses habitants. Alors que les raisons qui militent si éloquemment pour un refus des subsides n'ont pas évolué d'un iota depuis des années !

Les intrigants n'ont pas réussi à faire voter les subsides auxquels la Clique du Château tient tant. L'échec, loin de ramener le seigneur Debartzch à de meilleurs sentiments, l'a transmué en un adversaire acharné de Louis-Joseph Papineau et de tous ceux, innombrables, qui partagent ses opinions avancées. Pour le mettre à sa botte, lord Gosford lui a promis un monceau d'or et une place de choix dans l'Exécutif de la colonie...

— Pour le sûr, ajoute Vincent, Déberge a déjà joué le jeu de la tyrannie dans le temps du gouverneur Craig, sauf qu'y s'était amendé au point de prôner ouvertement d'acheter une cargaison de 10 000 fusils de l'autre côté de la ligne.

Vitaline réagit par un rire sarcastique.

— J'ai ouï parler. Pendant une réunion de l'Union patriotique, c'est-y pas? Y beurrait épais, paraît-il. C'était suspect. Y aurait voulu que les autres embarquent pour justifier une répression par la suite?

— L'hypothèse est valable. Son capot était déjà reviré de bord boutte pour boutte. Avec ses commissaires à la noix, Gosford a voyagé dans notre belle contrée...

— Je sais, on a eu vent de son passage.

— ...pis à Saint-Charles, le seigneur l'a accueilli à bras ouverts.

Vitaline se dépeint la vaste demeure que le seigneur a fait ériger plusieurs années auparavant. Elle imagine les attelages du gouverneur et de sa suite, traversant le cœur du village situé au croisement de la rivière Chambly et d'une petite rivière, puis franchissant encore quelques arpents avant de passer devant le noyau formé par la petite église, le presbytère et l'école primaire, pour enfin bifurquer sur l'allée bordée d'arbres majestueux qui mène à la résidence seigneuriale. Elle mentionne à voix haute :

— Gilbert m'a conté que le seigneur aime mener grand train. Tu sais qu'y a assisté à... à une veillée l'été passé?

Vincent émet un rire bref.

— Une veillée? On peut dire ça de même. Je gage qu'astheure, ton frère fuit la compagnie de Déberge comme la peste.

— Bleury pis lui... sont reliés, tu crois?

— À l'évidence. Le sieur de Bleury a accompagné Milord dans son voyage d'agrément, tu savais?

Vincent résume : ayant un besoin pressant de blé, Debartzch s'est allié à Gosford pour se remplumer, puis il a fait passer Bleury dans son camp. Ce dernier peut compter sur ses scribes Gosselin et Marconnay, ainsi que sur la rédaction de *L'Ami du peuple, de l'ordre et des lois*. Aux incubes oppressifs, le seigneur renégat pourrait donner ce qu'ils ne peuvent avoir autrement, soit une majorité de traîtres à leur patrie en Chambre d'Assemblée, comme en Haut-Canada où les Réformistes ont été muselés.

Vitaline rumine l'assertion. Au printemps, le lieutenant-gouverneur de la province supérieure, Mr Head, a commandé de nouvelles élections. Auparavant, il avait été prodigue en concessions foncières, afin de se constituer une armée de votants desquels il avait exigé entière fidélité... La manœuvre, couplée à d'autres malversations flagrantes, a permis au lieutenant-gouverneur de bouter les Réformistes, y compris le fameux William Lyon Mackenzie, hors de la chambre basse. Pour agir ainsi, il devait avoir sinon l'aval du ministre des Colonies, du moins sa promesse de fermer les yeux sur de tels agissements.

C'est un coup dur pour la cause. Les habitants du Bas-Canada étaient fortifiés, dans leur croisade, par l'union des Réformistes des principales colonies britanniques d'Amérique. Astheure, les fanatiques ont reçu des munitions pour faire accroire que les Canadiens d'ascendance française sont uniquement mus par un infâme chauvinisme. Après un profond soupir, Vitaline se conforte : ici, la chambre basse est un bastion imprenable. Le seigneur Debartzch ne réussira pas à pervertir un nombre suffisant d'hommes d'importance.

— Un bastion, rétorque Vincent, ça se gruge. J'imagine que t'as pas oublié l'affaire de Québec en mars dernier...

Son interlocutrice se renfrogne, tandis que Vincent se met à vitupérer contre les extrêmes où les Bureaucrates sont parés à se porter pour faire basculer la députation dans leur camp. Pourquoi un tel acharnement contre la volonté populaire, alors que les électeurs du Bas-Canada ont porté en chambre basse, parfois au péril de leur intégrité physique et même de leur vie, une immense majorité d'élus résolument réformistes ? Alors que ces électeurs félicitent haut et fort leurs représentants qui demeurent fidèles à leurs principes, et censurent ceux qui flageolent ?

Vitaline connaît l'histoire, mais elle jouit d'entendre Vincent la récapituler. La méthode en œuvre à Montréal depuis 1831 —

souscription, alcool gratis dans les auberges, manufacture d'assommoirs – a été exportée pour cette partielle de la haute-ville. Matelots et boulés armés de bâtons, montés du Foulon, se sont rendus maîtres du poll. Sous la pression des forcenés, le commandant de la garnison a placé ses régiments sur le qui-vive. La rumeur voulait qu'on tirerait du canon sur le peuple, en cas d'embrouillamini ! Et dire qu'exactement au même moment, les incubes oppressifs rejetaient la loi visant à éloigner du husting les troupes de Sa Majesté...

Exaspérés, les patriotes ont rassemblé leurs forces, ce qui a occasionné des batailles de rues que les gazettes bureaucrates ont amalgamées à de sanglantes échauffourées. Ils ont pu réduire substantiellement l'avance prise par Andrew Stuart, qui s'investit depuis sa défaite en 1834 dans la Constitutional Association de ce district. Le matin d'après, Joseph Painchaud était accompagné de sa résidence au poll par un millier de partisans, dont plusieurs centaines d'Irlandais de la rue Champlain montés quatre par quatre de la basse-ville. Les Réformistes touchaient à la victoire !

Subitement, se disant apeuré par les violences des jours d'avant, le candidat patriote a pris la résolution de se retirer. Painchaud succombait à l'intrigue ! Les partisans de Stuart ont sauté sur l'occasion pour sommer l'officier-rapporteur de déclarer l'élection de leur favori. Les électeurs floués ont évacué leur colère contre le lâche Painchaud en promenant en traîneau un mannequin de paille pendu sur une échelle, qu'ils ont brûlé devant son domicile. Des bandes de convulsionnaires, poussant moult *Hurrahs for Stuart*, se sont jetées sur les charivariseurs. Le rédacteur du *Canadien*, Étienne Parent, a vu un homme lever un bâton sur lui ; il n'a dû son salut qu'à la fuite.

Il y aurait de quoi s'armer de piques et de fourches, conclut Vincent, et se lever en masse pour rejeter la faction d'enragés comploteurs à l'océan. Même que les Canadiens auraient dû le faire bien avant, dès 1832... sauf que leurs éminents députés croyaient pouvoir vaincre dans les formes. À l'évidence, ils ont été naïfs... Leurs ennemis ont en vue l'élection générale de 1838. L'état des forces en présence à Londres leur donne l'avantage du moment, mais les Réformistes du Royaume-Uni pourraient prendre un ascendant décisif sur la marche des affaires publiques. Aux ultra-tories et à leurs alliés, le temps est compté !

À quelques reprises, Olympe a lâché le sein pour se tourner vers les bruits ambiants, et Vitaline doit se résoudre à la hisser contre son épaule. La jeune femme atermoyait, désireuse de laisser la conversation durer éternellement ! Elle se retrouve dans un état de bien-être indicible. Elle savoure à plein sa béatitude, et s'y vautre avec une énergie qui confine au désespoir. Olympe a le goût de gigoter, et Vitaline l'allonge sur le foulard au sol. La fillette prend ses pieds dans ses mains, regarde à droite et à gauche, adresse des sourires ravis au monde entier... Appâté, Vincent se penche au-dessus d'elle pour entrer dans le jeu.

Vitaline ne peut s'empêcher de contempler leur manège, et à la vue des mines affectueuses du jeune clerc-arpenteur, elle se liquéfie sur place. Mais à l'attendrissement fulgurant succède un terrible manque. Dans quelques instants, Vincent la quittera, et elle sera abandonnée à son sort, recluse hors du village, affligée d'un mari qu'elle n'aime guère... Soudain terrorisée par sa destinée, la jeune mère réprime le puissant cri d'effroi qui lui emplit la poitrine. Ce n'est pas Florentin qu'elle veut, mais Vincent !

La phrase se répercute à l'infini dans sa cervelle. Vitaline a suspendu tout geste, elle a même cessé de respirer, au point qu'elle commence à voir des étoiles et qu'elle doit inspirer comme si elle venait de crever la surface d'un lac après une interminable plongée en eaux profondes. Pour un peu, elle se battrait. Elle a pris un risque énorme en faisant appel à Vincent pour faciliter ses contacts avec son mari. Le risque de céder, à son corps défendant, à l'une de ces inclinations dont elle est friande. Le phénomène, qui remonte à sa jeunesse, la terrorise soudain. Son beau-frère Aubain. Le Dr Tracey. Le Dr Nelson. Une trâlée d'autres mâles entraperçus...

Cette fièvre, Vitaline ne veut plus jamais la ressentir. Car elle la ronge ! Elle lui fait perdre le nord... La jeune femme se propulse debout. Elle balbutie une explication tout en se saisissant de sa fille, et elle s'enfuit de la place du Marché comme si elle avait le diable aux fesses. Elle jure de tout faire, à l'avenir, pour éviter Vincent. D'ailleurs, elle se leurre sur son tempérament. Il n'est qu'un trousseur de jupons. En société, il fait le fin finaud, mais lorsque la concupiscence le saisit aux tripes, même la fille la plus respectable n'est qu'une créature tout juste bonne à satisfaire ses plus bas instincts ! Il faudra que Vitaline ranime cet épisode dans sa mémoire. Qu'elle se souvienne de sa brutalité...

29

Gilbert termine trois semaines de vacances à Saint-Denis, en cette fin d'été 1836, en allant jeter un œil sur le fameux chemin à lisses qui alimente la discussion dans les chaumières. Certains évoquent un monstre de ferraille crachant une épaisse boucane, d'autres grimacent en relatant les grincements de métal à crever le tympan... Le jeune homme pousse donc une pointe vers LaPrairie, méditant sur l'innovation technique qui a pris racine en Bas-Canada grâce à la fondation d'une compagnie reliant le côté sud du fleuve au village de Saint-Jean, où se trouve le poste de douane.

Mais la bête est endormie quand Gilbert approche de la modeste gare du premier *railroad* du Canada, inauguré en juillet en grande pompe. Longuement, il examine l'étrange engin de métal, surmonté à l'avant d'une haute cheminée cylindrique. Chauffée à bloc, la locomotive à quatre roues est capable de traîner le wagonnet chargé de bois et d'eau, et plusieurs wagons bondés de passagers, ce qui tient du prodige... Gilbert se penche pour examiner les rails de bois placés sur des travers installés à intervalle régulier, et recouverts de lisses de fer clouées en place pour faciliter le roulement.

Plutôt que de partager les traditionnelles routes fluviales avec la turbulente élite marchande parlant français aux idées réformistes, les marchands de Montréal tentent de prendre le contrôle des échanges commerciaux entre les États-Unis et la cité commerçante. Bien entendu, le chemin à lisses ne peut combler qu'une minime part des besoins en transports, mais il s'agit quand même d'un soufflet à la face des hommes d'affaires de la région qui brillent par leur absence dans la liste des 74 fondateurs, hormis un duo de complaisants parmi eux.

Enfin, ne voulant pas rater le traverseux qui l'amènera à Montréal, Gilbert s'éloigne à regret. Embarquant dans le *steamboat*, il songe pour la énième fois à quel point la lutte pour la propriété des moyens de transports est inégale. Tenant mordicus à conserver le monopole, les partisans de l'intolérance n'hésitent pas à mettre en péril leurs propres navires et équipages afin de couler les entreprises des Réformistes. Plusieurs sociétés d'actionnaires ont été fondées pour assembler le capital nécessaire pour assurer la construction de navires faisant du cabotage entre Chambly et Montréal, ou même la liaison entre cette dernière cité et la capitale.

Mais dès qu'une barque à vapeur d'une société dont les actionnaires proviennent des campagnes sillonne les cours d'eau, les barbares entrent en action. Il y a une quinzaine d'années, un incendie suspect signait la perte du *De Salaberry*. À deux reprises en 1833, l'*Edmund Henry* a été quasiment coulé par le *Canada* dont le capitaine n'a pas cru bon d'arrêter sa machine pour porter secours au navire qu'il venait d'emboutir. Bien entendu, les tories s'entendent pour diminuer les tarifs ou pour se partager les horaires. La concurrence se ligue pour ruiner les entreprises canadiennes!

Dans ce contexte, le chemin à lisses est suspect d'avance. La vente d'actions a pris son essor exactement au moment des élections générales de novembre 1834. C'est John Molson, propriétaire du *Canada* et tory doctrinaire, qui lui a donné une impulsion décisive en achetant le quart des parts. Le conseil d'administration et le comité de régie sont à sa ressemblance. Le directeur général et plus haut salarié de la compagnie n'est nul autre que le contrôleur des douanes de Saint-Jean lui-même, haut fonctionnaire et favori de l'Exécutif de la colonie. De tout cela, Gilbert est encore incapable de tirer des conclusions définitives. Chose certaine, il est diablement méfiant...

À Montréal, le jeune homme tombe au milieu du cortège qui s'est formé afin de reconduire Ludger Duvernay dans sa cellule de la prison neuve. L'éditeur de *La Minerve* vient d'être condamné à un mois de prison par les quatre juges de la Cour du Banc du Roi. Pour manifester leur colère, des centaines de citoyens et pas moins de 30 voitures accompagnent en silence le carrosse où Duvernay a pris place, ce samedi 10 septembre, et Gilbert se mêle à ses concitoyens.

À Saint-Denis, l'instituteur en vacances s'est senti accueilli comme s'il n'avait jamais débagagé du bourg. Fortifié par le patronage de Vincent, il a pris part aux parlures emportées qui avaient lieu entre patriotes à l'auberge Mâsse ou à la place du Marché. La poursuite inique contre l'éditeur faisait amplement jaser. Maintes tuques bleues jonglaient déjà avec l'idée de contribuer à l'éventuelle souscription lancée pour aider l'éditeur à faire face à des débours financiers, advenant que les portes de la prison du Pied-du-Courant se referment sur lui.

Les faits ne mentent pas: à l'instar des élus réformistes en chambre basse, les éditeurs patriotes, redoutables par leurs dénonciations, sont dans la ligne de mire des ennemis du pays. Naguère Jocelyn Waller et Daniel Tracey, astheure Ludger Duvernay, et bientôt Edmund B. O'Callaghan et Louis Perrault, respectivement éditeur et imprimeur du *Vindicator*, courent le risque de se faire dépouiller de leurs biens et de leur propriété. Même leur sûreté personnelle est en jeu. O'Callaghan n'a-t-il pas récemment subi une bastonnade qui l'a cloué au lit?

Les paris étaient ouverts au sujet, de la part du représentant du roi, d'un acte imminent de vénalité... qui n'a pas manqué de survenir. Lord Gosford n'a pas rougi de sonner le rappel de la législature provinciale pour le 22 de ce mois, prétendant avoir reçu d'importantes dépêches à transmettre à la chambre basse. Or, le ministre des Colonies a clairement fait savoir qu'il attendait le rapport de la commission d'enquête – lequel n'était pas encore parvenu à Londres quand ont été mises en route lesdites dépêches – avant de réévaluer la situation. En clair, le gouverneur escompte que des députés apeurés par la poursuite politique envers le propriétaire de *La Minerve* vont enfin délier les cordons de la bourse publique.

L'irritation des notables du comté de Richelieu va grandissante non seulement envers le nobliau qui souille de fange la fonction qu'il occupe, songe Gilbert tout en poursuivant sa route vers son domicile du faubourg Québec, mais envers leur député Sabrevois de Bleury. Comme ses concitoyens de Saint-Denis, Gilbert peine encore à assimiler sa traîtrise. Quasiment au péril de sa vie, Bleury ne s'était-il pas rangé décisivement dans le camp patriote lors de la partielle de mai 1832 ?

De farouches tuques bleues du bourg n'ont pas manqué de rappeler que Bleury avait eu des écarts de conduite auparavant. Il n'avait pas eu honte, par exemple, de recevoir sur le husting l'appui d'un camarade d'enfance qui était propriétaire de la plus violente gazette antipatriote, le *Herald*. Et que dire de ses duels du printemps contre le jeune député Perrault et surtout contre ce pauvre Duvernay ? Certes, ce dernier n'a été que légèrement blessé, et les rapports du combat à l'abri des regards sont contradictoires, mais le fait est qu'il a tiré à cinq reprises sur un adversaire inexpérimenté, ce qui le range dans la catégorie des êtres vils et méprisables.

Grand-mère est seule à la maison lorsque Gilbert arrive. Elle est avide de nouvelles fraîches et Gilbert, tout en se restaurant, comble sa curiosité. Les fils de Perrine sont pétants de santé, de même que la fille de Vitaline. Quant à Uldaire, il ne se plaint que d'un éventuel ralentissement des échanges commerciaux pouvant faire tort à son office. Entre deux bouchées, Gilbert élabore :

— Par icitte, on n'a guère pâti de la saison raccourcie, mais en aval des Trois-Rivières, la disette menace. Si on ajoute la crise monétaire en Europe, et qui risque de se propager de ce côté-citte de l'océan l'an prochain...

Dame Royer se fait philosophe, comme toujours.

— L'important, c'est de pas s'endetter. On peut toujours s'en tirer. On réduit son train de vie pis on laisse passer l'orage... Je l'ai faite en masse. Mais si on se trouve à la merci d'un créancier qui doit récolter de toute urgence... C'est pas le cas de ton père, toujours ?

— Son père se confie pas à moi de même. Mais je croirais pas. Me semble qu'y est plus avisé que ça.

— Quand faut satisfaire les envies somptuaires d'une épouse qui nous récompense ensuite avec du minouchage...

— Exagérez pas, rétorque Gilbert avec un rire. La veuve Dodelier est pas si pire. Son père est quand même pas notaire ! Pis Aubain a son mot à dire.

La vieille dame fait une mine dubitative.

— Je la connais, ma Perrine. Elle itou rechignerait pas de se transformer en bourgeoise accomplie.

Ériole traverse la cuisine d'été devenue, avec l'arrivée du printemps, un accès privilégié vers l'intérieur de la maisonnette. La pièce est encore ouverte à tous vents, et Gilbert jouit de l'impression d'habiter le dehors, ce qui lui rappelle tellement la fraîcheur de la campagne et les odeurs de fenaison... Bien-être fugace, et qui s'amenuise devant l'air bougon de sa tante. Déçu de ne pas être accueilli avec transport, Gilbert fait appel à son ton le plus amène pour dire :

— Je suis content de vous revoir, ma tante. Tout baigne pour vous ?

— Si on oublie la saison capricieuse, les brigandages, les incendies...

— ...pis le passage de Milord, conclut grand-mère.

— Y est déjà reparti ?

— Vers les Townships pis le chef-lieu de Sherbrooke.

— Milord a un faible prouvable pour cette région, grommelle Gilbert. Par là-bas, on l'haït moins... Y a eu d'autres vols ?

— Les méfaits sont incessants, déclare sa tante. Pis les bandes d'incendiaires sévissent.

Gilbert ne peut retenir une grimace irritée. L'Exécutif de la province ayant refusé de reconduire les chartes municipales, et les tentatives en Chambre d'Assemblée pour adopter un palliatif ayant échoué, le guet a été démantelé dès que les fonds pour cette fin ont été épuisés. Il semble qu'en l'absence de la police de nuit, les malfaiteurs soient à ce point enhardis qu'ils aient formé équipe. Ce n'est pas un hasard si, plus souvent qu'autrement, ce sont de prospères Canadiens qui sont dévalisés ou brutalisés...

En ville, on parle déjà de former une association pour financer une nouvelle police de nuit. Sauf que pour l'instant, la cité est dépourvue de protection nocturne, et les citoyens n'ont d'autre choix que de se barricader pour échapper aux malfaiteurs. Un tel laxisme dans l'autorité municipale, et qu'il serait si aisé d'éviter, met les Montréalistes dans une rogne légitime. Ils y voient l'énième stigmate d'un corps gangrené, celui du règne agonisant des juges de paix, mais maintenu en vie à cause de l'incurie du gouverneur et de la niaiserie du Conseil législatif !

Regardant enfin Gilbert en face, Ériole ajoute avec la moue d'un enfant pris en faute :

— Mon bilan est moins reluisant qu'avant. Peut-être que j'en fais une montagne, mais... me semble que les ventes sont à la baisse pis que... la tendance est durable.

— Je jetterai un coup d'œil à vos affaires. Pour le sûr, vous exagérez.

— T'as ouï des faillites dans la mère patrie ? Pis des banques qui sont obligées de cesser les paiements ?

— Z'êtes à la Banque du Peuple, ma tante. C'est pas une banque à la solde des autorités. On peut lui faire aveuglément confiance.

— T'en as de bonnes, toi... À qui on peut faire aveuglément confiance de nos jours ?

Sur ce, Ériole pivote sur place et se précipite à l'intérieur du corps principal de la maison. Après la désertion d'André, elle a tenté de donner le change, elle s'est même jetée à corps perdu dans les distractions convenables, mais depuis quelques mois, une mélancolie palpable lui rabat le caquet ou lui fait houspiller quiconque se trouve à proximité. À l'évidence, Ériole est incapable d'oublier son ancien amoureux. Il le faudra bien, pourtant...

À la tombée du jour, Gilbert rassemble son courage pour une visite au Cabaretier patriote. Pendant l'été, il s'est astreint à s'accorder aux amusements primaires de Gaspard, sauf que ce dernier ne l'a pas récompensé en retour. Il tarabustait Gilbert jusqu'à ce qu'il consente à l'accompagner, mais dès que Gilbert lui rendait la pareille, il l'envoyait paître. Avant de décaniller pour Saint-Denis, ce dernier était sur les épines. Il avait l'impression d'être le dindon de la farce !

Gilbert avait même songé à abandonner son billard, mais il a vitement compris que cet apport était crucial dans le budget de sa maisonnée. Ce qui lui a fait prendre conscience du fait qu'Ériole commence à traîner de la patte. Celle-ci ne s'en plaint guère, mais elle est drainée par la direction de son atelier de matelas. En conséquence, une responsabilité incombe désormais à Gilbert : se constituer un revenu suffisant pour faire vivre ses parentes. Comme un fils aimant, délivrer celle qu'il considère comme sa mère de l'obligation de travailler...

Gilbert s'enfonce au cœur de la ville comme dans un antre obscur. La métropole commerciale est une enclave dans son pays, le potentat d'une coterie de marchands britanniques qui imposent leurs lois et leurs coutumes... Le jeune homme a débagagé trois ans auparavant, et pourtant, dès qu'il fréquente le centre administratif avec sa pléthore d'édifices publics et de symboles de la culture britannique, il a l'impression d'être en sursis, comme s'il commettait un forfait uniquement parce qu'il est un enfant du sol, Réformiste de surcroît.

C'est à vive allure qu'il marche jusqu'au faubourg Saint-Laurent. À en juger par l'affluence dans le coin flambant, tout baigne... Gilbert fait son entrée dans la taverne bondée. Après un bref arrêt pour prendre le pouls de la place, il se dirige lentement vers l'arrière-salle. Il butte sur une barmaid qui lui tourne le dos, et qui se retourne en l'entendant marmonner des excuses. Il se sent pâlir. Caroline ? Oui, c'est bien elle qui se tient debout devant lui, les joues rougies par un embarras croissant... Par-dessus le brouhaha ambiant, elle jette :

— Tu savais ? La veuve a fermé son asile de repenties.

Acquiesçant machinalement, Gilbert la boit du regard. Son corsage est escolté à souhait, suivant la politique de la maison, mais sa chevelure luxuriante est masquée par un foulard noué sous la nuque. La jeune femme ajoute :

— Étienne m'a offert la place. J'ai pas craché dessus.

— Mais... ses frères ?

— Va m'attendre dehors. On va jaser une couple de minutes.

Gilbert fait demi-tour, retraçant ses pas vers la sortie. Soudain, il entend quelqu'un lancer son nom et lève les yeux vers un quidam qui se tient debout à proximité : Louis Malo, connétable salarié. Gilbert absorbe du regard la haute silhouette longiligne et le visage plutôt banal, mis à part le tic nerveux, désormais célèbre, qui fait grouiller la commissure des lèvres. Même campé sur ses jambes, Malo semble lutter contre un débalancement, et soudain, Gilbert comprend pourquoi. Il ne porte pas le long bâton de connétable à sa ceinture !

Employé par les juges de paix de la cité depuis moult années, Malo s'est acquis une triste réputation pendant les événements dont le point d'orgue a été la Rue du Sang. Les clubistes se sont servis de lui comme d'un agent provocateur, comme d'une brute vicieuse qui n'hésitait jamais à frapper et à insulter sur commande. Malo se tient tranquille depuis, mais ça n'efface pas ses excès passés. D'un geste vif, le connétable se frotte le nez, qu'il a droit et acéré. Émergeant enfin de sa torpeur, Gilbert jette :

— Qu'est-ce que vous me voulez ?

— Te causer. On peut aller dehors entre quat'z'yeux ? M'en vas chercher ton collègue. Espère-nous.

Malo tourne des talons et se dirige vers la chambre de jeux. Éberlué, Gilbert obéit néanmoins. Lorsqu'il met le pied dehors, il observe soigneusement les environs, mais ne décèle nulle menace. Quelques instants plus tard, Gaspard sort précipitamment, le connétable sur ses talons. De son propre chef, Gilbert s'arroge la tâche de surveiller les alentours. Il ne peut se résoudre à faire face à un homme d'une telle perversité. À un homme connu à la grandeur du district comme un malotru de la pire espèce, un automate sans âme, incapable du moindre élan d'affection !

— Vos affaires ont le vent dans les voiles, c'est-y pas, messieurs ?

— Pas de quoi se plaindre, répond Gaspard.

— J'en jasais hier avec m'sieur le cabaretier patriote. Y est plutôt content de votre association. Fait que… Savez comment ça marche à Montréal ? Y a des jaloux. Des envieux. Pis une couple qui aiment rien tant que donner un croc-en-jambe à un Canadien qui a du succès en affaires. Pis qui taperaient dessus pour pas qu'y se relève. Savez ça, c'est-y pas ?

Gilbert a cessé de jeter des œillades circulaires pour mirer leur interlocuteur, révélé par la lumière provenant des fenêtres de l'établissement. Il a le visage sans expression et le timbre de voix plutôt guilleret, ce qui confère à ses propos un tranchant diablement menaçant. Très froidement, il ânonne :

— Savez ça, c'est-y pas ?

— On vous croit sur parole.

— Fait que nous autres, on se partage la ville pis les commerces, pis on offre une protection. Contre une obole, je deviens votre police d'assurance. Y a pas un faquin qui peut vous chercher noise.

— Quelle obole ?

— Pas grand-chose. Un maigre pourcentage sur vos recettes. Je veux pas vous mettre en faillite. Juste profiter un brin de votre succès.

— On a le choix ?

— Si je suis pas votre ami, je suis votre ennemi.

La situation est claire comme de l'eau de roche. Poussant un soupir résigné, Gaspard dit enfin, la voix éteinte :

— Faut qu'on en jase.

— J'attends en dedans.

Tandis que Malo retraite vers l'intérieur, Gilbert réfléchit à toute vitesse. Étienne prélève déjà une cote minime sur leurs affaires pour les faire bénéficier de la protection des connétables salariés, et être mis au courant d'avance des plaintes contre la table de roulette ou la chambre de jeu. Et cela, même si le risque de poursuite est quasi nul : les règlements municipaux sont ensevelis sous la poussière de l'oubli, et les magistrats eux-mêmes sont propriétaires de commerces illicites. Gilbert questionne âprement :

— C'est quoi son but, à ce fendant ?

— Nous offrir une police d'assurance supplémentaire. Ça commence à jouer dur dans le milieu. Les camps sont tranchés pis... chaque bord exige un serment d'allégeance.

Être obligé de remettre une partie du fruit de leur travail à un ignoble faquin... à un sbire nommé Louis Malo que Gilbert a vu en action, sur la place d'Armes, pour créer une échauffourée sanglante... tout ça pour se fondre dans un système de protection qui ne rime à rien, qui n'est conçu que pour enrichir une poignée de profiteurs abouchés aux puissants de la métropole. Frappé par la mine bonasse de son associé, Gilbert profère :

— Tu savais ? Oui, ça se peut pas autrement, tu savais ! Étienne t'avait renseigné... Comment ça se fait que tu m'as rien dit ?

— À quoi bon ? On peut pas y couper, répond l'interpellé. J'ai même déjà comptabilisé cette dépense dans nos livres.

— Dans nos... ? Pis tu m'as rien dit pantoutte ?

— Je peux pas être totalement ingénu avec toi, parce que des fois, t'es trop innocent. Trop innocent dans le sens de naïf.

D'un seul mouvement, Gilbert vient à Gaspard pour le saisir par le collet.

— Y a d'autres affaires de même ? Envoye, crache.

— Non. Si on obéit à Malo, on va avoir la paix.

— Y va pas nous demander plus ? Pis ensuite encore plus, jusqu'à nous mettre à genoux ?

— Y est pas assez fou pour ça.

Gilbert libère Gaspard d'un mouvement rageur. Ce dernier recule d'un pas et dit encore :

— C'est de même. Va falloir que t'en prennes ton parti. Je te laisse, parce que je vois une créature qui attend après toi.

Avec un brin d'insolence, Gaspard désigne Caroline, adossée au mur, puis il s'éloigne. Gilbert lève la tête vers l'enseigne et sa tuque d'un bleu royal, brillant dans la noirceur. Il n'en revient pas qu'Étienne laisse Malo faire la pluie et le beau temps au Cabaretier patriote. Il devrait se méfier sur un temps riche de ses vieilles accointances ! Dès que Gaspard a disparu, Gilbert franchit la distance qui le sépare de son ancienne amie. Il souffle :

— T'as compris ?

La jeune femme acquiesce d'un hochement de tête. Gilbert constate qu'elle a perdu quelques-unes des rondeurs qui lui plaisaient tant. Il est notoire qu'un séjour chez les Filles repenties a cet effet sur la silhouette ! Gilbert trouve néanmoins Caroline très belle, ce qui le rend furieux contre lui-même. Si le jeunet sans expérience qu'il était pouvait se laisser enchaîner par une fixation éperdue, l'homme qu'il est devenu aspire à autre chose. À davantage de maîtrise de soi, tout d'abord, et à une réciprocité de sentiments qu'il désire plus que tout. Quitte à faire le moinillon en attendant !

Caroline dit sobrement :

— J'ai pas peur des frères Lavictoire. Leur empire s'étend pas au-delà de la maison déréglée.

— J'en ai doutance, rétorque Gilbert. Ce sont des ratoureux de grand style.

— C'est pourtant la vérité pure, répond-elle avec obstination. Tu les connais pas autant que moi... Fais pas cette tête-là. Je t'assure que tout va sur des roulettes. Ma carrière d'ébraillée est chose du passé.

— T'aurais quand même pu venir me consulter avant de te jeter dans la gueule du loup.

— Pour quoi faire ?

Irrité par la question, Gilbert lance :

— Parce que pendant une escousse, j'ai eu ton bien-être à cœur.

— En passant, je te remercie gros pour tes lettres.

Son vis-à-vis réagit par une grimace d'autodérision. Caroline ayant répondu à sa première lettre, il n'a pu s'empêcher de lui en adresser une seconde, et un échange épistolaire s'est ensuivi. Elle dit encore avec un sourire piteux :

— J'escompte que... que tu m'en voulais pas trop pour mes réponses... un brin chenues...

Amadoué par sa chaleur complice, Gilbert répond gentiment :

— Au contraire, j'admirais ta persévérance. C'est un travail ardu que d'en arriver à écrire avec aisance. Un travail de longue haleine. Je le vois tous les jours avec mes élèves.

— T'étais mon seul lien avec le monde.

Il rétorque sans aménité :

— Ah bon ? Me semble pourtant qu'y avait une nuée d'hommes louches qui tournaillaient autour des grilles de ton hospice, pis qui attendaient l'heure de la récréation pour venir faire causette...

— Je m'en défiais au possible.

— Les frères Lavictoire ?

— Sont venus une couple de fois, pis y se sont lassés. Y fondent plus aucun espoir sur moi, je te le garantis. Pis Étienne m'a placé sous sa protection. C'est pas rien !

Gilbert combat un éclair de jalousie. Après une lente inspiration, Caroline ajoute :

— Toi pis moi, on peut continuer son petit bonhomme de chemin, chacun de son côté. Pis je vais chérir...

Elle combat une subite montée d'émotion. Chamboulé, Gilbert se suspend à ses lèvres jusqu'à ce qu'elle réussisse à émettre :

— Je vais chérir les plaisants moments qu'on a passés ensemble. Pis j'escompte que tu feras la même chose, pis que t'oublieras toutte le reste.

Ayant repris contenance, Caroline lui tend la main à serrer :

— Ami-amie ?

Incapable de répondre, il obtempère néanmoins. Il sursaute : la menotte est glaciale. Il grommelle :

— T'es gelée ! Je sais que le serin tombe, mais quand même... Allez, retourne à l'intérieur. On bavardera une autre fois, si t'as encore le goût.

Elle recule d'un pas, puis de deux, avant de dire malicieusement :

— Tu me montreras à jouer au billard ?

La jeune femme pirouette et disparaît dans la taverne. Gilbert reste cloué sur place, luttant pour rendre tangible celle qu'il vient de rencontrer. Caroline, qu'il a quasiment toujours connue comme une fille de joie, sauf au tout début, serait redevenue celle qu'il a toujours voulu qu'elle soit ? Une femme ordinaire, accessible ? Son cœur s'emballe. Soudain, Gilbert est persuadé qu'il peut tout recommencer, qu'il peut mettre entre parenthèses les années qui se sont écoulées depuis le moment où, assise dans la charrette de la police, son amie l'a appelé à l'aide. Il peut retrouver en elle l'ouvrière qui l'avait appâté, et qu'il aurait dû se mettre immédiatement à courtiser pour la retenir de se laisser glisser sur une pente infernale !

Porté par une exaltation qui fait battre son cœur à la volée, Gilbert ne peut se retenir de marcher à longues enjambées vers l'huis du Cabaretier patriote. Il bouscule le client qui sortait, mais il n'en a cure : il veut prendre rendez-vous avec Caroline. N'importe quand, tout à l'heure à la fin de sa période de travail ou demain ou en fin de semaine... Gilbert pile net. Ses yeux viennent de tomber sur elle, qui se trouve en compagnie de Louis Malo, connétable corrompu, protecteur de l'établissement... Sourire aux lèvres, il lui parle au creux de l'oreille, et elle rit à gorge déployée.

Gilbert a l'impression que le sol s'ouvre sous ses pieds. Elle fait des façons à... à un tel grichou ? Elle lui fait une mine aguichante, ce qui entraîne Malo à poser sa main sur sa taille ? À ce moment précis, quelqu'un se place devant Gilbert, tout juste dans son champ de vision, et ce dernier frissonne comme s'il venait d'échapper à un immense péril. Soudain, il pivote sur lui-même et bat en retraite du plus vite qu'il peut. Une fois sur la chaussée, il pique une course qui le mène, hors d'haleine, à la hauteur du Champ-de-Mars, vaste esplanade quasi déserte à cette heure.

Gilbert déniche un coin tranquille pour s'asseoir et réfléchir. Il a failli retomber dans son vice. Celui de Caroline pâlit en comparaison du sien ! Lui, il n'aime rien tant que de se vautrer dans son sentiment amoureux. Quitte à fabuler sur une réciprocité qui n'est que du vent... Redressant le dos, Gilbert envoie une pensée reconnaissante à Malo, qui lui a administré un antidote salutaire. Grâce à lui, il a vu Caroline non pas telle qu'il la voudrait, mais telle qu'elle est : parfaitement à l'aise dans le monde interlope, et s'offrant en pâture aux mâles de son entourage jusqu'à ce qu'elle trouve le bon, celui qui en fera sa favorite. D'accord, elle a cessé de vendre l'usage de son corps. Contre espèces sonnantes, s'entend. Mais pas contre un toit et la sécurité financière...

Le jeune homme se remet debout et se dirige vers son domicile. Il ne retournera au Cabaretier patriote que de loin en loin, quand il ne pourra faire autrement. Gaspard tient les rênes de leur commerce bien en mains... Lui se gavera de lecture. Gilbert tire une telle gratification de cette fuite dans un monde irréel! Un bonheur quasi excessif dont il ne peut plus se passer, qui est devenu le sel de son existence, le centre de sa vie.

Sauf que peu après, Gilbert place un signet entre les pages pour entreprendre les préparatifs en vue de la réouverture de sa classe. Il se sait excessivement fortuné. À Saint-Denis, les écoles ont été fermées, hormis celle du bourg consacrée aux garçons et que le curé finance par les dîmes, et celle que tiennent les Dames de la Congrégation pour les filles. Dans les paroisses environnantes, la même situation prévaut... Des âmes charitables auront beau se dévouer et des souscriptions être levées pour amasser des fonds, l'élan vers l'instruction a été fauché net.

La rogne était tangible. D'un côté, les fanatiques vitupèrent contre l'ignorance des Canadiens; mais de l'autre, ils les accusent de dépenser à tort et à travers. Ces intolérants cachent une incommensurable grossièreté sous un vernis ostentatoire! Gilbert a bien senti que ses concitoyens en avaient ras-le-bol de se faire prendre pour des valises. Qu'ils allaient cracher sur les entourloupettes verbales derrière lesquelles les représentants d'un pouvoir honni se cachent pour justifier leur inaction. Une inaction qui prend l'allure d'une bombe à retardement dont ils ont remonté eux-mêmes le mécanisme!

Les députés du district de Montréal prennent soin d'aller visiter Duvernay en prison avant de monter à Québec pour l'ouverture de la session législative. Les élus ont un réel souci de la santé du propriétaire de *La Minerve*, qui est tombé malade, mais ils tiennent itou à faire assavoir à l'Exécutif de la province qu'ils ne s'abaisseront pas à voter les subsides, à moins d'une volonté tangible de réparation des griefs du pays. Ladite volonté brille par son absence. Tout ce que Gosford communique aux députés, c'est l'intégralité du mandat de la commission qu'il préside – instructions complètes, directives et correspondance.

Les représentants passent à l'action sous l'impulsion d'Augustin-Norbert Morin, député de Bellechasse. Un projet de loi pour amender la constitution de 1791 de manière à rendre le Conseil législatif électif proclame que c'est au peuple de modifier le régime constitutionnel sous lequel il est appelé à vivre. De plus, une écrasante majorité de 61 contre 3 maintient les demandes contenues dans les 92 Résolutions. Et enfin, étant *l'organe légitime et autorisé de toutes les classes des habitants du pays*, la chambre basse a le devoir d'ajourner ses délibérations jusqu'à ce que la mère patrie ait *commencé le grand ouvrage de justice et de réforme*.

Mis devant le fait accompli, le gouverneur Gosford proroge la troisième session du quinzième Parlement du Bas-Canada. Sauf qu'il prend bien garde de dissoudre la législature et d'ordonner de nouvelles élections... Car pendant l'été, il a parcouru la contrée, ce qui lui a fait prendre conscience qu'un appel à la voix publique serait *une condamnation du présent système du gouvernement*, selon Duvernay qui rédige ses commentaires éditoriaux depuis la prison où il croupit. Alors, en attendant des directives fermes de Londres, Milord tue le temps...

Soucieux de ne pas créer de remous, l'éditeur émerge discrètement de prison, les députés retournent dans leurs foyers et le pays se met en attente du coup de barre que le parlement impérial, devant une telle accumulation d'imbécillités, ne pourra faire autrement que de donner. Pendant ce temps, Gilbert se repaît d'un rituel. Au retour de l'école, il ôte sa vêture d'instituteur pour s'engoncer dans des vêtements confortables : pantalon informe, chemise soyeuse à force d'avoir été usée, veste épaisse et pantoufles.

Après avoir pris des nouvelles de ses chères parentes, il vérifie l'état des poêles, puis planifie son horaire de la soirée. S'il a des corrections à faire ou un enseignement à préparer, il aura moins de temps pour lire... activité d'autant plus chère à son cœur qu'un ouvrage vient d'atterrir entre ses mains : *Awful Exposure of the Atrocious Plot Formed by Certain Individuals against the Clergy and Nuns of Lower Canada through the Intervention of Maria Monk*.

Il s'agit d'une réfutation des médisances proférées par cette dernière à l'endroit des religieuses de l'Hôpital général et des prêtres catholiques romains, après une enquête placée sous la houlette d'un groupe d'amis de l'Institut sulpicien de Montréal. Gilbert tique en voyant la jeune fille assimilée purement et simplement à une malade mentale doublée d'une voleuse et d'une débauchée incurable. Elle a fait des séjours en prison, en maison de correction, et finalement, chez les Filles repenties, présisément là où aboutissait Caroline, peu après.

Dans une autre section du bouquin, Gilbert croise le connétable salarié Louis Malo, celui qui, en échange de sa protection, a exigé le paiement d'une prime. Pour dédouaner les prêtres de la métropole de la paternité de l'enfant que Maria portait lorsqu'elle a abouti à New York, en 1835, Malo l'endosse, prétendant qu'il a été l'amant de la jeune fille! Pourtant, il est bel et bien marié, habitant rue Sainte-Catherine avec son épouse. Parjure ou non? Chose certaine, Malo rend un fier service au Dr William Robertson, magistrat qui s'est chargé de l'enquête visant à contrebouter l'affabulation qui a servi de base au livre initial.

Gilbert n'avait jamais douté du fait que les auteurs réels du livre sont quelques antipapistes de la métropole américaine, presbytériens ou méthodistes, intéressés à engranger grâce à une histoire croustillante. L'un d'eux vivrait même maritalement avec Maria! Ce qui intéresse Gilbert au premier chef, c'est le faisceau de relations tissé par la réfutation. Le Dr Robertson, le plus coupable d'entre tous; Louis Malo, son âme damnée; et un chapelet d'autres faquins plus ou moins ouvertement comploteurs qui, tous, blanchissent la phalange de Sulpiciens, les prêtres séculiers et Mgr Lartigue.

Alors, Gilbert est frappé par une pensée. Le 8 septembre dernier, Lartigue était sacré évêque de Montréal. Les Sulpiciens ont accepté benoîtement ce qu'ils refusaient obstinément depuis des décennies, soit remettre une partie de leur pouvoir religieux entre les mains d'un représentant épiscopal. Ce rapprochement aurait-il à voir avec le cas de Maria? Lartigue se serait-il fait l'esclave des Sulpiciens pour que ces derniers l'incluent dans leur défense? Cette hypothèse horrifiante, Gilbert n'est pas le seul à la considérer comme valable. Il faut bien chercher à donner du sens à ce qui en manque cruellement...

L'Institut sulpicien se tient au centre du faisceau de relations qu'*Awful Exposure of the Atrocious Plot* met en lumière. L'édition montréaliste est sortie de l'atelier de John Jones et de Pierre-Édouard Leclère, respectivement imprimeur et rédacteur de *L'Ami du peuple*.

Le jeune homme évoque en pensée l'opulente maison de Dieu aux tours tronquées, gigantesque vaisseau planté au milieu de nulle part, et l'annexe abritant l'imprimerie, à même les bâtiments conventuels. Le rôle proéminent que le Dr Robertson a accepté de jouer dans cette réfutation est le plus éloquent des aveux. Si le parvis de l'église a servi de camp retranché aux clubistes en mai 1832, c'est avec le consentement éclairé des Messieurs, qui souhaitaient favoriser leurs intimes.

Dehors, les feuilles tombent et la bise se lève. Puis, la froidure est chassée par un tardif et interminable été des Sauvages. Ensuite, depuis les régions boréales, un froid polaire fond sur la vallée du Saint-Laurent. Le fleuve, qu'on pouvait encore traverser en canot, se couvre en trois jours d'une solide couche de glace. Et enfin, c'est la tempête. Hors des localités, le pays se transforme en désert blanc. Pour sa part, bien au chaud près du poêle, Gilbert galope par monts et par vaux, au rythme de l'imagination délirante des écrivailleurs qui croisent sa route.

Peu après le début de l'année 1837, il se régale de nouvelles affirmations sensationnelles de Maria Monk en réplique à la réfutation. Refusant d'admettre la supercherie de crainte de voir se tarir la source de leurs scandaleux profits, les auteurs ont fait imprimer de *Further disclosures*. On y apprend que c'est à l'isle des Sœurs, à proximité de Montréal, que les religieuses catholiques du continent viennent accoucher de leurs enfants illégitimes, fruits de leurs unions charnelles avec les prêtres!

En compagnie de ses parentes, Gilbert en rit comme un bossu. Pour ne pas être en reste, grand-mère se fend d'un conte qui remonte à son enfance. Le jeune instituteur, prodigieusement intéressé, la talonne jusqu'à ce que la vieille dame ait fait défiler tout son répertoire. Plusieurs veillées se succèdent ainsi, agrémentées de passionnants récits saupoudrés de quelques exagérations propres aux légendes, et pour rien au monde Gilbert ne quitterait sa tanière qui le protège des turpitudes humaines.

30

Avec un tressaillement, Vitaline ouvre de grands yeux dans la noirceur. Déboussolée, elle écoute les battements désordonnés de son cœur, tout en reprenant contact avec son environnement coutumier : la chambrette du grenier, le minuscule carré de fenêtre à peine discernable, le ronflement de son beau-père en bas et la bise hivernale qui gémit à l'extérieur. La jeune mère accorde une pensée fugace à Florentin et à Norbert qui dorment dans leur abri, blottis sous des fourrures et réchauffés par un feu ouvert, puis à sa fille dans le berceau placé à côté du lit, et dont elle vient d'entendre le soupir. Vitaline se conforte : tout est normal.

Puis, elle se renfrogne, car des images encombrent ses pensées. Des images si fortes qu'elles finissent par l'éveiller, même au mitan de la nuit! La jeune femme a l'endormitoire précaire par les temps qui courent. Souvent, elle rêve à sa vie passée et à sa parentèle. À sa mère en particulier... Mais régulièrement, comme astheure, c'est Vincent qui resurgit. En sa compagnie, elle part à l'aventure dans un monde à la géographie fantaisiste, parfois même épeurante. Ou bien elle se cantonne dans le creux de ses bras et ses caresses, immanquablement, ont le don de l'allumer.

D'un mouvement bourrassier, elle se tourne sur sa couche. Son imagination, qui la domine, lui joue de vilains tours. Elle a eu beau se barder contre cette intrusion, se chicaner mentalement à tour de bras, Vincent est devenu un compagnon fantasmagorique qu'elle charrie partout. Sans lui demander la permission, Vincent s'est installé comme un double auquel elle fait appel à tout propos. Elle converse avec lui, elle l'embrasse, elle le chérit...

Quand Vitaline remplaçait Florentin par Vincent, c'était comme un jeu! Sauf qu'elle s'est prise à son propre piège. Désormais, elle convoite un jeune homme qui n'a pour elle qu'un vague sentiment d'amitié. S'il l'a désirée à une époque lointaine, c'était par accident. Une autre aurait croisé sa route qu'il aurait agi de même... Vitaline se retrouve réduite à un état qui l'a tant fait souffrir, celui d'être obnubilée par un homme qui lui est inaccessible. C'est trop étrivant!

Soudain, elle s'apaise, et pour la première fois depuis leur conversation à proximité du monument en hommage à Louis Marcoux, huit mois auparavant, Vitaline ne repousse pas la pensée de Vincent. Au contraire, elle la laisse s'épanouir, et en même temps, elle renoue avec le besoin ressenti alors avec tant d'intensité. Un besoin qu'elle a déchiré à belles dents pour le réduire en charpie, se houspillant sans relâche. Comme elle faisait dur, à soupirer constamment après des mâles qui ne lui étaient pas destinés! Astheure, guerroyer contre elle-même, c'est au-dessus de ses forces. Elle soupire après un sourire fervent et une étreinte enveloppante...

La petite Olympe pousse un cri léger. Elle itou, elle rêve... À quoi peut-on rêver à l'âge tendre d'un an? Aux beautés du monde, il faut l'espérer. Aux découvertes merveilleuses faites pendant la journée. Ce chaton qu'elle aime tant, le cuir chaud du cheval, la tuque de son grand-père, la tresse de Normande... Vitaline se languit de retourner à cette époque bénie. Elle le fait parfois, se laissant entraîner par sa fillette dans un univers garni de sentiments encore si francs, si nettement tranchés. Ce qui fait rire et ce qui fait brailler. Ce qui est beau et ce qui est laid.

Un geignement... Vitaline fronce les sourcils. Dans son sommeil, Olympe se plaint. Soudain attentive, sa mère décèle vitement sa respiration devenu précipitée, et se tire à moitié du lit pour aller la tâter. Sa chaleur la surprend. Olympe a une poussée de fièvre! Immédiatement, elle la prend, ce qui lui fait émettre un pleur, et elle la dépose sur sa couche. Puis, elle se lève pour allumer la chandelle. L'éclairage est chiche, mais les traits de sa fille semblent altérés. Le teint blême mais les pommettes très rouges, la peau humide, les lèvres gercées...

Vitaline s'allonge à ses côtés pour lui donner le sein, comme elle le fait encore une couple de fois par jour. Olympe boit avec avidité et sa mère s'apaise. Sa fille a une santé de fer. Aucun accroc depuis la naissance. Son mal sera vite oublié... Dans un grognement plaintif, Olympe lui mord le mamelon, puis elle repousse sa mère et reste affalée sur la couche, les yeux fermés et le respir bruyant. Anxieuse, Vitaline la regarde somnoler. Elle tente de s'assoupir, mais c'est en vain, et les heures s'égrènent lentement jusqu'à l'aube. Se leurre-t-elle? Sa fille lui semble de plus en plus fiévreuse...

Un pâle soleil de février pointe enfin à l'horizon. Vitaline s'est habillée; sa fille dans les bras, elle descend le raide escalier avec précaution, puis elle se rend au banc-lit de Normande, qui ronfle encore. D'un appel à mi-voix, Vitaline la met en alerte. Le branle-bas qui s'ensuit fait sortir de son lit-bateau dame Eugénie, qui prend bientôt les choses en mains. Faisant appel à son savoir de mère qui en a vu d'autres, elle examine soigneusement Olympe, puis elle commande à Vitaline de s'asseoir et de lui offrir le sein. La fillette n'a même pas l'énergie de boire, et reste inerte, plongée dans une torpeur qui la rend molle comme une poupée de chiffon.

L'avant-midi est avancée lorsque dame Eugénie se décide.

— L'eau froide. C'est connu que l'eau froide abat la fièvre. Ça donne un coup, c'est pour ça que j'hésite, mais... pas le choix astheure.

Les hommes de la maison, qui tournent en rond, apportent une bassine d'eau. Olympe émet quelques protestations au moment de l'immersion, ce qui réjouit la compagnie. Peu après, elle est séchée et réchauffée par Vitaline, assise dans la berçante. Après un court somme, la fillette semble prendre du mieux, jusqu'à réclamer le sein que sa mère lui offre diligemment. Elle s'y endort de nouveau, et Vitaline reste à la bercer. Rassurés, les autres finissent par s'éloigner et par vaquer à leurs occupations, sauf Florentin qui reste à proximité.

Il est fort tracassé, Vitaline le voit bien. Dès qu'Olympe a commencé à émettre des sons, son père s'est mis à l'imiter, et tous deux tirent un vif plaisir de leurs échanges sonores. Vitaline a eu l'impression que son mari profite de l'apprentissage d'Olympe, en quelque sorte, pour ramancher le sien. Pour effectuer, pas à pas, ce chemin parfois ardu des sons vers les mots, puis vers les phrases... De fil en aiguille, leur complicité s'est accentuée, Florentin s'est mis à jouer avec sa fille, puis à vouloir la douilletter. De son père,

Olympe est après faire son héros personnel, et Florentin en tire un contentement touchant.

Vaincue, Vitaline se laisse emporter par la somnolence. Ce sont les préparatifs du repas de midi qui la réveillent. Pendant un court moment, elle suit du regard sa belle-mère qui ranime la flambe dans le poêle, puis elle prend conscience du poids qui réchauffe son giron, et elle baisse les yeux vers Olympe. La vue de son visage livide lui serre outrageusement le cœur, et elle appelle sa belle-mère.

— Eugénie ! Z'avez examiné Olympe récemment ?

— Non point. Je viens de rentrer...

À la vue de sa petite-fille, l'interpellée inspire brusquement et Vitaline est traversée par un éclair d'effroi. Puis, d'une voix au timbre contrôlée, dame Eugénie dit à mi-voix :

— Encore un bain. Pis si ça donne rien, on fera appel aux hommes de l'art. Paraît qu'y ont des potions astheure... des remèdes quasi miraculeux capables d'abattre une fièvre de cheval ou de ranimer un... Enfin.

— C'est quoi qu'elle a ? Ça se peut pas, comment elle est abattue...

— Y paraît que... que les miasmes sont en résurgence.

— Pas le morbus ?

— Non point. Mais quand les temps sont plus durs... pis quand les récoltes sont moins bonnes, y a de méchantes affaires qui reviennent en force. Hardi, Vitalette. On s'y met. Ta fille a besoin d'aide.

Mais l'optimisme de dame Eugénie fait long feu. Malgré toutes les tentatives pour la ramener à la vie, la petite Olympe reste plongée dans une léthargie dont il appert finalement qu'elle est irréversible. En même temps, la jeune mère s'extirpe de sa propre existence. Incapable de supporter le drame qui se joue, elle s'entoure d'une muraille protectrice, tout en restant physiquement présente et en accomplissant mécaniquement les gestes indispensables. Elle voit l'apprenti-médecin Adolphe Malhiot faire ingurgiter des préparations médicamenteuses à sa fille, elle le voit tenter une saignée, puis appeler à la rescousse son maître le Dr Nelson, elle voit le vicaire administrer les derniers sacrements, mais tout cela se passe hors de sa sphère, dans un monde parallèle qui n'existe pas, qui n'est qu'une illusion, une terreur nocturne plus vraie que nature, mais qui prendra nécessairement fin d'un moment à l'autre.

Même le chagrin explosif de Florentin, que sa sœur et son frère ont toutes les misères du monde à calmer, même les sanglots de sa belle-mère et la prostration de son beau-père, même les lamentations des voisines et de plusieurs membres de sa famille, venus pour la veillée au corps, n'atteignent pas Vitaline. Elle écoute les paroles de consolation sans rien entendre, elle se laisse embrasser et réconforter parce qu'elle n'a pas le choix, mais elle voudrait dire à tout ce monde qu'ils se trompent. Olympe est tout bonnement endormie comme un ange. Pour une raison ou une autre, la gorge de Vitaline refuse de s'ouvrir, sa gorge est prise dans un étau et elle se contente de laisser passer l'orage tout en veillant sa fille, persuadée qu'elle va bientôt entrouvrir une paupière, puis la seconde, puis roucouler et chantonner. Sa mère est parée à rire de tout, même une de ses saintes colères dont elle a le secret !

Vitaline endure tout, même la mise en bière, à condition de ne pas quitter Olympe d'une semelle. Elle refuse de changer de vêture jusqu'à ce que Perrine et Normande lui apportent son linge dans la salle commune, puis lui dictent chacun de ses gestes. C'est son beau-frère Aubain qui la force à endosser sa bougrine, puis à chausser ses bottes. Pendant ce temps, elle lui sourit doucement, comme elle l'a fait à sa sœur. Elle ne les a pas vus souvent depuis son débagagement du bourg. Elle les trouve d'une beauté mirifique. Particulièrement Aubain, qu'elle a tant aimé quand elle était fille... Elle en profite pour le gratifier d'une étreinte qu'elle savoure longuement, paresseusement.

D'une certaine manière, elle apprécie la promenade malgré le froid glacial. Un hiver polaire sévit en Bas-Canada et les habitants vitupèrent contre les excès saisonniers dont ils sont affligés depuis quelques années, mais Vitaline ne ressent aucune impression de froidure. Elle aurait envie de se dénuder au grand complet, de se rouler dans la neige et même de se baigner dans l'eau de la rivière... Elle inspire à pleins poumons et se régale de la sensation étrange dans sa poitrine. Elle prend une poignée de neige et s'en frotte les joues et le front, jusqu'à ce que Perrine et Normande saisissent Vitaline par le bras et l'entraînent à marcher encore plus vite, encore plus loin.

Au cimetière, une étrange cérémonie se déroule sous ses yeux. Vitaline n'arrive pas à comprendre pourquoi tous ces gens sont rassemblés, pourquoi ils braillent, pourquoi son père l'étouffe dans ses bras... Néanmoins ravie par cette accolade inattendue, elle s'attarde contre Uldaire, humant l'odeur de la pelisse dont il s'est couvert. Blottie, elle redevient la petite fille qu'elle était lorsqu'il l'emmenait en carriole pour une promenade. Assis sur le siège du conducteur, ils s'engonçaient dans d'épaisses fourrures, et Vitaline s'abandonnait contre le flanc de son père. Tous deux bavardaient tranquillement, riaient parfois...

Un mouvement de la foule tire Vitaline de son engourdissement. Dans sa boîte de bois, Olympe est transportée vers un bâtiment de pierres placé à une extrémité du cimetière. Ce bâtiment, Vitaline le connaît parfaitement. Le charnier. L'endroit où les morts sont placés en attendant le dégel. Elle repousse son père avec violence, et s'écrie avec vigueur :

— Hé ! Z'allez où de même ? Ramenez-la icitte ! Ma fille reste avec moi !

Les hommes qui la transportaient s'immobilisent. Vitaline se sent empoignée par le bras, mais elle se débarrasse de l'importun d'une torsion de tout le corps, et elle crie encore :

— Revenez icitte !

— Vitalette...

C'est son père qui la supplie, et elle se tourne vers lui pour l'implorer :

— Elle va se réveiller. Je le sais qu'elle va se réveiller.

Les traits décomposés, Uldaire se détourne. Perrine prend sa place dans le champ de vision de Vitaline. Avec dureté, elle dit :

— Prend sur toi, Vitalette. Je sais que tu pâtis, mais donne-toi pas en spectacle.

Envahie d'une fureur sans nom, Vitaline hurle :

— Je me donne pas en spectacle ! Je veux rester avec Olympe, c'est-y clair ? J'attends qu'elle se réveille ! Je veux lui donner à boire, j'ai les seins qui... qui...

Étouffée par l'énorme boule qui s'est formée dans sa gorge, Vitaline doit se taire. Elle pivote sur elle-même pour mirer le cercueil que tiennent encore le bedeau et son employé, et d'un seul coup, la terrifiante réalité l'inonde. Olympe gît sans vie. Olympe, si resplendissante naguère, n'est plus qu'un corps inerte. Sa fillette la quitte à jamais. Sa fillette, qu'elle a gardée au plus près d'elle, la déserte pour un autre monde. Sa fillette part. Seule, toute fin seule, alors qu'elle est si petite...

Vitaline est transpercée par un chagrin fulgurant, au point qu'elle ne peut se retenir de gémir tout haut. Sa plainte devient un cri de dénégation, un refus viscéral qu'elle projette vers le ciel :

— Non ! Non... je vous en supplie, mon Dieu... mon Dieu, ramenez-la moi...

Elle explose en sanglots. C'est un raz-de-marée qui la secoue comme un fétu de paille, et qui la pulvériserait en mille miettes si elle ne tirait profit de bras charitables qui l'entourent de toutes parts. Elle braille tout en appelant sa fille auprès d'elle, balbutiant et s'emportant en alternance, jusqu'à ce que dame Eugénie s'interpose et lui dise à travers les larmes abondantes qui coulent sur ses joues :

— O... Olympe reste encore. Regarde. Elle est là, tout près.

En effet, le cercueil a été posé dans la neige à proximité. Parcourue d'un frisson, Vitaline souffle :

— Elle va avoir froid.

— Au paradis des enfants, y fait toujours chaud. Viens, Vitalette. Viens lui dire adieu en dedans de toi.

Soutenue par sa belle-mère, Vitaline se laisse mener. Au passage, dame Eugénie accroche le bras de Florentin, terrassé par l'affliction au point que son visage aux traits creusés est devenu un masque d'une effrayante rigidité, et elle les entraîne jusqu'à se placer debout, tout près de leur fille dans son cercueil. Peu à peu, les autres participants à la cérémonie les encerclent comme pour les protéger de la bise, et Vitaline se sent emportée par un étrange mouvement de son être, comme si son âme quittait son corps pour aller se placer à côté d'Olympe, dans le but d'y rester à jamais. Le voile de sa tristesse se déchire un brin. Olympe l'accompagnera pour le restant de ses jours, comme tous ceux qu'elle a aimés.

Mais la jeune mère ne peut supporter l'idée de sa fillette rangée dans le charnier glacial en compagnie des trépassés, et elle bégaye dans un transport de désespoir :

— Je suis pas capable. La savoir toute seule dans le noir, sans moi... Je suis pas capable. Faut que je reste avec elle. Vous pouvez pas m'empêcher de rester avec elle !

Seuls des redoublements de sanglots lui répondent, jusqu'à ce que soudain, une voix s'élève derrière Vitaline.

— Tu sais quoi, Rémy ? Une fois j'ai enterré mon chat.

Elle reconnaît la voix d'Estère Besse, dont elle ignorait la présence. Son ancienne amie de couvent s'adresse à son frère, mais à sa manière de parler, Vitaline se persuade immédiatement que c'est d'elle qu'elle veut se faire entendre. Son timbre charrie un tel parfum d'enfance...

— J'étais jeunette. J'ai enterré mon chat en secret, parce que si j'avais écouté mon père... J'ai creusé une fosse, pis je l'ai déposé dedans. Pis là, j'ai eu la peur de ma vie. De le voir tout seul au fond, dans le noir tout fin seul... Je pouvais pas.

Rémy fait remarquer que le moment n'est guère approprié pour une telle réminiscence. De son côté, Vitaline est suspendue à ses lèvres, et elle est sur le point de se retourner pour houspiller son frère lorsque, sans se démonter, Estère reprend :

— Fait que je suis allé chercher notre jouet préféré. Une balle. Pis un vieux vêtement à moi. Plein d'odeur. Je les ai mis avec lui. Pis là, j'ai fait une prière, pis j'ai comblé la fosse.

Lentement, Vitaline pivote sur elle-même pour dévorer Estère des yeux. Sur sa mine, elle lit une réelle compassion... Estère dit encore, juste pour elle :

— J'y ai pensé souvent, par après. J'étais toutte croche dès que me venait l'image... de mon chat enfoui. Pis la douleur m'a quittées. Parce que je l'accompagnais dans son voyage.

Ayant compris où elle voulait en venir, Rémy capture l'attention de sa sœur.

— T'en penses quoi, Vitalette ? Ce serait pas une mauvaise idée. Pour le sûr... si tu laissais quelque chose de toi près de ta fille...

Sa voix s'étrangle et il se tait, les yeux pleins d'eau. Vitaline souffle :

— Oui... oui, quelque chose pour l'abrier... pour mettre tout contre elle... Mon manchon de fourrure !

Elle se tourne vers dame Eugénie.

— Mon manchon, vous savez ? Celui qu'elle aime tant flatter...

— P... pis sa... sa peluche, jette Florentin, d'une voix excessivement gutturale.

— Pis un vêtement. La chemise que j'allais mettre aux guenilles.

— J'y cours, jette Norbert.

Il s'éloigne à longues enjambées. Pendant l'échange, une idée est venue à Vitaline, qui saisit Rémy par la bougrine.

— Mes figurines...

— Celles que t'as laissées chez son père ?

— Oui. Je les voudrais...

Après un fugace hochement de tête, il déguerpit à son tour. Dame Eugénie marmonne :

— Faut se resserrer entre nous. Y fait un frette du diable. Collez-moi, toutte vous autres.

Un groupe compact se reforme autour du petit cercueil. Désormais, Vitaline est capable d'y poser les yeux sans avoir envie de hurler comme une bête blessée. Elle respire mieux, comme si le poids qui lui broyait l'intérieur avait cédé légèrement... Elle laisse ses yeux glisser sur les visages qui l'entourent. Son père et sa Domitille liés un à l'autre. Son père sincèrement attristé, et qu'elle aimerait tant ravoir contre son flanc... La parentèle éloignée... Quelques anciennes voisines du bourg... Son amie Estère, avec laquelle elle n'a pas échangé un mot depuis son mariage...

La frêle jeune femme tente de lui sourire, et Vitaline s'attarde à déchiffrer ses traits qu'elle connaissait naguère par cœur. Elle n'a pas vraiment changé. Toujours ce minois d'adolescente, toujours cet air sérieux et concentré... Vitaline revient au cercueil et se met à fredonner une ancienne chanson qui lui est venue en tête.

— *Vive la Canadienne, Vole, mon cœur, vole ! Vive la Canadienne et ses jolis yeux doux. Nous la menons aux noces, Vole mon cœur, vole ! Nous la menons aux noces dans tous ses beaux atours...*

Sa voix s'étrangle. Avec un coup au cœur, la jeune femme entend celle de son père qui poursuit :

— *On danse avec nos blondes, Vole mon cœur, vole ! On danse avec nos blondes, nous changeons tour à tour.*

Vitaline voit qu'il se souvient de Bibianne, qui poussait la ritournelle pour ses enfants, et que c'est pour rendre hommage à la mère de ses enfants qu'il fait résonner sa voix. Les autres s'y mettent pour le supporter et pour terminer le couplet dansant :

— *Nous changeons tour à tour, tour, tour, nous changeons tour à tour.*

Vitaline reprend contenance pour se joindre au chœur :

— *Ainsi le temps se passe, Vole mon cœur, vole! Ainsi le temps se passe. Il est vraiment bien doux, il est vraiment bien doux, doux, doux, il est vraiment bien doux.*

Un silence chargé d'émotion succède au chant. Vitaline a l'impression que les notes, comme des papillons, volètent dans l'air et s'élèvent jusqu'au paradis pour réjouir la ribambelle d'enfants qui y dansent, emplis d'une joie sans faille. Rémy survient à ce moment, et Vitaline ouvre les mains pour y recevoir trois figurines en terre cuite.

— La belle-mère a jeté le reste, chuchote-t-il. Celles-là étaient trop jolies, par chance.

Vitaline admire la finesse de ce qu'elle a sculpté, plusieurs années auparavant, après que son père lui eut interdit de s'asseoir au tour à potier. Il y a un chien paré à bondir, une oie blanche en plein vol et une forme sans identité, mais sinueuse et ondoyante, et qui s'orne de magnifiques couleurs de glaçure. Vitaline les presse tout contre elle pour les imbiber de sa chaleur, qui irradiera ensuite pour le bénéfice d'Olympe... Alors, elle songe au chant qui ravissait sa fillette, et elle tâche d'éclaircir sa voix si fluette pour s'y attaquer.

— *À Saint-Denis près des grands bois, un jour d'orage et de bataille, je mis pour la première fois mon chapeau d'paille. Sans égards pour mon beau chapeau, contre les Anglais, la canaille, nous nous battîmes sans repos, en chapeau d'paille.*

Une fois la paix revenue, ce fier Canadien a fait les semailles en chapeau de paille. Il s'est marié et il a eu une marmaille qui *a des airs triomphants en chapeau d'paille.*

— *Mais pour soigner ce groupe ardent...*

— Arrête, Vitalette. J'ai tellement le pesant...

C'est Normande qui, le visage contracté, la supplie ainsi. Dans la chanson, il est question de médecins n'ayant pu soigner la marmaille qui disparaît, comme leur mère, et de l'aïeul centenaire qui se retrouve avec, pour tout ami, son chapeau de paille. Avec obstination, Vitaline veut pourtant continuer, car elle tient à adoucir la solitude de sa fillette, mais quelqu'un la précède avec un chant aux accents graves et sereins. Estère psalmodie une antienne en latin que tous connaissent pour l'avoir ânonnée sans comprendre pendant la messe, et le murmure de douceur devient général.

Vitaline commence à avoir de la difficulté à lutter contre le froid. Elle a l'impression que ce dernier l'entoure d'un brouillard opaque autant épais qu'une muraille, et que ses os craquent sous l'assaut... Heureusement, un galop se fait entendre, Rémy s'empresse vers Norbert et reçoit, de sa part, un paquet hâtivement rassemblé, qu'il remet à Vitaline. Celle-ci hume sa chemise et frotte le manchon contre sa joue, tandis que Florentin, de son côté, étreint l'animal en peluche comme pour ne plus jamais s'en séparer. Enfin, le bedeau est requis de rouvrir le cercueil, les articles sont déposés à côté du petit corps emmailloté et le couvercle est refermé.

Vitaline claque des dents. Elle lutte pour ne pas s'effondrer sur le sol, car elle craint de s'y briser comme un vase, en mille morceaux. Dame Eugénie, son élocution ralentie par le froid, la prend par le bras.

— On s'en va chez ton père. Y nous offre un remontant.

Docilement, Vitaline se laisse entraîner, mais chaque pas lui coûte un effort terrible. Soudain, un cri retentit, de la part de la nouvelle Mme Dudevoir qui, l'air horrifié, pointe quelque chose au sol, derrière Vitaline. Une tache de sang. Vitaline prend conscience de la chaleur visqueuse dans son entrejambe et le long de sa jambe, à travers son sous-vêtement d'hiver. Elle saigne. Elle perd le bébé qui se formait à l'intérieur d'elle-même. Elle s'en doutait, qu'elle était grosse... Elle sent ses jambes se dérober sous elle et elle perd conscience avec un sentiment de gratitude infinie pour cette plongée dans l'oubli.

31

On frappe à la porte, non point des coups discrets, mais sonores et redoublés. Gilbert jette un coup d'œil par la fenêtre. Par les temps qui courent, il n'est pas sage d'ouvrir sans s'assurer de l'identité d'un visiteur. Depuis le début de l'hiver, le guet a été réorganisé, après une assemblée des notables de Montréal qui ont, ensuite, ramassé des fonds pour financer une patrouille de nuit formée de connétables spéciaux. Les vols par effraction, qui avaient pris une proportion alarmante, ont notablement diminué en quantité, mais la méfiance est toujours de rigueur.

Gilbert distingue une silhouette d'homme, qui recule pour être mieux vu : Vincent Cosseneuve. Interloqué par la visite inattendue, le jeune instituteur se précipite pour le faire entrer. Son camarade le parcourt du regard de la tête aux pieds, puis il émet, goguenard :

— T'as l'air d'un vieux rentier... C'est de même que tu passes tes soirées, à te bercer au coin du feu? Fallait que je le voye pour le croire. Toi, un ermite...

— On s'ennuie pas une miette par icitte. Pis on s'épargne un frette à se demander si on va pouvoir entailler les érables avant la Saint-Jean-Baptiste. Malgré que le mois de mars est commencé, on se croirait transportés chez les ours.

— Pour ça... Pas une goutte de pluie depuis novembre, juste de la neige, c'est du jamais vu.

Notant la présence d'Ériole et de grand-mère dans la salle commune, autour du poêle, le survenant leur lance une salutation malaisée à laquelle les deux femmes répondent avec grâce. Content de renouer avec Vincent qu'il n'a pas revu depuis son séjour au bourg, à la fin de l'été précédent, Gilbert lui dit gaiement :

— Débougrine-toi. T'avais affaire en ville ?

— Je m'octroie une vacance. Je fais office de messager. Une missive pour vous depuis Saint-Denis.

La constriction dans le ton de sa voix alerte Gilbert. Tandis que Vincent dénoue les lacets de ses mocassins, il interroge :

— Une lettre de qui ?

— Ton frère.

De la poche intérieure de son manteau, le survenant extirpe un feuillet plié. Gilbert le tripote un moment, puis il invite le survenant à venir prendre place à la table, comme lui. Sentant les regards peser sur lui, et conscient du silence qui s'est installé dans la pièce, Gilbert déplie l'envoi, qui n'a même pas été cacheté, et il s'empresse de déchiffrer la calligraphie fantaisiste de Rémy. Accusant le choc du décès de la petite Olympe, sa nièce, il en informe ses parents d'un ton étranglé.

La triste nouvelle afflige grand-mère au point qu'elle s'affaisse dans la berçante pour s'abîmer dans une oraison. Ériole combat un effroi qui l'étrangle. Qui sait si, après avoir fauché cette si mignonne petiote, le mal sournois ne causera pas de ravages parmi leurs proches ? Vincent tente de la rassurer de son mieux. Il y a eu des fièvres contagieuses cet hiver, mais le trépas d'Olympe est resté un cas relativement isolé. Le jeune arpenteur en profite pour partager sobrement avec son auditoire ce qu'il a vu de l'accablement de ses parents et de leurs proches.

Un long silence s'ensuit, pendant lequel Gilbert envoie à Vitaline de bonnes pensées. Il songe à ces maladies enfantines qui, profitant de la prospérité rabattue, connaissent un regain dans les campagnes. Petite vérole, fièvre scarlatine, rougeole… Une misère prouvable règne dans les régions nordiques qui flanquent le golfe du Saint-Laurent, à la suite d'un été raccourci au possible. Le district de Montréal est relativement épargné par la disette, mais lorsqu'on tousse au nord, on finit par éternuer au sud.

Puis, à la demande de sa tante, l'instituteur sort son nécessaire d'écriture, et tous trois s'absorbent dans la rédaction de la lettre de réconfort. Même grand-mère y met son paraphe caracolant. Gilbert s'applique sur le sceau de cire, qu'il souhaite le plus soigné possible.

Enfin, il remet la missive de consolation à Vincent qui promet, sur son honneur, de la délivrer avec toute la diligence requise. Le survenant fait mine de vouloir prendre son départ, mais Ériole se récrie :

— Vous voulez partager notre fricot, même si c'est pas grand-chose ?

Le visage de Vincent s'éclaire, ce qui lui confère une singulière beauté.

— Z'êtes trop aimable. Ce sera pas de refus. Les fèves au lard de ma logeuse, elles me sortent par les oreilles.

Pendant que ses parentes s'activent, Gilbert s'enquiert de l'état de leur coin de pays. Son ami répond en vitupérant :

— Je te comprends de fuir la bonne société. Des fois... je te jure que j'irais me cacher dans une grotte au fin fond de la forêt. Les affaires publiques deviennent acrimonieuses. J'ai la chienne, Gilbert.

Touché, ce dernier l'encourage à poursuivre :

— C'est si pire ?

— Milord a été envoyé pour nous soutirer des dizaines de milliers de livres pour payer les favoris du régime, point à la ligne. Même les amitiés de longue date sont remises en question. Nos ennemis... rament fort pour répandre des germes de division parmi nous.

— Parle-moi pas de Déberge, grommelle Gilbert. Je me revois encore, participant à la fête champêtre au manoir seigneurial...

Il est encore étourdi de la trahison de celui qu'il considérait comme un homme respectable et comme une source d'inspiration !

— À ta décharge, Déberge était encore le plus ardent des Réformistes... Astheure, par son appui inconditionnel à lord Gosford et à sa politique, il tente d'influer sur les électeurs des comtés de Richelieu et d'Yamaska. Voilà pourquoi il a enrôlé les sieurs de Bleury et de Tonnancour.

Le plus redoutable vire-capot de la colonie a mis à sa botte les députés de Richelieu et d'Yamaska pour influencer les francs-tenanciers des comtés électoraux qui coïncident avec ses seigneuries, en tout ou en partie. Le temps venu, soutient Vincent, Debartzch tentera de faire adopter une marche prédéterminée aux électeurs qui sont, par ailleurs, ses censitaires et souvent ses débiteurs. Or, en réaction à l'Adresse de la Chambre d'Assemblée du Bas-Canada de l'automne passé, les clubs politiques londoniens, de même que le *Times* et le *Constitutional*, résonnent du mot *coercition*.

— Si je comprends bien, intervint Gilbert, la Chambre des Communes voterait des crédits spéciaux ou quelque chose du genre?

— Bien pire: le ministre des Colonies serait justifié d'utiliser la contrainte pour que les fonctionnaires coloniaux touchent leurs émoluments. Le parlement impérial retirerait à notre chambre basse son droit sur le revenu de la province, comme le prône la commission Gosford dans ses rapports.

Gilbert tombe des nues.

— Lui retirer son droit? Mais c'est... c'est frapper une mouche avec une tonne de briques!

Vincent rappelle à son hôte que les trois commissaires tories qui accompagnaient le gouverneur à son arrivée, à l'été 1835, ont pondu de savants rapports dans lesquels les Réformistes sont assimilés à des ingrats refusant *une soumission raisonnable à l'autorité indulgente qui protège et soutient*. Au passage, des insultes sont proférées contre le peuple canadien qui ignore son bien et court à sa ruine. Milord et ses collègues plaident pour un Exécutif colonial indépendant de la législature; et selon eux, lorsqu'une querelle surgit entre l'Exécutif et ses sujets, ces derniers doivent être punis même si les sources de griefs sont réelles et palpables, car il est crucial de réaffirmer en tout premier lieu l'autorité du gouvernement.

Le plus étrivant, c'est que Gosford et ses acolytes commissaires recommandent la coercition parce qu'ils craignent une rébellion armée de la part du parti sectaire. Un Conseil législatif élu serait une provocation aux yeux des fanatiques anglais, qui considèrent ce corps comme le seul et unique rempart pour la sécurité de leurs vies et de leurs propriétés! La conjuration des *Britons* exclusivistes porte fruit...

— En réalité, conclut Vincent, Milord était vendu aux chauvins du ministère des Colonies. Après avoir volé la législature coloniale, y compte sur le Parlement impérial pour justifier la rapine.

Faisant signe aux jeunes gens de prendre place à table, Ériole en profite pour vitupérer:

— C'est tant niaiseux! Y suffirait de quelques réformes pour nous contenter. Pourquoi y se tirent dans le pied de même?

— Parce que ces quelques réformes s'attaquent à d'énormes abus. Pis que les abuseurs patentés crèvent de trouille. Plus y sont coupables, plus y se démènent pour cacher leurs méfaits. C'est simple de même.

— On laisse la situation pourrir depuis trop longtemps, glisse Gilbert. On aurait dû déclarer l'indépendance bien avant...

Pendant le repas, la conversation dérive vers la panique commerciale. Dans la foulée d'une crise qui a secoué les vieux pays l'année d'avant, plusieurs maisons d'import-export de Montréal ont récemment fait faillite, et Ériole est avide de connaître l'opinion de Vincent. Selon lui, on peut s'attendre à ce que les plus importantes firmes de l'Amérique subissent le contrecoup de ce qui s'est passé en 1836 en Europe.

— D'ailleurs, vous avez ouï à propos de la Maison canadienne de commerce?

Gilbert ouvre de grands yeux.

— Quoi donc? Les journaux rapportent des faillites, mais...

— Ça vous aura échappé. L'affaire est nébuleuse... Ce que j'en ai compris, c'est que les directeurs ont voulu s'associer discrètement avec une maison londonienne afin de développer leur crédit. Savez comment le capital est limité par icitte?

François-Antoine Larocque et Jean-Dominique Bernard, les principaux actionnaires de cette entreprise d'import-export, ont craint de susciter un mouvement d'hostilité généralisé envers eux en fondant une filiale à Londres sous leur nom. Les tout-puissants tories, et particulièrement ceux qui intriguent avec tant de succès au ministère des Colonies pour conserver leur prééminence commerciale, auraient mis en œuvre machinations et calomnies pour faire échouer l'entreprise.

— Pis dire que le même parti prétend que les Canadiens sont hostiles au commerce, aux améliorations intérieures et à tous ces intérêts typiquement britanniques!

Les directeurs ont donc encouragé Samuel Revans, ci-devant imprimeur du *Daily Advertiser*, à former sa propre compagnie, pour ensuite en devenir partenaires. Mais cette dernière vient de déclarer faillite, ce qui précipite Larocque, Bernard & Co dans l'abîme... Le cœur serré, Gilbert se lève et s'éloigne pour masquer son trouble. Il croyait cet argent, sur lequel il comptait pour adoucir le sort de ses chères parentes, en parfaite sécurité. Il le voyait engraisser grâce aux dividendes, et il ne lui est pas venu à l'esprit qu'un péril le guettait!

Anxieusement, Ériole interroge leur visiteur au sujet de la Banque du Peuple, et Vincent se fait rassurant. À son avis, l'établissement financier est loin d'avoir surestimé sa capacité de crédit, et il pourra répondre aux demandes en numéraire, contrairement aux traditionnelles banques à chartre qui, elles, risquent d'avoir à cesser leurs paiements pour une période plus ou moins longue. Grand-mère se fait philosophe. Le numéraire a toujours été rare en Canada: les marchands n'ont pas développé le système des notes de crédit pour rien!

Gilbert n'avait pas encore trouvé l'occasion de mettre Caroline au courant d'une décision qu'il croyait de très peu d'importance. Son esprit s'évade jusqu'au Cabaretier patriote. Il a entraperçu la jeune femme pendant l'hiver, lors de rares visites au billard. Il a bien vu qu'elle aurait apprécié un échange de propos, mais il n'a pu s'y astreindre. Il a trop pâti. À la poursuivre de ses assiduités, Gilbert s'est brûlé les ailes. Il n'y a rien d'urgent par rapport à la faillite de la Maison canadienne de commerce. De toutes façons, le sort en est jeté. Le jeune instituteur n'aspire qu'à une bienfaisante léthargie...

VITALINE S'ÉTONNE DU CONTRASTE entre la froidure qui monte du sol et le soleil qui lui chauffe le crâne. En ce mois de mai 1837, le printemps triomphe, mais il subsiste encore des plaques de la neige tombée en abondance cet hiver, et elle vient de mettre les pieds dedans. Elle baisse les yeux. La neige a un aspect granuleux qui, soudain, fascine Vitaline au point qu'elle se penche pour en prendre une poignée dans sa main, qu'elle malaxe et tripote jusqu'à ce que le froid la ramène à l'ordre.

Avec un tressaillement, Vitaline revient à la réalité, celle d'une mère en deuil de son enfant. De plus en plus fréquemment, la jeune femme oublie son manque, ce dont elle répugne encore à se réjouir. Elle a cru que son goût pour l'existence s'était enfui à jamais, tant elle était désemparée de se retrouver sans sa fillette. Elle a cru que le grisâtre et la fadeur allaient l'environner jusqu'à son lit de mort... Mais jour après jour, et surtout depuis le retour des hirondelles, elle renaît. Elle goutte aux senteurs et saveurs que la nature distille, et elle s'émerveille de cette richesse.

Sa guérison a débuté avec une dose de sirop d'érable. Il y avait un bon moment que Vitaline était remise sur pied, après avoir langui plusieurs semaines des suites du trépas d'Olympe et de sa fausse couche ; il n'empêche qu'elle se muait comme une automate, le cœur étreint d'angoisse et les larmes toujours parées à jaillir. Constamment, elle cherchait son bébé, gardé au chaud tout contre elle depuis sa naissance... Et puis, un soir, dame Eugénie a déposé une cruche de sirop d'érable sur la table. Normande et Norbert se sont exclamés avec emphase, prenant leur belle-sœur à témoin, comme ils avaient pris coutume de faire.

Vitaline n'était pas dupe : ils tentaient de l'extirper de son chagrin. Jusque-là, elle s'était irritée de leur insensibilité apparente, mais tout soudain, elle n'a pu s'empêcher de les trouver attendrissants. Puis, son regard a dévié vers Florentin. Il se tenait à l'écart, et mirant les transports d'enthousiasme de sa fratrie, il a esquissé un sourire plein d'indulgence. Encore une fois, la jeune femme a été frappée du fait que son mari s'était éloigné prestement du pic de sa tristesse, mais elle s'est bornée à considérer le fait avec détachement, au lieu de lui en vouloir pour son absence de compassion.

Comme délivrée d'un poids, elle a senti tout son être se dilater. D'une voix éraillée qui témoignait du silence duquel elle s'extirpait, elle a quémandé une cuillerée de sirop. Vitaline avait ouï-dire de sa qualité exceptionnelle à cause des conditions climatiques, et elle était curieuse de comparer avec les années d'avant... Elle s'est sentie appâtée. Elle n'avait encore jamais goûté à un tel bouquet de saveurs boisées, et du nectar quasi enivrant, elle a voulu une seconde cuillérée qu'elle a savourée les yeux fermés et la tête appuyée au dossier de la berçante.

Elle aurait tant voulu voir Olympe s'en régaler ! Vitaline n'a pu retenir un sanglot. Son affliction, néanmoins, n'avait plus le tranchant des premiers temps. Elle était empreinte d'une douce nostalgie... Dès lors, la mère éplorée s'est laissée attendrir par les beautés du monde. Le goût piquant d'une feuille de pissenlit, le velouté d'un pétale de crocus et les senteurs marines de la rivière, tout se liguait pour lui rappeler que son existence ne se rapportait pas uniquement à la fillette qui lui avait été arrachée. Vitaline a vu son être se dilater jusqu'aux confins de l'univers sensible, univers qui avait su, un temps, la toucher au point qu'elle avait tenté de le reproduire et de le façonner à une échelle réduite.

Constatant ce regain, ses proches ont usé d'une stratégie qui a fini par l'égayer. Comme les affaires publiques acquéraient un relief intriguant, Norbert s'est mis à lire ostensiblement les papiers-nouvelles, déployant ce mélange d'ingénuité et d'obstination propre aux enfants qui butent sur les difficultés du déchiffrement. Normande s'est jointe à lui, et à force de les entendre écorcher la langue française, Vitaline a fini par leur arracher la gazette des mains pour prendre la relève.

Elle n'a pas été longue à se prendre au jeu et à s'intéresser aux événements dont le cours s'accélérait, à l'image d'une rivière gonflée par la débâcle et pressée de se débarrasser de ses débris hivernaux. Les fanatiques tories ont réussi à débaucher le premier ministre anglais et son cabinet. Dès l'ouverture des assises du Parlement impérial, le porte-parole du ministère en place, lord John Russell, a déposé dix résolutions, dont l'une permet au gouverneur de puiser dans *les revenus de Sa Majesté* pour rembourser les salaires dus et payer les émoluments de ses fonctionnaires. Dans la foulée, les réformes constitutionnelles et l'abolition de la Compagnie des terres étaient refusées.

Le gouvernement impérial plongeait la main dans les coffres des Canadiens pour soutenir la gent officielle, et blanchissait les Exécutifs coloniaux de leurs actes de pillage, de tyrannie et d'oppression. Comme les dépêches envoyées par le gouverneur ont été imprimées à l'appui des Résolutions Russell, le chat est enfin sorti du sac. Dès mars 1836, Gosford sollicitait de Londres le paiement des salaires des fonctionnaires, tout en disculpant le Conseil législatif pour le rejet d'une loi de six mois de subsides. La seule mission que Gosford avait à remplir en Canada était de plaire à lord Gleneg et à ses principaux fonctionnaires, tories jusqu'au bout des ongles. Le coup d'État est fomenté de longue main!

En clair, une cabale triomphe dans la mère patrie pour retirer à la Chambre d'Assemblée le droit de légiférer sur les affaires intérieures de la colonie, et les dix Résolutions de lord Russell serviront de point d'appui à des mesures coercitives encore en gestation. La stupeur de l'élite patriote de la colonie a été mâtinée de soulagement. Un ennemi déclaré est moins dangereux qu'un faux ami, ainsi qu'a écrit l'éditeur de *La Minerve*, qu'une *insidieuse hypocrisie qui creuse souterrainement le précipice dans lequel elle veut entraîner sa victime.* Le peuple est moralement tenu D'AVOIR RECOURS À LA RÉSISTANCE, ainsi que l'a proclamé la gazette patriote en lettres majuscules.

Le comté de Richelieu, outragé de la trahison du seigneur Debartzch et de la manière dont Bleury s'accroche à son poste de député, a ouvert le bal des assemblées de protestations. Le seigneur renégat s'est démené pour convaincre ses concitoyens de ne pas se rendre à Saint-Ours où, plus d'une année avant, la conduite de Bleury était condamnée par ses commettants. Néanmoins, en ce 7 mai 1837, 1200 d'entre eux ont déclaré *nulles et non avenues* plusieurs lois litigieuses – tenures, commerce du Canada et compagnie des terres – ainsi que la future loi basée sur les Résolutions Russell.

Question de forcer la main au sort, l'assemblée a enclenché la désobéissance. La consommation de biens localement fabriqués ou introduits en contrebande a été fortement encouragée. En contrepartie, il fallait bannir l'achat de produits grevés de droits de douane, c'est-à-dire « légalement » importés, dans le but de réduire les entrées d'argent dans les coffres publics. Une fois vides, ces derniers ne pourront plus servir à soutenir contre vents et marées la faction au pouvoir. Le même mouvement de non-consommation de produits taxés a fort bien réussi aux citoyens des États-Unis un demi-siècle plus tôt...

Ce qu'a proclamé haut et fort Louis-Joseph Papineau une semaine plus tard devant environ 800 électeurs de la cité et du comté de l'isle de Montréal. Selon lui, le cours accéléré du *flot démocratique* allait renverser les obstacles. *N'est-il pas mieux d'user un mauvais gouvernement par la résistance constitutionnelle que l'on peut, que l'on doit lui faire éprouver en parlement ?* Les Américains avaient suivi cette voie dix ans avant leur guerre d'Indépendance. Comme ce qu'ils avaient entrepris s'était bien terminé pour eux, les Réformistes canadiens devaient faire de même.

Ce n'est pas la première fois que Papineau vante les bénéfices de l'autarcie. Dès après l'élection si mouvementée de 1834, il en avait prêché les vertus, ce qui avait encouragé l'éclosion de bon nombre de manufactures locales. Mais astheure, la mutinerie contre un régime corrompu se généralise, particulièrement dans les communautés ayant souffert des violences perpétrées par les ennemis du pays. À Montréal comme au lac des Deux-Montagnes, on s'engage à tarir le revenu en s'abstenant de consommer les produits les plus taxés – rhum, brandy, genièvre, vins, thés, sucres, tabacs, toiles et cotons – et à se rabattre sur les produits locaux ou, à défaut de s'en abstenir, introduits en contrebande. La désobéissance a le vent dans les voiles!

Cette pensée ramène Vitaline au fait que ce jourd'hui, Florentin et son père sont censés revenir de leur premier voyage de la saison. La jeune femme a eu très peu de contacts, depuis le trépas d'Olympe, avec son mari. En quête de consolation, elle a souvent espéré pouvoir se réfugier dans ses bras, mais Florentin a installé entre eux une distance démesurée que son épouse n'a pas eu le courage de franchir. Tout ce temps, son mari a dormi dehors avec Norbert. Vitaline a bien vu qu'il s'emmurait dans son propre tourment. Mais une fois remis, pourquoi s'est-il contenté de la guetter de loin, paré à se précipiter si elle tombait, mais non à lui donner le bras pour l'empêcher de trébucher?

Par fierté, Vitaline est restée stoïque, et tous deux ont eu quelques échanges de propos autant brefs que malaisés. Comment se comportera-t-il à son arrivée? L'imminence de son retour suscite en Vitaline une montée de défiance. Leur intimité amoureuse lui semble remonter à un passé lointain et inaccessible. Chose certaine, Florentin n'a pas esquissé le moindre geste de rapprochement. Que leur reste-t-il donc à partager? Rien de conséquent. Son mari et elle sont condamnés à se côtoyer comme s'ils marchaient côte à côte, mais sans jamais se regarder ni même se tenir la main.

Florentin accoste bel et bien en fin de journée, et après l'avoir guetté de loin pour s'assurer qu'il se portait bien, Vitaline se met en attente. Il ose lui destiner l'ébauche d'un sourire auquel elle répond mécaniquement. Comme de coutume, les survenants s'insèrent dans le train-train comme s'ils n'étaient jamais partis, hormis un court échange qui a généralement lieu pendant le souper dans le fournil. Dame Eugénie ouvre le bal:

— Les eaux du nord ont débarqué en abondance cette année, c'est-y pas?

— De mémoire, j'ai jamais vu le fleuve si haut, répond le capitaine.

— Des g... grains semés sur des isles ont été p... perdus, ajoute Florentin. Sub... submergés.

— Fallait se méfier, renchérit son père. Les débâcles subites ont entraîné des billots en masse.

— Les nuittes étaient g... glaciales encore. Vraiment pas c... commode.

— Le pire est passé, dit Normande. Par icitte, les semailles battent leur plein.

— Pis la résistance itou, enchaîne Norbert. Z'avez ouï-dire ?

— La rumeur courait plus vite que le vent, répond son père. Pas moyen d'y couper. Du neuf ?

— Des traîtres ont fait courir le bruit que Papineau résignait.

Son frère s'ébahit :

— De sa p... place d'Orateur ?

— *Le Canadien* de Québec a propagé la nouvelle en feignant l'incrédulité. Son éditeur a ânonné un mensonge propagé par les valets de Milord.

— Pis l'affaire du *Herald*, z'êtes au courant ?

C'est Normande qui s'échauffe.

— Celle-là, était fendante en pas pour rire !

Avec une fureur vengeresse, Normande récite l'annonce publiée à plusieurs reprises par la gazette surexcitée :

— *TIRS À LA CARABINE. Un personnage en plâtre figurant certain grand « Agitateur » tiendra lieu de blanc, de bonne heure dans le mois prochain. Un prix sera décerné au tireur qui abattra la tête dudit personnage à 50 verges de distance.*

— M'sieur Duvernay l'a pas trouvée drôle, renchérit Norbert. Comment y disait encore ? De telles manifestations violentes s'attireront désormais des mesures de représailles. Y recommandait aux habitants des campagnes de pas laisser rouiller leurs fusils.

— Justement, intervient le capitaine Montplaisir, y a une affaire que Florentin pis moi, on a de la misère à saisir. À quoi bon la coercition sans une armée de 15 000 à 20 000 habits rouges pour la faire respecter en Canada ? Je veux dire, sont même pas une couple de milliers en tout et partout de ce bord-citte de l'Atlantique.

— Pour le sûr, corrobore Vitaline, eux autres itou sont au courant des conséquences : la rupture de notre lien avec la mère patrie. La rébellion.

Ce mot fait grouiller quelque chose dans le for intérieur de la jeune femme. Un élan d'énergie tapie, mais qui ne demande qu'à resurgir... Après un temps, Norbert dit sourdement :

— Une armée de *volunteers* pour nous faire mordre la poussière, ça fera amplement l'affaire.

Norbert fait allusion non point à la Légion britannique qui a fait tant de bruit l'an passé, mais à la milice d'élite régulière : à Montréal, une demi-douzaine de corps dûment constitués de fantassins, de carabiniers, de cavaliers et d'artilleurs. Cette milice d'élite, les ultra-tories la voient comme leur bras armé, comme une possession personnelle de laquelle ils tirent une fierté toute nationale. Du moins, c'est ainsi que Vitaline se l'est fait expliquer par Gilbert, lequel l'avait appris de nul autre que Sabrevois de Bleury, seul Canadien parlant français parmi une trâlée d'officiers *britons*.

Amère, la jeune femme songe à quel point son frère s'enorgueillissait de ses rapports avec Bleury. C'est ce dernier qui a fait comprendre à Gilbert que les frénétiques belliqueux crèvent de trouille à l'idée que la milice d'élite régulière se retourne contre eux, advenant un trop grand nombre de Canadiens en son sein. La Légion britannique était juste une fanfaronnade, un coup de gueule sans conséquence. Une couple de cent fanatiques seulement étaient parés à s'enrôler. Tandis que la milice d'élite, c'est du solide. La plupart de ses officiers figurent parmi les *Constitutionals*...

Dans cette optique, la traîtrise de Bleury prend un singulier relief. Ce n'est pas uniquement le député qui fait cause commune avec les oppresseurs du pays, mais l'officier des Chasseurs canadiens ! Si le peuple anglais savait ce qui se passe ici, il traiterait comme une race abâtardie et indigne de la famille britannique tous ceux qui exhibent en preuve leur parenté avec lui. Comment des coupe-jarrets peuvent-ils se prétendre sujets anglais ? Vitaline partage cette pensée avec ses proches. En réponse, le capitaine Montplaisir lui adresse un sourire épanoui, et sa bru comprend qu'il est heureux de la retrouver presque comme avant, encline à s'échauffer pour la cause du pays.

Le vieux marin repousse son écuelle en concluant :

— Si jamais les Volontaires défenseurs reçoivent un appel... je répondrai présent. Pis je compte sur vous itou, mes gars.

Les interpellés réagissent par un sobre hochement de tête. Leur père se dresse sur ses jambes, quittant la petite bâtisse brinquebalante pour aller se dégourdir les jambes. Dame Eugénie lui emboîte le pas, et tous deux, comme à chacun des retours du capitaine, partent pour une paresseuse promenade d'un bout à l'autre de leur propriété. Norbert quitte à son tour. La soirée printanière est fraîche mais splendide, et il tient à voisiner quelques demoiselles des environs avant la tombée de la nuit...

Prestement, Normande et Vitaline débarrassent la table tandis que Florentin, perdu dans ses pensées, reste vissé à son siège. Un moment donné, Vitaline se retourne pour constater que sa belle-sœur a déguerpi, la laissant en tête-à-tête avec son époux. Ce dernier prend la parole :

— T'as b... bonne mine. On dirait que t'es revenue comme avant.

— J'ai fait contre mauvaise fortune bon cœur. Une peine éternelle, c'est pas endurable.

Debout à quelques pas de lui, Vitaline attend que son époux tende la main pour qu'elle puisse y glisser la sienne. Mais Florentin reste inerte, se contentant de la boire des yeux. Un sourire plein de sous-entendus étire les lèvres du marin, et Vitaline est tendue comme une bête aux abois. Il dit :

— Assez de nuittes au grand air pour moi. À soir, je monterai en haut avec toi.

Soudain, son épouse est parcourue de la tête au pied par une vague de terreur. Elle ne peut supporter l'idée d'être engrossée de nouveau ! Se donner le trouble d'engraisser un enfant jusqu'à ce qu'il soit un fruit bien mûr, puis mettre bas en gémissant, puis l'avoir constamment à la mamelle pour ensuite, peut-être, le voir s'étioler et exhaler son dernier souffle... Plus jamais. Dans la moindre de ses fibres, Vitaline se rebiffe contre une éventualité qui l'épouvante. La voix éteinte, elle souffle :

— Je préfère... je préfère que non. Ça me fait trop peur.

— Peur ? Je croyais... que c'était du passé...

— Ta semence. À l'idée d'être grosse... je suis pas capable. Pas asteure.

Comprenant subitement, Florentin écarquille les yeux. Vitaline dit encore, sans pouvoir empêcher sa voix d'enfler :

— Je peux pas. Je t'en prie, Florentin. Je peux pas.

— Arrête de crier, profère-t-il fortement. J'ai compris.

Il saute sur ses pieds, et avec une vive amertume, il ajoute :

— Forcer ma femme, ça me laisse frette. Tu me feras signe.

Il s'éloigne à longues enjambées. Frissonnante, Vitaline resserre les pans de son châle. Elle a l'impression de crier quelque chose à Florentin qu'il refuse d'entendre. Il la respectera, ce qui est la moindre des choses, mais elle reste frustrée de sa réponse. Ce qu'elle aurait voulu par-dessus tout, c'est qu'il lui ouvre les bras et l'emmène en ballade dans la contrée du désir, tout en lui jurant sur la tête de sa mère de ne pas insinuer son membre viril en elle. Il semble que ce soit irréalisable... Vitaline fait venir Vincent à ses côtés. Lui la comblera de caresses sans pour autant se transformer en mâle obnubilé par la chevauchée. Et puis, il lui parlera. Sa parole aura la forme d'un flot enivrant, et non point de chiches gouttelettes... Sa parole sera la plus mélodieuse des musiques.

32

À peine Gilbert a-t-il mis le pied sur la chaussée que l'écho d'une chicane en pleine rue attire son attention. C'est la brunante et le voisinage entier est dehors, ce qui n'empêche pas Gilbert de voir qu'un voisin est aux prises avec un individu qui lui est vaguement familier. L'inconnu, à genoux sur la chaussée, se relève en époussetant son pantalon, après avoir ramassé un feuillet qu'il replie soigneusement. Le voisin gueule :

— Vas-tu me sacrer patience, maudit fendant ? J'en veux plus, de ton torche-cul, c'est-y clair ?

Gilbert se dirige vers les belligérants autour desquels un attroupement s'est formé. L'évidence le frappe : l'intrus est le porteur d'un nouveau papier-nouvelles nommé *Le Populaire*, et le voisin qui le houspille est un abonné regrettant son erreur. Or, la direction du *Populaire* tient obstinément à ses rares souscripteurs... Des voix s'élèvent pour asticoter le porteur. Traître, vendu ! Le voisin de Gilbert lève un bras pour apaiser ses concitoyens. Il lance à la cantonade :

— J'escompte que m'sieur le porteur aura compris, pis que j'y reverrai plus la face !

Ce dernier rétorque, la voix tremblante :

— Z'avez pris une souscription, fait que je suis obligé de vous livrer. Moi, m'sieur, je fais juste mon travail.

— C'est ton travail de venir quand j'y suis pas, pis de forcer la porte de ma femme ou de ma fille, pis de faire mine de pas les entendre quand elles te disent que ton torche-cul nous fait horreur ?

L'assistance réagit par des acclamations d'approbations. Quelques voix isolées s'élèvent :

— Ouais, y nous fait horreur ! C'est un vendu à l'administration qui le finance !

— Les rapports de la commission Gosford sont un chef-d'œuvre, qu'y clament. Pis ce sont nos élus qui exposent le pays à des actes d'une rigueur indispensable au retour de la tranquillité. C'est-y pas, m'sieur l'instituteur ?

Gilbert confirme, ajoutant :

— D'après *Le Populaire*, ce sont nos élus qui ont anéanti virtuellement la constitution, pis la Chambre des Communes est obligée de sévir contre nos turbulences.

— Pis m'sieur Papineau est un factieux sanguinaire qui nous expose aux armées de la Grande-Bretagne ! Pauvre m'sieur Papineau, quand y lit des affaires de même, le sang doit lui revirer à l'envers...

— C'est pas contre ce pauvre homme qu'y faut se fâcher, mais contre ses employeurs. On devrait leur payer une visite !

Les spectateurs renchérissent, se déclarant parés à mettre le projet à exécution sur-le-champ. L'abonné récalcitrant, lui, se récrie :

— Les honorer de ma présence ? Jamais au grand jamais ! J'ai été bonasse, au début, j'ai voulu laisser la chance au coureur... mais je peux pas supporter qu'on vomisse de même à pleines pages contre toutte... toutte ce qui m'est cher.

Sous le coup d'une illumination, Gilbert se tourne vers le porteur et lui tend le bras.

— Donnez, pis sacrez votre camp. Vous causez du trouble.

L'individu obéit et décampe sans demander son reste. Tripotant le feuillet entre ses mains, Gilbert dit à son voisin, avec un clin d'œil complice :

— Dorénavant, faites-le porter chez moi dès réception. Je m'en servirai pour édifier mes élèves.

Des rires sarcastiques s'élèvent alentour. Le principal intéressé offre à Gilbert un sourire hésitant.

— Vu de même... Correct, m'sieur l'instituteur. Pis merci.

— Pas de quoi. À la revoyure.

Dès qu'il entame sa marche, Gilbert se renfrogne. Il a l'impression que l'exemplaire du *Populaire*, glissé sous sa veste, dégage une chaleur infernale ! Habituellement, il dédaigne cette gazette bêtifiante dont le premier numéro est sorti dans le courant d'avril, moins de deux mois auparavant. Ses bailleurs de fonds sont le seigneur Pierre-Dominique Debartzch et le député Sabrevois de Bleury ; ses rédacteurs sont Leblanc de Marconnay et Léon Gosselin, lequel se targue d'en être le propriétaire pour cacher au monde entier, mais en vain, sa dépendance pécuniaire envers les célèbres apostats. Le quatuor est une garantie de mensonges, de calomnies et de balivernes impudiques.

Jusque-là, Gilbert hésitait à mettre les rédacteurs dans le même sac que leurs patrons, mais les voyant s'acoquiner avec de si prouvables traîtres, il n'a plus aucun remords. Gosselin a grandi au sein de la famille Viger, il a fréquenté la société des plus éminents patriotes de la province pour ensuite être inclus dans le cercle restreint des hommes de confiance de Duvernay. Sa coopération pleine et entière avec des apostats à ce point dévergondés ne peut que faire se lever une risée d'irritation collective !

Une risée d'irritation en voie de se muer en grain d'envergure : voilà ce que Gilbert sent virevolter autour de lui au rythme des coups bas des ennemis du pays. Ces derniers font exprès d'alimenter la colère du peuple, afin d'être justifiés de se lancer, par la suite, dans une répression décisive... Les affaires publiques prennent la forme de provocations réitérées. Le plus effarant, c'est que même les Résolutions Russell sont à jeter dans le même sac : susciter une grogne légitime, puis s'en servir pour sévir contre ceux qui ruent dans les brancards en les taxant de révolutionnaires.

Envahi par une vive émotion, Gilbert lève le nez vers l'azur, là où évoluent des nuées d'oiseaux en haute altitude. C'est le cinquième anniversaire du 21 mai 1832 qui l'a tiré de la léthargie dans laquelle il se complaisait. D'abord, il est tombé des nues. Tant d'années écoulées depuis le moment où des soldats, guidés par des magistrats qui occupent encore le siège de la justice, ont fait feu sur des Canadiens inoffensifs et sans armes ? Gilbert avait beau recompter, le chiffre ne variait pas. Cinq ans à aimer Caroline sans retour. À trahir Casimir pour une chimère...

Ce jour-là, Gilbert a combattu un irrépressible sanglot. Il se revoyait au lendemain de la fusillade, bouleversé par les souffrances de la mère de son camarade... Il n'a jamais donné suite. Il aurait voulu entrer en contact avec elle, ou tout bonnement contribuer à la caisse de secours qui se garnissait pour son bénéfice, mais il s'est laissé emporter par sa fixation à l'endroit de Caroline. Où se trouvait la veuve Chauvin astheure? S'était-elle remise de la perte de son fils unique?

Gilbert est demeuré hanté par ces questions sans réponses. Par ses recherches, il a appris que la veuve habitait le faubourg Saint-Antoine, résignée à étirer le temps jusqu'à la fin de son séjour sur terre. Il s'est mis à la guetter, soudain avide de la contempler en chair et en os. Enfin, il l'a vue s'approcher de son domicile, chargée d'emplettes, et jasant plaisamment avec quelques dames du voisinage. Il se souvenait d'une grande femme plutôt rondelette; elle était devenue d'une minceur à faire peur. Elle conservait ce maintien rigide qui l'avait tant frappé, au cours de la cérémonie funèbre pour son fils, mais le visage sillonné de rides et la chevelure presque blanche, elle avait vieilli prématurément.

La veuve Chauvin est entrée chez elle et Gilbert est resté à mirer la bâtisse à la limite du misérable où quelques modestes pièces lui étaient dévolues. Se remémorant la vêture très simple de la dame, il en a conclu qu'elle vivotait soit grâce à la générosité de ses proches, soit grâce à quelque travail à l'image de celui que Caroline a trouvé lorsqu'elle a quitté Saint-Denis pour voler de ses propres ailes: ouvrière dans l'atelier de matelas de sa tante Ériole. L'offre d'appointements rémunérés est si rétrécie pour les femmes!

Gilbert ne l'a pas compris tout d'abord, mais c'est la veuve Chauvin qui lui a donné la force de ranimer la silhouette de Caroline dans sa vêture de barmaid de l'automne d'avant. Non seulement dans ladite vêture, mais dans le jeu de séduction auquel Louis Malo la conviait... Le moment avait été à l'origine de la semi-réclusion de Gilbert. Plutôt que de perdre la boule, il a couru se cacher dans sa niche comme un chien battu. Sans le savoir, il combattait un attachement encore trop tangible, et le simple fait d'en prendre la mesure lui a notablement allégé l'âme.

Tout soudain, le jeune instituteur a envoyé revoler ses pantoufles et sa couverture de laine, et à partir de ce jour, il s'est remis à parcourir une cité qu'il avait l'impression de redécouvrir après un épisode de convalescence. Il a repris contact avec son voisinage, sa ville et même son pays! Et avec ses chères parentes en tout premier lieu. Si sa grand-mère résistait avec vaillance aux avanies du grand âge, elle se fragilisait. Si sa tante poursuivait son petit bonhomme de chemin, elle semblait parfois manquer d'air... Gilbert s'est remis à l'affût de leurs besoins.

En même temps, il a recommencé à surveiller ses affaires. Depuis une couple de mois, Gaspard se plaint de difficultés financières au point de le priver de son revenu mensuel. Gilbert profite donc de la douce soirée de la mi-juin pour se rendre dans le coin flambant. À l'approche du Cabaretier patriote, il constate que la clientèle déborde par la porte et les châssis grand ouverts. Prestement, le jeune homme s'insinue à l'intérieur et joue des coudes pour progresser jusqu'à la chambre de jeux. L'affluence est encore chiche, car la soirée est jeune, mais s'il y a déjà tout ce monde asteure... À Gilbert parvient le bruit des balles qui s'entrechoquent : dans la pièce attenante, les tables de billard sont occupées.

Laissant son regard errer sur la clientèle, Gilbert fronce les sourcils. Il n'en connaît aucun, ce qui est étrange. Il repère Gaspard, placé à l'écart, et qui surveille le mouvement de la roulette. Ici, dans l'éclairage artificiel, son associé a tout pour séduire : pupilles pétillantes, teint d'albâtre et peau parfaite. Le quidam à ses côtés se penche vers lui, et Gilbert reconnaît Louis Malo, l'étrivant connétable salarié. À voir la mine de connivence que Gaspard lui adresse, l'entente est tangible entre eux, et Gilbert ressent un pincement d'anxiété. Se pourrait-il que Malo se fourre le nez dans leurs affaires ?

Cédant à une impulsion, Gilbert traverse la pièce pour aller jeter un œil à son commerce. Au premier abord, tout baigne. Sauf que... là encore, le survenant bute contre une trâlée d'inconnus. Mirant leurs vêtures simples, écoutant leurs parlures émaillées d'expressions populaires et de sacres, Gilbert prend conscience d'un changement étonnant. Jusqu'à l'automne précédent, son billard était fréquenté par des avocats, des commis marchands, des clercs de notaires ou d'arpenteurs... Le billard n'est pas un amusement au même titre que les veillées festives, passées à boire, à chanter et à danser, au même titre que les jeux de société ou même les courses de chevaux. Pour jouer au billard, il faut un certain *standing*.

Or, à mirer la compagnie, Gilbert a l'impression qu'un chambardement s'est produit. Le peuple a pris possession de son commerce ! En soi, rien de condamnable, sauf que... Mû par une froide détermination, il revient sur ses pas. Gaspard a quitté la chambre de jeux; Gilbert poursuit jusqu'à la taverne. En plein milieu de la salle, il tombe face à face avec son associé, lequel lui offre un sourire engageant. Gilbert reste frette comme glace, se contentant de faire signe à Gaspard de le suivre dans la rue. Lorsqu'il se retourne, Gilbert a un choc: Louis Malo s'est placé dans le sillage de Gaspard.

Réprimant un mouvement de colère, Gilbert interpelle son associé:

— J'aimerais te causer seul à seul.

— Louis est au courant.

— Ton associé, c'est juste moi.

Ce disant, Gilbert jette un regard impérieux à Malo, qui finit par tourner des yeux interrogateurs vers Gaspard. Ce dernier, après une hésitation, dit à Gilbert d'un ton quasi suppliant:

— Pogne pas les nerfs. On peut causer de toutte devant Louis. Y est... de trop bon conseil pour qu'on puisse s'en passer.

Gilbert insiste:

— J'aimerais te causer seul à seul.

— Coudonc, t'es sourd comme un pot?

Soudain, les traits de Gaspard se sont crispés et son expression est empreinte de mauvaiseté. Il éructe:

— Arrête de m'asticoter ou bedon je revire de bord! Si t'es venu pour m'achaler de même, tu peux sacrer ton camp. Viens pas mettre de la bisbille dans nos affaires!

Réduit à l'impuissance, Gilbert ignore totalement Malo pour interroger secquement Gaspard, comme s'il se trouvait en tête-à-tête avec lui:

— Pis? J'assume que tu vas me remettre l'arrérage que tu me dois?

— Penses-tu que je m'amuse à te faire poireauter?

— On est pas en manque de clientèle, pourtant.

— Vrai. Sauf que j'ai dû baisser nos tarifs.

— Sans me consulter?

— J'allais quand même pas me farcir la route jusqu'au faubourg Québec. Des fois, faut se revirer sur une piécette. Prendre une décision sur-le-champ, au risque de toutte perdre.

— Toutte perdre? C'est quoi que tu me chantes là?

— Aïe, sors de la lune... T'as rien vu? Je sais pas sur quelle planète t'étais. Les beaux messieurs se sont mis à nous snober. À favoriser d'autres établissements. Tu sais à quel point les chambres de jeu pis les billards poussent comme des champignons. Fait qu'on a dû se réajuster. Grâce à notre ami Louis ci-présent, on a sauvé les meubles. Pis on a une clientèle assurée, parce que le monde ordinaire est pas mal plus nombreux que les prétentieux d'avant.

Gilbert se retient de demander à Gaspard s'il ne leur a pas donné un bon coup de pied au derrière, auxdits prétentieux. Il se contente de grommeler :

— Va falloir que j'examine les livres. Je verrai bien.

— Va falloir surtout qu'on renégocie ton allocation mensuelle.

Rendu hagard par la perspective, Gilbert ne réussit qu'à souffler :

— De combien ?

— La moitié au moins.

Ayant repris contenance, Gilbert attaque à son tour :

— Correct. Pour l'instant, donne-moi cette moitié comme acompte.

— Astheure ? Maudit que t'es niaiseux.

Gaspard se lance dans une tirade étourdissante. Une désastreuse crise commerciale, d'une amplitude inégalée, fait rage aux États-Unis. D'innombrables banqueroutes, de New York à la Nouvelle-Orléans, ont fait perdre des millions de livres sterling à leurs actionnaires. Le plus inouï, c'est que les banques ont suspendu les paiements en argent comptant. Redoutant de voir affluer les spéculateurs depuis l'autre côté de la ligne, les banques en Canada ont dû se résoudre à faire pareil. Gilbert interjette brusquement :

— Arrête ta leçon. Je sais itou que les directeurs de la Banque du Peuple ont rechigné en masse. Eux autres, y avaient pas de problèmes de liquidités, mais y ont dû se soumettre à la décision de la majorité.

— N'empêche que la valeur de la monnaie monte en flèche. L'argent dur se vend à sept et huit pour cent de *premium*. Le papier des banques est déprécié d'autant.

— Ton micmac, c'est pour dire que t'as pas une cenne ? Comment qu'y payent, toutte ceux qui viennent boire pis jouer ?

— À crédit. Pis quand y payent, ça suffit tout juste à combler les dépenses.

— Y payent souvent en nature, précise Malo. En biens ou en services.

Gaspard gratifie Gilbert d'une bourrade amicale, avant de dire en forçant la gratitude :

— Je suis pas fâché de te voir retontir. Je suis fatigué de ramer tout seul.

— Tout seul ? Pis ton ami Malo ci-présent ?

Gaspard se penche vers Gilbert :

— C'est juste pour flatter sa vanité. Je fais assemblant qu'y est important.

Malo, qui a tout entendu, esquisse un sourire, puis il tend la main à Gilbert. Malgré sa méfiance, ce dernier ne voit aucune raison de refuser, et se résigne à la serrer très brièvement. Gaspard s'exclame :

— Fait que t'es sorti de ta retraite, mon Gilbert ? T'as décidé de venir honorer tes amis de ta présence ?

Gilbert choisit de ne pas porter attention à la dose de venin dans le ton. Il répond benoîtement :

— Si tu t'es senti floué, je l'ai pas voulu.

— On met ça derrière pis on repart à neuf. J'ai le gosier à sec, pas toi ?

Parvenu au bar, Gaspard se lance dans un échange à bâtons rompus que Gilbert suit mollement, car ce sont les traits de son ami qui le fascinent. À bien y regarder, il a des poches sous les yeux et le teint d'un oiseau de nuit. Il a quelque chose de repoussant... D'une nervosité excessive, son associé s'éloigne sous prétexte d'aller surveiller la bonne marche de son commerce. Son associé, s'effraie Gilbert, serait-il pris du démon du jeu ? Si Gilbert l'avait collé aux semelles, plutôt que de s'encabaner tout l'hiver... Mais aurait-il pu retenir Gaspard, au su de sa personnalité ? Si la dégringolade l'enivre, un homme qui glisse sur une pente dangereuse ne peut être retenu même par dix paires de bras.

La taverne bénéficie d'un calme momentané entre ceux qui viennent après le souper et ceux qui y finiront la soirée. Caroline n'avait pas encore commencé son quart de travail, et Gilbert guettait son arrivée. La voici enfin, surgissant depuis le bas-côté derrière le bar, arrangée en barmaid. Profitant de ce qu'elle ignore sa présence, il la détaille comme s'il la voyait pour la première fois. Il s'étonne de la trouver fièrement moins attrayante. Celle qu'il déifiait n'est, somme toute, qu'une femme plutôt bien roulée. Aux traits aimables, mais sans plus... Une femme comme la cité en abrite des centaines. Ce qui lui fait penser à la jeune fille qu'il s'est mis à courtiser après sa rupture avec Caroline, et qu'il a fini par délaisser. Serait-elle encore libre ?

Caroline croise son regard, et Gilbert se délecte de son sursaut qui fait s'entrechoquer les gobelets garnissant le plateau qu'elle transporte. Il lui adresse un bref salut auquel elle répond par un mince sourire, avant de poursuivre son chemin vers les clients. Gilbert reporte son attention vers Étienne Lavictoire qui s'octroie une pause, muni d'un gobelet rempli d'une bière légère. Prenant la boisson à témoin, Gilbert lui lance :

— J'escompte que t'encourages la production locale ?

— Ça fait belle lurette pour la bière. Pis le whisky itou. Mais le rhum de la Jamaïque...

— Tes clients refusent de s'en priver ?

— Les poivrots, oui. Y veulent juste s'enivrer ben dur pis le moins cher possible.

— Si tu leur offrais un produit de remplacement ?

— C'est pas simple...

Gilbert saute du coq à l'âne :

— Le Malo, comment ça se fait qu'y est devenu intime avec Gaspard ?

— Ton Gaspard, y se confie à personne, et surtout pas à moi. J'ai juste vu Malo s'incruster. Pis la première chose que j'ai su, c'est que Gaspard se fiait sur son avis.

— T'y vois un danger ?

— Rien de prouvable. Malo, c'est un dur-à-cuire, un homme qui s'enfarge pas dans les fleurs du tapis pour une question de sentiment ou de moralité, mais je crois qu'y a un bon fond.

— Un bon fond ? Tu l'as vu pendant la Rue du Sang ?

— Je l'ai côtoyé pas mal plus que toi, rétorque Étienne avec dureté. T'as pas de leçon à me donner.

— Je voulais pas...

— S'cuse-moi. Pis écoute-moi ben.

Étienne se penche vers lui et Gilbert tend l'oreille pour saisir ce qu'il profère à mi-voix.

— Moi, je l'ai vu agir au moment où les troupes se sont avancées dans la grande rue Saint-Jacques.

— J'étais ailleurs. Sur Notre-Dame.

— Je sais. Malo était en ligne de front, juste devant les habits rouges, dos à eux, en train de narguer les patriotes qui s'enfuyaient au boutte de la rue. Y a entendu l'ordre de dégager parce que les habits rouges épaulaient pis qu'y se trouvait dans leur ligne de mire. Les autres se sont tassés, mais pas lui.

— Les Bureaucrates s'en sont moqué amplement par après.

— Sont des idiots finis. D'après toi, pourquoi Malo est resté devant la soldatesque à faire le fou, à narguer la gang à Tracey?

Pour donner à ladite gang le temps de se mettre hors de portée. À peine formée, cette pensée laisse Gilbert bouche bée. La brute qui a frappé vicieusement les patriotes à plusieurs reprises avec son bâton de connétable, qui a tout fait pour provoquer les partisans du Dr Tracey, aurait empêché un carnage? Après un temps, Gilbert s'enquiert:

— Comment tu peux en être sûr et certain?

— Je suis certain de rien, je tire mes conclusions, répond Étienne. Je peux pas questionner Malo sans... sans l'exposer, si c'est vrai. Fait que tu te fermes la trappe. Pis t'as remarqué que j'ai encore ma licence d'aubergiste? Pourtant, messieurs les magistrats auraient voulu la donner à un de leurs gentils amis...

Gilbert comprend que Malo est intervenu en sa faveur. Se redressant, Étienne conclut avec un clin d'œil de connivence et s'éloigne pour vaquer à de pressantes occupations. Gilbert pivote et tâche de repérer le connétable qu'il finit par dégotter, assis à une table en compagnie d'inconnus. Un allié secret des patriotes, en sus d'un malappris connu jusqu'aux confins des faubourgs? Quel revirement de situation! L'hypothèse permet à Gilbert d'accepter moins difficilement le changement dans la marche de son commerce. Malo ne serait pas l'usurpateur qu'il semble être, mais en quelque sorte, un protecteur...

Gilbert pousse un soupir d'impuissance. Rien à faire, pour l'instant, que de serrer Gaspard au plus près et de reprendre sa place dans la marche de son commerce. La situation ne tardera pas à s'éclaircir... Caroline envahit son champ de vision, ce qui fait tressaillir Gilbert. Facile de demeurer impassible depuis une position éloignée, mais de si près, c'est moins garanti!

— Je suis contente de te voir, dit-elle gaiement. Tu te portes bien?

— Autant que possible.

— Pis ton école ?

— Je figure parmi les rares chanceux qui s'en tirent. J'ai accepté une baisse de salaire pis les parents ont augmenté leur allocation. Pour l'an prochain, par contre...

— Pour le sûr, l'argent se fait rare.

— Faudra que les Sulpiciens nous financent. Mais j'ai guère envie d'accroître ma dépendance envers eux. C'est déjà... ardu. Pis toi, tout baigne ?

— Je peux pas me plaindre. Je suis moins riche qu'avant, mais... y a des compensations.

— Tu t'es trouvé un galant ?

Il n'a pu retenir la question. Le visage de Caroline se ferme subitement, tandis qu'elle rétorque :

— Nous autres, on se console pas si vitement que vous autres, les mâles.

Là-dessus, elle pirouette et s'éloigne comme si elle avait le diable à ses trousses. Gilbert reste un moment à pondérer l'étonnante repartie de son ancienne flamme, puis il hausse les épaules. Son esprit est suffisamment encombré de soucis pour la rentabilité de son commerce ! Dans les prochains jours, il observera les allées et venues de la clientèle, il guettera Gaspard et il examinera soigneusement la comptabilité. Alors, il saura à quoi s'en tenir, et il agira en conséquence.

Soudain, Gilbert s'ennuie prodigieusement du député Édouard-Étienne Rodier et de son collègue Charles-Ovide Perrault, du jeune Sicotte qui était commis à la Maison canadienne de commerce – que lui arrive-t-il depuis la faillite ? – et de tous les autres qui venaient occasionnellement, comme Alphonse Gauvin... En fait, ce dernier est celui qui a fait acte de présence le plus longtemps après la trahison de Bleury. Gilbert se souvient de l'avoir vu sinon à sa visite précédente, du moins à l'une ou l'autre du début du printemps. Se décidant subitement, il vide son gobelet et prend la poudre d'escampette.

La chance lui sourit : Alphonse se trouve juste à côté, dans sa garçonnière, à l'étage d'une maisonnette au coin des rues Sanguinet et Dorchester. Lorsque Gilbert y pénètre, son œil tombe sur un objet autant étrange que fascinant : un fusil à mitraille doté de sept canons. Son ami lui décrit l'objet de curiosité, utilisé par les troupes d'infanterie britannique au début du siècle, mais devenu désuet à cause de sa difficulté d'utilisation. Prestement, Gilbert aborde le sujet qui le préoccupe. Alphonse s'enflamme :

— Y était pas question qu'on languisse dans ton établissement. Fréquenter des grichous de même...

— Quels grichous ?

— Réveille, ça presse ! Bleury pis sa gang avaient besoin d'un repaire.

— Tu rêves. Y brillaient par leur absence tout à l'heure.

— Je pourrais pas m'avancer sur la fréquence de leurs visites, mais ça m'a paru régulier. On aurait voulu s'en plaindre à toi, mais ça adonnait jamais. Comme y avaient l'air de s'enraciner dans la place, on a sacré le camp. Dommage pour toi pis m'sieur Étienne, mais on pouvait pas faire autrement.

— Attend une minute. Tu veux dire que Bleury, Gosselin pis Marconnay sont des clients assidus de mon billard ?

— De la chambre de jeux surtout.

— Pis Gaspard laisse faire ?

— Je l'ai pas vu rechigner une maudite seconde. Fais attention, Gilbert. Si on te pogne à fréquenter de tels traîtres...

Alphonse ne poursuit pas, mais l'interpellé comprend qu'il sera ostracisé. Dans le contexte, il s'agira d'une déclaration de principes ! Assommé par la tournure des événements, Gilbert n'a pas d'autre choix que de prendre congé, puis d'errer en tâchant de donner du sens à ce qu'il vient d'entendre. Il faudra qu'il vérifie par lui-même, mais si son établissement est envahi par une coterie de transfuges d'autant plus dangereux qu'ils parlent français et qu'ils entretiennent des liens, familiaux ou d'affaires, avec leurs concitoyens... Une action décisive, et donc l'union avec ses amis réformistes, sera impérative !

33

Le jour d'après, Gilbert se tire du lit comme si ses méninges enfiévrés ne lui avaient pas laissé le moindre repos. Lorsqu'il prend pied rue Sainte-Marie, il voit un imposant rassemblement d'hommes discutaillant, et dont certains brandissent un placard imprimé. Se tirant de son soliloque intérieur, Gilbert ralentit le pas pour se mettre à l'écoute des parlures qui s'élèvent. Un étrange document, fruit des cogitations des membres du Conseil exécutif de la province, vient d'être livré à Montréal. Gilbert intercepte le document afin de le parcourir, et une sainte colère l'envahit.

Il s'agit d'une Proclamation datée du 15 juin. Le gouverneur y déplore la résistance à l'autorité légitime de la Couronne qui se déploie au même rythme que les récentes assemblées anti-coercitives. Depuis celle de Saint-Ours, une huitaine de comtés ont emboîté le pas. Des notables se sont réunis en vue de préparer des résolutions, des invitations ont été envoyées expressément aux députés et à divers patriotes dont le comté sollicite les talents oratoires, et enfin des annonces subséquentes ont publicisé aux quatre coins du comté la date prévue pour l'assemblée, généralement un dimanche après la messe.

Mais lesdites assemblées font rayonner l'influence pernicieuse de patriotes pervers qui font croire aux habitants qu'ils sont dégagés de leur allégeance envers la mère patrie, et en conséquence, le gouverneur exhorte les fidèles sujets de Sa Majesté *à maintenir la paix et le bon ordre*, notamment en évitant *les assemblées d'un caractère équivoque ou dangereux*. Il invite magistrats, officiers de milice et jurisconsultes à s'opposer aux fausses représentations dans le but de *conserver la vigueur et l'inviolabilité de ces lois* dont dépendent la religion et le bonheur des Canadiens.

Les personnes présentes sont ulcérées. Qu'un gouverneur puisse régner au moyen de tels documents péremptoires appartient à des temps révolus ! Mais surtout, Gosford se jette dans l'arbitraire. Croit-il que le pays va s'en laisser imposer de même ? Un quidam lance :

— Milord a rien à voir là-dedans. C'est Déberge qui propage force contes pour persuader à Milord que le peuple veut mettre le feu à son palais de Saint-Charles !

À la saillie, les hommes rassemblés répondent par des rires gras. S'éloignant avec célérité, car il ne peut faire attendre ses élèves, Gilbert pouffe. C'était fort bien tourné ! Les habitants ont de la misère à brider leur hostilité croissante. Debartzch commence à faire figure de malvenu dans son propre fief ! Il s'offre donc de fréquents tête-à-tête avec Gosford. Les plaintes justifiées de ses censitaires, obligés par ordre de Cour de lui payer des frais de jugements ou même de l'intérêt accumulé, il les pervertit en menaces prétendument effrayantes. Il les pervertit en échauffourées politiques !

Récemment, le gouverneur a convoqué son Conseil exécutif à brûle-pourpoint pour une affaire grave et urgente, comme le bruit s'est mis à courir dès que le noble aréopage est entré en conciliabule. Debartzch serait-il le principal moteur de ces palabres ? Chose certaine, le texte de la Proclamation sent le dépit à plein nez. Le dépit de celui qui se prétend tout-puissant à la face du monde, et qui, devant sa défaite, inventionne des menées infernales pour justifier sa faiblesse palpable.

Gilbert paierait cher pour comprendre les motivations de celui qui fut l'ami de Louis-Joseph Papineau et le protégé de Denis-Benjamin Viger. Certes, Debartzch n'a jamais été l'homme intègre et ami de son pays qu'il a prétendu être, et il s'est servi de la cause pour accroître son prestige. Astheure, il est convaincu qu'il tirera un meilleur profit en s'associant avec les autres conseillers du gouverneur. Les fanatiques ont tiré les leçons de 1834 : il leur faut briser l'unité des Canadiens en introduisant des germes de division en leur sein. Mission accomplie grâce à celui qui s'est imposé à Gosford comme son premier ministre !

Le district au grand complet ne compte pas de plus vil renégat que le seigneur de Saint-Charles. À coups d'indécentes menteries, le renégat Debartzch tente de faire tomber l'Exécutif de la colonie dans le piège de ses hallucinations. De partout, les habitants lui rétorquent : « Viens, si tu l'oses ! » Loin de les apeurer, la Proclamation stimule leur patriotisme, comme le confirme d'emblée l'assemblée du comté de Berthier, prévue pour le 18 juin. Au jour dit, et malgré la propagation intensive de la Proclamation, plus de 3000 francs-tenanciers affluaient pour adopter neuf éloquentes résolutions, après avoir écouté un percutant discours de Louis-Joseph Papineau, accueilli en héros de la patrie.

Pendant ce temps, une dizaine d'autres comtés amorcent les préparatifs pour dénoncer un acte d'oppression sanctionné par l'autorité suprême. En Gilbert, une voix discordante murmure : « C'est exactement ce qu'ils souhaitent, à Québec. Exhiber en preuve la Proclamation, puis une trâlée d'assemblées séditieuses démontrant que la colonie est l'empire de l'embrouillamini... » Le gouverneur et son Conseil exécutif savaient que l'injonction, d'un ridicule consommé, entraînerait les Réformistes irrités à user de la seule arme qui les mette à l'abri d'une rétorsion implacable : les assemblées populaires, une prise de parole dont le droit est inscrit dans la Constitution.

Les potentats seraient-ils capables d'un calcul tant perfide dans le but de fortifier leur autorité, si usurpée soit-elle ? Chose certaine, ils sont accoutumés à appeler le plus obscur favorisé de l'État à contraindre ceux qui détiennent des certificats par bon plaisir du roi à faire respecter une ordonnance abusive de l'Exécutif. Comme sous Haldimand, à la fin du siècle dernier, pendant les années 1810 sous Craig, et en 1827 sous Dalhousie, alors que le système de rabattre la fierté des notables patriotes en privant certains d'entre eux de leurs postes honorifiques avait créé un branle-bas considérable. Pour sa part, le gouverneur Gosford choisit d'émettre un Ordre général spécifiant qu'un officier de chaque bataillon doit orchestrer la lecture de la Proclamation lors de la revue annuelle de milice.

À plusieurs reprises, Gilbert se rend au Cabaretier patriote, mais sans autre succès que de pouvoir constater que la clientèle est nombreuse, à défaut d'être autant « tuque bleue » qu'auparavant. La chambre de jeux fonctionne à plein régime. Quant au billard, les tables sont occupées et les parties semblent enlevantes... Un soir, Gilbert y aperçoit Léon Gosselin, employé à la rédaction du *Populaire*, et qui joue très calmement.

Gilbert l'examine à la dérobée. De taille moyenne et de visage ordinaire, Gosselin arbore de longs favoris bruns qui rejoignent un collier de barbe soigneusement taillé. Dire qu'il a failli se faire emprisonner, en 1832, à cause d'un texte controversé dans *La Minerve* qui parlait de l'inévitable indépendance du Bas-Canada. Dire qu'il a endossé des commentaires éditoriaux prônant l'amélioration des lois et de la constitution telle que demandée par le peuple, ainsi qu'une administration coloniale qui respecte, d'un côté, la justice comme l'honneur de la Couronne et du peuple anglais, et de l'autre, les libertés, les privilèges et les droits du peuple ainsi que de la Chambre d'Assemblée qui le représente...

Gosselin tourne des yeux d'une magnifique teinte turquoise vers Gilbert, qui doit mettre un terme à son inspection. Il erre pendant un bon moment, espérant mettre le grappin sur Gaspard, mais il doit finalement déclarer forfait. Si l'état de choses se poursuit, il devra débusquer son ami dans sa chambre de l'Hôtel Nelson, ou peut-être même sur la rivière Chambly, qui sait ? Gilbert est paré à franchir cent lieues pour obtenir des réponses à ses questions, ou du moins, la quasi certitude qu'il est le dindon de la farce...

Au matin de la revue de milice du 29 juin, une tension palpable plombe la cité. Le mot d'ordre était de se présenter sur la place Dalhousie à l'aube, mais la consigne officieuse était de fuir l'endroit comme la peste. Gilbert est incorporé au 1er bataillon de la milice de la cité et de l'isle de Montréal. Celui qui est gratifié du commandement n'est nul autre qu'un célébrissime incube oppressif: Charles-William Grant, fils de la baronne de Longueuil. L'un des huit qui, l'an passé, a envoyé aux orties une pléiade de lois dont celle des écoles élémentaires. L'un des juges de paix montréalistes qui, en 1832, ont concouru au crime de la Rue du Sang...

Lorsque Gilbert a su que sa compagnie du faubourg Québec était placée sous l'autorité du capitaine Pierre Rottot, autre comploteur de la fusillade du 21 mai, il a failli supplier sa tante à genoux de débagager à quelques coins de rues. Heureusement pour lui, la milice ordinaire n'est plus que l'ombre d'elle-même. Une simple revue annuelle, sans armes, et la distribution de places d'officiers aux notables de la paroisse sont tout ce qu'il en reste.

Normalement, Gilbert et ses parentes se seraient dirigés vers l'église paroissiale, ce qui est une corvée au moment des fêtes d'obligation, mais la messe est évitée avec d'autant plus d'empressement que le dimanche d'avant, le curé s'est servi de la chaire pour prier ses ouailles de fuir les assemblées anti-coercitives. Or, celle des deux comtés de la cité de Montréal est prévue pour tout à l'heure... Sans nul doute, le curé répétera ses iniques exhortations, ce que même grand-mère se déclare incapable d'endurer. Le seul regret du jeune instituteur, c'est de se priver d'apprendre de croustillants détails sur la revue de milice.

Pendant les heures qui suivent, les voisins suppléent à la carence : l'Exécutif de la colonie a subi une cuisante déconfiture. Moult officiers cherchaient désespérément leurs hommes ; le capitaine Rottot n'avait pas un seul subalterne à qui lire la Proclamation. Sifflets, huées et même désertions en bloc ont accueilli les rares officiers trop complaisants. Quelques-uns ont voulu prendre les noms de ceux qui décampaient, mais les miliciens les ont battus de vitesse ! Les *Frenchmen* ont été amplement *goddammés*. Même la compagnie de Carabiniers de Bleury, la seule du régiment d'élite composée en majorité de Canadiens, n'alignait qu'une couple de sergents et une quinzaine d'hommes.

Comme Gilbert l'apprend aux dames de la maison pendant le repas de midi, Bleury s'est attiré le mépris de ses hommes. Non seulement leur capitaine avait tiré cinq balles vers l'imprimeur Duvernay lors du fameux duel de l'an passé, mais ensuite, il avait accablé Amury Girod d'une poursuite politique grotesque, après avoir fait imprimer des calomnies dans *L'Ami du peuple* contre lui et le député Rodier. Or, doté d'une solide expérience dans une armée des vieux pays, Girod avait entrepris d'entraîner les Carabiniers à l'art militaire.

La réminiscence fait sourire Gilbert. M. Girod manie la plume autant bien que l'épée : ses épîtres à *La Minerve* pour relater l'évolution de la cause étaient pissantes. En guise de rétorsion au cartel de Bleury à Duvernay, il avait honoré le premier d'un coup de fouet. Sa victime s'est vengée de l'insulte au moyen d'une réclamation en dommages où Bleury l'accusait de l'avoir *assailli publiquement avec force et armes* et de l'avoir frappé au visage *avec un fouet ou manche de fouet, bâton, canne ou batuette qui aurait laissé les traces des coups ainsi donnés.* Le libellé de l'acte était si comique qu'il était devenu matière à farces...

L'huissier chargé de se rendre à Varennes pour le ramener dans la cité a affronté une gigantesque crue printanière. À Montréal, les amas de glace avaient enseveli plusieurs bâtisses en un éclair. Un tonnelier et trois membres de sa famille avaient trépassé lorsque leur maisonnette avait succombé à l'incroyable pression de la débâcle... Refusant de risquer la traversée du fleuve, Girod a arraché à l'huissier une promesse de comparution signée d'un juge de paix de Boucherville, ce qui l'obligeait quand même à franchir en canot une rivière dont le pont était submergé par la crue.

De retour dans la métropole, l'huissier a négligé de transmettre le document à la cour, laquelle a fini par émettre un mandat d'emprisonnement. Girod a dû dénoncer lui-même l'huissier en salle d'audience! Le procès de Girod qui s'est ensuivi a été très couru. Le jury paqueté par le shérif Lewis Gugy, qui avait signé l'acte d'accusation initial, l'a déclaré coupable, mais sous l'influence de Denis-Benjamin Viger, un des juges siégeant, Girod n'a été condamné qu'à un maigre dix piastres d'amende.

Le repas est à peine terminé lorsque se présentent à la porte un jeune médecin, nommé Pierre Damour, ainsi qu'Amédée Papineau, fils du tribun. Âgé d'une vingtaine d'années à peine, ce dernier est fluet et court sur pattes, à l'inverse de son célèbre père d'une équarriture plus imposante. Le mince et agréable visage d'Amédée reluit d'animation tandis qu'il se présente, ainsi que son compagnon, comme membres du comité de vigilance du faubourg, lequel relève du Comité permanent du district qui, devenu le siège de la résistance, se réunit une fois par semaine depuis le mois précédent.

Après avoir échangé une poignée de main avec eux, Gilbert les introduit dans la salle commune. Il ne peut rappeler à Amédée leur rencontre pendant la dernière élection, à l'aube du 31 octobre 1834, car le Dr Damour défile son boniment à toute vitesse :

— Y nous faut faire vite. On a tout plein de maisonnées à visiter avant l'assemblée de tout à l'heure. On est juste venus vous rassurer suite à l'affaire d'hier au soir.

Gilbert fronce les sourcils.

— J'ai ouï-dire, mais ça reste confus...

Avec une célérité étourdissante, les survenants racontent que, la veille après le souper, se tenait l'assemblée préliminaire de l'assemblée anti-coercitive. Un espion s'est présenté, muni d'un placard intitulé *Avis aux Canadiens*. Sorti en tout hâte des presses du *Populaire*, gazette financée par le seigneur Debartzch, le placard était signé par nul autre que le renégat Bleury. Ce dernier priait ses *chers* concitoyens de se tenir loin de l'assemblée, car des *plans révolutionnaires* y seraient fomentés. Les patriotes et les tories en viendraient aux mains pour *vider d'anciennes querelles*, la ville serait pillée et saccagée, et du sang serait répandu !

La manœuvre horripilante laisse Gilbert pantois. Les clubistes tiennent comme à la prunelle de leurs yeux à reprendre le contrôle des quartiers électoraux de la cité. Ils ne peuvent supporter l'idée de ne plus être les maîtres de la métropole, et comme ils manipulent l'Exécutif de la province à leur guise... Dame Royer s'exclame d'une voix stridente :

— Pour le sûr, je m'en venais inquiète ! J'allais en faire part à mon petit-fils ci-présent... Ça fait une couple de jours qu'on entend des affaires effrayantes.

La vieille dame évoque d'autres placards en langue anglaise pour faire savoir aux gens que leurs intérêts pécuniaires pourraient souffrir d'une participation à l'assemblée, et faire état de la rumeur voulant que des matelots greyés d'armes vont se rendre à l'assemblée.

— C'est-y vrai qu'y va y avoir du train ?

— Y a un risque, répond le Dr Damour, mais très faible.

Gilbert s'empresse de rassurer sa grand-mère :

— Les traîtres travaillent par en dessous pour étouffer l'opinion publique. En lançant ces gros mots de révolution, d'autorité, de force armée... Pis les gazettes ennemies jettent de l'huile sur le feu. Vous vous souvenez du *Herald* ? Si l'Exécutif plonge la main dans les coffres, ce sera le signal d'un soulèvement général dans la province ! Pis vous savez quoi ?

— Plus on est nombreux, répond Ériole à la place de grand-mère, moins nos ennemis oseront jouer du bâton. Sauf que... moi seule peux voter dans cette maisonnée...

— Les dames ont pas leur place à l'assemblée, affirme Gilbert. Trop périlleux. J'irai vous représenter, ma tante. Vous pouvez compter sur moi, messieurs.

— Merci bien. On continue notre chemin. À la revoyure, m'sieur dames.

Après avoir refermé la porte, Gilbert se tourne vers ses parentes pour grommeler :

— J'aurais voulu lui poser une question, à Amédée. J'aurais voulu lui demander la raison qui a motivé le départ de son père pour l'assemblée des comtés de Bellechasse et de l'Islet.

— Y serait resté motus et bouche cousue, répond Ériole.

— C'est pour ça que je me suis fermé la trappe.

Dès l'orée du mouvement de résistance, les fanatiques se sont mis à presser Louis-Joseph Papineau de monter sur le husting pour faire face à ses commettants, au point que ces appels se chargent d'une menace tangible, comme des cartels en prévision d'un duel. La présence de Papineau à l'imminente assemblée aurait-elle été le prétexte tout trouvé pour susciter des échauffourées ? Chose certaine, les intolérants veulent que la cité commerçante soit leur fief électoral, et craignant vraisemblablement une explosion de violence, le tribun a accepté de se rendre en aval de Québec pour assister aux assemblées sur le point de s'y tenir.

Gilbert parvient place du marché du faubourg Saint-Laurent, sur la *Main*, peu après trois heures. Les patriotes privilégient le lieu, dénué de l'esprit d'exclusion qui caractérise la vieille ville, pour tenir leurs assemblées. Même si le début des procédures n'aura lieu que trois-quarts d'heure plus tard, l'endroit est déjà noir de monde, et Gilbert doit fendre la foule pour tâcher de se dégotter un poste d'observation à une distance acceptable du husting. Pour l'occasion, l'estrade électorale a été ornée de branches d'érables et de quelques sobres bannières.

L'évidence comble Gilbert d'aise : les Réformistes seront présents en si écrasante majorité que leurs ennemis n'oseront fomenter de troubles pouvant conduire à une émeute. Gilbert repère plusieurs groupes d'Irlandais parlant gaélique. Il n'y comprend goutte, hormis les mots anglais qui forment le nom de l'Irish and British Reform and Self-Protecting Association, mise sur pied à Québec, et qu'on voudrait voir prendre racine à Montréal itou.

Cependant, Gilbert peut deviner l'essentiel de leurs propos. Les profiteurs se démènent pour acheter le vote irlandais. Pour enrégimenter la population du Royaume-Uni au grand complet contre la *French Faction*! Sauf que lesdits profiteurs ne peuvent renverser l'histoire. Comme la malheureuse Irlande, le Canada est victime *d'une politique liberticide*, victime *du machiavélisme orangiste et aristocratique*! Gilbert exulte. Si la communauté irlandaise catholique se joint au peuple canadien pour défier le gouvernement exécutif, nulle armée ne pourra s'opposer à cette marée conquérante!

S'étant mis en quête de l'une ou l'autre de ses connaissances, Gilbert tombe sur un duo formé d'Alphonse Gauvin et de son grand ami Rodolphe DesRivières. Le jeune homme se leurre-t-il? S'ils se taisent abruptement, c'est par méfiance envers lui... Pourtant, comme si de rien n'était, Alphonse l'inclut naturellement dans une discussion portant sur l'apparente diminution des ennemis du peuple. Les jeunes *Britons* nourris à la haine de la France et de son peuple n'ont guère fait parler d'eux depuis l'affaire du British Rifle Corps, un an et demi auparavant.

Quant à la coterie de puissants Montréalistes qui a tenté de créer un mouvement populaire avec les Constitutional Associations, elle a échoué lamentablement. Le congrès nord-américain prévu pour juin de l'an passé a pris la forme d'une montagne accouchant d'une souris, c'est-à-dire d'une poignée de délégués. L'éclatement de ce qui restait du mouvement, soit les branches de Montréal et de Québec, a eu lieu autour d'une Adresse usant de propos offensants envers les Canadiens d'ascendance française. Devant le jusqu'auboutisme des Montréalistes, les Québecquois ont fait sécession.

— Astheure, conclut Rodolphe, les *Constitutionals* forment une gang d'ivrognes qui composent, entre le gin pis le whisky, les paragraphes du *Herald*. Qui sont autant brûlés par le fanatisme politique que par la boisson!

S'ensuit un éclat de rire auquel Gilbert se joint de bon cœur. Alphonse rétorque sombrement:

— Si la faction guerrière se tient tranquille, c'est qu'elle a eu des assurances de Milord au début de 36. L'assurance d'une collaboration souterraine. Y a des affaires qui se préparent... En Canada, y a peu de couillons en vente à l'encan, mais ceux qui se font acheter rament fort par après.

Les camarades de Gilbert portent leur attention vers les tuques bleues d'importance qui affluent sur le husting, et qui se devaient d'être présentes pour proclamer la vitalité du mouvement réformiste. Tous trois s'épatent de voir Ludger Duvernay redescendre parmi la foule, une fois son discours terminé, et venir se positionner non loin, entouré d'amis qui font office de gardes du corps. Gilbert observe le profil typé : front haut, nez d'aigle et menton fuyant surmonté de favoris frisés. L'épaisse chevelure, sombre et naturellement bouclée, est mâtinée de gris, asteure que son propriétaire approche du cap de la quarantaine.

Le rédacteur de *La Minerve* a retrouvé sa sveltesse d'antan à cause de son séjour en prison l'an passé, et à cause des soucis causés par les affaires politiques. Ses traits se sont creusés et son teint ne témoigne plus des libations de naguère. Les temps sont durs... Une sonnerie de trompette militaire fend l'air dans les environs. Comme si on sonnait la charge ! Une seconde lui fait écho. Autour de Gilbert et de ses amis, c'est la débandade. Les habits rouges vont mettre la Proclamation en force et nettoyer la place au son des mousquets !

Incapables de croire à une telle vilenie, les trois jeunes gens pivotent d'un côté et de l'autre pour tâcher de déceler d'où provient la menace. Soudain, un cri résonne :

— Une mauvaise farce ! C'est juste une mauvaise farce !

On a soufflé dans un cornet du gardien de vache. Le jeune patriote Thomas Storrow Brown, qui se trouvait avec Duvernay, se lance à la poursuite des membres de l'auditoire qui sont après fuir, en criant le plus fort possible :

— *Come back* ! Revenez ! *It's a silly joke* !

Gilbert se détend d'un seul coup. S'empourprant à vue d'œil, Alphonse fulmine :

— Une farce cruelle, oui ! Où qu'y se cache, le grichou qui a osé ? Y est où ?

Plusieurs autres font écho au cri de vengeance, et bientôt, ils sont des dizaines à zigzaguer d'un bord et de l'autre pour tenter de dénicher le pseudo gardien de vache. Gilbert se trouve plutôt niaiseux de mirer l'activité sans y participer, mais il n'a guère l'accoutumance des chasses à l'homme... Soudain, un gueulement de victoire retentit, et peu après, la foule se referme sur trois très jeunes hommes chichement vêtus, dont deux ont encore l'instrument du crime à la main.

Ceux-ci ont été payés pour faire souffler un vent de panique. Nul ne l'ignore, mais certaines de leurs victimes se mettent à brouscailler les pauvres hères. Brusquement, Ludger Duvernay fait irruption à leurs côtés, suivi par M̂ʳ Brown et par le député Charles-Ovide Perrault. En chœur, tous trois tancent ceux qui se transformaient en bourreaux :

— Arrêtez ! Ça sert à rien. C'est pas eux autres, les comploteurs. Arrêtez de suite !

Brown gueule :

— *Stop immediately, for God's sake*!

On leur obéit enfin. Brown et Perrault se saisissent des instruments de musique, puis ils font signe à leurs propriétaires de sacrer leur camp. Ces derniers détalent comme des lièvres. Pendant ce temps, le propriétaire de *La Minerve* sermonne rudement les quatre ou cinq hommes qui n'ont pu s'empêcher de rudoyer leurs captifs.

— Z'êtes fêlés de la cervelle ? Nos ennemis, y attendent juste une niaiserie de même pour fondre sur nous autres. Y se réjouissaient d'avance qu'on tombe dans le panneau !

— S'cusez, m'sieur Duvernay. Z'avez raison. Sauf que c'est ardu à endurer !

— J'en endure autant que vous, sinon plus. Fait que je m'arroge le droit de vous faire la leçon. Le pays est fichu, vous m'entendez ? Fichu, si on tombe dans leur piège. Faut se garder du plus infime embrouillamini, c'est clair ?

Duvernay a presque crié, sa voix claire et haut perchée portant très loin. Charles-Ovide Perrault le saisit par le bras.

— Correct. Calme-toi. L'assemblée se poursuit.

Un calme surnaturel retombe dans les alentours. Les ennemis des libertés n'ont plus que les brutalités pour faire valoir leur point de vue. Combien de temps sera-t-il possible de résister à l'étalage de force ? Les augures resteront favorables tant que les Réformistes conservent leur approche strictement légaliste, tant qu'ils restent bonasses. Ce qui conforte Gilbert, c'est que l'élite patriote est rompue à déjouer ces machinations. À la prochaine élection générale, le peuple du Bas-Canada va se débarrasser de ceux ayant forfait à leurs promesses et à leurs devoirs.

Gilbert inaugure la journée de classe, le matin suivant, en proférant sobrement :

— Faut que l'amour de la liberté soit bien fort dans le cœur des Canadiens pour qu'y marchent en avant malgré tant d'obstacles. Au travail, mes enfants. C'est par votre ardeur que vous récompenserez vos parents de leurs peines. Pis c'est grâce à toutte vous autres que notre pays sera un monde meilleur.

— Grâce à moi itou ?

La question ingénue de la fillette est accueillie par des rires intempestifs, que Gilbert se hâte de faire taire au moyen d'un geste impérieux du bras. L'instituteur est bouleversé par le petit minois levé vers lui, de même que par le regard dubitatif qui lui semble refléter un fait social, soit le peu de place accordé à la gent féminine dans une société foncièrement, et parfois violemment, masculine. Gilbert pourrait débiter un chapelet de lieux communs sur la nécessaire mise à l'écart des femmes, auxquelles incombe néanmoins un devoir crucial de transmission du patrimoine affectif à la génération suivante, mais il préfère décocher à son élève un sourire chaleureux, avant de répondre :

— Grâce à toi itou, je le souhaite de tout mon cœur. Qui sait ce que l'avenir nous réserve ? Qui sait la place que toi et tes semblables prendront pour décider du sort du monde ?

— Pas besoin d'être clairvoyant pour comprendre que l'avenir nous réserve une reine, rétorque sa sœur aînée avec aigreur. Sa Majesté Guillaume Quatre se meurt. La couronne passera à la princesse Alexandrina Victoria, fille unique de son frère défunt, le duc de Kent.

Gilbert morigène l'oratrice en herbe :

— La prochaine fois, lève la main si tu veux parler. Tu me parais très bien informée. Un bon point pour toi. Pour le sûr, comme Victoria a 18 ans, elle décidera de pas grand-chose avant une couple d'années... Ce qui nous intéresse, c'est que le trépas d'un souverain signfie la prorogation du Parlement pis des élections anticipées.

De toutes parts, on se récrie. Trop couillon, Milord s'y refusera jusqu'à la dernière minute ! Au cours de la journée, Gilbert profite de l'élan de curiosité qui anime sa classe pour lui offrir une calme randonnée sur les sentiers de la connaissance, mélange de leçons d'histoire et d'organisation sociale. Retournant chez lui, il songe à quel point de telles journées sont rares par les temps qui courent. Si souvent, ses élèves sont agités à cause des mauvaisetés et des calomnies qui sont répandues dans l'espace public... Un tel brandon de discorde l'attend justement à la maison, sous la forme de l'édition du jour du *Populaire*, que son voisin vient religieusement porter à son domicile.

Gilbert parcourt le torchon, développant à mesure l'intime conviction que les menteries grossières qu'il véhicule sont conçues exprès pour faire lever un ouragan d'indignation. L'assemblée d'hier réunissait plusieurs milliers de personnes; Leblanc de Marconnay ose pourtant écrire le chiffre de 800 assistants, prétendant ensuite que les vrais sentiments de la majorité des électeurs de Montréal se révèleront lundi prochain le 3 juillet, alors qu'une assemblée rivale est prévue.

Mais surtout, le rédacteur publie une fausse correspondance, indubitablement de sa main, accusant Ludger Duvernay d'avoir excité «les boulés» qui l'entouraient, lors de l'assemblée, en vue d'une attaque sur l'un des propriétaires du *Morning Courier*. Après la fin de l'assemblée, ce dernier retournait en marchant vers la cité lorsqu'il a été frappé par un polisson. *Il a été sans connaissance par la violence des coups, et lorsqu'il est revenu à lui, il s'est vu frapper à terre, à coups de pieds, par une dizaine de misérables qui ne l'ont laissé qu'aux ordres d'un des agitateurs.*

Gilbert replie le feuillet, et après avoir inspiré profondément, il va se poster devant un carreau pour un instant de réflexion. S'il n'y avait pas toutes ces infamies... s'il n'y avait pas cette poignée de perturbateurs, des vrais ceux-là, qui sèment le trouble en espérant un embrasement décisif... comme le cours des choses serait moins tortueux, comme l'opinion publique serait limpide! Mais tout est conçu pour brouiller les cartes et pour embrumer les esprits, ce qui est d'une perversité sans nom.

37

Vitaline ramasse le tas de plantes nuisibles dont elle vient de débarrasser le potager, et elle le dépose dans la barouette posée à côté. Lorsqu'elle sera pleine, ce qui ne saurait tarder, elle ira la déverser là où ces plantes et bien d'autres rebuts sont brûlés. La jardinière s'octroie une courte pause pour éponger son visage ruisselant de sueur avec son mouchoir, puis retirer son chapeau de paille avec lequel elle s'évente. Cette journée du 27 juillet 1837 est caniculaire, et chacun attend avec impatience d'être délivré de la chape d'humidité qui pèse de tout son poids, même si la libération peut signifier la venue d'impressionnants orages accompagnés d'éclairs risquant de bouter le feu aux bâtiments.

La jeune femme glisse une œillade vers Florentin, à croupion en plein milieu du potager. Son mari, en pause de transport maritime, se consacre à son entretien depuis le début de la matinée, et elle a fini par venir le rejoindre une fois les indispensables tâches domestiques terminées. S'il y a un endroit où tous deux s'accordent, c'est ici, dans ce vaste espace ceint d'une haute clôture de pieux que Florentin répare avec amour, chaque printemps. Le mari ne manifeste à son épouse aucune rancœur, mais il l'évite, contraint et défiant, le reste du temps.

Peu importe à Vitaline si Florentin la déteste désormais. Il a un caractère à pic et une montagne de fierté mal placée, et qu'il se dépatouille avec! Florentin attend un signal que son épouse est incapable de lui donner. Celle-ci préfère mettre l'épineuse question de côté, et attendre. Quoi? Elle l'ignore. Parfois, elle se sent sur le point de basculer d'un bord ou de l'autre, au fond d'un précipice...

Un sifflement perçant attire l'attention de Vitaline, qui tend l'oreille vers le village. Le son lointain charriait une tangible raillerie... S'y passe-t-il quelque chose de conséquence ? Depuis le début de l'été, la contrée est balayée par un courant d'exaspération, par une susceptibilité à fleur de peau qui donne envie de se moquer de tout et surtout des grichous qui se permettent des vilenies dont ils se vantent ensuite. En contrepartie, les éclats de rire grinçants et les pas de gigue d'un remue-ménage festif ne demandent qu'à jaillir !

D'autres sifflements, sur tous les tons, ont ponctué le premier. Des éclats de voix... des trots de chevaux... Alertée, Vitaline replace son chapeau de paille sur sa tête, avant de lancer à l'adresse de Florentin :

— Un bredas s'annonce sur la route. Tu viens voir ?

— P... pour le sûr. Juste un instant.

Vitaline trépigne sur place. Elle ne veut rien manquer d'un éventuel spectacle, car elle en tire chaque fois une joie sauvage qui se mesure à l'aune de ce qu'endurent ses concitoyens et elle-même, depuis une éternité, en terme de vexations et d'affronts. La coupe de l'humiliation collective déborde ! Enfin, Florentin se relève avec une grimace pour son dos endolori, puis la précède vers l'avant de la maison. Le seul autre membre de la famille qui soit présent, Normande, y est déjà, à plisser les yeux en direction du bourg.

Un nuage de poussière s'élève à quelques arpents sur le chemin du Bord-de-l'eau. Une exclamation leur parvient : « À bas Déberge ! » En réaction, Normande s'écrie d'une voix aiguë :

— Le seigneur ? Y figure dans l'affaire ?

Vitaline se tend comme un arc. Chaque jour qui passe fait monter d'une coche son sentiment d'irritation envers le gouvernement exécutif de la colonie. Lord Gosford s'arrange pour que la Proclamation du 15 juin brimant le droit de manifester soit mise en force par quiconque possède un semblant d'autorité : officier de milice, juge de paix et même curé en chaire. Ce qui cause des heurts dans les localités où se trouvent de prétentieux et serviles faquins, trop contents de se faire le relais de l'Exécutif afin de faire étalage de leur obséquiosité, par après, pour quémander des faveurs.

Les abus de pouvoir sont contreboutés par un esprit frondeur qui frise la bravade. À Saint-Denis, par exemple, le banquet de la Saint-Jean-Baptiste s'agrémentait d'une pièce montée, soit une tête de veau tenant dans sa gueule un parchemin personnifiant la proclamation imprimée et un exemplaire du papier-nouvelles *Le Populaire*. Dans un paroxysme de théâtralité, les torche-culs ont été jetés à travers la fenêtre avec des interjections méprisantes.

Vitaline plisse les yeux : une quinzaine de cavaliers sont distinguables, accompagnant une calèche sur le chemin rendu flou par la nuée de chaleur qui s'en dégage. Se pourrait-il que le seigneur Debartzch s'y trouve ? Pourtant, l'âme damnée de Milord ne sort quasiment jamais de son manoir depuis une tentative de lecture de la Proclamation faite sur le parvis de l'église, à l'issue de la messe, et qui l'a couvert de ridicule. Le juge de paix qui avait daigné s'en charger a vu le document lui être arraché des mains, puis déchiré en mille morceaux. Des cris ont retenti : « Vive Papineau ! À bas Déberge et Bleury ! »

Le mauvais génie du gouverneur est devenu un paria aux yeux de ses censitaires de la rivière Chambly. Croyait-il vraiment être imité, dans sa traître volte-face, par l'ensemble des habitants de ses fiefs ? Se croyait-il à ce point puissant, à ce point influent ? Si oui, Debartzch a été amèrement déçu. Les francs-tenanciers n'ont pas abdiqué leur indépendance pour se mettre à sa traîne, et l'homme a perdu sa position d'illustre porte-parole de sa communauté. Celui-ci craint même d'affronter ses concitoyens et surtout les plus expansifs d'entre eux, patriotes qui ont le don de l'acculer au pied du mur et de lui mettre le nez dans ses contradictions.

Mais pour une raison ou une autre, Debartzch s'est jeté sur une route qui, pour son plus grand malheur, traverse des villages patriotes où la rancœur envers lui, ainsi qu'envers son homme de main Bleury, est à la hauteur des espérances et des alliances que les traîtres avaient cultivées avant de se transmuer en girouettes. Le seigneur renégat se voit donc obligé d'endurer un cortège de déshonneur à sa suite : des jeunes hommes qui ont le couvre-chef enfoncé sur le crâne ainsi que la bouche et le nez dissimulés par un foulard.

Tout en caracolant autour de la calèche, ces derniers profèrent des slogans victorieux ou des brocards offensants. « Peuple du Canada, aide-toi et le ciel t'aidera. Tel est pris qui croyait prendre ! » Tandis que la cohorte passe à sa hauteur, Vitaline scrute la roide silhouette du seigneur qui tient les rênes. Malgré la chaleur, Debartzch est engoncé dans une bougrine, et à cause d'un chapeau large bord, son visage est dans l'ombre. Il tâche de ne rien entendre et de ne rien voir... Normande crie :

— La garde meurt mais ne se rend pas !

Enhardie, Vitaline vocifère à son tour :

— D'abord qu'on a droit, on marche en avant !

Les cavaliers les saluent de grands gestes du bras. Trépignant sur place, Normande répond de même, et enfin la cavalerie disparaît dans un nuage de poussière.

— Ce Déb... Déberge de malheur, marmonne Florentin, on a quasiment pitié de lui...

— Pas de pitié pour les fourbes ! gueule sa sœur. Papineau, l'espoir de la patrie !

Florentin fait mine de monter sur ses ergots.

— Arrête de me c... c... casser les oreilles pis retourne à ton fricot !

Se drapant dans sa dignité offensée, Normande obéit. Vitaline est sur le point de l'imiter lorsqu'elle remarque un des cavaliers qui, ayant rebroussé chemin, fait tourner sa monture sur le sentier qui mène à leur maison. Le cavalier a découvert son visage et, avec un tressaillement de tout le corps, Vitaline reconnaît en lui Vincent Cosseneuve. Elle reste clouée sur place tandis que Florentin se porte à la rencontre du survenant. La jeune femme est traversée d'un fol espoir, celui d'être devenue totalement insensible aux charmes du survenant, qu'elle a pris soin d'éviter depuis leur longue conversation d'il y a un an.

Fortifiée par l'éventualité, Vitaline résiste au goût d'aller se cacher au fin fond de la laiterie. Elle voit Florentin échanger quelques phrases avec Vincent, puis prendre le cheval par la bride pendant qu'il en débarque. Vincent enlève son chapeau et se passe la main dans la chevelure, puis il farfouille dans la sacoche accrochée à la selle, et en retire une mallette qu'il exhibe à Florentin. Enfin, tous deux se dirigent vers Vitaline. Vincent lui adresse un clin d'œil complice, avant de proférer avec un sourire malicieux :

— Alors, dame Montplaisir, z'avez apprécié le divertissement ?

L'interpellée se sent faiblir. Même gris de poussière, le sieur Cosseneuve reluit de splendeur à ses yeux ! Elle n'a qu'une seule envie, celle de se prosterner à ses pieds pour lui rendre hommage et l'assurer de sa foi. La gorge sèche, Vitaline est incapable d'émettre le moindre son, et elle se contente d'un bref hochement de tête. Après un court silence, Florentin explique :

— M'sieur Vincent...

— Vincent tout court.

— ...veut m'enrôler c... comme contrebandier.

— Comme membre de l'association contre l'importation des articles payant des droits de douane, précise Vincent.

Malgré son émoi, Vitaline se souvient qu'une association patriotique a été mise sur pied pour faire prendre engagement et surveiller l'exécution de la politique de non-consommation de produits taxés.

— Ça fait une esc... esc... escousse que j'encourage la contrebande, insiste Florentin.

Grâce à la complicité agissante d'une armée de marchands, les voisins du sud importent de larges quantités de biens en provenance des tropiques, qui traversent ensuite, sans encombres, le 45e parallèle. Vincent nuance encore :

— Ce sont les productions locales qu'y faut acheter en contrebande. Si on achète des biens fabriqués dans l'une ou l'autres des colonies britanniques, on se donne du trouble pour rien. Faut cesser de consommer des produits anglais, point à la ligne.

Vitaline ne peut s'empêcher d'intervenir :

— On avait compris, crains rien. Sacrifier la sensualité à la tempérance.

Elle n'a pu résister à l'attrait de ce mot : « sensualité ». En même temps, c'est d'un ridicule consommé et elle en rougit de la tête aux pieds. Heureusement pour elle, Vincent n'a guère porté attention à sa remarque. Tourné vers Florentin, il dit :

— Laissez-moi vous exposer le but de l'affaire.

— Je cré q... que je... je suis au courant.

— J'ai pas le choix. Faut pas qu'on m'accuse d'avoir fait signer un ignorant.

— Dans ce cas, dit Vitaline spontanément, on va s'assire. T'as soif ?

— Un brin...

— J'apporte une bière.

Les hommes se dirigent vers l'ombrage d'un arbre. C'est avec Normande sur ses talons que Vitaline quitte le fournil pour retourner vers l'avant de la maison. Toutes deux se laissent tomber assises à côté de Florentin et de Vincent qui fait son laïus. Cinq jours plus tôt, le comité central du comté de Richelieu se réunissait à Saint-Denis. À partir de maintenant, il s'assemblera à chaque 1er dimanche du mois pour prendre en considération l'état des affaires publiques, ainsi que promouvoir le bien du comté et de tout le pays.

À la réunion initiale où la plupart des marchands du comté étaient présents, la mise sur pied de l'association a été adoptée comme d'une importance majeure pour l'avenir. Vincent déroule un parchemin contenant le manifeste de l'association.

— *Quand le ventre ne se contente pas du pain, la loi se courbe pour la servitude...*

S'interrompant, le discoureur engouffre d'un trait la moitié du gobelet de bière, et résume la suite :

— Du droit du sujet anglais de consentir à être taxé découle le droit de ses représentants d'approprier le revenu provenant de taxes directes ou indirectes. Il est même du devoir impérieux des délégués en parlement d'arrêter les subsides lorsqu'ils croient que c'est l'unique moyen de couper court aux abus. J'ai besoin d'expliciter ?

— P... pantoutte.

— Il est du devoir et de la dignité d'hommes que les lois autant que la nature ont fait libres de faire respecter ces droits violés par le parlement impérial. Voir l'argent du peuple distribué par des hommes qui n'ont nul droit de l'approprier à des hommes qui ne l'ont pas gagné, sans faire tous ses efforts pour diminuer ces sources de revenus, ce serait paraître sanctionner l'affreuse spoliation. Ça va ?

— Besoin d'éc... d'éclaircissements, Normande ?

Pour toute réponse, cette dernière adresse une éloquente grimace à son frère, qui ajoute, pince sans rire, que l'enthousiasme a gagné le beau sexe. Vincent confirme :

— Des dames influentes se proposent de s'associer pour combattre l'oppression. Je reprends astheure. *Les taxes qui pèsent sur ce pays étant des taxes indirectes, prélevées pour la plupart sur les liqueurs et autres marchandises importées, il est facile autant qu'important pour le peuple de les abolir en s'abstenant de consommer ces produits importés ; nous, les soussignés, en attendant que le pays repousse autrement l'oppression, nous nous engageons solennellement et sur l'honneur d'observer fidèlement, autant que les circonstances nous le permettront, les promesses contenues dans les articles ci-dessous.*

Vincent fait ensuite défiler une liste d'obligations. S'abstenir de consommer les importations suivantes : alcools, tissus divers, cuirs, produits comestibles, parfums et n'importe quel article d'agrément. Ceux qui feront usage de ces derniers seront considérés comme *portant volontairement les livrées de la servitude*. Désormais, ni la beauté ni l'élégance ne doivent être recherchées, *mais la simplicité et la solidité, c'est ainsi que nous préférons les ouvrages en fer à ceux d'or et d'argent, la toile et le coton à la soie.* Le discoureur poursuit :

— *Nous encouragerons de tout notre pouvoir les manufactures locales et aiderons à en établir si nous le pouvons : pour cela nous nous engageons à ne plus nous habiller qu'avec des produits du pays, à ne plus boire et manger que des aliments et des boissons qui sont du cru du pays, à ne plus meubler nos maisons qu'avec des produits canadiens.*

L'article suivant s'adresse à ceux qui s'occupent d'agriculture, afin de les engager à nourrir une plus grande quantité de moutons et à semer davantage de lin, et pour les autres, à ne plus acheter d'agneaux au marché.

— *Les jours de dimanche et de fête et lorsque nous voyagerons et que nous ferons des visites, nous serons orgueilleux de paraître avec des habits qui prouveront que nous sommes dignes de la liberté, puisque nous prenons si énergiquement les moyens de repousser le despotisme. Nous ferons en sorte de n'user que les habits d'articles importés que nous avons déjà dans l'intérieur de nos maisons.*

Vitaline se retient de pousser un sifflement d'appréciation. Nul détail n'est laissé au hasard !

— Et je conclus. *Si nous sommes engagés dans les liens du mariage, nous exhorterons nos épouses à nous seconder en leur rappelant le bel exemple que leur a légué le beau sexe américain, et nous nous engageons à le faire suivre ceux de nos enfants qui sont en notre puissance ; si nous pensons entrer dans l'état de mariage, nous regarderons comme plus dignes de nous les jeunes personnes qui soutiendraient ou qui seraient disposées à soutenir la guerre que nous déclarons à l'importation.*

— Pour vrai ? s'exclame Normande. La simplicité se transmue en atout ? V'là ma chance ! J'ai jamais été coquette, hormis les colifichets que je couds moi-même. Sauf que la compétition des mamoiselles fortunées était déloyale. L'heure de ma vengeance a sonné !

Vincent répond galamment :

— Moi itou, ça m'agréé en masse. J'aime la sobriété. Y a pas plus belle parure que...

Il ravale la suite en s'empourprant légèrement. Dans sa tête, Vitaline complète : « ...que la peau nue », et un frisson la parcourt de la tête aux pieds. Pour s'en distraire, elle porte ses yeux vers Normande... qui, pâmée, boit Vincent des yeux. Vitaline résiste à l'envie de lui donner une bourrade pour la tirer de son visible enchantement. Sa belle-sœur aurait le béguin pour leur visiteur ? Elle n'a pas le droit. Vincent est sa chasse-gardée... Surprise par l'opiniâtreté de cette pensée, Vitaline tâche de masquer son trouble.

— Paré à signer ? demande Vincent à Florentin.

— Drette là.

Pendant que leur visiteur prépare son nécessaire à écriture, Florentin adresse une esquisse de sourire reconnaissant à Vitaline, ce qui suscite en elle un pincement de cœur teinté de culpabilité. Dès l'orée de leurs fréquentations, elle l'a aidé à améliorer sa calligraphie, dans le but premier de peaufiner sa signature. Sa candeur met désagréablement en relief l'envie d'infidélité qui la tenaille à l'instant présent... Normande s'enquiert à Vincent, d'un ton où perce un soupçon de pédanterie prodigieusement agaçant aux oreilles de Vitaline :

— C'est mirifique ! Z'étiez présent en personne à l'assemblée où cette pièce a été adoptée ?

— Oui. J'ai rien proposé, vu que je suis pas un homme d'importance, mais c'est pas l'envie qui manquait.

— Si vous êtes pas un homme d'importance, c'est juste que vous manquez d'expérience. Z'êtes un des plus beaux partis du bourg, je gage.

Tandis que Vitaline fulmine intérieurement, Vincent ne peut retenir un rire de dérision.

— Moi ? La chaleur vous monte à la tête, mamoiselle.

— Pas une miette. J'entends des affaires...

— À mon propos ?

— C'est pas dit clairement, mais je devine par les détails.

— T'emberlificotés notre visiteur, la rabroue Vitaline d'un ton tranchant. Pis laisse Florentin signer à son aise. Ça prend de la concentration.

Prenant appui sur l'écritoire portatif, ledit jeune homme applique son paraphe au bas du document déjà encombré de dizaines d'autres. La fierté suinte par tous les pores de sa peau… Normande se renfrogne, mais se le tient pour dit. Anticipant une trêve de très courte durée, Vitaline tente de prendre la maîtrise de la conversation en adressant une question incisive à leur visiteur après avaler la bière qui tiédissait au fond de son gobelet.

— Tu crois qu'on va réussir ? À tarir le revenu, je veux dire ?

— D'ici l'an prochain. Ou le suivant au pire. Parce que pour se vêtir à la canadienne, faut pouvoir acheter la vêture quelque part. Pis pour l'acheter, faut qu'une manufacture l'ait produite.

— Ça s'organise pas en criant ciseau, concède Normande.

— Pis le reste ? La résistance aux provocations ?

Le visage de Vincent se plisse de contrariété.

— Pas mal plus ardu. Parce que la proclamation du 15 juin ouvrait un feu nourri…

Florentin profite de l'occasion pour avouer qu'il aurait préféré signer une liste d'enrôlement dans la milice plutôt qu'une énième pétition. Vitaline nuance :

— Une association pour la non-consommation, c'est une nouveauté par rapport aux supplications que la Chambre d'Assemblée a fait porter en Angleterre.

— Pis c'est une sorte d'embrigadement dans une armée moins provocante, renchérit Normande.

— Moins provocante ? relève Vincent. Je parierais le contraire. Nos ennemis ont la trouille d'une austérité forcée bien plus que de régiments de Canadiens !

— On voit que leur cœur habite leur gousset ! s'exclame Normande.

Sentant une tension coutumière l'envahir, Vitaline plonge son regard dans celui de Vincent pour énoncer à mi-voix :

— Moi, c'est pas juste à cause des galipettes de Déberge que je suis sur des épines. Tu vois la manière dont les forcenés se rameutent ?

Tout le temps qu'ont duré les récentes échauffourées organisées par la magistrature de Montréal, Vitaline en a été littéralement obsédée et son humeur s'est enténébrée au point que son mari lui en a fait de vifs reproches. Elle profite de la présence de Vincent pour faire valoir ce qui lui semble une conjecture de moins en moins improbable. Loin d'être la niaiserie qu'elle paraît au premier coup d'œil, la Proclamation du 15 juin est interprétée par les plus violents Bureaucrates du district comme un message à l'effet que l'État fourbit ses armes pour réduire les Réformistes à l'impuissance.

Ceux dont la prééminence ne tient qu'aux faveurs qu'ils distribuent dans leur communauté ont sauté sur l'occasion pour régler des comptes. À Varennes, le marchand Alexis Pinet s'est permis d'afficher la Proclamation, puis de haranguer les paroissiens à la sortie de la messe. Il a accusé publiquement son concitoyen Amury Girod, qu'il ne prise guère parce qu'il fait la promotion active de la politique de non-consommation, d'avoir prétendu en présence du curé que les patriotes allaient soulever le peuple et faire la révolution en dedans d'un mois.

— Le temps de le dire, s'exclame Vitaline, Pinet a viré son capot de bord! Je me suis souvenue qu'y avait présidé l'assemblée générale de sa paroisse en décembre 33. Celle qui avait parti le bal du mouvement de protestation à l'origine des 92 Résolutions.

— Les connaisseurs le guettaient, pondère Vincent. Tu te souviens de la tournée de Milord dans la région, l'été passé? Les notables étaient obligés de le recevoir, mais pas de lui rendre la courtoisie. Pinet est l'un des six hommes de Varennes qui s'est porté à Montréal quand Milord est rentré de voyage. Une réciprocité qui est un aveu de collusion.

Chose certaine, Pinet a allumé un brandon de discorde. Le Dr Eugène-Narcisse Duchesnois est venu au secours de Girod, tandis que Pinet a reçu celui de trois quidams qui ont joué des poings. Le marchand renégat nourrissait-il l'espoir que le feu de paille serait, depuis le Château Saint-Louis, confondu avec un gigantissime brasier? Une vingtaine de jours plus tard, le Grand Connétable se transportait à Varennes pour procéder à l'arrestation du Dr Duchesnois, sous l'accusation... d'avoir déchiré la Proclamation. Duchesnois a versé caution de comparution chez un juge de paix du village pour le prochain terme de la Cour du Banc du Roi.

Le front creusé par l'inquiétude, Vincent déclare:

— Varennes, c'est une broutille comparé au comté du Lac-des-Deux-Montagnes.

En signe de mépris, Florentin projette un jet de salive vers le sol. Depuis quelques semaines, de prétendus troubles dans la région, faisant suite à la manière dont la Proclamation du 15 juin a été reçue, sont à l'avant-garde de l'actualité. Un juge de paix en a fait une lecture publique sur le parvis de l'église de Saint-Eustache ; un huissier a été payé pour faire semblable mission au Grand-Brûlé, chef-lieu de la paroisse de Saint-Benoît. Bien mal lui en pris : ses flancs et son dos ont été enduits de goudron, on y a collé plusieurs copies du document et il a été promené dans le village, subissant les risées des spectateurs et les huées des enfants qui le suivaient en foule.

— Les excès de l'élection me reviennent en mémoire, déclare Normande avec une subite émotion, chaque fois que Vitalette s'astreint à nous mettre au courant des rebondissements.

— Le fil qui y remonte crève les yeux, confirme Vincent. Les mêmes grossièretés circulent astheure. Les Canadiens parlant français sont des monstres voulant chasser les immigrants du pays ou les réduire à l'esclavage. Faut les exterminer avant de périr soi-même. Marcher dans leur sang jusqu'aux genoux...

Normande ranime à haute voix quelques faits saillants du scrutin au Lac-des-Deux-Montagnes, en novembre 1834. Le guet-apens dressé par la troupe de féroces *bullies* à St. Andrews... les rumeurs de mises à mort d'éminents patriotes... la charge de cavalerie dans les rues de Saint-Eustache, renforcée d'une compagnie de fantassins, à laquelle les patriotes ont victorieusement résisté... Toute la nuit, une trompette a sonné le quart d'heure, à la fois pour prouver à l'ennemi que la vigilance ne faiblissait pas et pour tenir les patriotes éveillés. Ce qui était superflu : d'humeur festive, les patriotes ont dansé au son d'un fifre et d'un violon, ils ont chanté et se sont époumonés...

Même la clôture de la votation, rappelle Vincent, a été entachée par une manœuvre grossière visant à faire invalider son résultat. L'officier-rapporteur a refusé de lire à voix haute la lettre des candidats bureaucrates annonçant qu'ils se retiraient de la course, puis d'enregistrer les suffrages des centaines d'électeurs présents. Ceci, afin de refuser aux candidats populaires leur incontestable majorité ! Vitaline saute dans la discussion pour souligner que le député William-Henry Scott et le jeune Dr Jean-Olivier Chénier sont ceux qui ont convaincu la foule, sur le parvis de l'église de Saint-Eustache, de l'absurdité de la Proclamation du 15 juin.

Tous quatre en conviennent: le Dr Chénier, l'un des plus farouches dénonciateurs du despotisme autant local que national, a été un brave combattant pendant l'élection. Sa dame itou, qui a ouvert sa maison aux électeurs patriotes, privés de gîtes à leur arrivée au village. Les Bureaucrates contrôlaient les auberges... Née Zéphirine Labrie, elle a de qui tenir: son père n'était nul autre que Jacques Labrie, représentant du comté élu en 1827. Sauf que le climat était si chargé que les patriotes ont refusé un Triomphe sonore, se contentant d'un sobre défilé à pied avec bannières.

Cherchant à se venger d'eux et des autres patriotes influents, les Bureaucrates de la localité prêtent une oreille trop complaisante aux «fidèles et loyaux sujets de Sa Majesté» qui viennent se plaindre d'un ostracisme mâtiné de violences dont ils seraient les victimes. Se prétendre tyrannisés, afin de justifier une contre-offensive musclée de l'Exécutif de la colonie! Ainsi, ils veulent faire accroire que l'assemblée anti-coercitive du 1er juin, à Sainte-Scholastique, a échauffé les esprits à un tel point que lesdits loyaux sujets sont victimes de terrorisme.

Des quidams à la solde des patriotes sommeraient ces derniers ou bien à s'associer à des mesures tendant à la sédition et au bouleversement du pays, ou bien à quitter la région. Quantité de chevaux auraient eu le crin de la queue et la crinière tondus; des clôtures auraient été jetées à bas, les animaux allant brouter dans les cultures; des menaces d'incendier des propriétés auraient été proférées.

Quand des rapports de coups de feu se sont mis à circuler, *La Minerve* s'est évertuée à séparer le bon grain de l'ivraie. Le notaire McKay dénonçait-il un coup de feu ayant cassé quelques carreaux et envoyé son chien au paradis des animaux? En vérité, c'était l'homme qu'il avait lui-même engagé pour veiller sur son fier destrier qui, en proie à des peurs imaginaires, avait tiré. Le marchand William Snowdon se prétendait-il empêché de sortir de chez lui sans risquer l'assassinat? Il poursuivait pourtant des clients pour dettes impayées devant la Cour des commissaires, au Grand Brûlé.

Une cruelle menterie a même été cousue de fil blanc. Avertie d'imminentes violences patriotes, l'épouse du marchand Guillaume Prévost aurait revêtu un habit masculin et se serait postée à une fenêtre pour repousser une cinquantaine d'assaillants qui approchaient. À la vue du fusil braqué sur eux, les barbares auraient eu si peur qu'ils se seraient enfuis. En réalité, si Mme Prévost refusait de quitter sa maison, c'est parce qu'elle y veillait la dépouille mortelle de son enfant de trois mois et demi...

Vincent s'interrompt subitement, les yeux fixés au sol. Vitaline se raidit pour ne pas s'engouffrer dans le passé, jusqu'à ce moment qui demeure, pour elle, le plus pénible d'entre tous : la mise en terre. Chaque fois, elle réprime une montée d'effroi lorsqu'elle évoque Olympe reposant dans la noirceur et l'humidité des entrailles du sol... Après un temps, elle prend la parole, la voix altérée :

— Grotesque. Qui s'abaisserait à troubler le silence de la mort ? À insulter l'affliction d'une mère ?

Vincent relève la tête et destine à Vitaline un sourire empreint de compassion qu'elle trouve mirifique. Née au sein du clan Globensky de Saint-Eustache, rappelle-t-il, la dame est source de scandale pour sa communauté. Elle s'est rendue à la troisième séance du Comité permanent du comté, au village de Saint-Hermas, pour haranguer l'auditoire en faveur de l'Exécutif. Elle était prise de boisson, paraît-il... Reçue par des quolibets, elle a brandi un pistolet. Un mandat d'arrêt a été émis pour l'obliger à verser une caution de bonne conduite.

Bien des légendes circulent au sujet de ces pauvres loyaux sujets harassés par les patriotes, mais un seul témoignage sous serment a été recueilli. Il provient d'un certain Eustache Cheval dit Saint-Jacques, cultivateur au Petit Brûlé. Vitaline sursaute et s'exclame :

— Me semble que des résidents de cette côte ont fait parler d'eux lors des élections...

Ils ont figuré parmi les rares Canadiens de la paroisse à s'allier aux brutes locales, confirme Vincent. Le curé Paquin les avait terrorisés... Le jeune homme saute sur l'occasion pour évoquer le célébrissime curé de Saint-Eustache, qui ne se prive pas de brandir, dans le secret du confessionnal, la menace du refus des sacrements. Messire Paquin croit que la Chambre d'Assemblée fait courir à son autel un autant grave danger que le trône ! Il s'était même exilé du village peu avant l'ouverture de la votation pour ne pas être tenté de désobéir à son évêque qui lui avait demandé de mettre un frein à ses emportements partisans.

Maints électeurs, ulcérés par le comportement inique de leurs adversaires, ont voté pour les candidats patriotes en 1834. M. Saint-

Jacques, lui, est resté fidèle aux Bureaucrates de son comté et en particulier à Frédéric-Eugène Globensky, l'un des candidats bureaucrates de 1834. Celui qui aurait été poursuivi en justice pour violences à main armée, si les patriotes n'avaient pas anticipé un acte de rétorsion de sa part... Craignant sans doute que Cheval dit Saint-Jacques fasse défection, Globensky l'a accompagné.

La prétendue victime a comparu devant le belliqueux Dr Arnoldi, magistrat par bon plaisir du roi, l'un des fanatiques ayant voulu mettre une Légion britannique sur pied, l'an passé. Le même qui avait signé le mandat autorisant une persécution si clairement répressive contre le Dr Duchesnois, de Varennes... Les juges de paix corrompus multiplient les provocations. Les Réformistes doivent éviter à tout prix d'y répondre, au risque de basculer dans le piège!

Vincent s'échauffe. Même si la dénonciation de Cheval dit Saint-Jacques était à prendre avec des pincettes, la presse à la solde des autorités a donné une énorme publicité auxdits «attentats», en particulier au coup de feu tiré de nuit au travers d'une fenêtre et qui aurait pu blesser son épouse ou l'un de ses six enfants. Muni de cette déposition, Globensky est allé se plaindre à Michael O'Sullivan, solliciteur général. En tant que juge de paix, Globensky aurait voulu faire arrêter les agresseurs identifiés par Cheval, mais tout le monde a la trouille dans son comté parce que les patriotes jurent qu'ils se vengeront si quiconque les dénonce!

Le Grand Connétable et un agent de police ont été envoyés pour appréhender les présumés coupables: un journalier de Sainte-Scholastique ainsi que deux frères y tenant auberge. Ce qui était déjà excessif, car ceux-ci avaient le droit de répondre à l'offense en donnant caution de bonne conduite devant un magistrat de leur localité, comme ils l'ont fait. De surcroît, le gouverneur dépêchait à Montréal le procureur général Ogden, muni d'une Proclamation de l'Exécutif offrant une récompense de 100 livres pour découvrir la personne ayant tiré un coup de fusil sur la maison du capitaine de milice Cheval dit Saint-Jacques. Un acte révoltant de partisannerie, car combien de Canadiens ont été lâchement assassinés depuis 1832 sans que les détenteurs de l'autorité lèvent un seul poil de sourcil?

— Si la situation est tendue au Lac-des-Deux-Montagnes, vitupère Vincent, c'est à cause des tories qui agressent à répétition les

Réformistes. Quelques-uns se vengent des premiers en se payant leur tête, en refusant de faire affaire avec eux, voire en s'attaquant au crin de leurs chevaux. Qui pourrait leur en vouloir, même s'y devraient s'en garder ?

— Suf... suffit, m... mesdames, intervient Florentin. Z'allez f... fatiguer notre invité à force de lui tirer toutte son jus de même.

Normande rétorque avec suavité :

— Pour moi, la provision de m'sieur Vincent est inépuisable.

Ce qui fait rire le principal concerné. Le mirant, Vitaline nage dans le bonheur. Elle voudrait que l'intermède devienne un moment d'éternité... Comme pour prouver l'assertion de Normande, le jeune arpenteur se lance dans une diatribe. Qui peut avoir doutance d'une attaque concertée, de la Clique du Château et de tous ceux qui lui sont redevables, contre les habitants du pays et leurs libertés fondamentales ? L'Exécutif constitue un dossier indiquant l'existence d'une sédition quasiment déclarée à la grandeur du district de Montréal, et si possible de la province tout entière. Puisque les autorités constituées crient à la meute de loups, cette dernière doit certainement causer d'immenses ravages !

À défaut d'autres pièces justificatives, l'Exécutif pourra exhiber les proclamations, les ordonnances, les déclarations sous serment... et les destitutions. Le premier, l'officier de milice Ignace Raizenne, du comté du Lac-des-Deux-Montagnes, a perdu son poste de lieutenant-colonel. Son prétendu crime : une lettre dans laquelle il expliquait pourquoi il n'avait pas cru bon de publiciser la Proclamation du 15 juin. En fait, il est censuré pour avoir pris part à l'assemblée du comté, le 1er juin. Interminable procession avec drapeaux et inscriptions, maisons pavoisées, airs nationaux et salves d'honneur par les miliciens de Sainte-Scholastique ont témoigné d'un esprit frondeur aiguisé par les injustices.

Normande se souvient subitement qu'elle a un fricot sur le feu du fournil. Quant à Florentin, il s'excuse en disant qu'il lui restait un brin d'ouvrage dans le potager avant le repas de midi. Quelques secondes plus tard, comme par magie, Vitaline se retrouve seule avec le jeune arpenteur. Cédant à une impulsion, elle ramène l'échange sur un terrain intime.

— Pis les lettres de Jautard ? T'avais promis de m'en lire des extraits.

Vincent s'attendrit :

— C'est ma foi vrai. Ça remonte à un an, près du monument Marcoux. Tu sais que je relis souvent ses lettres ? Comme si je lui piquais une bonne jasette. C'est impayable, quand même. Je le sens plus vivant que ceux qui m'ont fait accroire qu'y étaient mes proches !

Il se trouble, ajoutant après un silence :

— Je... Je saute sur l'occasion pour te transmettre mes sympathies pour ta fillette. Je vois que t'as pris du mieux ? T'es redevenue comme avant, on dirait.

Son interlocutrice ne peut retenir un pauvre sourire.

— Ce serait trop simple... Souvent, je m'ennuie de mon insouciance. Mais d'autres fois, je suis contente qu'Olympe soit... soit passée dans ma vie. Même si je l'ai perdue. Est-ce que tu sens ça, toi itou ? Ceux qu'on a aimés, y font partie de nous. Y nous protègent de la solitude.

Vincent la fixe gravement, et elle rougit en détournant le regard. Après un temps, il dit :

— T'es chanceuse. Moi, ceux que j'ai aimés, y m'ont donné l'impression d'être fin seul au monde.

— Même celles que t'as aimées d'amour ?

Il reste coi, comme égaré, et le silence se prolonge entre eux. Vitaline n'ose plus tourner le visage vers lui, de crainte d'en révéler trop sur son compte. En même temps, elle meurt d'envie de le mettre à l'épreuve. Laisser s'épivarder ce qui fait du chahut à l'intérieur d'elle-même, afin de voir sa réaction...

— J'ai cru adorer une trâlée d'aguichantes, émet-il enfin. S'y fallait qu'elles m'encombrent...

Il a parlé doucement, presque à lui-même, et Vitaline lève les yeux vers lui. Une bulle d'intimité s'étant formée autour d'eux, c'est tout naturellement qu'elle enchaîne :

— C'est vrai que t'étais fringant dans ton jeune temps.

Il tourne vers elle un air mi-figue, mi-raisin.

— Moi ? Coudonc, je charrie une sacrée réputation. Un des plus beaux partis du bourg, pis ensuite chaud lapin... Je sais que le sujet est un brin délicat, mais... tu veux dire quoi par fringant ?

Avec un sourire suggestif, Vitaline répond :

— De la manière que ça s'est passé entre nous... une fille tire ses conclusions, c'est-y pas ?

Elle s'attendait à ce qu'il réagisse par un air complice et un brin gourmand, mais il se redresse en position d'alerte, cherchant visiblement à donner du sens à ce qu'elle vient de glisser à mi-voix. Vitaline combat une montée de dépit. La trâlée de créatures aurait été si considérable que son vis-à-vis n'arrive plus à la repérer dans le lot ? Une amertume mâtinée de frayeur l'envahit. Il n'a donc pas une miette de considération pour elle ? Vincent finit par l'interroger :

— Entre nous... Y s'est passé quoi ?

— Niaise-moi pas. Tu peux pas avoir oublié.

— Je te niaise pas. Je te demande de me raconter.

Il a presque l'air fâché ! Vincent inspire profondément, puis se penche vers elle, répétant avec douceur :

— Conte-moi, je t'en prie.

— La veille de la Toussaint. En...

Vitaline s'escrime à repérer l'année. En désespoir de cause, elle jette :

— Gilbert venait d'avoir son poste à l'école du chemin du Bord-de-l'eau.

— En 31.

— Oui. Pis on aidait le bedeau à sonner les cloches, pis moi je suis allée me promener... par derrière, vers le cimetière... pis là je t'ai rencontré. T'étais avec une couple d'amis. Pis t'es revenu avec moi. Pis là, contre le mur de l'église...

Sa voix s'étrangle dans sa gorge. Vincent profère avec une singulière dureté :

— Je t'ai lutinée ?

— Comme un soldat avec une ébraillée.

Transporté par un accès de fureur, il éructe :

— Pis t'as cru que c'était moi ? Que moi, j'étais capable d'une affaire de même ?

Ahurie, elle balbutie :

— T'étais jeunet, pis... t'avais le goût de moi...

Ce disant, elle s'empourpre de la tête aux pieds. Fulminant, il la questionne encore :

— Mon frère... mon jumeau Gaspard... est-ce qu'y était présent ce soir-là ?

Vitaline fait défiler l'épisode à toute vitesse dans sa cervelle, et elle cligne des yeux en signe d'assentiment. Vincent dit :

— Je me souviens astheure. La seule fois où Gaspard est venu me visiter. En fait, y a tiré prétexte de mon débagagement pour s'offrir une virée à Saint-Denis pis goûter à ses plaisirs. J'ai su par après qu'y avait payé une visite aux morts. Moi, j'y ai pas mis les pieds.

— Dans le cimetière ? Tu y as... pas mis les pieds ?

— Non, sur mon honneur. Mon grichou de frère s'est fait passer pour moi.

— Pour toi ? Toutte ce temps... ?

— Y avait erreur sur la personne.

Il faudra qu'elle y jongle. Qu'elle se rejoue la scène pour bien la comprendre... Mais Vitaline sait déjà que c'est vrai. Vincent – ou plutôt Gaspard – la désirait avec trop de violence. Ce qu'elle a pris pour de l'inexpérience et de la maladresse, c'était plutôt une fougue empreinte d'une brutalité dont Vincent aurait été incapable. Car Vitaline a dû se battre pour échapper à celui qui se muait en tourmenteur. Dans le fond, elle a risqué un viol ! Chamboulée jusqu'aux tréfonds de son être, elle se lève debout d'un seul élan. Son compagnon l'imite, disant :

— Je m'en doutais que Gaspard agissait de même. J'avais des soupçons depuis un bon boutte, mais jamais de preuve. Quand y faisait un mauvais coup, y se faisait passer pour moi. L'écœurant. Plus j'en découvre sur lui, plus je l'haïs !

Vincent détourne la tête vers le lointain, puis reprend plus calmement :

— Non, je l'haïs pas. Je veux pas lui donner ce pouvoir-là sur moi. J'en ai déjà trop souffert. Je veux juste le dédaigner. Le dédaigner de A jusqu'à Z pis d'avant-hier jusqu'à après-demain. Excuse-le, Vitaline. Y aurait jamais dû te faire ça. Excuse-nous.

Elle fait un geste d'impuissance, puis elle ramasse sa jupe et s'éloigne de lui à toute allure. Elle bute contre Florentin qui venait à sa rencontre, et qui, voyant son trouble, la questionne sur son état. Vitaline secoue la tête et souffle :

— On... on a parlé d'Olympe. Ça me chavire un brin.

— Un b... brin ? T'es à l'envers...

— Ça va passer. Occupe-toi de lui.

Elle marche jusqu'à un coin tranquille de la propriété, à la frontière du champ d'avoine du voisin, où elle se laisse tomber à genoux. Elle ferme les yeux pour permettre à son bredas intérieur de s'apaiser un tant soit peu. Elle a l'impression d'être le dindon de la farce. D'avoir été la dupe d'un farceur qui savait que, trop crédule, elle tomberait dans le panneau... Pour atténuer son sentiment de honte, Vitaline tâche de se rappeler comment elle était à l'époque. Encore naïve, inexpérimentée des choses de l'amour mais avide d'en connaître davantage...

Quel embrouillamini ! Elle a conservé uniquement le souvenir du côté lumineux de l'épisode contre le mur de l'église, qui lui a bien servi lorsqu'il s'est agi de stimuler son appétence pour Florentin. Sauf que le jumeau de Vincent n'était qu'un mâle en rut à qui n'importe quelle femelle aurait bien servi. Le pire, c'est que... tout ce temps... elle s'est inventionné un Vincent qui n'était qu'une chimère. En réalité, Vincent n'a pas l'ombre d'une miette de convoitise pour elle. Celui qu'elle a dans la peau ne souhaite pour eux deux qu'une chaste amitié. Laquelle vient de s'envoler en boucane : astheure, il va tout faire pour éviter sa compagnie.

Vitaline dessille lentement les paupières, recevant comme un coup la vive lumière de ce mitan de journée ensoleillée. Elle voudrait se trouver une sombre tanière pour y lécher ses plaies. Elle a l'impression d'être contusionnée de partout, à force de heurts avec l'existence... L'appel de Normande lui parvient. « À table ! » Le timbre de voix de sa belle-sœur coule dans ses veines comme du miel, entraînant un sentiment de réconfort. Puisant consolation dans le son de sa propre voix, Vitaline se met à chanter, ce qui lui donne le courage de se mettre debout pour retourner vers le fournil.

35

Pendant les semaines où la cité entière a vibré au rythme du comté du Lac-des-Deux-Montagnes prétendument en surchauffe insurrectionnelle, Gilbert a bien cru que la cause du pays était perdue à jamais. Les criailleurs parlaient d'un système organisé de proscriptions, de sévices cruels incluant des chevaux à la crinière et à la queue coupées, de bris de fenêtres, de tirs au fusil, de menaces d'incendies et de cohortes de patriotes armés. Le souffle court et le cœur serré, Gilbert a craint que la mécanique infernale ne cause la perte de l'élite patriote!

Le branle-bas de combat a défrayé la chronique. Le Grand Connétable est rentré bredouille du Lac-des-Deux-Montagnes, mais les fanatiques n'ont pas désarmé. Quatre natifs du Royaume-Uni ont franchi à leur tour les 30 milles qui séparent leur comté de Montréal. Devant le Dr William Robertson, principal clubiste de la Rue du Sang, ceux-ci ont étayé la thèse d'une hostilité patriote nourrie d'antipathie nationale et augmentée de vexations humiliantes pouvant aller jusqu'à des menaces de mort.

Sur ce, le *Herald* a suggéré d'équiper un corps expéditionnaire pour fondre sur Saint-Eustache; puis, à la parution d'après, de suspendre l'habeas corpus, ce mécanisme légal qui oblige le prévenu à comparaître devant un juge ou une cour compétente afin de statuer sur la validité de son arrestation. Tout cela, adin de réduire au silence les *journaux séditieux* de Montréal et de *rétablir l'ordre* à Saint-Eustache. La gazette à la solde des autorités a même annoncé, en guise d'intimidation, une énième fondation de la Légion britannique!

Au même moment, le candidat floué Globensky produisait des témoignages à l'effet que le grenier de la grange du curé Paquin, alors en construction, aurait été abattu par une bande de patriotes. Une demi-douzaine d'agents de police, sous les ordres du Grand Connétable et de l'assistant-shérif Duchesnay, ont tenté de capturer les présumés coupables. Ils en ont ramené un seul, trouvé dans son champ de patates. L'homme a été jeté dans une calèche en direction de Montréal sans même avoir le temps de réendosser son habit, d'enfiler ses bottes et de mettre son chapeau, et il a dû payer une caution de 200 livres, augmentée de cent livres pour chacun des hommes se constituant sa garantie.

Dès son arrivée à Saint-Benoît, l'assistant-shérif a prétendu que des habits rouges, renforcés par l'artillerie, marchaient sur ses traces dans le but de raser le village si les présumés coupables affichaient la moindre velléité de résistance. La rumeur a été propagée dans le nord du comté par le Dr Robertson qui se rendait, comme par hasard, à Lachute. Selon lui, une douzaine de connétables et 400 soldats étaient en marche pour procéder à des arrestations.

En effet, comme Gilbert l'a vitement su, deux compagnies parmi les troupes en garnison dans la métropole, soit 200 hommes, avaient reçu l'ordre de se tenir prêtes à marcher. En clair, les hauts fonctionnaires du district chargés de l'administration de la justice ont tenté de bouter le feu aux étoupes, afin de justifier une intervention armée sous prétexte que l'autorité civile ordinaire était impuissante à faire respecter la loi.

L'échauffourée s'est propagée à Québec. Le 31 juillet, l'imprimerie d'une jeune gazette nommée *Le Libéral* était saccagée en plein jour, à l'issue de l'assemblée de *Constitutionals*. Des participants au cortège ont voulu pénétrer sur les lieux, mais l'imprimeur Lemaître en a défendu vigoureusement l'accès, non sans subir plusieurs blessures, dont une au visage qui lui laissera une cicatrice. Les agresseurs se sont vengés en lançant de grosses pierres dans l'imprimerie et en utilisant leurs lances pour renverser les cases de caractères. Pendant ce temps, leurs chefs, c'est-à-dire de pseudo-marchands respectables, les appelaient au meurtre en criant : « *Kill him, kill him!* »

Loin d'être un hasard, le forfait figurait dans le cortège de violences dont les francs-tenanciers ont été victimes pendant l'élection partielle dans le comté de la basse-ville. Vu l'ampleur des moyens de corruption mis en œuvre, une défaite cuisante était prévisible, mais le candidat patriote s'est fait battre de justesse par son adversaire bureaucrate, ce qui est de bon augure pour une chambre basse constituée en majorité de patriotes, l'an prochain. À moins que le Bas-Canada soit inondé d'immigrants plus faciles à contrôler que de fiers propriétaires animés de principes démocratiques...

À son ami Alphonse qui s'inquiète d'une chambre basse à la botte des profiteurs comme dans la province supérieure, Gilbert raconte que son frère Rémy a préféré ne pas se rendre dans les Eastern Township cette année, car les appointements se faisaient rares. Non point parce que les immigrants les accaparaient, mais parce que l'effort de colonisation est un échec total. Les centaines de chariots qui ont franchi en 1836 la route entre Port Saint-François, sur le Saint-Laurent, et le village de Sherbrooke, contenaient surtout des manœuvres, non de futurs propriétaires faisant l'acquisition d'un lot de la Compagnie des terres. Gilbert conclut avec satisfaction :

— Cette année, les travaux sont au point mort. Tu sais pourquoi ? La compagnie est totalement désargentée.

— À cause de la crise du crédit ?

— Plutôt à cause des partenaires en sol canadien de la compagnie qui profitent de l'éloignement pour la saigner à blanc. Dépenses astronomiques, y compris en achat de terres... Par ailleurs, les actionnaires ont empoché d'importants bénéfices. Tu me vois venir ? Les directeurs londoniens manquent d'espèces sonnantes et trébuchantes pour payer leur dû au gouvernement anglais. Tu te souviens : un paiement par année, sur dix ans, pour le million d'acres achetés.

Gilbert laisse échapper un rire grinçant.

— Toutte ceux qui se sont remplis les poches, icitte comme à Londres, y vont ramer fort pour faire accroire que leurs prévisions budgétaires étaient bonnes, mais que ces satanés patriotes de malheur sont la cause de tous leurs maux, en réduisant le flot d'immigrants à un filet d'eau. Les pauvres, on leur fait peur...

Soudain, Alphonse pile net pour lui faire face. À son air concentré, Gilbert est persuadé qu'il va revenir sur la suspicion qu'il ressent devant ses liens apparents avec des renégats, et il préfère lui damer le pion :

— J'ai tenté autant comme autant de tirer les verres du nez de Gaspard, mais j'arrive pas à le croiser. J'imagine qu'y séjourne dans la rivière Chambly, mais y m'en a pas avisé. On est refroidis tous les deux. J'ai vu Gosselin une couple de fois... Marconnay une fois... Mais y font juste jouer pis boire, alors je suis censé faire quoi ?

— Rompre ton association, rétorque Alphonse durement.

— Pis perdre toutte ce que Gaspard me doit. Un bon montant, je t'assure. Laisse-moi encore un boutte de temps.

— Correct. Pis je t'offre une autre occasion de rédemption. J'allais te parler d'un club politique qui va bientôt voir le jour.

— Un club patriote ?

— Oui. Si on veut pas se faire rosser pis injurier à la prochaine élection générale, faut s'organiser. Plutôt crever que de revivre les horreurs de 34.

Alphonse irradie d'une vive émotion dont Gilbert est contagionné. Un mélange de courroux, de frustration et de douleur qui est ravivé, chez les jeunes hommes qui ont combattu les Bureaucrates de Montréal et leurs boulés, par la résurgence des provocations. Lorsqu'il s'agit de protéger leurs avoirs, les hommes avides sont dénués de tout sens moral, de la moindre empathie pour leur prochain. Coûte que coûte, ils veulent démanteler l'organisation patriote en vue des élections. La Proclamation du 15 juin émane du gouverneur, et les officiers en loi – procureur général, solliciteur général, shérif et magistrats – ont trempé jusqu'au cou dans les manigances subséquentes...

Alphonse se ressaisit pour lui expliquer qu'en Haut-Canada, de jeunes Réformistes de Toronto viennent de s'assembler pour fonder un club dont le but est de tenir la jeunesse du pays – sans distinction de rang, d'origine et de culte – au fait des affaires politiques, et plus précisément, des abus et des vices du gouvernement, ainsi que des entraves mises à l'industrie et au commerce. Pour en faire partie, il faut vouloir, tout bonnement, défendre son pays contre l'administration arbitraire qui le régit.

Le jeune médecin insiste : défendre son pays de toutes les manières possibles. Il ajoute :

— Ce sera pas une obligation, mais des exercices militaires seront offerts aux membres en règle. J'escompte que tu prouveras ton patriotisme en adhérant aux Fils de la Liberté – c'est notre nom – pis en t'astreignant aux manœuvres.

Avec dignité, Gilbert rétorque :

— T'as pas besoin de faire du chantage. Ce sera un plaisir. Je veux apprendre à rendre coup pour coup.

Son vis-à-vis se détend subitement et le gratifie d'une bourrade amicale.

— Je m'en veux de t'asticoter, mais ta relation avec la taverne, ça me laisse pas en paix.

— C'est correct. Je me sens bien gardé. Pis j'en profite pour y faire un saut drette là. D'un coup que je peux régler mes affaires ?

Après un échange de salutations, Gilbert s'élance dans la moiteur de ce début d'août. Ce soir, il a un aiguillon supplémentaire : mettre Caroline au courant des déboires financiers de la Maison canadienne de commerce. Il ne lui a pas reparlé depuis leur entretien de l'automne précédent, alors qu'il la découvrait en aguichante fille d'auberge. Il s'y refusait obstinément... Il met le pied dans une salle bondée, mirant la clientèle qui non seulement prend place aux tables, mais qui se tient debout dans le pourtour de la pièce.

À première vue, ces hommes ressemblent à tous ceux, artisans et ouvriers de souche française, qui fréquentent les débits de boisson. C'est dans les annexes, tripot et billard, que la différence est notable, car là, il faut être en moyens... Ayant écarté le rideau de la chambre de jeu, Gilbert fige sur place. Sabrevois de Bleury en pleine action !

— À ta place, je me tiendrais tranquille.

Ulcéré par l'admonestation proférée à mi-voix depuis derrière lui, Gilbert pirouette et fait face à Pat Cuvillier. Glacial, il rétorque :

— T'as peur que je m'en prenne à Sabre-de-bois ? Mêle-toi de tes affaires.

— Gaspard m'a mis en charge, répond Pat.

Gilbert en reste ébahi. En charge de quoi ? Furieux, il jette :

— Justement... y est où, ce fendant, que je lui cause ?

— Y va revenir dans une couple de minutes. Y est allé quérir de la belle visite.

Se trouvant comique, Pat émet un rire grinçant. Impossible de se leurrer. Le jeune Cuvillier n'est plus le camarade sympathique de l'an passé : astheure, il semble déterminé à sauter à la gorge de Gilbert s'il a la velléité de ne pas respecter son ordre. Ce dernier retourne prestement dans la salle commune, où il reprend ses esprits. Il se dirige vers le comptoir derrière lequel se tient Caroline, observant ses traits tirés et comme à nu à cause de sa chevelure lissée sobrement couverte d'un fichu noué à l'arrière.

La jeune femme lève une mine déconcertée vers lui. Les idées en fuite, il lui destine l'ébauche d'un sourire. Elle s'enquiert posément :

— Ta classe reste ouverte l'an prochain ?

Se débattant avec un sentiment d'irréalité, Gilbert répond :

— Ça en a tout l'air. Ces Messieurs augmentent un brin leur contribution... les parents itou... quelques richissimes du faubourg nous financent... pis moi, j'ai accepté une diminution de salaire.

— Les examens publics ?

— Surcroît d'ouvrage, comme de coutume. Non, en fait, c'était pire que de coutume, parce que j'avais de la pression pour que les élèves soient brillants. Fallait leur montrer, aux ennemis du pays, de quoi on est capables !

Caroline fait une mine amusée. Gilbert se penche vers elle, et dit :

— J'ai le goût de retourner à Saint-Denis. Les grossièretés en rapport au Lac-des-Deux-Montagnes, ça m'a écœuré à vomir. J'ai jamais vu autant de racontars si peu croyables. Sauf que je peux pas abandonner mes parents.

Le regard effarouché, son ancienne flamme répond :

— Que tu restes, ça me rassure.

Surpris par ce qui lui semble un compliment, Gilbert reste figé, puis s'enquiert :

— La taverne est devenue un repaire de Chouayens. Je me trompe ?

Caroline secoue la tête, puis souffle :

— Même Étienne a rien vu venir.

— T'en pâtis ?

— Oui. Je veux dire... être fille d'auberge, c'est accepter bien des choses qu'une dame refuserait. Sauf qu'y a des limites. Peut-être que je vais sacrer mon camp moi itou.

— Me laisse pas sans nouvelles.

Une autre barmaid lui ordonnant d'aller servir des clients, Caroline se contente d'acquiescer, puis s'éloigne. Gilbert se retourne vers la salle au moment précis où deux hommes pénètrent dans l'établissement, et cette arrivée le plonge dans l'ahurissement. Le seigneur Debartzch, accompagné de Jean-Juste Cosseneuve, le père de Gaspard! Instantanément, le brouhaha ambiant s'amenuise et l'attention générale se porte vers les survenants. Gaspard fait son entrée à leur suite, se vantant de la belle tenue de son commerce par un large geste du bras.

Frappé de stupéfaction, Gilbert détaille le port altier du seigneur, son physique à peine déparé par une panse bombée, puis la forte tête surmontée d'une crinière blanche. Debartzch, ici? Gilbert serre les dents pour ne pas perdre pied. Gaspard promène son invité à travers la pièce avec une fierté de propriétaire. Les conversations ont repris en sourdine, car les survenants demeurent le centre d'attention. Gilbert se leurre-t-il? Une risée d'irritation se lève parmi les clients. Paraître en compagnie de Debartzch? Le plus nuisible renégat de la colonie?

D'accord, Cosseneuve père est l'une de ses principales relations d'affaire. Il a investi dans son moulin à vapeur, dans sa distillerie et... Gilbert est inondé par l'évidence. Debartzch doit être endetté de montants considérables envers Cosseneuve père, qui a tout intérêt à le voir retrouver sa position de seigneur investi de la confiance publique. Celui-ci serait-il paré à voir Debartzch extorquer cette confiance, à défaut de la mériter?

Le jeune homme réprime un accès de panique. Gaspard et ses invités viennent dans sa direction! Jamais Gilbert ne pourra saluer le seigneur. S'il ouvre la bouche, ce ne sera pas pour débiter des fadaises, mais pour s'indigner! Gaspard croise son regard et Gilbert comprend que son associé n'avait pas noté sa présence; c'est par hasard qu'il se dirigeait vers le fond de la salle commune. Gilbert voit Gaspard hésiter un court moment, puis sans crier gare, il pivote et entraîne son duo d'invités vers la chambre de jeux.

Dès que les survenants y ont pénétré, un abandonnement palpable s'installe dans la taverne. Gilbert entend des soupirs et des marmonnements. Le niveau sonore remonte de quelques crans, plusieurs têtes se rapprochent... Du revers de sa manche, Gilbert essuie la sueur qui perle à son front. Désespérément, il cherche à s'en tirer sans mettre sa dignité en péril. Reporter les explications à plus tard ou, au contraire, s'empresser de confronter Gaspard? Gilbert répugne à faire esclandre. Peut-être que la présence du seigneur n'est qu'un imprévu qui ne se reproduira jamais plus?

Étienne Lavictoire apparaît dans son champ de vision. Gilbert l'intercepte en lui garrochant :

— Depuis mon arrivée, j'encaisse les soufflets. Toute une mornifle à soir ! J'en ai plein mon casque de me faire forcer la main. D'apprendre les affaires une fois le fait accompli ! C'est sa première visite icitte, au seigneur parjure ?

— Ma taverne est devenue son quartier-général à Montréal. Tu sais, l'assemblée des *Constitutionals* de juillet ? M'sieur Déberge est venu manœuvrer pour grossir l'assistance.

Éberlué par le flegme de son interlocuteur, Gilbert rétorque :

— C'est quoi l'affaire ? Je veux dire, y a fallu que je pile sur ma fierté pour ouvrir mon commerce dans ta taverne à toi, l'ancien fier-à-bras de la Rue du Sang. Pis si je l'ai fait, c'est juste à cause que t'étais devenu un patriote garanti cent pour cent. Me dis pas que t'as viré ton capot de bord ?

— La ferme. Les murs ont des oreilles.

Gilbert ravale la suite. Il oubliait qu'il se trouve désormais en territoire hostile... Étienne lui désigne Gaspard qui ressort de la chambre de jeux tout fin seul.

— Va t'enquérir auprès de lui. T'es tombé dans la marmite alors que la soupe était fin prête.

Gilbert obéit sur-le-champ, et Gaspard ne rechigne pas devant le signe qu'il lui fait de le suivre à l'extérieur. Quelques secondes plus tard, après avoir louvoyé entre les groupes qui font le pied de grue sur le trottoir, tous deux se retrouvent face à face. Gaspard le bat de vitesse :

— Tu penses que je suis un traître parce que m'sieur Déberge conserve mon estime ? Tu te trompes royalement. Je te prie de pas te fier aux apparences. M'sieur Déberge...

Gaspard inspecte les environs pour s'assurer que nul ne les écoute, puis il poursuit en baissant le ton :

— M'sieur Déberge m'a donné la permission de te mettre au courant... parce qu'y faut que tu sois au courant parce qu'on est associés toi pis moi... mais promets-moi de garder bouche cousue.

Gaspard est diablement sérieux, et Gilbert laisse tomber :

— Bouche cousue sur quoi ?

— Promets-moi !

— Je promets.

— M'sieur Déberge joue double jeu.

Gaspard se lance dans une explication enfiévrée que Gilbert peine à suivre. La trahison du seigneur Debartzch n'est qu'une parade, qu'un moyen désespéré, pour les tuques bleues, de répondre aux provocations des sectaires surexcités de Montréal. Le seigneur a pris sur lui de se faire passer pour un vendu, dans le but de se ménager une réelle influence auprès de l'Exécutif de la colonie et de protéger les tuques bleues au moment opportun. En clair, la confiance que le gouverneur lui porte est une garantie pour l'avenir. Debartzch fait mine de collaborer, mais ce n'est qu'une façade.

Gilbert est ahuri :

— Tu dérailles? Si c'était vrai, jamais m'sieur Déberge prendrait le risque de nous mettre au courant !

— Pas le choix. Y peut pas agir seul.

— Mais la taverne est à Étienne! Me dis pas qu'y est au courant, lui itou?

Gaspard fait une mine entendue.

— J'ai pas pu t'informer avant. Les affaires ont déboulé...

Gilbert est traversé d'un fol espoir qui fait reculer son scepticisme. Si c'était vrai, comme ce serait grisant! Néanmoins, il objecte encore :

— M'sieur Déberge risque gros. Les gens de la rivière Chambly sont montés contre lui.

— Un effet délétère qui sera vitement oublié au moment crucial.

— Quel moment ?

— Quand m'sieur Déberge aura sauvé sa patrie.

— La patrie court un tel danger ?

— Fièrement plus que tu l'imagines. Les fanatiques complotent. Des connivences se tissent entre eux pis l'état-major de la colonie... tu sais qu'y s'entendent comme larrons en foire avec Colborne?

Gilbert tombe des nues.

— Colborne, commandant en chef de l'armée? Celui qui fait parader ses troupes une couple de fois par année pis qui passe le reste de son temps à chasser pis à prier?

— Y cultive l'amitié de Montréalistes hauts placés dans l'Exécutif de la colonie pis qui ont le doigt sur la gâchette. C'est ça que m'sieur Déberge veut désamorcer avec l'aide de Bleury. Pis y a un seul moyen : devenir encore plus influent que les Bureaucrates.

— Ben mon vieux... Naguère, t'occupais tes nuittes et quasiment tes jours à fêter ta jeunesse. Astheure, tu déjoues des complots contre l'État?

Gaspard bombe le torse.

— Tu parles drette, mon ami! Sur ce, faut que j'aille m'occuper de mes invités. Si t'as d'autres inquiétudes qui surgissent, viens m'en parler en tout premier, compris?

Il déguerpit et Gilbert reste planté debout. Le seigneur Debartzch, sauveur du peuple? Quel retournement! Gilbert hésite encore à le croire, mais en même temps, il doit s'avouer appâté par l'argumentation de son associé. Certes, l'élite patriote a trop pâti pour ne pas tenter de se défendre par tous les moyens, y compris le recrutement d'espions qui peuvent les informer sur les visées de leurs pires ennemis, les intolérants de Montréal. Puisque ces derniers n'ont de cesse que de faire plier le pouvoir exécutif à Québec, l'infiltration du cénacle par le seigneur Debartzch tombe sous le sens.

Brusquement, Gilbert retourne dans la taverne dans le but d'y quérir Étienne. Cela fait, il le remorque jusqu'à l'extérieur. L'aubergiste tire sa pipe de sa poche et l'allume. Se tenant très près de lui, Gilbert chuchote :

— Déberge, un agent double?

— J'ai jasé une couple de fois avec lui pis Bleury. Je laisse la chance au coureur. Ce serait trop beau...

La voix d'Étienne s'altère et une subite émotion creuse ses traits.

— Maudit que ce serait beau, mon gars, si une couple de Canadiens bien positionnés s'échinaient à déjouer le complot. Parce que m'sieur Papineau pis son entourage, sont brûlés. Les autorités ambitionnent de les foutre au cachot. J'ai pas besoin de te faire un dessin. Le bredas d'une révolution au Lac-des-Deux-Montagnes, c'était pour accomplir ce dessein. M'sieur Déberge est notre seul espoir.

— Tu charries un brin. Si nos grichous de magistrats rêvent de mettre la corde au cou des patriotes, le gouverneur s'y opposera!

— Milord est une marionnette. Y se laisse mener par le boutte du nez.

— Quand bien même, la mère patrie laissera pas faire ça!

— Y a un océan entre la mère patrie pis nous autres. Ceusses qui peuvent contrebouter les comploteurs de la Clique du Château pis leurs alliés par icitte, ce sont Déberge pis sa gang.

— M'sieur Papineau est dans le secret?

— J'en sais rien. On m'a mis au courant du strict nécessaire.

Gilbert fait un pas de reculons pour inhaler autre chose que de la boucane de pipe. Après avoir jeté un regard circonspect alentour, il se rapproche et reprend :

— Ça me revient pas que Déberge ait choisi ta taverne comme quartier-général. L'office de Bleury pis la rédaction du *Populaire*, ça lui suffisait pas?

— Ça prend du tord-boyaux qui coule à flots quant on veut corrompre une élection.

Saisi aux tripes, Gilbert reste coi un moment, puis il souffle :

— Tu veux dire que... que tu vas offrir l'alcool gratis aux boulés à la solde des ennemis du pays, comme... comme en 31 pis 32?

Son vis-à-vis réagit par une grimace de souffrance.

— Dit de même, ça fesse...

Alors, non seulement Étienne était payé pour tenir bar ouvert, mais il avait la charge d'organiser les fiers-à-bras en troupe de choc, ainsi que de collecter leurs gages auprès des argentiers du parti tory. Non seulement il a consenti à ce sacrifice, précise Étienne, mais ses services seront requis bien avant les élections générales de l'an prochain. L'assemblée des *Constitutionals* de juillet ayant lamentablement échoué, il est crucial que la prochaine soit un succès populaire. Le seigneur Debartzch s'est engagé à bourrer l'assistance de Canadiens repentis.

— C'est quand, la prochaine assemblée?

Étienne fait un signe d'ignorance. Reculant de nouveau, Gilbert s'octroie un moment de réflexion. Déterminés à exercer leurs droits de citoyens anglais, les Réformistes de la province ont poursuivi l'organisation d'assemblées de protestations. Parallèlement, des assemblées de *Constitutionals* ont eu lieu dans les comtés de L'Acadie, des Trois-Rivières et de Montréal. Nul n'a fait le moindre cas des premières, tenues à bout de bras par la clique locale. La troisième, par contre, a fait amplement jaser.

Prévue pour le 3 juillet, l'assemblée a dû être remise, car une centaine d'hommes seulement s'y trouvaient même si des patrons de chantiers avaient donné congé à leurs ouvriers pour la journée. L'un des *contractors* avait été jusqu'à repousser la traditionnelle paye du samedi jusqu'au lundi après l'assemblée, avec menace de retenir les émoluments de ceux qui n'y paraissaient pas ! Remise au 6 juillet, la réunion n'était plus *constitutional*, mais organisée pour jeter benoîtement l'anathème sur les assemblées anti-coercitives *nuisibles au bien-être de ce pays et directement opposées aux sentiments de fidélité à Sa Majesté et de dévouement à son gouvernement*, comme Gilbert se souvient de l'avoir lu.

Écrits faisant appel aux préjugés nationaux, placards affichés, boutiques closes, émissaires envoyés aux quatre coins de la ville et même l'annonce de l'assemblée au son du fifre et du tambour n'ont permis de rassembler que 1200 individus, dont la majorité était constituée de curieux, de Réformistes et d'enfants. Une vingtaine de Chouayens étaient présents : le député Bleury, le scribe Gosselin, l'imprimeur Pierre-Édouard Leclère, le marguillier Jules Quesnel, les frères Michel et Pierre Bibaud, quelques membres des familles Barron, Guy et Leprohon.

Debartzch, lui, avait battu en retraite vers son manoir de Saint-Charles. Sa fuite a paru à Gilbert chargée de dépit, mais peut-être qu'il avait tout faux... Il jette enfin :

— De quoi j'ai l'air astheure ? D'un vire-capot.

Parvenu au bout de sa pipée, Étienne la tapote contre sa semelle pour en vider le restant de tabac, puis il rétorque avec un soupçon d'amusement :

— Tu devrais te voir la face. Piteux de même, ça se peut pas ! Tu pourras te vanter d'être le sauveur de ta patrie.

Gilbert lui adresse une vive grimace, avant d'ajouter :

— Y est héroïque, le Déberge. Le pays au complet est monté contre lui. Y est obligé d'endurer des charivaris pis des moqueries. Y est mieux de réussir, sinon je vais lui tirer les oreilles !

— Faut que je retourne. Je gère l'établissement, si tu te rappelles...

Gilbert suit Étienne à l'intérieur. Il n'a pas fait trois pas que Sabrevois de Bleury le saisit d'une poigne de fer par le bras et le ramène sur le trottoir pour le sermonner sur l'impérieuse nécessité de garder motus et bouche cousue. Gilbert l'écoute à moitié, se concentrant sur le visage étroit aux traits délicats paré d'une grâce nouvelle. Bleury serait l'un des sauveurs du pays ? Un homme d'autant plus méritant que, surnommé « le futur conseiller législatif », il est conspué partout ? Nul être humain ne peut résister longtemps à un pareil traitement.

Ses commettants ont entériné une Adresse afin de le prier de leur remettre son mandat. S'il ne s'incline pas, le député flétrit à jamais cet honneur qu'il se vante de posséder à l'envi... Récemment, Bleury se pointait à L'Assomption pour tâcher de se dégotter une cause à défendre devant la Cour itinérante des petites causes. Un groupe d'une quarantaine de personnes s'est massé sous sa fenêtre pour le régaler d'une sérénade discordante, puis pour l'accuser de ses forfaits. Bien entendu, Bleury a dû déguerpir... Pareil traitement lui aurait été réservé à Saint-Denis s'il avait osé s'y pointer au moment où la Cour s'y trouvait.

Sans ménagement, Gilbert interrompt abruptement l'admonestation de son vis-à-vis :

— J'ai compris. Vous me demandez une foi aveugle. Avouez que la bouchée est ardue à gober. Pour ma part, c'est votre duel contre m'sieur Duvernay qui...

— Tu rumines encore l'affaire ?

Bleury s'avance et se dresse sur ses ergots pour mieux fusillier du regard Gilbert, qui le dépasse d'une bonne tête.

— Tu te trouvais dans la montagne pis t'as toutte vu ?

L'interpellé secoue la tête. Fortifié par l'aveu, le député laisse jaillir son expiration :

— Tu parles à travers ton chapeau ! Je me suis arrangé pour causer des dommages minimes, pis en même temps pour montrer à la gang de convulsionnaires jusqu'où j'étais paré à aller. J'ai tiré mon épingle du jeu, je te prie de me croire. Fait que si t'es pas content, t'es mieux de sacrer ton camp en gardant les yeux fixés drette en avant. Autrement, tu risques de nous mettre des bâtons dans les roues. Tu piges ?

Le jeune homme fait savoir à son interlocuteur qu'il lui accorde sa confiance. Bleury grommelle un assentiment, puis le laisse planté là. Gilbert préfère ne pas le suivre à l'intérieur. À son tour, le seigneur Debartzch pourrait avoir la lubie de le convier à un aparté... Après trois pas en direction de son domicile, Gilbert se tape sur le front. Il n'a même pas songé à demander sa part des profits à Gaspard...

ou du moins, à l'avertir de son intention bien arrêtée d'éplucher les registres. Ce sera pour une autre fois. Pour l'heure, il lui faut laisser le panorama acquérir de la netteté !

Sauf que les événements se précipitent à un point tel qu'il est ardu de songer posément. Le gouvernement exécutif de la colonie accentue ses mesures de représailles en dépouillant des dizaines officiers de leur poste dans la milice. Un système étendu de cassations ! La méthode employée est d'autant plus révoltante qu'elle est hypocrite. Le secrétaire du gouverneur envoie une lettre pour demander au principal intéressé s'il a bel et bien pris une part active à une assemblée populaire. Parfois, des explications sont exigées de citoyens qui ne se trouvaient même pas à l'assemblée en question ! Comme si la dignité d'officier était incompatible avec le noble devoir de citoyen et de sujet anglais.

Les premières victimes étaient des hommes particulièrement estimables : le capitaine Louis Mogé, de Saint-Ours, et le major Jean-Baptiste de Lorimier, de Montréal. Ce dernier a été confondu avec l'un de ses neveux, secondeur d'une résolution à l'assemblée de la cité de Montréal du 29 juin ! La méprise est d'autant plus révoltante que le major de Lorimier s'est illustré pendant la dernière guerre contre les États-Unis, celle de 1812. Il a été présent à moult combats sanglants, à l'instar de l'un de ses frères tué à Chrysler's Farm. Dans cette famille, la vaillance militaire remonte à la guerre d'Indépendance américaine de 1775... Le gouverneur sait-il qu'en destituant le vétéran Lorimier, il encourt un universel mépris ?

À l'orée de la session législative prévue pour le 18 août, cinq juges de paix du district de Montréal perdent leurs postes. Désormais, les attaques répressives de l'Exécutif portent vers les notables qui participent aux comités locaux de vigilance qui relaient les moyens d'action adoptés au Comité central et permanent du district. Gilbert suit les procédures d'ouverture du Parlement, le 18 août, avec une intense curiosité.

Pour entraîner la Chambre d'Assemblée à défrayer incontinent les salaires des fonctionnaires, le gouverneur agite la carotte de réformes dans le personnel des Conseils législatif et exécutif, tout en justifiant l'inaction des ministres à Londres par l'avènement au trône de la reine Victoria. Même si 25 comtés parmi les plus populeux de la province ont tenu des assemblées anti-coercitives, il veut forcer les élus à voter les subsides sans conditions, à défaut de quoi il exercera le pouvoir dont le Parlement impérial a l'intention de le revêtir grâce aux Résolutions Russell. Ce comportement est insensé !

Pendant ce temps, un Ordre de milice prive de leur grade sept officiers, dont le président de la Chambre d'Assemblée, puis trois députés sont privés de leurs certificats de juges de paix. Parmi eux, André Jobin, représentant du comté de l'isle de Montréal. Gilbert fait une grimace de regret en lisant son nom. Il l'a trop peu vu depuis son débagagement à Sainte-Geneviève. Une couple de visites à son office et une poignée de main en passant, comme lorsqu'André a sauté dans le navire pour Québec. Chaque fois, ce dernier lui demande des nouvelles d'Ériole. De son côté, sa tante l'interroge régulièrement sur son ancien amant. À l'évidence, l'un et l'autre sont incapables de rompre le lien...

L'Exécutif fait jouer les rouages de l'intimidation, mais rien n'y fait : des milliers de Réformistes du comté des Trois-Rivières se réunissent en assemblée générale. La chambre basse réitère sa position des sessions précédentes en termes énergiques, et le gouverneur proroge le Parlement, ce qu'il savait pertinemment être une mascarade.

36

C'est l'aube, et Gilbert mène au port Ériole et grand-mère, qui s'offrent une cure dans un établissement de soins thermal de Varennes, localité réputée pour ses eaux revigorantes. En ce 8 septembre, le traversier est littéralement pris d'assaut par une foule qui se rend assister au Triomphe organisé là-bas en l'honneur du Dr Duchesnois, libéré de la poursuite intentée par Alexis Pinet, celui-là même qui avait profité de la nuit pour afficher la Proclamation du 15 juin à la porte de l'église de Varennes.

Même démangé par l'envie de bâillonner le mouvement de Réforme et ses principaux plaideurs, le Grand Jury de la Cour du Banc de la Reine n'a pu que déclarer un non-lieu devant la niaiserie de l'accusation. Duchesnois aurait déclaré au peuple que la fameuse ordonnance est partout *méprisée et foulée aux pieds*, puis aurait *illégalement et séditieusement* déchiré non seulement le document placardé, mais une gazette qui le publicisait par ailleurs.

Louis-Joseph Papineau se trouvera à Varennes, paraît-il, et livrera l'un de ses célèbres discours. Ériole bénit le hasard qui lui permettra d'ouïr en toute sécurité une envolée du célèbre orateur. Moins d'une semaine plus tôt, ce dernier quittait la métropole en compagnie de ses deux fils dont l'un était sur le point d'entamer son année scolaire au collège de Saint-Hyacinthe. Le héros du Bas-Canada savait-il que son passage allait soulever une marée d'enthousiasme, comme cela s'est produit?

Tout d'abord, comme Gilbert et ses parentes l'apprennent de voyageurs sur le quai, les citoyens de Saint-Hyacinthe ont formé procession et se sont rendus le saluer, musique en tête, chez sa sœur

Rosalie, veuve du seigneur Dessaulles, et qui lui a ouvert sa maison. Par une singulière coïncidence, le commandant des forces armées, en route vers les *Eastern Townships*, faisait halte dans une auberge du village. John Colborne et les membres de sa suite ont entendu résonner des vivats en l'honneur de Papineau, suivis de huées pour le gouverneur... À la nuit tombée, des jeunes gens sont allés faire sonner les crécerelles sous les fenêtres de l'auberge pour un charivari hautement dissonnant.

Un Mai majestueux avait été planté devant l'église en l'honneur de Papineau, mais les habitants de Saint-Hyacinthe ont dû se résigner à lui épargner la cérémonie inaugurant le mât orné d'un bonnet de sans-culotte. Une délégation de notables de Saint-Denis, où Papineau comptait se rendre après avoir laissé son fils au collège, venait de survenir, à bout de patience ! Salué d'une salve de mousqueterie, le tribun a sauté dans une calèche. Au lieudit de La Présentation, après un discours aux habitants de l'endroit, le Dr Wolfred Nelson et lui se sont mis en tête d'une file d'attelages pavoisés de branches d'érable et de drapeaux.

L'entrée dans Saint-Denis s'est faite après la nuit tombée. Des flambeaux et des fanaux pavoisaient le chemin... Depuis, les principaux citoyens de Varennes ont convaincu Papineau de venir célébrer en leur compagnie la victoire du Dr Duchesnois. Ériole et dame Royer en frétillent d'impatience : les festivités vont être grandioses ! Les maisons du village seront agrémentées de guirlandes et de fleurs. Même le canon va tonner, paraît-il... Jaloux, Gilbert embrasse ses parents, puis le *steamboat* chargé à ras bord prend son départ. L'instituteur se console prestement : lui itou partira en vacances pour Saint-Denis après avoir fermé maison.

Le jour suivant à l'aube, il met le cap vers la rivière Chambly. Peu après le mitan du jour, les clochers de l'église se profilent à l'horizon, et Gilbert sent une risée de bonheur le parcourir de la tête aux pieds. Les eaux sont basses, mais la barque à vapeur réussit à se frayer un chemin jusqu'à l'îlot sis au milieu de la rivière, là où les passagers débarquent pour ensuite cheminer à gué jusqu'au bourg.

Chargé de son barda, Gilbert grimpe le raidillon qui mène au chemin du Bord-de-l'eau, respirant à pleins poumons le parfum odorant de son village, mélange de foin coupé, de boucane et de crottin de cheval. Et d'un florilège d'autres senteurs : tanneries, boucheries, forges et boulangeries... Ce n'est pas vers la maison de son père que le jeune homme se dirige, mais vers l'office de l'arpenteur David Bourdages, où Vincent, devenu l'associé de son ancien patron, est censé l'attendre. C'est à lui que le jeune instituteur a fait appel pour lui fournir un pied-à-terre dans le bourg.

Son ami est affairé avec un client, et Gilbert doit poireauter à l'extérieur. Enfin, l'homme prend le départ et Vincent appelle le survenant depuis l'intérieur. Gilbert pénètre dans cet office qu'il connaît par cœur pour l'avoir fréquenté régulièrement pendant sa jeunesse, alors que David l'encourageait sur la voie de l'instruction tout en lui inculquant les principes libéraux dont Gilbert n'a jamais dévié ensuite. Ce dernier combat son désappointement, car l'arpenteur brille par son absence. L'accueil exubérant de Vincent le réconforte prestement. Son ami est fringant comme un poulain à l'idée d'avoir un compagnon de dortoir, comme il dit en riant !

Vincent suggère à Gilbert d'aller déposer ses affaires sur-le-champ. En route, ce dernier lui raconte que depuis le fleuve, il a vu sur la rive le convoi dont la tête approchait de Varennes. Une centaine de voitures, pour le moins, qui soulevaient une épaisse poussière ! Son ami lui coupe la parole pour préciser que le président de la Chambre d'Assemblée n'a bénéficié que de quelques heures en tête-à-tête avec ses proches de Saint-Denis et d'une courte nuit de repos, car hier au matin, son fils Amédée et lui ont été reconduits à la traverse par un cortège agrémenté d'une fanfare.

Après avoir adressé la parole aux habitants de Saint-Antoine, il s'est mis en route pour Verchères. Jamais cortège ne fut plus imposant, estime Vincent qui y a pris part sur une distance de quelques lieues : plus de 200 voitures, ainsi que d'innombrables cavaliers dont nul autre que lui-même ! Tandis que Papineau passait la nuit au presbytère de Verchères, l'oncle de son épouse étant curé de l'endroit, des courriers à cheval annonçaient un cortège devant l'accompagner à Varennes, celui que Gilbert a miré depuis le pont du *steamboat*.

— Les cortèges trottent d'un bord pis de l'autre, ronchonne ce dernier, pis je me trouve toujours trop loin d'eux autres pour en faire partie !

— T'étais quand même aux premières loges de la cour criminelle, rétorque Vincent. La sensation du mois !

— Ça me fait un gros velours que ce faquin d'Ogden ait mordu la poussière.

C'est le procureur général qui a déposé, au nom de la Couronne, les poursuites judiciaires pour activités séditieuses. Car celle contre le Dr Duchesnois n'est pas la seule que le Grand Jury a rejetée. Quatre hommes du comté du Lac-des-Deux-Montagnes étaient accusés d'avoir conspiré afin de chasser du pays un certain Cheval dit Saint-Jacques. Gilbert a mis un certain temps, comme il l'explique à Vincent, à comprendre qu'il ne s'agissait pas d'Eustache, dont le témoignage sous serment a justifié la visite des forces policières dans ce coin de pays, en juillet, ni de son neveu Joseph qu'il citait à l'appui de sa cause, mais d'un prénommé Toussaint, qui a prétendu avoir été forcé de se réfugier une douzaine de jours en Haut-Canada après avoir été assailli dans sa maison.

— J'ai ouï-dire, grommelle son interlocuteur. La côte du Petit Brûlé contient une trâlée de membres de cette famille dévouée aux ennemis du pays...

Toussaint Cheval dit Saint-Jacques s'est plaint, dans sa déposition, que les quatre hommes poursuivis par le procureur général lui auraient mis le poing sous le nez en lui reprochant d'être allé au village de Saint-Eustache « signer pour avoir des troupes », c'est-à-dire faire une déposition contre eux. Ceux-ci ont ajouté : « Tu nous as mis la corde au cou, tu ne peux plus vivre parmi nous, tu peux faire ton paquet et t'en aller promptement. » Son épouse, de son côté, se serait fait aborder par un bien senti : « Où est ton mari, ce sacré crapaud, que je le déchire ? »

Mais Vincent n'entend pas à rire. S'il pile net pour faire face à Gilbert, c'est pour se mettre à déblatérer, les sourcils froncés :

— Dans ce branle-bas de la cour criminelle, y a une affaire qui me chicotte. On s'entend que le Grand Jury a repoussé toutes les accusations pour actes séditieux, c'est-y pas ?

— Sauf celle du marchand Chaffers que le procureur général a même pas cru bon de leur présenter. Pourtant, les autres étaient guère moins frivoles...

Ce Bureaucrate de Saint-Césaire avait obligé un agriculteur prospère, Gaspard Côté, à comparaître à la cour criminelle parce qu'il avait déchiré la proclamation affichée à la porte de l'église, puis l'avait emportée chez lui. Mr Chaffers avait même exigé une caution de comparution de 25 livres! Mais ce à quoi Vincent veut en venir, c'est que le Grand Jury a débouté les poursuites malgré d'incessantes intrigues en coulisse, en particulier de la part des représentants de l'Exécutif qui souhaitaient venger l'honneur des autorités de la province, c'est-à-dire eux-mêmes. Gilbert rétorque :

— Si t'avais assisté à l'audience, comme moi, tu comprendrais. Les trois témoins de la famille Cheval dit Saint-Jacques ont été fichtrement évasifs lorsqu'y ont comparu à la barre. Pis leurs témoignages dégoulinaient de préjugés.

— Quand même... Dans le jury figuraient plusieurs belliqueux de la métropole, dont Joseph Shuter et Pierre-Édouard Leclère, comploteurs de la Rue du Sang.

— J'avoue que j'avais jamais vu un jury si biaisé d'avance, pis pourtant j'en ai vu une couple d'autres...

— Pis McDonald? Pis Snowdon?

Gilbert réagit par une grimace entendue. C'est devant John McDonald, juge de paix de Châteauguay qui se trouvait à Montréal en tant que membre du Grand Jury, que Toussaint Cheval dit Saint-Jacques, son épouse et leur fille ont fait leurs dépositions sous serment. Donc, McDonald a été appelé à juger de la pertinence d'une cause dont il avait assermenté l'un des témoignages! Intrigant patenté, McDonald avait lu la Proclamation à l'issue d'une messe, ce qui avait entraîné le député de LaPrairie, Joseph-Narcisse Cardinal, à dénoncer la tentative *d'effrayer les braves habitants*. Peu avant l'assemblée anti-coercitive du comté, McDonald et un de ses frères avaient même parcouru les concessions, menaçant de prison les habitants qui escomptaient s'y rendre.

Quant à William Snowdon, de Sainte-Scholastique, il est l'un des quelques hommes sectaires ayant voulu faire accroire que les patriotes du comté du Lac-des-Deux-Montagnes terrorisaient ceux et celles qui affichaient des opinions politiques différentes des leurs. Snowdon avait le plus grand intérêt à les faire trouver coupables de rébellion ouverte! Il était notoire qu'à travers Duchesnois et les quatre hommes de Saint-Benoît, c'était l'agitation prétendument souillée de violences qui était sur le banc des accusés.

— Les intrigues en coulisses, affirme Vincent, venaient bel et bien des représentants de l'Exécutif, selon moi. Sauf qu'elles visaient à faire rejeter les actes d'accusation, non à les faire accepter.

— Rejeter ? C'est-à-dire ?

— C'est-à-dire que l'Exécutif se fabrique des munitions pour prouver au gouverneur pis au ministre des Colonies que le pouvoir civil est réduit à l'impuissance, puisque même les cours de justice sont inaptes à sévir contre les séditieux. Ensuite, fortifiés par leur immunité, les séditieux se transmuent inévitablement en traîtres et en rebelles.

Frappé par une logique tordue dont l'efficacité lui apparaît clairement, Gilbert reste en silence. Comme il aimerait adoucir le sentiment d'outrage de son ami, en le mettant au parfum des projets du seigneur Debartzch et de ses acolytes ! Il aimerait tant partager avec ses proches la conviction vacillante qu'il entretient, celle d'un sauveur de la patrie parvenu un jour prochain au faîte du pouvoir...

Vincent l'entraîne à reprendre leur marche, et les jeunes gens parviennent devant une longue maison en pierres, dotée d'un comble imposant, appartenant au Dr Olivier Chamard. Pendant la belle saison, un escalier très raide, posé contre le mur, et une ouverture carrée permettent à Vincent d'accéder directement depuis l'extérieur à son domaine qui servait, autrefois, de lieu d'entreposage. Prenant pied, Gilbert pousse un sifflement d'appréciation. Deux lucarnes qui se font face, de même que la porte laissée grande ouverte et fixée grâce à crochet contre la paroi intérieure, offrent une aération amplement suffisante, en plus de fournir un éclairage chaleureux.

Vincent lui désigne le lieu d'aisance – une chaise percée derrière un rideau – ainsi que le treuil qui, depuis la lucarne qui donne vers l'arrière de la propriété, permet de hisser des sceaux d'eau fraîche jusque dans la pièce.

— Faut que je retourne, dit-il à regret. Tu préfères rester icitte ?

— Un brin de repos serait bienvenu. Me faut une clef ?

— T'es fêlé ? Tu vas et viens comme tu veux.

— Grandiose. Tu devrais finir à quelle heure ?

— Vers cinq heures du soir. On causera. Tu sais que demain dimanche, une association politique de jeunes gens à l'image des Fils de la Liberté se forme dans la paroisse ?

Vincent saute sur l'occasion pour lui demander si les rapports publiés dans *La Minerve* à ce sujet sont corrects. Gilbert le confirme : une assemblée préliminaire a eu lieu le 24 août, suivie d'une assemblée générale le 5 septembre à laquelle il a assisté.

— Y était tard lorsque l'assemblée s'est conclue, mais ça nous a pas empêchés de former une procession pour lancer une couple de vivats en l'honneur de m'sieur Papineau pis de Viger-au-grand-nez.

— Ensuite, les nouvellistes tories se sont déchaînés...

Le *Courier* a écrit que le Dr Robert Nelson a présidé l'assemblée. Faux, déclare Gilbert : c'était André Ouimet, avocat associé du député Ovide Perrault. Le *Courier* a écrit que le Dr Nelson aurait conseillé de s'armer et de guetter le signal de la révolte lorsque la compagnie de *volunteers* totaliserait 70 000 hommes. Vincent s'esclaffe, ce qui dispense Gilbert de contrebouter la niaiserie. Ce dernier ronchonne plutôt :

— Y parlent d'événements comme les aveugles parlent de couleurs. Sans rien y connaître!

— Pour le sûr, lorsque notre patrie sera en danger, nos associations serviront de bassin de recrutement. Sauf que c'est un ouvrage défensif. Y a personne, parmi nous, qui prêche la révolte et la sédition. Tandis que de l'autre bord... c'est une révolte avouée contre notre Chambre d'Assemblée pis ceux qu'on y a élu. Faut pas que j'oublie de te faire visiter la chambre de nouvelles flambant neuve.

— Une *newsroom* à Saint-Denis?

— À l'auberge Mignault. Icitte, on est à l'avant-garde de la modernité! À Saint-Antoine, y voudraient faire pareil dans la salle publique du presbytère, mais le curé s'y oppose.

Gilbert réagit par une éloquente grimace.

— Les calotins savent plus à quel saint se vouer par les temps qui courent.

— Eux itou, on les oblige à prendre parti. C'est clair comme de l'eau de roche!

Vincent se lance dans une démonstration qui rencontre l'appui de Gilbert. L'an passé, Mgr Lartigue obtenait enfin la création du diocèse de Montréal, dont il devenait le chef. La complaisance de l'Institut sulpicien dans cette affaire, ahurissante de prime abord, s'éclaire désormais. Le personnage qui a joué à l'intercesseur entre les parties, c'est le gouverneur Gosford. Aux Sulpiciens, il a promis de convaincre Londres de procéder au rachat de leurs seigneuries ; à Mgr Lartigue, il a fait miroiter une place au Conseil législatif doublée d'une allocation de subsistance de l'État.

En retour, Milord a obtenu la collaboration de l'épiscopat, lequel fait pression sur le bas clergé. Le 25 juillet, les prêtres du diocèse ont assisté à un banquet en l'honneur d'Ignace Bourget, sacré évêque de Telmesse et coadjuteur de Mgr Lartigue. *L'Ami du peuple* a mis dans la bouche de ce dernier un discours plein d'enflure ; sautant sur l'occasion, *Le Populaire* a beurré encore plus épais. Selon ces gazettes, l'évêque aurait proclamé que ne peut être absous de ses péchés quiconque enseigne qu'il est loisible de transgresser les lois du pays, particulièrement celle qui défend la contrebande, ou qu'il est permis de se révolter contre le gouvernement sous lequel les Canadiens *ont le bonheur de vivre*.

L'affaire a engendré une clameur de protestation, ne serait-ce que due au fait que, entre chien et loup, l'évêché de Montréal reçoit caisse sur caisse d'un thé «illégalement» importé... L'évêque n'a pas renié son discours imprimé, qui a servi de tremplin à une phalange de prêtres ne jurant que par la monarchie et les doctrines de servilité. L'un d'entre eux a prétendu que l'évêque condamnait formellement les assemblées et qu'il ne pourrait donner l'absolution à ses ouailles qui se rendraient à celle des comtés de L'Assomption et de Lachenaie ! Quelques paroissiens se sont vengés en coupant les crins de son cheval...

Un peuple ayant le droit de délibérer sur les affaires publiques comme le gouverneur l'a de consulter le Conseil exécutif ou d'assembler le parlement, ladite assemblée a été très courue. Louis-Joseph Papineau et plusieurs membres du comité permanent de Montréal y assistaient, et les festivités entourant les procédures ont pris un éclat exceptionnel. La fin de semaine suivante, au moins deux milliers de francs-tenanciers du comté de LaPrairie, et autant dans celui de Vaudreuil, adoptaient des résolutions mordantes.

Se secouant, Vincent déclare :

— Je décampe. J'ai déjà trop langui. À la revoyure !

Il repasse par l'ouverture, une jambe après l'autre et bien accroché par les mains au chambranle, profitant de l'occasion pour mettre Gilbert en garde : il faut prendre temps d'assurer sa descente, puisqu'il n'y a pas de palier. Sur ce, il disparaît et Gilbert expire lentement, mirant le carré de ciel et le feuillage d'un arbre à travers l'ouverture béante. Le jeune homme reste immobile, laissant les sons si familiers monter jusqu'à lui. Voix d'enfants, trots de chevaux, jasettes de femmes...

Enfin, il range sommairement son barda tout en songeant aux péripéties entourant le couronnement de Victoria, *première du nom, à la Puissance souveraine en Angleterre et dans ses dépendances*. Pour louanger le *joyeux avènement*, le chef du diocèse de Montréal avait exigé à l'issue du service divin, en sus de l'oraison ordinaire en l'honneur d'un monarque, de faire chanter un *Te Deum* suivi d'un psaume, le tout agrémenté d'une volée de cloches. Grandiose et inusité, le cérémonial a choqué au point qu'en maintes paroisses, même les dévotieuses ont quitté avant la fin de la prestation. D'autant que plusieurs prédicateurs ont alors fait valoir que la reine avait le droit de faire adopter les lois et de les faire exécuter rigoureusement, et que tous ses sujets devaient lui obéir sans piper mot.

Nul être le moindrement intelligent ne peut prétendre en imposer à ses semblables avec de telles niaiseries. *La Minerve* en a profité pour rappeler que *d'après l'avis des plus grands publicistes, parmi lesquels se trouvent des amis sincères de la religion, le gouvernement théocratique est le plus dangereux et le plus insupportable de tous les pouvoirs. Eh bien! Si les paroles de l'évêque de Montréal devaient avoir force de loi, si le tribunal de la pénitence était converti en épouvantail politique, nous aurions le gouvernement théocratique dans toute sa plénitude, et une influence désastreuse planerait sur toutes les consciences.*

Saisi aux tripes, Gilbert se redresse, son crâne effleurant le plafond. Souvent, il se demande... il sait que c'est encore moins plausible que le double jeu du seigneur Debartzch et de ses acolytes, mais... peut-être que Mgr Lartigue s'est enrégimenté à leurs côtés ? Peut-être qu'en vérité, une phalange de Canadiens proches du pouvoir complotent pour déjouer les fanatiques ? Ce serait la seule explication un tant soit peu sensée aux incongruités qui s'additionnent depuis la Proclamation du 15 juin, et qui augmentent la défiance envers les personnes d'autorité.

Ayant terminé son rangement sommaire, Gilbert s'octroie un moment d'abandonnement, puis il quitte l'antre de Vincent pour faire un saut au domaine familial. Son père et Domitille sont absents, mais Aubain est bien installé sur le tour à potier, montant les parois d'une jarre de belle envergure. Après avoir échangé quelques mots avec lui, Gilbert passe quelque temps avec Perrine et ses jeunets, finissant par offrir à ces derniers une promenade jusqu'au bord de la rivière pour feindre de taquiner le frétillant. Lorsqu'il ramène ses neveux à leur mère, il est déjà trop tard pour une visite à Vitaline, qu'il remet à un jour prochain.

Vincent est dans son grenier lorsque Gilbert y fait irruption. De but en blanc, le premier déclare :

— Le Dr Chamard vient de rentrer de Varennes. Tu savais qu'y reconduisait le Dr Duchesnois chez lui ?

L'un des rares membres de l'élite patriote à faire partie du Grand Jury de la Cour du Banc de la Reine n'était nul autre que le médecin-marchand à qui Vincent loue une chambre depuis son arrivée dans le bourg. Vincent ajoute avec pétulance :

— Quand m'sieur Papineau a pris son départ, y avait autant de voitures que t'en as vu à matin vers Varennes. Paraît qu'y sera reconduit jusque devant sa maison de la rue Bonsecours. Si l'Exécutif de la province refuse de voir... L'esprit de la Réforme fait grouiller le pays. La presque totalité de la population canadienne exige des changements. Si l'Exécutif de la province nie l'évidence, c'est à désespérer de toutte !

Vincent inspire une large goulée d'air et profère d'un ton vindicatif :

— Va y avoir de l'action dans les jours qui viennent. Déberge est après se transporter de Québec à Saint-Ours. Comme c'est lui qui gouverne la province astheure...

Gilbert tâche de masquer son malaise subit. Il déteste lorsque les discussions portent sur le seigneur renégat. Pour son plus grand malheur, la province entière en jase...

— Tout en servant ses petites vengeances, poursuit Vincent, y promeut ses intérêts pis ceux de sa famille. Son beau-frère au shérifat...

La première récompense publique que Debartzch a obtenue pour sa servilité, c'est la position de shérif du district de Montréal, que Lewis Gugy avait dû abandonner à cause de ses malversations trop prouvables, au profit de Roch de Saint-Ours.

— Je commence à croire que c'est vraiment pour servir sa grandiose personne qu'y l'a fait nommer, poursuit Vincent. Pour le seconder avec éclat dans ses manigances. En juillet, y escomptait que Saint-Ours fasse marcher les troupes vers le lac des Deux-Montagnes. Paraît qu'y l'a engueulé comme du poisson pourri pour s'y être refusé !

Effaré par ce fait qu'il ignorait, Gilbert relève d'une voix hésitante :

— T'en es sûr à cent pour cent ?

— Sûr et certain. Y avait des témoins à la scène.

Les beaux-frères auraient joué une saynète pour mieux tromper le public sur leurs véritables intentions ? Gilbert s'accroche à l'hypothèse comme à une bouée. Si l'Exécutif sème l'anarchie, c'est pour que les véritables comploteurs se dévoilent... C'est Saint-Ours qui a composé le Grand Jury de la Cour du Banc de la Reine, rappelle Vincent, ajoutant que Debartzch vise la présidence du Conseil législatif, qu'il obtiendra quand Mr Sewell aura trépassé, ce qui est imminent. Gilbert se force à l'entrain :

— Alors par icitte, on lui réserve quoi comme revanche ?

— Une cavalcade pour lui tenir compagnie. Les cavaliers auront leurs habits tournés à l'envers pis les montures seront couvertes de grelots. Pour le reste, silence complet jusqu'au village Debartzch... s'cuse, jusqu'au village Papineau.

— Le village quoi ?

— Ceux de là-bas ont voté pour adopter ce nom. Faut dire que c'est écœurant, les insultes que *Le Populaire* déverse contre m'sieur Papineau pis contre toutte les hommes honnêtes du pays. Pis la manière qu'a ce torchon de grossir les ouï-dire, même quand y sont dénoncés ailleurs comme des menteries !

37

En ce dimanche 10 septembre 1837, ils sont au moins une centaine de jeunes hommes à faire le pied de grue sur la place du marché à Saint-Denis. Le corps de musique s'accorde, les porte-étendards se mettent en position. Bientôt, une procession se formera pour se rendre dans un charmant boisé appartenant au marchand Bruneau, où aura lieu la fondation d'une nouvelle association patriotique pour la jeunesse. Gilbert et Vincent sont arrivés ensemble, mais le premier a été délaissé par le second, qui a une trâlée de connaissances à saluer...

Gilbert admire l'uniforme rudimentaire de la Compagnie des jeunes volontaires de Saint-Denis et de Saint-Charles : un surtout gris orné d'un foulard écarlate à une épaule et d'une poire à poudre à l'autre, ainsi que d'une ceinture fléchée multicolore à laquelle est suspendu un couteau. À ce moment, le mari de Vitaline approche de lui, main tendue. L'accueillant d'une accolade un brin maladroite, le jeune instituteur s'empresse de se justifier :

— Je suis arrivé hier. Pas encore eu le temps de venir vous voir.

— Pas de soin. J'esc... j'escompte que tu le feras avant de décaniller.

Florentin pivote à demi pour désigner les alentours.

— Grandiose, non ?

Gilbert opine du bonnet, tout en précisant :

— Je viens assister au spectacle, mais je peux pas m'enrôler, pour le sûr. Je l'ai déjà fait à Montréal. En ce moment même, une réunion des Fils de la Liberté a lieu à l'hôtel Nelson. Elle a été décidée à l'assemblée de mardi passé. Entre autres, faut organiser des sections locales.

— Tous les hommes, créés égaux, sont dotés par leur Créateur de droits inaliénables. Parmi ces droits sont ceux de la vie, de la liberté et de la recherche du bonheur.

Ce n'est pas son beau-frère qui a lancé la repartie, mais une voix masculine haut perchée que Gilbert reconnaîtrait entre mille : celle de son ancien camarade Joseph Duplaquet, fils d'un marchand-potier connu par le surnom de Tas-de-Ferraille. Il n'a guère changé, avec son impressionnante équarriture, ses cheveux d'un noir de jais, son cuir de Sauvage... et une voix qui semble appartenir à un être gracile, capable de ravir les anges par son chant céleste. Tous deux se font l'accolade.

— Tout peuple possède le droit légitime et inhérent de se gouverner, et donc de déléguer le pouvoir à toute forme de gouvernement qu'il juge à propos d'établir...

Encore une fois, c'est un survenant qui a délivré ces mots : nul autre que son ancien camarade de collège Adolphe Malhiot, fils du seigneur de Verchères. Gilbert tombe des nues. Que fait-il par ici ? En même temps, une flopée de souvenirs s'entrechoquent dans sa cervelle. D'allégeance patriote, Adolphe a été son ami au collège. Sauf qu'il a préféré déguerpir plutôt que de participer au charivari de novembre 1830, ce qui est difficilement pardonnable !

Gilbert tressaille, car Joseph Duplaquet vient de le gratifier d'une bourrade.

— Je te laisse en bonne compagnie. Tu viens me voir à l'atelier, promis ?

— T'es maître-potier astheure ?

— Depuis une couple de mois.

— À l'office de ton paternel ?

— Oui. C'est pas toujours aisé, parce qu'y a son caractère... Mais ça nous accommode.

— Je viendrai, pour le sûr. À la revoyure...

Florentin profite de l'occasion pour prendre son départ. Gilbert le retient en l'interrogeant sur la santé de Vitaline. À peine a-t-il mentionné ce nom qu'il voit les traits de son beau-frère s'altérer fugacement. Un pli de souci creuse son front, ce qui ne manque pas de l'inquiéter. Mais l'interpellé répond évasivement :

— T... t... tout baigne. Tu viendras cons... constater par toi-même. À plus tard !

Gilbert reste face à Adolphe qui, visiblement gêné, a bien de la misère à demeurer immobile. Bon sang ne saurait mentir : le jeune homme a hérité de la corporence Malhiot, taille impressionnante et équarriture d'épaules en proportion, mais il est empreint d'une grâce qui propulse Gilbert dans le passé, en plein cœur d'un épisode remontant à leurs années d'étudiants. Ils se trouvaient au Fort des Messieurs, domaine de vacances des Sulpiciens, et Adolphe plongeait dans une intimité dangereuse avec un calotin notoirement pédéraste...

— Tu fais quoi dans le boutte ? questionne enfin Gilbert.

— Je suis apprenti médecin du Dr Nelson, tu savais pas ?

— Notre bon docteur Wolfred ? J'en avais aucune idée. Toutes mes congratulations.

— Merci. Je suis heureux de te revoir. Y t'arrive quoi de ton bord ?

Avant que ne résonne le signal du départ, Gilbert a eu le temps de défiler les principales péripéties de sa vie. Adolphe le presse de ne pas le laisser trop longtemps sans nouvelles, puis il court rejoindre son groupe. Soulagé, Gilbert le regarde s'éloigner. Il ne peut se défaire d'un sentiment de malaise qui n'est pas dû au raffinement qui se dégage de sa personne, et qui lui prouve qu'Adolphe a le dédain de la gent féminine. Il a en vu d'autres... Non, c'est le souvenir de sa traîtrise de 1830 qui le déstabilise. Adolphe prêchait la réforme, mais en s'enfuyant à l'orée du charivari, il a refusé de bousculer l'ordre établi. Une couillonnerie qui est restée en travers de la gorge de Gilbert...

Sur ce, 150 jeunes hommes se mettent en branle derrière le groupe qui mène le cortège et font bientôt halte devant le monument élevé en l'honneur du patriote Louis Marcoux. Un éloge funèbre plein de panache y est prononcé, puis la procession se dirige vers la propriété du marchand Bruneau, à l'écart du village, où un husting de fortune a été dressé. S'ensuivent l'élection d'un président et d'un secrétaire, puis l'adoption de huit résolutions.

La première proclame qu'il est *du devoir de tout Canadien, jeune et vieux, riche et pauvre, de se rallier aux hommes du peuple dans ce moment de crise et de danger.* La 7ᵉ affirme que *nous voulons respecter les droits du gouvernement, mais nous ne souffrirons pas qu'il foule les nôtres aux pieds;* tandis que la dernière conclut *que les vrais amis des Canadiens trouveront dans les jeunes gens amitié et support; leurs ennemis, n'importe qu'ils soient Canadiens ou autres, n'importe leur état, trouveront à qui parler s'ils manquent de discrétion et d'honnêteté.*

Des acclamations s'ensuivent, ce qui permet à Gilbert de constater que plusieurs notables du village ont fait leur apparition et des victuailles ont été étalées sur des nappes posées à même le sol par un escadron de dames affairées. À ces dernières est portée une santé qui fait souffler un vent de gaieté :

— Aux amantes des patriotes, qui savent qu'y est plus doux et plus honorable de saluer un brave qu'un traître !

Assis par terre sous l'ombrage d'un orme majestueux en compagnie de son frère Rémy, Gilbert se sent au paradis. Comme s'il réintégrait son clan après des années d'errance... Il a renoué avec plusieurs amis d'enfance, il a donné son opinion au père de Joseph sur l'état de la métropole, il a salué son autre beau-frère, ce Norbert à l'emploi de la distillerie Nelson, et astheure il converse paresseusement avec son cadet qui hésite à propos de son avenir. Devenir charpentier au bourg ? Décaniller par monts et par vaux ?

Leur père surgit soudain, tout rouge à cause de la chaleur qui perdure en cette fin d'été. Gilbert saute sur ses pieds pour lui faire l'accolade et tous deux échangent quelques nouvelles, mais ils ne sont guère à l'aise en présence l'un de l'autre. C'est ainsi depuis la disparition de la mère de Gilbert et de tout ce qui s'est ensuivi, en particulier le remariage de son père avec la veuve Dodelier. Comme si Uldaire n'avait qu'une envie, celle d'effacer toute trace de l'ancienne vie dont ses enfants font partie. Comme s'il se sentait brouscaillé chaque fois qu'il y était ramené par la force des choses...

Voilà pourquoi Gilbert ne le retient pas lorsque son père coupe court à leur échange sous prétexte qu'il a aperçu quelqu'un qu'il cherche à voir depuis des lustres. De toutes façons, les organisateurs de la fête donnent le signal du départ. Le cortège se reforme et retourne au village, s'arrêtant de nouveau au monument Marcoux où le président tout récemment élu, un jeune homme de la 2ᵉ concession, met un terme aux procédures en déclarant d'une voix vibrante :

— Malheur à ceux qui oseront encore verser le sang innocent, car chacun de nous en fera sa propre cause. Si les lois restent muettes devant le meurtre, nous élèverons la voix et le bras!

Quelqu'un met le point final en gueulant:

— À bon entendeur...

Une chorale lui répond:

— Salut!

Très loin, au-delà de la forêt de têtes, Gilbert remarque une paire d'yeux fixés sur lui. Ils appartiennent à Caroline, qu'il reconnaîtrait entre toutes... Il reste cloué sur place, la cervelle emplie de pensées tourbillonnantes. Elle se trouve au sein de sa famille, et il l'ignorait? Décidément, elle a le don de le surprendre... Il se sent ramené plusieurs années en arrière. Il a une furieuse envie d'aller veiller chez elle et de la courtiser. Faire connaissance avec elle comme s'il ne l'avait jamais rencontrée dans l'atelier de matelas, comme s'il n'avait jamais été son client payant, comme si elle naissait une seconde fois, lavée de ses souillures. En lui, il sent une rumeur souterraine qui s'apparente aux élans passionnels de naguère...

Caroline ne bouge pas, debout bien droite, les mains benoîtement croisées devant son giron, attendant sa réaction. Le fol espoir de Gilbert est chassé par un accès de dureté. Elle s'est donnée à lui par charité, sans jamais l'aimer. Sans doute qu'elle a un prétendant, et peut-être même une trâlée à la queue leu leu... Des prétendants du genre de Louis Malo. Il revoit le chien de garde de Gaspard susurrer à son oreille. Le connétable ne rouspèterait pas à l'idée d'avoir une ébraillée pour blonde. Car une créature qui a été ébraillée le reste jusqu'à son dernier souffle...

Mécaniquement, Gilbert s'ébranle pour aller rejoindre la jeune femme de l'autre côté de la place du Marché. Il ne peut retenir l'esquisse d'un sourire, Caroline étant vêtue d'une jupe toute simple dont le tissu est une toile souple fabriquée au métier à tisser avec du coton brut américain. Ce qui entraîne Gilbert à bomber le torse et à se vanter:

— Moi itou, regarde, je porte l'étoffe du pays.

— T'as du style, répond-elle d'une voix éraillée. Comme nos représentants, t'as su?

Gilbert acquiesce. À l'assemblée du comté de Vaudreuil, le 6 août dernier, plusieurs d'entre eux étaient vêtus de pied en cap de textiles issus de manufactures locales, à quelques exceptions près. Lors de l'ouverture du Parlement, ils étaient une douzaine de représentants du district de Montréal à manifester leur patriotisme par leur vêture, dont André Jobin, comme Gilbert l'a remarqué au moment où il est allé le saluer sur le quai. Mais c'est Édouard-Étienne Rodier qui a fait sensation. Il ne portait pas de chemise, mais un attirail complet, y compris des bas tricotés, des souliers de bœuf et un chapeau de paille. Les gazettes à la solde des autorités se sont amplement gaussées de lui !

— Tu t'offres des vacances ?

Gilbert a insisté à dessein sur ce dernier mot, en souvenir d'un lointain échange de propos près de la traverse où elle l'avait rabroué. Caroline le mire un court instant, puis elle fronce le nez en répliquant :

— De par chez nous, les vacances, on connaît guère.

Elle se souvient donc des mots exacts ? C'est exactement ce qu'elle lui avait lancé ! Gilbert reste cloué sur place, tandis que la jeune femme ajoute :

— Y a une longue escousse que j'étais venue. Pis ma sœur s'est mariée. T'as peut-être entendu les cloches, hier au matin... Je lui souhaite bien du contentement. Sauf que j'ai peur. Celui qu'elle a marié...

— C'est pas de ton ressort. Prend pas sa misère sur ton dos. Tu peux juste... venir à son secours si nécessaire.

Elle cligne des paupières en signe d'assentiment. Il dit :

— S'cuse-moi de te faire poireauter deboutte. T'as sûrement bien des occupations à remplir...

— Moi ? Non point. J'étais venue voir votre retour. T'es satisfait des procédures ?

— Sans conteste. Ce que j'ai vu était conforme en masse.

Au même instant, une exclamation fend l'air :

— Gilbert ! Déberge est à Saint-Ours !

L'interpellé pivote pour mirer Vincent, qui se trouve au sein d'un large groupe où les discussions semblent vives. Le bras levé dans sa direction, son ami l'encourage à venir les rejoindre. Caroline tombe des nues :

— M'sieur Gaspard par icitte ? Pas possible !

Gilbert la détrompe, songeant à quel point la méprise est devenue aisée. Vincent a coupé sa barbe et Gaspard, ne se nourrissant guère, a retrouvé sa taille de guêpe. Il préfère boire et jouer... Après un rire, Caroline dit :

— Me semblait que ton associé était pas du nombre à sonner les grelots au renégat. J'ai jamais vraiment cru que son capot, y était du bord des Réformistes.

Déstabilisé par cette repartie, Gilbert reste coi, attendant la suite.

— À l'écouter parler... pérorer, je veux dire... son manque de sincérité m'a frappé. Pis son cynisme. Le monde est pourri pis ça sert à rien de vouloir le changer. Y reste juste à en profiter.

Gilbert la contreboute :

— Gaspard est sensible à la cause, je parierais ma chemise là-dessus. Sauf qu'y se laisse dominer par son tempérament. Sa propension à vouloir tirer parti de toutte juste pour lui-même. Pour son propre plaisir.

Caroline hausse les épaules, puis désigne le groupe où se trouve Vincent.

— Y t'attend. Retiens-toi pas pour moi.

Elle ajoute, la mine gênée :

— Si t'as une minute de libre... on pourrait peut-être faire la promenade, un de ces soirs ?

La proposition est, pour Gilbert, comme un coup de poing en plein ventre. Il a l'impression d'être désarçonné, puis de voir des étoiles sous la force de l'impact sur le sol... Caroline dit hâtivement, avec un filet de voix :

— S'cuse-moi. J'ai pas d'allure de t'achaler. À la revo...

— Attends !

Elle reculait, et il l'a saisie par le poignet pour l'empêcher de détaler. Il a un besoin impérieux de lui exposer certaines choses. Il ne sait pas quoi encore, mais il la retient comme si sa vie même en dépendait !

— Lâche-moi. Je m'envolerai pas.

Gilbert obéit avec circonspection. Défiante, Caroline reste plantée debout devant lui, se frottant machinalement le poignet. C'est vrai qu'il a serré fort... Gilbert émet :

— Faudrait que je te raconte... oui, faudrait que je te raconte ce que j'ai vécu.

Il la mire franchement. Toute trace de suspicion s'est envolée, et elle ouvre grand les yeux, manifestement avide d'en savoir davantage. Ce qui donne à son vis-à-vis la force de poursuivre, chuchotant presque :

— Je t'ai aimée comme un fou. Pis ensuite, y a fallu que je me désaccoutume. Ça a été long. Fait que là...

— Je veux juste être ton amie, jette-elle avec un désarroi subit. Parce que je te considérais comme mon meilleur ami, pis je m'ennuie de toi. Y a pas un jour qui se passe sans que je t'espère.

D'abord, la révélation comble d'aise Gilbert. Néanmoins, il déchante aussitôt. Elle ne veut qu'une chaste amitié! Il ajoute, l'humeur bourrassière :

— Fais-tu exprès de pas comprendre? Mon désir pour toi, Caroline, y est ardu à endiguer. T'as un pouvoir sur moi. Un pouvoir qui dure depuis la première fois que je t'ai vue.

Comme piquée par une guêpe, elle rétorque :

— Je fais pas exprès. Ce pouvoir-là, comme tu dis, y est hors de ma volonté.

S'échauffant, elle hausse le ton tout en piaffant sur place :

— J'avais des clients qui disaient la même chose. Y me disaient que je les avais capturés dans mes filets. Que j'étais une sorcière, une diablesse, fait que dans le fond, y étaient les pauvres victimes de mes charmes. Ça me donnait envie de fuir à l'autre boutte du monde! Écoute-moi bien, Gilbert. Mettons qu'y a une pomme ragoûtante qui mûrit sur son arbre. Un fruit rouge tout plein de jus. Mettons que tu passes devant, pis que t'as envie de croquer dedans. Est-ce que c'est la faute de la pomme?

Gilbert ne peut retenir un rire moqueur. Caroline insiste :

— C'est la faute de la pomme, dis-moi?

— Une pomme n'a aucune volonté en propre, contrairement à toi.

Elle s'empourpre, ce qui lui fait de jolies pommettes rosées, et rétorque avec superbe :

— Ma seule volonté, c'était de te décourager. J'ai ramé fort pour affronter le vent contraire.

— Tu peux pas nier, quand même, que je craque pour toi.

Elle réagit par un sourire lumineux.

— Voilà. *Tu* craques pour moi. Mais *j'ai pas* de pouvoir sur toi.

Gilbert reste coi, car il commence à comprendre où elle veut en venir. Ce qu'il ressent lui appartient en entier. Il ne devrait pas se décharger de sa responsabilité à lui sur ses épaules à elle, qui ploie sous la charge des concupiscences mâles... Inexplicablement, cette révélation l'allège comme s'il se délivrait d'un poids notable, et il combat une envie de pleurer de soulagement. Soudain, Caroline le supplie :

— T'as dit que... t'aimerais me raconter... Moi, j'aimerais fièrement t'écouter.

Le jeune homme pousse un soupir de résignation.

— Correct. Je cultiverai le détachement.

— Viens me quérir chez nous. Tu sais où ?

— Oui. Je suis déjà passé par là.

Ce qui est un euphémisme : nombre de fois, amoureux transi, il est allé guetter chez les Maréchepleau. Ayant vu Vincent approcher en quête de Gilbert, Caroline se hausse pour lui plaquer un baiser maladroit sur la joue, puis elle bat prestement en retraite, se fondant parmi les promeneurs.

— C'était qui ?

— Caroline. La première fois que j'ai posé les yeux sur elle, je lui ai juré fidélité pour toujours.

Gilbert a émis cette phrase comme si un ruisselet d'eau fraîche l'avait transportée du cœur jusqu'à la bouche. Peut-être qu'il convoitera encore cette femme, car elle a une emprise durable sur lui... Il se reprend. Il n'a pas été capturé à son corps défendant. Ou plutôt oui, il l'a été, mais il a fait spontanément le choix de satisfaire cette appétence jusqu'à plus soif. Il devra composer avec son désir éternel de Caroline, mais il est paré à le laisser se recroqueviller peu à peu dans les tréfonds de son être. Désormais, ce qui prime par-dessus tout, c'est d'établir avec elle une relation à la hauteur de l'immense respect qu'il lui porte.

Sans oser encore faire face à Vincent, Gilbert enchaîne néanmoins :

— Elle sera jamais ma légitime. Encore moins ma blonde. Ça m'empêche pas de la chérir comme la prunelle de mes yeux.

Après un temps, son camarade relève :

— Tu m'en as conté juste un brin sur elle pis toi. J'haïrais pas ça que t'élabores.

— On y passera la nuit, je te préviens.

— Si possible, je pourrais itou... te relater une affaire qui me chicote.

Gilbert se tourne lentement vers son ami.

— Une affaire de femme ?

— Mettons. Une femme que j'ai insultée sans le vouloir.

Gilbert le saisit par les épaules pour l'entraîner à retourner lentement vers leur logis, le tarabiscotant avec affection :

— T'aurais l'œil sur une créature ? Toute une nouveauté. T'as tellement l'air au-dessus de tes affaires.

— L'habit fais pas le moine. Des fois, je me trouve gauche...

Soudain, Vincent est secoué par un accès de fureur.

— Ce fendant de Gaspard, y m'a volé mes capacités de séduction quand y était dans le ventre de notre mère !

Figeant sur place, Vincent se désengage du bras de Gilbert pour mieux se tourner vers lui. Ses traits sont déformés par une telle rage que son vis-à-vis retient un mouvement de recul.

— Y est capable de toutte. Récemment, j'ai eu la confirmation qu'y a lutiné des filles en se faisant passer pour moi.

— Pour toi ? Dans quel but ?

— Si jamais des troubles en résultaient... une fille qui se donne contre une promesse de mariage, par exemple... ou même une grossesse... y s'en serait lavé les mains.

— Ça se peut pas. Gaspard est pas un écœurant de même.

— Ah non ? Je te conseille de t'enlever le bandeau de sur les yeux, pis de voir clair pour une fois ! C'est correct que tu le fréquentes, pis même que tu sois associé avec lui. Remarque que ta position est risquée, mais si tu refuses de le voir, c'est ton affaire. Mais prétendre que mon frère est un ange, y a une sacrée marge ! Mon frère est obnubilé par lui-même pis ses besoins égoïstes. Pis pour les satisfaire, y va te marcher sur le corps.

Gilbert s'oblige à respecter l'opinion de Vincent même s'il ne la partage pas. Il y a quelques mois, il aurait eu tendance à dire comme lui, mais Gaspard vibre d'intensité et les plaisirs frivoles semblent moins attrayants pour lui. Depuis ses révélations au sujet du seigneur Debartzch, une complicité toute neuve s'est établie entre Gaspard et lui. Ils ont eu plusieurs discussions mémorables à ce sujet, et Gilbert est revenu de son dédain de naguère.

— Tu dis que t'as eu la preuve de ce que t'avances ?

— Grâce à la confidence d'une femme qui a toujours cru que c'était moi, alors que c'était lui. C'est elle que j'ai insultée, pis depuis, je m'en mords les doigts.

— Tu l'as insultée comment ?

Vincent fait une grimace douloureuse.

— Sur le coup, j'ai pas compris que... qu'elle voulait me faire savoir que je lui étais pas indifférent. Cette femme-là, elle m'a fait en quelque sorte une déclaration d'intérêt. Sauf que j'étais obnubilé par ma colère envers Gaspard. Pis par mon soulagement d'avoir la confirmation de mes soupçons.

— Elle te plaît, à ce que je vois...

— Oui, pis je m'en étais même pas rendu compte. Je veux dire, y a une longue escousse que je la connais. J'avais une solide amitié pour elle. Faut dire qu'elle est mariée, alors je suis resté circonspect... Mais y a fallu cette affaire-là pour... pour que je pige... que sa perte me causerait un vif chagrin. Pis pour me la faire voir sous un autre angle.

— C'est qui ?

— Je peux pas te dire, répond-il précipitamment. J'aime mieux pas. Elle est loin d'être une Marie-couche-toi-là. Du moins, j'en ai jamais ouï parler.

Obligeant Vincent à reprendre leur marche, car la nuit tombe, Gilbert reste perdu dans ses pensées. Enfin, il reprend la parole :

— Je vais être bête, mais... peut-être que c'était Gaspard qu'elle convoitait depuis le temps, et non pas toi ?

— J'y ai pensé. J'ai remonté le cours de notre histoire pour trouver la réponse... Ce que je sais, c'est qu'elle avait jamais vu Gaspard avant. Elle savait qu'y existait, mais ce soir-là, dans le cimetière...

— Le cimetière ?

— Aucune importance, jette Vincent. Ce que je veux dire, c'est qu'elle était convaincue que c'était moi. Pis elle a jamais revu Gaspard par après. Son attitude avec moi... pis ce que je connais d'elle... me donnent à croire qu'elle s'est abandonnée *à moi*. Pis là... je suis coupable par association d'une imposture magistrale. J'ai trahi sa confiance.

— Ben mon vieux... Quel pétrin ! Tu devrais peut-être faire une croix sur elle.

Son ami le fusille du regard.

— T'aimerais que je te donne ce conseil pour ta Caroline ?

Ramené à l'ordre, Gilbert lui adresse une moue contrite.

— S'cuse moi. Pour le sûr, j'ai pas de leçon à te donner en matière de simplicité. Y a une chose que je peux te dire, par contre, c'est de laisser le temps faire son œuvre. Si elle tient le moindrement à toi…

Vincent exhale lentement une longue bouffée d'air, avant de conclure :

— Qui vivra verra. En attendant, je te préviens : je veux plus jamais, au grand jamais, que tu m'entretiennes de Gaspard pis de ses frasques. Mon frère est interdit de séjour avec nous, sauf si c'est moi qui soulève le sujet. Compris ?

— *Yes corporal* !

À vrai dire, la proscription fait l'affaire de Gilbert, amoindrissant le risque qu'il s'ouvre la trappe concernant son immixtion forcée dans les manigances de Debartzch. Frappé par la pensée, il interroge son ami :

— Pis, le charivari ?

Par les temps qui courent, raconte Vincent, Mme Debartzch préfère séjourner au manoir seigneurial habité par son frère Roch, là où elle a grandi. Il ne reste plus qu'à guetter le moment où le seigneur quittera la demeure de son beau-frère, et à se tenir paré à réagir au premier signal afin d'aller à la rencontre du renégat sur le Chemin du Bord-de-l'eau. Gilbert répond qu'il ignore encore s'il pourra y prendre part, car il lui faut une monture, mais Vincent promet de lui en dégotter une. Sur ce, le jeune arpenteur saisit Gilbert par les épaules.

— Allez, on monte finir la soirée dans la chaleur de mon nid. Je suis vanné.

Ils sont devant la maison lorsqu'ils voient un jeune homme galoper dans leur direction. Fronçant les sourcils, Vincent marmonne :

— C'est le fils aîné… Y a l'air contrarié en pas pour rire…

Gilbert le reconnaît : Jean Chamard, qui seconde son père dans ses activités commerciales, a été le proposeur d'une des résolutions adoptées tout à l'heure. Parvenu à leur hauteur, le jeune homme interrompt sa course pour leur dire, hors d'haleine :

— Une nouvelle d'importance. Le grichou d'Ogden a déposé de nouvelles accusations contre le Dr Duchesnois pis ceux du Lac-des-Deux-Montagnes. Suivez-moi !

Il détale vers l'intérieur de son domicile. Jurant entre les dents, Vincent précède Gilbert à l'intérieur d'une vaste salle commune garnie de meubles magnifiques, et d'une immense table au beau milieu. La pièce est pleine de monde : une couple d'espiègles fillettes, un adolescent dégingandé, une bonne vieillissante ainsi que le couple Chamard : une dame petite et boulotte, habillée sans prétention, et l'homme de haute taille, maigre comme un pic.

Sous le choc, le Dr Chamard s'extirpe de sa berçante. Son fils Jean élabore : alors que les assises étaient sur le point d'être suspendues, le procureur général a réactivé les deux poursuites précédemment rejetées sous la foi de nouvelles informations, en plus d'en ajouter une troisième, également pour conspiration, contre quatre autres hommes du village de Saint-Benoît. La réouverture immédiate du procès devait logiquement s'ensuivre, selon lui ! Or, c'est à un Grand Jury qu'il revient de juger de la pertinence d'une poursuite. En fin de compte, les juges ont repoussé la cause au prochain terme, ce qui a encore obligé les accusés ou leurs représentants à verser une caution.

— Tu parles d'un coup de théâtre, vitupère Chamard l'aîné en se mettant à marcher nerveusement. Pas moyen de savourer notre victoire : on nous l'arrache incontinent. Maudits soient tous ces arrogants !

— Le règne de la terreur s'intensifie au rythme de l'aveuglement des autorités, glisse Gilbert. Le même système de persécution qu'en 1828 sous Dalhousie.

— Pis qui sera couronné d'insuccès, renchérit Vincent.

— Avec le même dénouement, ajoute benoîtement la maîtresse de maison, c'est-à-dire le rappel de Milord.

Vincent fait signe à Gilbert qu'il est temps de prendre congé. Avant d'obtempérer, ce dernier se dirige vers le Dr Chamard qu'il connaît un brin, car en tant que syndic de l'école des garçons du bourg, il suit de près les progrès de l'instruction dans la paroisse.

— Z'avez droit à mon admiration, m'sieur Olivier, en tant qu'officier cassé.

Son vis-à-vis le remercie d'un bref hochement de tête. Le secrétaire du gouverneur lui a retiré son certificat de capitaine du 2e bataillon du comté de Richelieu. Son crime : refuser de faire acte de contrition concernant sa participation au comité de dix hommes formé lors de l'assemblée anti-coercitive du comté de Richelieu, le 7 mai dernier, dans le but de mettre sur pied une association patriotique soutenant la consommation de produits libres de droits de douane.

Devant la bêtise de l'Exécutif, six capitaines de milice ont renvoyé leur brevet, tandis que les associés et beaux-frères Wolfred Nelson et Louis-Fleury Deschambault ont démissionné en tant que juges de paix. Tout ce beau monde a été honoré d'une fête éclatante par laquelle plusieurs centaines d'hommes du comté de Richelieu ont honoré les titulaires d'une fonction qui leur a été arrachée ou dont ils se sont volontairement départis, et particulièrement ceux qui ont démissionné d'eux-mêmes.

Une fois dans le grenier, Vincent et Gilbert n'aspirent qu'à s'affaler. Lorsque les deux jeunes gens succombent au sommeil, le second s'est longuement épanché au sujet de Caroline... Au matin, ils sont tirés de l'endormitoire par la voix stridente d'une des fillettes Chamard. Le seigneur Déberge est pendu en effigie au bout d'une perche! Durant la nuit, de joyeux lurons ont procédé à une pendaison symbolique d'un bonhomme de paille le représentant grossièrement.

Peu après, Gilbert contemple ledit pendu qui oscille sous la brise, et qui tient des parchemins par la bouche. Il est facile de deviner qu'il s'agit de la Proclamation du 15 juin et de l'ordre de milice qui s'est immédiatement ensuivi... Dans les oreilles, des cornets de papiers sont fichés, ornés de plusieurs titres: Populaire, Gazette du Château, Debartzch... Détaillant l'effigie, Gilbert se remémore le pendu de l'isle Jésus qui avait défrayé la chronique au début d'août.

Il avait été accroché au poteau annonçant le carrefour des quatre chemins de Saint-Vincent, dans la paroisse de Saint-Martin. Il était vêtu d'un semblant d'habit bleu, et orné des lettres « L. G. » pour lord Gosford... Dans sa main serrée, il tenait une bourse gonflée d'où émergeait un mandat de 142 160 livres, soit le prêt consenti par le parlement impérial au gouvernement exécutif du Bas-Canada, en attendant que les Résolutions Russell aient force de loi. Ce montant, Gosford s'en servira incessamment pour défrayer les salaires des favoris, même ceux sur qui pèsent des accusations de corruption, ainsi que le sien propre.

Ce soir-là, Gilbert erre dans les étroites ruelles jusqu'à ce que ses pas le mènent, presque malgré lui, aux abords d'une maisonnette mal entretenue, celle des Maréchepleau. Bientôt, il emmène Caroline en promenade. Accrochée à son bras, elle n'a qu'à poser une seule question pour que Gilbert remonte le fil de son existence. Prenant soin d'expliciter l'évolution de son sentiment pour elle, le jeune homme étale le moindre chambardement, au point que leur marche lente dure des heures.

Lorsqu'il la dépose devant son logis, elle lui annonce qu'elle retourne demain à Montréal.

— Je t'ai dit que je quittais la taverne? Je retourne chez Madame.

Gilbert se sent pâlir. Son amie s'empresse d'ajouter:

— Elle avait besoin d'une gérante. Tu sais qu'elle a trois maisons astheure?

Il balbutie:

— Saint épais. Un empire commercial...

— Elle m'a confié le soin de voir au bien-être des ouvrières.

Gilbert hausse un sourcil.

— Quelles ouvrières?

— C'est de même que j'appelle celles qui se vendent. Elles triment dur pis j'ai la ferme intention de défendre leurs intérêts devant Barnabé pis Éloi.

Gilbert ne peut retenir un large sourire. Caroline s'attaque au seul domaine que les Réformistes de la province n'ont pas inclus dans leur programme!

— Gausse-toi autant que tu veux, poursuit la jeune femme, c'est de même. Pour que les ébraillées offrent un excellent service à la clientèle, faut qu'elles aient les meilleures conditions de travail possible. À la revoyure!

Elle s'enfuit. Lui reste planté là, songeant qu'il n'a jamais senti Caroline autant proche de lui qu'astheure, ce qui est une sensation exquise. Dire qu'il s'était cru totalement guéri d'elle... Il se corrige. Il n'est rongé par aucun mal. Si l'amour est un état permanent, la convoitise est transitoire, et moins il la rumine, plus vitement elle s'échappera de lui, goutte à goutte, et le laissera en paix.

Le seigneur Debartzch reste si longtemps cantonné dans le manoir de son beau-frère Roch de Saint-Ours, shérif du district de Montréal, que les charivariseurs de Saint-Denis doivent se résoudre à aller l'y débusquer. Gilbert s'arrange pour ne pas être de l'équipée, contrairement à Vincent. Ce dernier a le caquet rabattu à son retour, car Mme de Saint-Ours avait mis son fils au monde au cours des jours précédents, et ce n'était pas le meilleur moment pour faire sonner une musique discordante à ses oreilles. Mais elle n'a qu'à s'en prendre au mari de sa sœur, qui force les dames de sa famille – son épouse, ses quatre filles et sa belle-sœur – à faire rempart autour de lui !

Gilbert est retourné dans la métropole lorsqu'il apprend que Debartzch, souhaitant éviter le cortège de déshonneur ainsi que la vue de son effigie suspendue, a payé un habitant pour les guider à travers champs et coulées fangeuses jusqu'à Saint-Charles. Voyage épique, paraît-il ! Une fois bien en sécurité dans son manoir, le seigneur a fait parvenir une correspondance signée « Richelieu » au *Populaire*. Gilbert est révulsé par ce papier dégoulinant de fiel. C'est un fait avéré depuis belle lurette que le seigneur Debartzch, afin de se dédouaner de sa culpabilité, dirige la plume du rédacteur. Mais a-t-il besoin de médire à ce point contre d'estimables patriotes ?

Debartzch écrit que le charivari s'adressait à Roch de Saint-Ours, non à lui-même. S'il admet que les charivariseurs n'ont pas sévi longtemps, il met leur déroute sur le dos de la frayeur. Parmi eux ne figurait que *le rebut de la société*, y compris le Dr Wolfred Nelson qui a poussé *l'oubli de la politesse et de la galanterie au point de vouloir insulter cinq dames pour se venger d'un homme qui ne lui a fait que du bien*. N'eût été desdites dames, se justifie le seigneur renégat, il aurait bravé les tapageurs ! Ce qui est une répugnante défaite. Depuis des mois, Debartzch évite diligemment ses opposants !

Gilbert passe la nuit suivante à se questionner. Sont-ils en train, Gaspard et lui, de se faire mener en bateau ? Lorsqu'il s'en ouvre à lui, son associé lui reproche sa foi vacillante. Gaspard n'entretient nulle doutance ! Sur ce, il informe Gilbert qu'il recommence à dégager des surplus suffisants pour lui payer sa part des bénéfices, et la lui remet incontinent. Éberlué, Gilbert contemple les quelques billets fourrés dans sa main. Lorsqu'il relève la tête, Gaspard est déjà reparti à l'autre bout de l'établissement.

Pour le sûr, la clientèle déborde. D'ailleurs, Gilbert a quelques broutilles à régler afin de mieux la satisfaire. L'éclairage des tables, notamment, qui est déficient... Il fait un violent effort sur lui-même pour repousser ses scrupules aux confins de sa cervelle. De toutes manières, Debartzch n'est revenu qu'une seule fois depuis sa visite de juillet. Bleury et Gosselin, eux, se montrent davantage, mais quand même avec discrétion, et rarement lorsque Gilbert s'y trouve. Patrick Cuvillier lui fait bonne mine quand il le croise. L'emprise des renégats sur la taverne, somme toute, est négligeable.

38

À chacun de ses passages dans le bourg, Vitaline ne peut s'empêcher d'aller contempler l'effigie du seigneur Debartzch. Les intempéries l'ont abîmée, mais elle est suffisamment grotesque pour être impressionnante. Comme si elle se trouvait devant un Christ en croix, la jeune femme marmonne des oraisons afin que la Providence favorise sa nation malmenée. Afin que les horreurs de la guerre leur soient épargnées... Nul ne peut plus ignorer l'intention du parti ennemi : prouver que le pays en état de sédition, ce qui déclencherait aussitôt la répression armée. Terrifiante éventualité !

Si Vitaline saute sur le moindre prétexte pour venir au village, ce n'est pas uniquement pour méditer sur la dangereuse surexcitation qui s'installe dans les affaires publiques. Il lui a fallu du temps pour intégrer le besson de Vincent dans le panorama de son passé. Une fois cela fait, elle a fulminé de colère contre le comportement de ce rustre de Gaspard qu'elle enguirlandera, si d'aventure elle le croise. Néanmoins, pendant ce temps, Vincent se parait à ses yeux d'un nouvel attrait, celui d'être réellement un homme respectueux.

En conséquence, son amour pour lui a gonflé comme une rivière au printemps. Vitaline s'est arc-boutée contre le flot, mais sans succès, car il a tout emporté sur son passage. Du matin au soir, puis de la brunante à la barre du jour, elle se languit de Vincent. Elle voudrait se régaler d'une œillade fugace de lui, qui ignorerait sa présence. Emporter une vision qu'elle conservera comme un trésor... Ce qui n'est pas survenu encore, même si le mois de septembre tire à sa fin.

L'attachement de Vitaline est mâtiné d'un incommensurable désespoir. Elle est persuadée que pour avoir été la dupe de son frère, elle répugne à Vincent désormais. Ce dernier s'enfuira à sa vue, ne voulant même plus cultiver son amitié... C'est totalement injuste. Vitaline n'est coupable de rien, hormis d'avoir été trop jeune et trop avide. En fait, pleine d'appétence pour Vincent!

La jeune femme parcourt le reste de son existence comme une automate. Deux jours plus tôt, le samedi 23 septembre, elle a quand même pris part, en compagnie de sa belle-mère, aux agapes organisées par les dames patriotiques de la paroisse. Il lui aurait été impossible de s'y soustraire sans paraître tiède aux yeux de très précisément 147 de ses concitoyennes! Elle en a profité, comme dame Eugénie, pour arborer sa plus récente tenue: une jupe et un corsage taillés dans une étoffe d'une finesse encore inégalée, chef-d'œuvre tissé par une voisine éloignée.

À vrai dire, la distraction a été bienvenue, même si constamment, Vitaline a cherché la silhouette de l'élu de son cœur parmi ceux qui miraient les festivités, là même où deux semaines plus tôt, les jeunes miliciens fondaient une branche locale des Fils de la Liberté. Musique et victuailles diverses ont agrémenté la fondation d'une association patriotique où des engagements concrets ont été pris, dont ceux d'encourager le boycott de produits taxés et l'usage exclusif de tissus fabriqués dans le pays.

Les dames de Saint-Denis voulaient être en tête, et non point en queue, d'un mouvement que certaines d'entre elles qualifient *d'éclosion du féminisme* en Bas-Canada, c'est-à-dire la possibilité, pour la gent féminine en général, de prendre part aux affaires publiques en tant que citoyennes à part entière. Bien entendu, beaucoup sont déjà actives, ne serait-ce qu'en exerçant le droit de suffrage que possèdent les femmes célibataires ou veuves si elles rencontrent les exigences financières imposées par la loi. Mais se réunir pour délibérer et pour élire un comité de directrices? La nouveauté excitait un vif intérêt, de même qu'un brin de controverse, cependant noyée dans l'urgence d'agir comme un seul peuple.

Après les dames de Saint-Benoît, localité toujours à l'avant-garde, ainsi que celles du village voisin de Saint-Antoine, celles de Saint-Denis n'ont pas voulu se séparer avant d'adresser leurs *ferventes supplications* au souverain céleste, secours et refuge des opprimés.

Vitaline s'est jointe à la prière avec réluctance, car le comportement du haut-clergé de la province, ainsi que celui d'une partie du bas-clergé, l'irrite profondément par les temps qui courent.

Avec étonnement, Vitaline a vu ses anciennes amies venir lui faire des façons. Elle a froidement accueilli Marie-Nathalie, devenue l'épouse du potier François Garant, se souvenant avec acuité de sa remarque méprisante concernant le mariage d'une fille de maître-potier avec un vulgaire marin. Par contre, Vitaline a fait bonne mine à Estère Besse. Sa présence chaleureuse lors de la mise en terre d'Olympe l'avait fièrement confortée... En fin de compte, Estère a reconduit Vitaline jusqu'à son domicile.

En chemin, elles se sont mises à parler du bon vieux temps : leur séjour au couvent de Saint-Denis, les veillées chez l'une ou chez l'autre, les corvées et les promenades. Estère était déconfite d'avoir perdu son poste de maîtresse d'école à la suite de la mise au rancart de la loi par les incubes oppressifs, et elle songeait à épouser plus rapidement que prévu celui qui lui faisait la cour. Lorsqu'elles se sont séparées, leur ancienne complicité était revenue au galop.

Ce soir, obnubilée par l'idée d'entrapercevoir Vincent, Vitaline est venue à Saint-Denis sous prétexte d'un mot à échanger avec sa sœur Perrine, et après avoir fait acte de présence chez cette dernière, elle s'est mise à errer à travers les ruelles. Bientôt, tandis que la brunante tombera, Vitaline devra se remettre en marche vers son logis en toute hâte... Encore une fois, elle lève les yeux vers le renégat pendu en effigie, mais elle fige à mi-chemin, tous gestes suspendus.

Un couple célèbre pour sa conduite choquante se trouve de l'autre côté, lui faisant face. La femme est Marie-Anne Cherrier, dont Vitaline garde un souvenir inoubliable. C'était à l'auberge Mâsse, peu après la Rue du Sang. Le Dr Tracey était de passage au bourg. Vitaline a vu en action l'aguichante Marie-Anne, 35 ans, pourtant mariée et mère de cinq enfants. Son cher Daniel n'a eu d'yeux que pour le décolleté s'ouvrant sur une poitrine maigrichonne... Sauf que cet épisode avait entraîné Vitaline à voir la réalité en face, c'est-à-dire l'indifférence du bel Irlandais à son égard.

Marie-Anne toise Vitaline du regard. Sans la quitter des yeux, elle profère :

— M'sieur Déberge, je suis capable de le laisser danser dans l'air tout à son loisir. Mais que j'en pogne pas un qui veuille faire subir pareil traitement à Clément-Charles, parce qu'y va avoir affaire à moi !

À l'ébahissement de Vitaline succède une bouffée de colère, qu'elle contient tout en scrutant le petit bout de femme qui lui fait face, son joli visage empourpré par l'abus de boissons ravigotantes. Marie-Anne a fait allusion à Bleury, qui lui payait de fréquentes visites en toute intimité avant que sa présence ne devienne intolérable aux francs-tenanciers du comté. Elle, protectrice de Bleury au point qu'elle décrocherait son effigie si les patriotes du coin jugeaient bon d'en hisser une ? Le scandale causé par la maison déréglée qui a pignon sur rue à Saint-Denis pâlit en comparaison des excentricités de Marie-Anne, lointaine cousine de Louis-Joseph Papineau.

Déjà qu'elle a eu le culot de dépouiller l'effigie de l'honorable Debartzch des parchemins qui le garnissaient... Depuis qu'elle a divorcé de son époux, un instituteur originaire de Saint-Antoine, non seulement Marie-Anne mène-t-elle une vie dissolue, elle embrasse itou la cause du parti tory avec un esprit frondeur qui frise la provocation. En entretenant une correspondance assidue avec l'un des patrons du *Populaire*, torchon d'une effarante mauvaiseté, elle s'est transmuée ouvertement en délatrice.

Le favori de l'heure susurre quelque chose à l'oreille de sa compagne, ce qui la fait rire. Ce William Mitchell, un Américain, n'a guère plus de 20 ans. Il a dû fuir son pays natal où il est notoire qu'il risque des sanctions... Marie-Anne prétend qu'elle héberge le jeune expatrié parce qu'il va marier sa fille de 15 ans, mais en fait, c'est son amant à elle. Souhaitant visiblement éviter un esclandre, il l'entraîne à s'éloigner sans demander son reste.

— *Come on, dear Rosalie...*

Rosalie ? Vitaline est désarçonnée, puis elle se souvient que la jeune femme préfère désormais qu'on l'appelle ainsi, le prénom étant fort courant dans le clan Cherrier dont elle est issue. Comme si Marie-Anne tenait à proclamer haut et fort qu'on peut se prénommer ainsi et ne pas lécher les bottes des patriotes... Vitaline est tirée de ses réflexions par une musique résolument militaire avec roulements de tambour, fifres et trompettes.

Bientôt, un groupe de jeunes hommes tourne le coin de la place du Marché. Subitement, Vitaline se souvient que les miliciens du capitaine Jean-Baptiste Lussier, 2e bataillon du comté de Richelieu, projetaient de se rendre chez lui pour le féliciter de son geste d'éclat : le renvoi de son brevet d'officier à Québec. Dorénavant, c'est un déshonneur que d'être un employé du gouvernement colonial !

Le cœur battant la chamade, Vitaline observe la progression des miliciens. Et si Vincent s'y trouvait, comme la chose est probable ? Elle scrute les visages qui s'approchent, mais une grande détresse l'envahit. Il n'y est pas. Il la fuit, encore et toujours… En contrepartie, Rémy la hèle joyeusement. Vitaline réussit à répondre d'un sourire ; d'un élan, son frère quitte le groupe pour courir vers elle. Faisant halte, il la gratifie d'un grandiloquent salut militaire, avant de lui lancer :

— Bien le bonsoir, ma sœur ! Tu fais quoi par icitte ?

— J'ai vu Perrine. Je m'en retournais.

Le jeune homme se pavane.

— T'as vu comme on est beaux ?

Tout en réprimant une montée de chagrin, Vitaline émet :

— Z'êtes mirifiques.

— Pis tu sais quoi ? On mijote un charivari à Rosalie-la-Poule.

Vitaline accuse le coup, s'exclamant :

— Je viens juste de la croiser. Fendante comme c'est pas possible !

Son frère raconte que pendant l'après-dînée, la dame en question a ouvert une des croisées de sa maisonnette située sur le chemin qui va jusqu'à Saint-Hyacinthe, et elle a gueulé des invectives aux passants. C'était en réaction au charivari que Debartzch venait tout juste de subir à Saint-Charles, où les Réformistes se cabrent devant la haine dont *Le Populaire* accable Papineau, reflet de celle du seigneur pour le tribun.

En conséquence, un groupe de jeunes gens de Saint-Denis a évoqué la nécessité de châtier la Poule. Vitaline questionne avec avidité : quand ? Vraisemblablement demain à la même heure, répond Rémy, qui détale avant que ses compagnons ne disparaissent de sa vue. La jeune femme reste clouée sur place, laissant l'air frais dilater ses poumons. Vincent y sera. Elle itou, mêlée aux spectateurs !

Vingt-quatre heures plus tard, Vitaline s'empresse vers le bourg avec Normande trottinant à ses côtés. Cette dernière ne s'en cache aucunement : elle veut reluquer le plaisant Vincent dont elle cultive le souvenir depuis juillet. C'est une source considérable d'inconfort pour Vitaline que d'entendre la jeune femme évoquer le jeune arpenteur à tout propos. Elle a puisé dans son maigre trésor de patience pour faire remarquer à Normande que Vincent sera masqué, mais sa belle-sœur a rétorqué qu'elle le reconnaîtrait même vêtu d'une soutane, et de dos.

Norbert a fait grand cas de la « cérémonie » qui s'organisait, car il semble que plusieurs ouvriers de la distillerie Nelson, y compris lui-même, y participeront. Plusieurs dizaines d'habitants sont déjà groupés dans les parages du domicile de Marie-Anne Cherrier alias Rosalie-la-Poule. Ils sont plongés dans des échanges fiévreux, et les belles-sœurs saisissent vitement de quoi il en retourne : tout à l'heure, Rosalie se promenait sur la voie publique, travestie en religieuse, au bras de son amant américain ! Vitaline affiche une mine abasourdie. La Poule rivalise d'audace comme si elle se contrefichait des conséquences. Ou mieux, comme si elle était persuadée d'en tirer profit un jour prochain !

Les charivariseurs réussiront-ils à faire fuir Rosalie du village comme ils en ont l'intention, afin qu'elle cesse d'y répandre la discorde à tout venant ? Le soir est tombé et les spectateurs commencent à battre de la semelle lorsque les rumeurs du charivari se font entendre. Bientôt, une lueur troue la noirceur, celle des fanaux portés par les tapageurs, tandis qu'augmente le son de crécerelles et de coups donnés sur des chaudrons. Le groupe apparaît enfin sur le chemin, débouchant depuis une rue transversale.

Galvanisée, Vitaline mire leur progression, se régalant des railleries grivoises qui lui parviennent. Autour d'elle, des voix s'élèvent. Quelqu'un aurait entendu le bruit, provenant de la demeure de Rosalie, de l'amorce d'un fusil ! Inquiète, Vitaline scrute la façade plongée dans l'obscurité, mais elle ne décèle aucun mouvement. Fausse alerte... Rassurée, elle reporte ses regards sur le cortège festif. Elle commence à distinguer les détails des masques grotesques, et afin de repérer l'élu de son cœur, elle scrute les silhouettes dont l'habillement est agrémenté d'un accessoire bouffon.

Le premier coup de feu résonne comme un coup de tonnerre. Des cris aigus de femmes et des sacres d'hommes lui font immédiatement écho, cacophonie augmentée de beuglements de douleur qui proviennent de tout près, parmi le groupe au sein duquel se trouve Vitaline. Un quidam gueule avec une fureur sans nom :

— Le tir sortait de chez la Poule ! On nous abat comme des chiens !

Les jeunes gens masqués se sont précipités, élevant très haut leurs fanaux pour éclairer la scène. Vitaline réprime un cri d'effroi : des hommes de sa connaissance, le jeune potier Paul Mondor et un artisan-charpentier nommé Saint-Onge, gisent sur le sol, baignant dans leur sang. Normande la saisit par le bras convulsivement. Déjà, on s'affaire à déchirer leurs habits afin de dénuder les blessures, tandis que plusieurs s'élancent dans la nuit en quête d'un chirurgien.

Soudain, Vitaline songe que leur groupe forme une cible idéale. Simultanément, des vociférations s'élèvent :

— Chez la Poule ! Tous chez la Poule !

La plupart des charivariseurs s'y précipitent et s'acharnent contre la porte barrée à double tour. Près de Vitaline et de Normande, une voix s'élève :

— Z'êtes pas blessées ?

C'est Norbert, qui a arraché son masque et qui les contemple anxieusement. Sa sœur secoue faiblement la tête. Sur ce, il ordonne :

— Rentrez à la maison. Astheure !

Certes, il s'agit de l'unique parti à prendre. Vitaline et Normande acquiescent en chœur. Rasséréné sur leur sort, Norbert pirouette et court rejoindre ceux qui ont réussi à défoncer l'huis de la maison de Rosalie.

— Je vous raccompagne un boutte. Pour moi, les coupables se seront enfuis.

Vincent ! Il vient de surgir à leurs côtés. Vitaline distingue à peine son visage, et elle ne peut se retenir de le toucher à l'épaule pour vérifier s'il est indemne. D'un mouvement vif, il vient prendre cette main dans la sienne, et l'étreint fortement. Vitaline se repaît de sa chaleur, de la douceur de sa peau... Soudain, il la lâche, car Normande s'est précipitée sur lui, et Vincent ne peut faire autrement que de l'entourer de ses bras. Elle gémit :

— Merci, merci ! Pour moi, j'aurai de la misère à marcher. Je tremble comme une feuille !

Vitaline réagit par une grimace d'exaspération. Vincent écarte la jeune femme de lui, disant :

— Accroche-toi après mon bras. Je suis solide.

Avec une réluctance palpable, Normande obtempère.

— Les blessures, questionne anxieusement Vitaline, est-ce qu'elles sont sérieuses ?

— Je peux pas répondre. Pis y a assez de monde pour s'occuper d'eux. Pour l'instant, ça urge de sacrer le camp. On sait jamais ce qui peut survenir.

Vincent joint le geste à la parole, marchant à si longues foulées que même Vitaline peine à suivre. Un vent d'agitation souffle dans le bourg : des personnes s'interpellent depuis les croisées ouvertes, des hommes courent vers la scène du crime, des rumeurs de parlementeries s'élèvent... Vitaline a l'impression d'être accablée par un choc rétrospectif. Une irrépressible trémulation intérieure lui scie les jambes... Elle souffle :

— J'ai besoin d'une pause. Je me sens mal...

Pilant net, Vincent lui entoure les épaules de son bras et l'attire contre lui. Chamboulée par un ressac d'épouvante, Vitaline a peur de perdre pied, et elle entoure son torse de ses bras. Il murmure :

— Laisse aller. Ça va passer. Tu subis le contrecoup... Je serais comme toi, si j'étais pas soutenu par la rage. Si j'avais la Poule devant moi, je lui tordrais le cou !

Pendant les instants qui suivent, Vincent se cantonne dans le silence, puis il ajoute :

— Sauf qu'y en a une trâlée d'autres à qui faudrait tordre le cou itou. C'est pas une option. On peut se remettre en route ? Ça va de ton côté, Normande ?

Cette dernière grommelle un assentiment. Vitaline doit se faire violence inouïe à elle-même pour se détacher de Vincent, glisser son bras sous le sien et se remettre à marcher. Alors que tous trois sont parvenus à la limite du bourg habité, un attelage approche derrière eux, et Normande reconnaît, au son des grelots du cheval, un agriculteur qui demeure entre chez eux et Saint-Ours. Vincent le hèle comme si sa vie en dépendait ; l'homme accepte de prendre les femmes à bord de sa calèche, même si elles devront se tasser l'une contre l'autres sur le siège.

La gorge douloureusement serrée, Vitaline laisse Normande remercier Vincent. Ce dernier répond d'un geste, avant de retourner vers le centre du bourg, se fondant dans la nuit. Tandis que sa belle-sœur met leur sauveur au courant des événements, Vitaline ne cherche qu'à faire resurgir l'exquise sensation d'être accolée à celui qu'elle désire plus que tout au monde. En même temps, une vive souffrance la traverse de part en part. Que n'a-t-elle insisté pour demeurer avec lui le plus longtemps possible ? Pour exiger de marcher à ses côtés jusqu'aux confins du monde connu ?

Son engouement pour Vincent ne peut cependant empêcher Vitaline de vibrer à l'unisson de ses concitoyens, dont le courroux atteint de tels sommets qu'il y a risque sérieux d'échauffourée. Les charivaristes en légitime furie n'ont-ils pas failli mettre le feu à la maisonnette de la Poule, préalablement mise à sac ? Les notables patriotes ont fort à faire pour en appeler au calme. Vitement, ils recueillent des dépositions, et moins de 48 heures plus tard, Rosalie est amenée devant un juge de paix. La preuve semble indiquer que c'est son jeune amant, poussé par elle, qui a tiré. Ne s'est-il pas enfui après le coup de feu ?

À défaut de mettre la main sur lui, Rosalie est inculpée, puis transportée à Montréal pour comparaître à la cour pour offenses mineures où siègent quelques juges de paix en alternance. La tension publique décroît de plusieurs crans… pour remonter dès que *Le Populaire* fait de l'épisode un roman à sa gloire, ensuite colporté par les autres gazettes à la solde des autorités. Comme si Rosalie était une héroïne, alors qu'elle aurait concouru à un assassinat si l'une ou l'autre des victimes était décédée des suites de ses blessures, ce qui n'est heureusement pas le cas !

La diffamation dépasse l'entendement. À la fois cannibales et brigands, les charivariseurs sont des *hommes du plus bas étage* sous la coupe des principaux *moteurs des désordres* dans la rivière Chambly. Tout d'abord, le Dr Wolfred Nelson, qui aurait pris part au tapage… même s'il visitait Lavaltrie, sur la rive nord du fleuve Saint-Laurent, pour participer à une fête champêtre en l'honneur des officiers de milice déchargés de leurs fonctions par l'Exécutif de la province. Une chose est sûre, selon *Le Populaire* : le bon docteur, *révolutionnaire forcené qui remue et pervertit tout ce qui l'entoure*, mérite amplement le nom de guerre de « Loup Rouge ».

Le *trop coupable Papineau* est un autre facteur de désordre. La rédaction du torchon bureaucrate reprend une rengaine éculée, celle de discours outranciers responsables de la moindre risée de contestation. Le charivari à Rosalie-la-Poule est la conséquence directe de la *semence agitative* jetée par le président de la Chambre d'Assemblée lors de son passage à Saint-Denis, début septembre. Alors, Papineau aurait clamé qu'il fallait mettre les Bureaucrates du comté de Richelieu *entre deux bœufs*, ce qui revenait à encourager les patriotes à persécuter leurs soi-disant ennemis, à les *vexer dans leurs propriétés* et les soumettre à des tortures personnelles inimaginables.

Contagionnés par la haine palpable de leur chef envers le seigneur Debartzch, les conjurés – Vitaline déteste l'expression controuvée – auraient régalé ce dernier d'un charivari, avant de se rabattre sur une proie plus facile, c'est-à-dire la Poule, après avoir constaté la répugnance des habitants de Saint-Charles à les seconder. Plus *Le Populaire* veut justifier l'indéfendable, plus il se vautre dans une fange épaisse, celle de fabulations saugrenues saupoudrées de calomnies. Exerçant *une espèce de terreur* à Saint-Denis, les conjurés espéraient que Rosalie rende coup pour coup. Les excès qui devaient s'ensuivre en imposeraient définitivement aux fidèles et loyaux sujets de Sa Majesté...

Vitaline ne peut en croire ses yeux. Le rédacteur du *Populaire* ne rougit pas d'écrire que le Loup Rouge, c'est-à-dire le Dr Nelson, avait calculé les effets de la chaîne d'événements *de manière à obtenir un triomphe à peu de frais*. La médisance est en droite ligne de la tactique employée depuis le printemps dernier par le parti à la solde de l'Exécutif : faire accroire que les patriotes emploient l'intimidation et les violences pour grossir le nombre de leurs partisans. Ce qui est risible, car de tels partisans renieraient leur allégeance au premier prétexte!

Les habitants de Saint-Denis, parés à risquer une escalade de violence pour satisfaire leur soif de domination, au risque de mettre leurs concitoyens en danger? C'est un crime que de manufacturer cette fable granguignolesque! Même *La Minerve*, selon *Le Populaire*, est partie prenante de la « conjuration ». Par ses écrits, la gazette patriote aurait attenté à la réputation de Rosalie, dans l'espoir que l'état de l'opinion publique accentue la sévérité des magistrats à son égard... Vitaline ne peut retenir un éclat de rire si grinçant qu'il en écorche ses propres oreilles. Depuis quand les fanatiques de la métropole se préoccupent-ils de l'opinion publique ?

39

Devant les yeux de Gilbert, le texte imprimé s'obscurcit sous l'effet de la prodigieuse fureur qui s'accumule en lui à une vitesse prodigieuse. Repoussant le feuillet, il secoue la tête pour s'éclaircir les idées et pour garder un semblant de contrôle sur lui-même. Lorsqu'il croit pouvoir poursuivre sa lecture sans exploser de courroux, il ramène à lui posément, mais d'une main tremblante, l'exemplaire du *Populaire* qu'il s'est résigné à déchiffrer afin de s'assurer de la véracité de ce qu'il entend dire de toutes parts.

Gilbert a failli perdre pied lorsqu'il a pris conscience du danger que quelques-uns de ses proches ont couru. Néanmoins, ce n'est pas la remise en liberté de Rosalie-la-Poule jusqu'au prochain terme de la cour criminelle qui l'indigne tant, ni l'identité des hommes qui se sont portés garants d'elle. Seuls pouvaient y condescendre des faquins comme Augustus Gugy, député de Sherbrooke et tory frénétique, ainsi que Pierre-Édouard Leclère, Bureaucrate patenté et l'un des patrons de *L'Ami du peuple*!

Ce n'est pas, non plus, le fait que les greffiers en loi ont sacrifié leurs honoraires habituels, traitement de faveur envers Rosalie qui rappelle les partialités de la Rue du Sang. Ce n'est même pas la nouvelle qui lui est parvenue à l'effet que l'enragée a servi d'inspiration à Hortense Globensky, qui a pointé un pistolet paré à tirer sur des patriotes qui discouraient à la sortie de la messe, à Sainte-Scholastique. Ladite dame s'était fait remarquer lors des échauffourées de juillet dans le comté du Lac-des-Deux-Montagnes...

Ce qui enrage véritablement Gilbert, c'est la manière dont la rédaction du *Populaire* en profite pour crucifier les patriotes sur la place publique. Ayant ouï-dire d'un récent texte éditorial, le jeune instituteur a ressenti l'urgence de vérifier par lui-même. L'exercice, qui s'apparente à une torture, le laisse effondré. Se débattant comme un diable dans l'eau bénite pour redorer son blason terni, Debartzch dévoile, grâce au *Populaire*, son opinion sur ceux qu'il cible comme ses rivaux. Il met au jour un sentiment palpable d'exécration envers Louis-Joseph Papineau et Wolfred Nelson, mais aussi quiconque s'oppose à lui depuis l'inique Proclamation du 15 juin contre les assemblées séditieuses.

Anéanti, Gilbert se tient la tête à deux mains. Debartzch, sauveur de sa patrie ? C'est un conte, un canular. Un piège dans lequel il est tombé tête baissée à cause de la crédulité de Gaspard ! Tous deux ont été victime d'une monstrueuse machination, celle qui a transformé Le Cabaretier patriote en un repaire bureaucrate. En vérité, dans le but de plaire à l'Exécutif, Debartzch a voulu faire accroire au gouverneur et à ses hauts fonctionnaires que le pays lui obéirait au doigt et à l'œil.

Pourtant, il n'était qu'un seigneur acculé à la faillite. Ses censitaires comprenaient qu'ils avaient été dupés par ses promesses de transformer le village en capitale de l'industrie, et craignaient pour leurs investissements… Il est devenu évident que Debartzch cherchait son enrichissement personnel plutôt que le bien-être de sa communauté. Il se transmuait en autocrate sans âme, capable de poursuivre ses censitaires en justice pour dettes impayées, même dans le cadre d'investissements qu'il avait lui-même sollicités ! Plus il baissait dans l'opinion publique, plus il jetait de la poudre aux yeux des autorités de la colonie pour gonfler son importance. Il plongeait dans une spirale infernale…

Le seigneur de Saint-Charles peut-il ignorer que lorsqu'il accable Nelson ou Papineau des pires maux, les habitants de la rivière Chambly ont envie de l'étrangler ? Certes non, à moins d'avoir viré fou raide. Donc, il jette de l'huile sur le feu. Il escompte une réaction d'exaspération… Gilbert se redresse, assène un coup de poing sonore sur son pupitre d'instituteur, puis se lève d'un bond. Il n'a plus le choix : il lui faut confronter l'ennemi à ses propres dires. À défaut de rencontrer Debartzch qui passe l'essentiel de son temps à Québec, une visite à Sabrevois de Bleury s'impose.

Gilbert rendosse son habit suspendu au dossier de sa chaise. Après avoir plié et replié le feuillet du *Populaire*, il le glisse dans une poche intérieure. Il caresse du regard sa classe illuminée par le soleil qui s'approche déjà du couchant, et enfin, après s'être revêtu de sa légère bougrine, il se met en route vers la cité. Tout son être se rebiffe à l'idée de faire face au député de Richelieu. Le flegme avec lequel il le considérait s'est volatilisé à cause de Rosalie-la-Poule et des démarches de fraîche date de l'Exécutif.

Même s'il est l'heure du souper, Gilbert se rend à l'office de Bleury, mais nul ne répond à la cloche. La rédaction du *Populaire*? Serrant les dents, Gilbert s'astreint à s'y diriger. Encore un fois, l'endroit est désert. Quant à se rendre au domicile de Bleury, Gilbert ne peut s'y résoudre. Du moins, pas encore. La mort dans l'âme, il jongle avec une ultime possibilité, celle que Bleury soit au Cabaretier patriote. La semaine passée, ses passages à la taverne n'ont-ils pas été fréquents ?

Avec une détermination farouche, Gilbert s'enfonce dans le faubourg Saint-Laurent. Tout en marchant, il se demande s'il est nécessaire d'user de déférence envers un incube oppressif... Ce qui le fait amplement ricaner. Démontrer du respect à un profiteur de première classe ? Les changements aux Conseils législatif et exécutif, espérés depuis si longtemps, viennent d'être annoncés par le gouverneur. Les nominés sont des satellites avoués de la Clique du Château ou pire, des Chouayens, y compris Bleury qui fait son entrée à la chambre haute, et Debartzch, au Conseil exécutif.

C'est un traître que Gilbert s'en va affronter, il en est persuadé. Lorsqu'il pénètre dans la taverne, son cœur bondit : Bleury se trouve parmi une dizaine de faquins entassés autour d'une table. Négligemment, Gilbert se dirige vers le comptoir. En même temps, il tend l'oreille vers les parlures qui résonnent dans la salle, quasi déserte à cette heure. Son cœur se serre à outrance : Bleury et ses acolytes discutent des moyens à employer pour récolter le plus grand nombre de paraphes en faveur d'une assemblée des *Constitutionals* de la métropole, prévue pour lundi prochain 23 octobre.

À la barmaid, Gilbert commande une bière, puis il se met à l'écoute. Il s'agit, selon Bleury, d'ajouter des noms à la liste trop peu nombreuse de Bureaucrates avoués qui ont accepté de parrainer l'événement. Des mesures décisives sont impératives, proclame-t-il, pour contrebouter les machinations du parti de l'insurrection qui fait profession de détruire la connexion qui existe entre la colonie et le royaume britannique, quitte à mettre en danger les propriétés et même les vies de ceux qui s'opposent à elle. Une faction désorganisatrice et révolutionnaire !

Copie conforme, songe Gilbert, de ce qui s'écrit dans les gazettes pour justifier la tenue de l'assemblée… Le député de Richelieu le martèle : les loyaux sujets d'ascendance française refusant de s'exposer à la vengeance des patriotes en endossant l'avis de convocation, il faut aller jusqu'à réclamer des signatures même auprès des voyageurs qui font halte dans les hôtels et auberges. Le moyen est peu orthodoxe, convient-il, mais l'heure n'est plus à la délicatesse. Si l'assemblée a été mise à l'horaire le même jour que celle de la Confédération des Cinq Comtés, c'est pour la surpasser décisivement en retentissement.

Gilbert manque de s'étouffer avec une gorgée de bière. La surpasser ? Jamais dans cent ans ! Les *Constitutionals* offrent plutôt à Debartzch un prétexte royal pour dédaigner l'invitation des organisateurs de l'assemblée des Cinq Comtés : monter sur le husting pour plaider sa cause au cours d'un honorable duel verbal. Debartzch n'a-t-il pas été l'un des fondateurs, en 1832, de ladite coalition ? Et l'un des plus virulents porte-parole, jusqu'à sa volte-face de l'an passé ? Si le rassemblement a lieu à Saint-Charles, dans le fief même du seigneur conspué, c'est pour offrir à ce dernier la chance de se défendre contre l'horrible soupçon qui pèse sur lui : celui d'avoir réclamé de lord Gosford l'envoi d'un millier d'habits rouges dans le comté de Richelieu pour mater la guerre civile entamée par les chefs patriotes à la grandeur de la province.

Ces propos outrageants ont été confirmés de source sûre. Debartzch est un boutefeu de haut calibre, un bandit des grands chemins qui se cache sous un habit de drap fin ! Impressionnable, Gosford a consenti à renforcer le nombre d'habits rouges dans le district de Montréal avant l'arrivée de l'hiver. Des compagnies des 24e, 66e et 83e régiments sont actuellement en déplacement vers les garnisons des Trois-Rivières, de Carillon, de Sorel et de Chambly ; des aménagements sont en cours aux baraquements pour les accueillir.

Quand ces renforts parviendront à destination, la compagnie du 32e régiment stationnée à Sorel prendra la route de Montréal afin d'y hausser le nombre de soldats. Entre temps, des munitions ont été débagagées de l'isle Sainte-Hélène jusqu'à la citadelle de Québec, dans la crainte prétendue d'une attaque sur la poudrière. Les habits rouges en faction font désormais étalage d'une mentalité d'assiégés qui donne le pesant. Moins visibles depuis quelques années au flanc des soldats, les baïonnettes bien astiquées ont été ressorties...

Pour couronner le tout, Gosford a autorisé un accroissement des piquets de garde à proximité de la frontière avec les États-Unis, ostensiblement pour rattraper les nombreux déserteurs, mais surtout pour épier les habitants. Dans ce contexte, l'assemblée des Cinq Comtés est cruciale pour convaincre les autorités, grâce à la force du nombre, que Debartzch est mené par une rage qui l'aveugle. Alors, mettre les campagnes en état de siège, uniquement parce qu'il commence à craindre pour la sûreté de ses propriétés ? Le renégat est un fou dangereux.

Des huées ramènent Gilbert à la réalité. Les cabaleurs, qui lui sont totalement inconnus, ont lancé un vivat en l'honneur de la cause, avant de vider le contenu de leurs gobelets. Ceci fait, ils se lèvent bruyamment. Gilbert se met debout et se propulse vers le député de Richelieu, prenant place au plus près de lui. D'un ton excessivement contrôlé, il profère :

— Ça m'étonne de vous entendre comploter aux oreilles de n'importe qui.

— Y a pas de n'importe qui icitte, car n'importe qui se ferait bouter dehors.

Gilbert combat un moment d'égarement. Bleury insinue que la réputation de la taverne est désormais notoire, et que les amis du pays la fuient. La discrète froideur que Gilbert a cru déceler à son égard chez les gens du faubourg Sainte-Marie, depuis son retour de vacances, y serait-elle reliée ? L'instituteur a été trop affairé par la réouverture de sa classe pour s'en inquiéter, mais astheure que le pire est passé... Se concentrant pour retrouver le fil de ses idées, il reprend :

— J'en ai des sueurs froides. Le pays est à la veille d'exploser, pis vous continuez de jeter de l'huile sur le feu. J'ai de la misère à vous croire quand...

— Ferme-toi la gueule.

Approchant son visage contracté à quelques pouces du sien, Bleury a jeté l'injonction à mi-voix. Son haleine empeste l'alcool. Saisi, Gilbert obéit. Son interlocuteur reprend :

— Pis écoute-moi bien, tit-gars. Écoute-moi une fois pour toutes. Comme j'ai pas le temps de te flatter dans le sens du poil, je vais être direct. T'es bouché ou quoi? Tu fais exprès de pas comprendre? T'as pas vu comment les furibonds commencent à frétiller?

Sans s'offusquer du ton provocateur, Gilbert réagit par un bref hochement de tête tout en concédant :

— Nos ennemis ont une dent contre les Fils de la Liberté.

Quelques jours plus tôt, en effet, les ennemis du pays ont failli obtenir ce qu'ils souhaitent plus que tout au monde : un sursaut de fierté qu'ils s'empresseraient de réprimer avec une vigueur démesurée. Ils ont tiré profit de l'arrivée, à Montréal, des espèces sonnantes et trébuchantes avec lesquelles lord Gosford a remboursé ces trop fameux arrérages dus à des fonctionnaires corrompus, et que la Chambre d'Assemblée refuse de défrayer. De quoi donner la chienne à tous ceux qui imaginent les *rebels* à ce point hérissés qu'ils vont se venger incontinent de l'outrage...

C'est ainsi qu'un habit rouge transi de peur, en faction près du fleuve, a pris la proie pour l'ombre, et prétendu avoir subi un assaut dans le but de lui voler son arme à feu. L'épisode a eu lieu dans le faubourg Québec, et tous les habitants ont amplement commenté une affaire qui mettait en cause, de surcroît, le jeune médecin Pierre Damour; celui-là même qui faisait la tournée des maisons, en compagnie du jeune Amédée Papineau, avant l'assemblée du 29 juin dernier.

Seul Damour, parmi les cinq hommes poursuivis pour l'assaut, a réussi à éviter un sort cruel : être écroués dans les casernes pendant une journée entière, sans nourriture autre que celle qu'ils ont pu se procurer avec leur argent. Ensuite, deux d'entre eux ont été transférés dans la prison commune, en attendant leur procès devant la cour des sessions de quartier. Les mandats étaient signés par William Robertson...

Par une singulière coïncidence, des voyageurs à bord d'un *steamboat* accostant à Québec répandaient le bruit qu'à Montréal, les Fils de la Liberté en étaient venus aux mains avec le Doric Club. Une fusillade avait retenti, les magistrats avaient fait appel aux troupes, les signaux avaient été donnés à l'isle Sainte-Hélène... Bref, nuit de carnage à Montréal. *Le Populaire* a été l'un des principaux responsables de la fumisterie. La gazette avait répandu la fable que le Dr Damour, chef de section des Fils de la Liberté, s'était fendu de moult discours inflammatoires.

— T'as vu, enchaîne Bleury, ce qui a été écrit dans le *Herald* à propos des exercices de dimanche dernier ? C'était guère opportun, les tirs sur cible. Pour parler drette, la mise sur pied des Fils de la Liberté est le geste le plus démentiel de la décennie.

Piqué au vif, Gilbert rétorque :

— Faudrait se terrer dans un trou pis attendre que la Légion britannique vienne nous assommer un par un ?

— Pas le choix. Autrement, c'est la guerre civile. T'as le goût de te colletailler avec des milliers de convulsionnaires armés ?

— Des milliers ? C'est vous qui déraillez. Le Doric Club pourra jamais aligner plus de quelques centaines d'hommes.

L'expression très dure, Bleury contre-attaque par une question :

— Pis la milice d'élite ?

Une sueur froide inonde la nuque de Gilbert. La bouche sèche, il répond :

— Voulez dire... la cavalerie ? Les carabiniers ? Votre compagnie à vous ?

— En plein dans le mille, répond le capitaine appartenant au Montreal Rifles. Une provision de la loi prévoit d'augmenter le nombre de sous-officiers et la force de chaque compagnie. En sorte que tous les amis de l'ordre peuvent s'y caser et composer une division nombreuse. Tandis que pour autoriser la formation de nouvelles unités, faut prouver le péril imminent.

— Z'avez ouï-dire... de quelque chose ?

Toisant Gilbert sans aménité, Bleury fait allusion à la complaisance prouvable de sir John Colborne, commandant des forces armées, et de son état-major.

— D'après moi, suffirait d'une étincelle pour que le branle-bas s'amorce. Les fanatiques savent que les Fils de la Liberté vont leur mettre des bâtons dans les roues l'an prochain. Savent que leurs boulés pis leurs gardes aux manches de haches vont avoir à qui parler. Fait qu'y crient au loup pour attiser la haine de l'Exécutif. Si tu tiens à ton intégrité physique, je te conseille de te désaffilier au plus sacrant.

Outré par ce qui serait une pleutrerie, Gilbert déclare avec emportement :

— Milord a juste à accorder les réformes !

— Les ultra-tories pogneraient le feu.

Désireux de voir son interlocuteur préciser sa pensée, Gilbert l'interroge :

— Si Milord modifie en profondeur le Conseil législatif... si, à défaut de l'abolir ou de le rendre électif, des hommes qui déplaisent aux esprits exclusivistes y sont appointés... ceux-là se lanceraient dans une révolte ouverte ? Une révolte armée ?

— J'en suis persuadé. Y restent suspicieux même devant ma nomination au Conseil législatif qui pervertit, pour eux, la prérogative de la Couronne. Je suis un avocat de la sédition et un ennemi de la Constitution.

Bleury ponctue cette phrase par un rire d'autodérision dans lequel perce une réelle amertume, puis il enchaîne :

— Y veulent pas *d'étrangers* dans le cénacle du pouvoir. Tous ceux qui sont pas de leur clique sont suspects d'avance.

— Leur clique de Britanniques protestants ?

— De Britanniques francs-maçons. T'es pas au courant ?

Un sillon de souci creusant son front, Bleury fait allusion à quelques loges, fondées par l'élite marchande de Montréal, au sein desquelles fleurit l'intolérance raciale, trait orangiste par excellence. Au sein desquelles la méfiance de ce qui est différent est élevée en vertu... Voilà où siègent les détenteurs du véritable pouvoir. Craignant leur chute, ces dominants se transforment en despotes. Pour ce faire, ils tentent désespérément de confondre les paisibles Réformistes avec des révolutionnaires barbares se révoltant contre leur suzerain. N'ont-ils pas voulu convaincre l'Exécutif que les comtés de Richelieu et du Lac-des-Deux-Montagnes, du moins, sont en révolte ouverte ?

Gilbert est envahi d'un doute lancinant qui le torture. Si Bleury était bel et bien l'homme qu'il prétend être, chargé d'être les yeux et les oreilles de l'Exécutif de la province ? Le jeune instituteur n'en peut plus d'être ainsi ballotté, d'un extrême à l'autre. D'une voix blanche, il fait remarquer :

— Les insultes dans *Le Populaire*... les menteries grosses comme le bras... c'est itou pour donner le change ? Pis le coup de feu de Rosalie-la-Poule ?

Gilbert a fait exprès d'être grossier. Pendant une fraction de seconde, il a l'impression que Bleury va lui sauter à la gorge. A-t-il rêvé ? L'éclair de rage disparaît comme par enchantement, remplacée par une expression exagérément contrite.

— Un dérapage. Je m'attendais pas à ce que Marie-Anne... je veux dire Rosalie... m'aime à ce point.

Après un rire salace, Bleury ajoute :

— Dans l'affaire, y a des considérations que... que bien peu connaissent. Des jalousies. Des hommes du village qui aiment trop retrousser les jupons...

Avec d'avantage d'assurance, Gilbert poursuit :

— Cette Rosalie est un brandon de discorde. Je l'ai vue agir. Elle vous défend, Déberge pis vous, bec et ongles. À quoi ça rime ?

— À faire se dévoiler les comploteurs. Décidément, t'es pas une lumière !

Incrédule, Gilbert rétorque :

— Se dévoiler les fanatiques ? Vous suscitez délibérément les échauffourées ?

— Celle-là, oui. Afin que l'Exécutif ait des preuves irréfutables. Tant que le réseau de collusion s'affiche pas en plein jour, c'est ardu de le contrebouter. C'est ardu de dépouiller les comploteurs de leur position de pouvoir.

— Mais à Saint-Denis, y aurait pu avoir mort d'homme !

Brusquement, Bleury se lève. Sa chaise bascule vers l'arrière mais, d'un geste, il la replace en position. Il conclut en dardant sur Gilbert un regard impatient :

— Faut que je file. Je me démène, tu peux pas savoir à quel point. Fais-moi signe si tu veux t'investir pour la cause. J'aurais sacrément besoin d'une personnalité comme toi. Faut que tu sois suprêmement convaincant, par exemple.

Bleury prend la poudre d'escampette et Gilbert, éberlué, le regarde disparaître à travers l'huis. Ses idées sont mêlées en diable, mais il s'en voudrait de compromettre le succès de la manœuvre et il choisit de mettre ses doutes sur la glace jusqu'après l'assemblée du 23 octobre. Il pourra toujours rompre ses liens avec le Cabaretier patriote. Mais se priver des bénéfices de son billard ? Difficile, d'autant plus qu'il s'en sert pour rembourser Caroline, petit à petit, de sa perte due à la faillite de la Maison canadienne de commerce.

Comme il était prévisible, seulement une vingtaine de noms à consonance française se retrouvent au sein de la liste finale de 2000 hommes, réels ou inventionnés, ayant endossé l'avis de convocation de l'assemblée de la Montreal Constitutional Association. Ce 23 octobre, fort peu de maisons sont pavoisées en prévision de l'événement, malgré la distribution d'immenses affiches et une cavalcade bruyante dans les rues pour rameuter un public qui se révèle être en partie la crème de l'Orangisme, et pour le reste une insignifiante populace.

Au même moment, une compagnie d'habits rouges arpente la rue Notre-Dame, ce qui cause un vif émoi car la garnison est tenue en état d'alerte sous prétexte que l'assemblée pourrait dégénérer en conflit ouvert. Il s'avère qu'une trentaine de soldats surveille trois canons prêtés par l'état-major de l'armée aux artilleurs d'un régiment de la milice d'élite du district, la Royal Montreal Infantry, en vue d'exercices prévus dans le faubourg Saint-Antoine. Lesdits artilleurs ne se privent pas de faire étalage des superbes destriers récemment commandés sur ordre de Gosford...

La tentative d'intimidation crève les yeux. La Royal Infantry, l'un des régiments de milice d'élite dont Gilbert a causé avec Bleury quelques jours plus tôt, est placée sous le commandement de Peter McGill, celui-là même qui s'apprête à présider aux délibérations de l'assemblée, à quelques encablures de là. Nul discoureur de langue française ne monte sur le husting orné de l'inscription « Our Country », pas même Bleury qui demeure en périphérie de l'assistance. L'assemblée se conclut par une procession agrémentée par la présence d'un autre régiment de miliciens d'élite, la Royal Montreal Cavalry.

Pour Gilbert, la démonstration est éloquente. Si le public a été beaucoup plus clairsemé qu'à l'assemblée du 6 juillet, si l'appui canadien s'est réduit à une poignée de traîtres à leur patrie, c'est que les honnêtes *Constitutionals*, même ceux jugeant impératif de résister aux menées factieuses, fuient une faction guerrière et chauvine qui reproche à l'Exécutif de la colonie ses énervantes tentatives de conciliation, c'est-à-dire les récentes nominations aux Conseils législatif et exécutif, pourtant jugées grotesques par les Réformistes!

Les sectaires de la métropole ont invité à une cabale contre de plus hautes instances et à des excès, au jour de la rétribution, contre le parti réformiste. L'un des jeunes orateurs a même exhorté ses semblables à user de vengeance contre tout ce qui est Canadien! Sous l'urgence de faire coopérer ensemble tous les loyaux sujets en vue de préserver l'ordre public, l'une des six résolutions adoptées encourage la mise sur pied, dans chaque quartier de la ville, d'associations de *volunteers* parés à planifier une action concertée en cas de troubles – *in case of urban disturbance*.

Gilbert finit par se réjouir de cette grandiloquence, puisque nul ne pourra désormais prétendre que le conflit est bassement racial et que l'ensemble des Britanniques se trouve amalgamé d'un seul côté du champ de bataille. Il rit jaune devant l'échange de propos acérés entre les éditeurs du *Montreal Herald* et du *Morning Courier*. Le premier, un fou furieux qui était un des orateurs de l'assemblée, reproche à l'autre de ne pas faire un rapport avantageux de l'assemblée. De ne pas dénaturer la vérité...

Quant au second, il étale à pleines pages son dédain de celui qui l'accuse, le tristement célèbre Adam Thom, et son dédain de la cause qu'il soutient, celle d'user d'un châtiment précoce afin de museler une pseudo-faction révolutionnaire qui comploterait au moyen d'assemblées subversives et d'une presse inondant la province de calomnies. Mettant tout cela de côté, Gilbert songe plutôt que Bleury et son mentor Debartzch, de même que Pierre-Édouard Leclère et Léon Gosselin qui ont signé l'avis de convocation à l'assemblée, se retrouvent totalement isolés à la fois de leurs compatriotes et des forcenés sectaires. Qu'est-ce à dire? Gilbert donnerait sa chemise pour l'affronter à ce sujet, mais pour une raison qu'il ignore, Bleury brille par son absence au Cabaretier patriote.

À SON VIF DÉPIT, VITALINE n'a pu assister à l'assemblée de la Confédération des Cinq Comtés, c'est-à-dire ceux de Chambly, Richelieu, Rouville, Saint-Hyacinthe et Verchères. Elle comptait s'y rendre au sein d'une délégation de l'Association patriotique des dames de Saint-Denis, mais la rumeur a circulé que les habits rouges feraient acte de présence et Norbert, qui se promeut maître de la maisonnée en l'absence de son père et de son frère, a formellement interdit à ses proches parentes d'effectuer le voyage.

Vitaline s'est résignée à lui obéir uniquement après d'épuisants palabres. Elle a évacué sa frustration en fabriquant des bannières sur lesquelles elle a peint les devises suivantes : *Fuis, Gosford, persécuteur des Canadiens* ainsi que *Papineau et la majorité de la Chambre d'Assemblée.* Elle les a roulées pour les emporter jusqu'au bourg, afin de remettre la première en cadeau à Rémy, la seconde à Vincent. Le jeune arpenteur a accepté le présent d'un air gêné, puis il a dû éconduire la visiteuse à cause d'un surcroît d'occupations, notamment un client qui s'annonçait. Les sens virés à l'envers et le cœur meurtri, Vitaline a retracé piteusement ses pas...

Les habits rouges ne se sont pas matérialisés le 23 octobre, mais certains de leurs officiers ont commis une bourde qui aurait pu être lourde de conséquences. Sur le traversier qui transportait Louis-Joseph Papineau de l'autre côté du fleuve, se trouvaient également des amateurs de chasse à courre, membres du Montreal Hunt, et leur meute de chiens. Parmi eux figuraient des officiers de la garnison. Sur le quai de Longueuil, une cinquantaine de Fils de la Liberté, affublés d'un capot gris agrémenté d'une ceinture fléchée et d'un foulard rouge à l'épaule, attendaient le tribun.

Le fouet brandi, les officiers ont éperonné leurs chevaux pour faire mine de fondre sur l'escorte, qui a eu l'intelligence de se disperser benoîtement. De l'avis général, les officiers étaient en mission d'espionnage. Les autorités aiment à croire que la rivière Chambly est en état d'insurrection ! Ce qui est certain, c'est que les principaux officiers de la garnison montréaliste se rangent résolument du côté des ultra-tories.

Mais l'attention populaire s'est désintéressée d'eux, pour se tourner vers le village Papineau. Au moins 5000 hommes, parmi lesquels 10 délégués par paroisse, 12 députés et un conseiller législatif, y ont convergé. Vu la bouette qui souillait les chemins, la distance d'une douzaine de lieues à parcourir pour certains et la saison des labours qui battait son plein, c'est digne de respect ! On s'est servi d'un coup de canon, à midi tapant, pour inviter les assistants à s'approcher du husting dressé dans la prairie d'un notable, à proximité du manoir du seigneur Debartzch... lequel a refusé le défi non point en assistant à l'assemblée des *Constitutionals* de Montréal, mais en déguerpissant à Québec.

Une délégation venue du comté de L'Acadie a demandé son inclusion ; la Confédération a été rebaptisée en conséquence. Treize résolutions ont été adoptées dont l'une dénonçait le recours aux troupes pour *détruire par la force physique toute résistance constitutionnelle, et pour compléter par la désolation et la mort, l'œuvre de tyrannie déjà résolue et autorisée au-delà des mers* ; et dont une autre recommandait la création de brigades de Fils de la Liberté dans les campagnes.

Enfin, les Réformistes des Six Comtés ont accepté de s'inspirer de l'exemple du comté du Lac-des-Deux-Montagnes. Là-bas, les juges de paix et officiers de milice choisis par l'Exécutif n'inspirent plus la moindre confiance, du moins jusqu'au jour où Gosford quittera la province ; leurs ordres ne seront pas obéis à moins que ce refus ne constitue une violation manifeste des lois ; ces juges de paix et officiers de milice seront *poursuivis et punis dans tous les cas où ils se rendront coupables d'abus de pouvoir* ; et enfin, des « amiables compositeurs » seront élus à leur place, puis chargés du maintien de la paix dans le comté.

Le jour d'après, les délégués de paroisses se réunissaient en comité, puis l'assemblée générale était convoquée de nouveau afin d'entériner le texte d'une Adresse de la Confédération des Six Comtés à leurs concitoyens du Bas-Canada. Enfin, les participants ont reconduit Papineau devant une colonne, surmontée d'un bonnet rouge, érigée en son honneur. Il y est gravé : « À Papineau, ses compatriotes reconnaissants, 1837 ». Sur-le-champ, des jeunes hommes, après avoir chanté un hymne populaire, se sont prosternés au pied du mât de liberté en jurant de vaincre ou de mourir pour leur pays. Spectacle touchant qui a été recréé par la suite par Norbert, pour le bénéfice de ses parentes émues aux larmes.

Ce qui épate Vitaline, c'est le moyen trouvé pour, en quelque sorte, désarmer les habits rouges. Les cinq résolutions adoptées par les délégués au matin du 24 octobre, de même que l'Adresse subséquente, proclament que le peuple canadien *ne sèmera point d'obstacles* sur la route des déserteurs de l'armée britannique. Élevés en pays démocratique, bon nombre d'habits rouges refuseront d'être les *vils instruments* de l'esclavage des Bas-Canadiens, et sauteront sur l'occasion de franchir la ligne.

Le message se rendra-t-il jusqu'aux soldats ? Aura-t-il un impact réel ? Les Réformistes l'espèrent, mais en attendant, ils continuent de manifester leur rejet viscéral de l'Exécutif de la colonie en insistant sur la mise sur pied de comités de vigilance, l'élection de magistrats pacificateurs et l'organisation de branches locales de Fils de la Liberté. Éventuellement, la «Convention» prévue lors des assemblées anti-coercitives de Montréal et de Verchères, en mai, se réunira dans le but de poursuivre la route vers *un système de gouvernement bon, peu dispendieux et responsable*, ce qu'espèrent tous ceux – de quelque origine, langue ou religion que ce soit – qui chérissent le respect des droits et l'équité des lois.

40

Gilbert est dans son billard, à croupion pour inspecter l'une des tables par en-dessous, lorsqu'une interjection furieuse résonne dans la pièce déserte :

— Veux-tu bien me dire c'est quoi, l'affaire de la proclamation des magistrats ?

De sa position, Gilbert distingue les jambes de Gaspard, qui se tient debout près de l'entrée de la salle.

— Je débarque de la rivière Chambly pis la première chose que je vois, ce sont ces immondes placards !

— T'aurais mieux fait de rester tranquille chez toi. En ville, ça pue le fanatisme.

Gilbert n'a rien fait pour masquer son ton acide. Ayant décanillé vers Saint-Charles quelques jours plus tôt, car il y a apparence de troubles en ville, Gaspard doit être revenu pour affaires pressantes à la requête de son père. Gilbert avait remarqué, chez son associé, une propension à prendre la poudre d'escampette, mais par les temps qui courent, il commence à être réellement irrité par cette couardise. Gaspard se défend :

— Je croyais pourtant le moment bien choisi pour prendre la route. Les tensions devraient s'amoindrir, astheure que l'époque des assemblées est passée.

Gilbert le contreboute tout en poursuivant son examen de la structure de la table de billard :

— L'affaire du collecteur des douanes de Saint-Jean, t'es au courant ? Le *Herald* d'hier écrit qu'un faquin est arrivé en ville pour se plaindre d'une attaque. Selon lui, les loyaux sujets sont en butte à des persécutions qui prouvent que les comtés les plus turbulents sont à la veille de la sédition armée. On menace de se saisir de leurs propriétés et de leurs biens pour forcer les magistrats et les officiers à renvoyer leurs certificats. On use de terreur...

— Pff... Les rumeurs concernant le comté de L'Acadie sont juste la répétition du Lac-des-Deux-Montagnes en juillet, pis de Saint-Denis en septembre.

Gaspard élabore: ceux qui tiennent mordicus à leurs parchemins signés du gouverneur transmuent les charivariseurs en carnassiers sanguinaires, et la moindre pichenette en tremblement de terre. Prétextant qu'il n'a cédé qu'aux menaces, un magistrat qui est aussi collecteur des douanes a déserté son poste, aveuglé par la peur. Pour les intolérants, la porte s'ouvrait toute grande aux produits importés des États-Unis. La douane, et donc l'empire, étaient en danger!

— Y en a une couple qui font mine de crever de trouille, conclut Gaspard. Qui voient des atrocités insurrectionnelles partout. C'est comme toi. Tu prends des vessies pour des lanternes, c'est-à-dire que tu me confonds avec mon besson...

Frappé de stupéfaction, Gilbert cesse son tripotage pour mieux regarder le survenant: Vincent, qui a fait fi de ses scrupules à venir au Cabaretier patriote. Pour le sûr, il n'est pas sans savoir que son besson est encore bien à l'abri au village Papineau... Gilbert les a donc confondus. Après s'être remis sur ses jambes, il se précipite vers Vincent pour une accolade. Après un rire, il s'exclame:

— Y a juste toi pour accourir plonger dans le trouble jusqu'au cou!

— C'est si pire? La proclamation des magistrats vise directement l'assemblée mensuelle des Fils de la Liberté, c'est-y pas? Moi qui étais venu écornifler pour le compte de la branche de notre patelin...

Tout en entraînant son visiteur vers la salle commune afin de lui offrir une bière, Gilbert confirme que si les magistrats de la cité défendent *à tout parti ou société politique* de se réunir demain le 6 novembre, ainsi que de parcourir les chemins publics en portant des bannières ou en jouant de la musique, c'est que les fanatiques ne le tolèreront pas. Chose certaine, leurs gazettes assimilent à un crime de lèse-majesté le fait de s'adonner, pour les Fils de la Liberté, à des exercices militaires. Depuis ceux du 22 octobre dernier, correspondances et commentaires éditoriaux font allusion à une réaction à main armée si jamais les Fils de la liberté récidivent...

— Y savent trop bien que des régiments de Volontaires défenseurs leur feront face à la prochaine élection générale, déclare Vincent avec un mélange de fronde et d'amertume. Pis que ça prendra pas une flopée d'étincelles pour qu'on s'embrase...

En ce gris et froid dimanche en après-dînée, les deux jeunes hommes ont l'embarras du choix quant aux tables, et ils prennent place près d'une fenêtre donnant sur La Gauchetière. Vincent raconte à Gilbert qu'il est venu donner un coup de main à son ami Jean-Philippe Boucher-Belleville. Ancien éditeur de *L'Écho du pays*, celui-ci a dû changer son fusil d'épaule lorsque le seigneur Debartzch a retiré son patronage à la publication patriote. Il a donc fondé *Le Glaneur*, mensuel se préoccupant surtout de questions agricoles.

Pour assurer la pérennité de son journal, il vient d'en confier l'impression à Louis Perrault, du *Vindicator*. Vincent est donc venu aider Boucher-Belleville dans la mise en route du numéro à venir. L'affaire est réglée : demain, les pressiers se mettront à l'ouvrage.

— C'est ma foi vrai, dit Gilbert avec une pointe de jalousie, tu baignes dans le métier de nouvelliste comme dans un poisson dans l'eau... Un temps, je convoitais d'être journaliste, mais ça a été fichtrement plus aisé de devenir instituteur.

— Pour ça... Tu regrettes ?

— Parfois. L'impact des mots... J'aurais aimé être celui qui les trace. Une lubie...

— Les mots, tu leur fais écho dans ta classe. C'est important itou.

Ce qui devient fichtrement ardu, rétorque Gilbert, car les Sulpiciens s'acharnent à imposer leur vision servile du pouvoir. L'entretien initial de Gilbert avec le supérieur, peu après l'adoption des 92 Résolutions, puis la pression qui s'est mise à augmenter après les élections de 1834, ce n'était encore que l'assaut initial. Avec une grimace expressive, le jeune instituteur élabore :

— Je pronostique une imminente visite de m'sieur Quiblier. Y se servira du foutu mandement dont cause la province au grand complet. Paraît que de *mal gouverner* est un droit divin ! On dirait que le but escompté est de causer une réaction de colère.

Instantanément, Vincent s'enflamme au sujet de ce qui a été qualifié, à juste titre, de réédition de la Proclamation du 15 juin. Le chef du diocèse a voulu rappeler qu'il est interdit de se révolter. Il faut se soumettre à la puissance, c'est-à-dire à la branche exécutive du pouvoir dans la colonie. Mgr Lartigue fait mine d'oublier que la représentation élue du pays est l'une des branches du pouvoir, et sa puissance est égale à l'Exécutif... Pour modifier l'ordre établi, a-t-il proclamé, des assemblées populaires ou même une majorité en Chambre d'Assemblée ne peuvent suffire.

— Ce qui m'a scié, poursuit Vincent, c'est le passage qui fait allusion à des *bruits de rébellion*. Est-ce qu'on vit sur la même planète, Monseigneur pis nous autres ? Une rébellion, c'est prendre les armes pour détrôner un souverain ou son représentant, me semble ? User de violence planifiée et concertée ? Sauf que les seuls à faire ça, ce sont les convulsionnaires depuis quasiment deux ans !

Les autorités ecclésiastiques d'antan avaient tenté d'absoudre, l'évangile à la main, le despotisme du gouverneur Craig ; les mêmes textes resservent astheure, fait valoir Vincent. Le « mandement politique » de l'évêque Lartigue a été émané juste après le retour de la capitale de son secrétaire, Mgr Bourget, qui avait visité assidûment le Château Saint-Louis. Ce matin même, les curés du district avaient l'obligation de lire le texte en chaire. Si le clergé se ligue avec le gouvernement exécutif pour asséner la doctrine de l'obéissance passive à coups de préceptes indiscutables, le joug va devenir insupportable.

Gilbert déplore à haute voix :

— Notre évêque serait donc malléable à ce point...

— Lartigue est sulpicien à l'origine. Pis y est en dette envers le gouverneur, qui lui a donné son diocèse. Pis t'en connais, toi, des prélats qui s'enivrent pas de leur puissance ?

— Laisse-moi t'administrer le contrepoison que j'ai fait boire à mes élèves, dit Gilbert en rigolant. Un passage de l'Adresse de la Confédération des Six Comtés que j'ai fini par apprendre par cœur. *Le gouvernement est une institution humaine formée pour l'avantage de tous ceux qui consentiront à venir ou à rester sous sa protection et sous son contrôle. Les hommes qui constituent l'autorité publique ne sont que les exécuteurs des vœux légitimement exprimés de la communauté. Ils doivent être déplacés dès qu'ils cessent de donner satisfaction au peuple, seule source légitime de tout pouvoir...*

— Hé, Gaspard ! T'es revenu dans le boutte ?

Interloqué, Vincent lève les yeux vers Patrick Cuvillier, qui vient de faire irruption dans la taverne. Essoufflé, le survenant poursuit, les mots déboulant littéralement de sa bouche :

— Ça me réjouit sur un temps riche que tu sois parmi nous, mais prend garde à toi, parce que ça risque de brasser en masse demain.

C'est Gilbert qui le questionne :

— Demain ? Comment ça ?

Avec une œillade dédaigneuse à son endroit, Patrick s'adresse à Vincent :

— Je peux parler devant lui ?

D'une voix sans timbre, l'interpellé répond :

— Te gênes surtout pas.

Comme s'il se trouvait en tête à tête avec celui qu'il croit être Gaspard, Patrick se penche vers Vincent pour dire à mi-voix :

— Comme Milord finasse encore... comme y cherche des preuves quasiment irréfutables que l'insurrection a débuté... on va lui fournir la preuve. Demain, ce sera un jour d'émeute, fie-toi sur moi pis sur bien d'autres.

— Pat ! Accours par icitte, faut que je te cause !

Un petit homme obèse à la peau mate, attablé à l'autre bout de la pièce, vient de lancer l'apostrophe. Le jeune Cuvillier se redresse pour jeter un regard à Louis de Chantal, l'entrepreneur qui a servi d'intermédiaire entre ceux qui finançaient et ceux qui exécutaient les actes brutaux de la Rue du Sang.

— Je file, dit-il. Mais je reviens, attends-moi. On parlera un brin.

Sur ce, il s'éloigne et aussitôt, Gilbert renseigne Vincent sur le fils d'Austin Cuvillier, magistrat clubiste. Éberlué, Vincent l'interroge sur l'intimité entre le jeune fauteur de troubles de la Rue du Sang et Gaspard. Gilbert hésite à répondre, au risque de s'avancer sur un terrain glissant, celui du Cabaretier patriote transmué en repaire bureaucrate... Sourcils froncés, Vincent l'observe un court instant, avant de murmurer :

— Est-ce que... est-ce que ça serait à ton avantage que je me fasse passer pour mon besson ?

Inattendue, la proposition fait monter une bouffée de chaleur à la tête de Gilbert. Il reste hagard, instantanément appâté par les bienfaits potentiels d'une telle supercherie. Vincent l'aiderait à éclaircir le mystère qui le mine : Gaspard l'utilise-t-il pour accomplir de sombres desseins ? Il ne peut se délivrer de l'impression que Gaspard l'a plongé dans une mare de bouette épaisse qui obscurcit sa vision et annihile son jugement. L'impression que Gaspard se sert de lui comme d'une marionnette !

— Oh que oui ! Oui, fièrement... Mais pour ça, faut que je t'édifie. Attache ta tuque. Le temps nous est compté.

Gilbert se garroche à toute vapeur dans son récit. Il explique comment Gaspard a laissé le seigneur Debartzch, son acolyte Bleury et leurs alliés prendre possession de l'endroit, afin de le transmuer en un camp de base pour la branche française des antipatriotes de la métropole ; et comment, par la suite, Gaspard a laissé Pat Cuvillier et quelques autres, dont le connétable Louis Malo, exercer une surveillance étroite des lieux au bénéfice de leurs maîtres. Mais c'est surtout le double jeu que les illustres renégats prétendent jouer que Gilbert s'astreint à mettre en lumière, afin de faire comprendre à Vincent la cause de son tourment : Gaspard lui cache-il sciemment les faits ?

Vincent s'exclame à voix basse :

— Des espions pour renseigner l'Exécutif sur les manigances des forcenés ? Pour le renseigner sur leurs tentatives de coup d'État ? C'est... c'est ahurissant !

— Je peux pas m'empêcher d'y croire. Autrement, leurs actes les associent à de fieffés idiots. À des ultra niaiseux.

— Quelle histoire ! Va falloir que je décante...

— Je pouvais pas m'ouvrir la trappe devant toi. Pourtant, ça me démangeait ! T'en penses quoi ? Ton frère me manipule ?

— On va tenter de l'éclaircir. Va falloir que tu sois inclus dans ma conversation avec Patrick pour prévenir mes bourdes. Ou les réparer.

— On fera croire à Pat que je suis converti à sa cause. Que j'ai accepté l'offre de Bleury de m'y investir concrètement.

Effaré, Vincent s'inquiète :

— Bleury a tenté de t'enrôler ?

— Juste avant les assemblées du 23 octobre. Je l'ai pas croisé depuis.

— Pourtant, y est en ville.

— Je sais. Y plaide en cour ces jours-citte...

Gilbert s'interrompt, car Pat se faufile entre les tables pour venir jusqu'à eux. Fasciné, il observe Vincent se revêtir de la personnalité de son frère comme d'une soutane qu'il glisserait depuis le haut du crâne jusqu'aux pieds. Son maintien se relâche, ses traits se teintent d'une expression de bonhomie mâtinée de dureté sous-jacente, et en un clin d'œil, Vincent est devenu son jumeau trop gâté dont il ne peut supporter la présence. Accueillant le survenant d'un grand geste du bras, il lance :

— Pat, mon fendant! Te revoilà enfin. T'en avais des affaires cruciales à brasser, pour me laisser en plan de même?

— Hé oui... c'est la rançon de la gloire. On peut causer seul à seul?

— Seul à seul? Mon associé est suspendu à tes lèvres autant que moi!

Pat jette à Gilbert un regard suspicieux, avant d'objecter :

— Je préfère seul à seul.

— Je meurs d'envie de savoir à quelles preuves d'insurrection tu fais allusion, intervient Gilbert tranquillement. Ça m'étonne que Bleury m'en ait pas causé lui-même. Je pourrai l'interroger, remarque, parce que j'escomptais aller lui rendre visite pour faire avancer notre cause.

Décontenancé, Pat ânonne :

— Faire avancer la cause?

— Y m'a fait savoir que mon aide lui serait précieuse. Pis astheure, y est plus que temps de les faire aboutir, nos affaires. J'en jasais avec Gaspard avant que t'arrives. L'incertitude, c'est pas bon pour le commerce.

— Pas juste l'incertitude, ajoute le faux Gaspard. Le boycott itou. C'est imminent que ça nous fera mal à nous autres. J'arrive de Saint-Charles, pis tu peux pas savoir à quel point les esprits sont montés contre nous. On fait courir le bruit que l'étoile du seigneur Déberge pâlit à Québec. Que Milord pis les autres membres du Conseil exécutif commencent à dédaigner son avis! C'est pour ça que j'ai sacré mon camp. Si on trouve pas le moyen de faire virer l'attelage de bord, même une auberge comme la nôtre va pâtir. Pis quand des hommes vont jusqu'à s'empêcher de boire par conviction...

Le jeune homme fait une mine éloquente, avant d'inviter Pat à prendre place à leurs côtés.

— Reste pas planté comme un piquet! Pis délie-toi la langue. Besoin d'un remontant?

L'interpellé répond par la négative. Il vient justement de caler une bière, et s'il veut conserver les idées claires... Gilbert se penche vers lui, et n'a pas besoin de se forcer pour arborer une mine prodigieusement intéressée.

— Demain, jour d'émeute? Déboutonne-toi.

Le toisant avec dureté, Pat rétorque:

— T'es un Enfant de la Liberté, c'est-y pas?

Gilbert se crispe intérieurement devant l'insulte. C'est le rédacteur du *Herald* qui, par mépris, a popularisé l'expression *Children of Liberty*... Se ressaisissant, il répond:

— Pas eu le choix. Dans mon coin, j'aurais été suspect de m'abstenir.

— C'est correct. On aura besoin de témoins.

Le faux Gaspard lui coupe la parole, faisant mine d'être excité:

— La proclamation des magistrats d'à matin?

Contagionné par son ardeur guerrière, Pat se tourne vers lui pour affirmer à mi-voix qu'il est plus que temps de bâillonner les révolutionnaires. Or, le pouvoir civil est réduit à l'impuissance, comme l'indique l'insuccès du procureur général devant les tribunaux. Comment redonner du mordant au gouvernement exécutif? Gilbert est à ce point tendu qu'il peine à prendre son respir. D'une voix blanche, le faux Gaspard propose:

— En faisant accroire à des plans actifs de révolte armée?

— Tout juste. Demain, les Enfants de la Liberté vont mettre la ville à feu et à sang. L'armée va sortir pour les contenir. Milord aura la preuve formelle qu'y veut, pis Londres itou.

— Y a plusieurs semaines, dit le faux Gaspard, qu'on répand la rumeur d'exercices belliqueux. Ces idiots pavent la voie avec leurs manœuvres militaires à la noix.

— J'y étais le 22 octobre, glisse Gilbert avec un sourire qu'il souhaite dédaigneux, pis le dimanche suivant itou. Rien pour apeurer le moindre soldat britannique.

— Sauf que ça sert parfaitement l'objectif d'alimenter la rumeur d'un complot patriote, explique Pat. Ledit complot va atteindre son paroxysme demain à la même heure. Après ça, les dés seront jetés.

— Si je t'entends bien, dit le faux Gaspard, faut se tenir loin du théâtre des événements?

— Ça va barder.

— Merci du conseil d'ami. Je te le revaudrai.

Jetant à Gilbert une œillade menaçante, Pat ajoute:

— Si jamais un de vous s'ouvre la trappe...

Le faux Gaspard s'exclame avec colère:

— Boucane de sauvage! T'es fêlé ou quoi? On sera muets comme une tombe. Pis on va aller voir ailleurs ce qui se passe pis, c'est-y pas, Gilbert?

— Parle pour toi, rétorque ce dernier. Moi, je suis pas pleutre à ce point... Si je participais à l'assemblée de demain en tant que futur témoin?

— Je le déconseille, répond Patrick. Y a trop de risques...

Il est interrompu par le faux Gaspard qui, la mine furieuse, s'est brusquement penché au-dessus de la table pour s'en prendre à Gilbert.

— Je suis pas pleutre. Retire tes paroles de suite!

Après un regard de commisération à l'adresse de Pat, Gilbert obtempère:

— Je retire. T'es juste prudent.

Se redressant, le faux Gaspard fulmine encore:

— Dire une affaire de même, alors que je t'ai trouvé assez digne de confiance pour te mettre au parfum... J'aurais pu rester comme au début, à te faire des accroires!

— Tu l'aurais regretté en maudit, réplique Gilbert d'un ton glacial.

— Espèce de fendant! J'aurais rien regretté pantoutte, parce que t'aurais eu connaissance de rien.

Vincent se permet un de ces rires moqueurs dont Gaspard a le secret, avant de ponctuer:

— Je t'aurais mené par le boutte du nez!

— Vante-toi pas trop, intervient Pat d'un ton exaspéré. T'as pas eu le choix. M'sieur Bleury a été clair comme de l'eau de roche. Pis je parle pas du seigneur...

Gilbert s'oblige à demeurer impassible, mais les émotions s'entrechoquent dangereusement en son for intérieur. Le fils Cuvillier vient de lui confirmer que Gaspard a été malhonnête avec lui. Est-il possible, sans prendre un trop grand risque, de continuer à tirer les verres du nez de Pat? Brusquement, le faux Gaspard se lève, feignant une humeur bourrassière.

— La récréation a assez duré. Je vous laisse en tête-à-tête.

Vincent part à longues enjambées, manifestement tenaillé par la crainte d'être interpellé par quelqu'un. Dès qu'il est sorti, Pat fait une mine éberluée.

— Ça s'appelle prendre la poudre d'escampette... Cré Gaspard. Mené par son tempérament explosif...

Pat ponctue sa déclaration par un rire sarcastique.

— Je serais malvenu de le critiquer. Je suis pareil. Je tolère pas qu'on fasse un fou de moi.

— Comme Gaspard, tu compenses par des qualités autant excessives que tes défauts, rétorque Gilbert. Sauf que quand y a fini par me dire la vérité...

Il se frappe la paume avec le poing.

— ...j'ai failli lui démolir le portrait! Me faire accroire que Déberge pis Bleury agissent de même pour le salut de leurs compatriotes...

Pat répond par un rire moqueur.

— Pis t'as avalé cette couleuvre? T'étais crédule en pas pour rire.

Gilbert a le cœur lourd comme les pierres. Il trouve néanmoins le courage de s'insurger sur un ton froissé:

— Ça aurait pu, non? À une certaine époque, y ont clamé leur patriotisme à hauts cris.

Devant l'expression moqueuse de Pat, Gilbert s'ébahit:

— Me dis pas qu'y ont fait assemblant dès le départ?

— Disons qu'y penchent du côté de ceux qui peuvent le mieux servir leurs desseins. Pendant un temps, ceux-là étaient les Réformistes. Mais quand y ont compris que le combat était férocement inégal pis qu'y se tenaient du côté des perdants, y ont changé leur fusil d'épaule.

Gilbert se retient à deux mains de laisser tomber avec un mépris dégoulinant: «comme ton père». Il n'en peut plus de cet échange qui le met sur des épines, alors il se lève à son tour, et prétextant qu'il doit retourner chez lui pour le souper, il s'enfuit, attrapant sa bougrine suspendue au passage. Il l'enfile en s'éloignant du Cabaretier patriote comme d'un lieu maudit. Néanmoins, il ralentit bientôt, espérant que Vincent se soit dissimulé dans une encoignure, à guetter son passage. C'est le cas. Sans échanger un mot, tous deux mettent une distance sécuritaire entre la taverne et eux, puis ils s'immobilisent enfin et se font face, environnés par l'obscurité du soir.

Frissonnant, Gilbert enfile sa tuque et ses mitaines, puis il serre étroitement les pans de son capot autour de lui. Vincent l'interroge :

— C'est clair pour toi ? Le seul qui joue double jeu, c'est Gaspard ?

En guise d'approbation, Gilbert rapporte les paroles de Pat. Avec désespoir, il ajoute :

— Je croyais pas qu'on pouvait faire ça à un ami.

— Faut qu'on sonne l'alerte. Pour demain, je veux dire. Je cours chez André Ouimet.

— Le président des Fils de la Liberté ? D'un coup que c'est lui, le traître ?

Sur le point de prendre son envol, Vincent pile net.

— Quel traître ?

— Tandis que Pat pérorait, ça m'a frappé. Les convulsionnaires pourraient avoir un allié dans la haute direction.

— J'y avais pas pensé. Qui, alors ?

— Viger-au-grand-nez ? Y est magistrat itou.

— Mais trop lent de réaction. Mon ami Rodolphe, d'abord ?

— DesRivières ? C'est lui, avec une couple d'autres, qui nous font faire des exercices militaires.

— Lui, je garantis sa loyauté à cent pour cent.

Mais ledit Rodolphe est ardu à localiser. Comme Vincent et Gilbert l'apprennent bientôt, le comité de régie des Fils de la Liberté, ainsi que les chefs des sections locales, sont réunis pour décider de la marche à suivre pour le lendemain. L'endroit où ils se trouvent semble un secret bien gardé... Tandis qu'ils transitent d'un lieu à l'autre, Gilbert et Vincent entendent le crieur public faire lecture, après avoir fait sonner une cloche, de la proclamation des magistrats. Le chapelet de paroles égrenées d'un ton monocorde fait planer une atmosphère d'autant plus sinistre qu'il fait noir comme chez le loup et que la bise est mordante.

41

En désespoir de cause, Gilbert s'apprête à laisser Vincent devant la porte de Rodolphe, où il crèche à chacune de ses visites dans la cité, lorsque son hôte rentre justement chez lui. Tout en se réchauffant près du poêle, Vincent narre au jeune homme la teneur des propos de Patrick Cuvillier. Malgré la fatigue qui lui creuse les traits, Rodolphe écoute attentivement son récit. La perspective d'une échauffourée préméditée ne le surprend pas tant qu'elle le consterne et l'enrage tout à la fois.

À son tour, Rodolphe se lance dans une brève relation, expliquant à ses interlocuteurs qu'ils viennent de confirmer hors de tout doute ce dont les dirigeants élus des Fils de la Liberté avaient tout lieu de croire. Il existe une volonté bien arrêtée, du côté des autorités exécutives de la métropole, de faire accroire que leur société politique a été fondée pour être le bras armé d'une insurrection imminente. Dès le premier jour du mois, les magistrats montréalistes ont fait assermenter une trentaine de connétables spéciaux censés les assister au maintien de l'ordre. Une troupe de choc comme celle qui a causé tant de ravages lors de la Rue du Sang, il y a cinq ans et demi!

Une visite reçue par Amédée Papineau, il y a quelques heures, apporte la confirmation indiscutable de cette théorie. C'est auprès du fils de Louis-Joseph que les moins pourris des juges de paix de Montréal ont choisi d'aller faire pression afin que l'assemblée de demain soit contremandée. John Donegani et Théophile Dufort ont fait allusion à une déposition sous serment datée de la veille, samedi 4 novembre, et dans laquelle quatre fanatiques ont fait état de leur alarme devant une probable collision entre les *Constitutionals* et les Fils de la Liberté, à la suite de l'assemblée de ces derniers.

Les signataires de l'affidavit craignaient que la confrontation entraîne des déprédations aux propriétés et même des pertes de vies. Donegani et Dufort ont prétendu devant Amédée et son père qu'ils étaient persuadés que le Doric Club, société politique tombée dans l'oubli, sonnerait la charge. Ils ont prétendu qu'ils étaient délégués par leurs collègues réunis en corps, lesquels avaient également envoyé des émissaires pour faire pression sur les têtes dirigeantes du Doric Club. Ils ont rappelé que les magistrats avaient le pouvoir de requérir formellement l'assistance de tous les sujets de Sa Majesté, y compris les habits rouges...

Furieux, Vincent s'exclame :

— Ces niaiseux se ferment les yeux bien dur. Font mine de pas voir les membres actifs du parti belliqueux parmi eux. De pas voir une énième tentative de réussir ce qui a échoué en 32 !

— Peut-être qu'y voient les clubistes, nuance Gilbert, pis qu'y font ce qu'y peuvent pour désamorcer l'engin.

Sachant que les Réformistes ne renonceront pas à leurs droits de citoyens anglais, leurs ennemis escomptent une réaction de fierté qui justifierait une répression musclée. Mais comme le proclame Rodolphe, ils seront amèrement déçus. Le comité de régie des Fils de la Liberté ne pouvant imposer une dérogation au règlement qui prévoit une assemblée à chaque premier lundi du mois, les membres se réuniront, puis quitteront l'assemblée de la manière la plus discrète possible.

— Nos magistrats vont se faire voler leur os, ajoute Rodolphe d'un ton grinçant, parce que le comité de régie va mettre au vote une résolution qui remet la prochaine assemblée au printemps prochain. J'étais contre, mais j'étais dans la minorité.

Gilbert s'apaise. Tout a été mis en œuvre pour éventer le piège. Demain, le Doric Club n'aura personne à se mettre sous la dent, et de même pendant tout l'hiver... Gilbert ne peut réprimer un bâillement. Ce voyant, Rodolphe gronde :

— Entraîne-moi pas sur cette pente. Je suis lessivé, tu peux pas savoir à quel point.

— Je sacre mon camp, dit Gilbert hâtivement.

— Attend, répond Rodolphe. Une idée m'est venue... T'as un pied dans la porte des clubistes. Faudrait en profiter...

— Pour le sûr, rétorque Vincent, nos aînés patriotes ont déjà pris la précaution d'envoyer quelques espions?

— Oui, par l'entremise de...

Rodolphe ravale la suite, visiblement choqué contre lui-même.

— Ça parle au yable. J'ai failli m'ouvrir la trappe! C'est la première fois que ça m'arrive... Pour faire une histoire courte, on est greyés du côté *british*, mais pas du côté chouayen. Ça te dirait, Gilbert, de jouer double jeu? Cultiver le lien avec Cuvillier fils. Pénétrer plus avant dans les rangs ennemis...

— Je pourrais assister à l'assemblée de demain, dit Gilbert, pis ensuite m'offrir à lui comme rapporteur. J'y ai fait allusion tout à l'heure.

— Excellent. Pour le reste, on verra au fur et à mesure. J'ai les jambes qui chambranlent...

En début d'après-dînée du lundi 6 novembre, Gilbert se met en route pour l'auberge de la rue Notre-Dame, du côté du Marché à foin, où doit avoir lieu l'assemblée des Fils de la Liberté. Il avait prévu renvoyer ses élèves vers le mitan du jour, mais la plupart ne se sont même pas présentés, car leurs parents ont pris peur en voyant les affiches placardées à travers la ville par lesquelles le Doric Club invite les loyaux habitants à se réunir à midi pour étouffer l'insurrection dans l'œuf, c'est-à-dire *crush rebellion in the bud*. Dans le même temps, le crieur public reprenait sa lecture à tue-tête de la proclamation des magistrats...

L'allusion au Doric Club n'était qu'une parade pour faire accroire que la lutte est à armes égales, entre sociétés rivales. À l'approche de l'heure fatidique, ce sont plusieurs centaines de tories armés jusqu'au dent qui convergent vers la place d'Armes. Tous les autres habitants se terrent derrière des volets clos, à l'instar d'Ériole et grand-mère qui se sont évertuées à retenir Gilbert à la maison, mais qui se sont tues dès que ce dernier a fait valoir l'impérieuse nécessité de participer à l'assemblée en nombre formidable, dans le but d'en imposer à d'éventuels assaillants.

Muni d'un bâton qui lui sert pour l'instant à assurer sa marche, mais qui pourra se transmuer en objet contondant en cas de nécessité, Gilbert chemine en silence au sein du groupe des membres de la section du faubourg Québec. Sous son habit, il a caché un poignard qui a appartenu au défunt mari d'Ériole. En passant, il voit qu'une paire de magistrats fait le pied de grue au corps de garde à la tête du Marché neuf, rue Notre-Dame; il apprend que les autres sont regroupés à un jet de pierre de là, dans la salle de la Maison d'audience, parés à agir au moindre signal. Les acteurs ont pris place...

Lorsqu'il se trouve parmi une foule de jeunes gens réunis dans la cour de l'auberge, Gilbert apprend qu'une seule des six sections, celle devant traverser la place d'Armes, a été insultée au passage par les belliqueux y faisant le pied de grue. Une couple de Fils de la Liberté se sont précipités pour châtier la canaille, laquelle n'a pas osé riposter devant la force du nombre.

Le jeune homme écoute les orateurs les haranguer par la croisée grande ouverte d'une fenêtre du premier étage, puis céder la place aux officiers d'assemblée soumettant douze résolutions dont l'une censure *les calomnies atroces et les lâches menaces* dirigées contre leur association. Une autre résolution censure les magistrats pour leurs récentes actions, d'autant plus répréhensibles que lesdits magistrats ont laissé leurs partisans, suite à l'assemblée du 23 octobre, parader dans les rues avec de la musique et des drapeaux *dans la vue d'insulter aux sentiments des habitants*.

Gilbert acclame la résolution qui souligne que l'envoi de corps armés dans les campagnes proclame *la détermination des despotes de l'Europe de porter le meurtre, la violence et la rapine au milieu d'une société paisible*. L'insulte faite au peuple ne pourra qu'exciter *des sentiments d'animosité qui tendront à faire commettre des excès contre la propriété et la personne des individus qui sont considérés comme étant les aviseurs et les instigateurs de ce flagrant outrage aux principes d'humanité*; c'est l'administration Gosford, par ses actes injustes et provocateurs, qui portera l'entière responsabilité desdits excès.

L'instituteur crie d'autant plus fort qu'il a besoin de lâcher de la pression. Dans la cour, l'effervescence grandit à vue d'œil. Des vociférations se font entendre dans celle d'une propriété adjacente, de même que dans la grande rue Saint-Jacques, là où s'ouvre la porte arrière de la cour. Ce sont des insultes en langue anglaise, dans laquelle domine l'accusation de couillonnerie. Après s'être chauffés à bloc au Tattersall, les belliqueux provoquent au combat. Bientôt, des coups font vibrer la porte de bois. Comme Gilbert aimerait leur faire ravaler leurs épithètes avec ses poings !

Les chefs de section se promènent parmi les Fils de la Liberté pour rappeler qu'ils doivent obéir au doigt et à l'œil aux ordres de leurs commandants, ainsi qu'ils se sont exercés au cours de l'automne. Celui de Gilbert est Chamilly de Lorimier, l'un des fils du vétéran de la guerre de 1812 qui a été injustement traité par l'Exécutif de la colonie. Malgré sa courte taille et sa silhouette replète, Lorimier en impose par sa manière de ramener au calme ceux qui brûlent d'envie d'en découdre ! Amury Girod, qui a fait le chemin de Varennes à Montréal pour la tenue de son procès contre le magistrat Pinet, lui prête main-forte.

Mais c'est surtout Thomas Storrow Brown, celui qui a été le principal instigateur des exercices militaires auxquels Gilbert s'est soumis pendant quelques dimanches, qui se démène comme un diable dans l'eau bénite, courant d'un bord et de l'autre pour exhorter les jeunes gens à la patience. Gilbert se sent étroitement encadré, ce qui est plutôt rassurant, car au-delà de son irritation palpable, il y a cette peur qui l'habite. La peur des coups, de la souffrance, de la mort, des habits rouges et par-dessus tout, la peur d'avoir peur et de se transmuer en couard. Des sentiments contrastés s'affrontent en lui, au risque de le rendre fou.

L'auditoire est en train de s'éclaircir. À la suite de l'adoption des résolutions, l'assemblée étant virtuellement terminée, plusieurs des orateurs de prestige ont quitté les lieux, suivis d'une partie de l'assistance. Gilbert est tenté de les suivre, mais il se retient à cause de son nouveau rôle d'espion. Pour le sûr, Pat appréciera qu'il reste jusqu'à la fin... Soudain, un bruit étrange retentit, celui d'une grêle de pierres sur les toits. En même temps, des cris de douleur s'élèvent. Jetés par-dessus le mur d'enceinte, les projectiles ont légèrement blessé quelques spectateurs ! Un drapeau arborant les couleurs de la Grande-Bretagne est brandi à bout de bras pour qu'il soit bien vu des victimes.

Sur ce, des cris sauvages s'élèvent depuis la grande rue Saint-Jacques, ponctués de coups de bâtons et d'une volée de pierres sur la porte de la cour. Les crapules invitent au combat en traitant les Fils de la Liberté de poltrons ! Les chefs de section confèrent un court instant sur la marche à suivre avec Brown, Girod et le député

Édouard-Étienne Rodier. Quelques centaines d'hommes déterminés se frayeront un chemin au milieu du groupement hostile. Ensuite, chacun s'empressera vers son domicile pour se mettre à l'abri de la soldatesque et des canons qui vont immanquablement se pointer. Mécaniquement, Gilbert obéit aux ordres de se placer en rang et en section. Pour s'improviser une arme, plusieurs arrachent des pieux ou des sections de râteliers, ou même se saisissent de bûchettes.

Au même moment, un observateur vient au rapport. C'est bel et bien la faction surexcitée qui les agresse, ceux-là même, magistrats y compris, qui se muent au besoin en émeutiers lorsque la situation le commande. Le parti ennemi est au moins deux fois plus nombreux que les Fils de la Liberté, et bien armé! Les pierres tombées dans la cour sont ramassées, puis jetées dans la rue. Au bout d'un moment, les projectiles leur sont retournés avec force, pendant que reprend un tapage chargé de menaces.

Tout soudain, Gilbert est assourdi par la clameur qui s'élève autour de lui, prélude à une charge qui l'entraîne au trot vers la porte de la cour, subitement toute grande ouverte. Leurs tourmenteurs ne peuvent résister à un tel assaut et ils prennent leurs jambes à leur cou vers la rue McGill. Comme le voit Gilbert au milieu des têtes qui l'environnent, ceux-ci font halte à proximité du Tattersall. Ce voyant, les meneurs des Fils de la Liberté ordonnent la retraite. Deux sections retracent leurs pas jusque dans les faubourgs de l'ouest au moyen d'une rue transversale; les quatre autres, avec Gilbert au sein de la sienne, rebroussent chemin vers l'est.

Ils n'ont pas fait cinquante pas qu'un abat de pierres leur tombe dessus. Les crapules attaquent! Gilbert entend des ordres brefs qu'il ne comprend pas, alors il imite ses voisins qui ont pilé net, pivoté sur place et repris leur marche vers le Marché à foin à pas redoublés. Étant dépourvus de pierres, le seul moyen de riposter est au brasse-corps! La canaille s'éparpille et disparaît à leur approche. À leur tour, les Fils de la Liberté sont maîtres de l'extrémité ouest de la grande rue Saint-Jacques.

D'intenses pourparlers ont alors lieu entre les chefs de section. Presque immédiatement, la 2e, placée sous les ordres d'Alphonse Gauvin, s'ébranle au trot vers la rue Notre-Dame, afin de la remonter jusqu'à la place d'Armes pour prendre l'ennemi à revers. Le cœur battant la chamade, Gilbert voit son ancien camarade de collège s'élancer en tête de ses hommes. C'est qu'il semble versé en art militaire! Manifestement, il a bénéficié de leçons particulières...

Peu après, ayant de nouveau fait volte-face dans la grande rue Saint-Jacques, les trois autres sections se mettent à courir vers les fripouilles, qui les accueillent par des tirs de pierres. Gilbert en reçoit une sur la tempe, ce qui manque de le faire trébucher. Heureusement, sa tuque a amorti le choc! Ses camarades les plus proches l'aident à reprendre son équilibre et à s'élancer de plus belle. Ce n'est plus du sang qui coule dans les veines de Gilbert, mais un fluide qui décuple ses instincts guerriers et le transforme en barbare paré à foncer dans le tas!

Sauf que les fanatiques ne lui en laissent pas la chance. Tournant le dos une nouvelle fois, ils détalent jusqu'à la place d'Armes, et la majorité s'engouffre dans les maisons ou les boutiques. Les Fils de la Liberté ont fait place nette! Certains hurlent leur joie:

— Ça leur prend des habits rouges pour être braves!

— Le sang canadien a manqué d'être vengé à l'endroit même où y a coulé!

Le groupe pourchasse les fuyards un bref moment. Enfin, il n'y a plus un guerrier en vue. Ivre de la victoire, Gilbert se laisse congratuler par quiconque lui saute dans les bras. Comme il a joui de participer à l'assaut! Il a l'impression d'être lavé de l'humiliation qui lui collait à la peau depuis la Rue du Sang. Celle d'avoir été une cible trop bonasse... Il se sent saisi par l'arrière, tandis qu'une voix familière susurre à son oreille:

— Les héros du *Herald* me rappelaient les troupeaux de moutons dans l'histoire du chevalier de la Manche. Le salut est dans la fuite!

Vincent le délivre et de lui fait face. Il est hilare, ce qui fait sourire amplement Gilbert.

— T'étais là, caché?

— Comme je me fais passer pour Gaspard, je pouvais pas faire autrement. Je serais sorti de mon rôle, comme on dit. Tu viens? Faut s'assurer qu'on a la maîtrise du champ de bataille.

Comme beaucoup d'autres Fils de la Liberté, Vincent et Gilbert se mettent à parcourir les rues avoisinantes. C'est ainsi qu'ils apprennent de la bouche d'Alphonse lui-même, encore éberlué par les récents événements, que sa section a dû faire face, rue Notre-Dame, à une cohorte de forcenés. Un combat au corps à corps autant intense que bref s'en est ensuivi, jusqu'à ce que la canaille s'évanouisse en boucane. Deux de ses hommes ont subi des blessures légères. Ce disant, Alphonse semble s'éveiller d'un songe et, en brave médecin qu'il est, se précipite vers les blessés pour évaluer leur état.

Gilbert et Vincent reviennent au lieu de rassemblement des Fils de la Liberté en même temps qu'Amédée Papineau et l'un de ses amis nommé Joseph Duquette. De ces derniers, ils apprennent qu'une rumeur se propage à la vitesse de l'éclair à l'effet que les magistrats ont requis l'intervention des habits rouges qui étaient sur le qui-vive depuis ce matin, greyés de pied en cap. Comme pour le confirmer, le claquement sec d'un volet de devanture de magasin se fait entendre...

Il n'y a plus qu'une cinquantaine de Fils de la Liberté sur place; tous les autres se sont dispersés, car les ennemis du pays, avertis de l'arrivée des troupes, vont tenter de reprendre le haut du pavé. Chamilly de Lorimier, seul des chefs de sections qui soit encore présent, donne l'ordre de se replier. Comme il est impératif d'éviter la garnison du faubourg Québec, un détour par le faubourg Saint-Laurent est requis. Sur le point de bifurquer sur la *Main*, le groupe fait halte et se retourne au moment même où une horde de plusieurs centaines de belliqueux descend la rue à la course dans le but de les rejoindre.

Lorimier donne l'ordre de se débander. Gilbert songe à la maison déréglée de Mme Lavictoire, et il propose donc à Vincent d'enfiler la *Main* vers le coin flambant. Ce dernier ayant obtempéré d'un hochement de tête, ils prennent leurs jambes à leur cou. Soudain, Vincent crie, haletant :

— Y a des traînards... des traînards qui sont tabassés !

Gilbert pile net et se tourne à demi pour jeter une œillade. Son ami dit vrai... Le cœur horriblement serré, il rétorque :

— Peine perdue. Nous autres itou, on mangerait une raclée. D'ailleurs, ça se garroche sur nous... Grouille, faut se mettre à l'abri !

À toute allure, les deux hommes enfilent la rue La Gauchetière et se jettent sur l'huis de la maison déréglée. Tout en tambourinant avec ses poings, Gilbert vocifère :

— C'est moi, Gilbert ! Ouvrez, par pitié ! On nous assassine !

Enfin, ils s'engouffrent à l'intérieur, puis on referme derrière eux à double tour. Ils se retrouvent dans la lumière d'une lampe tenue dans les airs par Éloi Lavictoire, qui les mire avec une mine ébahie. Leur parvient une clameur belliqueuse, mélange d'insultes et d'exhortations à la violence en langue anglaise. Étreint par l'angoisse, Gilbert laisse tomber :

— Faut entendre ces « cris de loyauté » pour s'en faire une juste idée...

Brusquement, Éloi lance par-dessus son épaule :

— Le danger est écarté, vous pouvez vous montrer !

Gilbert voit le corridor, vers le fond de la maison, se remplir d'ébraillées caquetantes, certaines attifées pour leur métier, d'autres encore en robe d'intérieur. Bientôt, il se retrouve dans le salon de réception qui l'avait tant impressionné la première fois qu'il y était entré, avec sa décoration chargée et ses riches couleurs... Vincent répond aux questions qui fusent de toutes parts et Gilbert lui laisse le crachoir, cherchant Caroline du regard. Depuis leurs échanges de septembre au cours desquels il s'est comporté comme un livre ouvert, il a senti grandir son amour pour elle.

Jamais il ne l'aurait cru possible, car il l'a littéralement adorée, mais à l'évidence, ce n'était pas la même qualité de sentiment qu'il lui portait. Il était moins désintéressé... Astheure, il n'espère rien en retour. Ou plutôt, ce qu'il espère est accessoire. Il ne cracherait pas sur un rapprochement au cours duquel il pourrait laisser s'épanouir ce désir qui a repris racine en lui, mais qui est si facile à contenir... Chaque chose en son temps. À jamais, l'existence de Caroline est raccordée à la sienne.

La voici qui surgit, et il ne peut retenir une moue attendrie parce qu'elle est tristement vêtue, comme une gouvernante ou une dame de compagnie. Il s'enorgueillit du fait qu'elle est pâlotte, comme si elle s'était inquiété pour lui... Il la couve des yeux. Tout en glissant de fréquentes œillades en direction de Gilbert qui ne peut s'empêcher de lui adresser chaque fois un doux sourire, elle écoute l'explication de Vincent, laquelle tire des exclamations d'étonnement ou de frayeur des poitrines féminines.

Finalement, alors que Vincent en est rendu à leur débandade vers le faubourg, Caroline vient vers Gilbert et lui tend une main pour l'inviter à se lever. Se repaissant du velouté de sa paume, ce dernier traverse le corridor à sa suite, puis entre dans ce qui se révèle être une dépense de vastes dimensions, garnie de tablettes chargées de vaisselle et d'objets divers. Une très faible lumière leur parvient depuis l'extérieur. Caroline souffle ce qui sonne aux oreilles de Gilbert comme une déclaration d'amour :

— Je t'espérais...

Elle s'accole à lui, enserrant son torse de ses bras, et l'étreint avec fougue. Gilbert est propulsé au septième ciel. D'un seul coup, il se retrouve envahi de bonheur, voguant dans les espaces célestes... Il l'enlace à son tour, la pressant si fortement contre lui qu'elle émet un gémissement ténu. Il penche la tête pour humer le parfum de ses cheveux, puis il effleure sa tempe de sa bouche. Il murmure :

— J'ai tellement de chance. Celle d'avoir croisé ton chemin à Saint-Denis... Dire que j'aurais pu te perdre de vue.

— J'ai fait exprès, glisse-t-elle, pour me mettre en travers de ton chemin. J'étais parée au pire, je te jure. Que tu me trouves haïssable...

Il veut l'embrasser, mais Caroline se tortille pour se délivrer de ses bras. Elle dit :

— Je refuse de te laisser ressortir de même. C'est comme te jeter en pâture à des loups. Tu peux pas retourner dehors avant que le danger soit écarté.

— Ça craint surtout pour nos chefs. Comme les fanatiques sont aiguillonnés par l'armée, y vont chercher à se venger de leur défaite de 34.

Caroline sort de la pièce comme si le diable était à ses trousses. Avant de lui emboîter le pas, Gilbert laisse son désir faire long feu. Réintégrer les tréfonds de son être... Puis, il retourne vers le salon où Éloi Lavictoire est après répondre à la jeune femme :

— On va les garder jusqu'à ce que ça se calme.

— Mais y voudront pas rester ! Toi, tu resterais cantonné pendant que tes amis se font massacrer ?

Lavictoire réagit par une mine qui fait comprendre qu'il n'a cure de ses amis. Caroline presse son point :

— Une femme en mission de reconnaissance risquera bien moins qu'un homme. Je suis volontaire avec une couple qui voudraient se joindre à moi. On sait se faire discrètes, c'est-y pas, vous autres ? Pis la noirceur tombe.

En chœur, les filles répondent par l'affirmative. L'une ajoute :
— Je vais avec toi.
— Un gros merci, Mariette.
— Moi itou, enchaîne une jeunette. Je connais les recoins de la ville pour se soustraire à la vue.
— C'est hors de question, proteste Éloi Lavictoire. De ces gars-là, je m'en contrefiche. Mais pas de vous autres, mesdames ! Retournez vous pomponner.

Une ébraillée plus âgée que les autres rétorque :
— Se pomponner pour qui ? Y aura pas de clients à soir.
— Pis se pomponner, ronchonne une autre, tandis que dehors, c'est la guerre ?

Mariette vient se camper devant Éloi Lavictoire, les mains sur les hanches.
— Je sors, c'est-y clair ? Pis faudra que tu me mettes au cachot pour m'en empêcher. Envoye, sors tes menottes ! Déjà que t'as failli me les mettre à une couple de reprises, elles doivent pas être loin ?

Le temps de le dire, Lavictoire est entouré et pressé de toutes parts.
— Va t'assire, Lavictoire. Dans le coin là bas. Hardi !

Mis en joie par la manière dont le grichou est réduit à l'impuissance, Gilbert échange un sourire épanoui avec Vincent. Caroline et ses complices quittent précipitamment la pièce, et Gilbert combat une âpre résurgence d'angoisse. Après avoir installé sa jeune amie sur un piédestal, puis l'en avoir fait dégringoler jusque dans la fange, il a pris la résolution de la considérer sur un pied d'égalité, quelle que soit la circonstance. Mais comme il lutte contre son inclination de la soustraire au plus infime danger ! Vanné, il se laisse tomber dans un fauteuil. Renversant la tête, il clôt les paupières, se coulant dans une bulle de sons : parlures à mi-voix entre les femmes, de même que la plaidoirie d'Éloi qui veut sortir de sa prison de corps féminins...

Le tenancier de la maison déréglée retrouve sa liberté dès que les aventurières ont pris leur envol. D'humeur massacrante, Éloi disparaît et le temps s'écoule avec une lenteur exaspérante. Pourtant, une demi-heure ne s'est pas écoulée que les trois femmes reviennent de leur virée, le souffle court et le visage luisant de sueur. Tout en se débarrassant de leurs bougrines pour s'aérer, elles se lancent dans une relation fiévreuse. Les habits rouges sont déployés non seulement sur la place d'Armes et dans les rues Notre-Dame et Saint-Jacques, mais plus bas, le long de la petite rivière Saint-Pierre, comme pour protéger la vieille cité d'une attaque de patriotes depuis le faubourg Saint-Laurent.

Gilbert échange un regard effaré avec Vincent. Les événements semblent s'enchaîner selon à une tactique soigneusement planifiée! Caroline et ses consœurs affirment que les *Orangemen* battent les pavés de la cité tout entière et que les patriotes doivent leur céder la place. Elles ont même vu un client occasionnel de la maison déréglée, un digne Écossais d'un âge vénérable nommé Mr Whitlaw, se placer à la tête d'une bande de jeunes guerriers, son bras levé brandissant un manche de hache!

Non contents de prendre possession de la vieille ville, les forcenés envahissent les faubourgs. Ils ont fait place nette sur la *Main*, puis ont rebroussé chemin par la rue Sanguinet. Ils ont fait halte au coin de la rue Dorchester. Soudain inondé par l'évidence, Gilbert jette:

— Alphonse habite là!

Après avoir projeté des pierres qui ont brisé les carreaux et les châssis des fenêtres de l'épicerie située au rez-de-chaussée, la meute orangiste a défoncé la porte menant à l'étage. Le logement vide a été investi, et ont été saisis les quelques fusils qui y étaient entreposés, ainsi qu'une épée et le drapeau «révolutionnaire» qu'Alphonse portait fièrement chaque fois que le groupe faisait une sortie publique. Découpé en trois bandes horizontales de couleurs verte, blanche et rouge, il porte l'inscription «*EN AVANT – ASSOCIATION DES FILS DE LA LIBERTÉ*».

Pendant l'effraction, une compagnie du 1st Royal Scots, régiment d'infanterie auquel appartient le commandant de la garnison montréalaise, faisait le pied de grue à proximité. Non point pour réprimer les émeutiers, mais pour se constituer en garde rapprochée pendant leurs excès... Retournant au cœur de la vieille cité, les tories sont passés au nez et à la barbe des troupes stationnées au Champ de Mars, puis du corps de garde. Malgré l'effrayant vacarme, officiers et juges de paix faisaient mine d'ignorer que les émeutiers, parvenus devant le domicile de Louis-Joseph Papineau, brisaient jalousies et fenêtres...

Plus personnes dans la pièce n'émet le moindre son. Un soupir de soulagement collectif se fait entendre lorsque Caroline précise que les boutefeux ont vitement délaissé leur proie pour une autre : l'office du papier-nouvelles *The Vindicator*, situé tout près, rue Sainte-Thérèse. L'ébraillée jeunette qui accompagnait Caroline crie alors d'une voix suraiguë :

— On les entend !

Elle se précipite vers la fenêtre du salon qui donne sur la rue La Gauchetière afin d'ouvrir les croisées et de repousser les volets. En même temps qu'une bouffée de froidure, un son lointain mais terrifiant se propage dans la nuit calme. Rugissements, coups de haches, tôle déchirée, verre brisé...

— Les contrevents, articule Vincent d'une voix détimbrée. On les enfonce. Les portes itou. Le *Herald* l'a écrit noir sur blanc. Faire taire cette presse libérale qui propage des idées de sédition !

Gilbert est anéanti. Le saccage de l'organe de presse prouve que la rébellion armée vient de s'amorcer à l'encontre de la branche populaire du pouvoir ! Gilbert questionne :

— Y a une légion patriote en formation ?

— Trop dangereux, répond Caroline. Les militaires lèveraient les canons de leurs mousquets vers elle. Pis y tireraient sans remords. Mais y á de l'espoir. On a vu deux magistrats de notre camp s'imposer au-devant des troupes, c'est-y pas, Mariette ?

Sa consœur égarouillée, qui n'a pas encore ouvert la bouche, hoche fébrilement la tête, avant de prendre son courage à deux mains pour émettre d'une voix défaite :

— Je connais pas leurs noms, mais je sais qu'y sont de notre bord.

— J'y vais quand même, jette Vincent. Pas question de rester les bras croisés.

Gilbert lui fait écho. Caroline dit :

— Je vous conduis. Vous venez, les filles ?

La plus âgée se défile. La jeunette, par contre, ne demande rien de mieux que de retourner en mission. Quelques instants plus tard, tous cinq mettent le pied à l'extérieur. Protégés par la noirceur, et empruntant d'étroites ruelles et même des sentiers en terre battue, le petit groupe se rend dans la cité. Les bruits de destruction semblent s'amenuiser... La rue Sainte-Thérèse est désertée par les émeutiers. Sur-le-champ, des amis du pays confirment aux jeunes gens que deux magistrats ont supplié les officiers britanniques de conduire leurs hommes à l'endroit des déprédations. Si *The Vindicator* n'a été qu'à moitié ruiné et si *La Minerve* a été épargnée, c'est grâce à John Donegani, l'un des ceux ayant mis Amédée Papineau en garde, grâce aussi à Henri DesRivières, un oncle de Rodolphe.

Des fanaux éclairent un spectacle qui crève le cœur. L'office du *Vindicator* semble avoir été ravagé par le feu. Les cases et l'une des presses ont été brisées, caractères de plomb et papiers jonchent le chemin... Par miracle, l'imprimeur Louis Perrault et sa famille, qui habitent à l'étage, avaient quitté les lieux peu avant l'arrivée des casseurs, avertis du projet qui se fomentait par un des rares magistrats amis du pays ou par un autre homme d'importance... Revenant vers Gilbert, Vincent dit:

— Jean-Philippe va être au désespoir. Son *Glaneur* doit être réduit en charpie...

Subitement, Gilbert se souvient de la raison majeure de la présence de Vincent à Montréal: l'emménagement de Boucher-Belleville. Gilbert s'ébahit:

— Tu veux dire que... que parmi les cases, y avait la sienne?

Vincent répond par un hochement de tête sinistre. Soudain, Rodolphe DesRivières surgit à leurs côtés. Échevelé, la joue maculée de sang, il dit d'un ton incisif:

— Restez pas là, les gars. Rentrez chez vous. Va y avoir des patrouilles. C'est un ordre.

Gilbert dit au revoir à Vincent, pour ensuite se mettre à la recherche de Caroline et de sa camarade, disparues entretemps et qu'il retrouve se lamentant sur l'ampleur du gâchis. Il les presse de se mettre en route vers leur logis. Après quelques pas, Caroline prétend qu'elles sont capables de rentrer seules. Il hésite, mais comme Ériole et grand-mère doivent se faire un sang d'encre, il se soumet et après avoir promis à Caroline de passer la voir très bientôt, il détale vers le faubourg Québec. Il aurait voulu profiter de la première occasion pour la saisir par la taille et lui voler un baiser impérieux, mais ce n'est que partie remise!

Jamais Vitaline n'a marché si vitement jusqu'au bourg. Même les remarques de Florentin et de son père, qui la suivaient de peine et de misère, n'ont pu ralentir l'élan qui la portait vers le village en quête d'une confirmation de l'épeurante nouvelle qui venait de leur parvenir grâce à une voisine. *La Minerve*, arrivée tard hier, contenait un rapport de troubles sérieux à Montréal, et tout le monde se rassemble dans la chambre des nouvelles de l'aubergiste Mignault afin d'avoir l'heure juste.

Tous trois ne peuvent même pas pénétrer dans la salle tellement la foule est considérable. À droite et à gauche, ils glanent des renseignements qui finissent par former un portrait assez précis. Hier matin 7 novembre, la gazette patriote a arrêté sa presse afin d'ajouter un complément à son édition de la veille qui évoquait déjà les actions de la magistrature corrompue en prévision de la tenue de l'assemblée mensuelle des Fils de la Liberté. Le rédacteur décrit succinctement le rude combat qui s'en est suivi, puis les attaques au domicile de Papineau et à l'office du *Vindicator*.

Mettant la main sur le papier-nouvelles qui circule, Vitaline lit à voix haute :

— *Les troupes sortirent vers cinq heures et demeurèrent spectatrices de tous ces dégâts. Nous n'avons pu encore nous assurer du nombre de blessés. Nous ne pensons pas que personne ait perdu la vie sur le champ de bataille, plusieurs sont blessés dangereusement. Nous nous portons garant que si les Fils de la Liberté n'eussent pas été provoqués, aucun tumulte ne serait résulté de leur réunion. Des ordres exprès étaient donnés de la part des chefs de respecter les personnes et les propriétés. Dans tous les cas ceux-ci se sont conduits en braves et ont repoussé l'agression d'une manière qui leur fait honneur, puisque de leur part aucune déprédation ne fut commise.*

Vitaline comprend que par la suite, les magistrats ont fait lire l'Acte d'émeute, puis ils ont appelé l'armée qui est venue aussitôt, munie de canons. Le juge de paix Joseph Shuter, présent sur le théâtre des événements, exhortait les émeutiers à l'attaque, au moyen de blasphèmes à faire dresser les cheveux sur la tête ! On a fait état d'attaques sur de simples passants, soit au moyen de tirs de pierres, soit à coups de bâtons plombés. On s'est désolé d'insolences à l'endroit d'une femme âgée qui, parce qu'elle était vêtue d'étoffe du pays, a été entraînée de force dans une auberge pour se faire *payer la traite*.

Vitaline lève les yeux vers le ciel matinal plombé de nuages. L'atmosphère politique s'est obscurcie, charriant désormais une menace tangible pour l'avenir. La faction orangiste et guerrière de la Bureaucratie vient de fomenter une seconde Rue du Sang. Elle a déployé une rare énergie à orchestrer une échauffourée dans l'espoir d'une réaction en chaîne dont l'intervention des troupes n'est que la partie saillante. Car en fait, ce qu'escomptent surtout les fanatiques, c'est un coup d'État afin de remplacer les institutions démocratiques par le despotisme militaire. Une guerre qui justifie la suspension des libertés civiles !

Après la Rue du Sang, se souvient la jeune femme, la plupart des hommes, ainsi que bien des femmes, ruminaient des plans d'une juste vengeance. Effarée, Vitaline constate que c'est encore pire asteure. On parle de voler au secours des Montréalistes soumis à la terreur en faisant appel aux officiers de milice insultés par l'Exécutif et à leurs miliciens, ainsi qu'aux sections locales des Fils de la Liberté. Les armes à feu manquent cruellement, mais plusieurs possèdent des fusils de chasse en bon état. Et puis, bâtons et piques sont redoutables lorsque maniés par de dignes combattants !

Des notables se promènent de groupe en groupe pour réfréner les ardeurs. L'oligarchie s'enfonce dans l'illégalité jusqu'au point où nul, à Londres, ne pourra plus fermer les yeux sans risquer une accusation de collusion. Il serait sage de laisser la chance au Parlement impérial, qui se réunira cet hiver, de mettre de côté sa politique coercitive. D'attendre que la voix du peuple résonne dans cette enceinte d'outremer grâce au chapelet d'assemblées et de résolutions qui, dans la colonie, ont émaillé l'année.

L'appel au bon sens porte ses fruits. À la colère qui vibrait en Vitaline succède une indignation certes encore palpable, mais plus diffuse. Du regard, elle cherche Florentin, qu'elle trouve au sein d'un groupe, écoutant religieusement les parlementeries qui fusent de tous bords tous côtés. Elle a l'impression de mirer un lointain cousin qu'elle aurait bien connu à une époque antérieure, mais qui lui est devenu un étranger... Elle combat une montée de dégoût. Son besoin de la compagnie de Vincent l'accable. Une douleur perpétuelle, celle du manque, s'est installée à demeure... Combien de temps pourra-t-elle encore l'endurer ?

42

La cité que Gilbert habite s'est transformée en une bête parée à mordre. L'instituteur imagine le réseau de ruelles qui la sillonnent comme un monstrueux système sanguin affairé à irriguer la moindre extrémité d'un gigantesque corps assoupi. Un système sanguin qui charrie, jusque dans tous les recoins de la grouillante métropole, la senteur de ces exaltés qui sauteraient sur le moindre prétexte pour anéantir les Réformistes, ce qu'ils ont parfaitement le droit de faire, à leur avis, en tant que conquérants d'un territoire devenu partie de l'empire britannique.

Les criailleurs font reporter l'entière responsabilité de l'échauffourée du 6 novembre sur le dos de l'organisation patriote. N'est-ce pas au sein du Comité permanent du district, qui a présidé à la naissance des Fils de la Liberté, que les plans macabres sont élaborés? À en croire ce que colportent sciemment les gazettes à la solde des autorités, le Doric Club a empêché rien de moins qu'un coup d'État. Si ce dernier avait réussi, Papineau et les principaux Réformistes seraient sortis de leurs trous pour s'emparer de toutes les dignités, et se gorger des dépouilles...

Mais l'affrontement a été un revers pour les patriotes qui, dépités, auraient envoyé, à l'aube du 7 novembre, une quinzaine d'émissaires à cheval pour prévenir les Canadiens du district qu'il était urgent de prendre les armes contre l'armée britannique. La portion loyale de la population peut donc s'attendre à voir fondre sur elle une trâlée de Canadiens vengeurs! Les gazettes à la solde des autorités ne font pas dans la dentelle, et surtout pas ce *Herald* transmué en un oracle dont les enseignements seraient aveuglément suivis.

Ce même 7 décembre, au moins cinq membres du comité de régie des Fils de la Liberté recevaient, de la part de magistrats clubistes, une mise en accusation de sédition. Gilbert en est resté éberlué. Ce mot qu'il entend résonner depuis quelques années, à tort et à travers, voilà qu'il devenait une offense concrète, passible de sanctions précises! La sédition consiste à propager des principes propres à diminuer l'estime du peuple pour le souverain, son représentant ou son gouvernement, afin de renverser l'ordre social et à dissoudre les liens et les obligations sanctionnés par la loi.

Si une accusation de sédition ne peut être passible de la peine capitale, contrairement à la trahison, elle constitue cependant un crime grave. Heureusement, les magistrats amis du pays sont intervenus pour faire relâcher les Fils de la Liberté accusés, après promesse de ne plus troubler la paix. C'est itou grâce à ces magistrats amis que les troubles du 6 novembre ont été circonvenus. Ils ont fait de cuisants reproches, paraît-il, à ceux de leurs collègues qui n'ont pas cru bon d'envoyer l'armée protéger les propriétés assiégées, en particulier *The Vindicator*.

Dans ce climat, Gilbert a tendance à succomber à un délire paranoïaque qui lui fait imaginer chacune des fenêtres des maisonnettes de sa cité comme autant de meurtrières derrière lesquelles sont tapis des combattants ennemis. Pourtant, il sait fort bien que l'immense majorité de ses concitoyens ne participe pas à la conjuration, fomentée par ceux qui détiennent le pouvoir exécutif contre ceux qui représentent le peuple et ses aspirations.

C'est alors que le procureur général débarque à Montréal, chargé des pleins pouvoirs par lord Gosford en vue de réprimer les «activités séditieuses». Comme en juillet, dans la foulée de la prétendue insurrection patriote qui terrorisait la région du Lac-des-Deux-Montagnes, et comme en septembre, lorsqu'il déposait en Cour du Banc du Roi des accusations de sédition envers le Dr Duchesnois, Mr Ogden prend pied dans une ville dont les autorités confondent la proie pour l'ombre, et le pressent d'adjoindre aux forces policières un corps auxiliaire de cavalerie afin d'assurer la sécurité sur les chemins publics.

Loin d'être scandalisé par la requête, le procureur général charge incontinent le commandant du Royal Cavalry, John McCord, de recruter des dizaine de nouveaux officiers. Dès lors, les fanatiques montréalistes, dont plusieurs membres éminents de la moribonde Constitutional Association, se bousculent au portillon. Gilbert en reste pantois. Par un incroyable tour de passe-passe, les crapules se métamorphosent en gardiens de l'ordre public. Le 6 novembre, quelques officiers du Royal Cavalry faisaient écho aux intolérants notoires pour exhorter à la violence à main armée. Deux jours plus tard, les mêmes assurent la protection de la cité !

Une image hante Gilbert. La ville livrée pieds et poings liés aux malfrats, avec la bénédiction des autorités... Même l'un des rares Bureaucrates du faubourg Québec rameute une douzaine d'hommes pour se joindre à la brigade en train de se constituer. Ce que beaucoup soupçonnaient devient un fait. Les magistrats comptent sur des citoyens dont les connaissances en art militaire rivalisent avec celles de l'état-major britannique : les membres des régiments d'élite ayant, malgré l'absence apparente d'ordres officiels, investi l'espace public depuis le mois précédent.

Ne dit-on pas que le commandant en chef des forces armées, John Colborne, se sert déjà de la milice d'élite comme d'un réseau d'espionnage, une police secrète qui recueille des informations potentiellement incriminantes ? La convertir en police formelle serait un jeu d'enfant... Au soir du 8 novembre, c'est au tour des miliciens du Royal Artillery de se présenter à la Maison d'Audience, à la réquisition des magistrats, afin d'augmenter l'effectif des patrouilles urbaines. Montréal se transmue en place forte gardée par la frange la plus intolérante de sa population mâle, et le spectacle est lugubre aux yeux des tuques bleues...

Quand l'attention de ses élèves est réduite à néant, Gilbert a une féroce envie de remettre sa démission en tant qu'instituteur. Pour s'en distraire, il se lance dans une énième démonstration de la manière dont les autorités établies ne réussissent à maintenir le règne des abus qu'à force de duplicité et de préjudices. À la classe clairsemée qui boit ses paroles, il vitupère contre l'empire d'une oligarchie aux visées aristocratiques et contre l'empire de brutales passions sur les droits et la justice. Puis, de guerre lasse, Gilbert revient à son enseignement coutumier... qui rebute des pupilles résistant encore à l'attrait de l'école de la rue.

Dans l'après-dînée du 9 novembre, un pas monte l'escalier. Assis derrières son pupitre, Gilbert commence par s'en réjouir, puis il songe qu'il pourrait s'agir d'un huissier délivrant un mandat d'arrestation contre lui. Cette crainte que sa grand-mère cultive, Gilbert n'a pu l'empêcher de prendre racine en lui. Il se morigène chaque fois, car les autorités n'ont rien à foutre du menu fretin. Ce sont les meneurs qu'elles ont dans la ligne de mire, perturbateurs hardis qui idolâtrent la subversion et ont tenté une mutinerie afin d'engager les habitants *à venir s'exposer pour la consommation de l'œuvre sacrilège*, comme il est écrit dans *Le Populaire* que Gilbert lit scrupuleusement ces jours-ci...

Dans l'escalier, le pas s'interrompt. La porte s'ouvre et le supérieur des Sulpiciens pénètre dans la pièce. Joseph-Vincent Quiblier traverse lentement la pièce, dirigeant un regard sombre vers la poignée d'élèves présents, puis il dévisage Gilbert qui se souvient soudain des règles de bienséance, et se lève posément. Séparés par un pupitre, tous deux se font face. Ils sont exactement de la même haute taille. Gilbert s'étonne de ne pas avoir noté ce fait lors de leur dernière rencontre.

— J'ai cru bon vous rendre visite, dit l'homme d'Église, car le sentiment que je viens de désamorcer chez nos amis irlandais m'a persuadé de l'importance de répandre la bonne parole parmi vous. Un peu plus et nos amis irlandais se joignaient à la cabale révolutionnaire. Il m'a fallu déjouer les tentatives des misérables ambitieux qui se mettent à la traîne de Papineau et qui veulent ameuter nos amis d'outremer contre le gouvernement.

Gilbert l'aurait parié. Les Sulpiciens cherchent à se gagner l'affection des Irlandais par les temps qui courent. Non par considération pour ceux-ci, mais pour empêcher leurs sentiments réformistes de s'étaler au grand jour. La formation d'une association patriotique irlandaise à l'image de celle fondée à Québec était envisagée. Maints Irlandais de Montréal ont été scandalisés par le comportement des Bureaucrates sectaires, le 6 novembre. Le torchon brûle... Harassé, Gilbert émet sourdement :

— Pourtant, ça crève les yeux. Dans une monarchie limitée, le peuple est partie prenante du pouvoir. Voilà que les despotes veulent lui ravir sa juste part et se révoltent contre lui. Conséquemment, le peuple est dans l'exercice d'un droit naturel en repoussant un injuste agresseur. Par la force si nécessaire.

Quiblier profère d'un ton glacial :

— C'est ce que vous prêchez à vos pupilles, monsieur Dudevoir ?

Après un temps, Gilbert rétorque calmement :

— Justement, mes pupilles font le pied de grue... Permettez que je déclare la fin de la classe ?

Quiblier acquiesce d'un battement de cils. Quelques minutes plus tard, Gilbert revient vers lui, tout en ménageant un espace respectable entre eux. L'instituteur répond enfin à la question du prêtre :

— À mes pupilles, je prêche la liberté de conscience. L'examen soigné des faits et des opinions. À l'heure présente...

Quiblier lui coupe la parole avec hargne.

— Je suis venu vous prier de vous rendre devant un juge de paix afin de faire une déposition concernant les Fils de la Liberté. Il faut documenter les activités de la branche militaire de l'association. Voilà ce qui importe aux autorités à l'heure actuelle. Vous avez participé aux exercices, c'est bien connu.

— Comme plus d'un millier de mes concitoyens.

— À l'heure actuelle, une pléthore d'entre eux affirment que lesdits exercices avaient pour but de préparer les Fils de la Liberté à renverser le gouvernement établi.

Une pléthore ? Quiblier veut l'intimider, mais si jamais c'était vrai... Rassemblant son courage, Gilbert martèle :

— Une fumisterie, m'sieur, et vous le savez aussi bien que moi.

Gilbert a été témoin du choc émotif que ces jeunes hommes ont subi, de même que de leur angoisse palpable à l'idée d'être victimes d'une persécution. Rodolphe DesRivières, chez qui Vincent loge, était l'un d'eux... Pour rien au monde Gilbert ne voudrait rajouter à leur misère. Quiblier insiste :

— Vous avez participé aux exercices ? Il s'agit tout simplement d'en faire l'exposé.

— J'ai déjà fait une déposition.

Déstabilisé par la précision que Gilbert a lancée comme une salve, le supérieur des Sulpiciens balbutie :

— Une déposition ?

— Concernant l'attaque. J'en ai fait l'exposé.

— Devant qui ?

Trop heureux de laisser son interlocuteur dans l'expectative, Gilbert prend tout son temps pour désigner le juge de paix Henri DesRivières. Avec quelques collègues, ajoute-t-il, ce dernier travaille à rassembler des témoignages pouvant contrebouter les épouvantables menteries qui sont colportées à tort et à travers. Par exemple, que les Fils de la Liberté s'adonnaient à des *déportements journaliers* sous forme de promenades fanfaronnes, d'enrôlements ostensibles et d'exercices militaires. Qu'ils proféraient des menaces sanguinaires annonçant *de sinistres projets contre les personnes qui ne partageaient point leurs opinions désordonnées...*

— Je l'ai lu dans Le Populaire. Pis je vous parle pas de *L'Ami du peuple* ou du *Herald*...

— Il n'est pas trop tard pour vous rétracter.

Gilbert foudroie Quiblier du regard, avant de répliquer :

— Me rétracter équivaudrait à mentir. C'est hors de question.

— Parfois, un léger mal est nécessaire pour en éviter d'immensément plus graves. Prenez garde, monsieur Dudevoir, ne pas vous fondre dans le groupe des perturbateurs de l'ordre.

Avec un haussement d'épaules, Gilbert tourne le dos à son interlocuteur. Il se contrefout de déplaire au supérieur des Sulpiciens. Un pesant silence s'ensuit, qui accroît la tension. Gilbert retient son souffle, priant pour entendre les pas du visiteur retraçant ses pas vers la sortie.

— Avez-vous oublié ?

La voix de Quiblier a grimpé dans les aigus. Saisi, Gilbert reste immobile, tandis que le supérieur des Sulpiciens se lance dans une charge à fond de train :

— Avez-vous oublié les abominations des Girondins ? Avez-vous oublié les sans-culottes promenant au bout d'une pique un cœur saignant, *le cœur d'un aristocrate* ? La foule en furie qui a que Louis Seize sanctionne un décret contre les prêtres ? Les insultes contre la sœur du roi, obligée de coiffer le bonnet des Jacobins ? Le massacre de milliers de gardes du roi ? Regardez-moi, monsieur Dudevoir. Avez-vous oublié la hideuse guillotine ? Je veux vous mirer entre quat'z'yeux, tournez-vous !

Le Sulpicien s'égosille, et Gilbert obéit avec réluctance. Il reste pétrifié. Quiblier est rouge comme une tomate, les yeux exorbités et les narines palpitantes de fureur ! Il ne se domine plus, emporté par une tempête de rage qui le fait s'agiter sur place, serrer les poings et même les frapper l'un contre l'autre, tout en gueulant :

— Le sang des Royalistes, monsieur Dudevoir, a coulé à flots ! Le tigre Maillard a forcé la porte de monastères et d'abbayes pour commettre des atrocités... Les temples ont été envahis de débauchés. Les prières religieuses ont été interdites et une prostituée, la déesse de la Raison, est devenue la seule divinité autorisée ! Les bourreaux ont fini par s'entr'égorger et les Jacobins ont fait tomber la tête de 29 Girondins, rien de moins. Quand la guillotine ne pouvait suffire à la tâche, on s'est mis à occire par noyades, à fusiller par milliers ! Dieu tenait sa vengeance...

D'un ton qu'il souhaite impérial, Gilbert interjette :

— Dans votre collège, j'ai appris les horreurs de la Révolution française.

— Alors, vous devez tout faire, comme moi, pour opposer un frein aux excès. Des hommes capables d'envoyer une corde à Mgr Lartigue en menaçant de le pendre...

Bouleversé par le fait qu'il rapporte, Quiblier doit s'interrompre et s'éclaircir la gorge. Les sourcils froncés, Gilbert relève :

— Une corde ? C'est quoi cette fable ?

— Sa Grandeur a reçu une corde accompagnée de menaces de le pendre s'il s'opposait à la révolte.

— Z'êtes sûr de ça ? Pour moi, c'est un mauvais tour, peut-être même un tour des ennemis du pays...

— Vous blasphémez !

Quiblier s'est exclamé d'une voix furibonde, avant de marcher jusqu'à Gilbert et de le toiser dans les blanc des yeux. Le Sulpicien assène :

— Il n'est plus temps de tergiverser. Je vous amène chez un magistrat.

Secouant la tête, le jeune instituteur recule d'un pas.

— Je refuse, monsieur.

— Alors vous perdez votre poste sur-le-champ.

Traversé par un éclair de détresse, Gilbert réussit cependant à conserver le contrôle de lui-même. Il souffle :

— J'en serais désolé.

— C'est un ultimatum.

— J'aimerais dire au revoir aux enfants demain.

— Je vous laisse quelques minutes pour empaqueter vos affaires.

Quiblier se détourne et Gilbert n'a pas d'autre choix que d'obéir. Il a l'impression d'être en train de couler, et de chercher désespérément son respir... Sans faire attention aux soupirs impatientés du supérieur des Sulpiciens, il prend soin de ne rien oublier, puis il dégringole l'escalier et se précipite sur la chaussée sans un mot d'adieu. Il inspire une large goulée comme s'il se trouvait subitement libéré de prison, puis il marche le plus rapidement possible jusque chez lui pour déposer son barda. Il est fortuné dans son malheur : il avait prévu de pousser une pointe vers la maison déréglée de Mme Lavictoire après la classe.

Caroline est absente, mais elle est censée revenir incessamment ; Gilbert se met donc à faire les cent pas sur La Gauchetière dans l'espoir de l'intercepter à son retour. Elle seule a le pouvoir d'apaiser son tourment et de le conforter dans son choix... Il la voit approcher de loin, ce qui l'emplit d'un bonheur ineffable. Sans conteste, Caroline a été mise au monde pour devenir sa compagne ! Fréquemment, Gilbert se pince pour vérifier qu'il ne rêve pas. Une couple de mois auparavant, il avait fait son deuil d'elle, mais voilà qu'il se retrouve ardent comme à 16 ans ! Voilà qu'il la retrouve, elle, comme si elle n'avait jamais songé à se faire ébraillée. Non, il exagère : tous deux ont traversé des épreuves qui les ont fait mûrir. N'empêche qu'il a tendance à effacer d'un coup de gomme cette partie de leur existence...

Lorsqu'elle l'aperçoit, Caroline sourit de toutes ses dents, comme transportée vers lui par un élan de tout son corps. Puis, tout aussi subitement, elle se rembrunit à vue d'œil et son pas se ralentit. Sur le point de s'élancer vers elle, Gilbert se retient de justesse, déconcerté par le changement d'attitude. Il ose quand même lui tendre la main lorsqu'elle se retrouve devant lui. Elle glisse ses doigts entre les siens, mais se dérobe dès qu'il veut les emprisonner. Tout en nouant ses mains derrière son dos, elle le mire avec défiance, et Gilbert sent le feu dans ses veines se transformer en glace. Il balbutie :

— Je croyais... à cause de l'autre jour, j'espérais...

— S'cuse-moi, répond-elle à toute vitesse. J'aurais pas dû. J'ai perdu la tête. On reste amis, un point c'est toutte. Frère et sœur comme on était au village.

D'un mouvement preste, Caroline vient le gratifier d'un chaste et furtif baiser sur la joue par lequel, Gilbert en a la cuisante impression, elle signe son arrêt de mort. La jeune femme ne veut rien d'autre qu'une relation fraternelle. Il y a trois jours, elle s'est garrochée dans ses bras, mais elle veut qu'il la considère comme sa sœur ! En proie à une intense déception, Gilbert se retient d'envoyer un coup de poing contre le mur tout proche. Il se retient de gueuler des invectives contre ces fieffées créatures qui aguichent, puis jouent les saintes-nitouches !

L'instant d'après, il se domine. En septembre, à Saint-Denis, il s'est juré de conserver pour son amie, quoiqu'il advienne, un amour inébranlable. Délivré du besoin de la posséder, il a ressenti un tel bien-être ! Il vient de rechuter, mais il n'en tient qu'à lui de retrouver cet état dans lequel il reposait comme dans une bulle de paix. Caroline ne veut pas de lui comme amoureux. Serait-elle incapable de s'abandonner à ce sentiment ? Possible. Après ce qu'elle a vécu... Gilbert refoule son appétence jusqu'à la faire tenir dans une minuscule pochette. Il devient expert en la matière !

— J'ai guère de temps à moi, dit-elle d'un air soucieux.

Vitement, Gilbert se confie sur le geste décisif qu'il vient de faire. Touchée, Caroline lui prend la main et la serre à la broyer, puis elle murmure :

— Tu regrettes ?

— C'est pour les enfants. J'avais l'impression de prendre plutôt bien soin d'eux et là... j'ai peur qu'un grichou prenne ma place. J'ai peur pour eux.

Une nouvelle fois, sa compagne presse la main de Gilbert.

— Dimanche, viens me voir. Une promenade comme naguère. Promis ?

Il acquiesce faiblement et la jeune femme l'abandonne après l'avoir gratifié d'un sourire réconfortant, la jeune femme l'abandonne. Gilbert est soulagé qu'elle ne lui ait pas demandé ce qu'il escomptait pour son avenir. Pour l'instant, il n'en a strictement aucune idée ! La neige lourde qui se met à tomber, ainsi que la noirceur illuminée par cette subtile luminosité propre aux nuits d'hiver, donnent envie à Gilbert d'une promenade improvisée sur les contreforts de la montagne.

Au terme de la randonnée, il a réussi à faire une relative paix avec la perte de son poste. À force de soupeser les tenants et aboutissants du problème, Gilbert a fini par y déceler l'occasion de se consacrer à autre chose. Et puis, la situation allait forcément devenir intenable avec les Messieurs de Saint-Sulpice. Pour parler drette, il s'est évadé avant de mettre sa conscience et ses principes en prison !

Quant à la perte de Caroline... Il a compris qu'il était un malade en rémission : un jour à la fois et un pas après l'autre. L'estomac dans les talons, Gilbert redescend vers la cité et prend la direction de son domicile. Néanmoins, le square Dalhousie est dans un tel état d'animation qu'il pile net pour mirer le spectacle. Une demi-douzaine de charrettes sont stationnées à proximité d'une vaste demeure séparée des casernes par l'élargissement de la rue Notre-Dame. Sir John Colborne et sa suite ont débarqué !

La chose était notoire : le commandant des forces armées s'en venait prendre ses quartiers d'hiver dans la métropole plutôt qu'à Québec. Idéalement placé pour diriger les plans de campagne de la phalange loyale... Le jour suivant, vendredi 10 novembre, le canon de l'isle Sainte-Hélène proclame officiellement, par une salve, l'arrivée de Colborne dans la cité. Une couple d'heures plus tard, Gilbert se dit, en rétrospective, que ces coups de tonnerre signalaient le commencement de la campagne militaire de la phalange loyale et fanatique du district de Montréal.

Le premier acte de sir John a été d'autoriser l'enrôlement à pleine capacité des deux régiments de carabiniers d'élite, les Rifle Corps, ainsi que des deux compagnies de la Royal Cavalry. Pour cette dernière, il a non seulement promis de fournir la livrée militaire à ceux qui possédaient une monture, mais d'acheter un cheval aux frais du gouvernement à ceux qui en étaient dépourvus ! En conséquence, les jeunes belliqueux s'empressent d'aller apposer leur paraphe sur la liste de membres desdits régiments.

Le second acte de Colborne est l'envoi par le chemin à lisses d'une douzaine de *volunteers* à cheval, affublés du nom pompeux de « police auxiliaire de Montréal », jusqu'à Saint-Jean d'abord, puis dans le comté de L'Acadie ensuite. Dans quel but, si ce n'est pour procéder à des arrestations ? Il paraît que le seigneur François Languedoc, défait aux élections de 1834 par un Réformiste particulièrement radical et déterminé, le Dr Cyrille Côté, tente de transmuer un charivari en une assemblée tumultueuse tenue dans le but de chambouler le gouvernement par la force et la violence, et d'y incriminer celui qu'il a désigné son pire ennemi.

Se remémorant sa conversation avec Sabrevois de Bleury, une vingtaine de jours plus tôt, Gilbert réalise que le jeune député voyait parfaitement juste. Nul besoin d'un British Rifle Club, foyer de l'Orangisme montréaliste, ou d'un Loyal Victoria Club à la solde des sectaires surexcités de la capitale. Il suffit d'organiser des corps de *volunteers* pouvant servir de police d'élite habilitée à capturer les *conjurés* lorsque le pouvoir civil ordinaire – shérif, juges de paix et connétables salariés – est impuissant à faire respecter la loi...

Placé dans la foule nombreuse et volubile qui observe l'escouade harnachée de neuf et armée de fusils à pierre, Gilbert est pétri d'inquiétude. Placée sous le commandement d'un capitaine du Royal Artillery nommé Glasgow, la troupe bigarrée aligne cinq artilleurs de l'armée régulière qui vont charrier dans leur sillage... rien de moins qu'un canon ! Ahuri, Gilbert examine la pièce imposante posée sur un chariot, un six livres ou *six-pounder*, comme il entend dire alentour de lui. Un canon, mais pour quoi faire ? C'est démentiel...

Il y a plus épeurant encore. Parmi les cavaliers figurent des exaltés qui ont provoqué l'émeute du 6 novembre avec les Fils de la Liberté. Ses concitoyens de la rivière Chambly, se demande Gilbert, sauront-ils résister à ce qui est une évidente provocation ? Car ils ont été édifiés sur les violences perpétrées par le mince et nerveux capitaine Eleazar David de la Royal Cavalry... par John Lovell, jeune imprimeur du *Populaire* au nez épaté et au front busqué... par un costaud fier-à-bras nommé Deaf Burke, aussi célèbre pour sa surdité que pour sa propension à cogner sans se poser de questions, en autant qu'il soit ensuite rémunéré pour ses services...

Une chansonnette sur un air militaire vole jusqu'à Gilbert. « *We're menaced with revolution by the coward Papineau. At our glorious constitution he's aim'd a deadly blow...* » Mais pour protéger femmes et enfants des coups fatals de ce peureux qui n'est bon qu'à composer des menteries disgracieuses, poursuivent les cavaliers, rien ne vaut l'habit rouge – *the British Grenadier*.

La rumeur veut que sir John Colborne ait accepté la mission dont Gosford l'a chargé, soit combattre la sédition, uniquement à condition d'avoir entière liberté de conduire la machine comme il l'entendrait. À défaut, Colborne remettait au gouverneur sa commission de commandant des forces armées des provinces britanniques... C'est donc à lui, Colborne, que revient la tâche de brouiller décisivement les cartes, c'est-à-dire permettre aux réels séditieux d'endosser l'uniforme de sauveurs de la patrie.

La formation d'une brigade spéciale de police aux frais de la Couronne devient indubitable lorsque, 24 heures plus tard, le tout nouveau Royal Lachine Cavalry fait son entrée en ville, exhibant ses destriers fringants et son équipement sophistiqué. Le régiment d'élite est chargé d'assurer la sécurité de la cité en l'absence de la police montée partie pour Saint-Jean. Gilbert en grince des dents : son commandant est Charles Penner, autre intolérant qui figurait parmi les boutefeux du 6 novembre. C'est rien de moins qu'une calamité qui s'ajoute à une catastrophe annoncée !

43

À peine Vitaline et Normande se sont-elles tirées de leur lit, en ce 12 novembre où la clarté du jour se fait longuement désirer, qu'une voisine vient cogner à leur porte. Ayant vu de la lumière s'allumer, dame Clariste, l'épouse du meunier, a couru leur faire part d'une annonce à glacer le sang. Ce n'est plus seulement la police montée qui est sur le point de venir se saisir du Dr Wolfred Nelson pour l'amener à Montréal et le jeter dans la prison commune, comme tout le monde le sait depuis hier, mais la soldatesque !

Vitaline s'évertue à sonder dame Clariste, mais c'est tout ce qu'elle peut en tirer. Leur voisine est excessivement nerveuse, et Vitaline lui commande de s'asseoir en compagnie de Normande et de sa mère tandis qu'elle ira au bourg en quête de nouvelles. Impossible de compter sur Florentin ou son père, qui sont repartis sur leur barque à voile, ni sur Norbert qui n'est même pas rentré dormir cette nuit. La jeune femme se bougrine en toute hâte et s'élance sur les chemins où la boue s'est transmuée en glace pendant la nuit.

Tout en marchant, elle fait le point. Avant-hier, une troupe surnommée « police auxilliaire de Montréal » a débarqué à Saint-Jean. L'arrivée de l'escouade de *volunteers* et de quelques habits rouges salariés, greyée d'un canon, a créé un émoi considérable. Les cavaliers avaient ordre, comme il a été vitement su, de tenir leurs chevaux sellés nuit et jour. Quant aux artilleurs, ils devaient veiller à tenir le canon constamment paré à tirer. Sans nul doute, on s'en venait mettre les hommes d'importance dans les fers. Comme à Montréal, où la huitaine de tuques bleues poursuivies n'ont dû leur libération qu'à l'intervention de magistrats férus de justice !

En prévision d'une agression de la part des membres du corps expéditionnaire, les miliciens de Saint-Athanase, de l'autre côté de la rivière Chambly, se sont assemblés à l'extrémité du pont. Lorsqu'un détachement est allé patrouiller le village patriote, les miliciens leur ont collé aux semelles – ou plutôt aux fers à chevaux – afin de guetter le moindre écart de conduite. Comment ne pas craindre un comportement agressif après la raclée qui a été servie aux Fils de la Liberté sous la supervision active des autorités constituées ? Mais la petite troupe à cheval n'a pas causé d'incident, et s'en est retournée benoîtement à Saint-Jean.

Peu après, le capitaine du Royal Artillery a fait placer le canon et une garde armée sur le pont, là où se trouve le poste de douane. Une nuit paisible s'est ensuivie, et aux dernières nouvelles, la tranquillité n'était pas troublée, malgré les patrouilles régulières qui quittent régulièrement les baraquements pour des missions de reconnaissance en territoire prétendument ennemi. Avec l'espoir, certes, de susciter une échauffourée qui serait impitoyablement réprimée...

L'onde de choc s'est propagée dans toute la contrée. Des habitants ont afflué à Saint-Denis pour protéger ceux qui risquaient les persécutions parce qu'ils avaient élevé la voix en leurs noms. Pour protéger en particulier le Dr Wolfred Nelson, celui qui a été si souvent désigné, dans les papiers-nouvelles à la solde des autorités, comme le principal fauteur de troubles de la paroisse et que Debartzch déteste de toute son âme!

Après avoir été dépassée par nombre de cavaliers affluant au village, Vitaline y pénètre enfin. Les chemins publics sont encombrés d'enfants qui zigzaguent, de femmes qui bavardent à voix haute et d'hommes qui s'empressent de part et d'autre. Vitaline sent la peur la gagner, mais se dominant, elle poursuit sa route. Passant devant la maison du bon docteur, elle voit sur la galerie une paire d'hommes en faction, armés de fusils.

Cette vision l'emplit d'effroi. La guerre aurait-elle débuté ? Elle se met à courir vers la place du Marché au moment même où le bedeau sonne l'appel pour la grand'messe du dimanche. À en juger par la foule qui se presse devant l'auberge Mâsse, et à deviner celle qui se presse vraisemblablement devant l'auberge Mignault et sa chambre des nouvelles, le curé va pénétrer dans une nef quasi déserte...

Se mêlant à ses concitoyens, Vitaline y repère vitement son frère Rémy, qu'elle assaille de questions. Elle finit par comprendre qu'à peine arrivé à Saint-Jean, deux jours auparavant, le capitaine en charge de l'escouade de la police auxilliaire renvoyait un express vers Montréal. Anticipant l'attaque nocturne d'un millier de patriotes, il requérait des renforts. En conséquence, une quarantaine d'habits rouges, accompagnés d'autant de polices montées, sont débarqués du chemin à lisses hier, le 11 novembre en fin de journée. Ce qui porte à une centaine le nombre de soldats, réguliers et *volunteers* confondus, parés à frapper!

Comme le *Montreal Herald* est devenu le héraut des autorités constituées, il a suffi de consulter l'édition d'hier pour en comprendre davantage. Quelques Bureaucrates du comté de L'Acadie ont reçu la visite d'habitants surexcités de Saint-Jean venus les prier de remettre au gouverneur leur certificat d'officier de milice ou de juge de paix, ce qui déjà était une exagération. La légende loyale veut ensuite que le douanier du poste placé sur le pont, entre Saint-Athanase et Saint-Jean, aurait reçu des menaces suffisantes pour l'entraîner à déserter son poste. Le douanier suppléant, lui, s'avoue impuissant à faire acquitter les droits sur les produits en transit.

Plusieurs patriotes sont nommés par le *Herald* et autres papiers-nouvelles affidés. Le Dr Côté, bien sûr, mais aussi le responsable des postes, Pierre-Paul Demaray, ainsi que le Dr Joseph-François Davignon. Ces deux derniers auraient dirigé le groupe de patriotes de Saint-Athanase ayant «résisté» à l'incursion de la police auxilliaire sur leur territoire. Ils auraient incité leurs camarades à crier : «Hourra pour Papineau! À bas les Bureaucrates!» Ce qui n'est pas impossible, ajoute Rémy, car quel homme peut subir une telle provocation sans donner libre cours à sa colère? Les rapports controuvés parlent de bâtons tenus par les patriotes, mais leurs auteurs n'ont pas osé pousser le mensonge jusqu'à évoquer des armes à feu.

— La machination est trop bien huilée pour avoir été improvisée, déclare Rémy. Les dénonciations de terrorisme dans les campagnes… pis la répression qui débute au moment où Colborne met le pied à Montréal… c'est un piège, Vitaline, un piège épeurant!

Son frère fulmine : qui donc veut-on duper? Les Réformistes pacifiques qu'on veut pousser à la résistance ou ce niaiseux de gouverneur pis ses supérieurs à Londres qui doivent croire à une insurrection ouverte ?

— Calme-toi, souffle Vitaline en saisissant Rémy par le bras. Le piège a été endigué jusqu'à présent. J'ai confiance.

Selon toute vraisemblance, poursuit-elle d'une voix tremblante, le jour a succédé à une nuit autant paisible que la première à Saint-Jean. Les forces de l'ordre ne sont pas sans savoir qu'elles ne font pas le poids, numériquement parlant, et elles vont finir par se retirer. Tant que les patriotes se cantonnent dans l'inertie... Les prétendus séditieux répondront aux actes d'accusations devant les tribunaux, le cas échéant, comme ils l'ont toujours fait.

Tâchant d'alléger l'atmosphère, Vitaline demande en se forçant à badiner :

— Nos parents se portent bien ? Je devrais leur faire une visite ?

— Si t'as envie de voir son père muré dans son silence... pis la belle-mère dans tous ses états... te gêne pas !

— Perrine ?

— Trop sensible à cause de sa grossesse, répond son frère avec plus de gentillesse. Sauf qu'elle manque pas de support. Un aéropage de voisines compatissantes.

— Alors je retourne à la maison sur-le-champ. Faut que je les rassure. Mais dis-moi...

Vitaline hésite, avant de plonger :

— J'avais affaire avec... avec Vincent Cosseneuve, tu sais c'est qui ?

— Pour le sûr.

— Y serait pas de retour de la ville, par hasard ?

— Pas à ma connaissance. Pis je l'aurais vu. Espère-le.

Persuadée que Rémy verra clair dans son jeu si elle languit, sa sœur le gratifie d'un bref remerciement, avant de prendre la poudre d'escampette. Elle a le cœur comme des pierres. Comme se fait-il que Vincent reste si loin de Saint-Denis, alors que jour après jour, le danger croît pour la sûreté des particuliers ? Comment se fait-il qu'il n'accoure pas pour voir à sa sûreté à elle, qui l'aime tant ?

DE FAUSSES RUMEURS sciemment engraissées ont tenu Gilbert et ses concitoyens dans un état de qui-vive à la limite du supportable. Les comtés de L'Acadie, de Chambly et de Rouville dans un état de fermentation effrayante. Saint-Jean et les villages circonvoisins en rébellion ouverte. Une armée révolutionnaire sous l'autorité du Dr Côté. Un schooner ancré de l'autre côté de la ligne, en bas de l'isle aux Noix, et chargé à ras bord d'armes à feu à être distribuées dès que le haut de la Chambly serait devenu territoire insurgé.

Et surtout, des incendies allumés par des bandes de capots gris exerçant des violences contre les loyaux sujets pour les forcer à s'enrôler avec eux. Ce damné *Herald* martelait que les loyaux de ces districts ruraux allaient très certainement être pillés et massacrés – *are to be pillaged and massacred in detail*! Le canon de bois utilisé pour sonner les départs du navire à vapeur vers le lac Champlain, installé par les patriotes de Saint-Athanase de leur côté du pont en un semblant de défense, était devenu une pièce d'artillerie redoutable...

Lorsque le cavalier à cheval envoyé par le capitaine Glasgow a fait irruption dans la cité, l'anxiété a atteint un sommet. Le messager avait cru plus sage de franchir la route entre Saint-Jean et Montréal en habits civils, et il témoignait d'un nombre considérable d'hommes armés s'assemblant en divers points. À LaPrairie, il disait avoir vu plusieurs centaines d'hommes témoigner ouvertement d'intentions carrément hostiles! Ce qui n'aurait guère de quoi surprendre, car les habitants de ce lieu avaient été fortement alarmés par le passage en sens inverse de la police auxilliaire, deux jours auparavant...

Les Royal Grenadiers et les *volunteers* sont partis pour Saint-Jean afin de prêter main forte à l'escouade de police et, comme Gilbert, ils ont été nombreux à garder un œil ouvert pendant cette interminable nuit du 12 au 13 novembre. Certains Montréalistes espéraient vivement une échauffourée entre la troupe d'une centaine de loyaux sujets et les pseudo-rebelles. Selon les prophètes de malheur, les révoltés avaient même l'intention d'attaquer le corps expéditionnaire lors de son débarquement à LaPrairie!

Sauf qu'au matin, survenaient de manière inattendue quelques-uns des faquins à cheval de l'escouade de police auxilliaire sous les ordres du capitaine Glasgow, la première à s'être rendue à Saint-Jean. À peine débarquées de la traverse, ces polices montées ont affirmé à tout venant qu'ils avait eu la voie libre et que les bandes si formidables du Dr Côté étaient rentrées dans leurs foyers. En fait, comme Gilbert en convient avec ses parentes, lesdites bandes sont une lubie.

Si des patriotes se sont rassemblés, c'est uniquement pour assurer la protection des hommes d'importance et pour faire étalage de leur supériorité numérique.

Ce même 13 novembre, deux autres compagnies du Royal Grenadiers se dirigent vers le chemin à lisses de LaPrairie, ce qui créé une résurgence d'alarme, mais lorsqu'une partie du 83ᵉ régiment, envoyé de Québec, met pied à terre dans le port dans la vue de renforcer la garnison montréaliste, la situation devient limpide : le commandant en chef veut garnir les divers baraquements de la rivière Chambly au plus sacrant, avant que l'hiver ne mette le *railroad* et les navires à l'arrêt.

Cependant, la poste charrie une nouvelle qui replonge les tuques bleues dans un gouffre d'appréhension. La nouvelle liste de juges de paix pour le district de Montréal prive 61 notables aux principes Réformistes de leur position. Ceux qui avaient réussi à désamorcer les plans iniques des magistrats clubistes, dans la foulée de l'affrontement du 6 novembre, n'ont plus aucun pouvoir. Y compris Henri DesRivières, devant qui Gilbert a fait sa déposition... Le jeune homme a l'impression qu'une calamité pire qu'une invasion de sauterelles vient de lui fondre dessus. Comme si son bouclier de protection lui était arraché...

Les parentes de Gilbert s'effraient en chœur. Le moindre écart de conduite est à proscrire. Le moindre écart de conduite *passée* devient même une preuve qui pourra être retenue pour sévir ! Or, Gilbert est membre des Fils de la Liberté... Surmontant l'angoisse qui le tenaille, le jeune homme fait de son mieux pour rassurer les dames de la maison. Les autorités souhaitent châtier les patriotes qui ont la confiance du peuple, non point le menu fretin. Ériole le contreboute aussitôt, criant presque :

— On peut s'attendre à toutte de la part de notre saudit gouvernement ! Les magistrats ont la voie libre. Ces plans médités depuis une couple de jour, y vont pouvoir être mis à exécution. T'as ouï-dire, pour le sûr ? Mettre les principaux patriotes aux fers !

— Chose certaine, rétorque Gilbert d'un ton grinçant, c'est que nos gentils loyaux ont la chienne de leur vie.

Il fait allusion à la proclamation signée par les magistrats en corps, hier, à l'effet de défendre le moindre rassemblement afin de préserver la paix publique. Les officiers en loi ont prétexté des bruits persistants d'une sortie armée des Fils de la Liberté sous forme de manœuvres militaires, et même de membres de l'organisation en train de fondre des balles ou de faire l'achat d'armes à feu. Ce que nul n'oserait, vu le risque d'une répression sauvage. Sir John Colborne a jugé que la patrouille nocturne formée sous l'impulsion des *volunteers* locaux, dès la nuit du 6 au 7 novembre, et que les magistrats de la cité avaient approuvée, était à ce point essentielle qu'il est sur le point d'entériner l'organisation de brigades défensives loyales à l'échelle des quartiers et faubourgs de la cité.

Montréal est en train de se transmuer en camp retranché où le moindre Bureaucrate vient chercher refuge. En place forte protégée par une armée innombrable ! Après un frisson, Gilbert promet à sa tante et à sa grand-mère de se faire oublier autant que possible, et de raser les murs comme une ombre si d'aventure il sort. Ce qu'il fera certainement, de loin en loin, afin de prendre le pouls de sa ville !

VITALINE PIVOTE SUR ELLE-MÊME pour mirer la foule. La place devant l'église paroissiale est noire de monde ! Tôt ce matin, mardi 14 novembre, la nouvelle a circulé : une assemblée de francs-tenanciers allait avoir lieu en début d'après-dînée, afin de décider d'affaires cruciales. Depuis les confins de la paroisse, au moins un millier d'hommes ont répondu à l'appel. Si on y ajoute les femmes et les enfants, la cohue est impressionnante. À vrai dire, nul ne voudrait manquer l'événement pour tout l'or du monde. Car c'est d'or, justement, dont il va être question : la réquisition de la dîme, cette taxe religieuse dont le fruit se trouve dans le coffre-fort du curé.

Même si la police auxilliaire est repartie de Saint-Jean les mains vides et la fale basse, la région entière demeure sur le qui-vive, car les baraquements du fort Chambly, de même que ceux, modestes, de Saint-Jean, se garnissent à vue d'œil d'habits rouges. De plus, d'alarmantes nouvelles se succèdent à une vitesse folle... Deux patriotes dignes de foi viennent de retontir. Robert Bouchette, rédacteur du *Libéral* de Québec, a fait état de poursuites pour menées séditieuses par l'intermédiaire d'un juge de paix vendu à l'Exécutif.

Quant à Jean-Philippe Boucher-Belleville, il a confirmé ce que beaucoup soupçonnaient : l'épuration au sein des juges de paix du district préfigurait des poursuites judiciaires. Des ordres d'arrestations émanant du Château Saint-Louis ont été reçus par les magistrats de Montréal, hier le 13 novembre. Ces mandats s'attaquent aux sommités publiques qui ont pris part à la Confédération des Six Comtés, le 23 octobre, c'est-à-dire le tiers des élus en Chambre d'Assemblée, une phalange de conseillers législatifs et des notables de la région entière.

Boucher-Belleville a été secétaire de l'assemblée. Le Dr Wolfred Nelson y a figuré itou... Vitaline tend l'oreille vers les parlures enfiévrées qui s'élèvent depuis le groupe au sein duquel se tient le propriétaire du *Glaneur*.

— Tout ce bredas à cause de l'assemblée des Six Comtés ? Insensé. Y s'est passé quoi de répréhensible, aux Six Comtés ?

— Rien, hormis sa prouvable popularité, déclare un autre homme aussitôt. Pis le fait que la politique de non-consommation était en train de diminuer la bourse publique.

Prenant la parole, Boucher-Belleville fait état d'un soupçon et l'attention de la foule converge à ce point vers lui qu'un silence religieux se fait à une encablure à la ronde. Pendant la fin de semaine où se tenait l'assemblée, un mat de bois a été érigé. Aussitôt, Vitaline se dépeint ce Mai qu'elle est allée mirer : il porte un bonnet rouge à son faîte, celui de la Révolution française, et s'orne de l'inscription *À Papineau, les concitoyens reconnaissants*. Rien de pire que le monument Marcoux à Saint-Denis ou la colonne en l'honneur du général anglais Horatio Nelson au Marché neuf.

— Les discours et les résolutions auraient pas suffi à soutenir des accusations, ajoute Boucher-Belleville, mais cet arbre de liberté serait la preuve de la volonté collective de s'affranchir du joug de la couronne britannique. *An overt act of treason.*

Boucher-Belleville refuse de le confirmer, mais une rumeur persistante veut que Louis-Joseph Papineau soit allé trouver refuge chez le député Joseph-Toussaint Drolet, à Saint-Marc, qui risque lui aussi d'être harcelé par les autorités. Chose certaine, aucun des persécutés ne peut espérer un procès impartial. Depuis que la Loi des jurés est caduque, il revient au shérif de constituer les jurys à sa guise. Or, le shérif et les juges ont reçu, le 15 octobre, paiement de leurs émoluments grâce au gouverneur ayant mis à l'effet la huitième des Résolutions Russell. Rien de moins qu'un pot-de-vin, qu'un achat de leur conscience !

Comme les autres, Vitaline porte son attention vers la salle des habitants du presbytère, là où les assemblées de fabrique ont coutume d'avoir lieu. Plusieurs centaines de notables s'y pressent afin d'entériner des résolutions que le curé Demers leur dispute chaudement. Employer les deniers de la fabrique à un tel objet sans obtenir la permission de l'évêque au préalable, c'est un sacrilège! De sucroît, fait valoir le prêtre, d'innombrables lois défendent de prendre les armes contre le gouvernement établi.

On lui a répondu que ce dernier était sur le point d'expirer et que les évêques de la Belgique et de la Pologne, eux, avaient laissé les fidèles libres d'utiliser les dîmes comme ils l'entendaient, à l'inverse de Mgr Lartigue qui s'est constitué l'ennemi de sa nation; et que pour l'instant, il n'était aucunement question de procéder à l'achat d'armements de l'autre côté de la frontière, mais plutôt de mettre le magot à l'abri de l'armée ou des fanatiques *Orangemen*.

Cette perspective plonge Vitaline dans un abîme d'appréhension. Une anxiété palpable est à l'origine de l'assemblée, sentiment que le curé partage, puisqu'il finit par remettre les clefs du coffre-fort au marguiller en charge. Vitaline gigue entre un sommet d'exaltation et une inquiétude qui lui donne envie d'aller se réfugier dans une tanière au plus creux de la forêt. Autant elle trépignait d'impatience de voir Florentin décaniller, autant elle a hâte qu'il revienne. Il leur faut des protecteurs, car Norbert seul n'y suffira pas. Quant à Vincent... inutile de compter sur lui, comme s'il fuyait le théâtre des événements!

Vitaline fige sur place: celui qui fait irruption sur l'escalier du presbytère, et qui se met à lire les résolutions d'une voix de stentor, est nul autre que le maître-potier Antoine Duplaquet. Il lui fait penser à son père. Se trouve-t-il dans la salle? Sans conteste... Les résolutions sont claires. Les citoyens ont la propriété des deniers de la fabrique, lesquels serviront à l'achat d'armes lorsque le moment sera venu de repousser les forces en marche contre les patriotes, ou plus largement, pour soutenir une Chambre d'Assemblée provisoire. Comme les autres, Vitaline pousse des vivats au plus fort de sa voix. Quelle aubaine que de pouvoir transmuer la tension qui l'encombre en une acclamation qui s'élève vers les cieux!

Dans la foulée, nombre de miliciens s'offrent pour se constituer la garde personnelle des notables visés par les ordres d'amener, dans le but d'en prévenir l'exécution. Pas question de laisser les fous furieux prendre possession d'eux, pieds et poings liés! Le mouvement est autant spontané qu'irrésistible, et s'y opposer serait aussi futile que de vouloir contrebouter la marée.

44

Le 14 novembre en fin d'après-dînée, Gilbert reçoit la visite d'un Vincent excessivement énervé, et qui tourne en rond dans la salle commune sous le regard éberlué de grand-mère, immobile dans sa berçante. De la poche de sa bougrine, le survenant extirpe un feuillet qu'il brandit dans les airs au moment précis où Ériole, de retour de sa journée de travail, fait son entrée. Le feuillet en question est un exemplaire du papier-nouvelles *Le Canadien*, daté de la veille, sur lequel il vient de mettre la main.

Les magistrats clubistes de la capitale, clame Vincent, se sont réunis en tribunal d'inquisition, et ont émané des mandats d'arrestation contre quatre citoyens de la capitale, ensuite écroués à la prison sous le Cap. Pour les Bureaucrates, Québec doit demeurer la citadelle imprenable de la puissance anglaise! Ces poursuites politiques sont le résultat d'une enquête à huis clos déclenchée aux alentours du 7 novembre par un trio d'exaltés: le juge de paix et marchand Robert Symes et deux anciens élus devenus traîtres à leur patrie, Thomas Ainslie Young et John Duval. Certains de leurs collègues magistrats ont protesté, mais en vain: entière liberté était laissée à Mr Symes sous prétexte que tout officier en loi a le droit de procéder sur sa propre responsabilité.

Vincent élabore sur le sujet tandis qu'Ériole et grand-mère viennent prendre place à la table. Les premières victimes de la répression ont été Pierre Chasseur et Eugène Trudeau, imprimeurs et propriétaires du *Libéral*, toute jeune gazette patriote de la capitale. Robert Bouchette et Charles Hunter, ses rédacteurs, ont échappé de peu à l'inquisition vexatoire en prenant la fuite.

— On le sait déjà, rétorque Gilbert avec impatience. Les papiers-nouvelles l'ont colporté.

— Paraît que m'sieur Duvernay est aux abois, intervient Ériole. Y se dit que la même affaire va se passer au sujet des gazettes réformistes de par icitte.

— Sauf qu'on a trouvé un moyen plus expéditif dans le cas du *Vindicator*, ajoute grand-mère avec un soupir consterné.

La suite du récit de Vincent crée une commotion au sein de l'auditoire. Hier, d'autres hommes qui ont très peu à voir avec la gazette patriote étaient arraisonnés et conduits en prison, soit Joseph Légaré fils, juge de paix privé de son certificat par le gouverneur, et Barthélémy Lachance, président du Comité central et permanent du district de Québec. D'une blancheur de spectre, Ériole se penche vers Vincent et crispe la main sur son bras.

— Si on vient d'arrêter ceux-là...

— Des hommes désignés par l'éditeur du *Canadien* comme *assez circonspects dans leurs démarche*, précise Vincent.

— Ça veut dire que...

Obnubilée par le sort d'André Jobin, Ériole ne peut poursuivre. Gilbert retient son souffle comme si seul un calme exemplaire pouvait permettre aux victimes désignées de prendre le large... Vincent précise que les mandats indiquaient, comme chef d'accusation, le crime de haute trahison, ce à quoi Ériole réagit par un cri étranglé. Incrédule, Gilbert s'exclame :

— Haute trahison ? Ça se peut pas, c'est... c'est démentiel !

— Paraît que le seigneur Languedoc, dans le comté de L'Acadie, aurait ouvert le bal.

Vincent précise que l'inculpation interdit le recours à l'habeas corpus, mécanisme permettant à un prévenu d'éviter la prison après promesse de comparaître. Pour plus de commodité, on voudrait escamoter ce frein à l'arbitraire !

— J'ai compris la logique de la charge de *high treason* en lisant les gazettes ennemies, poursuit Vincent. Quand des juges de paix ou des officiers de milice ou n'importe quel commissionné de l'État se transmuent en commandants d'une insurrection, ce sont des traîtres.

— Mais y'en a pas, d'insurrection !

— Par les armes, non. Mais qui peut nier que nos chefs travaillent à prendre le pouvoir instamment pis à proclamer la république?

Résistant à une panique envahissante, Gilbert s'objecte encore :

— Mais y l'ont déjà, le pouvoir! Y mènent à la Chambre d'Assemblée, pis un Parlement, c'est supposé gérer un État!

— Pas aux yeux des Bureaucrates qui se croient nés pour régner pis qui ont peur du peuple comme de la peste.

Le front creusé de rides de souci, Vincent faire une pause, puis reprend en pesant ses mots :

— Je vous jure que j'ai creusé la question depuis que je suis dans le boutte. Je crois que j'ai touché le fond de l'affaire. La preuve que nos prétendus Loyaux tentent de garrocher aux yeux de la mère patrie, c'est le péril pour leur sécurité. Depuis des années, y font valoir qu'y ont des couteaux sous la gorge. Depuis cet été, y se disent les souffre-douleur de leurs voisins au point que, périodiquement, y viennent se réfugier à Montréal en guise de protection. Or, la mère patrie a le devoir de défendre ses sujets contre toute agression.

— Sauf que nous autres Canadiens, rétorque Ériole, ça fait des décennies qu'on fait valoir qu'on se sent menacés dans nos biens pis nos personnes.

— À Londres, y se méfient viscéralement de nous autres. Le moindre chuchotement de leurs amis Loyaux, par contre, est confondu avec des hurlements de peur. Parce que nous autres, on n'est pas des sujets anglais à leurs yeux, on est des conquis. De quasi-esclaves. Du monde suspect en partant.

Obnubilé par l'expression « haute trahison », Gilbert requiert à nouveau l'attention de Vincent.

— Les juristes anglais définissent ce crime comme...

— Comme un abus de confiance ayant entraîné la mort. Quand y s'agit de la mort d'un souverain, c'est haute trahison, comparé à petite trahison dans le cas, par exemple, de l'attaque d'un domestique sur son maître.

— Attend une minute. Faut projeter de tuer le monarque ou un de ses représentants.

— Ou faire la guerre au roi. Pourquoi tu penses que les convulsionnaires s'échinent à récolter des preuves contre nous autres?

De plus en plus irrité, Gilbert s'écrie :

— Faut prouver l'intention de détrôner le roi. Avec une affirmation pareille, t'étires l'élastique jusqu'à Gaspé !

— Je me fie à la jurisprudence. Réformer les lois ou mettre l'ordre aux abus peuvent être considérés comme un crime de haute trahison quand la force brute est employée.

— Le complot doit être dirigé spécifiquement contre la personne du roi, dit Gilbert obstinément. Sauf que y'a juste son représentant de ce côté-citte de l'océan ! Faut un acte apparent de subversion. Faut adhérer au camp ennemi, celui d'une puissance en guerre ouverte avec l'Angleterre. Un ennemi est toujours un sujet d'une puissance étrangère qui ne doit pas fidélité à la Couronne d'Angleterre. Vous, moi pis les *Orangemen*, on est des sujets anglais les uns face aux autres.

— Vont quand même s'en servir pour foutre une trâlée de tuques bleues au cachot pendant une escousse, dit Vincent sourdement, qu'y soient capables ou non de la prouver, cette saudite haute trahison. Pis après, y vont sommer un jury dégoulinant de préjugés. Pis les juges ont une latitude quasi infinie. Y peuvent forger les cas à l'envi…

— Ça me chicote, intervient Ériole, ton affaire des persécutions à Québec. Les troubles ont lieu par icitte pis c'est là-bas qu'on sévit en premier. À quoi ça rime ?

— Je vois qu'une seule hypothèse. Forcer m'sieur Papineau pis les autres principaux à se réfugier parmi leurs proches, pour ensuite y porter la guerre.

Dame Royer ne peut retenir un sursaut ponctué d'une exclamation effrayée. Vincent s'excuse en dirigeant vers elle un regard navré, puis il précise :

— Les ennemis du pays sont pas juste retors, sont intelligents. Y veulent pas d'un peuple au complet en proie à l'émeute. Y veulent juste des émeutes planifiées qu'y contrôlent à leur guise. De fausses émeutes.

Vincent leur confie que Denis-Benjamin Viger, le seul juge de paix patriote que Gosford n'a pas dépouillé de son brevet, a appris que ses collègues clubistes organisaient une offensive imminente grâce à l'aide du procureur général Ogden et du solliciteur général O'Sullivan. Le président de la Chambre d'Assemblée est parti hier, déguisé en habitant. Pour le sûr, plusieurs députés – notamment Edmund Bailey O'Callaghan, Édouard-Étienne Rodier et Charles-Ovide Perrault – ont pris la poudre d'escampette. Le jeune arpenteur conclut :

— Sur ce, je file. Z'êtes sûrement au courant que Déberge a été chassé de son manoir seigneurial et qu'y se met sous la protection des autorités civiles et troupières ...

La stupéfaction de ses hôtes prouve le contraire à Vincent, qui relate que les habitants du comté n'ont pu supporter l'idée de voisiner encore longtemps celui qui les a trahis pour des motifs bassement cupides, et ils ont fait résonner un charivari pour le faire décamper. Le choses se sont corsées : le seigneur Debartzch a été emprisonné à domicile pour l'empêcher d'exercer son influence délétère auprès du gouverneur et du Conseil exécutif, et aussi pour servir de monnaie d'échange si des amis du pays tombaient entre les mains d'une justice impitoyable. Grâce à l'intervention de notables, en particulier celle du seigneur et député Drolet, du village d'en face, les meneurs ont consenti à laisser 24 heures à Debartzch pour débarrasser le plancher.

Ce dernier a réquisitionné le *Varennes* qui fait habituellement du cabotage depuis le haut de la rivière Chambly jusqu'à la métropole, interdisant même au capitaine de s'arrêter aux villages côtiers, malgré les passagers et le fret qui attendaient d'y monter. Debartzch vient de débarquer au port avec sa famille et un impressionnant barda. Avec un sourire tristement ironique, Vincent ajoute le détail qui le tarabuste : mirant la scène de loin, il a vu le marchand Jean-Juste Cosseneuve et son fils prêter mainforte à Debartzch pour le déchargement. Il grommelle :

— Comme y a des troubles à Saint-Charles, mon frérot a rebroussé chemin par icitte...

Gilbert murmure avec une grimace d'excuse :

— Ça me dépasse. Ton besson, pourquoi je l'ai toléré pendant des années ? Faut croire que j'en tirais avantage d'une certaine manière...

Ces derniers jours, Gilbert a passé un temps fou à tâcher de comprendre pourquoi il a si longtemps entretenu ses illusions par rapport à son associé. Car il lui a suffi de remonter le fil de sa relation avec Gaspard pour dresser le portrait, avec une effrayante netteté, d'un homme égocentrique et vénal.

— Tu fais partie de ceux qui mettent du temps à voir le mal, répond Vincent, juste parce qu'y peuvent pas *imaginer* autant de mal. Faut que le mal leur donne un coup de poing pour qu'y le reconnaissent. C'est tout à ton honneur.

Mirant Vincent qui ressemble tant physiquement à son frère, Gilbert le remercie d'une œillade chaleureuse. Son affection grandissante à l'endroit de Vincent a contribué à lui mettre des œillères en rapport avec son besson. Comme si Gilbert avait donné à Gaspard une partie des qualités de son jumeau ; comme s'il avait constamment tempéré les outrances du premier avec la bonté intrinsèque du second. Gilbert clôt la réflexion en secouant la tête dans le but de se replacer définitivement les idées. Plus jamais il ne confondra les deux frères de même !

— Je suis dans l'urgence de m'offrir un tête-à-tête avec mon paternel, déclare Vincent en s'éloignant vers la porte.

— Pis moi, ajoute Gilbert en l'imitant, avec ton besson.

Se bougrinant, le jeune instituteur ajoute qu'il n'est pas retourné au Cabaretier patriote depuis la mystification avec laquelle Pat Cuvillier a été trompé, au soir du 5 novembre. Il devait peaufiner sa stratégie... Il conclut :

— Va falloir que j'avoue à ton frérot ta personnification de lui. T'as objection ?

Vincent ne peut retenir un éclat de joie sauvage.

— Jamais de la vie ! Ça me vengera. Ça me démange de lui démolir le portrait. Je m'en priverai pas si j'entends parler d'une nouvelle affaire !

— Y t'a souvent volé ton prénom, tu crois ?

— J'ose pas avancer de chiffre.

— C'est de l'histoire ancienne, je peux pas croire...

Vincent laisse Gilbert à mi-chemin, se dirigeant vers l'hôtel où son père prend ses quartiers lorsqu'il séjourne en ville. Porté par l'ardeur, Gilbert pénètre d'un seul élan dans le Cabaretier patriote. L'établissement est désert, car seuls d'invétérés poivrots ou des joueurs effrénés peuvent avoir le goût d'y venir par les temps qui courent. Sauf pour Gaspard, debout en plein milieu de la salle commune, en train de conférer avec l'éternel connétable Malo... Ce dernier désigne Gilbert à Gaspard, qui pirouette et marche vers Gilbert à larges enjambées, l'air mauvais.

— Te v'là ? Y était temps, boucane de sauvage ! Tu sais que je compte sur toi pour surveiller nos affaires en mon absence ? Pis là, Louis vient de m'apprendre que la chambre de jeux manque de clientèle au point qu'y paye le croupier à rien faire pantoutte !

— J'ai rien à voir dans le ralentissement des affaires, rétorque Gilbert froidement. Quel bon vent t'amène ?

— On bavassera plus tard. Là, faut que je reprenne le commerce en main. Si ça continue, je pourrai pas rencontrer les paiements.

— Tu t'en fais pour rien.

— Maudit niaiseux !

Ainsi houspillé par Gaspard, qui ne domine son emportement qu'avec peine, Gilbert reste de marbre. Son associé reprend, la voix tremblante de rage :

— La rivière Chambly est en état d'insurrection ! T'as pas vu ce que j'ai vu. Les patriotes du comté galopaient d'un bord pis de l'autre pour assister à des réunions... Celle à la Pointe-Olivier pour former un gouvernement révolutionnaire...

— Hein ? C'est quoi que tu me chantes là ?

À toute vitesse, tandis que Louis Malo écoute attentivement, Gaspard fait état d'un rassemblement de personnalités du mouvement réformiste, le 11 novembre, entre Chambly et Saint-Hilaire. Ce sont eux, sur le chemin du retour, qui ont fait halte au manoir afin de soutirer à Debartzch une déclaration écrite constatant qu'il n'avait point donné au gouvernement le conseil de faire arrêter les signataires des procédés de l'assemblée du 23 octobre dernier. Gaspard presse son point :

— Y se faisait quoi à la Pointe-Olivier ? La révolution. Un parlement provisoire qui sera entériné par une Convention prévue pour le 4 décembre.

Gilbert vibre des pieds à la tête sous le coup d'un puissant frisson d'exaltation. Il réussit à s'enquérir benoîtement :

— T'es sûr de ça, Gaspard ? Ça m'apparaît guère crédible...

— Sûr et certain. Les juges de paix démis deviennent des amiables compositeurs ; les députés pourchassés proclament le gouvernement du peuple. C'est simple de même. Au printemps prochain, la *Province of Quebec* sera devenue la République du Bas-Canada. Pis les régiments envoyés pour l'empêcher rencontreront une population greyée d'armes pis déterminée à les repousser à l'océan.

Enchanté par ces propos, Gilbert fait tout son possible pour ne paraître qu'éberlué. En même temps, une voix discordante résonne en lui. Gaspard est en proie au délire! Son vis-à-vis en remet pourtant:

— Mon père va perdre sa fortune, parce que sa fortune, y l'a prêtée à m'sieur Déberge. Pis j'ai pas besoin de te faire un dessin sur le sort qui attend Déberge si la république est proclamée. Y va perdre sa seigneurie et toutte ce qu'elle contient, y compris sa propriété et ses moulins à vapeur. Ses censitaires vont cesser de lui payer son dû. Ses nombreux débiteurs itou. Vont lui faire la nique!

Au départ, Gilbert était déstabilisé par la présence muette de Malo, mais soudain, il comprend qu'il peut faire d'une pierre deux coups. Foudroyant Gaspard du regard, il jette:

— T'es fortuné de pas recevoir une torgnole de ma part. Tu m'as joué dans le dos!

Gaspard répond par une mine ahurie qui fait comprendre à Gilbert que Pat Cuvillier, emporté par le tourbillon des affaires publiques, ne lui a pas relaté sa conversation. Gilbert peut donc l'arranger à sa guise! Forçant son irritation, ce dernier se lance dans un récit qui n'est guère loin de la vérité. Lorsque l'occasion d'éclaircir un mystère qui le tarabustait s'est présentée grâce à la méprise de Pat, raconte-t-il en substance, il s'est jeté dessus comme un chien affamé sur un os.

— Quand y m'a révélé la vérité sur Déberge, j'ai tiqué, mais je me suis raisonné...

Blême de rage, Gaspard n'écoute plus. Prenant Malo à témoin, il tempête:

— Mon besson? Le fendant. L'écœurant de fendant!

— Y t'a rendu la monnaie de ta pièce, rétorque Gilbert fortement. T'aurais fait pareil comme lui.

Gaspard réplique péremptoirement:

— Lui, y a pas le droit de faire comme moi! Lui, c'est lui, pis moi, c'est moi!

La défense est tant absurde que Gilbert reste sans voix. Louis Malo, lui, se contente de mirer Gaspard avec des yeux ronds. Ce dernier toise Gilbert, l'expression chargée de menace.

— Y a une escousse que je voulais t'en causer... Je digère pas tes fréquentations avec tu sais qui. Tu l'as introduit à l'arpenteur

Bourdages... Tu le visites assidument à Saint-Denis... Compte-toi chanceux en maudit d'avoir conservé mon amitié. J'ai failli te laisser tomber, tu savais ça? Comme un traître. Fait qu'astheure, tu dois te plier à une condition: c'est Vincent ou bedon c'est moi. Ceux qui sont pas nos amis sont nos ennemis.

Et voilà, songe Gilbert. Il faut se dévouer corps et âme pour Gaspard, au risque de passer pour fourbe à ses yeux... Faisant mine de combattre une vive impatience, Gilbert saisit le crachoir à toute vitesse:

— T'as pas entendu? Je te dis que je me suis raisonné. Par après, j'ai compris que t'avais pas pu faire autrement. Pis que dans le fond, Déberge pis Bleury avaient raison de se méfier d'une gang d'orateurs qui ont rien dans le ventre. Qui veulent que les autres se battent à leur place. J'ai des principes, t'as bien vu, mais je commence à croire que nos Réformistes sont des couards qui se rient de nous.

— C'est-à-dire?

C'est Louis Malo qui interroge. Gilbert répond posément:

— Y boutent le feu pis s'enfuient quand l'incendie pogne. Je vais pas jusqu'à dire qu'y auraient dû combattre le 6 novembre. Sauf que de les voir s'éparpiller chacun de son bord, au lieu de se regrouper pour affronter l'ennemi... Sont tous partis, y paraît. Je sais pas ni quand ni où, mais y nous laissent dans la dèche. Ça m'écœure, vous pouvez pas savoir à quel point.

Gilbert leur tourne le dos comme s'il luttait contre une subite émotion, puis il revient à Gaspard:

— Je l'admirais, Papineau. Pis les autres itou. Là, j'ai compris que le pays allait à sa ruine, à moins qu'on laisse toute latitude possible à Déberge. Je suis de ton bord, Gaspard. Dès qu'y aura du mouvement chez les Fils de la Liberté, j'en serai pis je vous conterai toutte.

C'est avec un plaisir incommensurable que Gilbert manipule Gaspard, qu'il s'en sert comme d'un poisson hameçonné pour pénétrer plus profondément dans la secte des Chouayens dont l'unique motivation est de s'élever sur les ruines d'une classe de patriotes qui bénéficie de l'admiration publique.

— Les Fils de la Liberté sont morts et enterrés, déclare Malo secquement. Fie-toi sur moi.

— Ça grouille encore. J'ai essayé de me joindre à ceux qui gardent m'sieur Papineau... savez qu'y en a une douzaine qui dorment chez lui chaque soir depuis le 6 ? Mais c'était mission impossible. Seuls les proches de la famille sont acceptés.

Gaspard a retrouvé un semblant de calme. Il dit avec un soupir :

— Tu me fais perdre la boule. J'ai pas l'énergie de creuser la question...

Gilbert le presse encore :

— Je suis paré à toutte pour la prospérité de notre commerce. J'ai un besoin urgent de blé. Ma tante songe à fermer son atelier de matelas cet hiver. Trop de concurrence déloyale. Des marchands qui ouvrent des ateliers gigantesques avec de l'argent prêté par les banques. Pis j'aimerais ça me marier...

— Avec ta Caroline ?

Gaspard n'a pu cacher son mépris. Gilbert fait mine de n'avoir rien remarqué, et poursuit :

— C'est compliqué avec elle. Mais pour le sûr, j'aimerais m'établir bientôt. Pis comme je viens de perdre ma place d'instituteur...

— T'es sérieux ?

— En masse. Quiblier voulait que j'aille témoigner contre les Fils de la liberté. J'aurais bien voulu, mais comme je joue double jeu... pis que je pouvais pas lui dire... y m'a foutu dehors.

Louis Malo réagit par un gloussement, puis il le gratifie d'une bourrade amicale.

— T'es martyr pour la cause !

— Les choses vont s'arranger d'elles-mêmes, reprend Gilbert. Incessamment, l'Exécutif va mettre les vrais comploteurs en prison, non ? Milord Gosford doit avoir les preuves qu'y espérait pour accuser les juges de paix pis les hauts fonctionnaires qui veulent renverser l'autorité légitime pour la remplacer par la terreur militaire. Une Chambre d'Assemblée patriote sera réélue aux prochaines élections générales. Avec un changement de ministère dans la mère patrie... ou même sans... on aura gagné nos épaulettes.

Un brouhaha qui enfle distrait leur attention. Le premier à entrer dans la taverne est Vincent, les joues cramoisies et la mine réjouie. Gilbert entend Gaspard inspirer fortement. Un duo de fêtards surgit ensuite. Nuls autres que le seigneur Debartzch et le marchand Cosseneuve ! Gilbert remarque immédiatement que ce dernier ne tricole qu'un brin, mais que l'autre est totalement imbibé de boisson. Les traits relâchés et la bouche molle, Debartzch est en train de relater quelque chose au père Cosseneuve qui s'escrime à l'attirer vers une table.

D'emblée, Gilbert est prodigieusement intéressé par le face-à-face de Gaspard et de son besson, chose qu'il n'a pas vue depuis six ans, alors qu'il leur rendait visite à Saint-Charles entre deux années scolaires. À sa vive surprise, Vincent se dirige vers son frère, le sourire faussement engageant et un bras tendu pour une franche poignée de main.

— Y a un boutte, dit-il, que je voulais venir contempler tes succès.

Laissant retomber sa main qu'un Gaspard ahuri a négligé de saisir, Vincent poursuit en mordant dans les mots :

— T'as pas besoin d'avoir peur : je jouerai pas dans tes plates-bandes. Je suis pas jaloux de ta réussite. C'est-y clair ?

Gaspard cligne des yeux pour faire signe qu'il a compris. Vincent se tourne vers Gilbert et le poussaille :

— Tu me fais la visite ? Envoye, grouille !

L'interpellé n'a pas le choix que d'obéir, et bientôt, Gilbert et Vincent se trouvent dans la petite pièce qui abrite les deux tables de billard. Ce dernier se débougrine posément.

— Y a plus qu'à attendre. Y laissera pas passer une affaire de même.

Il visait juste. Quelques minutes plus tard, le rideau s'écarte pour laisser passer un Gaspard blême de colère. Avec la froide détermination d'un homme provoqué en duel, le survenant saisit subitement son besson par le collet, et le tenant quasiment étranglé, le fait reculer jusqu'au mur où il l'accole sans ménagement, avec un bruit mat. Il lui aboie littéralement au visage :

— J'ai jamais eu peur de toi. Tiens-toi le pour dit !

Vincent reste totalement immobile et bouche close, et sans crier gare, son frère le délivre en le repoussant comme s'il jetait un tas d'immondices au loin. Vincent trébuche, mais réussit à rester debout. La fureur semble quitter Gaspard d'un seul coup et soudain, celui-ci se fend d'un rictus de dégoût.

— Je perds la boule. Aucune raison de me salir les mains de même. J'ai juste à continuer comme avant. Détourner les yeux de ta binette.

— T'es juste un peureux. Je le sais depuis ma tendre enfance.

Soufflé par le commentaire tranquille de Vincent, Gaspard recule de quelques pas. Son jumeau reprend, combattant une subite émotion :

— Je sais pas pourquoi t'as peur de moi pis d'une trâlée d'autres affaires. J'aurais aimé... autre chose de toi. Mais c'est de même, j'en ai pris mon parti. Sauf qu'à moi, tu peux pas faire des accroires. T'as toutte pour toi, Gaspard. T'es la prunelle des yeux de nos parents. Pourquoi en plus, faut que tu sois méchant avec moi ?

Gaspard s'en va à longues enjambées. Gilbert en reste éberlué : une seconde avant, il se tenait devant eux, une seconde après, il a traversé l'huis ! Gilbert est épuisé comme si une sorcière de vent s'étaient enroulée autour de lui, mettant ses idées en déroute. Après un regard d'excuse à son adresse, Vincent agrippe sa bougrine et emboîte le pas à son frère. Après s'être octroyé un moment de réflexion, Gilbert retourne dans la salle commune.

Il tombe sur une scène insolite. Gaspard a été arraisonné au passage par Debartzch, qui est en train de l'obliger à prendre place à ses côtés. Le marchand Cosseneuve et Louis Malo sont déjà bien installés, tandis qu'une rousse barmaid installe devant eux des gobelets de bière. S'adossant à un mur, Gilbert examine le seigneur renégat, perturbé par sa laideur d'homme ivre. Il en a trop vu pour trouver le spectacle mignon... Plongé dans une stupeur artificielle, Debartzch parle trop fort, sa voix est pâteuse et il s'esclaffe sans vergogne.

Après avoir échangé avec son père, Vincent quitte les lieux et Gilbert a le sentiment de se retrouver isolé en territoire hostile. Son ami lui a dit qu'il partait en direction de la rivière Chambly... Mais il ne s'appesantit guère, car Debartzch est en train de narrer l'épreuve qu'il vient de subir à Saint-Charles. Relation effarante où il se donne le beau rôle ! Il craignait, dit-il, bien pis qu'un charivari. Ce soir-là, une armée révolutionnaire de 200 hommes, dont plusieurs armés, s'est rangée devant la barrière de sa propriété, comme il l'a vu depuis sa galerie où il se tenait, calme « comme tout homme de bien ».

Le canon d'un fusil a été pointé vers lui, mais « l'amorce seule eût effet ». Gilbert retient une grimace de septicisme. Le narrateur vient de clamer qu'il faisait trop noir pour distinguer quiconque ! Debartzch s'échauffe : les rebelles se sont dispersés, puis sont revenus au matin, déléguant l'huissier Marchesseault en députation pour lui faire signer une capitulation dont une des conditions l'obligeait à ne plus se mêler de politique. Gilbert se crispe : le seigneur fait allusion à Siméon, ci-devant instituteur à Saint-Denis. Un homme qui a déjà avoué à Gilbert que c'était un discours de Debartzch lui-même, à l'époque où il figurait à l'avant-garde des Réformistes, qui avait exalté sa fibre patriotique jusqu'à un point de non retour ! Pas étonnant que Marchesseault exige des comptes de celui qu'il admirait tant...

Commençant à trébucher sur les mots, Debartzch poursuit néanmoins le récit arrangé à sa convenance :

— Voyant ce m... misérable, ma fille chérie s'écria hautement : « Mon père, j'espère que vous vous respecterez pour n'avoir rien en commun avec un homme aussi vil que celui qui se présente devant vos yeux ! » Le M... Marchesseault me doit tout. C'est grâce à ma protection et à ma générosité qu'y est devenu huissier. Y a courbé la tête devant moi comme un criminel atterré par la sentence p... prononcée par un juge. Mais j'ai c... condu... condescendu à l'écouter après avoir rép... répondu à ma fille : « Laissez, je sais ce que je dois faire, j'apprécie toute votre tendresse filiale dans ces circonstances difficiles ».

Gilbert se contient à grand peine. Marchesseault devrait obéissance et soumission perpétuelles à son protecteur de naguère ? Comme c'était vil de le prétendre devant lui ! Lorsque le seigneur grandiloquent déclare qu'au péril de sa vie, il n'a échappé à la fureur des *séditieux* que grâce à la vélocité de son destrier, Gilbert prend son départ, incapable d'en entendre davantage.

Le jour d'après, moins de 48 heures après son arrivée, le renégat Debartzch part en direction de Québec. S'en va-t-il casser les oreilles de lord Gosford et de ses collègues du Conseil exécutif avec ses criailleries ? À tout prendre, Gilbert préfère le savoir éloigné de la métropole et du véritable siège du pouvoir. Depuis l'arrivée de Colborne, moins d'une semaine auparavant, Gosford a abdiqué son autorité en sa faveur. Une animation perpétuelle règne au square Dalhousie, à proximité des baraquements. Désormais, impossible de se promener sans buter sur des habits rouges dont la ville est infestée.

Mentalement, Gilbert passe en revue l'état de la garnison dans le district. Les 32e et 83e régiments au complet dans la cité... les 34e et 24e en partie, puisque ce dernier, débarqué de Kingston en Haut-Canada, vient de faire son entrée au son de la fanfare... une partie du 1er Royal Grenadier dans la cité et l'autre en garnison à Chambly avec deux compagnies du 66e régiment... Mille hommes en tout et partout?

Si on ajoute les *volunteers* qui garnissent la Royal Cavalry... les autres régiments de milice d'élite qui se forment, comme celui de Lachine sous le commandement de Penner, et celui de Saint-Eustache sous le commandement de Maximilien Globensky, frère du candidat défait en 1834... les *volunteers* surexcités qui battent le pavé avec des airs de patrouilleurs aux aguets... Un état de siège, songe Gilbert. Et pourquoi? Pour comprimer l'élan d'un peuple exaspéré par les injustices et les partialités révoltantes, et auquel on a fait prendre malgré lui une attitude de révolté contre le gouvernement impérial!

45

Plongée dans un ineffable bonheur, Vitaline écoute la discussion qui s'élève depuis la table centrale de la salle de l'auberge Mâsse, et où la voix de Vincent résonne comme la plus douce des musiques. Autant elle s'est languie de lui pendant son absence, autant elle a ressenti une gêne envahissante à sa vue. Dépourvue de la moindre miette de courage pour l'aborder, elle se contente d'assister, de loin, aux parlures. Lesquelles sont rugissantes, car elles portent sur la fameuse mais inconcevable accusation de haute trahison!

En ce 15 novembre, deux gazettes montréalistes à la solde des autorités ont simultanément fait allusion à ce crime: *L'Ami du peuple* et *Le Populaire*. Elles viennent d'aboutir dans le bourg grâce à la célérité de Vincent, et depuis, elles sont scrutées à la loupe... Le premier papier-nouvelles admet que *la petite guerre commencée par nos radicaux de campagne* semble déjà terminée et que les *Constitutionals* peuvent respirer à l'aise à Saint-Jean et dans les environs.

Néanmoins, *L'Ami du peuple* prend soin d'ajouter que *les rebelles font courir le bruit que ce repos de leur parti n'est que momentané, qu'ils s'organisent et qu'ils ne tarderont pas à écraser les troupes*. Or, le gouvernement a pris ses mesures et *le moindre mouvement de rébellion amènerait quelque sanglante catastrophe*. L'éditeur du papier-nouvelles affirme même *regretter que l'autorité n'ait pas fait immédiatement saisir les chefs de cette espèce d'insurrection. Ceux qui ont dirigé ce mouvement sont bien évidemment coupables de haute trahison, et la justice devrait s'appesantir sur eux pour le bien du pays et le rétablissement de la paix*.

Vitaline est atteinte de plein fouet. Des demandes de justes réformes, passibles de la peine de mort ? Jamais Londres n'achètera un tel prêchi-prêcha. Les ultra-tories sont condamnés d'avance... Les Anglais eux-mêmes ont appuyé concrètement des peuples conquis qui souhaitaient diminuer leurs souffrances causées par une oligarchie locale, comme en Pologne. Les Anglais savent qu'un peuple est seul juge du moment où, son sort avoisinant l'insoutenable, il déclare la guerre à ses conquérants. Dans le cas du Bas-Canada, c'est une guerre exemplaire, dépourvue de violences à mains armées du côté patriote.

Avec effort, Vitaline porte son attention sur l'article du *Populaire* en train d'être lu à voix haute par David Bourdages. Le commentaire éditorial est d'une rare virulence. Le texte n'est évidemment pas signé, mais la verve du seigneur Debartzch est palpable... Coiffé du titre Nouveau faux-fuyant de Papineau, l'article publicise d'abord une menterie : le président de la Chambre d'Assemblée aurait envoyé une missive privée à l'Exécutif de la province dans laquelle *il espérait qu'on ne le rendrait pas responsable des troubles qui éclataient dans cette province ; que le peuple seul s'était décidé à maintenir ses droits, et qu'il ne pouvait rien sur la volonté du peuple.*

La fausseté était un tremplin vers la calomnie : Papineau est autant coupable que couillon, ajoute-t-on dans *Le Populaire*. Ceux qui ont failli payer de leur vie ses insidieux conseils ne peuvent imaginer tant d'astuce, de perfidie et d'infamie concentrés en une seule personne... Dans le but de prouver que son pire ennemi a fomenté les troubles de la province, Debartzch, l'auteur du texte éditorial, remonte le fil de *l'agitation* depuis le printemps. Le discours de Papineau, lors de *la seconde assemblée agitative* tenue à Saint-Laurent, assimiliait à un acte patriotique le fait de *voler* le revenu de la province en soutenant la contrebande. Le tribun s'est ensuite rendu au Lac-des-Deux-Montagnes, là où ses plans désorganisateurs ont grandi d'intensité, puis à Berthier, à Bellechasse, à Saint-Thomas, à L'Acadie, à L'Assomption...

— *N'a-t-il pas été haranguer quelques racailles jusque dans la bonne ville de Québec, sous les fenêtres presque du représentant royal ? N'a-t-il pas passé dans différentes paroisses, où il se montrait pour échauffer l'esprit public ? N'a-t-il pas souffert des escortes de miliciens, des décharges de mousqueterie, des salves d'artillerie ; hommages que son rang ni sa qualité ne comportaient point ? À Saint-Hyacinthe, n'a-t-il pas contribué à faire injurier le commandant en chef des forces, qui reçut un charivari sans que Papineau ait l'honnêteté de lui faire marquer ses regrets ; démarche qu'il aurait dû d'autant plus faire que sa présence sur les lieux a donné du louche à toute l'expédition de la canaille qui lui avait présenté ses hommages ?*

Le lecteur du papier-nouvelles fait une pause, ce qui permet au propriétaire de l'auberge de faire remarquer que ce texte n'est autre chose qu'un acte d'accusation en bonne et due forme, et qu'il faut le prendre comme tel. Le commentaire reçoit l'assentiment général. Après s'être désaltéré, l'arpenteur Bourdages reprend sa tâche, expliquant que Debartzch fait ensuite allusion aux discours inflammatoires de Papineau lors des assemblées de La Présentation, Saint-Denis et Varennes. Celle des Six Comtés était rien de moins, selon l'écrivailleur, qu'une apothéose où *son adversaire a eu l'adresse de ne rien signer pour ne point se compromettre ; mais rien que sa présence et la nature des résolutions prises, suffisent pour justifier une accusation de* HAUTE TRAHISON.

David Bourdages se tait, laissant l'horrifique expression résonner dans la salle, puis il enchaîne en citant Debartzch qui affirme par écrit que le Comité central et permanent du district de Montréal, à l'instar des comités de correspondance locaux qui lui sont affiliés, est forcément *illégal et révolutionnaire*. Les Fils de la Liberté – l'auteur prend soin de préciser qu'Amédée Papineau en fait partie – en proviennent, donc cette association est à jeter dans le même panier. Le seigneur conclut par une exhortation indirecte aux habitants :

— *Ils ont pu être abusés, mais ils ne sont point coupables ; ils auraient pu exposer leurs jours pour la patrie, mais ils ne doivent point continuer à lutter pour un homme qui les abandonne à l'heure du danger. Déjà ils ont dû voir que le lâche Papineau a laissé combattre sous ses yeux, sans daigner paraître dans la mêlée, une jeunesse qui croyait servir sa patrie, et qui devait compter que celui qui se montre toujours le premier en paroles pour en revendiquer les droits, ne déserterait pas la seule arène dans laquelle il pouvait les faire valoir. Que le mépris public devienne son juste châtiment, que la justice s'empare de lui, que tout le monde reste froid à sa chute, et le Bas-Canada pourra encore compter des jours prospères.*

Un pesant silence retombe et Vitaline est saisie aux tripes par une appréhension incontrôlable. L'instant d'après, elle est obligée de couvrir ses oreilles de ses mains, car des vociférations indignées éclatent d'un bout à l'autre de la pièce. *Mépriser* les hommes d'importance? Laisser *l'injustice* régner en maître? Plutôt se laisser marcher sur le corps! Réconfortée par l'explosion de courroux, Vitaline se dresse sur la pointe des pieds pour mirer Vincent, qui s'époumone en chœur avec ses voisins. Soudain, il croise son regard. Se leurre-t-elle? Elle le voit rougir... Chose certaine, il s'encalme et lui adresse un timide sourire qui la fait s'épanouir comme fleur au soleil. Vitaline se promet de se placer dès que possible en travers de son chemin!

EN CE 16 NOVEMBRE AU SOIR, Gilbert a laissé ses pas le porter jusqu'au domicile de Louis-Joseph Papineau, rue Bonsecours. L'endroit sent l'abandon. Les fenêtres démolies sont encore barricadées de bois, la porte hermétiquement close. Pour le sûr, son épouse et ses enfants ont fui chez leur parentèle... Gilbert se reprend: voici Amédée qui survient, le chapeau bien enfoncé sur le crâne. Gilbert l'aborde à mi-voix, ce qui fait sursauter le jeune homme plongé dans ses pensées. Après un temps, Amédée reconnaît le passant et tous deux échangent une poignée de main. Gilbert dit:

— Je te croyais parti...

— Non. Pourquoi je serais parti?

Le fils Papineau est excessivement défiant. Gilbert se reprend:

— Je suis venu t'offrir mes services comme garde. J'ai ouï-dire pour les nuittes... Pis là, comme tu manques peut-être de monde...

— Je manque pas de monde. Merci quand même.

— T'as vu *Le Populaire* d'hier? C'était écrit que...

— *Le Populaire*, j'en fais mon torche-cul.

Ainsi rabroué, Gilbert reste en silence un moment. Amédée a les traits tirés. Après un soupir, Gilbert conclut:

— Correct. Je cesse de t'importuner. Tu sais où me trouver si t'as besoin. Vous manquez pas d'amis, mais si jamais...

— Un gros merci, l'interrompt Amédée.

Un sourire désarmant de candeur adoucit ses traits.

— S'cuse-moi d'être abrupt. Je me possède plus.

Soudain, ils sont entourés par une dizaine d'hommes survenus sans bruit. Amédée dit tranquillement :

— Pas de danger, les gars. Gilbert est un Fils de la Liberté.

— Dudevoir ? Je t'avais pas reconnu. Tu fais quoi dans le boutte ?

C'est Rodolphe DesRivières qui vient de l'interpeller. Gilbert n'a pas le temps de répondre, car Alphonse Gauvin enchaîne avec une salutation bien sentie. Réconforté par la présence chaleureuse de ses anciens camarades de collège, Gilbert accueille leurs accolades avec empressement. Comme les autres se sont éloignés, il murmure :

— Pauvre Amédée, y a l'air au boutte du rouleau...

— Un jour, on te contera.

— Pis vous autres, vous venez tous les soirs vous enfermer icitte ?

— Ça dort autant bien que chez nous. Pis ça fait qu'on se protège mutuellement. On a l'impression d'être en sursis depuis le 6 de novembre.

— Je suis content de vous rencontrer, parce que j'étais tourmenté... Z'avez lu *Le Populaire* d'hier ? La prédiction de Déberge concernant la justice qui va s'emparer de... des patriotes du district au grand complet ? Ça m'a donné un sacré choc.

— Déberge est parfaitement au courant de ce qui nous pend au boutte du nez, confirme Alphonse sombrement. Si y publicise l'affaire, c'est pour que nos hommes d'État prennent la poudre d'escampette. Veulent pas se retrouver pognés pour leur faire un procès...

Il est interrompu par un camarade venu répandre la nouvelle que la présence des Fils de la Liberté n'est plus requise en ces lieux. Alphonse et Rodolphe échangent un regard entendu. Gilbert se doute qu'Amédée a présidé à un débagagement secret de la plupart des biens de valeur et que la maison est non seulement désertée, mais aux trois-quarts vide. Le jeune homme, qui ne peut y rester seul, ira vraisemblablement dormir chez un proche.

— On saute sur l'occasion, propose Rodolphe, pour aller casser la croûte ? On pourra se rappeler le bon vieux temps...

Peu après, tous trois se retrouvent attablés dans une auberge du faubourg Saint-Laurent où Alphonse a ses accoutumances, et ils se lancent dans une discussion animée au cours de laquelle ils se remémorent les faits saillants de leurs années de collège. Ce n'est que beaucoup plus tard, au moment du digestif, que les jeunes gens cessent de badiner et reviennent sur le sujet des poursuites politiques.

Gilbert apprend que le député Morin, victime du magistrat Symes, aurait été arrêté à Québec pour menées séditieuses. Quelqu'un vient de débarquer du *steamboat* avec la nouvelle.

Gilbert fait le compte. Des imprimeurs d'un journal libéral, puis des magistrats siégeant au Comité permanent, et enfin un député... Il donne voix à sa stupeur :

— Pourquoi Morin avant Papineau ? Ou pourquoi pas tous les principaux d'un seul coup ? On dirait qu'y s'amusent à faire sonner le tocsin.

Alphonse ouvre la bouche pour répondre, mais Gilbert enchaîne sans lui laisser le temps d'émettre un son :

— Laisse faire. J'ai déjà compris. Pour nous pousser à la résistance armée. C'était juste un coup de gueule.

Ses amis se font rassurants : tous les hommes d'importance ont déjà quitté la métropole. Ne reste plus qu'à attendre la loi martiale... La remarque de Rodolphe fait sursauter Gilbert. Cynique, Alphonse rétorque :

— Écoute-le pas. Les autorités peuvent pas embarquer dans le délire de Déberge. Une couple de pendaisons de patriotes pour aggraver le cas de nos tourmenteurs, tant qu'à faire ?

— T'es trop bonasse, jette Rodolphe. Déberge va conjurer Milord de déclarer que le district est en état d'insurrection, pis Milord va proclamer la loi martiale. Les charognes seront rois et maîtres, pis je donne pas cher de notre peau.

Alphonse ne s'avoue pas vaincu :

— Ça se peut, mais y vont avoir l'air de quoi au moment de rendre des comptes à Londres ? Quand toutte ce qu'y auront pour se justifier seront des rumeurs pis des ragots ?

Rodolphe fait cul-sec avec le fond de son gobelet, avant de le contrebouter avec une subite bonne humeur :

— Milord aura pas à se justifier, parce qu'on va le détrôner. Dès qu'on aura des armes à feu, les milliers d'hommes qui ont paru à l'assemblée des Six Comtés... Combien y étaient, 6 000 ?

— Au moins 8 000, répond Alphonse. Peut-être 10 000 en tout et partout pendant les deux journées.

— Avant que l'administration ait le temps de se reconnaître, cette armée marchera sur Montréal et la prendra. Ensuite, elle fera le siège devant Québec. Savez quoi ? Je suis quasiment content de la voir circuler, l'affaire de haute trahison. Parce que j'ai hâte en ciboire de consommer notre victoire... électorale ou autrement!

Gilbert hausse un sourcil. Quel est ce sacre que Rodolphe vient d'employer? C'est bien la première fois que le jeune instituteur entend un objet de culte servir de juron. Constatant la surprise amusée de son ami, Rodolphe lui adresse un clin d'œil, puis dit :

— Avoue que c'est percutant. Ça m'est venu toutte seul un beau matin. L'envie de vouer la religion pis son cérémonial aux enfers...

Sur ce, Rodolphe saute sur ses pieds et s'étire, les bras tendus vers le plafond.

— La soirée est avancée, z'avez remarqué? Minuit approche...

Gilbert sursaute.

— Minuit? Tu me niaises.

— Juste un brin, ciboire!

Gilbert pouffe de rire, puis comme il est impératif de se prêter une assistance mutuelle, il insiste pour raccompagner ses camarades à domicile. Alphonse ayant délaissé son logement du faubourg Saint-Laurent après l'échauffourée du 6 novembre pour retourner chez ses parents, tous trois remontent la *Main* vers la vieille cité. Soudain, Rodolphe pile net, et souffle :

— Z'entendez?

Dans le calme de la nuit, des éclats de voix retentissent. Un homme se plaint en français, vitement rabroué par un autre parlant anglais... Gilbert voit ses amis se fondre automatiquement dans l'ombre la plus épaisse, et il les imite à la hâte, se retenant tout juste d'agripper la bougrine d'Alphonse pour ne pas se laisser distancer. Peu après, rue Notre-Dame, ils aperçoivent une lanterne osciller de gauche à droite, au rythme d'un pas. Un homme s'écrie :

— Enlevez-moi ces menottes, bonyenne! Je m'enfuirai pas, je vous dis!

Gilbert entend l'un de ses amis inspirer comme s'il reconnaissait la voix.

— *Shut up, damn French Canadian*!

L'ordre est suivi d'une bourrade, car le captif émet une sourde plainte. Un groupe compact de marcheurs passe sous les yeux du trio tapi dans la noirceur. Impossible de distinguer quiconque, sauf l'homme qui brandit la lanterne, et que Gilbert reconnaît comme l'un des jeunes faquins adepte du fanatisme à main armée. À sa taille est suspendu le bâton long de connétable... Dès qu'ils sont hors de portée d'oreille, Alphonse souffle :

— Pincez-moi si je rêve... Le menotté, c'était pas André ?
— Je l'ai reconnu itou, répond Rodolphe d'une voix blanche.
— André ?
— Ouimet, président des Fils de la Liberté.

Gilbert ouvre de grands yeux dans la nuit. Alphonse propose de les suivre à distance et tous trois s'exécutent. Lorsque le groupe passe sous un lampadaire à l'huile, une huitaine d'hommes se devinent, encadrant étroitement le prisonnier. Leur destination devient bientôt évidente : la Maison d'Audience. Gilbert et ses amis ne peuvent s'en approcher, car les magistrats clubistes y entretiennent nuit et jour des factionnaires à leur solde. De surcroît, un piquet d'habits rouges se tient au corps de garde, ce qui leur barre la route. Les jeunes gens bifurquent donc dans les ruelles où ils tricotent jusqu'à déboucher sur le Marché Neuf.

Le groupe où se trouve André Ouimet est déjà à l'intérieur, mais un autre approche déjà, tenant lui aussi un prisonnier en laisse. Une fois disparu dans les entrailles du bâtiment, Rodolphe murmure :

— Tavernier. Le chef de la section du faubourg Saint-Antoine.

Ces prises de corps pendant les ténèbres, sans sommation et sans possibilité d'avoir le secours d'un avocat, ne signifient qu'une chose : le règne de la canaille vient de commencer. La terreur chasse les libertés civiles au galop ! Gilbert murmure :

— Pouvez pas rentrer chez vous. Je vous invite chez moi.
— J'aimerais mieux rester en faction, d'un coup...
— D'un coup que quoi ? interroge Alphonse nerveusement. Rien n'est possible pour cette nuitte.
— Pis ce serait dangereux, reconnaît Rodolphe, d'aller encombrer nos proches...

Gilbert installe ses amis au ras du poêle, après leur avoir fourni des couvertures dans lesquelles ils s'enroulent. Mais il se doute bien qu'ils ne dormiront que d'un œil, comme lui... Il se lève à la barre du jour. Ses amis doivent impérativement rester icitte, en sécurité, tandis que lui ira aux renseignements ! Il était temps : Rodolphe est déjà debout. Gilbert réussit à le persuader de demeurer tranquille encore un moment. Le bruit de voix attire Ériole et grand-mère, que le jeune instituteur s'empresse de mettre au parfum avant de s'élancer dans l'aube blafarde de ce 17 novembre 1837.

Dix minutes plus tard, grâce à des informations glanées au vol, Gilbert croit avoir un portrait cohérent de la situation. Hier soir, les magistrats déposaient entre les mains du Grand Connétable plus d'une vingtaine de mandats d'arrestation – le nombre et l'identité précise des persécutés sont encore incertains – pour crime de haute trahison. Six hommes seulement ont pu être retracés et mis derrière les barreaux. L'un est un aubergiste plein de verve nommé Jean Dubuc; les cinq autres appartiennent aux Fils de la Liberté, soit le président André Ouimet, le secrétaire et correspondant Georges de Boucherville, et les chefs de section Charles Leblanc, Amable Simard et François Tavernier.

Gilbert en a des sueurs froides. Si Rodolphe et Alphonse ne s'étaient pas trouvés avec lui, au terme d'un gueuleton à l'auberge, ils auraient figuré parmi les arraisonnés! Incapables d'imaginer qu'un tel châtiment s'abattrait sur eux, les membres du comité de régie n'avaient pas cru nécessaire de fuir. Ceux qui demeurent encore en liberté le doivent au hasard... ou à la bienveillance de quelqu'un bien informé. Car se trouvent encore, parmi la magistrature et la cohorte de fonctionnaires sous leurs ordres, des hommes indignés par l'arbitraire, et qui tentent d'atténuer la violence des coups.

Soudain, un bruit de pas attire l'attention générale. Une cinquantaine d'habits rouges du 32e régiment, dirigés par un capitaine à cheval, descendent la rue qui mène au fleuve. Tendu comme un arc, Gilbert leur emboîte le pas. Les habits rouges se positionnent le long de la rive, en attente de la traverse de Longueuil, tandis qu'un attroupement considérable se forme. Des parlures nerveuses résonnent. Que font-ils? Ce mouvement a-t-il rapport avec la traversée de la troupe de cavaliers, hier au soir?

C'est ainsi que Gilbert apprend un fait qu'il ignorait jusqu'alors. Hier, le Grand Connétable a envoyé son connétable Louis Malo, accompagné d'une vingtaine de *volunteers* du Royal Cavalry, procéder à des arrestations dans les campagnes; ils ont été vu ici même, embarquant sur la traverse. Gilbert se détache de la foule et fait trois pas vers la grève. Du regard, il parcourt l'étendue du fleuve jusqu'à la rive opposée et le village de Longueuil dont il aperçoit quelques maisons, des entrepôts, un moulin à vent et le clocher de l'église. Il voudrait, transmué en aigle, fendre l'air jusqu'à la rivière Chambly...

En ce 17 novembre en fin de journée, une atmosphère lugubre environne Vitaline qui se tient debout devant le poêle pour préparer un fricot. Inlassablement, elle remonte en pensée le cours de la journée. La nuit passée, une troupe de cavaliers a franchi le fleuve pour la seconde fois en une semaine. L'escouade de police auxiliaire a parcouru au galop le chemin qui relie les villages de Longueuil et de Chambly, semant l'émoi dans son sillage. Où allait-elle, qui visait-elle? D'enfiévrés *Orangemen* battaient la campagne. Ces belliqueux faisaient étalage de leur morgue jusque sous leur nez!

Quand Vitaline a eu ouï-dire de l'affaire, l'escouade avait déjà franchi en sens inverse la distance qui la séparait de la métropole. Au petit matin, elle avait fait arrêt d'abord au fort Chambly, puis ensuite à l'Hôtel de Bunker où elle était restée une heure avant de se remettre en route. Les habitants du coin avaient noté le fait que le connétable Malo conduisait dorénavant un chariot couvert auquel son cheval était amarré... Des courriers à cheval ont sonné l'alarme. Dans le chariot, des prisonniers devaient se trouver sous bonne garde! Le gouvernement n'avait-il pas l'intention de procéder à l'arrestation d'hommes d'importance, puis de leur servir un châtiment exemplaire dans le but d'intimider le pays? Et pourquoi, sinon pour glacer la population d'effroi, ne pas s'être servi du chemin à lisses pour les ramener discrètement dans la cité?

Le dénouement a été spectaculaire. Quelques dizaines de miliciens ont guetté l'approche de la charrette et de la garde armée à une lieue du village. Les meneurs étaient Joseph Vincent, capitaine, et Bonaventure Viger, lieutenant dans la même compagnie; le premier, ouvertement patriote, a pris part aux délibérations du Comité central et permanent du district comme représentant de sa paroisse. Les deux officiers de milice ont demandé en vertu de quels pouvoirs la troupe agissait; il leur a été répondu qu'on allait tirer s'ils ne dégageaient pas le chemin.

Joseph Vincent a fait valoir que les prisonniers n'iraient pas à Montréal; il a reçu une décharge de pistolet de la part de quelques-uns des *volunteers*, heureusement sans effet. Ceux des habitants qui étaient armés ont riposté, et les cavaliers se sont piteusement débandés à travers champs, après avoir envoyé une salve vers le chariot qui avait versé cul par-dessus tête dans le fossé. Les captifs avaient pris la précaution de se coucher au fond, ce qui, ajouté à l'épaisseur de la toile qui abriait l'attelage, a empêché les coups de feu de les atteindre. Liberté a été redonnée au Dr Joseph-François Davignon et au notaire et receveur des postes Pierre-Paul Demaray. Pour une raison ou une autre, les deux notables ont été identifiés par les membres de la police auxilliaire en mission à Saint-Jean comme les principaux «fauteurs de troubles».

L'indignité avec laquelle ils ont été traités terrorise Vitaline. Jeter les gens au cachot pour crime de patriotisme? Alors quasiment tout le monde est susceptible d'être mis aux arrêts, y compris elle-même! Avant de s'enfoncer dans la clandestinité, les prisonniers ont raconté que leur gardes avaient reçu l'ordre de les tuer s'ils tentaient de s'échapper. Les menottes aux poignets, ils avaient été liés par des cordes aux montants d'une charrette, puis transférés dans un chariot fermé et étroitement surveillés par trois cavaliers tenant des fusils chargés. Ces derniers ont bel et bien tiré sur eux avant de prendre la fuite. Il paraît que la bâche du chariot était criblée de balles!

Les *volunteers*, eux, feront des rapports controuvés aux autorités pour faire croire qu'ils se sont enfuis pour sauver leur vie, non par couardise. Le nombre d'habitants armés, dépeints en bêtes sanguinaires, sera gonflé à outrance. On parlera de guet-apens, de barricades et du besoin tangible de la soldatesque pour procéder aux arrestations... La jeune femme se sent chavirer dès qu'elle envisage les conséquences. L'objectif des gouvernants, si on y ajoute les persécutions à Montréal, est devenu clair comme de l'eau de roche, même aux yeux des plus passifs des habitants: étouffer le parti réformiste et faire triompher le despotisme sur ses ruines.

L'arrivée de ses parentes, puis celle des hommes de la maison, tire Vitaline de son soliloque. Débarqués tout à l'heure, Florentin et son père ont mis le pied dans un pays en guerre. Non point un soulèvement armé du peuple contre les autorités constituées, mais exactement l'inverse: l'insurrection de belliqueux sectaires contre les représentants du peuple en Parlement et contre tous ceux qui les ont soutenus ouvertement. L'assaut imprévu a donc précipité la plupart des hommes de la paroisse au village, d'où ils reviennent astheure.

Le capitaine Montplaisir est plongé dans un mutisme sourcilleux, mais ses fils sont plus loquaces. Même Florentin oublie ses difficultés d'élocution pour relater, avec Norbert, l'essentiel des parlementeries auxquelles ils ont assisté. Certains notables du bourg croient que les *Orangemen* escomptaient une expédition en totale impunité. Jusqu'alors, les patriotes n'avaient-ils pas gardé leur calme devant toutes les provocations, car ils savaient le sort qui les attendait dans le cas contraire ? D'autres notables y décèlent un esprit retors. Une réaction était prévue et même espérée...

Une chose est sûre : les hommes en âge de porter les armes se sont rassemblés autour des chefs pour signifier à ceux qui subissent la haine des autorités, et particulièrement au Dr Nelson, qu'ils se tiennent sur le qui-vive et se porteront à sa défense au besoin. Dimanche dans deux jours, une assemblée aura lieu pour organiser la milice du 2e bataillon, lequel inclut les paroisses de Saint-Denis et de Saint-Charles. De leur côté, les hommes d'importance s'adonnent à de multiples va-et-vient qu'ils tentent de garder secrets.

Le président de la Chambre d'Assemblée est à Saint-Denis, paraît-il, mais Vitaline n'a pas réussi à l'entrapercevoir. Lui et bien d'autres comme le député O'Callaghan, les frères Perrault et l'éditeur Boucher-Belleville remontent la rivière Chambly jusqu'à la Pointe-Olivier, puis reviennent sur leurs pas, en une sarabande à laquelle il est impossible de comprendre grand-chose, hormis que se font des préparatifs fiévreux pour organiser une résistance digne de ce nom.

Ce soir-là, lorsque Florentin s'approche de Vitaline dans le grenier, son intention est évidente. Son mari s'est contenu jusqu'à présent, mais à voir son expression à la fois gourmande et déterminée, il semble paré à la basculer sur leur couche et à la forcer pour en arriver à ses fins. Comme si son appétence était incontrôlable ! Lui résister ou abdiquer ? Vitaline ne peut se résoudre à lutter physiquement. Elle demeure inerte tandis qu'il pose des lèvres avides sur sa peau, qu'il la dénude en toute hâte au risque de déchirer sa vêture et qu'il l'oblige non pas à s'allonger, mais à se mettre à quatre pattes devant lui, les cuisses écartées.

Peu après, il la monte comme un étalon en rut, ce qui oblige la jeune femme à des contorsions éprouvantes. En silence, elle se met à pleurer. Non point à cause de la douleur, car elle ne sent quasiment rien hormis les ébranlements dans tout son corps à cause des chocs répétés, mais à cause de la peur d'enfanter qui la tenaille. À cause de son chagrin d'avoir perdu sa fillette à laquelle elle était amarrée si solidement, tourment qu'elle refuse de revivre tant il l'a laissée marquée, couturée de cicatrices.

Florentin se pâme en s'affalant sur son dos, et dès qu'il a repris son souffle, Vitaline se libère de son emprise. Avant de s'écarter de lui, elle murmure d'un ton qui n'admet pas de réplique :

— Plus jamais ça. T'as ouï ? Tu me touches plus jamais ! T'as la permission d'aller voir les créatures. Tu peux y aller toutte les soirs que le Bon Dieu amène si ça te chante, mais tu restes loin de moi. C'est-y clair ? Réponds !

— J'ai ouï, rétorque-t-il avec mauvaiseté. Tant... tant qu'à obéir...

— La prochaine fois, je crie au meurtre. Fait que t'as pas le choix. Pis je t'en laisse une preuve...

Elle le pince vicieusement dans le gras de la cuisse et il ne peut retenir un cri de douleur qu'il étouffe à moitié de sa main. D'un seul élan, Vitaline se réfugie dans un recoin de la pièce, le plus éloigné possible de son mari, dont elle fait son retranchement. Elle est déterminée à installer une telle distance entre eux à perpétuité. En la considérant comme une paillasse à soldat, Florentin l'a humiliée jusqu'aux tréfonds de son être, et il va s'en mordre les doigts.

46

Gilbert est resté sur le qui-vive pendant la journée du vendredi 17 novembre. Vers le milieu de l'après-dînée, le connétable Malo et la troupe de *volunteers* ont pris pied à Montréal. Ils revenaient bredouilles, sans les trois patriotes de Saint-Athanase qu'ils devaient arrêter. Gilbert en est resté pantois. Qui donc, là-bas, méritait un tel châtiment? Subitement, il s'est interrogé: les autorités avaient-elles déjà cet objectif en vue quand les troupes et les *volunteers* ont afflué à Saint-Jean, au cours de la dernière semaine?

Entretemps, le Dr Jean-François Bossu-Lionnais, le troisième homme dont Malo et les cavaliers *volunteers* auraient voulu se saisir, est arrêté à Montréal même. Ignorant qu'il était poursuivi, il vaquait benoîtement à ses affaires! Gilbert ne sait s'il doit en rire ou en pleurer... Il guette la moindre rumeur allègrement propagée par les Bureaucrates. Sur le chemin Chambly, disent-ils, se trouvaient deux centaines de patriotes armés de *long guns*, assoiffés de vengeance à tel point qu'ils se sont acharnés à coups de pique et de sabre sur les chevaux. Ce qui, aux yeux des *Britons*, est un crime de lèse-majesté...

L'événement est décrit comme un acte de résistance ouverte et à main armée au cours régulier de la loi, comme une preuve irréfragable de l'impuissance de l'Exécutif à faire respecter ses mesures de justice, ce qui nécessite le déploiement de l'armée et même la loi martiale. Les contrevenants ne peuvent être arrêtés malgré des mandats contre eux? On se passera de la formalité! Gilbert s'accroche à l'idée que les exhortations du *Herald* et de ses affidés sont des criailleries dans le désert. Ce soir-là, il entend parler d'un courrier à cheval parti pour Québec avec des dépêches, mais il est persuadé que l'Exécutif, y compris Debartzch, ne pourra se résoudre à concourir à un tel arbitraire!

Le jour suivant à l'aube, la traverse est prise d'assaut. Non seulement les cavaliers *volunteers* se sont remis en selle, y compris ceux que les racontars voulaient «gravement blessés» dans l'escarmouche d'hier, mais ils bénéficient de renforts militaires, ainsi que de deux canons de campagne. Une vingtaine d'hommes d'une Royal Cavalry qui compte en son sein de féroces fanatiques, renforcés par 200 habits rouges sous le commandement du lieutenant-colonel Wetherall, frétillent d'envie d'en découdre enfin avec les insurgés.

La morgue des Bureaucrates, à laquelle ces derniers laissent libre cours en pleine rue, est imbuvable. Scandalisés par l'outrecuidance des *damn Canadians*, qui ont osé se révolter contre l'autorité représentée par l'escouade policière, les forcenés sont aux anges devant l'activité frénétique dans laquelle se sont lancés les représentants de ladite autorité, c'est-à-dire les magistrats et l'état-major dirigé par John Colborne. Lorsque le pouvoir civil est impuissant à faire respecter l'ordre et à protéger les fidèles et loyaux sujets, il est temps de sortir l'artillerie lourde!

Ériole et grand-mère, qui ont tenu à constater le branle-bas par elles-mêmes, se tiennent accrochées au bras de Gilbert, envahies d'un ébahissement mâtiné d'effroi. Il n'y a guère d'effort d'imagination à faire pour envisager la désolation qu'un tel corps d'armée peut semer dans son sillage... Avec un filet de voix, Ériole dit:

— J'espère que... que les femmes iront se cacher au fin fond des bois. Y a du danger pour elles.

— On les protègera. Les hommes s'interposeront si nécessaire.

— Des fois, le risque est imprévisible.

Gilbert ne l'écoute guère, idendifiant les représentants de la loi qui accompagnent l'expédition. Leur nombre élevé est le signe tangible d'un durcissement dans l'attitude des autorités constituées. Il y a d'abord le connétable ordinaire Amable Loiselle. Gilbert s'étonne de ne pas y voir plutôt Louis Malo, qui était sur le théâtre des événements, mais il semble que son expertise ne soit pas prisée... Il y a les magistrats Sydney Bellingham et Pierre-Édouard Leclère.

Gilbert fulmine à haute voix: la mollesse des autorités impériales à réprouver les clubistes de la Rue du Sang et des élections générales de 1834 a des conséquences incalculables! À moins que cette mollesse ait été sciemment calculée pour produire l'effet actuel ? Incapable de se résoudre à envisager la terrifiante éventualité, Gilbert termine son inspection en scrutant l'assistant-shérif Duchesnay, un faquin fort déplaisant qui a tenté de semer la terreur, cet été, dans le comté du Lac-des-Deux-Montagnes.

Enfin, Gilbert obtempère à la demande de sa grand-mère de retourner à la maison. Essoufflée, celle-ci marche lentement. Son rayon d'action a substantiellement rétréci depuis son installation parmi eux, quatre ans plus tôt. Gilbert la sent très fragile à ses côtés, ce qui lui cause un réel souci. À son âge, elle mériterait un vieillesse en paix, à l'abri de telles commotions. Gilbert sait que sa tante s'en mortifie. Elle se reproche d'avoir attiré sa dame de compagnie dans l'antre du monstre... Mais le monstre a grossi. Bien engraissé dans la métropole, il se déploie asteure dans la partie sud du district, vers la riante et prospère région de la rivière Chambly dont il gobera les habitants, se gavant ensuite de leurs richesses !

Ériole pousse un cri étouffé et Gilbert se met en position d'alerte. Un homme est assis sur les marches du porche de leur maisonnette. Vêtu à la diable, il porte cependant des mitaines de sauvages d'une telle finesse que Gilbert, comme Ériole, l'identifie instantanément : André Jobin, celui qui fut l'amant de sa tante. Se ressaisissant, cette dernière l'accueille comme un visiteur ordinaire, l'invitant posément à les suivre à l'intérieur. Une fois la porte refermée, cependant, elle se campe devant lui pour l'invectiver :

— T'es fou raide ? T'exhiber de même, à la vue de tous, alors que t'es un homme recherché !

— J'en ai pas vu un seul dans mon sillage, rétorque André patiemment. Calme-toi.

Ériole doit faire quelques pas de côté pour réussir à lui obéir. Gilbert s'interpose :

— Sûrement qu'y a un mandat d'arrêt contre vous itou.

— Aucune espèce d'idée. La logique des fanatiques est impénétrable.

Député de l'isle de Montréal, le notaire Jobin a été le proposeur d'une résolution accusant le gouverneur de se faire passer comme un conciliateur, quitte à se muer ensuite en despote, à l'assemblée anti-coercitive du 15 mai, au faubourg Saint-Laurent. Il a participé au Comité central et permanent du district à titre de délégué de la paroisse Sainte-Geneviève. Il s'est fait un point d'honneur de se vêtir en étoffe du pays, ce qui n'était guère ardu pour lui qui prise les coutumes de certaines peuplades sauvages.

Enfin, en août, il a renvoyé son certificat de juge de paix dès qu'il a vu que le Dr Valois, de la Pointe-Claire, s'était fait ôter la sienne sous prétexte qu'il avait participé à des assemblées publiques. *Tant que ce titre ne pourra se conserver que par la soumission la plus aveugle à l'injustice et à la tyrannie*, avait-il écrit dans une lettre ensuite reproduite par *La Minerve*, *toute personne qui sait tant soit peu se respecter s'empressera de s'en dépouiller*. Il concluait : *je renonce donc avec plaisir au titre de juge de paix pour conserver celui d'homme libre.*

— Le temps m'est compté, reprend André d'un ton harassé.

Tout soudain, la fatigue lui creuse les traits et il prend l'allure d'un homme traqué.

— Faut que je me fasse oublier. J'ai laissé Émilie pis les enfants...

Sa voix se brise, mais il la raffermit pour continuer :

— Je les ai laissés chez mon beau-père pis je suis parti. Je peux pas vous dire où je m'en vais. Mais j'ai eu envie de... de venir dire au revoir.

Il s'est tourné vers Ériole qui lui tourne le dos. Sans un mot, Gilbert s'interpose pour lui fait l'accolade. Il est imité par grand-mère qui marmonne ensuite en s'écartant du visiteur :

— Vais me reposer... un brin dans mon litte... Viens me reconduire, Gilbert.

Le jeune homme accompagne sa grand-mère jusqu'à la petite pièce placée dans un recoin de la salle commune. La vieille dame sanglote en silence et Gilbert tente de la réconforter malgré sa gorge nouée et son propre sentiment de désolation. Tout à coup, il se languit d'être une femme et de se laisser aller au chagrin. Pour tout dire, il n'a qu'une seule envie, celle de courir se blottir dans les bras de Caroline et y brailler tout son saoul. Il s'imagine tout petit, et elle, géante, capable de le tenir sur son giron aussi longtemps qu'il en aurait besoin...

Le jour d'après, lorsque ses parentes reviennent de la grand'messe où se récoltent tant de potins, Ériole dit sans même avoir gratifié son neveu d'une salutation :

— Le beau Viger est sous les verrous. Toute la ville en parle.

Gilbert en reste ahuri. Louis-Michel Viger, directeur de la Banque du Peuple ? Son associé Jacob de Witt a été appréhendé, poursuit grand-mère, puis relâché. Qui peut nier que ce soit l'entreprise patriote qui est visée ? Ériole le confirme en disant :

— Des bruits ont été répandus : la banque avait prêté des fonds sur un très long terme pour acheter 10 000 fusils aux États-Unis.

La Banque du Peuple, dispensatrice d'espèces sonnantes et trébuchantes pour financer la révolution ? Faudrait être niaiseux rare pour y croire ! D'une voix détimbrée, Ériole poursuit son récit des péripéties de la nuit :

— Des domiciles ont été perquisitionnés sous prétexte de trouver m'sieur Papineau. L'affaire était entre les mains de furibonds honorés du titre de connétables spéciaux ou de volontaires ou de je sais pas quoi... Paraît qu'on a défoncé la porte de Toussaint Cherrier, juste parce qu'y prenait trop de temps pour venir ouvrir. Chez la veuve Nolan, tout a été transpercé de coups de sabres. Les lits, les valises, les armoires...

Ériole détourne le regard. Cette violence autant organisée que gratuite est horrifiante... Pour s'opposer à l'étau qui se resserre de toutes parts, songe Gilbert, il faut un pays au grand complet qui se soulève. Quand le signal sera-t-il donné ?

VITALINE A ÉTÉ TENAILLÉE par la peur d'être engrossée, mais ses fleurs sont survenues après deux jours. Le traitement infligé par Florentin la laisse néanmoins engourdie, comme si elle avait fait un pas hors d'elle-même. Ce n'est pas tant la position de l'accouplement qui la rebute. Pendant sa jeunesse, elle a été témoin d'ébats de ce genre, et lorsqu'elle accueillait son mari avec empressement, il lui est venu quelques fois à l'idée de se laisser aller ainsi, à une animalité qui titille... Mais Florentin l'aurait forcée si elle n'avait pas pris le parti de s'ouvrir à lui, ce qui l'emplit d'effroi chaque fois qu'elle y songe.

Avec une excessive réluctance, Florentin et son père sont repartis pour une énième livraison de marchandises. L'automne est très doux et les marchands en profitent pour faire effectuer tous les charrois possibles ; les deux marins ne pouvaient donc pas refuser. La prolongation de l'automne est une calamité. Si la glace était prise, les autorités ne pourraient utiliser les *steamboats* pour transporter les troupes d'un point à l'autre de la contrée, et les fuyards seraient en relative sécurité pendant l'hiver...

Dès que sa crainte d'une grossesse a reflué, Vitaline a senti celle de la guerre civile prendre, en elle, une place encore plus grande. La traverse de Longueuil a dégorgé une centaine d'habits rouges, plusieurs *volunteers* à cheval et des magistrats qui ont remonté le chemin Chambly afin d'essayer de capturer les principaux responsables de la délivrance des prisonniers Demaray et Davignon. Sur leur passage, ils n'ont rencontré que maisons désertées aux volets encloués. Qui ne connaît la méthode britannique ? Un seul coup de fusil, même en l'air, se mériterait une riposte nourrie ; et les troupes s'empresseraient de brûler le bâtiment d'où le tir aurait originé.

À l'approche du village de Chambly, le corps expéditionnaire a saisi sept Canadiens, astheure confinés au fort. Les circonstances de leur capture sont nébuleuses, mais chose certaine, c'est une basse vengeance qui s'abat sur des innocents. Plus que jamais, les miliciens sont déterminés à ne pas se soumettre passivement à un tel despotisme. La réunion prévue pour le 19 novembre, après la grand'messe, est la plus nombreuse que Vitaline ait jamais vue. La place du Marché est littéralement couverte de gens qui jouent du coude !

Dès que l'église se met à dégorger les fidèles, un discours à haute teneur patriotique est délivré par l'arpenteur David Bourdages à partir du husting de fortune qui, depuis quelques semaines, est érigé en permanence. Mais vitement, l'homme est interrompu par une exclamation en provenance d'un recoin de la place :

— Ça suffit, les incitations à la sédition ! Les choses sont allées fièrement trop loin. On peut pas laisser faire ça !

C'est le marchand Joseph Thibaudeau qui s'exprime ainsi. Il est entouré d'un petit groupe d'hommes aux bras croisés et à la mine obstinée. À la grande honte de Vitaline, son père et son beau-frère Aubain en font partie. La dépendance de son père envers Thibaudeau est donc si grande qu'il ne peut faire autrement que de s'accorder à ses vues ? Le marchand a toujours été timoré. Certes, il s'est joint aux dénonciations des abus tant qu'il n'avait rien à y perdre financièrement parlant, mais depuis l'été, il tergiverse et se rétracte.

Parmi eux se trouve également le Dr Olivier Chamard, ce qui est confondant, ainsi que le ventripotent marchand Louis Guérout, ce qui est davantage logique car il n'a que sa fortune personnelle en tête. En tant que seul lieutenant-colonel de milice ayant encore la confiance de l'Exécutif, le sbire piaille à l'adresse de la foule :

— Je vous conseille à tous de rentrer chez vous pis de cacher vos armes. C'est le prix à payer pour que l'ordre revienne parmi nous, pis que nos biens pis nos vies soient saufs.

Un homme crie à la cantonade :
— C'est un couillon, faut pas l'écouter !

Soudain, le Dr Nelson grimpe sur l'estrade et quémande l'attention du peuple. Il se tient droit et fier, mais une farouche inquiétude altère ses traits. Un silence absolu s'installe tandis qu'il se met à parler. Rappelant qu'il est fort probablement l'un des hommes sous mandat d'arrestation, il enchaîne :

— Mes enfants, on viendra m'arrêter. Vaudrait mieux que vous laissiez faire et que chacun de vous reste chez soi. Je voudrais pas être responsable...

De partout dans la foule, on l'interrompt.
— Non, jamais ! Sommes pas des couillons ni des flasques !

Nelson veut reprendre son admonestation, mais Vitaline se joint aux autres pour crier :
— Hourra pour le bon docteur ! Hourra pour notre père !

Car c'est ainsi qu'il est considéré : une présence paternelle qui veille aux besoins de sa communauté. Vitaline a-t-elle vraiment eu un tendre sentiment pour lui ? Il fallait qu'elle ait perdu le nord... Le Dr Nelson rétorque, gueulant à pleins poumons :

— À quoi bon résister ? Les armes font défaut !

De partout encore, des cris jaillissent en réponse :
— Faut fourbir les fusils qu'on a ! Aller en acheter de l'autre côté de la ligne ! Pis z'avons des bâtons et des fourches !

Une litanie d'armes potentielles s'ensuit, depuis les couteaux jusqu'aux saussepannes, depuis les fouets jusqu'aux massues... La clameur est devenue assourdissante. Nelson lève les bras et un silence relatif finit par retomber sur la place. Il insiste encore, détachant ses mots et s'assurant par des œillades dans toutes les directions que mêmes les derniers rangs l'entendent clairement :

— Y aura du sang de versé. Vous m'avez bien compris ? Y aura du sang de versé ! La soldatesque vous balaiera sur son passage. Restez chacun chez vous. Je vous en supplie : restez tranquilles. Je les laisserai me prendre pis m'amener avec eux. J'expliciterai les raisons qui m'ont fait agir...

Nelson ne peut continuer, car une clameur de protestation s'élève de toutes les poitrines. Ce serait condamner le bon docteur à une mort quasi certaine. La tyrannie balaie la moindre opposition en créant une vague de terreur grâce à des châtiments barbares ! Les vivats se prolongent et Nelson doit déclarer forfait. En quelque sorte, il se voit contraint par la détermination de la majorité des hommes de la paroisse. L'alternative serait de s'enfuir de l'autre côté de la ligne. Le fera-t-il ? Sans doute, si la situation se détériore et que le danger se rapproche...

Vitaline jette un œil vers les récalcitrants, en train de conférer en petit groupe fermé. Certains ont fait allusion à leur départ de la paroisse en cas d'aggravation de la situation. La jeune femme se languit de les voir décaniller ! Pendant ce temps, les miliciens procèdent à l'élection de leurs capitaines. Trois victimes de la purge de l'Exécutif, soit François Jalbert, Jean-Baptiste Lussier et Louis-Fleury Deschambault, recueillent la faveur de leurs hommes, ainsi que trois autres tuques bleues, soit le maître-potier Jean-Baptiste Maillet, l'aubergiste François-Toussaint Mignault et le jeune marchand Charles Olivier, parrain d'une proposition à l'assemblée anti-coercitive du 7 mai dernier.

— Vitaline ?

Vincent est derrière l'interpellée, qui en ressent un ébranlement de tout le corps. En réaction, elle se tend à outrance, figée comme une statue. Enfin, instantanément appâtée par les inflexions chantantes de la mâle voix, elle se tourne à demi vers le jeune homme. En même temps, Vitaline constate qu'elle se trouve momentanément délaissée par ses proches. Normande a dérivé vers des amies et dame Eugénie se trouve encore plus loin, au sein d'un groupe de ses connaissances...

La mirant avec une sorte d'intensité sourcilleuse, Vincent se rapproche, car il est difficile de s'entendre dans la cohue, et il dit avec malaise :

— Je voulais te parler... depuis un boutte. J'ai des nouvelles de Gilbert pis de tes parentes. On s'éloigne un brin ?

Vitaline le suit jusqu'à l'autre côté de l'auberge Mâsse, à proximité de la place de l'église encombrée de chevaux et d'attelages. Se tournant vers elle, il dit :

— Je t'offrirais un pot à l'auberge, mais comme ce serait guère convenable. S'cuse-moi de te laisser poireauter dans le frette.

— Pas de soin, répond-elle d'une voix enrouée. Pis, à Montréal ? T'es resté jusqu'à quand ?

Le 15 novembre à l'aube, précise Vincent. La parentèle de Vitaline, qu'il a vue le soir d'avant, se portait comme un charme. Son interlocutrice insiste :

— Même grand-mère ? Elle prend de l'âge, pis je pense souvent à elle et je me dis... j'ai peur qu'elle se mette à faiblir.

— J'ai rien remarqué, dit-il d'un ton sans réplique. Pas besoin de t'inquiéter. Pis toi ? Rien de neuf ?

Déstabilisée par ces questions directes qu'il n'a pas coutume de poser, Vitaline répond :

— Les affaires privées comptent pour rien astheure.

— Je dirais pas. La vie quotidienne a ses besoins autant pressants que la plus soudaine des révolutions. Me semble que j'en ai vu s'échiner sur leurs parcelles avant que le frette pogne... j'ai vu du charroyage de grains vers les entrepôts... pis des barges qui attendent d'être chargées...

Égayée, elle esquisse un sourire et réplique doucement :

— Vu de même, on croirait que les affaires marchent comme de coutume. N'empêche qu'elles se sont compliquées un brin... J'ai pas vu m'sieur Papineau. Y est quand même pas reparti ?

— Je croirais pas. C'est surtout qu'y se réserve pour l'avenir. C'est l'homme tout désigné pour parlementer avec les autorités quand le jour sera venu. Faut pas qu'y se mouille.

Vitaline se fend d'une grimace.

— Parlementer... J'ai hâte que le temps vienne !

Tout soudain, son vis-à-vis ne peut retenir un geste qui la prend par surprise : il vient prendre sa main enmitainée et la presse fortement, puis il la relâche. Elle rougit, il s'empourpre, et tous deux sursautent lorsque la voix de Normande s'élève à proximité :

— Vincent ! Ça me fait plaisir sur un temps riche de t'apercevoir la binette. T'as été rare dans le boutte pendant une bonne escousse. Où c'est que t'étais parti de même ?

Vitaline jette un regard incisif à sa belle-sœur. A-t-elle eu connaissance du geste furtif de Vincent ? Manifestement pas, d'après son expression autant ingénue qu'animée. Vitaline recule d'un pas pour se soustraire à l'échange et pour revivre l'épisode en pensée. Elle a l'impression que ce sont leurs doigts nus qui se sont touchés, tellement sa main chauffe. Vincent est croquable, avec ses prunelles qui étincellent dans la lumière d'automne, ses joues comme des fruits mûrs et ses lèvres moelleuses qui donnent envie de s'y prélasser...

Sentant le regard de Vitaline peser sur lui, le jeune homme tourne la tête vers elle et plonge ses yeux dans les siens avec une intensité qui lui affole le cœur. De retour chez elle, Vitaline se met à penser à Vincent avec une véhémence qui l'effraie. Comme son sentiment prend de la place à l'intérieur d'elle-même, comme il chambarde tout sur son passage, comme il modèle et colore tout !

Le 19 novembre au soir, Gilbert se rend à son billard pour la première fois depuis sa confrontation avec Gaspard, cinq jours auparavant. Avant d'entrer, il fait halte : un panonceau tout neuf, « À la bouteille décoiffée », grince sur ses charnières. Qu'est-ce à dire ? Étienne était mûr pour un changement ? Gilbert revoit le moment où, coiffé de sa tuque bleue, il exhibait le nom du Cabaretier patriote comme un trophée...

Alors, même les fiers-à-bras vibraient d'indignation et tous les espoirs étaient permis. Pourtant, malgré l'appui populaire prouvable, le pays est tombé sous la coupe d'une caste militaire revêtue de sa fatuité britannique comme d'une armure. C'est que les hérauts du peuple étaient seuls contre une armada de membres du gouvernement, de prêtres, de soldats, de ministres et surtout d'immigrés enfiévrés...

À peine entré dans l'établissement, Gilbert fige sur place, dérouté par l'étrange atmosphère. La plupart des tables sont occupées, mais tous se tiennent cois, rivés à ce qui se passe au centre de la pièce. Ayant repoussé sa chaise, Louis Malo s'est dressé sur ses jambes pour mieux conter son histoire aux auditeurs de sa tablée, soit Gaspard et Pat Cuvillier d'un côté, et de l'autre, Sabrevois de Bleury et Léon Gosselin, prête-nom de Debartzch pour ce qui est de la propriété du *Populaire*. Fermant le cercle, une couple de traîtres à la petite semaine boivent ses paroles.

De son débit nerveux, Malo raconte sa mésaventure d'hier avec les patriotes du chemin Chambly.

— Ça criait : « Allez-vous en ! Allez-vous en ! » comme si on allait leur obéir de même. Le Viger en question est monté sur un rocher pis y a gueulé : « Bandez vos fusils ! Feu donc ! Feu donc, sacré mille gueux ! » Son répertoire en sacres est volumineux, je vous en passe un papier.

— Y en a combien qui ont tiré, d'après toi ? demande Bleury.

— Une centaine au moins. Viger avait dit de fesser sur la cavalerie pis de rachever ceux qui seraient blessés.

À deux mains, Gilbert se retient de contrebouter la médisance éhontée.

— Pis vous, insiste Gosselin, comment vous avez faitte pour vous en sortir ?

— Y a fallu que j'utilise ma carabine pour me frayer un passage parmi les patriotes armés.

— En tirant sur eux ?

— T'es malade ?

Malo n'a pu s'empêcher de rabrouer son interlocuteur avec un sursaut de colère. Son indignation est-elle sincère ? Pendant un court moment, Gilbert a eu l'impression qu'il allait sauter à la gorge de Gosselin. Se ressaisissant, le connétable salarié jette d'un ton glacial :

— Y a juste les Orangistes qui sont capables de descendre leurs opposants comme des lapins. Je suis pas du nombre.

— Essaye pas de nous faire pleurer, rétorque Bleury d'un ton grinçant. Les fripouilles de ton espèce sont pas sentimentales pour deux sous.

Malo laisse passer l'insulte, ce qui prouve aux yeux de Gilbert que Bleury détient un réel ascendant sur lui, puis il reprend son histoire :

— Je me suis frayé un passage en frappant à gauche pis à droite avec la crosse de mon arme. Je me suis sauvé dans le bois. J'ai caché mon arme pis les mandats d'arrestation pour pas qu'on m'en tienne rigueur. Pis je suis retourné sur les lieux du crime. J'ai rencontré un journalier pis son fils à qui j'ai demandé de mettre en sûreté la charrette pis toutes les affaires qui traînaient.

Depuis une autre table, quelqu'un s'écrie :

— Les damnés patriotes t'ont laissé faire ? Des mauviettes...

La saillie est accueillie par quelques rires. Un autre renchérit :

— C'est quoi qu'y vont faire asteure, les soldats, si t'as déjà débarbouillé les lieux du crime ?

Les rires narquois s'intensifient. Malo marche jusqu'à la table d'où originent ces reparties. L'air mauvais, il rétorque :

— Les damnés patriotes m'ont laissé faire parce qu'y avaient peur des représailles. À leur place, j'aurais couru me cacher de l'autre côté des lignes. C'est-y clair ?

— Pas besoin de monter sur tes grands chevaux, grommelle le premier. On parle pour parler.

— Ferme-toi la trappe, ce sera moins risqué pour toi.

Les hommes de la tablée obéissent en baissant les yeux. Après un temps, Malo retourne s'asseoir à sa place. L'épisode a permis à Gilbert de prendre conscience de la tension ambiante. Le groupe qui entoure le connétable est exagérément enjoué, tandis qu'un climat de défiance et de colère rentrées règne ailleurs. Gilbert procède jusqu'au bar au moment même où Étienne entre en un coup de vent par la porte arrière. Le voyant, la barmaid ne peut cacher son soulagement, et Gilbert comprend qu'on est allé expressément le quérir. Négligeant de s'arrêter derrière le comptoir ni même de prendre acte de la présence de Gilbert, Étienne va se placer le long du mur, les bras croisés.

Bleury est en train de persifler :

— J'en connais une trâlée qui vont se faire sacrer en dehors de la milice. Pis ça va me faire plaisir en masse d'aller leur délivrer la lettre de l'Adjudant général ! Sans compter la poursuite en justice qui va leur tomber sur le dos... Qu'y comptent pas sur moi pour les défendre à la barre !

Des rires complaisants s'élèvent parmi ses intimes, auxquels font écho des grommellements irrités. Des clients trouvent la morgue du Bleury insupportable ! Son ami Léon en rajoute :

— Ce dilemme moral te sera évité. Je te gage un cent que les coupables sont déjà rendus aux États. Y ont trop peur des conséquences !

— Rendus aux États ou bien après affluer par icitte pour faire des dépositions afin de se dédouaner, renchérit Bleury. Moi, je te gage un mille qu'y ont eu une peur bleue en voyant le Royal Grenadier débarquer, pis protéger les magistrats qui fouillent les lieux de l'action...

— J'escompte qu'y vont retrouver mon fouette, dit Malo dont le débit est de plus en plus hachuré. Je l'ai perdu.

La discussion se poursuit sans vergogne sur la manière dont les autorités s'y prennent pour rabattre enfin le caquet à ceux qui se croyaient les maîtres, mais qui sont tout juste bons à être les valets. Si les libertés civiles sont momentanément suspendues, déclare Pat en rigolant, c'est uniquement à cause des excès de ceux qui veulent proclamer une république canadienne-française, comme l'a écrit le *Herald*. D'accord, le rédacteur de cette gazette est un homme grossier, mais la vérité sort parfois de la bouche des enfants... ou des idiots !

Gilbert se retient d'exploser. Au contraire, Adam Thom est fin matois ! Depuis des années, les Réformistes recevaient de sa part des dénonciations émaillées d'injures ; sauf qu'astheure, Thom semble guider la main de l'Exécutif de la province. Il faut pendre et écarteler les représentants du peuple ! Immédiatement, des arrestations sont décrétées. Il faut envoyer des troupes dans les campagnes ! Des détachements militaires s'y rendent. Il faut une épuration de la magistrature ! Aussitôt dit, aussitôt fait. Il faut la loi martiale ! Car voilà ce que Thom a écrit quelques heures plus tôt. Le procureur général Ogden et le solliciteur général O'Sullivan s'en laisseront-ils imposer ? Chose certaine, la symbiose est palpable entre les hauts fonctionnaires et la clique du *Herald*, dont les humeurs sont rien de moins que paroles d'oracle.

Un client marche posément jusqu'à proximité de Malo. Gilbert connaît bien de vue ce castreur d'animaux qui vient régulièrement s'attabler, et qui n'a jamais causé de grabuge.

— Moi, m'sieur le connétable, y a une affaire qui me chicotte. Z'avez dit que vous êtes retourné sur le lieu de l'action pour reprendre possession du chariot qui gisait abandonné, c'est-y pas?

Malo se contente de fixer sur lui un regard vitreux. Son interlocuteur reprend:

— Comment ça se fait que le chariot était resté là, pis que vous avez pu vous en approcher tant aisément?

— Parce que les séditieux sont des peureux qui ont décampé sur-le-champ.

— Les habits rouges se trouvaient à une lieue de là. Trop loin pour rappliquer.

— Y s'en seraient bien gardés, renchérit un homme de la salle. Y avaient la chienne de manger des coups.

— Pis surtout, lance Gilbert, y avaient la consigne de se tenir tranquilles à tout prix. De laisser les *volunteers* faire le sale travail à leur place.

Il reçoit une œillade acérée de la part de Gaspard attablé, ce qui le fait tressaillir. Jusque là, affalé sur sa chaise, son associé cuvait sa boisson et peut-être une autre substance dérivée de l'opium en vogue pour ses effets euphorisants... Le castreur d'animaux reprend d'un ton obstiné:

— Les *volunteers* s'étaient enfuis en pagaille. Pis plusieurs avaient perdu leurs chevaux. Pis les assaillants étaient des centaines, comme vous avez dit, presque tous armés. J'ai de la misère, m'sieur le connétable, à ramancher le casse-tête.

Du coin de l'œil, Gilbert voit Pat Cuvillier se lever et sortir de la taverne à toute vitesse, sans même prendre le temps d'endosser sa bougrine. Arrogant, Malo dit encore:

— Laisse faire le casse-tête. On te demande juste de prendre ton trou.

— Retiens-toi pas, rétorque son interlocuteur avec une férocité toute rentrée. T'as des mandats parés à servir? Paraît qu'on en a émis une trâlée sans destinataire, mais où c'est écrit «haute trahison». Envoye, mon enfant de chienne, tu me jettes au cachot?

— J'en ai plein mon casque, intervient Bleury posément. C'est pas le tribunal, icitte.

Comme obéissant à un signal, Malo se dresse subitement. Marchant jusqu'au castreur d'animaux, il lui garroche un coup de poing qui est esquivé avec adresse. Des raclements de chaise se font entendre : une douzaine d'hommes viennent à la rescousse de la victime. En un clin d'œil, ils forment autour de l'homme une garde rapprochée, qui fait reculer Malo d'un pas. Ahuri, Léon Gosselin leur lance :

— Hé, les gars ! Pas besoin de pogner les nerfs de même !

— J'aimerais une réponse de la bouche du sieur Malo, reprend l'obstiné client. Comment ça se fait que l'armée patriote vous a laissé fuir ? Pis qu'elle s'est débandée si vitement, sans réquisitionner le chariot ?

Encore une fois, Gilbert ne peut se retenir d'offrir une réponse :

— Parce que l'armée patriote brillait par son absence. Y avait juste un groupement d'hommes voulant soustraire des innocents à la tyrannie des autorités.

Le castreur d'animaux se tourne vers ses comparses.

— Z'en pensez quoi, vous autres ? Z'êtes pas tannés de subir des rouéries ? De voir une gang de faquins se réjouir de... de...

Un de ses proches vient à son aide :

— Se réjouir des coups que d'autres reçoivent en plein ventre.

— Moi, j'en dors quasiment plus. Y giguent sur les dépouilles des amis du pays... pis faudrait assister à la curée sans réagir ?

Branle-bas à l'entrée : Pat Cuvillier fait irruption, suivi par une dizaine de fiers-à-bras dont certains portent l'insigne des *volunteers*. Il sera allé les rameuter dans un établissement voisin ! La bande vient se placer derrière Louis Malo, qui a saisi son bâton de connétable posé debout contre la table. Soudain, Étienne s'immisce entre les belligérants. Faisant face au castreur d'animaux et à ses amis, il dit à haut voix, détachant soigneusement chacun de ses mots :

— Dégagez au plus sacrant. C'est eux autres qui font la loi icitte.

Du pouce, il désigne le groupe derrière lui. Éberlué, Gilbert ne peut en croire ses yeux. Étienne est redevenu clubiste ? Ceux qu'il admoneste ainsi prennent immédiatement la décision d'obtempérer. Ils ne font pas le poids... Dans le pesant silence, ils évacuent les lieux.

— M'sieur l'instituteur, venez vous asseoir un instant.

Gilbert croit avoir mal entendu. C'est pourtant bien lui que Bleury interpelle, indiquant une chaise vide. Sans trop comprendre, Gilbert se rend à sa demande et se retrouve assis entre Gosselin et lui. De but en blanc, Bleury profère d'un ton familier au point d'être inconvenant :

— Me semblait que t'étais de notre bord ?

Mentalement, Gilbert réendosse sa vêture de traître à sa patrie, et répond plaisamment :

— Pour le sûr. Z'en doutez ?

— J'ai pas aimé tes récentes interventions dans la discussion.

Gilbert s'escrime à se remémorer ce qui a jailli de lui dans le feu de l'action. Enfin, tâchant d'adopter une expression bonasse, il rétorque :

— J'ai pas fait de révélation. Ça crève les yeux que l'escarmouche, c'était un coup monté comme celui du 6 novembre contre les Fils... je veux dire, les Enfants de la Liberté. Un piège pour transfigurer les Réformistes en rebelles méritant la potence.

— Sauf que t'es pas supposé le croire. En public, t'es supposé croire à la version des autorités.

Gilbert glisse une œillade vers Gaspard, qui lui fait face. Très attentif à la discussion, son associé reste néanmoins de marbre lorsqu'il croise son regard. Pas la moindre étincelle de sympathie... Le cœur serré, Gilbert reste coi, se contentant d'acquiescer de la tête à la remarque de Bleury. Sans le quitter des yeux, ce dernier s'adosse et laisse passer un temps qui semble interminable à Gilbert. Enfin, le jeune député articule :

— Paraît que si DesRivières pis Gauvin ont pris la poudre d'escampette, c'est grâce à toi.

Tombant des nues, Gilbert objecte :

— J'ai rien à voir là-dedans. Les autorités escomptaient leur fuite.

— Tu les a hébergés pour la nuitte, c'est-y pas ?

— Si vous le saviez, pourquoi z'êtes pas venus les cueillir ?

Aussitôt, bridant son irritation, Gilbert ajoute plus posément :

— Pour parler drette, je m'attendais à ce qu'on vienne les cueillir. Je les croyais étroitement surveillés. Je me trompe ?

Cinglant, Bleury riposte :

— T'es trop *smart*. Ça me donne envie de te clouer le bec.

De l'autre côté de Gilbert, Gosselin dit à son tour :

— Me semble que notre ami devrait signer une couple de dépositions devant un juge de paix. Le père de Pat ci-présent, par exemple...

Ce dernier, que Gosselin prend à témoin, se fend d'un rire gras. Tâchant de garder contenance, Gilbert répond à Bleury :

— Le supérieur des Sulpiciens me l'a déjà demandé. J'ai refusé pour pas créer de soupçons chez mes camarades patriotes.

— Fiche-nous la paix avec ces damnés Enfants de la Liberté, rétorque Gaspard avec brusquerie. C'est de l'histoire ancienne. Mort et enterré. Y a plus un chat qui osera s'en prévaloir.

— Les matous sont sortis du sac !

La réplique de Louis Malo provoque l'hilarité. Enhardi, ce dernier en rajoute :

— Le sac est à fuir comme la peste. Les affidavits nous tombent sur le dos comme des abats de neige. « Non m'sieur, j'étais pas membre ! » « Oui m'sieur, l'organisation en question cherchait à faire la révolution ! »

— Fait que tu dénonces tes amis, dit Bleury à Gilbert avec une suavité répugnante, pis tu t'enrôles dans les volontaires canadiens. T'es au courant pour le French Canadian Loyal Volunteer Corps ? On compte sur lui pour protéger notre mirifique cité tandis que la vaillante soldatesque est appelée en territoire ennemi.

Gilbert a l'impression que son interlocuteur, pourtant diablement sérieux, se moque de lui. Ses traits enlaidis par un rictus opiniâtre, quasi belliqueux, Gaspard se penche à son tour pour déclarer :

— Faut que tu donnes des preuves décisives de ton allégeance. Une déposition qui certifie que t'as participé à des exercices militaires. Que t'obéissais comme une recrue à Thomas Storrow Brown, Alphonse Gauvin pis Rodolphe DesRivières. Que le but final de ces manœuvres était de résister ouvertement à l'autorité constituée pour, ultimement, renverser le gouvernement de Sa Majesté en cette province. Qu'une souscription avait cours pour acheter du matériel de guerre pis qu'une armée de 16 000 hommes se constituait dans les comtés insurgés. Tu détailles le renversement projeté. Après la clôture de la navigation, attaquer les Loyaux des campagnes afin que des forces militaires y soient envoyées depuis Montréal. Une fois la garnison dégarnie, les rebelles prennent la ville, pis ensuite la capitale.

Atterré, Gilbert ne réussit qu'à émettre faiblement :

— Tu... Tu me niaises ? Je mentirais gros comme le bras.

Gaspard éclate d'un rire grinçant.

— Y a rien là ! Moi, je t'ai faitte marcher jusqu'à Gaspé, pis l'éclair de la vengeance divine m'a pas encore frappé. Dire que t'as avalé ça sans sourciller. Y a fallu que je me pince pour le croire. T'es innocent en masse quand tu veux...

Gilbert est à la torture. Il est obligé d'avaler l'injure sans sourciller, même s'il voudrait étamper son associé dans le mur ! Tous ceux qui participent à la répression, avec moult criailleries sur le risque pour l'intégrité de l'empire et la prospérité de la colonie, ne sont que d'obscènes cupides, parés à trahir quiconque leur barre le chemin ? Réprimant une envie de vomir, Gilbert repousse sa chaise et se lève. La gorge serrée au point d'avoir de la misère à parler, il secoue la tête à plusieurs reprises, puis il réussit à dire :

— Non. Les affaires que j'ai lues pis entendues m'ont persuadé que... j'ai été dupé par Alphonse pis les autres... que dans le fond, ces enragés voulaient juste installer l'anarchie à leur profit... mais m'sieur Papineau est le seul coupable. C'est lui le meneur. Astheure qu'on est débarrassés de lui, toutte va rentrer dans l'ordre.

— Penses-y, interjette Bleury. Tu rendrais un fier service aux amis de l'ordre. Reviens me voir demain à l'office.

Peu après, Gilbert se retrouve dans l'air froid et humide de novembre, resserrant hâtivement les pans de sa bougrine sur lui. Il est épuisé, et n'aspire qu'à l'oubli du sommeil et à la noirceur de sa tanière.

47

Des coups redoublés à la porte, en bas, tirent instantanément Vitaline du sommeil. Le cœur battant la chamade, elle reste les yeux grands ouverts dans la noirceur. Normande, qui aime dormir aux côtés de sa belle-sœur lorsque Florentin est absent, bouge dans son sommeil. Est-ce le mitan de la nuit? Ou le matin avant l'aube? Vitaline se sent plutôt reposée, ce qui la fait pencher vers la seconde hypothèse. Depuis le rez-de-chaussée, Norbert gueule une question à laquelle répond une voix d'homme:

— Les soldats de Sorel tombent sur le village!

Malgré l'épaisseur du mur, son assertion résonne comme le plus violent des coups de tonnerre. À l'unisson avec sa belle-mère et sa belle-sœur subitement réveillées, Vitaline pousse un cri étranglé. Norbert, lui, sacre d'abondance tout en se tirant de sa couche pour aller faire entrer le survenant. Normande articule à plusieurs reprises:

— Les soldats de Sorel? Y niaise, ce grichou?

Vitaline se tire du lit, puis tâtonne pour allumer une chandelle avec une allumette. En bas, dame Eugénie s'écrie depuis l'intérieur des cloisons de sa couche:

— Je le savais que le bredas allait nous attirer des ennuis!

Vitaline réagit par une grimace d'exaspération. Certes, sa belle-mère leur a cassé les oreilles avec ses scrupules! Car au village Papineau, la propriété du seigneur Debartzch a été transmuée en un camp fortifié servant d'abri aux réfugiés. Des patriotes ont fait prisonnier l'agent seigneurial, le forçant à leur remettre les clefs du manoir Debartzch. Les réserves du seigneur et celles d'une couple de marchands bureaucrates ont été réquisitionnées; elles seront remboursées par le gouvernement révolutionnaire provisoire une fois établi. Car le plus extraordinaire de l'affaire, c'est que ce camp, à en croire certains, est devenu la capitale d'une future république canadienne !

La police étant impuissante à répondre aux impératifs de la justice, songe Vitaline, le chef des forces armées lancerait ses guerriers dans la rivière Chambly ? Prestement, elle enfile une jupe et un corsage par-dessus sa chemise, puis elle s'enroule d'un châle épais avant de dévaler l'échelle. Elle fait face à Norbert, en chemise de laine et caleçon long, et au visiteur chaudement bougriné. Elle ignore son nom, mais elle le reconnaît : c'est un employé de la tonnellerie qui s'est implantée lorsque la distillerie Nelson a pris de l'expansion, quelques années plus tôt.

Une fois sa soif étanchée, le survenant enfile un récit hachuré. Hier le 22 novembre, deux corps expéditionnaires se sont mis en marche. La stratégie de Colborne : prendre en tenaille le camp de Saint-Charles. Depuis Chambly comme depuis Sorel, là où trois *steamboats* ont déposé renforts, victuailles et munitions, des centaines d'hommes ont quitté les baraquements malgré la pluie glaciale. La colonne qui descend la rivière à partir de Chambly progresse avec lenteur, et son officier commandant devrait logiquement bivouaquer chez le seigneur Hertel de Rouville, à Saint-Hilaire. Mais la colonne qui remonte à partir de Sorel avance avec un train d'enfer vers Saint-Denis !

Le tonnelier conclut : dès la barre du jour, le Dr Nelson conduira une mission de reconnaissance, et à l'heure actuelle, les capitaines de milice rameutent les hommes parés à freiner le passage de la soldatesque fortifiée par les *volunteers*. Le visiteur repart et Norbert, comme Vitaline, reste hébété. Le revirement de situation est à la fois incroyable et terrifiant. Hier, les patriotes de la rivière Chambly avançaient à longues foulées sur le chemin de l'indépendance. Une croyance généralisée régnait : les armes allaient affluer depuis l'autre côté de la ligne et d'ici quelques semaines, un gouvernement provisoire serait proclamé.

Pour abattre ce rêve grisant, il suffirait d'un automne anormalement doux permettant aux troupes de se déplacer à la vitesse des *steamboats* ou des machines du chemin à lisses ? Soudain hargneux, Norbert crie :

— Z'avez toutte entendu, sa mère ?

Dame Eugénie répond par un couinement d'animal effrayé. Vitaline dit au jeune homme après s'habiller :

— On prépare le barda pour un débagagement, pis on attend de tes nouvelles, c'est correct ?

— Correct. Laisse rien traîner de valeur. Pourrait y avoir du pillage.

Vitaline marche jusqu'à son beau-frère et l'entoure de ses bras en une puissante étreinte fraternelle, puis elle le laisse aller. Dès qu'il a disparu, elle se met à trembler comme une feuille, au point de devoir prendre appui sur la table. Elle ferme les yeux et inspire profondément, à plusieurs reprises, pour se calmer. Hormis le fait que la propriété du capitaine Montplaisir se trouve sur le passage des troupes, il n'y a guère de danger, car la soldatesque n'est là que pour protéger les officiers en loi venus délivrer leurs mandats d'arrestations.

Rendue bourrue par l'angoisse, Vitaline ordonne à ses parentes de se mettre en action. Il faut soigner les bêtes à la place de Norbert, ce dont elle veut bien se charger, mais à condition que les choses bougent ici-dedans ! Dès que possible, Vitaline sort. Il a cessé de mouiller pendant la nuit, mais elle sent un brouillard glacé sur sa peau. Le jour sera long à se lever... Un cavalier portant une lanterne galope sur le chemin en direction de Saint-Denis. Transie, la jeune femme se rend dans la grange où l'accueille la bienfaisante chaleur des bêtes. Elle a le goût de grimper au grenier et de se dissimuler au plus creux, dans le foin, jusqu'au printemps...

Que de préparatifs de combat depuis quelques jours ! Tout d'abord, la saisie du contenu du coffre-fort de la fabrique. La résolution d'utiliser l'argent de la fabrique pour acheter des armes avait été entérinée une semaine plus tôt, sauf que le coffre-fort est resté dans la sacristie jusqu'à ce que le curé le remette aux marguilliers en charge, refusant obstinément de connaître sa cachette. Quel damné couard ! Ce 18 novembre où l'expédition militaire vengeresse parcourait le chemin Chambly, le curé a fait mine de craindre que les deniers de la fabrique soient dérobés par des paroissiens armés, mais nul n'a douté de la véritable origine de sa terreur.

Le magot a été dissimulé en attendant de l'utiliser pour se procurer des armes et des munitions de l'autre côté de la ligne. Car la révolution est enclenchée ! Aux yeux des autorités, le pays au complet est coupable de haute trahison, alors autant se rendre jusqu'au bout du chemin. Il s'agit de sécuriser le territoire où les liens avec l'Exécutif sont actuellement rompus, comme dans la Confédération des Six Comtés et au Lac-des-Deux-Montagnes, et de l'étendre jusqu'à la frontière américaine. Puis, d'effectuer les achats d'armes requis. Norbert disait : « Un petit mois de préparatifs et le coup sera porté. Prendre le district de Montréal au grand complet. Un fois l'armée en déroute pis le matériel militaire à nous autres, assiéger Québec. »

Comme la révolution paraît aisée, vue ainsi ! Et comme les hommes de la maison semblent des garçonnets qui jouent à la guerre... Selon eux, une armée révolutionnaire se forme à toute vapeur. Or, cette dernière peut compter sur un allié de taille : l'hiver. La glace est sur le point de se former sur les cours d'eau. Si un navire ne peut plus passer, mais que l'épaisseur ne permet pas encore à une troupe et à sa batterie de campagne de s'y aventurer, les habits rouges seront pris au piège, et leurs positions avec l'entièreté du matériel tomberont aux mains des patriotes.

Les hommes qui frayaient avec les autorités constituées ont commencé à déserter, soit en allant chercher refuge dans les concessions, comme le curé Demers, soit en se garrochant vers Montréal, comme le marchand Louis Guérout. On les a laissé décamper. Ils ne pouvaient pas bavasser sur grand-chose... Des préparatifs guerriers ont été entrepris. Des hommes ont jeté de grosses pierres pour obstruer le chenal navigable en face de Saint-Denis ; et le *steamboat* de M. Marchesseault, à Saint-Ours, a été coulé. Pas question qu'il serve aux autorités !

Vitaline se conforte du mieux possible. Les horreurs de la guerre sont moins pires qu'un brutal despotisme ! Elle quitte la grange et traverse à nouveau la cour. Une lueur blafarde pâlit le ciel. La brume n'est pas trop épaisse, elle sera dispersée par la bise du matin... Quelques cavaliers passent, cette fois-ci vers Saint-Ours, et Vitaline croit reconnaître parmi eux le Dr Nelson. Elle rentre à l'intérieur, tâchant de rester imperméable aux lamentations de dame Eugénie de même qu'aux questions stupides de Normande qui agit comme si, incapable de réfléchir par elle-même, elle avait régressé au stade de l'enfance.

Bientôt, Vitaline ressort avec l'intention d'aller aux nouvelles. À peine a-t-elle mis pied dehors qu'une charrette, portant une douzaine de passagers, s'arrête non loin sur le chemin. Surprise, Vitaline s'y porte, et voit que les hommes, munis de scies et de haches, commencent à s'acharner sur les poutres qui soutiennent le ponceau qui permet aux attelages de franchir une coulée. L'un des hommes se détache du lot et elle reconnaît Norbert, qui l'entraîne à remonter l'allée vers la maison tandis que la cloche de l'église émet un premier tintement.

N'y portant aucune attention, Norbert force Vitaline à rentrer. Il dit aux trois femmes réunies :

— L'armée est à nos portes. Le docteur a buté contre elle.

Vitaline fait des calculs frénétiques. Ils se seraient mis en route la veille au soir ? Elle objecte :

— Ça se peut pas. Franchir une si grande distance en une nuitte ? Pis avec les chemins détrempés ?

— C'est pourtant le cas. Faut décaniller.

— Décaniller ? Où ça ?

La voix de Normande est si aiguë qu'elle en écorche les oreilles.

— Où vous voulez. De l'autre côté à Saint-Antoine ou bedon dans les concessions.

Dame Eugénie nomme une connaissance du rang de l'Amyot. Norbert opine du bonnet :

— Vendu. On décampe.

— Drette là ?

— Grouillez-vous. Je vais enclouer les volets.

Vitaline constate que le tocsin sonne à toute volée en guise de signal d'alarme. Elle secoue la tête pour chasser le pesant, mais peine perdue, ce n'est pas un cauchemar ! Bientôt, le cheval est sorti et chargé d'un barda de fortune, puis Norbert le prend par la bride pour mener l'équipée à travers champs, imposant un rythme soutenu. Ils ne sont pas seuls ; d'autres groupes se distinguent, çà et là, cheminant sur la lisière, à l'endroit où le sentier est battu. Il ne reste que des nappes isolées de brouillard que la bise hivernale dissipe, mais le ciel est encore encombré de nuages plombés qui risquent de dégorger des abats de neige. Le temps vire au frette…

— Pis m'sieur Papineau, interroge subitement Normande, j'escompte qu'y a décampé lui itou ?

— Y peut pas faire autrement. Si nos ennemis le trouvent icitte, le châtiment sera terrible.

Refusant de s'appesantir sur une si horrifique éventualité, Vitaline dit à son tour :

— Ça me dépasse. Les autorités militaires savent pourtant que les hommes traqués, y vont pas rester benoîtement les bras croisés en attendant d'être cueillis ?

— Ç'a rien à voir. Leur équipée, c'est juste une basse vengeance, même s'y vont tenter de l'embellir pis de la justifier de toutes les manières possibles. Une vengeance en regard de l'affaire du chemin Chambly.

— Surtout en regard des idées réformistes, ponctue Vitaline avec force. Y a juste les niaiseux de la mère patrie pour pas le voir...

Débouchant sur le rang qui suit la petite rivière Amyot, la petite troupe tourne à gauche et marche encore un bon moment avant d'arriver chez une dame qu'Eugénie connaît depuis l'enfance, et qui a épousé un cultivateur plus âgé qu'elle d'une dizaine d'années. Déjà au fait de la situation, le couple accueille les Montplaisir à bras ouverts, leur offrant des breuvages chauds et de réconfortantes victuailles. Norbert se sustente tout en frétillant sur place, et l'attention générale est tournée vers lui. Sa mère est en train de pâlir d'angoisse, car elle imagine bien qu'il va se garrocher au bourg incessamment !

La voix tremblotante, Vitaline interroge Norbert au sujet du plan de défense. Entre deux bouchées, il explique que depuis l'aube, des ouvrages défensifs sont érigés et des émissaires se sont élancés vers les localités les plus proches pour recruter des combattants. Hier au soir, le Dr Nelson s'était rendu au magasin de Firmin Perrin, en face à Saint-Antoine, pour faire l'acquisition de plomb et d'armes blanches. Avec une grimace de dégoût, Norbert explique que le Bureaucrate avait pris la poudre d'escampette dans le sillage du seigneur Debartzch, laissant son magasin aux soins de son épouse et du jeune commis qu'il emploie habituellement. Le Dr Nelson y a fait placer une garde patriote, principalement pour empêcher que des belliqueux s'emparent des munitions en étalage et s'en servent contre les amis du pays.

— Y aurait fallu attaquer les troupes sur le chemin, dit soudain leur hôte. La nuitte était trop noire, pour le sûr, les habits rouges s'éclairaient... pis la queue de la colonne s'est laissée distancer par la tête... Ça aurait été en masse possible de les harceler pis les mettre en déroute.

Son épouse le rabroue aussitôt :

— Tu décris des tactiques de guerre. Les habits rouges sont juste censés protéger les officiers en loi dans l'exercice de leur devoir.

— Détrompez-vous, rétorque Vitaline d'une voix forte. Les autorités sont en guerre contre nous depuis une maudite escousse. L'affaire des officiers en loi, c'est un écran de boucane censé aveugler notre bonne mère patrie. Les *Britons* comptent sur la terreur militaire pour nous soumettre une fois pour toutes...

La gorge prise dans un étau, elle s'interrompt et se tourne à demi. Au service des autorités civiles, le haut gradé qui se trouve à la tête de l'expédition ? À d'autres ! Après un temps, Norbert dit d'un ton posé :

— Guerre ou pas, la colonne a surgi trop subitement. À Saint-Denis, on l'a su juste à cinq heures du matin...

À cause d'un bruit inattendu, tous sursautent : l'écho de tirs a volé jusqu'à eux. Vitaline trémule de tout le corps comme si elle était touchée dans sa chair. Qui a pressé sur la gâchette ? Est-ce la réponse du Dr Nelson à une sommation dont les conditions de reddition étaient exagérément sévères ? Vitaline voudrait tant connaître la réponse qu'elle en a les entrailles retournées en tous sens. Le silence revient, uniquement troué par le son du vent qui balaie la rase campagne et par le tocsin obstiné, gracieuseté du bedeau.

Reprenant ses esprits, la jeune femme tente de réfléchir, mais les conjectures adverses giguent dans sa cervelle. Elle envisage autant une ligne d'habits rouges gisant au sol, fauchés par un tir patriote, qu'un groupe de tuques bleues faisant face à un peloton d'exécution, puis tombant sous les balles... Un coup de tonnerre résonne, suivi d'un vrombissement ténu. Dame Eugénie couine de terreur. La mise à feu d'un canon ! L'onde de choc a suivi les veines de glaise que Vitaline a tant vues pendant sa jeunesse. Elle imagine la panique des créatures qui habitent les entrailles de la terre...

Jusque-là, Vitaline s'interdisait de penser à Vincent, mais tout soudain, il envahit ses pensées. Elle ne peut supporter l'idée qu'il s'expose au danger! Elle voudrait courir au bourg et se mettre en quête de Vincent, pour lui dire à quel point elle l'aime! Norbert traverse la pièce. Il a repris son souffle, dit-il sobrement, et il se rend au village donner un coup de main à ses camarades. Insensible aux lamentations de sa mère, il prend son envol, et une éprouvante attente commence, ponctuée par l'écho épisodique de tirs de fusils et de canonnades.

GILBERT DIRIGE SON REGARD vers le carré de lumière de la fenêtre de sa chambre comme s'il le découvrait pour la première fois depuis cinq jours. Depuis que, après la bastonnade en règle qu'il a subie à sa sortie de la taverne, on l'a transporté à moitié inconscient dans son lit... Car loin de lui laisser le temps de réfléchir, Bleury a ordonné à quelques fiers-à-bras de lui servir une mémorable leçon. Rien d'irréversible, mais de quoi faire comprendre à Gilbert qu'il ne croyait pas une miette à sa prétendue conversion. Le jeune instituteur est démasqué. De surcroît, il a tout perdu, car Gaspard va conserver son billard pour lui tout seul.

Ses contusions sont en bonne voie de guérison, sa côte fêlée ne lui fait plus autant mal et on lui a assuré que son nez cassé sera quasiment comme neuf: Gilbert peut donc, en cette matinée du 23 novembre, songer à autre chose qu'à sa petite personne. Il y a amplement de quoi jongler. Une sorcière à cent bouches vomit des ragots insensés dans la cité et fait se lever un vent d'effroi. Ses parentes et lui essaient de s'en protéger de leur mieux, mais il faut s'ancrer solidement pour ne pas être emporté comme un fétu de paille.

Le village Papineau est transformé en camp militaire, des magasins sont pillés et quelques-uns y sont retenus prisonniers. Thomas Storrow Brown, membre du comité de régie des Fils de la Liberté et entraîneur militaire, se serait mis à la tête du quartier-général improvisé. Rodolphe DesRivières agirait également comme membre de l'état-major. Chose certaine, les réfugiés doivent se protéger même contre certains notables du lieu qui pourraient avoir envie de leur mettre la main au collet...

Pratiquement inconnus des habitants de là-bas, Rodolphe et les autres auraient pourtant réussi à les enrégimenter pour creuser des tranchées et ériger des palissades sur le pourtour. Il est question de tuyaux de plombs volés dans la distillerie pour en faire des balles et d'une collecte effectuée pour acheter des armes, ensuite remise entre les mains de patriotes partis sur-le-champ vers la frontière. La rivière Chambly, clament les prophètes de malheur, est en état d'insurrection ouverte. Bientôt, les rebelles du Nord – ceux du Lac-des-Deux-Montagnes, de l'isle Jésus et de Terrebonne – fondront sur Montréal, prendront possession du mont Royal et y installeront leurs batteries, d'où un feu meurtrier mettra la cité à feu et à sang!

Il y aurait de quoi rire à gorge déployée si les magistrats clubistes à l'avant-garde de la répression, convaincus de jouer une décisive partie d'échec, ne venaient pas de porter un dur coup aux conséquences terrifiantes. Ceux-ci ont chargé les autorités militaires d'exécuter une série de mandats d'arrestation. En conséquence, Colborne met des régiments entiers en branle. Le militaire peut se le permettre, car il dispose désormais des *Montreal Volunteers*, plusieurs milliers d'hommes payés pour assurer la sécurité de la métropole. La brigade comprend la milice de quartier, les anciens régiments d'élite ainsi que plusieurs autres nouveaux – cavaliers, artilleurs, fusiliers et fantassins – qui se forment à la grandeur du district.

Des courriers se sont donc mis en route vers Chambly, où plusieurs centaines d'hommes se tiennent cantonnés. Simultanément, toutes les barques à vapeur disponibles ont charrié un détachement vers Sorel, augmenté de plusieurs dizaines de *volunteers* de la Royal Cavalry, du shérif adjoint Juchereau-Duchesnay et du magistrat Leclère. Les *steamboats*, comme le chemin à lisses précédemment, se mettent au service de la répression. Voilà pourquoi les fanatiques ferraillent si vicieusement pour garder un contrôle exclusif des moyens de transport... Les tantes de Gilbert sont à l'affût de la moindre bribe d'information, perdant le goût de manger, de sourire et même de dormir, et le jeune homme peut enfin se joindre à leur vigie.

Le mitan de l'après-dînée approche lorsque Vitaline se décide. Le tocsin de midi n'a pas sonné, les détonations et la canonnade se sont intensifiées, puis se sont définitivement tues, et un silence de mort règne désormais sur la contrée. À mi-voix, Vitaline dit à dame Eugénie:

— Faut que j'y aille. Je suis rongée de peur. D'un coup que ma sœur pis mon père pâtissent?

Réussissant à se tirer du nuage d'effroi dans lequel elle se cantonne, sa belle-mère la contreboute :

— Y se seront mis à l'abri comme nous autres.

— Mais d'un coup ? Ça me hante.

— Arrête tes niaiseries, interjette Normande.

— Pis je pourrais jeter un œil sur Norbert.

Cette fois-ci, sa belle-sœur et sa belle-mère restent coites, appâtées malgré elles. Vitaline saute dans la brèche ouverte :

— J'y vais. Autrement, je vire folle.

Elle se lève et court à la porte pour se préparer à sortir. Quelques instants plus tard, transportée par l'impression d'être libérée de prison, elle marche à longues enjambées sur le rang, puis sur le sentier qui, à travers champs, mène à l'arrière de l'église paroissiale de Saint-Denis. Des flocons de neige volètent autour d'elle, se déposant en un voile blanc sur le sol. Même les corneilles se sont tues et, soudain, Vitaline s'ennuie terriblement de leur coassement. Du coin de l'œil, elle aperçoit la silhouette d'un homme placé sur le flanc nord de l'église. Elle ne ressent aucune peur, car il est vêtu du capot gris caractéristique des miliciens patriotes, et il n'est armé que d'une fourche et d'un long bâton.

Il fait un geste pour lui intimer de se dépêcher vers lui, et elle obéit en se mettant à courir. Le cœur de Vitaline se serre : il s'agit de Joseph Duplaquet, fils du maître-potier Tas-de-Ferraille. À une époque, il était ami avec Gilbert. Comme Vitaline elle-même était très amie avec sa sœur, Marie-Nathalie… Sans ménagement, le jeune homme la prend par le bras et la force à marcher devant lui jusqu'au mur de l'église. Rendu à proximité du chemin couvert qui relie l'église au presbytère, il pile net et lui fait face.

— À marcher jusqu'icitte, tu t'es exposée !

— Je suivais la ligne des arbres. Je me serais cachée.

Le jeune homme la contreboute avec une rage épeurante :

— Tu déparles ! Les habits rouges avertissent pas avant de tirer ! La bataille a commencé par un tir de sang-froid sur un des nôtres qui courait vers le village. C'était à matin, les habits rouges approchaient, pis y ont couché en joue André Mandeville, tu le connais ?

Frappée d'effroi, Vitaline recouvre sa bouche de ses mains enmitainées. Elle se remémore sans peine le jeune peintre en bâtiment qui avait l'âge de son interlocuteur... Joseph dit encore, blêmissant à vue d'œil :

— On l'a vu tomber. Pis y en a eu un autre, touché d'une balle alors qu'y était à découvert dans un champ. Lui s'en tirera heureusement.

Révoltés par ces tirs sans sommation, conclut-il sobrement, les capots gris ont rendu la pareille aux habits rouges envoyés en éclaireurs. Sans crier gare, son visage se fend d'un immense sourire et il s'exclame :

— On a gagné, Vitalette! On les a repoussés!

— Tu... tu déparles?

Secouant allègrement la tête, Joseph attire Vitaline contre lui pour une étouffante accolade. Dès qu'il la délivre, il se tourne à moitié et fait un geste du bras pour embrasser la partie du village qui se trouve au nord de l'église.

— Y avait des habits rouges d'un bord pis de l'autre. Sur le chemin, près de la rivière pis dans le champ. Mais y se sont faitte descendre l'un après l'autre, dès qu'y ont tenté une approche!

— Pis... la mise en demeure à laquelle le docteur s'attendait?

— Pas l'ombre d'une. L'armée a fondu sur nous comme si on avait déclaré la guerre aux *Britons*.

— Tu veux dire que... que les officiers en loi se sont pas manifestés?

— Rien pantoutte. À se demander s'y sont là pour vrai ou bedon si c'est une légende. Pourtant, le docteur Nelson était paré à se rendre. Y nous a dit à matin que jamais y se laisserait traiter comme ceux libérés sur le chemin Chambly y a une semaine, mais que si on lui demandait de se rendre avec les égards prévus par la loi, y le ferait. Qu'y regrettait aucun de ses actes comme homme public mais qu'y était disposé à se livrer à la justice. Si le shérif s'était présenté à lui...

Vitaline combat une envie de gémir tout haut. Quel gâchis! Roch de Saint-Ours, shérif du district, a longtemps été l'ami du Dr Nelson. Jusqu'à ce que le renégat Debartzch, son beau-frère, le force à se ranger dans son camp... Vitaline réussit à tirer de Joseph, malgré son état d'exaltation, un récit relativement cohérent de la suite des événements. Des tireurs d'élite ont été postés dans la vaste demeure de la chapelière Saint-Germain et dans la distillerie Nelson à sa suite, du côté de la rivière, ainsi que dans divers bâtiments environnants de moindres dimensions. Une barricade faite de quelques troncs d'arbres et de poutres a été placée en travers du chemin du Bord de l'eau ; en plein centre se trouvait un vieux canon en bois bourré de ferraille, paré à être allumé.

Pendant ce temps, les habits rouges avançaient sur le chemin du bord de l'eau, prenant possession, un à un, de la demi-douzaine de maisonnettes placées du côté de la rivière à la queue leu leu, flanc contre flanc, à l'orée du bourg. Mais ensuite, apprend Joseph à Vitaline, les *regulars* ont été tenus en échec par une cinquantaine d'excellents tireurs maniant le fusil, et bien abrités derrière les épais murs de pierres des bâtiments dans lesquels ils avaient pris position. Il était impératif que chaque coup porte, à cause de la rareté des armes à feu. Pas question de gaspiller les précieuses munitions !

L'apprenti-potier décrit plusieurs charges successives d'habits rouges, et particulièrement contre la maison Saint-Germain, reçues par un feu nourri des tirailleurs patriotes. Chaque fois, Joseph se disait que ce serait l'ultime, que les soldats se rebifferaient devant l'ordre d'aller à l'abattoir, mais non, ils obéissaient à l'officier anglais qui les exhortait de ses encouragements à foncer en avant. *Forward!* Vitaline imagine le bruit du galop de l'officier à cheval qui mène la charge, un son vitement couvert par les détonations assourdissantes des fusils. Elle imagine les volutes de boucane blanche s'échappant des fenêtres, l'acre senteur de la poudre, les carreaux vitrés qui s'étoilent, les pierres de la maçonnerie qui s'effritent, et surtout, tant de tuniques écarlates qui s'effondrent tandis que les autres hésitent, puis se replient...

Vitaline refuse d'envisager les pauvres hères qui se cachent sous cet uniforme, et qui ont joint l'armée uniquement à cause de la paye. Autrement, elle se sent chavirer... Subitement, poursuit Joseph, le canon de l'armée, placé en position d'attaque, est entré en action. Auparavant, plusieurs canonniers avaient été envoyés à trépas tandis qu'il tentait d'allumer l'amorce ! Un boulet a crevé une fenêtre de l'étage supérieur de la maison Saint-Germain. Parmi les tuques bleues qui s'y trouvaient, quatre hommes ont été tués sur le coup. La gorge enrouée et les traits altérés par l'émotion, Joseph poursuit :

— Paraît que ça a été un carnage.

Quatre hommes tués ? Des hommes que Vitaline connaît de vue et qui rayonnaient de vie un instant plus tôt ? Pulvérisés par un boulet qui a semé la destruction sur son passage ? La jeune femme s'accroche à la suite du récit que Joseph dévide d'un ton monocorde. Les combattants se sont repliés au rez-de-chaussée, là où les murs offraient une meilleure protection contre ces engins meurtriers. Les *regulars* ont abandonné l'idée d'un assaut, puisqu'ils ne pouvaient ni s'approcher de la barricade, ni déloger les mitrailleurs protégeant le terrain du côté de la rivière. Ils se sont repliés derrière des abris de fortune pour tirer eux itou, et trois autres combattants patriotes sont tombés au combat.

Épouvantée, Vitaline réussit de justesse à balbutier :

— Qui ? Qui, dis-moi ?

— Aucun de tes proches. Sauf peut-être Joseph Dudevoir...

Vitaline ouvre de grands yeux. Il était un petit-cousin de son père ou quelqu'un du genre, mais elle le connaissait à peine. Elle insiste farouchement :

— T'es sûr ? Des amis à Gilbert ou à toi ?

— Pas que je sache. Mais tu sais, le beau Charles-Ovide ? Le député Perrault... Foudroyé en pleine rue. Y s'accroche à la vie, mais y a peu d'espoir.

La voix de son vis-à-vis se brise et il se détourne pour cacher à Vitaline son visage défait. Cette dernière tremble de tous ses membres. Elle voudrait hurler sa terreur viscérale devant le corps expéditionnaire qui vient de fondre sur eux comme un cataclysme, semant la désolation et la souffrance sur son passage... C'est d'une cruauté sans nom. Son pays était une contrée enchanteresse avant que les furibonds y répandent la destruction ! Vitaline puise dans une souveraine colère pour se contrôler. Enfin, elle interroge Joseph :

— Tu surveillais pour pas qu'y nous prennent par le flanc ?

Il hoche la tête.

— On se serait repliés dans l'église si les habits rouges avaient réussi à investir le village.

Plusieurs compagnies de miliciens étaient disséminées dans le village, en alerte. La soldatesque avait pris possession de la grange à Faneuf, à proximité de la distillerie Nelson, et un détachement a tenté de se déployer à l'intérieur des terres de la veuve Saint-Germain, vaste étendue consacrées aux cultures, et où se dressent trois immenses granges. Le détachement aurait réussi la manœuvre, n'eût été de la troupe de miliciens qui s'est portée à sa rencontre, après s'être munie de poteaux d'une clôture en démence afin de faire accroire, de loin, que les miliciens étaient armés de fusils. Pour finir, les miliciens ont combattu au corps à corps ceux du détachement qui n'avaient pas pris la fuite. Fourches et bâtons contre baïonnettes! Les soldats ne prisent guère cette technique de combat qui les empêche de prendre position pour tirer. Pied après pied, ils ont été refoulés vers le chemin du Bord de l'eau, jusqu'à se débander en pagaille.

C'est alors que les renforts patriotes sont survenus. La vision était mirifique, déclare Joseph. Le bac de Saint-Antoine, suivi d'une file de chaloupes, portant une centaine de capots gris arrivés de Contrecœur et des alentours! Le passeur conduisait aussi calmement que s'il avait transbordé des agriculteurs se rendant au marché. Des tirs ont fait voler le bois des embarcations en éclats. Un boulet a brisé net la gaule du passeur; sans se démonter, il s'est mis à ramer. Ces combattants amenaient, de surcroît, des munitions prises dans le magasin de Firmin Perrin.

Peu après, le corps expéditionnaire au grand complet retraitait vers Sorel comme s'il avait eu le diable à ses trousses, abandonnant son canon et ses blessés. Dire que le commandant de l'expédition croyait que les habitants s'aplatiraient devant lui après avoir couché en joue deux d'entre eux! Vitaline constate que ses pieds sont gelés, de même que l'extrémité de ses doigts, et tout en battant des bras pour se réchauffer, elle tarabuste Joseph.

— T'attends qu'on vienne te relever? Ça peut être long comme d'icitte à demain.

L'apprenti-potier pouffe de rire.

— T'as raison. Tu viens? On va en reconnaissance.

— *Yes corporal*!

Tous deux débouchent sur la place publique encerclée par l'église, le presbytère et le couvent. L'endroit est désert, les volets sont hermétiquement fermés et le nordet charrie une impression d'abandon qui étreint Vitaline au cœur. Plusieurs dizaines de capots gris sont éparpillés à travers la place. Une femme, placée dans son pourtour, hésite à s'avancer... Vitaline reconnaît Estère l'institutrice, qui crie de surprise à sa vue et se précipite pour la serrer dans ses bras.

— T'es comme moi ? T'en pouvais plus d'attendre ? Je sais qu'on prend un risque à se trouver icitte, mais c'était trop éprouvant de trépigner sans rien savoir ! J'en mangeais mes bas...

Reconnaissant Joseph, Estère l'étreint à son tour, ce qui tire un sourire d'extase au jeune homme, puis tous trois recommencent à marcher vers le théâtre des opérations. D'autres parmi leurs concitoyens curieux reviennent du rang de l'Amyot. Quelques volets s'entrouvrent, car certaines personnes âgées qui croyaient n'avoir rien à craindre étaient restées à domicile, tapies dans l'ombre. Des jeunets s'extirpent de leur cachette aux pourtours du village et Joseph quitte les deux jeunes femmes, préférant rejoindre ses camarades.

La béatitude de Vitaline s'évanouit à vue d'œil. Sur un brancard improvisé, des hommes transportent un trépassé aux yeux agrandis par la terreur. Près de l'entrée d'une maisonnette, des combattants éprouvés se tiennent immobiles et silencieux, car Charles-Ovide Perrault s'y trouve. Le Dr Nelson et plusieurs autres sont à son chevet pour tenter l'impossible, mais c'est sans espoir. Estère se signe, Vitaline l'imite et les deux femmes poursuivent leur chemin sans parler, se soutenant au bras l'une de l'autre.

Les murs de la distillerie sont lacérés de balles, les chambranles arrachés et les fenêtres démolies. Le manoir de la veuve Saint-Germain, tout juste à côté, est à moitié en ruines, pans de mur et toit défoncés. Tout le paysage, avec son sol piétiné, marqué de taches de sang ou de poudre, de même que de traces de corps effondrés, raconte l'épreuve que vient de subir le bourg, et qui le marquera pour longtemps. Déjà, les jeunets sont à la recherche d'armes et de pièces d'équipement abandonnées...

Vitaline sursaute : Vincent se trouve dans les parages de la maisonnette suivante, celle de la famille Pagé. Il leur tourne le dos. Les bras ballants et la nuque courbée, il examine quelque chose sur la paroi de bois. D'un mot, Vitaline remercie Estère pour sa compagnie, puis elle l'abandonne pour courir à lui. Le saisissant par les épaules, elle l'oblige à faire volte-face. Elle se crispe devant le spectacle de son visage noirci de poudre, une balafre croûtée de sang lui déparant la joue. Le blanc des yeux est rougi à en faire peur. Des rigoles de sueur se sont frayées un chemin sur les tempes, puis ont séché sur place. La chevelure crasseuse est aplatie sur le crâne.

Vincent se laisse examiner sans aucune réaction, comme s'il était incapable de replacer la survenante. Comme s'il était éteint... Vitaline recule d'un pas pour l'examiner de pied en cap. Ses mocassins d'hiver sont souillés et déchirés, de même que son capot entrouvert sur une chemise placée de travers, mais l'homme semble intact. À plusieurs reprises, Vitaline articule son prénom. En réaction, il abaisse les paupières, ce qui semble lui irriter les yeux, car il lève la main pour les frotter. Elle retient son geste, murmurant :

— Pas touche. Ça te ferait encore plus mal.

Le regard avec lequel le combattant la couve est d'une intensité nouvelle, comme s'il prenait finalement acte de sa présence. Soudain, il l'attire à lui au moyen d'une étreinte qui tremble et qui tâtonne. Vitaline le serre dans ses bras en guise de soutien. L'homme exhale le souffle qu'il retenait prisonnier, puis inspire de nouveau, très lentement, à plusieurs reprises. À mesure, Vitaline sent qu'il retrouve son aplomb et reprend progressivement pied. Il chuchote d'une voix horriblement éraillée :

— Lâche-moi pas. Tiens-moi toujours.

L'instant d'après, il la repousse, le visage fermé. Il fait quelques pas de côté pour s'adosser au mur. Chamboulée, Vitaline lutte pour reprendre contenance. Elle souffle :

— T'as pas trop souffert ?

Il secoue la tête.

— T'étais où ?

— À côté de David, répond-il d'un filet de voix. Je chargeais pour lui.

David Bourdages, maître en arpentage, est réputé pour la précision de son tir à la chasse.

— T'as souffert du boulet de canon ?

Pas personnellement, explique-t-il, mais il était sous les combles de la maison de la veuve Saint-Germain lorsque le boulet meurtrier a fracassé une fenêtre. Il a vu la boucherie de près...

— J'ai vu une tête à moitié arrachée... une poitrine défoncée... j'ai retiré un éclat de pierre dans l'épaule de Lacasse...

Vitaline s'oblige à l'écouter sans réagir, voyant à quel point son compagnon a besoin de s'épancher. Pour alléger l'atmosphère, Vincent dit ensuite, avec un piteux sourire :

— J'ai failli me sauver en courant comme une couple d'autres, mais un esprit de solidarité pour mes camarades m'a retenu de justesse.

Il se tait, car parler exige un réel effort à cause de sa gorge maganée. Vitaline imagine que les combattants ont gueulé, crié, toussé en masse... Elle dit :

— Peut-être que... tu devrais rentrer chez toi ? Tu veux que je te reconduise ?

D'un élan, il quitte l'appui de son mur et répond avec obstination :

— Je suis capable tout seul.

— Oui, mais... je pourrais t'amener de l'eau... te préparer quelque chose à manger...

Vincent couve Vitaline d'un regard troublé. Sans plus attendre, elle va à lui.

— Accote-toi sur mes épaules. Envoye, je suis forte, tu verras !

Sa mine s'égaie un brin, puis il s'accole son flanc contre le sien et pose son bras à l'endroit désigné. Elle glisse le sien dans son dos, le saisissant à la taille pour mieux le soutenir. Lui adressant un large sourire, elle dit avec un clin d'œil :

— Fais assemblant que tu boites. Comme ça, personne trouvera à redire.

Vincent obéit et Vitaline, tout entière concentrée sur son bien-être, l'entraîne à marcher à un bon rythme jusqu'à la maison du médecin Chamard, encore vide de ses habitants. Mirant l'échelle qui mène aux combles, Vincent grommelle :

— Ça va prendre une escousse avant que je redescende...

Il se hisse sur les barreaux avec lenteur. Il entrouvre la porte et se glisse à l'intérieur. Lorsqu'elle prend pied sur le plancher à son tour, Vitaline voit qu'il est assis par terre. Il souffle :

— Je tremble de partout.

— Laisse aller. Ça va passer.

Pendant ce temps, elle allume une chandelle pour contrer la noirceur qui tombe, puis elle furète dans la pièce. Trouvant le pichet d'eau fraîche, elle en verse un gobelet qu'elle lui tend. Le jeune homme boit avec avidité. Vitaline commence à garnir une assiette d'une tranche de pain et d'un morceau de viande salée, mais Vincent l'interrompt d'un geste.

— Pas faim. Gobé deux crêpes à moitié cuites.

Ahurie, elle quémande des éclaircissements, et il explique qu'un cuistot s'est installé devant le poêle de la maison Saint-Germain dès que tout danger immédiat a été écarté. Il s'est mis à faire des crêpes qu'il n'avait même pas le temps de laisser cuire, tant les combattants étaient affamés. Amusée, Vitaline remplit de nouveau le gobelet d'eau de Vincent.

— T'as de la boisson ? Peut-être que t'aimerais ça...

Il secoue la tête, précisant qu'il n'en possède pas, car il en boit très rarement. En fait, il en boit uniquement en société, pour faire plaisir à la compagnie. Vitaline s'active pour éclairer davantage la pièce. Ayant repéré la bassine dont il se sert pour ses ablutions, elle redescend au puits, dans la cour arrière de la maison, pour remplir un sciau d'eau. Elle voit les membres de la famille rentrer. Elle n'a pas besoin d'en informer Vincent, car des bruits se font entendre en bas. Tandis qu'elle hisse le seau avec le treuil, il dit, soupirant d'aise :

— Ça va mieux. J'ai retrouvé mon aplomb.

— On va en profiter pour te déshabiller. Faut que tu te laves, tu peux pas rester de même.

— J'ai mal partout...

— Faut ce qui faut. On commence par tes mocassins...

Il déplie les jambes et elle les retire de ses pieds. Il ôte lui-même ses bas rapiécetés, qu'il roule en boule pour les projeter dans un coin de la pièce. Elle lui tend les bras et il se sert de cet appui pour se lever. L'opération est ardue... Elle le nargue :

— Tu vois ? T'aurais coincé si t'étais resté immobile. Dormir assis, c'est guère recommandé pour la santé !

Même si Vincent chambranle un brin, Vitaline entreprend de dénouer la ceinture fléchée qui tient fermés les pans du capot. Elle la met de côté tandis que le combattant se débarrasse de sa bougrine. Il hésite au moment d'enlever son pantalon, puis il révèle des caleçons gris qui le couvrent jusqu'à mi-mollet. Enfin, elle l'aide à retirer sa chemise, et il se retrouve torse nu. Vitaline sait qu'elle devrait sacrer son camp, mais au contraire, elle approche une chaise droite tout à côté de la bassine, et l'engage à s'y asseoir.

Sans un mot, elle puise de l'eau, et en fait couler un filet sur sa tête. Il frissonne lorsque l'eau froide l'atteint, mais reste coi et ferme les yeux. Elle se met à passer la débarbouillette sur ses cheveux, dans son cou et sur son visage, la rinçant périodiquement. Elle est aux anges. Elle a l'impression de le façonner... Passant à l'arrière de lui, Vitaline fait glisser la débarbouillette de chaque côté du cou, jusqu'à l'extrémité de l'épaule. Elle en admire la rondeur galbée, les légers creux qui soulignent les muscles...

Elle parcourt son dos. Vincent est différent de Florentin, plus solide et massif, plus large de partout. Il s'adosse à la chaise et elle revient face à lui dans le but de lui laver le torse. Vitaline croise ses yeux qui la fixent. Tous gestes suspendus, se laissant aspirer par ce regard franc, elle murmure :

— T'en as assez ?

Il secoue impérativement la tête.

— Alors ferme les yeux.

Dès qu'il a obéi, elle s'agenouille sur le côté et pose sur son épaule la débarbouillette qu'elle descend ensuite vers sa poitrine couverte d'une fine toison. Le geste est d'une telle familiarité que Vitaline se sent instantanément propulsée dans un autre univers, celui du désir qui se déploie à l'intérieur d'elle-même, celui d'une intimité totale avec Vincent. Troublée jusqu'à en être oppressée, elle suspend tout geste, détourne les yeux et se lève. Soudain, sa main est prise au piège de celle de Vincent, qui l'étreint fortement. Comme par magie, la jeune femme se tranquillise. La peau de l'homme contre la sienne, si simplement. Rien d'autre, et pourtant, un intense bonheur de vivre s'y concentre.

Vincent porte la main de Vitaline à sa joue et, un court moment, l'y maintient avec douceur. Il y pose les lèvres en un baiser plein de ferveur. Il murmure :

— T'es un ange tombé sur ma route.

Sans lâcher sa main, il dit, les yeux baissés :

— Je sais pas comment parler aux femmes. Je suis un bon à rien. J'ai toujours été de même... J'ai trop peur de me faire revirer de bord. Ça m'est arrivé plusieurs fois. Des fois, les femmes sont si dures... si froides. Elles se laissent convoiter pis ensuite nous jettent comme une chaussette usée. Mais toi, c'est pas pareil, tu vas me pardonner pis rester quand même mon amie si... si je te dis quelque chose qui te déplaît ? J'ai peur... de perdre ton amitié.

Il lève une mine suppliante vers elle.

— Je promets de plus jamais t'offenser à l'avenir. Mais faut que je te dise... une fois... dis-moi que tu vas me pardonner ?

Bouleversée, elle le lui confirme d'un geste. Il souffle :

— C'est fou comme j'ai envie de te voir flambant nue...

En Vitaline, le mot frissonne comme une volée de papillons. Elle, nue pour lui... Avec un rire bref, il ajoute :

— Fait que t'es mieux de décaniller.

Pour toute réponse, elle l'oblige à se mettre sur ses pieds, puis elle l'enlace et se love contre lui. Elle murmure :

— Ça fait une escousse que... que je te trouve croquable.

Encore tendu de tout le corps comme pour parer à une attaque, Vincent dit néanmoins :

— J'ai eu peur que... l'affaire de mon frère qui s'est fait passer pour moi... t'écœure à jamais.

S'alanguissant, il se penche, juste un brin car il est à peine plus grand qu'elle, et l'embrasse sur une joue, puis sur l'autre. De son côté, Vitaline s'est raidie. Elle juge essentiel de préciser :

— Je suis pas une Marie couche-toi-là. J'ai jamais trompé mon mari, pis j'en ai jamais connu... d'autres que lui. Je voudrais pas que t'imagines, à cause de ton frère...

— Mon besson, je l'encule.

Vitaline reste clouée sur place, tandis qu'il ajoute :

— S'cuse-moi. Je veux dire qu'on l'envoie au diable vauvert. J'aime croire que c'est moi que tu cherchais sans le savoir.

Fermant les yeux, la jeune femme s'abandonne. Soudain, avec un gémissement sourd, Vincent la saisit par les épaules et la repousse loin de lui.

— Se fait tard. Ton mari va te chercher.

— Y est en mer, rétorque-t-elle sur-le-champ.

Mais ce rappel à la réalité agit comme une douche froide. Hagarde, elle regarde autour d'elle, songeant qu'en effet, on risque de se mettre en quête si elle ne se pointe pas le bout du nez... Il la presse :

— Sacre ton camp. J'ai trop envie de te retenir.

— Jamais t'en serais capable, rétorque-t-elle avec un sourire coquin. C'est à peine si tu tiens deboutte.

Il réagit par une profonde grimace.

— T'as pas tort. Je suis pas bon à grand-chose. Trop crevé. Ça me purge, mais c'est de même. La guerre exige son lot de sacrifices !

Vitaline consent à décaniller uniquement après lui avoir fixé rendez-vous pour le jour d'après. Enfin, elle enfile ses mocassins et se bougrine, puis elle part sans un regard en arrière. Elle marche, mais elle demeure tout entière aux côtés de Vincent, là-haut... Pour retourner sur l'Amyot, elle choisit même de ne pas passer par la scène de combat, mais par l'arrière du village. Elle a des ailes aux pieds. Elle pourrait marcher d'icitte à demain sans problème, tant la montée d'énergie est impérieuse...

48

Lorsque Vitaline entre chez ses hôtes, on l'accueille comme si elle avait été attendue avec impatience. On la congratule, on s'exclame en chœur... Et pourtant, comprend-elle bientôt, ce n'est pas pour lui soutirer des renseignements, car la maisonnée se repasse en boucle un récit de la confrontation victorieuse déjà étoffé. Y compris des épisodes que Vitaline ignore, comme celui d'un groupe d'une vingtaine de patriotes qui s'est mis en chasse des habits rouges, harcelant la soldatesque jusqu'au pont Laplante. Les combattants patriotes ont même rapporté le canon que l'armée, afin de retraiter plus vite, a abandonné après l'avoir encloué!

On informe la jeune femme que le combat a fait une dizaine de trépassés et au moins autant de blessés. Vitaline transmet ce que Joseph Duplaquet lui a appris, Normande achève l'enseignement et le soulagement est général: aucun proche dans l'infortuné lot. Des dames charitables ont recueilli les quelques soldats anglais blessés que les autorités ont plantés là. La bataille a fait une autre victime: un officier anglais capturé ce matin, et qui n'a pas respecté sa promesse de rester un prisonnier passif...

Ahurie, Vitaline quémande des précisions. Aux petites heures ce matin, des factionnaires patriotes reconduisaient chez le Dr Nelson un homme qu'ils venaient d'arraisonner. Vêtu d'un habit de bourgeois, le captif a d'abord prétendu qu'il était un marchand de grains. Ses papiers ont révélé son identité: George Weir, du 32e régiment de Sa Majesté, messager express en mission commandée. C'est le conducteur de la voiture le transportant qui a annoncé au Dr Nelson qu'une escouade militaire approchait par le rang du Pot-au-beurre, dans l'intérieur des terres, afin de tomber à l'improviste et à bras raccourcis sur Saint-Denis.

Impossible de laisser partir le lieutenant Weir. Ce dernier a offert de payer une forte somme pour sa rançon, promettant solennellement de rester motus et bouche cousue, mais les patriotes ne pouvaient courir un tel risque. Dans les circonstances, se préserver soi-même est la première loi de la nature! On a promis à Mr Weir les égards dus aux prisonniers, puis on l'a soigneusement prévenu de ne tenter aucune fuite, celle-ci pouvant coûter la vie à tous ceux croisés sur sa route. L'officier avait compris que la plupart des combattants de Saint-Denis étaient armés de fourches et de faux, et de rien d'autre. Son évasion aurait ouvert la porte à une défaite assurée.

Immédiatement après le déclenchement de la bataille, la décision a été prise de faire transporter Weir à Saint-Charles où d'autres prisonniers étaient déjà sous bonne garde. L'officier britannique aurait tenté, peu avant la sortie du village, de s'évader du chariot dans lequel on l'avait placé sous la garde d'officiers de milice. Ces derniers lui ont crié d'arrêter, le prisonnier n'a pas écouté, une échauffourée s'en est ensuivie. Ses gardiens ont-ils été animés d'une fureur vengeresse au point de perdre le nord, au point d'avoir envie de rendre la monnaie de leur pièce aux fous furieux qui n'avaient pas hésité à tirer sur Demaray et Davignon, sur le chemin Chambly? Peu après, l'officier Weir gisait au sol, inanimé. La rumeur veut qu'il soit mort...

Norbert fait son entrée, ce qui tire à dame Eugénie et à sa fille des exclamations de joie. Le jeune guerrier est congratulé, étouffé de câlins... Débordant de fierté, il annonce qu'il a capturé un soldat qui s'est rendu à lui sans discussion. On installe Norbert à table, on lui donne à boire et à manger, et c'est la bouche pleine qu'il insiste sur l'urgence d'aller, demain à l'aube, fermer la maison du chemin du Bord-de-l'eau pour une escousse. Ce qui n'empêchera pas d'y revenir pendant le jour, mais au moins, il sera facile de déguerpir à la première alarme.

Les habits rouges de Sorel vont revenir incessamment leur chercher noise, précise Norbert. De surcroît, ceux de Chambly sont en marche pour Saint-Charles. Peut-être même que le combat est déjà chose du passé, et comme le village Papineau est mal loti pour résister à un assaut, contrairement à Saint-Denis, le pire est à craindre. À l'heure actuelle, le Dr Nelson et ses fidèles alliés confèrent pour décider de la marche à suivre. Irrémédiablement compromis, ils mettraient leur vie en péril s'ils se constituaient prisonniers des autorités. Cependant, ils mettent leur honneur en plus imminent péril encore, car si on leur laisse la vie sauve, ils seront frappés d'ignominie, ce qui est quasiment pire que le trépas.

Une nuit agitée s'ensuit. Vitaline réussit à grappiller quelques heures de sommeil entrecoupées de rêveries au sujet de Vincent. Le réveil sonne avant l'aube, laquelle commence à pâlir lorsque Vitaline et ses proches font le chemin en sens inverse vers leur domicile. Nul bruit suspect ne leur parvient. Norbert laisse ses parentes planifier la fermeture de la maison pour un temps indéterminé, tandis qu'il s'élance à pied sur le chemin pour tirer les vers du nez du premier garde venu.

Vitaline obéit sans se plaindre aux mots d'ordre parfois contradictoires de dame Eugénie. Normande, pour sa part, spécule nerveusement sur le retour imminent des marins. Que vont-ils penser devant leur domicile déserté ? Vitaline ne prend même pas la peine de faire valoir à sa belle-sœur qu'ils seront nécessairement au courant de la tournure des événements. De surcroît, même si le débagagement ne s'éternisait pas, elles viendront à la maison chaque jour pour soigner les bêtes et prendre quelques provisions.

Norbert réapparaît pour leur dire que la nuit s'est passée sans incident et que la brigade de l'armée britannique s'est repliée dans ses baraquements de Sorel, après avoir bivouaqué pendant quelques heures au village de Saint-Ours. De leur côté, les résistants de Saint-Charles n'ont pas encore vu l'ombre d'un habit rouge, car l'autre brigade a cru plus prudent de bivouaquer pour un temps chez le seigneur Hertel de Rouville, à Saint-Hilaire, après avoir appris le résultat du combat d'hier. Sur ce, le jeune homme repart au trot se joindre à ses camarades combattants du bourg.

Le mitan du jour est passé lorsque la charrette, bourrée à craquer, est mise en branle. Heureusement, la boue du chemin reste gelée dure et le cheval n'a pas trop de misère à avancer. Les lointains parents de dame Eugénie, ceux qui les ont accueillis hier, ont insisté pour les héberger de nouveau, et c'est donc là que les trois femmes se rendent. Elles traversent le champ de bataille, mirant sans parler les plaies aux bâtiments, puis les endroits où la mort a frappé... Médusées, elles voient plusieurs dizaines d'hommes s'escrimer à des préparatifs défensifs : l'érection d'une palissade pour bloquer le passage entre la maison Saint-Germain et la rivière.

— Vous traversez à temps, mesdames.

Vitaline réprime un sursaut. Vincent fait partie des ouvriers ! Parvenu à elles trois, il ajoute, désignant le chemin public :

— D'icitte à demain, y aura un retranchement qui fermera la voie aux attelages.

— Au travers de la route ? s'exclame Normande. Non, ça se peut pas...

Laissant son regard se mêler à celui de Vitaline, Vincent ajoute qu'il s'est relevé en pleine nuit pour venir travailler à l'érection d'une palissade protégeant la façade nord de la maison Saint-Germain. La grange Faneuf, celle que les habits rouges ont occupée pendant quelque temps hier, de même que d'autres semblables bâtiments stratégiquement placés, sont solidifiés et percés de meurtrières. De vraies redoutes ! Vitaline boit Vincent des yeux, ravie par tant de beauté mâle. Sa balafre au visage, de même que ses yeux encore rosis de sang, sont les seules séquelles apparentes du combat.

Dame Eugénie s'impatiente. Pour voyager jusqu'au rang de l'Amyot puis décharger le barda, il leur faudra jusqu'à la nuit, alors pas question de bavasser en chemin !

— Je vous souhaite bonne route, dit Vincent courtoisement. Mais avant de vous laisser décamper, faut juste que je dise à Vitaline...

Aux oreilles de la jeune femme, il a délivré son prénom comme une caresse, et celle-ci a toutes les misères du monde à se retenir de courir à lui. Vincent s'adresse directement à Vitaline :

— J'ai croisé Rémy. Y voudrait te causer. Rien de grave, une broutille, mais... ça avait rapport à ta belle-mère pis... tu sais comme elle est susceptible...

Vitaline se tourne vers ses compagnes.

— J'irais de suite, si ça vous fait rien. Z'êtes capables de rouler jusqu'à l'Amyotte sans moi.

— Je veux que tu sois rentrée avant la nuit, dit sa belle-mère d'un ton qui n'admet pas de réplique. Pis tu sais comment elle tombe vite par les temps qui courent !

— Promis. À la revoyure.

Vitaline se tourne vers Vincent et le gratifie d'un sourire qu'elle espère dégagé.

— Tu me conduis à lui ? C'est le branle-bas, je saurais pas où le trouver.

— Avec plaisir. Je l'ai vu de l'autre côté...

Tous deux se mettent en marche vers l'intérieur du bourg. Dès qu'ils sont hors de portée d'oreille, elle murmure :

— Où c'est qu'on va ?

À son bureau d'arpenteur, répond-il, c'est-à-dire celui de David Bourdages qu'il loue partiellement, et où nul ne viendra, surtout pas son propriétaire dont la famille a été envoyée au loin. Vincent ouvre et Vitaline pénètre dans une pièce d'une humidité glaciale, où la lumière pénètre à peine à travers les fentes des volets encloués. Vincent installe la barrure derrière eux, puis il l'attire dans ses bras et l'étreint fortement. Elle s'abandonne à lui, basculant dans une bulle de félicité.

Desserrant légèrement son étreinte, Vincent l'embrasse avec hésitation, mais Vitaline exige d'avantage de lui et bientôt, ils fusionnent en un interminable baiser dévorant. Elle voit des étoiles : comme il goûte bon, comme il est croquable ! Peu à peu, il s'enhardit et ses caresses deviennent insistantes. Il l'accole au mur, dénoue la ceinture de sa bougrine, insinue ses mains à sa taille, sur ses hanches, et finalement jusqu'à la poitrine. Il la pétrit et la presse de partout, jusqu'à ce que Vitaline, possédée par l'envie de se laisser lutiner jusqu'à la pâmoison, finisse par le repousser en soufflant :

— Arrête... arrête ou bien je vais... perdre la tête...

La respiration pesante, Vincent obéit sur-le-champ, reculant d'un pas tout en la mirant avec une convoitise qu'il ne peut dissimuler. Quelques instants s'égrènent pendant lesquels chacun reprend ses esprits. Vitaline murmure :

— Comment on va faire ?

Après un temps, il répond sourdement :

— On verra. Tu sens comme moi ? On se trouve à une croisée de chemins. Pas juste toi pis moi, mais le village et même le pays...

Ne se retenant plus, Vitaline s'élance et se laisse enlacer par lui. Elle souffle :

— Je t'aime pour vrai. J'aime comment tu... comment tu vis. J'aime te voir vivre, pis j'aimerais... rester avec toi. Y a rien au monde que j'aimerais plus que de rester avec toi.

— Et moi donc... Je bénis la bataille qui m'a permis de me rapprocher de toi.

— J'irais pas jusque-là. J'aurais trouvé moyen autrement pour te convertir à ma cause...

Elle se tait, car les mains de Vincent ont recommencé à être baladeuses. Bientôt, le jeune homme ne peut s'empêcher de l'embrasser fougueusement et Vitaline succombe, les sens tourneboulés. Jamais n'a-t-elle autant désiré l'amalgame charnel, jamais n'a-t-elle senti un tel besoin d'exprimer tout l'amour qu'elle a pour lui et qui s'échappe par tous les pores de sa peau... Avec un gémissement contenu, Vincent s'écarte d'elle et s'éloigne à larges enjambées jusqu'à l'autre extrémité de la pièce, où il lui tourne le dos pour reprendre contenance. Vitaline fixe un rai de lumière qui tombe sur un document poussiéreux posé sur la table.

Enfin, elle referme les pans de sa bougrine, puis elle se penche pour ramasser son capot de fourrure qui traîne à terre, de même que ses mitaines. Lorsqu'elle se redresse, Vincent est revenu vers elle, se tenant cependant à une distance prudente, et il lui adresse une moue à la fois piteuse et enjouée. Elle lui répond par un sourire fendu jusqu'aux oreilles.

— Astheure, je décanille. À cause de toi, faut que je passe chez mon père avant de rentrer.

— File alors. Grouille-toi. Raccourcis le supplice.

Il est diablement sérieux, détournant la tête pour ne pas la voir s'en aller, et Vitaline obtempère d'autant plus prestement qu'elle a l'impression de s'arracher à une partie d'elle-même. Chavirée, elle erre dans le bourg, ce qui lui permet de constater que l'immense majorité des habitants du village ferme maison pour aller s'installer temporairement en périphérie. Enfin, sur la propriété de son enfance, elle tombe sur sa sœur qui, du coup, se met à fulminer contre la résistance des patriotes radicaux et ses conséquences catastrophiques sur le village. Un courroux si insupportable à Vitaline que celle-ci manque de s'enfuir à toutes jambes !

Heureusement, ses jeunes neveux accourent à sa rencontre, ce qui l'éloigne de l'aigreur de Perrine. Elle passe quelque temps à jouer avec Cyprien et son petit frère, puis elle prend quelques minutes pour échanger avec son beau-frère Aubain qui finalise les préparatifs du débagagement de sa famille chez ses parents, agriculteurs des concessions. Uldaire a déjà suivi son épouse chez une des cousines de cette dernière, vers Saint-Jude. Quant à Rémy, il s'épivarde dans le bourg du matin au soir, conclut Aubain avec mauvaise humeur, et c'est à lui qu'incombera la tâche de voir aux quelques animaux et à la maison pendant leur absence à tous. Là-dessus, Vitaline prend la poudre d'escampette vers le rang de l'Amyot, trop heureuse d'échapper au climat qui plombe le village de son enfance.

Une marche après l'autre, Gilbert descend l'escalier qui mène au rez-de-chaussée tandis qu'Ériole le mire anxieusement. Il aurait préféré languir encore une journée ou deux sur sa couche, mais la fureur publique, en ce 24 novembre, commande qu'il se tienne au plus près de ses chères parentes. Il est impératif de se tenir groupé, alors que la cité entière se transmue à vue d'œil en un camp retranché bureaucrate, grouillant de combattants parés à en découdre avec l'ennemi réformiste !

C'est un jeunet de la classe de Gilbert qui tient la maisonnée informée au fil des heures. Pendant la nuit, les deux officiers en loi qui accompagnaient l'expédition du colonel Gore vers Saint-Denis ont fait irruption à Montréal. Ils ont couru réveiller Colborne pour le prévenir que les Canadiens de la rivière Chambly venaient de commencer la révolution, que la république serait proclamée le 4 décembre lors d'une Convention des Six Comtés et qu'en conséquence, les autorités constituées devaient leur déclarer la guerre !

Comme il n'existe plus l'ombre d'une gazette réformiste à Montréal depuis le saccage du *Vindicator* et la fuite, une semaine plus tôt, du rédacteur-imprimeur de *La Minerve*, on s'arrache les journaux à la solde des autorités. *Le Populaire* imprimé tout à l'heure l'a écrit noir sur blanc : un assaut aurait eu lieu sur des maisons de Saint-Denis et les troupes auraient capturé un grand nombre d'insurgés ; il y aurait 93 tués parmi les habitants et presque autant de blessés.

Le rédacteur de la gazette en profite pour distiller sa dose coutumière de venin. Louis-Joseph Papineau, encore une fois, aurait été d'une lâcheté innommable. Le Dr Nelson lui aurait dit qu'ayant conduit le peuple jusqu'à ce point, il devait se mettre à leur tête et *n'en sortir que mort ou vainqueur. Voyant que son homme chancelait, il lui mit l'épée sur le corps et menaça de le tuer. Papineau pleura comme un enfant et vit que l'heure était arrivée où il fallait rendre compte de tous ses crimes.* C'était saugrenu à faire pleurer. Nul ne peut se vanter de tenir le récit d'un témoin oculaire!

La résistance du Dr Nelson paraît incroyable. Si c'était là le plus récent truc d'une coterie de *Britons* belliqueux qui profitent du climat de peur pour frapper à coups redoublés sur les patriotes et leur cause? Gilbert ne peut se résoudre à croire que Colborne et ses principaux officiers sont à ce point imperméables à la réalité palpable et prouvable. Loin d'être dupes, ces derniers agissent comme des collaborateurs complaisants au coup d'État qui se prépare depuis l'an passé contre la chambre basse du parlement. Les *Britons* fanatiques ne sont que trop contents d'effectuer cette Conquête qui, trois quarts de siècle plus tôt, a été trop tendre pour les enfants du sol!

Chose certaine, le commandant des forces armées envoie par navires des renforts à Sorel, greyés de deux canons. Pendant ce temps, puisque les habits rouges se trouvent près de la rivière Chambly, les fanatiques de Montréal se lancent dans un branle-bas défensif comme s'ils redoutaient une attaque depuis les comtés du nord. Des travaux de fortification aux entrées de la vieille ville sont entrepris: rues principales garnies de lourdes portes percées de meurtrières, rues secondaires barricadées et surveillées par des factionnaires. Tout cela pour se mettre à l'abri d'une hypothétique Armée du Nord de plus de 3000 patriotes armés jusqu'aux dents!

La mise en terre des trépassés de Saint-Denis, au nombre de six, est d'une indicible tristesse aux yeux de Vitaline. Non seulement à cause du chagrin des proches, mais parce que le curé Demers obéit au mot d'ordre de l'évêque Lartigue dans son mandement du 24 octobre: ceux qui meurent en combattant contre sa Majesté la Reine sont excommuniés. N'ayant pas droit au cérémonial, ces derniers sont portés directement au cimetière. Une cruauté dont le curé aura à rendre des comptes! Pour faire contrepoids, même les moins dévotieux psalmodient de ferventes prières pour recommander au Créateur l'âme de leurs concitoyens.

Vitaline ne jette qu'un furtif coup d'œil au bon docteur Nelson, emmuré dans son chagrin, et à ses plus fidèles alliés dont certains ne peuvent retenir leurs sanglots. À Saint-Antoine, quatre patriotes sont actuellement inhumés ; parmi eux se trouve le député Charles-Ovide Perrault. Incapable d'en supporter davantage, Vitaline sort du cimetière et attache son regard à la rivière Chambly dont les rives sont figées par une mince couche de glace. Comme elle l'escomptait, Vincent vient la rejoindre. Elle l'avait vu plus tôt, parmi la foule... Il se plante à quelques pas tandis qu'elle tourne la tête vers lui. Ils entremêlent leurs regards et elle dit à mi-voix :

— J'espère que t'as quelqu'un... pour te consoler...
— Toi, en pensée.

Elle rompt le contact, car elle a trop envie de se précipiter dans ses bras, et tous deux restent en silence, les yeux vers l'immensité de la plaine qui se trouve de l'autre côté du cours d'eau. Hâtivement, ils se fixent un second rendez-vous pour tout à l'heure, pendant l'après-dînée du 25 novembre, puis se séparent après une œillade furtive. Accablée par la chape de deuil qui recouvre son village, Vitaline retourne avec les dames Montplaisir vers le rang de l'Amyot pour le repas de midi, mais elle est incapable d'avaler une seule bouchée.

Peu après, la jeune femme retrace ses pas vers le bourg, empruntant cette fois-ci la rue Yamaska, ce qui rallonge légèrement son parcours mais facilite la marche. À la maison du Dr Nelson, qui garnit un des coins du chemin du Bord de l'eau, l'activité est si intense que Vitaline pile net en fronçant les sourcils. Des hommes entrent ou sortent, logent des appels sonores ou se fendent d'exclamations, et tous portent un fusil... De plus en plus inquiète, Vitaline se met à courir vers la place du Marché, à quelques encablures de là.

Elle ralentit bientôt sa course, car la place est parsemée dans ses abords de groupes épars d'habitants dont l'attention est rivée sur un attroupement qui se tient en son centre. Le sang de Vitaline se glace dans ses veines : plus d'une centaine de combattants sont réunis dans le but d'aller en découdre avec l'ennemi. Des slogans s'élèvent d'un côté, des refrains guerriers de l'autre... Vitaline s'informe auprès d'une dame âgée, qui lui apprend que l'armée est en marche vers Saint-Charles.

Sceptique, car les fausses alertes ont été fréquentes, autant avant qu'après le combat dans le bourg, Vitaline la délaisse pour se mettre en quête de figure connues. Dans le groupe de combattants, elle repère successivement Vincent et Rémy, qui ne l'aperçoivent pas, puis Norbert qui trotte vers elle, trop heureux de savoir qu'elle pourra rassurer sa mère et sa sœur sur son sort. Après une accolade fraternelle, Vitaline s'enquiert :

— C'est vrai ? Le combat est engagé ?

Selon son interlocuteur qui en semble encore éberlué, le responsable du camp de Saint-Charles, Thomas Storrow Brown, vient de surgir à bride abattue pour informer le Dr Nelson que l'endroit était cerné par les habits rouges. Le commandant Wetherall avait lancé sa brigade à l'assaut ! En aval du camp, il avait fait bouter le feu à deux granges pleines d'animaux dont bon nombre ont brûlé vifs... Norbert s'énerve : dire que hier seulement, le bon docteur a envoyé un express pour offrir des renforts que Brown a refusés sous prétexte que les troupes en bivouac à Saint-Hilaire semblaient rebrousser chemin vers le fort Chambly !

Tenaillée par la crainte que la compagnie de capots gris s'ébranle incontinent, Vitaline adresse à Norbert un sourire qu'elle souhaite le plus confiant possible, puis elle se dirige résolument vers Rémy. Lorsqu'elle parvient à proximité de son frère, elle voit du coin de l'œil que Vincent a imité son mouvement. Même si tout son être se tend vers lui, elle fait mine de n'en avoir que pour Rémy qu'elle embrasse avec fougue. Au même instant, un tel branle-bas se produit parmi la troupe que son frère cadet n'a que le temps de lui rendre sa salutation, avant de la délaisser pour obéir aux ordres aboyés par les capitaines de milice.

Emboîtant le pas à Rémy, Vincent frôle Vitaline en étreignant furtivement sa main au passage. Clouée sur place, cette dernière voit qu'au moins 150 braves, placés en une colonne, se mettent en route au pas redoublé, s'encourageant de chansons guerrières. Pas question de traînasser pour franchir les huit milles qui les séparent de Saint-Charles ! Soudain, un homme haletant fait irruption, la tête enveloppée de bandages, et des vivats l'accueillent. Blessé au combat deux jours plus tôt, il tient à être de l'expédition ! Il lève son fusil en guise de remerciement, puis il part rejoindre l'équipée qui s'éloigne avec, à sa traîne, un attelage contenant trois canons, dont celui qui a été pris avant-hier à l'armée en déroute.

Plantée debout, Vitaline lutte contre une panique envahissante. Il est trop ardu de vivre par le temps qui court, elle voudrait tant retourner à des temps plus heureux, à l'époque de l'insouciance ! Elle plonge, comme le bourg et ses habitants, dans une attente éprouvante. Au moment où le soleil baisse sur l'horizon, les combattants commencent à refluer. Pétrifiée, Vitaline apprend de Norbert que la troupe de Saint-Denis a rencontré, un mille en amont, un groupe de miliciens de Saint-Charles qui venaient chercher refuge chez eux. Tout était perdu ! Dans leur camp si mal fortifié, les 200 combattants n'ont pu parer à l'offensive des habits rouges et des *volunteers* enragés. Ils n'ont même pas eu le temps de retraiter vers l'église et le presbytère, seuls bâtisses suffisamment solides pour résister aux boulets !

Coupant court à sa relation, Norbert agrippe le bras de Vitaline d'une poigne de fer.

— La voie leur est grande ouverte jusqu'icitte. Faut déguerpir.

Vitaline renâcle dans l'espoir d'entrapercevoir Vincent, mais son beau-frère est intraitable et elle s'empresse vers son refuge de l'Amyot, la mort dans l'âme, pour répandre l'horrifique nouvelle parmi les membres de la maisonnée. Soudain, Normande remarque que la lueur solaire s'éternise même si la nuit devrait être tombée depuis une escousse, et pousse un cri aigu : il ne s'agit pas du couchant, mais de la lueur de l'incendie qui fait rage dans la paroisse voisine ! Avec les autres, Vitaline se précipite à l'extérieur. Plusieurs champignons de noire boucane, auréolés d'une lumière de fin du monde, montent vers la voûte étoilée. Vitaline réprime un haut-le-cœur. Elle ferme les oreilles à Normande qui sanglote, à dame Eugénie qui se lamente, à leur hôtesse qui mâchonne des patenôtres...

De longues et éprouvantes heures plus tard, Norbert survient pour quelques heures de repos. Harassé, il annonce qu'une véritable terreur s'abat sur la paroisse voisine. L'entièreté du camp retranché, à l'exception de la demeure du seigneur renégat, n'est plus qu'un monceau de ruines. Saint-Denis bénéficie d'un sursis, car les troupes de Sa Majesté profitent d'un village désert pour faire ripaille. Ce qui est une bien mince consolation... Plongés dans les affres du souci, tous restent sur le qui-vive pendant la nuit entière.

Au matin du dimanche 26 novembre, Normande et Vitaline déclarent à Norbert qu'elles retournent au village avec lui, quoiqu'il en dise. Logiquement, le bourg va être attaqué par les vainqueurs de Saint-Charles, car les autorités militaires veulent assurer leur emprise avant la prise des glaces, au risque de voir les patriotes se rameuter et prendre possession des garnisons. Le village grouille de vie et les jeunes femmes se mettent à l'ouvrage avec entrain. Rien de mieux comme dérivatif à l'anxiété paralysante que d'ériger des barricades de fortune, creuser des retranchements, couler des balles ou façonner des cartouches.

Et que le diable emporte le curé qui les prive des consolations de la religion! Quelle engeance que ces prêtres qui se transmuent en brandon de discorde... Les commérages vont bon train au sujet de messire Demers. Hier, pendant que les renforts s'ébranlaient vers Saint-Charles, un groupe formé des proches des trépassés et des dévotieux de la paroisse assiégeait le curé. Les gens voulaient à tout prix une cérémonie digne de ce nom! Le curé s'est défilé. Il a fait enterrer les vases sacrés et un coffret contenant quelques deniers de la fabrique, puis il a déguerpi à la 3e concession. Il a prétendu accompagner les religieuses du couvent qui s'y rendaient après avoir mis leurs pensionnaires en sûreté à Saint-Antoine, mais en vérité, il a fui pour échapper aux récriminations de ses paroissiens floués.

Peu avant le mitan du jour, Vitaline apprend que Vincent fait le factionnaire plus haut sur le chemin en direction de Saint-Charles, et elle profite de la pause repas pour aller à sa rencontre. Il n'est pas seul; un autre homme, accroupi, prépare un feu ouvert. Transi par l'immobilité, Vincent s'y tient au plus près, se tournant d'un côté et de l'autre pour se réchauffer sous toutes ses coutures. Vitaline les hèle gaiement:

— Bien le bonjour, messieurs!

Vincent répond plaisamment:

— Bon matin, Vitaline. Quel bon vent t'amène?

— On m'a demandé de t'apporter à manger. Alors, je viens partager mon pique-nique avec toi.

Vincent réagit par un sourire lumineux, puis se tourne vers son acolyte qui n'a pas levé les yeux.

— Je te présente mon ami Boucher-Belleville. Un réfugié du camp de Saint-Charles. Je l'héberge.

Vitaline adresse une salutation au ci-devant rédacteur de *L'Écho du pays*. Après un regard quasi halluciné en direction de la survenante, l'interpellé grommelle quelque chose d'inaudible. Vincent dit de manière à être entendu de lui :

— Jean-Philippe est plus civilisé ordinairement.

— Pas de soin. Je comprends. C'est le choc...

Tournant la tête vers elle, Boucher-Belleville la considère un moment, puis il dit :

— Ça tourne dans ma tête. La troupe savait parfaitement que nous étions en petit nombre. Elle aurait pas attaqué autrement. Y a toujours eu des espions. Des hommes avides... J'arrête pas de me dire... qu'on aurait dû destituer Brown bien avant. On voyait bien qu'y divaguait en quelque sorte... Je veux dire, c'est pas un flasque, j'ai eu l'occasion de m'assurer de son courage, mais là...

Quittant sa position accroupie, Boucher-Belleville se dresse d'un seul mouvement, et reprend sans quitter le bûcher des yeux :

— Une journée de grâce, pis y aurait pas eu de défaite. Brown aurait été gardé à vue, Marchesseault aurait été appointé à sa place, pis tout aurait été réorganisé.

Vincent coupe court :

— On mange ? J'ai l'estomac dans les talons, moi !

Tout en nourrissant l'attisée, son ami fait un geste de dénégation. Quelques instants plus tard, une belle flambe crépite. Boucher-Belleville s'en retourne au bourg après avoir grommelé une salutation. Vincent le suit longuement des yeux, et dans son regard, Vitaline décèle un mélange de désarroi et de souffrance. Sans mot dire, elle lui tend sa frugale pitance emballée dans un morceau de tissu. Vincent s'assoit sur un muret de pierres sèches et se met à dévorer. Dès qu'il est un brin rassasié, Vitaline ose une question :

— C'est quoi, l'affaire de Mr Brown ?

Pour sa réponse, le jeune homme remonte à l'épisode des violences du Doric Club de Montréal contre les Fils de la Liberté, le 6 novembre. Ce jour-là, les furibonds ont ciblé les principaux organisateurs du groupement, et en particulier Thomas Storrow Brown qui s'était illustré lors des fameux exercices militaires sur la Côte à Baron, lesquels avaient tant irrité les ennemis du pays. Frappé à la tête, Brown y a perdu la vue d'un œil, et s'est alité jusqu'à son départ en catastrophe à la nouvelle de l'émission de mandats d'arrestation pour haute trahison. Le commandement du camp de Saint-Charles est revenu à un convalescent sujet à des attaques de fièvre cérébrale!

Avec ses camarades Alphonse Gauvin et Rodolphe DesRivières eux aussi pourchassés, Brown a investi la maison désertée du seigneur Debartzch. Vincent poursuit, les yeux au loin:

— Je suis allé les visiter dès que j'ai su. Je les connais un brin... Y tâchaient de le cacher, mais y étaient paniqués. Y se voyaient pendus haut et court, puis ensuite, leur poitrine ouverte pour en arracher le cœur...

Révulsée, Vitaline s'écrie:

— La poitrine ouverte... Tu déparles?

Secouant vivement la tête, Vincent rétorque avec une hargne mal endiguée:

— Tu savais pas? C'est le châtiment coutumier. On exhibe le cœur des fourbes.

Jusque-là assise aux côtés du jeune homme, Vitaline se relève d'un coup et s'éloigne d'un pas. Après un temps, elle sent une main nue s'insinuer dans la sienne et caresser ses doigts. Il murmure:

— S'cuse-moi. Je voulais pas ajouter à tes tourments.

Après une inspiration pour se calmer, elle se tourne vers lui avec l'ombre d'un sourire, puis elle se rassoit posément. Vincent termine son repas en quelques bouchées et avale une rasade, puis il reprend:

— Tout ça pour dire que la panique est mauvaise conseillère. Peut-être que j'aurais faitte pire à leur place, mais... le manoir du seigneur, c'était l'endroit rêvé pour faire ripaille pis se donner du bon temps, mais pas pour s'abriter contre une attaque en règle.

— Pour le sûr, y pouvaient espérer la clémence des autorités. Non point un assaut barbare de même, qui fera honte à la mère patrie jusqu'à la fin des temps!

— Tu parles drette. T'es au courant des péripéties?

Vitaline ayant secoué la tête, Vincent saute sur l'occasion pour combler le savoir déficient de son amie. Bon nombre de points sont obscurs, mais il est certifié que le commandant Wetherall, depuis Saint-Hilaire, a envoyé un courrier à Chambly pour que les troupes qui s'y cantonnaient viennent à la rescousse de son corps expéditionnaire. Ces renforts ont descendu la rivière en chalands, et sitôt après leur arrivée chez le seigneur Rouville, la troupe entière s'est mise en route, progressant sans être aucunement inquiétée par les patriotes, comme toujours.

Les officiers britanniques se vanteront de leur exploit, dit Vincent avec une amertume teintée de désespoir, mais en réalité, le camp et ses occupants leur ont été livrés pieds et poings liés. Wetherall fera valoir que pour éviter une effusion de sang, il a envoyé une sommation à Brown pour exiger qu'on lui livre les hommes sur lesquels pesaient des mandats d'arrestation. Or, comme messager, il a choisi un Canadien qu'il venait de faire prisonnier... Ahurie, Vitaline fait confirmer le fait confondant à Vincent. Renvoyer un captif parmi ses semblables, c'est prendre le risque qu'il ne revienne jamais!

En clair, le commandant s'est assuré d'avance de l'échec de la démarche. Il n'a même pas laissé un temps suffisant au messager pour revenir à lui, si d'aventure il en avait eu le courage. Dès qu'il a fait donner l'assaut, la défaite était assurée. Des retranchements peu profonds, une barricade de quatre pieds de haut et l'ancien manoir seigneurial jusque-là converti en étable étaient les seuls obstacles qui s'opposaient à l'offensive de près d'un demi-millier de soldats. Les patriotes n'avaient ni lance ni aucune arme de la sorte pour se défendre contre les baïonnettes...

Vincent décrit une campagne répressive impitoyable. Des magasins ont été allègrement pillés. Plusieurs maisons éloignées du camp ont été victimes des flammes, y compris celle de Siméon Marchesseault dont Debartzch avait fait son ennemi personnel. La destruction était planifiée d'avance. Les boutefeux possédaient des listes écrites... Brusquement, Vincent lance une question:

— Quelques blessés seulement à la bataille, mais plus d'une trentaine de morts au dernier rapport, t'en dis quoi?

— Impossible, rétorque Vitaline tout de go. Y a toujours plus de blessés que de trépassés.

— Hier, le curé de Saint-Charles est allé visiter les prisonniers au presbytère. Une paire de blessés seulement parmi les deux douzaines. Parmi les réfugiés venus icitte, très peu de blessés, comme t'as ouï-dire.

Vincent finit par lâcher le morceau, et Vitaline est glacée d'effroi comme jamais encore. Lors de l'assaut final, les combattants qui se trouvaient dans le camp de Saint-Charles ont été massacrés à coups de crosses et de baïonnettes. Un carnage uniquement dû à la cruauté d'un militaire nommé John Colborne en faveur de qui le gouverneur s'est dépossédé du pouvoir exécutif!

— J'ai peur, Vitaline. Peur d'un sauve-qui-peut généralisé. Notre seule véritable force, c'est le nombre.

Elle brûle d'envie de le distraire de son tourment, et saute sur la première diversion qui lui vient à l'esprit :

— Je te dévorerais tout cru. Oui, toi! Mais comme on pourrait nous voir, va falloir que tu te contentes de l'imaginer.

Vincent reste désespérément sérieux et elle murmure avec une moue désolée :

— Faut que je file. Je suis censée rejoindre Normande pis les autres. Tu vois la maison là-bas? On creuse juste devant. Sauf que le sol est à moitié gelé, fait que c'est ardu. J'ai beau déployer toute ma force, ça mord pas!

Il esquisse un sourire pour lui faire plaisir, puis il dit en guise d'adieu :

— À soir, on peut escompter une attaque. Éloigne-toi à l'autre boutte du monde.

Le cœur pris dans un étau d'angoisse, elle s'éloigne sans un regard en arrière. Tout peut basculer et elle pourrait ne pas revoir Vincent de sitôt... Vitaline plisse les yeux pour mieux discerner une silhouette familière qui se trouve en compagnie de sa belle-sœur. Florentin! D'abord soulagée de savoir son mari revenu sain et sauf, elle se crispe ensuite. Elle n'a aucune envie de s'épancher! Elle réussit à l'éviter jusqu'en milieu d'après-dînée, alors que Normande vient la quérir pour aller donner un coup de main aux marins qui doivent vider leur barque à voile et la mettre en sûreté avant la nuit tombée.

Très affairés, Florentin et son père la saluent à peine. L'ouvrage est incessant jusqu'à ce que tous les cinq se mettent en route pour le rang de l'Amyot, entre chien et loup. Tenant par la bride le cheval attelé à la charrette, Normande lui impose un rythme soutenu. Le capitaine et son épouse marchent côte à côte, échangeant des phrases épisodiques. Se mettant à la hauteur de Vitaline, Florentin veut l'interroger, mais elle le bat de vitesse en s'enquérant de lui. Ils ont été perclus d'inquiétude dès qu'ils ont su la descente du corps expéditionnaire sur le village, répond-il, et une fois leur livraison effectuée à Nicolet, ils ont rappliqué autant vite que leur permettait le vent. Heureusement, le temps est au beau depuis trois jours...

Florentin ronchonne devant les suites imprévisibles du mouvement spontané de résistance, mais du même souffle, il conçoit que les patriotes de la rivière Chambly ne pouvaient laisser les autorités jeter au cachot des hommes dont le seul crime était d'avoir parlé en leurs noms à tous. La passivité aurait été d'une couardise innommable. Et comme les autorités ont donné la preuve par mille qu'elles veulent remplacer la démocratie par le despotisme militaire, le choix était clair...

— Et toi, enchaîne-t-il, p... p... pas trop secouée ? J'ai d... doutance que t'as le pesant...

Vitaline est incapable de répondre, car sa gorge est outrageusement serrée. Le pesant, c'est peu dire... Soudain, elle n'a qu'une envie, celle de s'accoter contre son mari et de s'épancher. Son chagrin ne le déracinera pas... Elle tâtonne et trouve sa main qu'elle étreint. Un irrépressible sanglot soulève sa poitrine. Florentin la saisit par l'épaule et la tient contre son flanc tandis que son épouse braille, des larmes chaudes traçant des sillons sur ses joues glacées.

49

Gilbert a l'impression d'être rejeté sur la grève après avoir été malmené par une tempête. Il a le cœur meurtri et le corps rompu, et ce n'est pas un vestige de la bastonnade. Une embellie inespérée vient de se recouvrir de nuages plombés! Colborne et ses principaux conseillers étaient en train de coucher hâtivement sur papier des conditions de paix à être proposées aux hommes poursuivis par les autorités. Si lesdites conditions avaient été refusées, ce qui était très peu probable, le commandant des forces craignait tant pour sa sûreté qu'il aurait entraîné la soldatesque à se replier à l'intérieur de la citadelle de Québec, puisqu'il était encore possible de le faire vitement par transport maritime.

Hélas! En un tournemain, la situation vient de se retourner à l'avantage de sir John. Wetherall, l'officier en charge du corps expéditionnaire en bivouac à Saint-Hilaire, n'a pas obéi à l'ordre de se replier à la suite de la défaite de Saint-Denis. Ayant appris que ses hommes pouvaient ne faire qu'une bouchée du camp prétendument fortifié du village Papineau, l'officier a plutôt poussé ses hommes vers l'avant. Selon *Le Populaire*, les insurgés combattaient contre la justice divine et Saint-Charles sera consigné dans l'histoire *comme un monument de la perfidie de quelques hommes et de la vengeance des lois.*

Gilbert tremble pour ses amis Rodolphe et Alphonse comme il avait tremblé pour ses proches de Saint-Denis, et il envoie une interminable supplication vers le ciel afin que les combattants en déroute aient le temps de prendre le large. Ensuite, il se barde devant l'assaut prévisible, depuis Saint-Charles, sur son village natal. Une armée ayant prétendument dispersé des milliers d'insurgés est certainement capable de prendre Saint-Denis, surtout depuis le côté opposé à la maison Saint-Germain et à la distillerie Nelson!

Depuis que la nouvelle de la prise de Saint-Charles est parvenue dans la cité, des bruits effrayants circulent. Saint-Denis et Saint-Ours réduits en cendres... Une épaisse boucane noire, aperçue depuis les contreforts de la montagne, a failli plonger Gilbert et ses parentes dans le désespoir, mais peu après, il a été confirmé qu'il s'agissait de la magnifique demeure du député Joseph-Toussaint Drolet, à Saint-Marc. Encore un autre, cruellement puni à cause de la force de ses convictions! Gilbert passe un temps infini à faire ressurgir dans sa mémoire les contours de la maison telle qu'elle était lors de la fête champêtre chez le seigneur Debartzch, à l'été 1835. Il l'avait longuement contemplée, fièrement sise de l'autre côté de la rivière...

Entretemps, les magistrats de Montréal mènent une charge rageuse contre les libertés civiles. Ce jourd'hui 27 novembre, ils adoptent en quasi unanimité une requête au gouverneur afin d'imposer la loi martiale dans le district de Montréal. Se cantonnant dans un détachement indispensable pour sa santé mentale, Gilbert comprend néanmoins, dans un éclair de lucidité, que c'était le but ultime du monument de tromperie. Car une loi martiale retire le pouvoir des mains du gouverneur Gosford pour le remettre au commandant militaire John Colborne... Le despotisme, appréhendé depuis la Rue du Sang, n'était pas une lubie. Jour après jour, depuis l'état-major de Montréal, le régime déploie sa chape de terreur sur la colonie.

LA NUIT S'EST PASSÉE DANS UN CALME exemplaire à Saint-Denis, car les troupes s'en donnaient à cœur joie à Saint-Charles. Le 28 novembre en milieu d'avant-midi, Norbert et Florentin décident d'aller aux nouvelles et Vitaline insiste pour les accompagner. Lorsqu'ils veulent s'y opposer, elle éclate:

— À quoi vous pensez, vous autres les hommes, à faire la guerre pendant qu'on reste en arrière à se ronger les sangs? Vous pensez que c'est aisé? Qu'on tricote benoîtement en attendant votre retour? C'est l'enfer, beurrée de sirop! Une autre sorte d'enfer peut-être que celui que vous vivez, mais l'enfer quand même! L'attente pis l'incertitude, c'est comme... comme une prison!

Médusés par l'éclat, les hommes abdiquent et tous trois se mettent en route. Au bourg, une étrange atmosphère les saisit. Un calme inusité... À la maison du Dr Nelson, il n'y a pas âme qui vive et Norbert blêmit à vue d'œil. Le marasme apparent est fièrement plus inquiétant qu'un branle-bas de combat! Un cri retentit, celui d'un homme qui hèle le trio depuis la place du Marché. Hors d'haleine, il communique un fait ahurissant: le Dr Nelson a pris le parti d'aller rejoindre son épouse et ses enfants dans l'arrière-pays, y emmenant les plus compromis des exilés de Saint-Charles, car plusieurs de ses fidèles alliés ont préféré mettre bas les armes.

Leur interlocuteur leur indique l'auberge Mâsse, puis déguerpit sans demander son reste. Les jeunes gens pénètrent dans un établissement bondé où les hommes, séparés en deux camps bien tranchés, s'interpellent avec une épeurante âpreté. D'un côté, il y a ceux qui souhaitent poursuivre la résistance; dans l'autre camp se trouvent plusieurs marchands, dont Louis Guérout et Joseph Thibaudeau, ainsi que des maîtres-artisans de renom. Y compris son père, note Vitaline avec horreur, de même qu'Aubain, mari de sa sœur Perrine...

Le plus virulent de leur porte-parole est Guérout, qui s'époumone en élevant au-dessus de sa tête ce qu'il désigne comme une lettre officielle du quartier général militaire aux commandants des garnisons du district. La dépêche du secrétaire de sir John Colborne est explicite, gueule Guérout d'une voix criarde. Les troupes ont été envoyées pour assurer la protection des loyaux habitants et si les habitants rentrent dans leurs foyers, ils seront protégés dans la pleine jouissance de leur domicile et de leurs biens. Par contre, tout homme offrant résistance à la due exécution des lois sera traité avec la dernière rigueur!

— L'exécution de quelle loi?

C'est David Bourdages, l'un de ceux qui se sont illustrés lors de la bataille, qui s'est écrié ainsi. Mû par une fureur sans nom, il poursuit sur sa lancée:

— La loi inique qui autorise des juges de paix à émettre des mandats d'arrestation juste pour le plaisir de châtier leurs ennemis personnels, châtier ceux qui les empêchent de régner en despotes dans leurs royaumes!

Guérout veut le faire taire, mais ceux qui entourent l'arpenteur Bourdages, de jeunes membres des professions libérales, le sifflent avec mépris. L'un d'entre eux, le notaire Henri Laparre, vocifère à son tour :

— Vous y croyez, m'sieur Guérout, à la clémence des autorités ? Après ce qu'y s'est passé à Saint-Charles, pis après le chapelet de provocations qu'on nous a fait endurer depuis le commencement du mois ? Moi, pas une miette. Vous voyez pas que c'est une machination vicieuse ? Rien à voir avec d'éventuels changements constitutionnels, mais tout à voir avec un désir irrépressible d'écrapoutir un peuple trop fier !

Un maître-potier nommé Courtemanche vient à la rescousse du marchand Guérout. Pour justifier l'arrêt immédiat des hostilités, il raconte à la cantonade que, sa maison ayant été investie par les troupes de Sa Majesté lors du combat, nombre d'effets ont disparu. Sa mère, qui est présente, en fait une liste autant longue qu'étrivante : son châle de laine mérino, plusieurs paires de bas, une pile de mouchoirs de coton et même une paire de culottes d'étoffe du pays... Courtemanche ajoute que sa vaisselle de terre a été mise en pièces. L'équivalent de deux fournées et demi de pots de chambre, terrines et grands plats !

Balayant la salle du regard, Vitaline tombe sur Vincent, accoté aux carreaux d'une fenêtre. Il la couvait des yeux. Attirée comme par un aimant, elle avance jusqu'à lui. Voyant qu'il tient un feuillet, elle tend la main et Vincent obéit sans se retenir d'effleurer la pulpe de ses doigts au passage. Tandis que Vitaline défroisse le document, son vis-à-vis explique d'une voix cassée :

— Le second texte officiel répandu à profusion dans les campagnes. Une Proclamation signée par les plus conciliants des magistrats du district de Montréal. Viger-au-grand-nez est en tête de liste. C'est retors comme... comme un calotin qui prêche la passivité devant l'injustice.

Vincent se tait, accablé, et Vitaline se met à déchiffrer le texte intitulé Aux habitants du district de Montréal. Les magistrats, qui se disent les *conservateurs de la paix de Sa Majesté notre Gracieuse Souveraine*, censurent une lutte *aussi parricide qu'inégale*. Vitaline ferme les yeux un court moment, combattant un accès de détresse. Ce sont eux, les corrompus s'étant illustrés par leur appui palpable au régime, qui ont trahi leurs frères et leurs sœurs ! Elle lève la tête vers Vincent, et l'œillade fervente que tous deux échangent lui insuffle le courage de continuer.

Les magistrats, tous d'ascendance française, demandent aux insurgés de mettre fin incontinent à la résistance et de se cantonner dans la sécurité de leurs foyers où ils pourront dormir tranquilles. Aux yeux des représentants de l'autorité, les habitants ont été les victimes d'*hommes perfides* qui les ont poussés à tirer sur des officiers de justice, le 17 novembre à Longueuil, afin de libérer des prisonniers pourtant légalement arrêtés. Seuls ces perfides méritent *la plus sévère punition*, car ils sont responsables d'actes indignes de ceux qui professent le respect de la paix publique et des lois.

Vitaline lutte contre les larmes qui s'accumulent derrière ses yeux. Encore le blâme qui rejaillit tout entier sur le dos de Papineau, du bon docteur Nelson et de la confrérie des Réformistes. Alors que ces hommes sont pourchassés par les autorités avec une férocité qui confine au sadisme! Elle réussit à lire encore quelques bribes du document. *Si nos voix étaient méconnues, si la raison tardait à se faire entendre, il est encore de notre devoir de vous avertir que la force militaire ou les autorités civiles ne seraient point outragées impunément et que la vengeance des lois serait aussi prompte que terrible. Les agresseurs deviendraient les victimes de leur témérité et ils ne devraient plus les malheurs qui fondraient sur leurs têtes qu'à leur propre entêtement.*

Dévastée, la jeune femme est incapable de résister à la peine démesurée qui l'encombre, et une larme tombe sur le document. Comment les miliciens de Saint-Denis pourraient-ils tenir debout malgré le joug dont on les accable? Et comment le bon docteur, de même que les victimes de Saint-Charles qui se sont joints à lui, pourraient-ils leur imposer l'obligation d'assurer leur protection? Vincent amorce un geste pour venir au secours de Vitaline, mais ce sont les mains de Florentin qui enserrent les épaules de cette dernière.

Impérieux, son mari retire le parchemin d'entre ses doigts tout en interrogeant le jeune arpenteur du regard. Ce dernier, la voix rauque d'affliction, résume la teneur du document, puis affirme que la prétendue magnanimité envers les habitants est irréconciliable avec la violence militaire depuis le combat de Saint-Denis.

— Ferme-toi la trappe!

Florentin a gueulé. Vincent reste pantois, tandis que son vis-à-vis, butant à peine sur les syllabes, se met à le sermonner avec une rare virulence. C'est à cause de faquins tels que lui, des étrangers à la paroisse, qu'une résistance opiniâtre s'est déployée! Le sang de Vitaline ne fait qu'un tour et elle s'exclame à l'adresse de son mari :

— Je t'interdis! T'étais pas là, fait que t'as pas un sacré mot à dire! T'as pas vu, toi, comment ça s'est déroulé pis comment les autorités, elles ont fait exprès pour qu'on en vienne là!

À son tour, Florentin en perd l'usage de la parole. Afin d'étayer son point de vue, Vincent se lance dans une relation fiévreuse. Hier au soir, le curé et le vicaire de Saint-Denis ont arpenté pendant plusieurs heures le village et ses abords, exhortant les patriotes en faction, dont Vincent lui-même, à déposer les armes. Selon les deux hommes d'Église, si les combattants ne retournaient pas immédiatement à leurs foyers, le village de Saint-Denis serait rayé de la carte dans moins de 24 heures. Du moins, c'est la menace que le prêtre avait entendu tinter à ses oreilles lorsqu'il s'était rendu à Saint-Charles à la réquisition du chef prouvable du corps expéditionnaire : Augustus Gugy, député de Sherbrooke.

Vitaline entend Florentin jurer entre ses dents. Imperturbable, Vincent poursuit en précisant que messire Demers était hors de lui. À Saint-Charles, on l'avait promené à travers les ruines du camp retranché. On lui avait montré les cadavres alignés pêle-mêle dans la cour de l'église, en attente d'être jetés dans une fosse. Puis, après s'être répandu en imprécations contre les insurgés de Saint-Denis, Gugy réquisitionnait l'aide du curé afin de faire circuler une lettre signée par lui-même, et dans laquelle il exigeait que les troupes progressent en toute impunité, au risque de voir un incendie généralisé dévaster la contrée.

En clair, le colonel Wetherall semble obéir non point au commandant en chef des forces armées de la province, mais à une poignée de hauts gradés des régiments de *volunteers* et en particulier au belliqueux Gugy. Ce dernier a joué le seul as dans sa manche, déclare Vincent avec rancœur, celui de la servilité du clergé. Songeant que le Bureaucrate en question possède d'autres atouts, Vitaline l'interrompt pour expliquer qu'Augustus Gugy et Louis Guérout sont reliés par alliance matrimoniale interposée : Gugy est l'époux de la tante de Guérout ou quelque chose du genre.

Vincent ouvre de grands yeux, et s'exclame :

— Je comprends astheure ! Elle itou, la veuve Guérout a reçu une lettre de Gugy grâce aux bons et loyaux services de notre curé...

Soudain, les yeux du jeune homme sont noyés d'eau, et Vitaline meurt d'envie de le prendre dans ses bras. Avec un filet de voix et puisant courage dans le regard de son amie, Vincent raconte que la plupart de ses camarades n'ont osé braver la colère de Dieu et l'enfer au lieu du paradis. La nuit passée, le curé et son vicaire les ont sermonnés avec une hargne inouïe. L'Ordonnateur du monde avait envoyé un avertissement salutaire dès les premières manifestations de l'esprit d'irréligion et de révolte. Un coup de semonce sous la forme du choléra, fléau terrible ayant décimé les familles !

Vitaline retient de justesse un cri de protestation. Quelle cruauté que de se servir d'un miasme comme d'un châtiment divin ! Mais rien ne pouvait faire taire les deux prêtres, qui ont prétendu que la résurgence du morbus en 1834, de même que l'imminence d'une guerre civile, était uniquement due à la désobéissance de leurs ouailles aux autorités constituées. Selon Demers et son vicaire, s'obstiner à suivre les conseils sacrilèges d'hommes mécréants signifiait, à coup sûr, la damnation éternelle.

D'un ton acrimonieux, Florentin jette :

— Qu... qu... quand même... L'affaire de Saint-Charles, c'est à c... à cause des jeunes fendants de Montréal !

Le marin fait allusion à Brown, à Gauvin et à DesRivières, ces Fils de la Liberté venus se réfugier dans le manoir déserté du seigneur Debartzch. Envahi d'une colère qui chasse son chagrin, Vincent retrouve toute sa faconde :

— Mettons que les autorités ont saisi la balle au bond. Mettons que la preuve du péril qui guettait les loyaux sujets, y l'avaient enfin dans toute sa splendeur ! Vous me ferez pas reculer, m'sieur Florentin. La proclamation des magistrats, y fallait la publiciser avant de frapper. Le moindre esprit doué d'intelligence voit bien les rouages de la machination mise en branle depuis que nos élus ont reculé devant le piège tendu par Milord.

— Y a juste les cervelles enfiévrées pour y voir un complot.

Ce n'est pas Florentin qui a répliqué ainsi, mais un jeune homme joufflu que Vitaline connaît seulement de vue : Adolphe Malhiot, fils du seigneur de Verchères, installé au village depuis le commencement de son apprentissage en médecine auprès du Dr Nelson. Vitaline l'a vu parader au sein des Volontaires défenseurs remis sur pied au début de l'automne, dans le sillage de la création des Fils de la Liberté de Montréal. Astheure, Adolphe s'est départi de tout signe d'appartenance au régiment. Bien campé sur ses jambes, il ajoute d'un ton débonnaire à l'endroit de Vincent :

— On s'est démenés depuis une couple de semaines. La fatigue extrême peut causer des hallucinations, c'est bien connu...

— Arrête de me niaiser.

Le ton de Vincent est autant glacial qu'incisif. Après une hésitation, l'apprenti-médecin se tourne vers Vitaline et son mari pour les prendre à témoin :

— Vincent pis moi, on est des anciens camarades de collège, ça fait qu'on peut se prodiguer des conseils amicaux sans pogner les nerfs, c'est-y pas ? C'est pour ça que je suis venu à vous. Ça allait de soi qu'on témoigne publiquement de notre indignation commune, mais là, les affaires ont dégénéré pis ce serait se tirer dans le pied que de s'obstiner à garder place forte...

— Ton paternel t'envoie comme porte-parole ?

Vitaline voit Adolphe pâlir un brin, puis se retourner vers Vincent, qui a fait allusion au conseiller législatif Xavier Malhiot, pour rétorquer :

— Laisse faire le salissage de réputation.

Vincent avance d'un pas pour mieux le confronter, puis il profère, la voix vibrante d'une fureur mal contenue :

— Toutte nous autres ici dedans, on a la réputation noircie d'avance, fait que ton paternel peut endurer un brin. J'ai ouï-dire qu'y s'est fendu d'une juteuse déposition qui a permis l'émission des mandats d'arrestation de la mi-novembre. Est-ce que je me trompe ?

— T'as pas d'affaire à m'interroger de même...

Vincent le coupe :

— J'apprécierais que t'aies le courage de la vérité. Le courage d'admettre que ton paternel a dénoncé les hommes éminents qui ont assisté à l'assemblée de la Confédération des Six Comtés.

Vitaline combat une résurgence de colère. Le seigneur Malhiot, naguère un ami du pays, aurait rejoint le clan Debartzch? De plus en plus mal à l'aise, Adolphe dit encore :

— Y a rien dénoncé pantoutte. La liste des participants aux délibérations était publique.

— Sauf que ton paternel a pas rougi d'écrire que l'objet de l'assemblée était le bouleversement du gouvernement pis de l'ordre social. Pis y a rapporté les paroles du député Côté : le temps était venu de faire usage de balles. Ce qui équivalait à vouloir soulever le peuple. Pour moi, ton paternel a été victime d'hallucinations. Le Dr Côté avait rien dit pantoutte...

Attérée, Vitaline souffle :

— Ça faisait des semaines que les autorités cherchaient à attester la présence d'une insurrection dans le comté de L'Acadie.

Le regard toujours rivé à celui d'Adolphe, Vincent poursuit :

— Les Loyaux avaient la frousse des charivariseurs bien plus que du morbus. Oui, y avaient une peur bleue des Réformistes, fait qu'y ont décampé jusqu'à Montréal pour sonner l'heure du ralliement des forces!

Adolphe se lance dans une défense dont Vitaline est distraite par Florentin soufflant à son oreille qu'il est temps de partir. Elle veut se rebiffer, car elle se repaît de la discussion et surtout de la compagnie de Vincent, mais son mari est intraitable. Elle dirige à son amoureux secret un regard d'adieu auquel il répond par une œillade de discrète connivence, puis elle se laisse entraîner vers la sortie. Mettant le pied à l'extérieur, Vitaline s'écrie avec amertume :

— Les tièdes pis les dévotieux sont en train de l'emporter. Maudits soient-ils!

Florentin lui rabat le caquet. Les amis du pays se trouvaient dans un cul-de-sac et les autorités viennent de leur offrir une honorable porte de sortie. Il a plutôt envie de leur adresser des remerciements! Vitaline riposte, comme plus tôt, que son opinion ne compte pas puisqu'il était absent. Offusqué, son mari affirme haut et fort qu'il est au courant de l'essentiel grâce à Norbert et à d'autres Volontaires défenseurs.

Pilant net, Vitaline le foudroie du regard. Elle fait valoir que ceux contre qui pèsent des mandats d'arrestation doivent s'exiler. Abandonner leurs familles et leurs proches à leur sort en sachant que leurs biens seront réquisitionnés par les autorités constituées en guise de sanction.

— Pour chacun d'entre eux, c'est comme se retrouver, d'un seul coup, flambant nu et tout fin seul... Pis t'as le front de vouloir adresser des remerciements à... à...

Florentin profite de l'hésitation pour se lancer dans une tirade justificatrice que son épouse n'écoute aucunement. Vitaline est désemparée comme si elle perdait les repères de son existence, comme si elle errait dans un monde dépourvu de la moindre signification. Comme si l'homme qu'elle avait marié et... aimé, oui, aimé d'une certaine manière, se révélait le pire des grichous.

Dévorés par l'appréhension, Gilbert et Ériole suivent le flot de leurs concitoyens, grand-mère solidement arrimée à leur bras. Ce jeudi 30 novembre, un *steamboat* arrive de LaPrairie avec des prisonniers de Saint-Charles à son bord. De leurs proches risquent de se trouver parmi la cohorte de captifs. Peut-être Rémy, si enflammé, ou le mari de Vitaline, sait-on jamais? De son côté, Gilbert songe à Vincent, Alphonse, Rodolphe et tous ces jeunes et fiers miliciens qu'il a vus en septembre, à Saint-Denis. Logiquement, ceux-ci sont allés prêter main-forte, après leur victoire, à leurs compatriotes de Saint-Charles.

Au son, Gilbert et ses parentes comprennent que le *Princess Victoria*, chargé de la liaison entre Montréal et l'extrémité de la ligne de chemin de fer à LaPrairie, s'est déjà vidé de ses occupants, et que le cortège est en direction de la Maison d'Audience devant laquelle tous trois viennent de passer. Tous trois s'installent donc rue Notre-Dame, à une distance prudente du poste de garde à la tête du Marché neuf. Envahie d'une inquiétude qu'elle contrôle avec peine, Ériole se tourne vers son neveu pour chuchoter:

— Et André? Tu crois qu'y pourrait s'y trouver?

Gilbert répond par une moue d'ignorance. Peut-être, en effet, se trouvait-il à Saint-Charles... Ces jours-ci, comme Gilbert voudrait conseiller à sa tante de cesser d'aimer son fier notaire! Non seulement c'est sans espoir, mais elle se fait un sang d'encre pour lui. L'éditeur du *Populaire* distille de ses nouvelles avec une gentillesse machiavélique. André se serait trouvé dans la paroisse des Cèdres pour *organiser une bande*; deux jours plus tard, il était de retour chez lui. *Il paraît qu'ayant appris les échecs de ses collègues en républicanisme, il sera rentré dans la paix du cœur, retour qui nous semble trop tardif pour pouvoir le blanchir de toute participation à la révolte.* Mais tout cela, estime Gilbert, n'est que récit fantaisiste dont l'équipe éditoriale du *Populaire* a le secret.

Des roulements de tambour se font entendre et, grâce à sa haute taille, Gilbert aperçoit l'approche des cavaliers volontaires, ce régiment d'élite qui accompagne partout les troupes, et les précède souvent. Il soupçonne certains de ses membres d'être les véritables stratèges de la campagne militaire. L'état-major de la colonie n'est qu'un pion entre les mains de fanatiques... Celui qui ouvre la marche est le capitaine Eleazar David, membre notoire du Doric Club et franc-maçon avoué, personnage autant flamboyant que répugnant!

Le faquin a figuré sans honte parmi les provocateurs du 6 novembre, épisode qui a ouvert le bal de la répression. Ensuite, il s'est mis à la tête des patrouilles policières nocturnes dans la cité. Dès que des expéditions en «territoire insurgé» ont été organisées, il s'est mis en avant-plan avec une fougue empreinte de rage vengeresse, comme s'il avait quelque insulte personnelle à racheter. Mr David était à Saint-Jean pour arrêter les notables Demaray et Davignon, puis à Saint-Charles, et s'il eût pu se trouver à Saint-Denis entre-temps, il l'aurait fait!

Des vivats retentissent. Les *volunteers* montréalistes se sont placés en première ligne de la haie d'honneur, et se fendent de vociférations enthousiastes comme s'ils acclamaient d'illustres héros, vainqueurs d'une bataille qui fera sûrement date dans l'histoire. Le plus possible, Gilbert se ferme les oreilles aux cris indécents. Il faut laisser faire. Montréal s'est transmuée en ville assiégée dont la population est guettée par de jeunes forcenés greyés aux frais de la Couronne. Désormais, l'arme à feu ou le sabre à la ceinture, ceux-ci patrouillent le moindre recoin. Quiconque n'est pas de leur gang est susceptible de recevoir des moqueries ou des injures, quand ce n'est pas de subir une fouille en règle. L'impassibilité est devenue l'unique moyen de survie.

Parmi les preux chevaliers du Royal Cavalry figure également un jeune homme nommé John Lovell, imprimeur du *Populaire*. Celui-ci tient à bout de bras un étrange objet, sorte de mât peint en blanc, et à sa vue, les belliqueux hurlent de contentement. Gilbert refuse de le croire, mais voyant sculpté, tout en haut de ce mât de bois, le bonnet rouge à gland doré, il doit se rendre à l'évidence : c'est le poteau de la liberté que les miliciens de la paroisse de Saint-Charles avaient érigé au village, lors de l'assemblée des Six Comtés du 23 octobre. Mr Lovell l'exhibe comme un trophée arraché à l'ennemi ! Comme la preuve d'une prise de possession effectuée au péril de sa vie...

Gilbert lutte pied à pied contre la révolte qui a fait revoler en éclats la carapace d'imperturbabilité dont il est obligé de se munir. La vue brouillée par une souveraine colère, il mire le passage d'un autre trésor de butin, soit un étrange vêtement, sorte de cuirasse en métal de mauvaise qualité. Il se murmure dans la foule que le *général Brown* la portait avant de prendre la fuite devant l'imminence de la bataille, mais le fait est trop ridicule pour être cru. Vraisemblablement, la cuirasse a plutôt appartenu à un milicien qui s'était amusé à la fabriquer, sans nécessairement croire à son efficacité.

La fanfare du Royal Grenadier fait entendre des airs militaires. Le régiment s'approche, mené par ce colonel Wetherall que ses supporteurs transmuent en demi-dieu. À son passage, Gilbert baisse le nez vers le sol, refusant de lui accorder, ainsi qu'à l'état-major, la moindre considération. Les *regulars* viennent ensuite. Au milieu d'eux se tiennent les prisonniers... Gilbert se hausse sur la pointe des pieds pour les scruter du regard.

Ils sont environ 25 en bougrines d'hiver, reliés en paires grâce à des liens entourant leurs poignets. L'un boite, l'autre a le bras en écharpe... Ils ont triste mine. Gilbert croit y reconnaître une couple de jeunes hommes de Saint-Denis, mais aucun des patriotes sous accusation de haute trahison. Parmi la cohorte d'hommes défaits que les fanatiques accablent d'injures en langue anglaise se trouvent des notables tels le notaire Louis Chicou-Duvert et le marchand Eusèbe Durocher. Pourquoi s'est-on saisi d'eux ? Sans doute parce qu'ils ont participé à l'assemblée de la Confédération des Six Comtés, laquelle a signalé le début des hostilités révolutionnaires, ainsi que les autorités veulent faire croire !

Navré pour eux, mais puissamment soulagé de n'y voir aucun de ses proches, Gilbert adresse un sourire réconfortant à ses parentes qui reprennent des couleurs. Les magistrats sont réunis en corps à la Maison d'Audience. La plupart des captifs, sinon l'entièreté, seront libérés sous caution après déposition... Gilbert sent un regard peser sur lui. Examinant la foule, il repère une paire d'yeux qui le fixent. Caroline! Il n'a l'a pas revue depuis leur bref rendez-vous ayant anéanti ses espoirs, après l'échauffourée du 6 novembre.

L'expression défaite, son amie a le visage gonflé comme si elle avait braillé. Gilbert s'excuse auprès de ses parentes, puis il franchit la distance qui les sépare. Caroline l'agrippe par sa bougrine comme pour se retenir de partir à la dérive, puis elle souffle, la voix éraillée :

— C'est trop... Je peux plus l'endurer. Toute cette misère...

Soudain, elle s'écrie, portée par la panique :

— Comme si être de race canadienne, c'était un crime!

Notant enfin l'aspect du visage de Gilbert, elle accuse le coup et ses traits se décomposent.

— Pauvre toi... J'ai appris ton épreuve.

— Je suis magané à ce point?

Elle lâche un rire très proche des larmes. Saisissant la main enmitainée de Gilbert, elle souffle :

— Juste ton nez. Un peu croche, me semble?

Son vis-à-vis reste en silence. Après un temps, la jeune femme renifle et chuchote :

— Merci. Si t'avais pas été là...

Il répond sur le même ton :

— J'espère être toujours là pour toi. Peu importe le cours de l'existence.

Elle redresse la tête et le couve d'un regard songeur, avant de remarquer :

— Tu parles du fond du cœur, je le sens.

Il réagit par un pauvre sourire.

— T'en doutes encore?

— J'ai guère vu d'hommes... désintéressés de même.

— C'est pas ma satisfaction qui prédomine, mais ton bien-être. C'est pas compliqué.

— *La Quotidienne!* Procurez-vous *La Quotidienne!*

Interloqué, Gilbert pivote pour mirer un jeunet qui porte une besace pleine de feuillets. Un nouveau papier-nouvelles? Tirant

Caroline derrière lui, il fend le groupe en train de se former autour du colporteur juste à temps pour l'entendre ânonner :

— François Lemaître, imprimeur et propriétaire, rue des Commissaires no 9, près du Marché neuf!

Des parlures excitées s'élèvent. Lemaître a travaillé à *La Minerve* puis au *Libéral*, à Québec! Le format est modeste, et la typographie, plutôt de grande taille, alors Gilbert lance une question au jeunet :

— C'est le prospectus?

— Y en a pas, de prospectus. M'sieur Lemaître a préféré imprimer un vrai journal.

Se tâtant, Gilbert constate avec désespoir qu'il n'a pas un rond sur lui. Alors, il sent une main s'insinuer dans la sienne, y déposant quelques piécettes. Il se tourne pour faire face à Caroline qui le gratifie d'un clin d'œil et qui dit :

— J'en ai toujours sur moi.

Ravi, il se penche pour la gratifier d'un baiser sur la joue, puis il se procure la gazette dont les exemplaires, constate-t-il, s'envolent comme des petits pains chauds... Ensuite, il offre à Caroline de la ramener à la maison pour lui en faire la lecture, ce que son amie accepte avec gratitude. Il la suit dans la salle commune encore déserte, où la chaleur lui semble étouffante après la froidure du dehors. Gilbert installe Caroline confortablement, puis il lui transmet des nouvelles déjà dépassées, vu le rythme effréné avec lequel elles se percutent l'une l'autre. Néanmoins, quelle consolante retenue dans le ton! Il lit à voix haute :

— Les espèces des banques de Québec ont été transportées dans la citadelle. Les banques de Montréal auraient adopté de semblables mesures de précaution. Écoute ça : *On rapporte que le lieutenant Weir, fait prisonnier à Saint-Charles, a été tué, quelques-uns disent par suite d'une tentative d'évasion, d'autres dans sa fuite même. Mais rien ne constate sa mort.* T'en as ouï parler? Ça reste nébuleux, mais l'affaire aurait eu lieu à Saint-Denis, le matin même de la bataille. On colporte qu'après sa mise à mort, sa tête a été fichée au bout d'un pieu pour ensuite être exhibée en trophée de guerre.

— Arrête! C'est trop affreux. J'y crois pas une miette.

— Moi non plus, sauf que le *Herald* lance le bal des clameurs revanchardes. Ça craint...

Gilbert s'interrompt. Mirant les colonnes du papier-nouvelles dans lesquelles les erreurs d'orthographe ou typographiques sautent aux yeux, une idée lui vient. Avant d'être instituteur, n'a-t-il pas rêvé d'être nouvelliste? Astheure que plusieurs rédacteurs ont dû fuir la répression... Qui sait, peut-être que M. Lemaître a des postes à combler? Gilbert partage sa songerie avec Caroline. Il est même paré à entreprendre un apprentissage de typographe si nécessaire! Caroline le félicite de l'opportunité, se vantant même de pouvoir devenir une des ses informatrices puisque les ébraillées se tiennent au cœur d'un réseau d'influence, ce qui fait rire Gilbert de bon cœur pour la première fois depuis des lustres.

VITALINE FAIT HALTE et observe les alentours, le cœur étreint d'un sombre pressentiment. Elle s'est empressée vers son village natal, mais depuis qu'elle y a pénétré, elle est terriblement oppressée par l'atmosphère qui recouvre les lieux en ce 1er décembre. Hier, le traversier de Longueuil dégorgeait à Sorel des renforts sous le commandement du colonel Gore, celui qui s'est frotté aux combattants de Saint-Denis. Le fleuve permet encore la navigation et les berges ne sont encombrées que d'une couche de glace trop mince pour s'opposer à l'approche du navire.

Les habitants se sont lancés dans une activité frénétique pour mettre leurs biens en sécurité dès qu'ils ont entendu dire qu'un corps expéditionnaire de l'armée britannique avait quitté les baraquements de Sorel et remontait le chemin vers leur village. Astheure, ils se sont repliés vers les concessions, et le village est désert comme jamais Vitaline n'aurait pu croire possible. Pas uniquement désert, mais immobilisé et figé dans un silence de mort, hormis de rares cheminées qui boucanent encore et des charnières qui grincent. Un village de fin du monde, abandonné même des animaux errants et des goélands...

Une silhouette furtive passe au loin, puis disparaît, et Vitaline laisse son angoisse être chassée par un sursaut de colère. Paraît-il que de discrets pillards sévissent! Des malappris commettent des larcins dont ils escomptent ne jamais être accusés. Jusqu'à ce jour, les patrouilles nocturnes les ont tenus en échec, mais cette nuit, ils auront le champ totalement libre. Car les hommes traqués par les autorités fuient vers une terre de liberté. Ils devront éviter les *volunteers* des Cantons de l'Est et du haut de la Chambly qui, menés par quelques Bureaucrates surexcités, patrouillent les abords de la frontière.

Effrayée par cette pensée, Vitaline se met à courir. Dans le but de se faire la moins visible possible, elle a attendu jusqu'à la brunante pour se mettre en quête de Vincent, mais il n'est plus temps de tergiverser. Taraudée par la crainte, elle galope jusqu'à l'échelle qui monte à son grenier, qu'elle grimpe prestement. Arrivée en haut, elle donne des coups discrets à la porte, tout en envoyant une fervente prière vers le ciel pour qu'il y soit. Elle est exaucée : l'huis s'entrebâille et la faible lueur d'une chandelle découpe la silhouette de Vincent.

Sans un mot, il tend la main pour aider la survenante à prendre pied. Tandis qu'il referme, Vitaline est traversée par un éclair de panique à la vue du havresac bombé qui gît sur le sol. Le jeune homme marmonne :

— T'aurais pas dû. Je comptais passer chez toi tout à l'heure, en partant.

La gorge nouée, Vitaline se contente de le boire des yeux. Tout en lui ôtant tendrement ses mitaines et sa capine comme si elle était une enfant, il ajoute :

— Je suis compromis dans la bataille. Faut que je me fasse oublier pendant un boutte. Une dénonciation contre moi est dans le domaine du probable.

Luttant pour raffermir sa voix, Vitaline réussit à émettre :

— Les autorités ont promis la clémence. Les magistrats pis les chefs militaires, y ont promis de nous laisser tranquilles ! Tous les autres qui ont bataillé avec toi, y partent aussi ?

Vincent ne peut faire autrement que de secouer la tête. La jeune femme s'écrie :

— Tu vois ? Tu peux rester icitte, pis y a personne qui va t'importuner !

— Mon logeur m'a demandé de sacrer le camp.

Le Dr Chamard, précise Vincent, a désormais la peur au ventre. La peur de tout perdre, même la liberté. Vitaline est révoltée par cette pleutrerie d'un patriote qui, naguère, soutenait la cause, mais Vincent interrompt sans ménagement son interlocutrice dans son envolée :

— Faut que je parte, Vitaline. Je sais pas si tu vas comprendre, mais... je vais virer fou si je reste. Mes camarades... si fiers naguère... astheure, y marchent en fixant le sol. Y pensent juste à aller sa laver de leurs péchés au confessionnal.

— Ben y vont attendre encore une escousse, répond-elle durement, parce que m'sieur le curé est retourné se cacher loin d'icitte. J'en ai vu pis entendu une couple qui voulaient lui casser la gueule.

Sur ce, Vitaline se retrouve entre les bras de Vincent, qui l'enserre dans une étreinte puissante. Cachant son visage dans ses cheveux, il ne peut retenir un sanglot convulsif, un haut-le-corps qu'il réprime avec la dernière énergie. Dès qu'il a repris contenance, il murmure :

— C'est la débandade. Le sauve-qui-peut. Je croyais jamais qu'on en arriverait là. Je trouvais... qu'on avait tellement noble allure... qu'on était tellement pleins d'ardeur conquérante... J'ai l'impression de m'enterrer vivant. C'est intenable. C'est rendu que j'ai envie de me frapper la caboche contre un mur pour chasser mes idées noires...

Sa voix se brise. Débordante d'amour pour lui, Vitaline saisit sa tête entre ses mains et l'embrasse à pleine bouche. Elle le goûte avec avidité pour conserver le souvenir de sa fraîcheur, de sa jeunesse... Après une éternité, ils rompent le contact, essoufflés. Vitaline s'inquiète :

— Tu vas où ?

— En lieu sûr. Je me suis fait des amis pendant mes séjours dans les Townships.

Mirant son amie, Vincent dit avec ferveur :

— J'aurais tellement voulu... cette union avec toi dont je rêve comme un fou.

— Emmène-moi.

Il fait un sourire navré, avant de poser ses lèvres sur son front, puis sur chacune de ses joues, puis sur ses lèvres où il s'attarde. Enfin, il répond :

— Tu serais fièrement moins en sécurité qu'icitte, parmi les tiens. Je compte sur ton mari pour te douilletter comme la prunelle de ses yeux. Y le fera, c'est-y pas ?

Après une hésitation, Vitaline hoche la tête, ajoutant pour le rassurer :

— Je peux me reposer sur lui. C'est un homme foncièrement bon. Je peux pas dire que... qu'y me convient de tous bords tous côtés...

Après l'avoir embrassé dans le cou, elle se blottit encore plus étroitement contre lui, et elle lui dit à l'oreille :

— Je l'aime bien, mais... y est à pic souvent, pis... j'ai de la misère à le convoiter. Au début, ça allait, mais ça s'est vitement dégradé. Alors, pour m'aider, je t'ai souvent fait venir dans ma tête.

— Moi ? Tu m'as fait venir, moi ?

— Oui. Je pensais à toi, contre le mur de l'église... je veux dire, à ton besson...

Elle échappe un rire contraint.

— C'est ratoureux, mon affaire ! S'cuse-moi. C'est vraiment pas le moment d'en parler.

— Pas de soin. Pour parler drette, mon frère m'a rendu un fier service. C'est bien le seul, mais ç'en est tout un !

Il effleure son visage avec sa bouche, tout en chuchotant :

— Fait que tu jonglais à moi tout en laissant ton mari te lutiner ?

— Je t'appelais à la rescousse, pis tu te faisais pas prier. Même si tu le sais pas, tu m'as souvent remonté la jupe...

Il l'empêche de poursuivre en l'embrassant avec une telle appétence que Vitaline en perd instantanément le nord. Vincent la fait reculer jusqu'à la paroi de la porte. Elle s'y adosse et il pèse de tout son long sur elle, insinuant une jambe entre les siennes, pressant son torse contre sa poitrine. Vitaline ne peut retenir ses mains de caresser partout son amant, des épaules jusqu'à l'arrière des cuisses, puis des hanches jusqu'aux pectoraux, puis le cou où palpite une veine sensuelle, si sensuelle... Soudain, sans qu'elle sache trop comment, elle a insinué ses doigts sous sa chemise, et dès lors, un flot inexorable, trop longtemps contenu, les emporte.

Elle le laisse déboutonner son corsage, puis lui retire sa chemise, et elle se retrouve à moitié nue devant lui. Vincent prend possession de ses seins sans vergogne, avec une gourmandise empreinte d'abandon, et ses attouchements et ses malaxages plongent Vitaline dans une félicité encore insoupçonnée. Sans plus tarder, il la dénude entièrement, tandis qu'elle l'oblige à faire de même en toute hâte, obnubilée par l'envie de le sentir tout contre elle de la tête aux pieds.

Accolés l'un à l'autre, ils s'immobilisent, prenant le temps de savourer l'exquise sensation. Les yeux fermés, Vitaline savoure la chaleur de Vincent, la douceur de sa peau, les rondeurs et les arêtes de son corps, la souplesse de ses lèvres sur les siennes. L'univers de Vitaline se réduit à cet appareillage splendide, à cette voix qui lui chuchote des mots à la fois doux et salaces, à ce Vincent qui semble avoir été créé et mis au monde pour la combler d'aise, pour entrer en fusion avec elle. Soudain, toute l'horreur des derniers temps se volatilise, son âme devient légère comme une plume et Vitaline rit et pleure à la fois.

Sans arrêter de l'embrasser, Vincent l'agrippe par les fesses, et insinue son membre viril entre ses cuisses, tout contre ses parties intimes, mais sans y pénétrer. Instinctivement, la jeune femme roidit ses muscles pour mieux enrober son organe mâle au garde-à-vous. Avec hésitation, Vincent amorce un mouvement de va-et-vient qui s'avère si plaisant pour sa mie qu'elle s'abandonne à la lente chevauchée. Leurs regards s'entremêlent et s'interpénètrent pendant une éternité. Elle voudrait tant lui faire savoir à quel point il est aimable, à quel point il rayonne de beauté, à quel point il lui procure une inexprimable volupté...

Accolé à elle de tout son long, Vincent accélère le mouvement. Vitaline happe sa bouche au passage, y enfonçant la langue pour faire pendant à la verge bandée qui fourgonne avec tant d'art ses parties intimes, sans même tenter de s'y insinuer. Soudain propulsée au paroxysme de la joie, Vitaline s'arque et crie sa pâmoison, ce qui lance son amant dans un galop furieux et bref au terme duquel il jouit à son tour, emporté par des soubresauts ponctués de gémissements sonores, presque chantants.

Peu à peu, Vincent desserre son étreinte. Vitaline constante qu'elle ne portait quasiment plus à terre... Elle titube et s'accroche à lui. La tenant solidement, le jeune homme recule et se laisse tomber assis sur sa couche, l'entraînant à s'asseoir sur ses cuisses face à lui, comme s'il ne pouvait se résoudre à laisser le moindre espace entre leurs corps. Vitaline croise les jambes autour de ses hanches pour s'appesantir contre lui. Tout en reprenant son respir, il noue ses mains dans son dos, puis dépose la tête contre le haut de sa poitrine et les lèvres sur l'un de ses seins, et le temps s'égrène avec une somptueuse et délectable lenteur.

Enfin, après un soupir, Vincent oblige la jeune femme à se remettre debout. Il va ramasser ses vêtements, puis il entreprend de l'aider à les enfiler. Elle lève la tête vers lui pour quémander un baiser, mais sans cesser de s'affairer, il s'y dérobe en disant :

— J'ai juste envie de te basculer dans mon litte. De t'y garder jusqu'à demain. Fait que j'aime mieux abréger la torture.

Traversée par un éclair de détresse, Vitaline s'écrie :

— Je veux pas que tu partes ! Tu m'as ouï ? Je veux que tu restes icitte !

Il réagit par une grimace de souffrance.

— Arrête. J'ai pas le choix.

Au prix d'un effort prodigieux, elle se domine. Ce serait d'une cruauté sans nom de lui faire une scène astheure... Tout en s'habillant, elle ne peut empêcher les larmes de couler. Les dents serrées, Vincent s'enquiert :

— Tu veux te laver ?

Elle répond par la négative. À mesure, il lui tend sa bougrine, ses mitaines et sa capuche. En même temps, il dit farouchement :

— Demain, les troupes vont fondre sur le village. Quasiment mille hommes, y paraît. Le commandant Gore... tu sais que c'est lui qui a été repoussé de Saint-Denis l'autre fois ?

Vitaline hoche faiblement la tête. Tout en l'aidant à se vêtir chaudement, Vincent reprend :

— L'officier Gore, y va vouloir laver sa réputation noircie. Le 23, y s'est comporté comme un niaiseux fini. Pousser ses hommes de même... J'ai eu le temps de jongler en masse depuis pis ça me frappe, à quel point le sort d'un peuple repose sur des affaires triviales...

Suspendant ses gestes, le jeune homme s'avance pour poser doucement ses lèvres sur celles de Vitaline, puis il reprend, manifestement obnubilé par sa songerie :

— Si le corps expéditionnaire mené par Mr Gore s'était tranquillement avancé jusqu'icitte, y en aurait pas eu, de résistance. Le bon docteur pis les autres principaux auraient eu le temps de prendre la poudre d'escampette en surveillant leurs arrières. Y aurait pas eu le carnage de Saint-Charles ensuite, pis le faquin d'officier britannique à la noix qui est responsable de la calamité, y serait pas en train de revenir pour appliquer la loi du talion. Pis moi, je pourrais profiter de toi à mon goût...

C'est au tour de Vitaline d'intimer, la gorge enrouée par l'émotion :

— Arrête. Tu me brises le cœur.

— Fait que je compte sur toi pour te tenir le plus loin possible, conclut Vincent en la poussant vers l'huis. Pis pour rester en compagnie de tes proches. De cette manière-là, y aura pas de danger.

Il lui prend la main qu'il serre passionnément. Vitaline réussit à articuler :

— Ça pullule de *volunteers* enrégimentés. Prend garde. Promis ?

Le jeune homme acquiesce d'un battement de cils, puis souffle :

— Au revoir, mon ange. Prend soin de toi. Je reviens bientôt.

Elle presse ses doigts à son tour, puis s'enfuit sans regarder en arrière, le cœur brisé en mille miettes. C'est uniquement à mi-chemin qu'elle prend conscience d'un fait qui la fait s'immobiliser sur place : elle n'a pas eu peur de la concupiscence de Vincent. Elle aurait joyeusement consenti à un accouplement qu'elle refuse à Florentin de crainte d'être engrossée... Même que, tel un coup de poignard en plein ventre, la fusion ultime avec Vincent lui manque au point qu'elle lutte contre l'envie de rebrousser chemin pour courir à lui. Elle voudrait le savoir au chaud, tout contre elle et en elle, à jamais.

Depuis le refuge du rang de l'Amyot, une nuit de veille s'ensuit pour les Montplaisir et leurs hôtes. Une nuit cent fois plus terrible que toutes celles qui ont précédé... Qui peut s'attendre à ce que le commandant du corps expéditionnaire, le colonel Gore, soit motivé par autre chose qu'un sentiment de vengeance suscité par sa défaite humiliante ? Ladite défaite s'explique pourtant par l'incompétence crasse des autorités militaires et la sienne propre. Les autorités n'avaient pas prévu la noble résistance de Saint-Denis, car les hommes qui usurpent le pouvoir n'avaient pas la moindre idée de la grandeur d'âme des patriotes à l'honneur bafoué. Non, pas la moindre idée de leur fierté et de leur courage...

Le matin est à peine levé que des volutes d'une noire et épaisse boucane s'élèvent à l'horizon. On boute le feu aux bâtiments d'où les patriotes ont tiré sur les forces de Sa Majesté ! Bientôt, des centaines et des centaines d'habits rouges, qui ont passé la nuit dans le village déserté de Saint-Ours, investissent Saint-Denis. Vitaline peine à respirer. Dans la maison, l'atmosphère est si tendue qu'elle a l'impression que l'air va se lézarder si quelqu'un parle... À Saint-Charles, les autorités ont fait réduire en cendres une quinzaine de bâtiments appartenant aux patriotes les plus compromis à leurs yeux. C'est dire que la veuve Saint-Germain n'aura plus rien... le Dr Nelson non plus... et qui d'autres ?

Dame Eugénie ne peut se retenir de gémir tout haut :

— C'est la fin du monde. L'enfer sur terre !

— On a voulu nous faire croire que l'enfer était le royaume du démon, renchérit Vitaline, mais je viens d'en apprendre une bonne : l'enfer est parmi nous, dans le cœur des hommes !

Le capitaine Montplaisir rétorque aussitôt :

— Les temps resteront pas durs de même, je vous le garantis. Faut courber le dos pis laisser passer l'orage en rongeant son frein. M'sieur Papineau est libre. Plein d'autres itou. On peut compter sur eux. Je garde entière créance. Malgré toutte ce que les méchants font accroire sur eux... malgré les criailleries sur leur couardise pis leur veulerie...

Le capitaine lutte contre sa voix défaillante pour poursuivre :

— Ce sont des hommes d'honneur. Le soleil va se relever pour nous autres Canadiens.

Vitaline le remercie du regard. Il a raison. Les persécutions, les emprisonnements sans sommation pour haute trahison, les incendies et les rapines ne peuvent démoraliser des gens libres. Au contraire, ils les emplissent d'une volonté farouche d'en découdre avec les despotes ! Les opprimés du Bas-Canada peuvent non seulement compter sur les tuques bleues en exil, mais sur leurs cousins des provinces voisines. En Haut-Canada surtout, ça commence à jouer dur ! Sauf qu'en attendant, Vitaline se sent ballottée par la tempête, et seul un solide nœud de marin, celui de la passion de Vincent pour elle, la sauve de la noyade.

À SUIVRE

Des renseignements sur la documentation historique ayant servi à la rédaction de la série romanesque *Les tuques bleues*, ainsi que sur l'auteure et son œuvre, sont disponibles sur le site www.amsicotte.com.

Second cycle d'une saga historique romanesque d'envergure, *Les tuques bleues* fait suite aux deux tomes intitulés *Le pays insoumis* (1 : *Les chevaliers de la croix* ; 2 : *Rue du Sang*) précédemment parus (vlb éditeur). En voici un aperçu :

S'acheminant vers l'âge adulte, Vitaline et son frère Gilbert, issus d'une famille d'artisans potiers du prospère bourg de Saint-Denis, font leur éducation sentimentale et politique. Tout en embrassant l'idéal de liberté qui anime leurs semblables, ils apprennent à vivre, à aimer... et à protester ! La jeune femme se découvre une passion pour le métier de son père, celui de maître-potier ; son frère aspire à devenir un de ceux qui combattent avec les mots. En même temps, tous deux prennent conscience du péril qui menace leur bonheur de vivre, celui d'être condamnés à l'exil en leur propre pays.

Un peu partout au Bas-Canada, la colère gronde contre une caste d'hommes dont la cupidité n'a d'égale que l'arrogance. Pas question de servir de repas à des « mange-Canayens » ! À un régime si corrompu, les patriotes opposent un esprit frondeur et un cœur insoumis. La résistance s'organise sous l'égide des députés élus à la Chambre d'Assemblée. Eux seuls ont la capacité d'affronter ceux qui procèdent au pillage de la *Province of Quebec :* non seulement le gouverneur Dalhousie et son successeur, lord Aylmer, mais aussi et surtout une coterie immuable de tyrans locaux favorisés par le pouvoir en place.

Les profiteurs sont déterminés à abattre le château-fort patriote – la Chambre d'Assemblée – et à mettre un frein aux dénonciations, assemblées et pétitions qui mobilisent les enfants du sol et leurs alliés récemment émigrés. Ils tendent piège sur piège jusqu'à celui de la Rue du Sang, le 21 mai 1832, jour où les habits rouges ont fait feu sur un groupe de patriotes influents. Depuis, les coupables sont parés à tout pour échapper à la justice, y compris mettre une nation à genoux.

Liste des personnages historiques

Outre les personnages fictifs dont la liste apparaît au début du livre, certains personnages qui apparaissent dans ce roman ont réellement existé, et leur vie colle de près à leurs biographies connues et à ce que mes recherches m'ont permis de découvrir. Voici les principaux :

Matthew Aylmer, gouverneur du Bas-Canada (1831-1835)
David Bourdages, arpenteur
Louis Bourdages, notaire et député du comté de Nicolet
George-Étienne Cartier, avocat
Casimir Chauvin, typographe
John Colborne, lieutenant-gouverneur du Haut-Canada jusqu'en 1836, puis commandant en chef des forces armées des Haut et Bas-Canada
Austin Cuvillier, marchand et magistrat de Montréal
Patrick Cuvillier, commis-marchand
Pierre-Dominique Debartzch, seigneur de Saint-Charles et conseiller législatif
Rodolphe Desrivières, commis à la Banque du Peuple
Joseph Duplaquet, apprenti-potier
Ludger Duvernay, rédacteur et propriétaire de *La Minerve* et député de Lachenaie
Henri-Alphonse, Gauvin, clerc en médecine
Archibald Gosford, gouverneur du Bas-Canada (1835-1837) et chef de la commission d'enquête
Léon Gosselin, avocat et nouvelliste
Augustus Gugy, homme d'affaires et député de Sherbrooke

Lewis Gugy, shérif du district de Montréal

André Jobin, notaire et député de l'isle de Montréal

Étienne Benêche dit Lavictoire, aubergiste ; ses frères Barnabé et Éloi

Amable Maillet, maître-potier

Louis Malo, connétable salarié

Siméon Marchesseault, huissier

Hyacinthe Leblanc de Marconnay, rédacteur du *Populaire*

Robert Nelson, médecin et député de Montréal-Ouest

Wolfred Nelson, médecin et homme d'affaires de Saint-Denis

Charles-Richard Ogden, procureur général

Michael O'Sullivan, solliciteur général

Amédée Papineau, clerc-avocat

Louis-Joseph Papineau, président de la Chambre d'Assemblée du Bas-Canada

Charles-Ovide Perrault, avocat et député de Vaudreuil

Joseph-Vincent Quiblier, supérieur de l'Institut sulpicien de Montréal

Alfred-Xavier Rambau, rédacteur de *L'Ami du peuple, de l'ordre et des lois*

William Robertson, médecin et magistrat de Montréal

Édouard-Étienne Rodier, avocat et député de L'Assomption

Clément-Charles Sabrevois de Bleury, avocat et député de Richelieu

Roch de Saint-Ours, seigneur et shérif du district de Montréal

Louis-Victor Sicotte, commis de la Maison canadienne de commerce

Denis-Benjamin Viger, homme d'affaires de Montréal et conseiller législatif

Chronologie abrégée

1832

21 mai : les militaires font feu sur un groupe de patriotes influents lors de l'élection partielle de Montréal-Ouest. Passé à l'histoire sous le nom de Rue du Sang, le drame sera investigué en cour du coroner, à la Cour du Banc du Roi (septembre 1832) et en Chambre d'Assemblée au moyen d'une grande enquête (1833-1834).

30 juillet et 28 septembre : première et seconde assemblées de la Confédération des Cinq Comtés (Chambly, Richelieu, Rouville, Saint-Hyacinthe et Verchères) sous la présidence du seigneur Pierre-Dominique Debartzch, afin de combattre la terreur militaire *par tous les moyens légaux et constitutionnels*. Instauration de comités paroissiaux et d'un comité permanent par comté.

1833

6 septembre : Salomon Barbeau est frappé d'un coup de baïonnette au dos par un sergent de l'armée britannique. Il meurt de ses blessures six semaines plus tard. Le verdict du jury de la Cour du coroner fait état de blessures infligées par un inconnu.

1834

7 janvier : ouverture à Québec de la quatrième session du 14ᵉ Parlement du Bas-Canada par le gouverneur Aylmer.

15 février : les députés de la Chambre d'Assemblée se rassemblent pour considérer l'état de la nation.

21 février : les 92 Résolutions sont adoptées dans leur intégralité par la Chambre d'Assemblée. La représentation écrite fait la liste des actes d'injustice et d'oppression depuis une quinzaine d'années envers le

peuple et sa députation, puis accuse lord Aylmer d'avoir failli à l'exécution des devoirs de sa charge.

9 octobre : dissolution du 14ᵉ parlement du Bas-Canada et déclenchement d'élections générales.

5 novembre : assassinat de Louis Marcoux, marchand et organisateur électoral, pendant l'élection à Sorel. En mars de l'année suivante, la Cour du Banc du Roi innocente les présumés coupables.

15 novembre : Louis-Joseph Papineau et Robert Nelson sont élus députés de Montréal-Ouest à la Chambre d'Assemblée.

20 novembre et 11 décembre : fondation des Constitutional Associations de Montréal et de Québec en réaction à l'éclatante victoire des patriotes aux élections générales. Ces regroupements défendent les intérêts des tories et ultra-tories de la province.

1835

21 février-18 mars : première session à Québec du 15ᵉ Parlement du Bas-Canada.

1ᵉʳ juillet : à Londres, nomination d'un commissaire royal, lord Archibald Acheson, 2ᵉ comte de Gosford, et de deux assistants, sir Charles Grey et sir George Gipps, chargés de faire enquête sur les plaintes relatives à l'administration du gouvernement du Bas-Canada. Lord Gosford est également nommé gouverneur du Bas-Canada.

27 octobre : ouverture à Québec de la 2ᵉ session du 15ᵉ Parlement du Bas-Canada.

25 novembre : André Jobin est élu député du comté de l'isle de Montréal à la Chambre d'Assemblée.

12 et 16 décembre : assemblées de fondation du British Rifle Corps, régiment de milice d'élite placé sous l'égide de la Montreal Constitutional Association. Le 17 janvier de l'année suivante, lord Gosford émet une Proclamation pour en interdire la mise sur pied.

1836

13 février : le président de la Chambre d'Assemblée révèle les instructions remises à la commission Gosford avant son départ d'Angleterre.

26 février : Adresse de la Chambre d'Assemblée du Bas-Canada au roi et pétitions à la Chambre des lords et aux Communes, à Londres, pour étendre le principe électif au Conseil législatif, rendre le Conseil exécutif responsable devant les représentants du peuple, abolir le cumul des emplois et enfin, placer sous le contrôle de la Chambre l'entièreté des revenus prélevés dans la province.

21 mars : à Québec, prorogation de la 2e session du 15e Parlement du Bas-Canada.

27 mars : assemblée des francs-tenanciers du comté de Richelieu, à Saint-Ours, qui censurent leur député à la Chambre d'Assemblée, Sabrevois de Bleury, pour avoir renié les principes en vertu desquels il avait été élu.

14 avril : Nomination de John Colborne comme commandant en chef des forces armées du Bas-Canada et du Haut-Canada.

22 septembre-4 octobre : à Québec, 3e session du 15e Parlement du Bas-Canada. La Chambre d'Assemblée maintient sa position de s'en tenir aux demandes contenues dans les 92 résolutions. Elle annonce au gouverneur sa décision d'ajourner ses délibérations *jusqu'à ce que le gouvernement de Sa Majesté ait commencé le grand ouvrage de justice et de réforme.*

1837

11 avril : les Résolutions Russell, adoptées par la Chambre des Communes de Grande-Bretagne, sont connues en Bas-Canada. Elles permettent au gouverneur de puiser dans *les revenus de la province* pour rembourser les salaires dus aux fonctionnaires, même ceux contre qui pèsent des accusations de corruption ; elles refusent les réformes tant souhaitées par la Chambre d'Assemblée du Bas-Canada.

7-15 mai : assemblées anti-coercitives des comtés de Richelieu, de Montréal-Est, de Montréal-Ouest, de l'isle de Montréal et de Verchères afin de dénoncer les Résolutions Russell.

23 mai : première réunion des membres du Comité central et permanent du district de Montréal, regroupement d'élus et de notables patriotes qui se réunit entre les sessions législatives pour diriger le mouvement.

28 mai-11 juin : assemblées anti-coercitives des comtés de la haute-ville et de la basse-ville de Québec, du Lac-des-Deux-Montagnes, de Saint-Hyacinthe, de Chambly, de la région de Québec et de Terrebonne.

15 juin : Proclamation du gouverneur Gosford qui, en vue de réaffirmer l'autorité de l'Exécutif de la province, déclare illégales les assemblées anti-coercitives.

18-23 juin : assemblées anti-coercitives des comtés de Berthier, de Yamaska et pour la seconde fois, de Saint-Hyacinthe.

25 et 26 juin : assemblées anti-coercitives des comtés de La Malbaie, Bellechasse et l'Islet.

29 juin : revue annuelle de la milice provinciale ; assemblée anti-coercitive des comtés de Montréal-Est et de Montréal-Ouest ; assemblée des électeurs du comté de Richelieu et adoption d'une Adresse à Bleury le priant de démissionner de son poste de député à la Chambre d'Assemblée.

6 juillet : assemblée loyale du district de Montréal, sous le patronage de la Constitutional Association, pour censurer les assemblées anti-coercitives.

10 juillet : Proclamation du gouverneur offrant une récompense à qui donnera des renseignements sur celui qui a tiré un coup de fusil sur la maison d'Eustache Cheval dit Saint-Jacques, du village de Saint-Eustache.

16-29 juillet : assemblées anti-coercitives des comtés de Portneuf, de L'Acadie, de Saint-Maurice, de L'Assomption et de Lachenaie.

31 juillet : assemblée loyale du district de Québec.

4 août: Proclamation de Victoria, reine du royaume uni de la Grande-Bretagne et d'Irlande.

6 août: assemblées anti-coercitives des comtés de LaPrairie et de Vaudreuil; assemblée loyale du comté de Laprairie.

18 août: ouverture à Québec de la 4ᵉ session du 15ᵉ Parlement du Bas-Canada.

25 août: assemblée anti-coercitive du comté de Nicolet.

26 août: prorogation de la 4ᵉ session du 15ᵉ Parlement du Bas-Canada.

5 septembre: assemblée de fondation des Fils de la Liberté, regroupant des jeunes patriotes de Montréal souhaitant échanger au sujet des droits et libertés et surtout s'initier à l'art militaire en vue des élections générales de 1838.

9 septembre: assemblée générale de fondation du Comité central et permanent du district de Québec, regroupement d'élus et de notables patriotes qui se réunit entre les sessions législatives pour diriger le mouvement.

10 septembre et 25 octobre: assemblées de fondation de branches des Fils de la Liberté à Saint-Denis et à Saint-Charles.

14 et 23 septembre: fondation des associations de dames patriotes de Saint-Antoine et de Saint-Denis afin d'encourager le boycott de produits taxés et l'usage exclusif de tissus fabriqués dans le pays.

24 et 25 septembre: charivaris à l'endroit de Rosalie Cherrier, à Saint-Denis, réputée pour espionner les patriotes pour le compte du député renégat Sabrevois de Bleury, également patron du *Populaire*.

23 et 24 octobre: assemblée de la Confédération des Six Comtés, à Saint-Charles, afin de défier le seigneur Debartzch, renégat notoire, sur son propre terrain; assemblée loyale à Montréal.

24 octobre: Mandement de l'évêque de Montréal sur l'obéissance due aux autorités constituées et sur les règles adoptées par l'épiscopat du district en matière d'inhumation de fidèles décédés en état de rébellion.

6 novembre : échauffourée entre le Doric Club, club politique ultra-tory, et les Fils de la Liberté. Par la suite, une huitaine de dirigeants présumés de la seconde association sont arrêtés, puis relâchés sous caution.

16 novembre : vague d'arrestations à Montréal ; arrestations au village de Saint-Jean de MM. Demaray et Davignon, par la suite libérés par les patriotes de Longueuil.

23 novembre : à Saint-Denis, les patriotes repoussent la brigade militaire venue, depuis Sorel, procéder à des arrestations.

25 novembre : à Saint-Charles, les patriotes sont écrasés par la brigade militaire venue, depuis Chambly, procéder à des arrestations.

27 novembre : les magistrats de Montréal demandent l'instauration de la loi martiale dans le district.

2 décembre : une brigade militaire procède au pillage et à l'incendie partiel du village de Saint-Denis et de ses environs.

Ce livre a été imprimé en avril 2014
sur les presses de l'Imprimerie Marquis